ullstein

DAVID NICHOLLS, Jahrgang 1966, ist ausgebildeter Schauspieler, hat sich dann aber für das Schreiben entschieden. Mit seinem Roman *Zwei an einem Tag* gelang ihm der Durchbruch, seine Romane wurden in vierzig Sprachen übersetzt und verkauften sich weltweit über acht Millionen mal. 2014 wurde sein Roman *Drei auf Reisen* für den Man Booker Prize nominiert. Auch als Drehbuchautor ist David Nicholls überaus erfolgreich und mehrfach preisgekrönt, zuletzt erhielt er den BAFTA und eine Emmy-Nominierung für *Patrick Melrose*, seine Adaption der Romane von Edward St Aubyn, die als HBO-Serie Furore machte.

Von David Nicholls sind in unserem Hause erschienen:

Keine weiteren Fragen
Ewig Zweiter
Zwei an einem Tag
Sweet Sorrow

David Nicholls

Keine weiteren Fragen

Roman

Aus dem Englischen
von Ruth Keen

Ullstein

Besuchen Sie uns im Internet:
www.ullstein.de

MIX
Papier aus verantwortungsvollen Quellen
FSC® C083411

Neuausgabe im Ullstein Taschenbuch
1. Auflage März 2021

Titel der englischen Originalausgabe:
Starter For Ten (Hodder & Stoughton, London)
Umschlaggestaltung: Büro Jorge Schmidt, München
Titelabbildung: © James Coates 2020
Satz: Satz: Doris Grüniger, Buch & Grafik, Zürich
Gesetzt aus der der Bembo
Druck und Bindearbeiten: CPI books GmbH, Leck
ISBN 978-3-548-06326-3

Für Ann und Alan Nicholls.
Und Hannah natürlich.

Erste Runde

Sie kannte den Typ Mann nur zu gut –
die vage Hoffnung auf gesellschaftlichen Aufstieg,
die geistige Unaufrichtigkeit, die äußerliche
Vertrautheit mit Büchern.
E.M. Forster, Howards End

1

FRAGE: Der Stiefsohn von Robert Dudley und einstiger Günstling Elizabeths, der einen schlecht organisierten und fehlgeschlagenen Aufstand gegen die Königin führte und daraufhin im Jahr 1601 hingerichtet wurde, war der Earl of…?
ANTWORT: Essex.

Als Jugendlicher macht mn sich ständig Sorgen um alles Mögliche, das gehört einfach zum Erwachsenwerden, und im Alter von sechzehn war meine größte Angst, dass ich nie wieder so was Gutes, Schönes, Edles und Wahres zustande bringen würde wie mein Abschlusszeugnis der zehnten Klasse.

Selbstverständlich habe ich damals kein Theater darum gemacht. Ich habe mir das Zeugnis nicht gerahmt oder sonst was Bescheuertes. Und ich will hier auch nicht die Noten einzeln aufzählen, denn dann wird es nur noch streberhafter, aber ich war eindeutig froh, sie zu haben: eine Qualifikation. Ich meine, man ist sechzehn und hat zum ersten Mal im Leben das Gefühl, überhaupt für irgendwas qualifiziert zu sein.

Das ist natürlich schon Ewigkeiten her. Mittlerweile bin ich achtzehn und bilde mir ein, die Dinge wesentlich reifer und cooler anzugehen. Deshalb war mein gutes Abitur keine Riesensache mehr. Außerdem finde ich die Vorstellung, Intelligenz ließe sich durch ein lächerliches, antiquiertes System schriftlicher Prüfungen irgendwie messen, eindeutig überholt. Aber davon mal abgesehen waren es die besten Ergebnisse des Jahrgangs 1985 an der Langley-Street-Gesamtschule. Und übrigens die besten seit fünfzehn Jahren. Drei Einsen und eine Zwei, also 19 Punkte – na schön, jetzt ist es raus –, aber ich glaube ehrlich nicht, wirklich, dass es eine besonders große Rolle spielt, ich erwähne es nur nebenbei. Was zählt es schon, ein Haufen Zeugs zu wissen, im Vergleich zu anderen Eigenschaften wie echtem, sportlichem Mut, Beliebtheit, gutem Aussehen, reiner Haut oder einem aktiven Sexleben zum Beispiel.

Aber wie mein Vater immer sagte, das A und O einer guten Ausbildung sind die Möglichkeiten, die sie einem bietet, die Türen, die sie einem öffnet, denn ansonsten ist Wissen, an und für sich, bloß eine Sackgasse – besonders wenn man hier wie ich an einem Mittwochnachmittag Ende September in einer Fabrik hockt, die Toaster herstellt.

Ich habe die Ferien über in der Versandabteilung von Ashworth Electricals gejobbt. Genauer gesagt bin ich dafür zuständig, die Toaster in Kartons zu packen, bevor sie an die Einzelhändler rausgehen. Es gibt aber nun mal nur soundso viele Methoden, wie man einen Toaster in einen Karton tun kann, darum waren es insgesamt eher zwei ziemlich öde Monate. Aber auf der Habenseite waren es £1.85 die Stunde, also nicht schlecht – und so viel Toast, wie man essen kann. Da heute mein letzter Tag hier ist, habe ich ein bisschen nach der heimlich herumgereichten Abschiedskarte geschielt und nach der konspirativen Sammlung für ein kleines Geschenk und habe darauf gewartet, dass mir mitgeteilt wird, in welche Kneipe wir nachher ziehen, um noch ein paar Biere auf mein Wohl zu trinken. Aber mittlerweile ist es Viertel nach sechs, und ich kann wohl ziemlich sicher davon ausgehen, dass sie einfach alle nach Hause gegangen sind.

Auch egal, denn ich hatte eh was anderes vor, darum sammle ich meine Sachen zusammen, greife mir ein paar Kugelschreiber und eine Rolle Tesafilm aus dem Schrank mit den Büromaterialien und mache mich Richtung Pier auf, wo ich mit Spencer und Tone verabredet bin.

Mit seinen 2360 Yards beziehungsweise 2158 Metern ist der Pier von Southend offiziell der längste der Welt. Ehrlich gesagt ist er fast ein bisschen zu lang, besonders dann, wenn man jede Menge Bier dabeihat. Es sind zwölf große Büchsen Skol, dazu Schweinefleisch süß-sauer, Nasi Goreng und eine Portion Pommes mit Currysauce – Köstlichkeiten aus aller Welt. Als wir endlich an der anderen Seite des Piers ankommen, ist das Bier warm und das Essen kalt. Außerdem musste Tone, da das hier eine Feier aus besonderem Anlass ist, unbedingt noch seinen Ghettoblaster von den Ausmaßen eines kleinen Kleiderschranks mitschleppen, der höchstwahrscheinlich nie ein Ghetto *blasten* wird, es sei denn, man erkennt Shoeburyness als Ghetto an. Im Moment spielt er gerade Tones persönlichen *Best of the The Zep*-Zusammenschnitt, während wir eine Bank am Ende des Piers in Beschlag nehmen und zusehen, wie die Sonne majestätisch hinter der Ölraffinerie versinkt.

»Du verwandelst dich doch nicht in einen Pisser, oder?«, fragt Tone und öffnet ein Bier.

»Wie meinst du das?«

»Er meint, ob du uns gegenüber jetzt den *Studenten* raushängen lässt«, erklärt Spencer.

»Na ja, ich bin Student. Beziehungsweise, ich werde einer sein, darum …«

»Nein, ich hab gemeint, ob du jetzt vielleicht ein Schnösel wirst und ›Sie mich auch‹ sagst und in den Weihnachtsferien in einer Robe nach Hause kommst und nur noch Latein laberst und Sachen wie ›in der Tat‹ sagst und ›gehe ich recht in der Annahme‹ und so was …«

»Klar, Tone, *genau* das hab ich vor.«

»Also lass es. Weil du jetzt schon Wichser genug bist und nicht noch mehr Wichser werden musst.«

Tone nennt mich oft »Wichser« – »Wichser« oder »Gnädigste«, aber mein Trick ist, eine Art linguistische Angleichung vorzunehmen und es mir als Kosewort vorzustellen, so wie manche Pärchen »Schatz« oder »Liebling« zueinander sagen. Tone hat gerade im Warenlager von Currys zu arbeiten angefangen und baut sich langsam einen hübschen kleinen Nebenerwerb mit geklauten tragbaren Hi-Fis auf, wie zum Beispiel dem Ding hier, das wir dabeihaben. Auch das Led-Zeppelin-Tape ist seins; Tone bezeichnet sich gern als »Metaller«, was professioneller klingt als »Rocker« oder »Heavy-Metal-Fan«. Er zieht sich auch an wie ein Metaller; lauter hellblauer Jeansstoff und langes, nach hinten gekämmtes, glänzend blondes Haar, wie ein verweichlichter Wikinger. Allerdings ist Tones Haar das *Einzige*, was an ihm verweichlicht ist. Denn dieser Mann ist durchdrungen von brutaler Gewalt. Eine Kneipentour mit Tone hat man erfolgreich überstanden, wenn man wieder nach Hause kommt, ohne dass er einem den Kopf ins Klo gedrückt und gespült hat.

Jetzt läuft *Stairway to Heaven*.

»Müssen wir uns eigentlich diesen grauenhaften Hippie-Scheiß anhören, Tone?«, sagt Spencer.

»Das sind The Zep, Spence.«

»Ich weiß, dass es The Zep sind, Tone, darum will ich ja, dass du das verdammte Ding ausmachst.«

»Aber The Zep sind die größten.«

»Wieso? Nur weil du es sagst?«

»Nein, weil sie eine wahnsinnig einflussreiche und wichtige Band waren.«

»Sie singen von *Kobolden*, Tony. Das ist peinlich …«

»Nicht von Kobolden …«

»Dann eben Elfen«, sage ich.

»Es geht doch nicht bloß um Kobolde und Elfen, das ist *Tolkien*, das ist Literatur …« Tone ist von solchem Zeug begeistert, von Büchern, in denen eine Karte drin ist, oder von Titelbildern mit großen, angsteinflößenden Frauen in Kettenpanzer-Unterwäsche und mit einem Breitschwert in der Hand – die Art von Frau, die er in einer idealen Welt heiraten würde. Was in Southend übrigens viel wahrscheinlicher ist, als man denkt.

»Was ist überhaupt der Unterschied zwischen einem Kobold und einer Elfe?«, fragt Spencer.

»Keine Ahnung. Frag Jackson, der ist das Arschloch mit dem Superabschluss.«

»Ich weiß es nicht, Tone.«

Das Gitarrensolo hat eingesetzt, und Spencer verzieht schmerzhaft das Gesicht. »Nimmt es irgendwann mal ein Ende, oder geht es immer weiter und weiter und weiter …«

»Das sind sieben Minuten und zweiunddreißig Sekunden pure Genialität.«

»Pure Folter«, sage ich. »Warum hören wir eigentlich immer, was du aussuchst?«

»Weil es mein Ghettoblaster ist …«

»Den du *beiseite geschafft* hast. Genau genommen gehört er immer noch Currys.«

»Ja, aber ich kaufe auch die Batterien.«

»Nein, du *klaust* die Batterien …«

»Diese nicht, die hab ich gekauft.«

»Und, was haben sie gekostet?«

»Ein Pfund achtundneunzig.«

»Wenn ich dir also sechsundsechzig Pence gebe, können wir dann was Anständiges hören?«

»Was denn, Kate Bush vielleicht? Na schön, Jackson, dann legen wir ein bisschen *Kate Bush* auf und *singen alle mit* bei *Kate Bush* und *reichen uns die Händchen* und *tanzen Ringelreihen* zu *Kate Bush* …« Während Tone und ich uns zanken, beugt sich Spencer zum Ghettoblaster runter, drückt lässig auf »Eject« und wirft *The Best of The Zep* im hohen Bogen ins offene Meer.

»Ey!«, schreit Tone und schmeißt seine Bierdose nach ihm, und sie rennen beide den Pier hinunter. Es ist besser, wenn man sich bei diesen Streiterein raushält. Tone hat die Angewohnheit, etwas außer Kontrolle zu geraten, wird vom Geiste Odins geritten oder so was, und wenn ich mich einmische, endet es unweigerlich damit, dass Spence auf meinen Armen sitzt, während Tone mir ins Gesicht pupst, darum bleibe ich einfach still sitzen, trinke mein Bier und sehe zu, wie Tone versucht, Spencers Beine über das Geländer vom Pier zu hieven.

Obwohl wir September haben, liegt eine erste feuchte Kälte in der Abendluft, eine Vorahnung, dass der Sommer zu Ende geht, und ich bin froh um meinen Mantel aus dem Army-Restpostenladen. Ich konnte den Sommer noch nie leiden; ich mag nicht, wie die Sonne am Nachmittag auf den Fernsehbildschirm knallt, und dann dieser gnadenlose Druck, T-Shirts und Shorts zu tragen. Ich hasse T-Shirts und Shorts. Würde ich in T-Shirt und Shorts vor einer Apotheke stehen, käme garantiert ein altes Ömchen an und würde versuchen, mir eine Münze in den Scheitel zu stecken.

Nein, ich freue mich richtig auf den Herbst, durch raschelndes Laub zu einer Vorlesung zu laufen und mich mit einem Mädchen namens Emily oder Katherine oder Françoise in dicken schwarzen Strumpfhosen und einem Louise-Brooks-Bubikopf angeregt über die Metaphysischen Dichter zu unterhalten und dann mit ihr in ihre kleine Dachkammer zu gehen und vor dem elektrischen Kaminfeuer miteinander zu schlafen. Hinterher lesen wir uns gegenseitig T. S. Eliot vor, trinken guten alten Port aus winzigen Gläschen und hören Miles Davis dazu. So jedenfalls stelle ich mir das vor. Das Uni-Erlebnis. Ich mag das Wort *Erlebnis*, es klingt so schön nach Karussellfahrt auf dem Rummelplatz.

Der Kampf ist vorbei, und Tone arbeitet seine überschüssigen Aggressionen ab, indem er süß-saure Fleischbällchen nach Möwen schmeißt. Spencer kommt langsam zurückgelaufen, stopft sich sein Hemd in die Hose, setzt sich neben mich und öffnet ein neues Bier. Er hat ein ganz spezielles Händchen für Bierdosen; wenn man ihm so zusieht, könnte man meinen, er trinke aus einem Martiniglas.

Spencer wird mir von allen am meisten fehlen. Er geht nicht zur Uni, obwohl er mit Abstand der schlauste Mensch ist, den ich kenne, außerdem der hübscheste, härteste und coolste. Das sage ich ihm natürlich alles nicht, weil es nur peinlich klingen würde, aber es ist auch gar nicht nötig, weil er es sowieso weiß. Er hätte studieren können, wenn er wirklich gewollt hätte, aber er hat seinen Abschluss in den Sand gesetzt; nicht direkt absichtlich, aber man konnte ihm praktisch dabei zusehen. Während der Englischprüfung hat er am Tisch neben mir gesessen, und an den Bewegungen seines Stifts war zu erkennen, dass er nicht geschrieben, sondern *gezeichnet* hat. Bei der Frage über Shakespeare hat er *Die fröhlichen Weiber von Windsor* gemalt, bei der Lyrikfrage ein Bild mit dem Titel *Wilfred Owen erlebt aus nächster Nähe den Schrecken der Schützengräben*. Ich hab andauernd versucht, seine Aufmerksamkeit zu erregen und ihm einen freundlichen Blick mit der Botschaft »Hey Kumpel, reiß dich zusammen!« zuzuwerfen, aber er hat die ganze Zeit nach unten geguckt, ununterbrochen vor sich hin gezeichnet, und nach einer Stunde ist er dann aufgestanden und gegangen. Vorher hat er mir noch zugezwinkert; kein freches, sondern eher so ein tränennahes Zwinkern aus rotgeränderten Augen, wie ein tapferer Tommy auf dem Weg zum Erschießungskommando.

Danach ist er einfach nicht mehr zu den Prüfungen erschienen. Das Wort »Nervenzusammenbruch« fiel einige Male, wenn er nicht dabei war, aber Spencer ist viel zu cool, als dass er einen Nervenzusammenbruch gehabt haben könnte. Oder falls doch, würde er einen Nervenzusammenbruch cool aussehen lassen. Wie ich die Sache einschätze, ist diese ganze Jack-Kerouac-, qualvolle Existenz-Kiste bis zu einem bestimmten Punkt okay, aber nicht, wenn sie deine Zensuren vermasselt.

»Also, was wirst du machen, Spence?«

Er kneift die Augen zusammen und schaut mich an. »Was meinst du mit ›machen‹?«

»Du weißt schon. Jobmäßig.«

»Ich habe einen Job.« Spencer geht stempeln, arbeitet aber außerdem schwarz in einer rund um die Uhr geöffneten Tankstelle auf der A127.

»Ich weiß, dass du einen Job hast. Ich meine in Zukunft …«

Spencer schaut über die Flussmündung hinaus und ich bereue schon, das Thema angeschnitten zu haben.

»Dein Problem, lieber Brian, du unterschätzt den Reiz, den das Leben in einer 24-Stunden-Tankstelle bietet. So viele Süßigkeiten, wie ich essen will. Straßenkarten zum Lesen. Interessante Dämpfe zum Einatmen. Gratis-Weingläsersets …« Er nimmt einen großen Schluck Bier und überlegt, wie er das Thema wechseln könnte. Dann greift er in seine Harringtonjacke und gibt mir eine Musikkassette mit einer handgeschriebenen Karte: »Hab ich dir aufgenommen. Die kannst du deinen neuen Universitätsfreunden vorspielen und so tun, als hättest du Geschmack.«

Ich nehme die Kassette, auf deren Rücken *Brians College-Collage* steht, in sorgfältig ausgeführten 3-D-Großbuchstaben. Spencer kann unglaublich gut zeichnen.

»Fantastisch, Spencer, vielen Dank, Kumpel …«

»Schon gut, Jackson, es ist ja nur ein Tape für neunundsechzig Pence aus dem Supermarkt, da muss man nicht gleich flennen.« Sagt er, aber wir wissen beide, dass ein Neunzig-Minuten-Zusammenschnitt gute drei Stunden Arbeit bedeutet, und noch mehr, wenn man eine Karte dazu entwirft. »Leg's ein, ja? Bevor der Trottel zurückkommt.«

Ich lege die Kassette ein, drücke auf »Play«, und schon singt Curtis Mayfield *Move On Up*. Spencer war mal Mod, hat dann aber zu klassischem Soul gewechselt – Al Green, Gil Scott-Heron, die Richtung. Spencer ist so cool, dass er sogar *Jazz* mag. Und nicht bloß Sade und The Style Council; nein, richtigen Jazz, das nervige, langweilige Zeug. Wir sitzen da und hören eine Weile zu. Tone versucht gerade, Geld aus dem Teleskop herauszufummeln, mit dem Schnappmesser, das er sich auf unserem Schulausflug nach Calais gekauft hat. Spencer und ich sehen ihm zu wie nachsichtige Eltern eines stark verhaltensgestörten Kindes.

»Und, kommst du mal am Wochenende nach Hause?«, fragt Spencer.

»Ich weiß nicht. Ich denke, schon. Nicht jedes.«

»Sieh mal zu, dass du's schaffst, ja? Sonst hab ich hier Conan den Barbaren ganz alleine an der Backe …«, Spencer nickt in Tones Richtung, der jetzt Anlauf nimmt und das Teleskop mit Dropkicks bearbeitet.

»Sollten wir nicht irgendwie anstoßen oder so was?«, frage ich.

Spencer kräuselt die Lippen. »*Anstoßen?* Worauf?«

»Na ja – auf die Zukunft vielleicht?«

Spencer seufzt und tippt mit seiner Bierdose an meine. »Auf die Zukunft. Möge sie dir eine reine Haut bescheren.«

»Verpiss dich, Spencer.«

»Verpiss dich, Brian«, sagt er, lacht aber.

Bei unseren letzten Bieren sind wir ziemlich betrunken, legen uns flach auf den Rücken und sagen gar nichts, hören nur das Meer und Otis Redding, der *Try a little Tenderness* singt. In dieser klaren Spätsommernacht, als ich, flankiert von meinen besten Kumpels, in die Sterne gucke, fühlt es sich an, als würde das wahre Leben endlich beginnen und einfach alles möglich sein.

Ich möchte Aufnahmen von Klaviersonaten hören können und wissen, wer spielt. Ich möchte klassische Konzerte besuchen und wissen, an welcher Stelle man klatscht. Ich möchte in der Lage sein, modernen Jazz zu kapieren, ohne dass er sich wie so ein grauenhafter Fehler anhört, und ich möchte wissen, wer die Velvet Underground eigentlich genau sind. Ich möchte vollkommen in die Welt der Ideen eintauchen, ich möchte komplexe ökonomische Zusammenhänge begreifen und wissen, was die Leute an Bob Dylan finden. Ich möchte radikale, aber humane und fundierte politische Ideale haben, und ich möchte an runden Holzküchentischen sitzen und leidenschaftlich, aber sachlich diskutieren und Sachen sagen wie: »Definier erst mal Ausbeutung!« und »Das ist ein Scheinargument!«, bis man dann plötzlich merkt, dass es draußen schon hell geworden ist und wir die ganze Nacht geredet haben. Ich möchte, dass mir Wörter wie »eponym« und »solipsistisch« und »utilitaristisch« ganz selbstverständlich von den Lippen gehen. Ich möchte lernen, Geschmack an Jahrgangsweinen zu finden, an ausgefallenen Likören und einem guten Single Malt, und lernen, wie man so was trinkt, ohne mich in einen totalen Schnösel zu verwandeln. Ich möchte fremde und exotische Gerichte essen, Wachteleier und Hummer Thermidor – Dinge, die kaum genießbar klingen oder die ich nicht mal aussprechen kann. Ich möchte mit schönen, weltgewandten, einschüchternden Frauen schlafen, am Tag oder sogar mit Licht an, und dabei nüchtern und angstfrei sein; und ich möchte viele Sprachen fließend sprechen können, vielleicht auch noch die eine oder andere tote Sprache beherrschen, und ein Heft mit Ledereinband bei mir führen, in dem ich mir scharfsinnige Gedanken und Beobachtungen notiere und gelegentlich eine Verszeile. Vor allem aber möchte ich Bücher lesen; dicke, fette Schwarten, ledergebundene Bücher aus unglaublich dünnem Papier und mit diesem lila Bändchen, das man als Lesezeichen benutzt; billige, stockfleckige, antiquarische Lyrik-Anthologien oder sündhaft teure, importierte Bücher mit unverständlichen Essaysammlungen ausländischer Universitäten.

Und dann möchte ich irgendwann eine originelle Idee haben. Und ich möchte gemocht, vielleicht sogar geliebt werden. Doch da schauen wir mal, was kommt. Und in Sachen Job weiß ich noch nicht genau, was ich tun will, aber es muss ein Job sein, den ich nicht verabscheue, der mich nicht krank macht und der nicht beinhaltet, dass ich mir die ganze Zeit Sorgen um Geld machen muss. Und genau das sind die Dinge, die mir eine Universitätsausbildung ermöglichen wird.

Wir machen das Bier alle, und dann artet es ein bisschen aus. Tone schmeißt meine Schuhe ins Meer, und ich muss auf Socken nach Hause laufen.

2

FRAGE: In welchem Film von Powell und Pressburger – frei nach der Geschichte von Hans Christian Andersen – tanzt sich Moira Shearer vor einer Dampflokomotive zu Tode?
ANTWORT: *Die roten Schuhe.*

Archer Road Nummer 16 ist wie alle anderen Häuser auf der Archer Road eine Maisonette; das ist die Diminutivform des französischen Substantivs (femininum) *maison* und bedeutet wörtlich »kleines Haus«. Hier wohne ich mit meiner Mum, und wenn man sich eine so richtig ungünstige Wohnsituation vorstellen will, dann sind ein achtzehnjähriger Junge und eine einundvierzigjährige Frau in einer Maisonette eigentlich unschlagbar. Der heutige Morgen wäre da mal wieder ein gutes Beispiel. Es ist halb neun, ich liege unter der Bettdecke, höre *The Breakfast Show* und gucke die Flugzeugmodelle an, die von der Decke baumeln. Ich weiß, ich hätte sie abnehmen sollen, aber irgendwann vor ein paar Jahren haben sie den Übergang von rührend-kleinjungenhaft zu komisch-kitschig gemacht, darum habe ich sie hängen lassen.

Mum kommt rein und klopft dann.

»Morgen, Schlafmütze. Heute ist dein großer Tag!«

»Warum klopfst du nie an, Mum?«

»Ich klopf doch an!«

»Nein, du kommst rein und klopfst *dann* an. Das ist nicht Anklopfen ...«

»Na und? Du *machst* da doch nichts, oder?«, sagt sie anzüglich.

»Nein, aber ...«

»Sag bloß, du hast ein Mädchen bei dir«, und sie zupft an der

Bettdecke. »Komm raus, Kleine, nur nicht so schüchtern, lass uns drüber reden. Komm raus, komm raus, wer immer du bist …«

Ich reiße ihr die Decke weg und ziehe sie mir über den Kopf. »Ich komm gleich runter …«

»Es riecht hier richtig *streng*, weißt du das?«

»Kann dich nicht hören, Mum …«

»Riecht nach Jungs. Was *macht* ihr Jungs eigentlich, dass es immer so riecht?«

»Umso besser, dass ich weggehe, oder?«

»Wann fährt dein Zug?«

»Viertel nach zwölf.«

»Wieso bist du dann noch im Bett? Hier, ein Abschiedsgeschenk für dich …«, und sie wirft eine Einkaufstüte auf den Bettüberwurf. Ich mache sie auf; es ist eine durchsichtige Plastikröhre drin, wie man sie für Tennisbälle verwendet, nur enthält diese drei zusammengeknüllte Baumwoll-Herrenslips in Rot, Weiß und Schwarz, den Farben der Naziflagge.

»Mum, das hättest du doch nicht …«

»Ach, es ist ja nur 'ne Kleinigkeit.«

»Nein, ich meine, ich wünschte, du hättest es wirklich sein lassen.«

»Werd nicht frech, junger Mann. Steh lieber auf. Du musst ja noch packen. Und öffne bitte das Fenster.«

Nachdem sie weg ist, schüttle ich die Unterhosen aus der Plastikröhre auf die Bettdecke und genieße die symbolhafte Feierlichkeit dieses Anlasses. Denn das sind jetzt echt *Die Letzten Unterhosen, Die Mir Meine Mutter Im Leben Gekauft Hat*. Die weißen sind okay, und ich sehe ein, dass die schwarzen eine gewisse Haltbarkeit versprechen, aber *Rot*? Sollen die irgendwie *feurig* wirken oder was? Meiner Meinung nach schreien rote Unterhosen »Stopp!« und »Gefahr!«.

Aber in einer Anwandlung von Mut und Abenteuer stehe ich auf und schlüpfe in die roten Unterhosen. Was ist, wenn sie wie *Die roten Schuhe* sind und ich sie nie wieder ausziehen kann? Was ich nicht hoffe, denn als ich den Gesamteffekt im Spiegel des Kleiderschranks überprüfe, sehe ich aus, als hätte man mir in die Lenden geschossen. Ich ziehe dann trotzdem die Hosen von gestern Abend drüber, und mit pelzigen Zähnen, süß-saurem Mundgeruch und einem immer noch leicht flauen Gefühl in der Magengrube vom Skol am Vorabend gehe ich nach unten zum Frühstück. Danach werde ich ein Bad nehmen, packen, fahren und fertig. Ich kann es nicht fassen, dass ich tatsächlich hier weggehe. Ich kann es nicht fassen, dass man mich *lässt*.

Aber natürlich ist die große Herausforderung des Tages noch zu packen, aus dem Haus zu gehen und in den Zug zu steigen, ohne dass Mum sagt: »Dein Vater wäre stolz auf dich gewesen.«

Ein Dienstagabend im Juli, draußen ist es noch hell, und die Gardinen sind halb zugezogen, damit wir das Fernsehbild erkennen können. Ich habe schon gebadet und bin in Pyjama und Bademantel, rieche leicht nach Dettol und konzentriere mich auf meinen Lancaster-Bomber von Airfix im Maßstab 1:72, den ich auf einem Tablett vor mir zusammenbaue. Dad ist gerade von der Arbeit gekommen, er trinkt ein Bitter aus der Dose, und der Rauch seiner Zigarette hängt im Abendlicht.

»Hier kommt Ihre Startfrage: Welcher britische Monarch war der Letzte, der selbst noch auf dem Schlachtfeld kämpfte?«

»George V.«, sagt Dad.

»George III.«, sagt Wheeler vom Jesus College, Cambridge.

»Korrekt. Ihre Bonusrunde beginnt mit einer Frage in Geologie.«

»Verstehst du was von Geologie, Bri?«

»Ein bisschen«, behaupte ich kühn.

»Im Aussehen kristallin oder gläsern, welche der drei wichtigsten Gesteinsklassen entsteht durch Abkühlung und Erstarrung geschmolzener Erdmassen?«

Ich weiß es, ich weiß es ganz sicher. »Vulkangestein!«, rufe ich.

»Magmagestein«, sagt Armstrong vom Jesus College, Cambridge.

»Korrekt.«

»Fast«, sagt Dad.

»Welche Struktur weist Magmagestein, das große auffällige, Phenocryst genannte Kristalle enthält, auf?«

Einfach raten. »Gekörnt«, sage ich.

Johnson, Jesus College, Cambridge, sagt: »Porphyr?«

»Korrekt.«

»Fast«, sagt Dad.

»Von welchem viktorianischen Dichter ist das narrative Gedicht Porphyria's Lover, in dem der Protagonist seine Geliebte mit einer Strähne ihres Haars erwürgt …« – halt mal, das weiß ich jetzt wirklich – Robert Browning. Haben wir letzte Woche in Englisch durchgenommen. Es ist Browning, ich weiß es.

»Robert Browning!«, sage ich und versuche, nicht zu schreien.

»Robert Browning?«, sagt Armstrong, Jesus College, Cambridge.

»Korrekt!«, und es gibt Applaus von den Studio-Zuschauern, aber wir wissen beide, dass der Applaus in Wirklichkeit mir gilt.

»Scheiße, Bri, wie hast du das gewusst?«, fragt Dad.

»Ich weiß es einfach.« Ich möchte mich umdrehen und sein Gesicht sehen, sehen, ob er lächelt – er lächelt nicht oft, jedenfalls nicht nach der Arbeit –, aber ich will nicht selbstgefällig wirken, darum halte ich einfach still und beobachte sein sonnenbeschienenes Spiegelbild im Fernsehbildschirm. Er zieht an seiner Kippe, dann legt er mir sanft seine Zigarettenhand auf den Kopf, wie ein Kardinal, glättet mir das Haar mit den langen, gelben Fingerspitzen und meint:

»Wenn du nicht aufpasst, sitzt du eines Tages auch mal da«, und ich lächle in mich hinein und komme mir klug und schlau vor und habe das Gefühl, zur Abwechslung mal was richtig gemacht zu haben.

Natürlich werde ich dann übermütig und versuche, jede Frage zu beantworten und beantworte alle falsch, aber es macht nichts, denn ich habe endlich was richtig gemacht, und ich weiß, eines Tages werde ich es wieder richtig machen.

Ich glaube, ich kann sagen, dass ich mich nie irgendwelchen Modeerscheinungen unterworfen habe. Ich bin nicht *anti*-Mode, das nicht, nur hat von allen wichtigen Strömungen, die ich bisher miterlebt habe, keine richtig zu mir gepasst. Unterm Strich sieht die knallharte Realität so aus, dass für einen Fan von Kate Bush, Charles Dickens, Scrabble, David Attenborough und *University Challenge* nicht allzu viel drin ist, was junge Modetrends angeht.

Was nicht heißt, dass ich's nicht versucht hätte. Eine Zeit lang habe ich ständig wachgelegen und mir Sorgen gemacht, dass ich vielleicht Grufti sein könnte, aber ich glaube, es war nur eine Phase. Außerdem bedeutet ein männlicher Grufti zu sein, sich mehr oder weniger wie ein aristokratischer Vampir zu kleiden, und wenn ich in einem Aufzug nie überzeugen werde, dann als aristokratischer Vampir. Mir fehlen einfach die Wangenknochen dafür. Und als Grufti muss man deren Musik hören, und die ist das Letzte.

Das war so ziemlich mein einziger Abstecher in Richtung Mode. Ich denke, mein ganz persönlicher Stil lässt sich am besten als leger, aber klassisch bezeichnen. Ich trage lieber Baumwoll-Bundfaltenhosen als Jeans, dann aber lieber dunkle Jeans als helle. Mäntel sollten schwer und lang und der Kragen hochgeschlagen sein, Schals leicht gefranst und schwarz oder weinrot, und beides gehört von Anfang September bis Ende Mai unbedingt dazu. Schuhe müssen dünne Sohlen haben und dürfen nicht zu spitz sein, und zu Jeans (das ist jetzt sehr wichtig) gehen nur schwarze oder braune Schuhe.

Andererseits habe ich auch keine Angst vor Experimenten, besonders jetzt nicht, da ich die Chance habe, mir eine neue Persönlichkeit zuzulegen. Darum liegt der alte Koffer von Mum und Dad offen vor mir auf dem Bett, und ich begutachte ein paar von den Neuerwerbungen, die ich mir für diesen besonderen Tag aufgehoben habe. Ganz oben auf der Liste steht meine neue Donkey Jacke, ein unglaublich dickes, schweres schwarzes Ding, das sich tatsächlich ein bisschen so anfühlt, als hätte man sich einen Esel über die Schulter geworfen. Sie ist genial, auch wegen der unterschwelligen Mischung aus Bohème und harter Knochenarbeit, die sie ausstrahlt – »genug über Shelly gequatscht, ich muss los, die Straße teeren«.

Dann sind da die fünf Altmännerhemden in ausgewählten Weiß- und Blautönen, die ich für £1.99 das Stück auf einer Tagestour mit Tone und Spencer in der Carnaby Street ergattert habe. Spencer hasst sie, aber ich finde sie toll, besonders zusammen mit der schwarzen Weste, die ich bei Help The Aged für drei Pfund gebraucht gekauft habe. Ich musste die Weste vor Mum verstecken, nicht weil sie grundsätzlich was gegen Wohltätigkeit für alte Leute hat, sondern weil sie meint, Sachen aus zweiter Hand zu kaufen sei total niveaulos, und danach wäre es nur noch ein kleiner Schritt, bis man sich aus der Mülltonne ernährt. Ich strebe mit der Kombination aus Weste/Altmännerhemd/Omabrille die äußere Erscheinung eines jungen, stotternden Offiziers mit Kriegsneurose und einem Notizbuch voller Gedichte an, der vorzeitig von der Front mit all ihren Abscheulichkeiten entlassen wurde, aber dennoch seine patriotische Pflicht erfüllt, indem er in einem entlegenen Dorf in Gloucestershire auf einem Gutshof arbeitet, wo ihm die Einheimischen mit schroffem Misstrauen begegnen, er aber heimlich und aus der Ferne von der schönen Tochter des Vikars geliebt wird, die ein Bücherwurm und bisexuelle Vegetarierin ist und sich für Frauenrechte und Pazifismus engagiert. Es ist wirklich eine tolle Weste. Und außerdem ist sie nicht *gebraucht gekauft,* sondern *klassisch.*

Dann ist da das braune Cordjackett von Dad. Ich lege es flach aufs Bett und falte die Ärmel sorgfältig über Kreuz vor der Brust. Vorne drauf ist ein blasser Teefleck von vor zwei Jahren, als ich den Fehler machte, es während einer Schulparty zu tragen. Ich weiß, das könnte man für ein bisschen morbide halten, aber ich dachte, es wäre vielleicht eine nette Geste, eine Art Tribut. Wahrscheinlich hätte ich aber Mum vorher fragen sollen, denn als sie mich in Dads Jacke vor dem Spiegel stehen sah, hat sie geschrien und ihre Teetasse nach mir geworfen. Als ihr schließlich klar wurde, dass das bloß ich war, ist sie in Tränen ausgebrochen und lag dann eine halbe Stunde heulend auf dem Bett, was einen übrigens *irrsinnig* in Partystimmung bringt. Und als sie sich beruhigt hatte und ich endlich zur Disco gehen konnte, gab es folgende Unterhaltung zwischen mir und meiner damaligen großen Liebe der Woche, Janet Parks, die ich zu einem langsamen Tanz aufforderte.

ICH: Wollen wir, Janet?
JANET PARKS: Schöne Jacke, Bri.
ICH: Danke!
JANET PARKS: Wo hast du sie her?
ICH: Sie gehört meinem Dad!
JANET PARKS: Aber ist dein Dad nicht … *tot?*
ICH: Stimmt!
JANET PARKS: Du trägst die Jacke von deinem toten Dad?
ICH: Genau. Was ist jetzt mit unserem Tanz?

… und da hat sich Janet den Mund zugehalten und ist ganz, ganz langsam weggegangen und hat angefangen, mit dem Finger auf mich zu zeigen und in der Ecke mit Michelle Thomas und Sam Dobson zu flüstern, und danach hat sie dann mit Spencer Lewis rumgemacht. Nicht dass ich ihr das noch nachtrage oder so. Außerdem werden an der Uni solche Vorgeschichten keine Rolle spielen. Keiner weiß von der Sache außer mir. An der Uni wird es einfach nur ein schönes Cordjackett sein. Ich falte es zusammen und lege es in den Koffer.

Mum kommt herein, klopft dann, und ich schließe schnell den Koffer. Sie sieht jetzt schon aus, als wäre sie den Tränen nahe, dafür brauchen wir nicht auch noch Dads Jacke. Immerhin hat sie sich extra den Vormittag zum Weinen freigenommen.

»Na, bist du so weit?«

»Fast.«

»Möchtest du eine Friteuse mitnehmen?«

»Nein, ich komm gut ohne klar, Mum.«

»Aber was wirst du essen?«

»Ich ess auch noch andere Sachen außer Pommes!«

»Stimmt doch gar nicht.«

»Na, vielleicht fang ich jetzt damit an. Außerdem gibt's ja auch die Sorte Pommes, die man im Herd erhitzen kann.« Ich drehe mich zu ihr um und sehe, dass sie beinahe lächelt.

»Solltest du nicht langsam los?« Der Zug fährt erst in Jahrzehnten, aber Mum glaubt, einen Zug zu kriegen, ist ein bisschen wie eine internationale Flugreise, bei der man vier Stunden vor Abfahrt einchecken muss. Nicht dass wir je geflogen sind oder so, aber trotzdem, es ist ein Wunder, dass sie mich nicht noch zum Impfen losgeschickt hat.

»Ich geh in einer halben Stunde«, sage ich, und es folgt ein Schweigen. Mum sagt etwas, kriegt aber die Worte nicht richtig raus, also war es wahrscheinlich irgendwas in der Richtung, dass Dad jetzt stolz auf mich wäre, aber sie beschließt, es für später aufzuheben, und geht wieder raus. Ich setze mich auf den Koffer, damit er richtig zugeht, lege mich dann aufs Bett und sehe mich zum letzten Mal in meinem Zimmer um – ein Moment, in dem ich eine rauchen würde, wenn ich rauchen würde.

Ich kann nicht fassen, dass es jetzt tatsächlich wahr werden soll. So fühlt es sich also an, das freie Erwachsenenleben. Sollte es nicht irgendein Ritual geben? Bei bestimmten entlegenen afrikanischen Stämmen würden sie jetzt ein unglaubliches, vier Tage dauerndes Initiationsritual feiern, mit Tätowierungen und starken halluzinogenen Drogen aus Laubfrosch-Extrakt und

Dorfältesten, die mir den Leib mit Affenblut einschmieren, aber bei diesem Übergangsritus hier dreht sich alles um drei Paar Unterhosen und darum, dass man sein Bettzeug in einen schwarzen Müllsack stopft.

Als ich nach unten gehe, stelle ich fest, dass Mum mir ein Paket zurechtgemacht hat, zwei große Kartoffelchipskartons, die den überwiegenden Teil unseres Hausrats enthalten. Natürlich ist die Friteuse drin, raffiniert unter einem kompletten Tafelservice versteckt, der Toaster, den ich bei Ashworth Electricals geklaut habe, ein Wasserkessel, ein Kochbuch mit dem Titel *Gaumenfreuden mit Minze* und ein Brotkasten mitsamt sechs pappigen Sandwichbrötchen und einem Laib Mighty-White-Toastbrot. Es ist sogar eine Käseraspel dabei, obwohl sie genau weiß, dass ich keinen Käse esse. »Ich kann das unmöglich alles mitschleppen, Mum«, sage ich, und so vergehen die einschneidenden und bewegenden letzten Augenblicke meines Lebens im Haus meiner Kindheit mit einem Streit darüber, ob ich einen Schneebesen brauche … – und ja, es wird einen Grill in der Backröhre geben, wo man Toast machen kann, ja, ich brauch den Plattenspieler *und* die Boxen –, und als die Verhandlungen endlich abgeschlossen sind, haben wir mein Gepäck auf einen Koffer, einen Rucksack mit meiner Anlage und meinen Büchern, zwei Müllsäcke mit Bettdecke und Kopfkissen und, weil Mum darauf besteht, eine Unmenge Geschirrtücher reduziert.

Endlich ist es an der Zeit. Ich lehne es strikt ab, mich von Mum zum Bahnhof begleiten zu lassen, weil es so irgendwie bedeutender und symbolischer ist. Ich stehe in der Tür, während sie ihr Portemonnaie holt und mir feierlich eine ganz klein zusammengefaltete Zehn-Pfundnote in die Hand drückt, wie einen Rubin.

»Mum …«

»Nun komm schon, nimm.«

»Ich hab genug, wirklich …«

»Na los. Pass auf dich auf …«

»Mach ich …«

»Versuch hin und wieder mal ein frisches Stück Obst zu essen …«

»Ich versuch's …«

»Und …«, jetzt kommt's. Sie schluckt und sagt: »… du weißt, dass dein Vater stolz auf dich gewesen wäre, ja?« Ich küsse sie schnell auf ihre trockenen, gespitzten Lippen und renne mit kurzen, kleinen Zwischenspurts, so gut ich kann, zum Bahnhof.

Während der Bahnfahrt setze ich die Kopfhörer auf und höre das Tape mit der Spezialzusammenstellung meiner absoluten Lieblings-Kate-Bush-Nummern aller Zeiten. Es ist eine ziemlich gute Sammlung, aber wir haben zu Hause keine anständige Stereoanlage, und mitten in *The Man with the Child in his Eyes* kann ich noch hören, wie Mum zu mir rauf ruft, dass die Koteletts fertig sind.

Andächtig schlage ich meine druckfrische Ausgabe von Spensers *The Faerie Queene* auf, die wir im ersten Semester durchnehmen. Ich bilde mir ein, dass ich ein ziemlich guter Leser bin, aufgeschlossen und überhaupt, aber das hier scheint mir der reine Schwachsinn zu sein, darum lege ich die *Faerie Queene* nach den ersten achtzehn Zeilen wieder zur Seite und konzentriere mich auf Kate Bush und die vorbeisausende englische Landschaft und darauf, gedankenversunken, kompliziert und interessant auszusehen. Ich habe ein großes Fenster, vier Sitzplätze und einen Tisch für mich allein, eine Cola und ein Twix, und das Einzige, was mir mein Leben jetzt noch versüßen könnte, wäre, wenn eine attraktive Frau vorbeikommen und sich mir gegenüber setzen und etwas in der Art sagen würde wie:

»Entschuldigung, mir ist aufgefallen, dass du *The Faerie Queene* liest. Du bist nicht zufällig gerade auf dem Weg zur Universität, um Anglistik zu studieren?«

»Doch, doch, bin ich!«, würde ich antworten.

»Das ist ja fantastisch! Hast du was dagegen, wenn ich mich zu dir setze? Ich heiße übrigens Emily. Sag mal, kennst du eigentlich die Musik von Kate Bush …?«

Und meine Konversation ist so weltgewandt, kultiviert und geistreich, und zwischen uns knistert es dermaßen erotisch, dass sich Emily, als wir in den Bahnhof einfahren, über den Tisch lehnt, sich spröde auf die sinnliche Unterlippe beißt und sagt: »Hör mal, Brian, ich kenn dich kaum, und ich hab das auch noch nie zu einem Mann gesagt, aber meinst du, wir könnten vielleicht … in ein Hotel gehen oder so? Weil ich einfach nicht glaube, dass ich noch eine Minute länger dagegen ankämpfen kann«, und ich willige mit einem müden kleinen Lächeln ein, wie um zu sagen: »Warum muss mir das eigentlich jedes Mal passieren, wenn ich in einen Zug steige?«, und nehme ihre Hand und führe sie ins nächste Hotel …

Aber Moment mal. Erstens, was tun mit all meinem Gepäck? Ich kann ja schlecht mit zwei schwarzen Müllsäcken in einem Hotel aufkreuzen, oder? Und dann die Kosten. Das Geld von meinem Ferienjob ist schon für meine Unterkunft an der Uni draufgegangen, der Scheck mit dem Stipendium kommt erst nächste Woche, und obwohl ich noch nie in einem Hotel abgestiegen bin, weiß ich, das es nicht billig sein kann – vierzig, fünfzig Pfund vielleicht – und machen wir uns nichts vor, die ganze Sache dauert, na, zehn Minuten, wenn ich Glück habe, maximal eine Viertelstunde, und ich möchte nicht auf den Augenblick höchster sexueller Ekstase zusteuern und mir gleichzeitig Sorgen machen müssen, ob ich auch Leistung kriege für mein Geld. Ich schätze, Emily könnte *eventuell* vorschlagen, dass wir mit dem Zimmer halbe-halbe machen, aber ich werde das ablehnen müssen, sonst denkt sie, ich bin knickerig. Und selbst wenn sie drauf besteht und ich mich breitschlagen lasse, müsste sie mir das Geld immer noch in irgendeiner Form überreichen;

und egal, ob wir das nun vorher machen oder nachdem wir miteinander geschlafen haben, es würde der Begegnung vermutlich was von ihrem melancholischen, bittersüßen Verlangen nehmen. Ob sie mich abartig findet, wenn ich hinterher bleibe, um noch so viel wie möglich aus dem Hotelangebot rauszuholen? »Emily-Schatz, unser Liebesspiel war wunderschön und seltsam ergreifend zugleich. Hilfst du mir jetzt bitte, die Handtücher in meinen Rucksack zu quetschen?« Wäre es überhaupt ratsam, gleich mit jemandem ins Bett zu springen, mit dem man gemeinsam studieren wird? Was, wenn die sexuelle Spannung zwischen uns unsere akademische Leistung beeinträchtigt? Alles in allem ist es wahrscheinlich doch keine so gute Idee. Vielleicht sollte ich warten, bis ich Emily besser kenne, bevor wir eine körperliche Beziehung eingehen.

Als der Zug dann in den Bahnhof einfährt, bin ich sogar ziemlich erleichtert, dass Emily nur ein Hirngespinst war.

Ich schleife die Müllsäcke und den Koffer aus dem Bahnhof, der auf einem Berg liegt, von dem aus man auf die Stadt hinunterschauen kann. Seit meinem Vorstellungsgespräch bin ich erst zum zweiten Mal hier, und, okay, es ist vielleicht nicht Oxford oder Cambridge, aber es ist das nächstbeste. Die Hauptsache ist doch, dass es eine Universitätsstadt mit *Türmchen* ist. Träumenden Türmchen.

3

FRAGE: Welcher berühmte Roman von Frances Hodgson Burnett, der 1886 geschrieben und seitdem vielfach für Bühne und Film adaptiert wurde, löste eine Mode unter kleinen Jungen aus, die lockiges Haar und Samtanzüge mit Spitzenkragen vorschrieb?
ANTWORT: *Der kleine Lord.*

Folgendes habe ich in die Rubrik »Hobbys und Interessen« meines Antrags für das Akademische Wohnungsamt geschrieben: Lesen, Kino, Musik, Theater, Schwimmen, Badminton, Partys!

Offensichtlich ist die Liste nicht gerade aufschlussreich. Sie ist nicht mal ganz wahr. »Lesen« stimmt, aber jeder schreibt Lesen. Dasselbe gilt für »Kino« und »Musik«. »Theater« ist gelogen, ich *hasse* Theater. Dabei habe ich sogar schon selber auf der Bühne gestanden, nur hab ich noch nicht sehr viele Aufführungen gesehen, außer einmal dieses Lehrstück eines tourenden Ensembles über die Sicherheit auf unseren Straßen, was mir, obwohl es an Schwung, Feuer und Dynamik nichts fehlen ließ, ästhetisch nicht so wahnsinnig viel gegeben hat. Aber man muss so tun, als würde man das Theater mögen – das ist ein Grundgesetz. »Schwimmen« stimmt auch nicht hundertprozentig. Ich *kann* schwimmen, aber nur in der Art, wie jedes ertrinkende Tier schwimmen kann. Ich dachte nur, irgendwas Sportliches könnte nicht schaden. Dito »Badminton«. Wenn ich sage, dass ich mich für Badminton interessiere, dann meine ich, wenn man mir eine Pistole an die Brust setzt und mich bei Todesstrafe zwingt, Sport zu treiben, und die sich weigern, Scrabble als Sport anzuerkennen, dann wäre dieser Sport Badminton. So schwer kann das doch nicht sein. »Partys!« ist auch eher ein Euphemismus. »Einsam und sexuell frustriert« hätte es besser getroffen, sich aber auch kränker angehört. Übrigens soll das Ausrufezeichen am Ende von »Partys!« eine respektlose, unbekümmerte, leichtsinnige Einstellung zum Leben signalisieren.

So gesehen habe ich zugegebenermaßen den Leuten in der Quartiervermittlung nicht besonders viele Anhaltspunkte gegeben, was aber noch lange nicht erklärt, weshalb sie mich in dieses Haus mit Josh und Marcus gesteckt haben.

Richmond House als solches ist ein Reihenhaus aus rotem Backstein, das ganz oben auf einem sehr steilen Berg über der Stadt steht, praktischerweise mehrere Meilen von der nächsten Bushaltestelle entfernt, sodass ich meine Donkey Jacke als ich endlich ankomme, einmal komplett durchgeschwitzt habe. Die Haustür steht schon offen, und der Flur ist mit Kisten und Rennrädern und zwei Rudern, einem Cricketschläger mitsamt Schutzpolstern, einer Skiausrüstung, Sauerstoffgeräten und einem Wetsuit vollgestellt. Es sieht aus, als hätte jemand ein Sportgeschäft geplündert. Ich lade meinen Koffer gleich hinter der Tür ab und steige mit wachsender Beklommenheit über die angehäuften Sportgeräte, um meine neuen Mitbewohner zu suchen.

Die Küche ist neonbeleuchtet, anstaltsmäßig und riecht nach Bleichmittel und Hefe. Vor der Spüle sind zwei Jungs – der eine hünenhaft und blond, der andere dunkel, untersetzt und mit einem pickligen Nager-Gesicht – damit beschäftigt, Wasser über einen Duschaufsatz aus Gummi in einen leeren Plastikmülleimer zu füllen. Ein Ghettoblaster spielt sehr laut *She Sells Sanctuary* von The Cult, und ich stehe eine Zeit lang in der Tür und muss »Hi!« und »Hallooo!« sagen, bevor der Blonde endlich hochschaut und mich mit meinen schwarzen Plastiksäcken entdeckt.

»Ja Wahnsinn! Der Müllmann!«

Er dreht die Musik einen Tick leiser, kommt angesprungen wie ein freundlicher Labrador und schüttelt mir kräftig die Hand, und mir wird bewusst, dass ich zum ersten Mal im Leben einem Gleichaltrigen die Hand schüttle.

»Du bist sicher Brian«, sagt er. »Ich bin Josh, und das ist Marcus!«

Marcus ist klein und karbunkelhaft, und seine Gesichtszüge laufen alle auf seine Gesichtsmitte zu, hinter einer Pilotenbrille, der es einmalig misslingt, den Eindruck zu erwecken, er könnte ein Flugzeug lenken. Er mustert mich mit seinem Rattengesicht einmal von oben bis unten, nimmt Witterung auf und widmet seine Aufmerksamkeit dann wieder dem Plastikeimer. Aber Josh plappert munter weiter, ohne irgendwelche Antworten abzuwarten, mit einer Stimme wie direkt aus einer tönenden Wochenschau. »Wie bist du hergekommen? Mit öffentlichen Verkehrsmitteln? Wo sind deine Eltern? Sag mal, alles in Ordnung? Du bist ja klatschnass vor Schweiß.«

Josh trägt weinrote, spitz zulaufende Wildlederstiefel, eine beige Samtweste – ja, ich sagte *Samt*weste –, ein lila Rüschenhemd und schwarze Jeans, die so eng sind, dass man tatsächlich den genauen Aufenthaltsort jedes einzelnen Hoden erkennen kann. Er hat die Frisur von Tone, die des verweichlichten Wikingers, Markenzeichen des eingefleischten Metallers, die aber hier von einem zaghaften flaumigen Schnurrbart ergänzt wird; ein leicht geckenhafter Kavalierslook, der einen beinahe glauben lässt, er hätte nur mal kurz seinen Degen verlegt.

»Was ist in dem Eimer?«, frage ich.

»Eigenbräu. Wir dachten, je eher wir die Gärung in Gang bringen, umso besser. Selbstverständlich kannst du mitmachen, wenn du willst, wir teilen dann einfach die Kosten durch drei …«

»Verstehe …«

»Das heißt jetzt zwar erst mal einen Zehner für dich, für die Hefe und das Hopfen-Konzentrat und die Schläuche und das Fass und so, aber in drei Wochen hast du dann den vollen Genuss eines guten traditionellen Yorkshire Bitter für sechs Pence das Pint!«

»Abgemacht!«

»Marcus und ich sind echte alte Schwarzbrenner, wir haben schon im Internat eine kleine Brauerei betrieben und damit ganz hübsch abgesahnt, nebenbei gesagt. Obwohl dabei ein paar Externe versehentlich erblindet sind!«

»Ihr seid zusammen zur Schule gegangen?«

»Haargenau. Wir sind an der Hüfte zusammengewachsen, was, Marcus?« Marcus schnieft. »Welche Schule hast du besucht?«

»Oh, die wirst du nicht kennen …«

»Na, das wollen wir doch mal sehen.«

»Langley Street?«

Keine Reaktion.

»Langley-Street-Gesamtschule?«

Keine Reaktion.

»Southend?«, versuche ich's noch mal. »Essex?«

»Nee! Du hattest vollkommen Recht, nie davon gehört! Soll ich dir dein Zimmer zeigen?«

Ich folge Josh die Treppe hoch, während Marcus geduckt hinter uns herschlurft, einen Schlachtschiff-grauen Flur entlang, der mit Instruktionen für den Brandfall geschmückt ist. Wir gehen an ihren neuen Zimmern vorbei, die voller Kisten und Koffer, aber immer noch eindeutig sehr geräumig sind, und am Ende des Korridors reißt Josh die Tür von einem Kabuff auf, das auf den ersten Blick wie eine Gefängniszelle aussieht.

»Da-da! Hoffentlich macht's dir nichts aus, aber wir haben die Zimmer verteilt, bevor du angekommen bist.«

»Oh. Verstehe …«

»Haben eine Münze geworfen. Wir wollten mit dem Auspacken anfangen, uns einrichten, weißt du.«

»Natürlich! Verstehe!« Ich habe das sichere Gefühl, dass man mich über den Tisch gezogen hat, und beschließe, nie wieder einem Mann in einer Samtweste zu trauen. Die Kunst besteht jetzt darin, mich durchzusetzen, ohne übertrieben unnachgiebig zu wirken.

»Ziemlich *klein*, oder?«, sage ich.

»Na ja, sie sind *alle* klein, Brian. Und wir haben eine Münze geworfen, offen und ehrlich.«

»Wie wirft man eine Münze unter drei Leuten?«

Schweigen. Josh runzelt die Stirn, und sein Mund arbeitet lautlos.

»Wir können gern noch mal losen, wenn du uns nicht *traust*«, schnieft Marcus pikiert.

»Nein, das ist es nicht, es ist nur …«

»Na, dann richte dich erst mal ein. Willkommen an Bord!«, und sie rennen tuschelnd zu ihrem Eigenbräu zurück.

Meine Bude ist ein Loch. Das Zimmer besitzt den ganzen Reiz und Charme vom Schauplatz eines Verbrechens; Ein-Personen-Matratze auf einem Bettgestell aus Metall, Kleiderschrank und Schreibtisch aus passendem Sperrholz, zwei Holzimitat-Regalbretter aus Resopal. Die Teppiche sind schlammbraun und offenbar aus gepresstem Schamhaar gewebt. Ein schmutziges Fenster vor dem Schreibtisch geht auf die Mülltonnen hinaus, während ein gerahmtes Schild die Verwendung von Reißzwecken an den Wänden bei Todesstrafe verbietet. Aber ich wollte eine Mansarde, und jetzt hab ich eine Mansarde. Machen wir das Beste draus.

Als Erstes schließe ich die Stereoanlage an und lege *Never for Ever* auf, Kate Bushs umwerfendes drittes Album. Die restlichen Scheiben staple ich neben dem Plattenspieler und überlege dann ein bisschen hin und her, welches Album ich als Blickfang nach vorn stellen soll. Ich probiere es mit *Revolver* von den Beatles, Joni Mitchells *Blue*, Diana Ross and The Supremes und mit Ella Fitzgerald, bevor ich mich für meine nagelneue Aufnahme der *Brandenburgischen Konzerte* von Bach vom Musik-for-Pleasure Label entscheide, ein Schnäppchen zu £2.49.

Als Nächstes packe ich meine Bücher aus und probiere verschiedene Anordnungsvarianten auf den Resopal-Regalen aus; alphabetisch nach Autor, alphabetisch nach Autor, aber unterteilt nach Thema, Genre, Nationalität und Größe oder schließlich, und am effektvollsten, nach Farbe. Die schwarzen Penguin-Klassiker auf der einen Seite, die zu den weißen Picador-Bänden am anderen Ende hin verblassen – wobei die fünf Zentimeter der grünen Titel von Virago Press, die zu lesen ich noch keine Zeit hatte, was ich aber garantiert demnächst nachholen werde, die Mitte des Spektrums einnehmen. Das dauert natürlich seine Zeit, und als ich fertig bin, ist es dunkel geworden, darum klemme ich meine schwenkbare Schreibtischlampe an der Tischkante fest.

Danach beschließe ich, das Bett in einen Futon zu verwandeln. Das habe ich übrigens schon länger vorgehabt, aber als ich es zu Hause ausgetestet habe, hat mich Mum nur ausgelacht, also werde ich's hier mal versuchen. Ich wuchte die Matratze, die voller geheimnisvoller Flecken und so feucht ist, dass man Kresse drauf anpflanzen kann, auf den Boden, ohne sie mit meinem Gesicht in Berührung zu bringen und stelle unter etlichen Anstrengungen das metallene Bettgestell hochkant. Es wiegt eine Tonne, aber irgendwann gelingt es mir doch, das Ding außer Sichtweite hinter den Schrank zu verfrachten. Offensichtlich muss ich dafür einiges von meinem wertvollen Fußbodenraum opfern, aber der erzielte Effekt ist es wert – eine Art minimalistisch-kontemplative, fernöstliche Atmosphäre, die von den kühnen blau-weiß-roten Streifen auf dem Bettüberwurf von Woolworth nur geringfügig untergraben wird.

Im Einklang mit dem Zen-haften Minimalismus des Futons will ich die Innendekoration auf eine Postkarten-Montage von Lieblingsgemälden und -fotos an der Wand über meinem Kopfkissen beschränken, einer Art Bilder-Manifest meiner Helden und Vorlieben. Ich lege mich auf den Futon und hole die Reißzwecken raus; Henry Wallis' *Chattertons Tod*, Millais' *Ophelia*, Da Vincis *Madonna mit Kind*, Van Goghs *Sternennacht*, einen Edward

Hopper; Marilyn Monroe im Tutu, melancholisch in die Kamera blickend, James Dean mit langem Mantel in New York, Dustin Hoffman in *Der Marathon-Mann*, Woody Allen, ein Foto von Mum und Dad, die in ihren Liegestühlen eines Butlins-Feriencamps eingeschlafen sind, Charles Dickens, Karl Marx, Che Guevara, Laurence Olivier als Hamlet, Samuel Beckett, Anton Tschechow, ich als Jesus in der Aufführung unserer Abschlussklasse von *Godspell*, Jack Kerouac, Burton und Taylor in *Wer hat Angst vor Virginia Woolf?* und ein Foto von Spencer, Tone und mir auf einem Schulausflug zur Burg von Dover. Spencer in leichter Pose mit geneigtem Kopf – er sieht cool, angeödet und klug aus. Tone macht wie üblich das »Fuck You«-Zeichen.

Schließlich hänge ich gleich neben mein Kissen ein Bild von Dad auf, der spindeldürr und leicht bedrohlich aussieht, wie Richard Attenborough als Pinkie Brown in *Brighton Rock*, nur dass es hier die Strandpromenade von Southend ist, Bierflasche und glimmende Zigarette zwischen den langen Fingern einer Hand. Er hat eine schwarze Tolle, hohe, markante Wangenknochen, eine lange schmale Nase und trägt einen eleganten Anzug mit schmalem Revers und drei Knöpfen. Obwohl er halb in die Kamera lächelt, wirkt er immer noch ziemlich beängstigend. Es wurde um 1962 aufgenommen, vier Jahre vor meiner Geburt, also muss er ungefähr so alt gewesen sein wie ich jetzt. Ich liebe dieses Foto, habe aber immer so ein ungutes Gefühl, dass mein Vater, wenn wir uns als Neunzehnjährige an einem Samstagabend auf dem Pier von Southend begegnet wären, höchstwahrscheinlich versucht hätte, mich zu verprügeln.

Es klopft an der Tür, und ich verstecke instinktiv die Reißzwecken hinter meinem Rücken. Ich vermute, dass es Josh ist, der irgendwelche Sklavendienste von mir verlangen will oder so, aber es rauscht eine riesige blonde Frau mit Wikinger-Frisur und milchig-blondem Schnurrbart ins Zimmer.

»Wie kommst du voran? Alles okay?«, fragt Josh im Fummel.

»Gut, gut.«

»Warum liegt die Matratze auf dem Boden?«

»Ach, ich dachte, ich probier sie mal eine Weile als Futon aus.«

»Als Futon? Wirklich?«, sagt Josh und spitzt sein bemaltes Mündchen, als wäre es das Exotischste, das er je im Leben gehört hat, was von einem Mann in Frauenklamotten ein ziemlicher Hammer ist. »Marcus, komm mal her und sieh dir Jacksons Futon an!«, und Marcus – mit schwarzer Nylon-Lockenperücke, Hockeyrock und Strümpfen mit Laufmaschen – steckt seine Nase zur Tür herein, schnieft und verschwindet wieder.

»Na, wir wollen jetzt jedenfalls los – kommst du mit oder was?«

»Entschuldigung, mit wohin …?«

»Nutten-und-Pfaffen-Party in Kenwood Manor. Wird bestimmt komisch.«

»Verstehe, na ja, vielleicht. Ich dachte eigentlich, ich bleib zu Hause und lese …«

»Ach komm, sei kein Langweiler …«

»Aber ich hab nichts anzuziehen …«

»Du hast doch ein dunkles Hemd, oder?«

»Hmm.«

»Na bitte. Stopf dir ein Stück weiße Pappe unter den Kragen, und ab geht's. In fünf Minuten. Und oh, vergiss den Zehner nicht für das Selbstgebraute, ja? Übrigens *toll*, was du aus dem Zimmer gemacht hast …«

4

FRAGE: Die Energie, die in der Interaktion zweier Protonen entsteht, variiert entsprechend dem Abstand zwischen den beiden. Welcher Art sind die Kräfte zwischen den Protonen, wenn der Abstand zwischen ihnen a) klein beziehungsweise b) mittelgroß ist?
ANTWORT: Einander abstoßend und einander anziehend.

Als Mann von Welt weiß ich, wie wichtig es ist, sich eine solide Grundlage zu verschaffen, wenn man abends was vorhat. Darum kaufe ich mir eine Tüte Pommes und ein paniertes Würstchen und esse das Ganze auf dem Weg zur Party. Es beginnt, ziemlich beständig zu regnen, und ich esse so viele Pommes, wie ich kann, bevor sie total kalt und nass werden. Marcus und Josh schreiten zielstrebig und selbstsicher in ihren Stöckelschuhen vor mir aus, offenbar immun gegen die freudlosen Blicke der Passanten. Ich denke mal, dass Vornehme-Jungs-im-Fummel zu den unvermeidlichen Plagen in einer Universitätsstadt gehören. Denn bald ist auch noch »Rag Week«, mit schreiend komischen Spektakeln für wohltätige Zwecke. Die Blätter werden einen bronzenen Farbton annehmen, die Schwalben gen Süden fliegen, und in der Fußgängerzone wird es nur so wimmeln von männlichen, als knackige Krankenschwestern verkleideten Medizinstudenten.

Auf dem Weg bombardiert mich Josh mit Fragen.

»Was studierst du?«

»Anglistik.«

»Gedichte, was? Ich mach Politik und Ökonomie, Marcus Jura. Treibst du irgendeinen Sport, Brian?«

»Nur Scrabble«, schleudere ich ihm pfeilschnell entgegen.

»Scrabble ist kein Sport«, schnieft Marcus.

»Du hast mich noch nicht spielen sehen!«, entgegne ich schlagfertig.

Aber scheinbar findet er es nicht komisch, denn er guckt nur verdrießlich und sagt: »Egal wie man es spielt, es ist trotzdem kein Sport.«

»Ja, weiß ich doch, ich hab nur …«

»Was ist dein Ding: Fußball, Cricket oder Rugby?«, fragt Josh.

»Na ja, eigentlich keins von alledem …«

»Also kein Sportsmann, wie?«

»Überhaupt nicht.« Ich werde das Gefühls nicht los, dass ich hier auf Mitgliedschaft in irgendeinem namenlosen Privatclub geprüft werde und nicht bestehe.

»Wie ist dein Squash? Ich such noch einen Partner.«

»Auch nicht Squash. Hin und wieder Badminton.«

»Badminton ist ein *Mädchen*sport«, sagt Marcus und zieht die Riemchen seiner Sandaletten zurecht.

»Hast du nach dem Abi ein Jahr Auszeit genommen?«, fragt Josh.

»Nein …«

»Irgendwo Interessantes Ferien gemacht diesen Sommer?«

»Nein …«

»Was machen deine Eltern?«

»Na ja, Mum arbeitet bei Woolworth an der Kasse. Dad hat Isolierverglasungen verkauft, aber er ist gestorben.« Josh drückt meinen Arm und sagt, »Tut mir *so* leid«, aber es ist unklar, ob er den Tod meines Vaters oder Mums Job meint.

»Und deine?«

»Oh, Dad ist im Außenministerium, meine Mutter im Verkehrsministerium.« O mein Gott, er ist ein Tory. Beziehungsweise muss ich davon ausgehen, dass er Konservativer ist, wenn seine Eltern es sind, so was vererbt sich ja gewöhnlich. Was Marcus angeht, würde es mich nicht wundern, wenn er in der Hitlerjugend wäre.

Schließlich kommen wir in Kenwood Manor an. Ich habe einen Bogen um die Studentenwohnheime gemacht, weil mir am Tag der Offenen Tür gesteckt wurde, dass sie langweilig, anstaltsmäßig und gerammelt voll mit Christen sind. Die Realität bewegt sich irgendwo zwischen Nervenheilanstalt und zweitklassiger Privatschule – lange, hallende Korridore, Parkettfußböden, der Geruch feuchter Unterwäsche, die auf lauwarmen Heizkörpern trocknet, und das ungute Gefühl, dass auf irgendeiner Toilette gerade etwas Schreckliches passiert.

Das entfernte Wummern von Dexys Midnight Runners führt uns einen Gang entlang zu einem großen, holzgetäfelten Raum mit hohen Fenstern, der nur spärlich mit Studenten bevölkert ist – zu etwa sieben Teilen Nutten und drei Teilen Pfarrern, wobei die Nutten ungefähr je zur Hälfte weiblich oder männlich sind. Es ist kein schöner Anblick. Stämmige Männer und sogar ziemlich viele Frauen, die in kunstvoll zerrissenen Strumpfhosen und mit ausgestopften BHs an der Wand lehnen wie, na ja, Nutten, während aristokratische Uni-Rektoren aus der Zeit von König Edward verzweifelt aus ihren Bildnissen auf sie herabstarren.

»Übrigens, Bri, du hast nicht zufällig den Zehner dabei …?«, fragt Josh mit gerunzelter Stirn, »… für das Selbstgebraute?«

Ich kann mir das natürlich überhaupt nicht leisten, und es ist der Zehner, den mir Mum in die Hand gedrückt hat, aber unserer neuen Freundschaft zuliebe gebe ich ihm das Geld, und Josh und Marcus tollen los wie zwei Hunde am Strand und lassen mich allein zurück, um noch weitere Freundschaften fürs Leben zu schließen. In dieser Frühphase des Abends halte ich es allgemein für das Schlauste, mir dazu einen Pfarrer und keine Nutte zu suchen.

Auf dem Weg zu der behelfsmäßigen Bar, einer aufgebockten Tischplatte, wo sie Red Stripe zu einem sehr anständigen Preis von 50 Pence die Dose verkaufen, setze ich mein Bittesprich-mich-an-Gesicht auf, ein einfältiges Grinsen bei geschlossenem Mund, das von zaghaftem Nicken und hoffnungsvollen Blicken begleitet wird. Neben mir wartet einer darauf, bedient zu werden, ein schlaksiger Hippie mit einem Dorftrottel-Grinsen, das perfekt zu meinem passt, und einer verblüffenderweise noch schlimmeren Akne. Er sieht sich im Raum um und sagt dann in einem schrillen Birmingham-Akzent: »Der helle *Waaaahnsinn*, was?«

»Unglaublich!«, sage ich, und wir verdrehen beide die Augen, wie um zu sagen, »*Ts, ts,* die Jugend von heute!« Er heißt Chris, und wie sich bald herausstellt, studiert auch er Anglistik; »Synchronizität!«, kreischt Chris und fährt dann fort, mir den gesamten Lehrplan seiner Abiturfächer zu erzählen und eine wörtliche Wiedergabe seiner Antworten im Anmeldeformular für die Vergabestelle von Studienplätzen sowie die Handlung jedes einzelnen Buchs, das er jemals gelesen hat; dann beginnt er mir lang und breit in *Echtzeit* seinen Sommer zu beschreiben, den er damit verbracht hat, in Indien herumzureisen, und ich vertreibe mir die Tage und Nächte, die nun folgen, indem ich nicke, drei Dosen Red Stripe trinke und mich frage, ob seine Haut wirklich schlimmer ist als meine, als ich ihn plötzlich sagen höre …

»… und weißt du was? Ich hab die ganze Zeit kein einziges Mal Klopapier benutzt.«

»Tatsächlich?«

»Nee. Und ich glaub auch nicht, dass ich es je wieder tun werde. Es ist viel frischer so, und wesentlich umweltfreundlicher.«

»Und stattdessen …?«

»Oh, ich nehme nur die Hand, und einen Eimer Wasser. Diese Hand!«, und er hält sie mir direkt unter die Nase. »Glaub mir, das ist *hundertmal* hygienischer!«

»Aber hast du nicht gerade gesagt, du hättest ständig die Ruhr gehabt?«

»Ja, na ja, aber das ist was anderes. *Alle* kriegen die Ruhr.«

Ich beschließe, nicht weiter nachzuhaken und sage: »Toll! klasse Erfahrung …«, und weiter geht's, auf nackten Holzbänken in einem klapperigen Bus von Hyderabad nach Bangalore, bis irgendwo in den Bergen von Erramala das Red Stripe seine Wirkung zeigt und ich erfreut feststelle, dass ich eine volle Blase habe und es mir wirklich leid tut, aber ich muss jetzt mal aufs Klo – »Geh nicht weg, bin gleich wieder da, rühr dich *nicht* von der Stelle!«. Als ich losgehen will, packt er mich an der Schulter, hält mir die linke Hand vors Gesicht und sagt missionarisch: »Und nicht vergessen! Du brauchst kein Toilettenpapier!« Ich lächle und suche zügig das Weite.

Als ich zurückkehre, stelle ich erleichtert fest, dass er *doch* einfach weggegangen ist, darum setze ich mich auf den Rand der hölzernen Bühne, neben eine kleine, ganz normale Frau, die weder als Nutte noch als Pfarrer verkleidet ist, sondern als Mitglied der KGB-Jugendorganisation schwerer schwarzer Mantel, schwarze Leggings, kurzes Jeanshemd und schwarze Mütze im Sowjet-Stil, die über eine ölig glänzende schwarze Tolle nach hinten geschoben ist. Ich werfe ihr ein Lächeln zu, das so viel heißt wie »Was dagegen, wenn ich mich hierher setze?«, und sie erwidert es mit einem »Ja, hau ab!«-Lächeln, eine verkrampfte kleine Muskelzuckung, bei der flüchtig scharfe weiße Zähnchen aufblitzen, hinter einem unpassenden, verschmierten, knallroten Lippenstift. Natürlich sollte ich mich am besten wieder verkrümeln, aber die Biere haben mich furchtlos und zutraulich gestimmt, darum setze ich mich neben sie. Trotz der gurgelnden Bässe von *Two Tribes* kann man immer noch hören, wie sich ihre Gesichtsmuskeln anspannen.

Nach einer Weile drehe ich mich zu ihr um und schaue sie an. Sie macht nervöse kleine Züge an einer Selbstgedrehten und starrt verbissen auf die Tanzfläche. Ich hab die Wahl – reden oder gehen. Ich versuch's mal mit Reden. »Das Ironische ist ja, dass ich tatsächlich Pfarrer *bin*!«

Keine Reaktion.

»Ich hab seit meinem sechzehnten Geburtstag nicht mehr so viele Prostituierte gesehen!«

Keine Reaktion. Vielleicht hat sie mich nicht gehört. Ich biete ihr einen Schluck von meinem Red Stripe an.

»Sehr freundlich. Aber ich verzichte, danke«, und sie greift nach einer Dose, die neben ihr steht, und wedelt mir damit vor den Augen herum. Ihre Stimme passt perfekt zu ihrem Gesicht, sie ist hart, kantig und schottisch; aus Glasgow, glaube ich.

»Und, als was gehst du?«, frage ich munter und deute mit einem Nicken auf ihre Kleidung.

»Als normaler Mensch«, sagt sie, ohne eine Miene zu verziehen.

»Du hättest es wenigstens versuchen können! Einfach einen Kollar umbinden können oder so was!«

»Vielleicht. Nur bin ich jüdisch.« Sie nimmt einen Schluck aus ihrer eigenen Bierdose. »Seltsamerweise haben sich Kostümfeste unter den Juden nie richtig durchsetzen können.«

»Weißt du, manchmal wünschte ich mir, ich wäre jüdisch«, sage ich. Mir ist klar, dass das als Gesprächsauftakt ziemlich dreist ist, und ich bin mir auch nicht ganz sicher, warum ich es überhaupt sage; teils, weil ich es wichtig finde, dass man in der Rassen-, Geschlechter- und Identitätsfrage voll am Ball ist, aber wohl auch, weil ich schon ziemlich besoffen bin.

Sie kneift die Augen zusammen, wirft mir einen kurzen Blick direkt aus einem Italo-Western zu, zieht an ihrer Selbstgedrehten und überlegt, ob sie beleidigt sein soll; dann sagt sie leise:

»Ach ja?«

»Tut mir leid, das sollte nicht rassistisch klingen, ich meine nur, weil viele meiner Helden jüdisch sind, darum …«

»Na wie schön, dass mein Volk deine Anerkennung findet. Wer sind denn diese Helden?«

»Ach, du weißt schon, Einstein, Freud, Marx …«

»Karl oder Groucho?«

»Beide. Arthur Miller, Lenny Bruce, Woody Allen, Dustin Hoffman, Philip Roth …«

»Jesus natürlich …«

»… Stanley Kubrick, J. D. Salinger …«

»Natürlich ist Salinger streng genommen kein Jude.«

»Doch.«

»Glaub mir, ist er nicht.«

»Bist du sicher?«

»Wir wissen das – wir haben da eine besondere Antenne.«

»Aber der Name ist jüdisch.«

»Sein Vater war Jude, seine Mutter katholisch, deswegen ist er eigentlich keiner. Jüdischsein wird über die weibliche Linie vererbt.«

»Wusste ich nicht.«

»Na siehst du, schon fängt sie an, deine Unibildung«, und sie wendet sich wieder ihrer Beschäftigung zu, hasserfüllt auf die Tanzfläche zu starren, die inzwischen vollgepackt ist mit Nutten, die zur Musik herumstolpern. Es ist ein ziemlich grausiger Anblick, wie ein neu entdeckter Kreis der Hölle, und sie sieht mit ominöser Verachtung zu, als würde sie darauf lauern, dass gleich die Bombe hochgeht, die sie dort gelegt hat. »Scheiße, guck dir bloß mal diese kleinen Pisser an«, nuschelt sie angeödet, während *Two Tribes* in *Relax* überblendet. »Und *die* bilden eines Tages die Elite unseres Landes …« Ich beschließe, dass hier weltverdrossener Zynismus definitiv am besten ankommt, und sehe zu, dass ich an dieser Stelle laut und vernehmlich kichere, und sie dreht sich halb lächelnd zu mir um. »Weißt du, was die größte Errungenschaft des englischen Internats ist? Generationen von Jungs mit wallendem Haar, die wissen, wie man einen Hüftgürtel richtig anlegt. Erstaunlich, wie viele von euch Knaben schon mit Frauenklamotten im Koffer in der Uni ankommen.«

Euch Knaben?

»Ich war übrigens auf einer Gesamtschule«, sage ich.

»Dein Pech. Weißt du, dass du heute Abend der Sechste bist, der mir das erzählt? Ich frage mich, ob das vielleicht so eine Art linker Anmachspruch ist? Was soll mich mehr beeindrucken? Unser staatliches Schulsystem? Oder deine heroischen akademischen Leistungen, weil du zweifellos ein Stipendium kriegst?«

Wenn ich eins weiß, dann, wann ich mich geschlagen geben muss, darum nehme ich meine dreiviertelvolle Bierdose und schwenke sie, als sei sie leer. »Ich geh zur Bar, soll ich dir was mitbringen, äh …«

»Rebecca.«

»… Rebecca?«

»Ich hab noch.«

»Okay. Na dann. Bis irgendwann mal. Ich bin übrigens Brian.«

»Auf Wiedersehen, Brian.«

»Ciao, Rebecca.«

Ich bin schon unterwegs zur Bar, bemerke aber, dass Chris der Hippie dort lauert, bis zu den Ellbogen in einer großen Tüte Chips versenkt, darum gehe ich aus dem Saal und beschließe, einen kleinen Spaziergang zu machen.

Ich wandere den holzverkleideten Korridor entlang, wo sich der letzte Trupp von Erstsemestern zum Soundtrack von Bob Marleys *Legend* von seinen Eltern verabschiedet. Ein Mädchen schluchzt in den Armen seiner schluchzenden Mutter, während der Vater steif danebensteht und ein kleines Bündel Geldscheine umklammert. Ein schlaksiger, verlegen wirkender Grufti ganz in Schwarz mit einer auffälligen Zahnspange schiebt seine Eltern fast gewaltsam aus dem Zimmer, damit er sich endlich der wichtigen Aufgabe widmen kann, seiner Umgebung die dunkle und komplexe Kreatur zu offenbaren, die sich unter all dem Metall und Plastik verbirgt. Andere Neuankömmlinge stellen sich ihren Zimmernachbarn vor und geben Kurzbiografie-Statements von sich: Fach, Geburtsort, Abschlussnoten, Lieblingsband, traumatischstes Kindheitserlebnis. Es ist eine Art kultivierte Mittelklasse-Version der gängigen Kriegsfilmszene, in der die blutjungen Rekruten in der Barracke eintreffen und sich gegenseitig Fotos von ihrem Mädchen zu Hause zeigen.

Ich bleibe vor dem Schwarzen Brett der Studentenvereinigung stehen, trinke mein Bier und lasse den Blick gedankenverloren über die Aushänge schweifen – ein Schlagzeug zu verkaufen, Aufrufe, Barclays Bank zu boykottieren, eine veraltete Parteiversammlung der Revolutionären Kommunisten zur Unterstützung der Bergarbeiter, Vorsprechtermine für Gilbert und Sullivans *Pirates of Penzance* – und erfahre, dass Self-Inflicted und Meet Your Feet nächsten Dienstag im Frog and Frigate spielen.

Und dann kommt's.

Auf einem knallroten, fotokopierten DIN-A4-Poster am Schwarzen Brett steht:

HIER KOMMT DEINE STARTFRAGE

Kannst Du Sophokles von Sokrates unterscheiden?
Ursa Major von Lee Major?
Carpe diem von *habeas corpus*?
Traust Du Dir zu, Dich mit den großen Jungs anzulegen?
Dann komm zum Vorsprechen für *University Challenge*!
Qualifizier Dich in einer kurzen (und lustigen!) schriftlichen Prüfung.
Freitag 13:00 (pünktlich),
Studentenvereinigung, Seminarraum 6.
Echtes Engagement Voraussetzung.
Keine Faulenzer oder Opportunisten.

Nur große Geister brauchen sich zu bewerben.

Jetzt ist sie also da. *The Challenge* – Die Große Herausforderung.

5

FRAGE: Welcher schwarze amerikanische Entertainer, selbst ernannter »Schwerstarbeiter des Showbusiness« und einer der Pioniere des Funk, ist allgemein als »Godfather of Soul« bekannt?
ANTWORT: James Brown.

Am meisten haben mich ihre Haare beeindruckt; spektakuläre Wellen spröden Haars wie verdorrter Weizen; kaskadenartige Gardinen aus seidenen Ponys; Koteletten wie in einem Sonntagnachmittags-Kostümfilm im Fernsehen. Dad konnte über alles, was bei Top of the Pops *nicht nach ordentlichem Kurzhaarschnitt aussah, in helle Rage geraten, aber hatte man es einmal geschafft, bei* University Challenge *aufzutreten, besaß man das Recht auf jeden verdammten Haarschnitt, nach dem einem war. Es schien fast so, als seien sie machtlos dagegen, als wären diese irren Frisuren nur ein Ventil für diesen unglaublichen, unkontrollierbaren Überschuss an Geisteskraft. Wie beim Klischee des wahnsinnigen Wissenschaftlers konnte man unmöglich so schlau sein und zugleich erwarten, bezähmbares Haar oder normale Sehkraft zu besitzen oder die Fähigkeit, sich zu waschen und anzuziehen.*

Und die Klamotten. Diese mysteriöse altenglische Tradition der scharlachroten Gewänder, zusammen mit den verklemmt-skurrilen Klaviertastenmuster-Krawatten, den ewigen selbst gestrickten Schals und den afghanischen Lederwamsen. Natürlich kommen einem als Kind alle Leute im Fernsehen alt vor, und rückblickend denke ich mal, dass sie jung gewesen sein müssen, im Prinzip, in Erdenjahren gemessen, aber selbst wenn sie tatsächlich zwanzig waren, waren sie zwanzig und gingen auf die zweiundsechzig zu. Jedenfalls gab es nichts in ihren Gesichtern, das auf Jugend, Vitalität oder Gesundheit hindeutete. Stattdessen wirkten sie schlaff, käsig und verhärmt, als hätte die ganze

Quälerei mit der Last dieser verinnerlichten Informationsfülle – die Halbwertszeit von Tritium, der Ursprung des Begriffs »éminence grise«, die ersten zwanzig ganzen Zahlen, das Reimschema eines Sonetts von Petrarca – einen fürchterlichen körperlichen Tribut gefordert.

Natürlich haben Dad und ich nur selten mal eine Frage richtig beantworten können, aber das war auch nicht der Punkt. Es ging hier nicht um Lappalien *– und auch nicht darum, selbstgefällig zu sein und sich auf das, was man wusste, was einzubilden; eigentlich ging es darum, gegenüber dem großen weiten Universum der Dinge, von denen man absolut* keine Ahnung *hatte, vor Ehrfurcht zu erstarren; darum, demütig zuzusehen, denn Dad und mir kam es tatsächlich so vor, als wüssten diese seltsamen Kreaturen einfach alles. Egal, was man sie fragte: Wie viel wiegt die Sonne? Warum sind wir hier? Ist das Universum unendlich? Was ist das Geheimnis wahren Glücks? – und selbst, wenn sie die Antwort nicht sofort zur Hand hatten, konnten sie sich wenigstens untereinander beraten, sich in leisen Lispelstimmen Dinge zuraunen und sich dann auf etwas einigen, das sich, wenn es nicht sogar stimmte, zumindest wie ein ziemlich guter Versuch anhörte.*

Und es spielte keine Rolle, dass die Kandidaten eindeutig gesellschaftliche Außenseiter waren oder ein bisschen schmuddelig oder verpickelt oder alte Jungfern oder in manchen Fällen schlicht einen Hau hatten, der springende Punkt war, dass es irgendwo einen Ort gab, wo Menschen all diese Dinge offensichtlich wussten und darüber glücklich waren und dieses Wissen, das ihnen wichtig und der Mühe wert war, leidenschaftlich ernst nahmen, und dass Dad sagte, wenn ich mich richtig, richtig anstrengen würde, könnte ich vielleicht eines Tages auch da sitzen …

»Willst du's versuchen?«, fragt sie.

Ich drehe mich um, und ich schwöre, sie ist so schön, dass ich fast meine Bierdose fallen lasse.

»Willst du's versuchen?«

Ich glaube nicht, dass ich jemals im Leben so nah an etwas so Schönem drangewesen bin. Es gibt natürlich Schönheit in

Büchern oder in einem Gemälde vielleicht oder einer Landschaft, wie damals bei der Erdkunde-Exkursion zur Isle of Purbeck, aber ich glaube nicht, dass ich bis zu diesem Zeitpunkt jemals *wahre* Schönheit erlebt habe, nicht im richtigen Leben, nicht bei einem lebendigen, warmen, weichen menschlichen Wesen, das man anfassen kann, jedenfalls theoretisch. Sie ist so perfekt, dass ich ungelogen zusammenzucke, als ich sie sehe. Meine Brustmuskeln verkrampfen sich, und ich muss mich zwingen weiterzuatmen. Ich weiß, dass das jetzt wie eine Wahnsinns-Übertreibung klingt, aber sie sieht wirklich aus wie eine junge, blonde Kate Bush.

»Willst du's versuchen?«, fragt sie nochmals.

»Hmhm?«, entgegne ich, sprühend vor Schlagfertigkeit.

»Meinst du, du könntest es schaffen?«, fragt sie und nickt zu dem Poster hin.

Schnell was Lustiges sagen.

»Frmmpf«, witzele ich, und sie lächelt mich mitleidig an, wie eine gütige junge Krankenschwester den Elefantenmenschen anlächeln würde.

»Dann sehen wir uns ja morgen?«, meint sie und geht. Sie ist kostümiert, aber äußerst raffiniert; mit sehr viel Witz, Selbstbewusstsein und Geschmack hat sie die *weitaus* überlegene Variante der französischen Edelhure gewählt – ein eng anliegendes, schwarzweiß gestreiftes Top, einen breiten, schwarzen Ballerina-Gürtel mit Gummizug, schwarzen engen Rock, Netzstrumpfhose. Oder sind es Nylons? Netz oder Nylon, Netz oder Nylon, Netz oder Nylon …?

Ich folge ihr den Gang entlang zurück zum Tanzsaal, wobei ich einen gebührenden, nichtbedrohlichen Abstand wahre, und beobachte ihren gleichmäßigen Gang, wie Monroe, die in *Manche mögen's heiß* aus dem Nebel der Dampflok auftaucht, Netz oder Nylon, Netz oder Nylon, und bei jedem Zimmer, an dem sie vorbeikommt, steckt jemand den Kopf zur Tür heraus und sagt hi und hallo und wie geht's und du siehst toll aus; aber sie kann doch gerade erst acht Stunden hier sein, höchstens einen Tag, wie kommt es, dass sie offenbar *jeden* kennt?

Dann taucht sie in die Party ein, geht durch eine Meute glotzender Pfarrer zu einem Grüppchen von Mädchen, die am Rand der Tanzfläche stehen, diese Art von zähen, hübschen, modebewussten Mädchen, die immer irgendwie Witterung voneinander aufnehmen und sich zusammenrotten. Der DJ hat jetzt *Tainted Love* aufgelegt, und die Atmosphäre im Raum scheint schwülstiger geworden zu sein, lüstern und dekadent, und obwohl es nicht gerade das Berlin der Weimarer Republik ist, so doch wenigstens die Aufführung einer College-Abschlussklasse in Ost-Sussex von *Cabaret*. Ich stehe abseits und beobachte. Ich werde meine fünf Sinne beisammen haben müssen, wenn ich die Sache richtig anpacken will, und außerdem brauch ich noch ein Bier. Ich gehe und kaufe Dose Nummer sechs. Oder war es Nummer sieben? Weiß nicht genau. Macht nichts.

Ich beeile mich wieder zurückzukommen, für den Fall, dass sie weggegangen ist, aber sie steht immer noch mit ihrer Viererbande neben der Tanzfläche und lacht und albert herum, als würden sie sich ein Leben lang kennen, anstatt nur einen ganzen Nachmittag. Ich setze ein Gesicht auf, das abgeklärt-amüsierte Langeweile ausdrücken soll, und unternehme eine Reihe von Abstechern zu ihr, indem ich total lässig dicht an ihr vorbeigehe, in der Hoffnung, dass sie mich sieht, am Ellenbogen packt und sagt: »Erzähl mir *alles* über dich, du faszinierender Typ.« Tut sie nicht, deshalb beschließe ich, noch mal an ihr vorbeizugehen. Das wiederhole ich etwa vierzehn, fünfzehn Mal, aber sie bemerkt mich nicht, darum schlage ich jetzt einen direkteren Kurs ein. Ich stelle mich hinter sie.

Während der gesamten Maxiversion von *Blue Monday* von New Order stehe ich hinter ihr. Irgendwann wird eine ihrer neuen Freundinnen auf mich aufmerksam, ein schmallippiges

Mädchen mit einem Dreiecksgesicht, Katzenaugen und einem blond gebleichten Kurzhaarschnitt, die instinktiv die Hand über ihre Tasche legt – als hätte sie Angst, ich sei hier, um den Leuten ihr Portemonnaie zu klauen. Darum grinse ich sie beruhigend an, woraufhin sie panische Blicke in die Gruppe schleudert, vielleicht stößt sie sogar einen hohen Warnschrei oder was Ähnliches aus. Denn die Gruppe dreht sich endlich um und guckt mich an, und die blonde Kate Bush steht plötzlich direkt vor mir, das schöne Gesicht nur wenige Zentimeter von dem meinen entfernt. Diesmal habe ich aber alle meine fünf Sinne beisammen und sage markig: »Hallo!«

Das beeindruckt sie weniger, als ich gehofft habe, denn sie sagt »Hi« und will mir schon wieder den Rücken zukehren.

»Wir haben uns kennengelernt. Gerade eben? Draußen im Gang?«, brabble ich.

Ihr Gesichtsausdruck ist leer. Trotz den Unmengen an Flüssigkeit, die ich getrunken habe, fühlt sich mein Mund zäh und klebrig an, als ob meine Spucke mit Maismehl verdickt worden wäre, aber ich lecke mir die Lippen und sage: »Du hast mich gefragt, ob ich's versuchen will? Bei *University Challenge*?«

»Ach ja«, sagt sie und dreht sich wieder um. Aber ihre Freundinnen haben sich zerstreut, voller Feingefühl dafür, dass es zwischen uns funkt. Endlich sind wir allein, wie das Schicksal es bestimmt hat.

»Das Komische ist, dass ich tatsächlich Pfarrer *bin*!«, sage ich.

»Wie bitte?« Sie neigt sich zu mir vor, und ich nutze die Gelegenheit, meine Hand an ihr Ohr zu legen und damit leicht ihren wunderbaren Kopf zu berühren.

»Ich bin tatsächlich Pfarrer!«, schreie ich.

»Bist du wirklich?«

»Was?«

»Pfarrer?«

»Nein, ich bin kein Pfarrer.«

»Aber hattest du nicht eben gesagt, dass du Pfarrer bist?«

»Nein, bin ich nicht …«

»Was hast du dann gesagt?«

»Na ja, schon, also ich meine, ich habe gesagt, dass ich Pfarrer bin, aber ich, na ja, ich hab nur einen Witz gemacht!«

»Oh. Tut mir leid, ich verstehe nicht …«

»Ich bin übrigens Brian!« *Bloß nicht die Panik kriegen …*

»Hallo Brian …«, und sie sieht sich suchend nach ihren Freundinnen um. *Mach weiter, mach weiter …*

»Warum? Seh ich etwa aus wie ein Pfarrer?!«, sage ich.

»Ich weiß nicht. Ein bisschen vielleicht …«

»Oh! Na toll! Herzlichen *Dank*! Danke *vielmals*!« Ich versuche es jetzt mit gespielter Entrüstung, die Arme hoch über der Brust verschränkt, und will sie zum Lachen bringen, eine lustige, unbeschwerte Neckerei in Gang setzen. »Ein Pfarrer, ja? Na *herzlichen* Dank! Dann siehst du aber auch aus wie eine … wie eine richtige … richtige *Nutte*!«

»*Wie* bitte?«

Offensichtlich hat sie mich nicht genau gehört, weil sie nicht lacht, deshalb hebe ich die Stimme.

»Eine NUTTE! Du siehst aus wie eine Prostituierte! Wie eine hochkarätige Prostituierte allerdings …«

Sie wirft mir ein Lächeln zu, eins von diesen ganz kleinen, feinen Lächeln, die einem verächtlichen Lächeln ähneln, und sagt: »Würdest du mich bitte entschuldigen, Gary, ich muss *dringend* mal aufs Klo …«

»Okay! Also bis dann!« Aber sie ist schon weg und lässt mich mit dem leisen Verdacht zurück, die Sache hätte besser laufen können. Vielleicht fühlt sie sich auf den Schlips getreten, obwohl ich eindeutig eine komische Stimme aufgesetzt habe. Andererseits, woher soll sie denn wissen, dass es eine komische Stimme war, wenn sie meine richtige Stimme gar nicht kennt? Vielleicht denkt sie jetzt nur, ich habe tatsächlich eine komische

Stimme? Und wer zum Teufel ist Gary? Ich stehe da und sehe zu, wie sie zu den Toiletten geht, nur kommt sie nicht weiter als bis zur Tanzfläche, wo sie stehen bleibt, einem der Mädchen etwas ins Ohr flüstert, und beide lachen. Also muss sie gar nicht aufs Klo. Das Klo war nur eine Ausrede.

Dann fängt sie an zu tanzen. Es läuft *Love Cats* von The Cure. In einer witzigen und beißend-ironischen Interpretation des Songtextes tanzt sie ein bisschen wie eine Katze, gelangweilt, distanziert und geschmeidig, und wirft immer mal wieder den Arm über den Kopf wie, na ja, wie einen Katzenschwanz! Sie ist die unglaublichste Tänzerin der Welt! Jetzt hat sie die Hände unters Kinn gelegt wie zwei Pfötchen, sie *ist* die eponyme Love Cat und dermaßen wunder-, wunder-, wunder-, wunderhübsch, und mir kommt eine Idee, ein Plan, der so umwerfend in seiner Einfachheit und doch so genial und unschlagbar ist, dass ich mich wundere, warum ich nicht schon früher drauf gekommen bin.

Tanzen! Ich werde ihr durch das Medium des zeitgenössischen Tanzes den Hof machen.

Die Platte wird gewechselt, und jetzt kommt *Sex Machine* von James Brown, was mir recht ist, denn mir ist ja auch danach, mich aufzubäumen und eine Sexmaschine zu sein. Vorsichtig stelle ich mein Red Stripe auf den Boden, wo es unmittelbar umgestoßen wird, aber macht nichts, ist mir egal. Da, wo ich hingehe, brauche ich es nicht. Ich fange am Rand der Tanzfläche mit ein paar Aufwärmbewegungen an, zunächst etwas zaghaft, bin aber froh, dass ich die Brogues statt meiner Green Flash angezogen habe, weil die flachen Sohlen herrlich auf dem Parkettboden rutschen, was mir ein funkiges, locker-schlaksiges Feeling gibt. Dann bewege ich mich auf die eigentliche Tanzfläche zu, anfangs ein bisschen staksig, wie früher auf der Eislaufbahn, wo man sich noch am Rand festhalten musste, und arbeite mich – *get on up, get on up* – langsam aber sicher zu ihr vor.

Sie tanzt wieder in ihrer kleinen Fünfergruppe, die zusammenhält wie eine geballte Faust, eine dieser uneinnehmbaren Defensivformationen, mit denen die römische Infanterie die Barbaren abwehrte. Das katzenäugige Mädchen sieht mich zuerst und stößt ihren schrillen Warnschrei aus. Die blonde Kate Bush durchbricht den Verteidigungsring, dreht sich um, blickt mir in die Augen, und das ist für mich die Aufforderung, die Musik voll in mich eindringen zu lassen und zu tanzen, wie ich noch nie getanzt habe.

Ich tanze, als ginge es um mein Leben, beiße mir verführerisch auf die Unterlippe – sowohl als erotisches Signal als auch als Konzentrationshilfe – und schaue ihr direkt in die Augen, damit sie es nicht wagt, es *ja* nicht wagt, wegzusehen. Tut sie aber. Darum schlängle ich mich um sie herum, wieder in ihr Sichtfeld hinein, und lass es fetzen. Ich tanze, als würde ich die *Roten Schuhe* tragen, denke dann, vielleicht hatte ich ja Recht, es sind die Unterhosen, diese Unterhosen, die Mum mir geschenkt hat, die Roten Hosen. Was immer es ist, ich tanze wie James Brown, ich hab Funk und Soul *and a brand-new bag*, und bin der Schwerstarbeiter des Showbusiness, ich bin eine Maschine, die nur für den Sex gebaut wurde, gleite und drehe mich um 360, 720 und einmal sogar um 810 Grad, wodurch ich in die falsche Richtung gucke und vorübergehend die Orientierung verliere, aber es ist okay, denn James Brown sagt, *take it to the bridge*, also tu ich das, ich bring's zur Brücke, wo immer das auch sein mag, und auf dem Weg zur Brücke wandert meine Hand zu meinem Hals und reißt in einer Geste gerechten Zorns auf alles Klerikale meinen weißen Pappkragen ab. Ich schleudere ihn zu Boden, mitten hinein in eine Gruppe von Leuten, die jetzt einen Kreis um mich gebildet haben, klatschen, lachen und voller Bewunderung und Begeisterung auf mich zeigen, wie ich da wirble, in die Hocke gehe und mit den Händen den Fußboden berühre, während meine Strickjacke hinter mir herflattert. Meine Brille ist unterdessen ein bisschen beschlagen, darum kann ich Kate Bushs Gesicht unter den anderen Gesichtern nicht entdecken, erhasche nur einen kurzen Blick von diesem faden, dunkelhaarigen jüdischen Mädchen, Rebecca Wie-hieß-sie-noch-gleich, aber an Aufhören ist nicht mehr zu denken, weil James Brown mich gerade bittet, mit meinem *Moneymaker* zu shaken. Ich muss einen Moment lang überlegen, was mein *Moneymaker* eigentlich genau ist. Mein Kopf? Nein, mein Arsch natürlich, darum wackle ich mit ihm, so gut ich kann, und besprühe die mich umgebende Menge mit meinem Schweiß wie ein nasser Hund, und dann jaulen plötzlich kurz die Bläser auf und der Song ist zu Ende und ich.

Bin.

Alle.

Ich suche in der jubelnden Menge nach ihrem Gesicht, aber sie ist definitiv verschwunden. Nicht weiter schlimm. Das Wichtigste ist, dass ich einen Eindruck bei ihr hinterlassen habe. Unsere Wege werden sich wieder kreuzen, morgen um 13:00 Uhr, bei der *Challenge*-Vorauswahl.

Jetzt bringen sie die ironischen Knutsch- und Schmusestücke, wie *Careless Whisper*, aber die Leute sind alle entweder zu cool oder zu besoffen zum Tanzen, darum denke ich mal, es ist Zeit zum Schlafengehen. Auf dem Weg nach draußen gehe ich auf die Toilette und wische mit meinem Jackenzipfel den klebrigen Schweiß von der Brille, um mich im Spiegel über dem Pissoir besser sehen zu können. Das durchgeschwitzte Hemd klebt mir auf der Haut und ist bis zum Bauchnabel aufgeknöpft; mein wirres und verfilztes Haar ist mir über die Stirn geklatscht, und alles Blut ist mir in den Kopf gestiegen, besonders in meine Akne, aber ich finde dennoch, dass ich so weit ganz gut aussehe. Der Raum dreht sich jetzt, darum lehne ich meine Stirn gegen den Spiegel, damit er stillhält, während ich pinkle. Aus einer der Kabinen dringt der Geruch von Haschischqualm und das gedämpfte Kichern zweier Stimmen. Dann geht die Klospülung, und heraus kommen zwei Nutten, die eine weiblich, mit feuchtem Gesicht, die ihren Hockeyrock zurechtzupft, die andere eine breitschultrige Rugbyspieler-Nutte. Beide haben verschmierten Lippenstift überall im Gesicht. Sie blicken mich herausfordernd an, als sollte ich es nur wagen, irgendeine abfällige Bemerkung zu machen. Aber ich bin in einer totalen Hochstimmung, voller Leidenschaft und Liebe für die schiere, fröhliche Hemmungslosigkeit der Jugend, darum lächle ich sie benebelt an.

»Das Komische ist ja, dass ich Pfarrer *bin*!«, sage ich.

»Mann, verpiss dich einfach«, sagt er.

6

FRAGE: Das neunte Buch von Wordsworths *Präludium* enthält die Ermunterung: »Lebendig sein war da im Morgengrauen wohl Seligkeit...?«
ANTWORT: »... Doch jung sein war der Himmel.«

Und wieder dämmert ein neuer Morgen herauf, der auf deprimierende Weise dem alten Morgen gleicht.

Von Morgendämmerung kann allerdings keine Rede mehr sein, es ist 10:26 Uhr. Ich hatte mir vorgestellt, dass ich an meinem ersten Morgen an der Uni strotzend vor Gesundheit, Weisheit und akademischem Eifer erwachen würde; stattdessen haben wir nur wieder das Übliche im Angebot: Scham, Selbsthass und Ekel – und das dumpfe Gefühl, dass nicht jedes Erwachen unbedingt so sein müsste wie das hier.

Außerdem bin ich ziemlich ungehalten, weil offensichtlich jemand in mein Zimmer gekommen ist, während ich schlief, meinen Mund mit Filz ausgestopft hat und anschließend auf meinem Kopf herumgetrampelt ist. Jede Bewegung fällt mir schwer, darum bleibe ich noch einen Augenblick liegen und zähle nach, an wie vielen aufeinander folgenden Nächten ich betrunken ins Bett gegangen bin, und komme auf etwa 103. Und es wären noch mehr gewesen, hätte ich nicht neulich diese Mandelentzündung gehabt. Ich versuche mich mit dem Gedanken anzufreunden, möglicherweise Alkoholiker zu sein. Solche Anwandlungen habe ich manchmal, ein Bedürfnis, mich als dieses oder jenes zu definieren. Bei verschiedenen Gelegenheiten in meinem Leben habe ich mich gefragt, ob ich ein Grufti, schwul, jüdisch, katholisch oder manisch-depressiv sein könnte, ob ich vielleicht adoptiert wurde oder ein Loch in der Herzwand habe oder die Fähigkeit, allein durch Willenskraft Gegenstände zu bewegen. Jedes Mal musste ich zu meinem großen Bedauern konstatieren, nichts von alledem zu sein. Die Tatsache ist nämlich, dass ich *gar* nichts bin. Ich bin nicht mal »Waise«, nicht im strengen Wortsinn; einzig »Alkoholiker« scheint mir bisher plausibel. Wie nennt man sonst einen, der Nacht für Nacht besoffen ins Bett fällt? Trotzdem, vielleicht wäre Alkoholismus nicht mal das Ende der Welt; mindestens die Hälfte der Leute auf den Postkarten an der Wand über mir sind Alkoholiker. Ich denke mal, der Trick ist, Alkoholiker zu sein, ohne dass die Umgangsformen oder die akademische Arbeit darunter leiden.

Vielleicht habe ich ja auch nur zu viele Romane gelesen. In Romanen sind Alkoholiker immer attraktiv, witzig, charmant und hintergründig, wie Sebastian Flyte in *Wiedersehen mit Brideshead* oder Abe North in *Zärtlich ist die Nacht*. Sie trinken aus einem tiefen, untröstlichen Weltschmerz heraus oder wegen der Schrecken des Ersten Weltkriegs, während ich mich nur betrinke, weil ich Durst habe und den Geschmack von Bier mag und zu blöd bin, um zu wissen, wann man aufhört. Es ist nun mal nicht so, dass ich es auf den Falkland-Krieg schieben könnte.

Und ich rieche ganz bestimmt wie ein Alkoholiker. Nach nicht mal vierundzwanzig Stunden stinkt das neue Zimmer bereits. Es ist der von Mum erwähnte »Jungs«-Geruch – warm und salzig, ein bisschen wie die Rückseite einer Armbanduhr. Wo kommt er her? Trage ich ihn einfach mit mir herum? Ich richte mich im Bett auf und sehe auf dem Fußboden neben mir mein Hemd von gestern Abend, das immer noch schweißnass ist. Sogar meine Strickjacke ist klamm. Einen Augenblick flackert eine kleine verdrängte Erinnerung auf … irgendwas war da mit … Tanzen? Ich lege mich wieder hin und ziehe mir die Decke über den Kopf.

Schließlich ist es der Futon, der mich zum Aufstehen zwingt. Offenbar hat er sich über Nacht verfestigt, und ich spüre, wie sich der harte, kalte Fußboden gegen meine Wirbelsäule drückt, als würde ich auf einem sehr großen, feuchten Handtuch liegen, das eine Woche lang in einer Plastiktüte vergessen worden war. Ich setze mich auf den Rand, die Knie unterm Kinn, und krame in meinen Taschen nach meiner Brieftasche. Sie ist noch da, enthält aber beunruhigenderweise nur einen Fünfer plus 18 Pence in Münzen. Damit muss ich bis nächsten Montag auskommen, drei ganze Tage lang. Wieviel Bier habe ich gestern eigentlich getrunken? O Gott, wie grauenhaft, da ist sie wieder, die verdrängte Erinnerung, blubbernd steigt sie an die Oberfläche wie ein Furz in der Badewanne. Tanzen. Ich erinnere mich, getanzt zu haben, mitten in einer Gruppe von Leuten. Aber das kann doch nicht stimmen, denn was ich normalerweise hinlege, gleicht eher einem Veitstanz, und diese Leute haben gelächelt, geklatscht und gejohlt.

Und da überfällt mich mit erschütternder Deutlichkeit die Erkenntnis, dass *der Applaus ironisch war.*

Das Gebäude der Studentenvereinigung ist ein ostentativ hässlicher, regengepeitschter Betonbrocken, der mitten aus einer hübschen georgianischen Häuserreihe herausragt wie ein schlechter Zahn. An diesem Morgen strömen sie in Scharen durch die Schwingtüren und wieder heraus, ein und aus, allein oder in dicht gedrängten kleinen Grüppchen mit ihren neuen besten Freunden, denn es ist der letzte Tag der Einführungswoche für die Studienanfänger, und bis Montag finden keine Vorlesungen statt. Dafür haben wir heute Gelegenheit, uns bei den AGs einzuschreiben.

Ich trage mich für die Französisch-AG, die Film-AG, die Literatur-AG, die Lyrik-AG und beim Mitarbeiterstab aller drei Studentenzeitschriften ein, dem literarisch angehauchten

Scribbler, dem respektlosen, schlüpfrigen *Tattle*, und dem linientreuen linken *By Lines*. Zudem melde ich mich bei der Dunkelkammer-AG an (»Mach mit, und guck, was sich entwickelt!«), obwohl ich gar keine Kamera habe, und erwäge dann, der Feminismus-AG beizutreten. Aber während ich vor deren Tapeziertisch anstehe, funkelt mich eine Doppelgängerin von Gertrude Stein dermaßen feindselig an, dass ich mich dann doch frage, ob es nicht vielleicht ein bisschen übereifrig wäre. So einen Fehler habe ich schon einmal gemacht, bei einem Schulausflug zum Victoria and Albert Museum, als ich einem Schild mit der Aufschrift »FRAUEN« folgte und dachte, da wäre eine Ausstellung über die sich wandelnde Rolle der Frau in der Gesellschaft, dann aber in der Damentoilette landete. Am Ende beschließe ich, die Feminismus-AG sein zu lassen, denn obwohl ich die Gleichberechtigung der Frau uneingeschränkt unterstütze, bin ich mir nicht hundertprozentig sicher, ob ich nicht bloß mitmachen will, um Mädchen kennenzulernen.

Hastig gehe ich an den munteren, pastellfarbenen Pullis der Badminton-AG vorbei, nur für den Fall, dass die den Fragebogen der Quartiervermittlung gesehen haben und mich festnageln wollen. Dann winke ich Josh zu, der von Kumpels umringt in der Schlange vor der Muskulöse-Schnösel-AG steht, oder was immer es ist, irgendwas, das mit Skifahren und Trinken und Frauenbelästigen und einer rechtsextremen Gesinnung zu tun hat.

Außerdem beschließe ich, mich nicht bei der Theater-AG einzuschreiben. Wie die Feminismus-AG ist es eine ziemlich gute Art, Zeit mit Mädchen zu verbringen, hat aber den Nachteil, dass sie einen damit nur ködern, bei einem Stück mitzumachen. Die Theater-AG wird dieses Trimester *Charlys Tante, Antigone* und *Equus* von Sophokles aufführen, und ich weiß genau, dass sie mich entweder als Mitglied des griechischen Chors besetzen werden, wo wir alle in zerschnittenen Laken gleichzeitig durch Pappmaschee-Masken schreien müssen, oder als eine dieser armen Säue in *Equus*, die den ganzen Abend in einem Gymnastikanzug herumstehen und einen aus Kleiderbügeln gebastelten Pferdekopf aufhaben. Alles klar, liebe Theater-AG, danke, aber nein. Außerdem muss man wissen, dass ich in meinem letzten Jahr an der Schule den Jesus in *Godspell* gegeben habe, und wenn man erst einmal vor der ganzen Schule ausgepeitscht und gekreuzigt worden ist, ist das eigentlich darstellungsmäßig nicht mehr zu toppen. Tone und Spencer haben sich natürlich während der gesamten Aufführung krankgelacht und bei den vierzig Peitschenhieben »Zugabe! Zugabe!« geschrien, aber alle anderen fanden es eine sehr ergreifende Darbietung.

Als ich meine, genügend AGs zusammenzuhaben, schlendere ich durch den Raum und halte nach dem geheimnisvollen Mädchen von gestern Abend Ausschau, obwohl ich keine Ahnung habe, was ich tun werde, wenn ich sie finde. Tanzen schon mal nicht. Ich mache zweimal die Runde durch die Turnhalle, aber sie ist weit und breit nicht zu sehen, darum gehe ich nach oben zu dem Zimmer, wo die *Challenge*-Qualifikation stattfindet, nur um mich zu vergewissern, dass ich mir den Raum und die Uhrzeit richtig gemerkt habe. Tatsächlich hängt da das Poster an der Tür; *Hier kommt Deine Startfrage. Nur große Geister brauchen sich zu bewerben.* »Willst du's versuchen?«, hat sie gestern Abend gesagt. »Dann sehen wir uns ja morgen?«, hat sie gesagt. Hat sie das ernst gemeint? Und wenn ja, wo ist sie? Ich bin allerdings eine Stunde zu früh, deshalb gehe ich erst zur Turnhalle zurück, um mich noch mal umzusehen.

Auf dem Weg nach unten komme ich im Treppenhaus an dem dunkelhaarigen, jüdischen Mädchen von gestern vorbei; Jessica, oder? Sie steht mit einem Haufen blasser, dünner Männer in Harringtonjacken und engen schwarzen Jeans herum und verteilt Flugblätter für die Sozialistische Arbeiterpartei, und sie sehen alle mächtig sauer aus, ey, weshalb ich in einem Anflug von Solidarität auf sie zugehe und sage: »Grüß dich, Genossin!«

»Morgen, Funken-Füßchen«, brummt sie und wirft einen verstimmten Blick auf meine geballte Faust, und völlig zu Recht, denn es ist ja überhaupt nicht komisch. Dann verteilt sie weiter Flugblätter. »Ich glaube, die Tanz-AG ist irgendwo da drüben.«

»O Gott, war es so furchtbar?«

»Sagen wir mal so, ich gehörte zur Fraktion derer, die dir einen Bleistift zwischen die Zähne klemmen wollten, damit du dir nicht die Zunge abbeißt.«

Ich lache selbstverächtlich und schüttle den Kopf, wie um zu sagen, »Was war ich wieder ausgeflippt«, aber sie lächelt nicht, darum sage ich: »Weißt du, wenn ich zwei Dinge im Leben gelernt habe, dann zum *einen*, tanze nie, wenn du blau bist!!!« … Schweigen … »Eigentlich dachte ich, ich bekomme vielleicht ein Flugblatt?«

Sie mustert mich prüfend, fasziniert von den verborgenen Facetten meiner Persönlichkeit.

»Bist du sicher, dass es keine Papierverschwendung wäre?«

»Absolut.«

»Also bist du schon Mitglied einer politischen Partei?«

»Na ja, du weißt schon. CND, Atomkraft – nein danke!«

»Das ist keine politische Partei.«

»Demnach bist du nicht der Meinung, dass die Verteidigungspolitik ein politisches Problem ist«, sage ich und lasse es mir auf der Zunge zergehen.

»Politik ist Ökonomie, nicht mehr und nicht weniger. Bürgerbewegungen, Interessengruppen wie CND und Greenpeace spielen eine wichtige und wertvolle Rolle, aber die Feststellung, dass Wale groß und lieb sind und ein Atomschlag was Schlimmes ist, das ist keine politische Position, das ist eine Binsenweisheit. Außerdem würde in einem richtig sozialistischen Land das Militär automatisch entmachtet …«

»Wie in Russland?«, frage ich.

Ha!

»Russland ist nicht richtig sozialistisch.«

Oh …

»Oder Kuba?«, sage ich.

Nimm dies!

»Ja, wenn du so willst. Wie in Kuba.«

Ähm …

»Ach so, dann hat Kuba also keine Armee?«, sage ich.

Schön wieder eingekriegt.

»Nicht wirklich, keine nennenswerte, nicht im Sinne eines Bruttosozialprodukts. Kuba gibt sechs Prozent seiner Steuern für die Verteidigung aus, im Vergleich zu vierzig Prozent in den USA.« Sie denkt sich dieses Zeug wahrscheinlich aus. Nicht mal Castro weiß so was. »Wenn sie nicht permanent von den USA bedroht würden, bräuchten sie nicht mal die sechs Prozent zu investieren. Oder kannst du nachts nicht schlafen, weil du Angst hast, dass Kuba bei uns einmarschiert?«

Es wäre ein bisschen zu sandkastenmäßig, wenn ich ihr jetzt vorwerfen würde, sie hätte alles frei erfunden, darum sage ich bloß: »Krieg ich jetzt ein Flugblatt oder nicht?«, und widerwillig überreicht sie mir eins.

»Wenn dir unsere Haltung zu radikal ist, die Labour Party ist da drüben. Oder aber du machst es gleich richtig und gehst zu den Tories.«

Sie sagt das, als würde sie mir eine reinhauen, und es dauert einen Moment, bis es richtig bei mir ankommt; während ich noch überlege, was ich erwidern soll, kehrt sie mir den Rücken zu, dreht sich einfach um und verteilt weiter ihre Flugblätter. Ich möchte sie bei den Schultern packen, sie herumreißen, damit sie mir ins Gesicht schauen muss, und sagen: »Wende mir ja nicht den Rücken zu, du zickige, heuchlerische, selbstgefällige kleine Kuh; mein Vater ist nämlich buchstäblich durch seinen Job umgekommen, mehr oder weniger, also halt mir keine Vorträge über Kuba, denn ich hab eine bessere Vorstellung von sozialem Unrecht in meinem kleinen Finger als du und dein ganzer Verein von bürgerlichen, aufgeblasenen, arroganten, selbstgerechten Kunststudenten zusammen.« Beinahe tu ich's auch wirklich, sage aber am Ende nur: »Nennt euch doch einfach Kla-Ka-AG!«

Sie dreht sich ganz langsam zu mir um, kneift die Augen zusammen und sagt: »Hör mal. Wenn du dich wirklich ernsthaft und leidenschaftlich gegen die Dinge einsetzen willst, die Thatcher diesem Land antut, dann solltest du bei uns mitmachen. Wenn du aber einen Haufen Pennälerwitze und banale Bemerkungen ablassen willst, dann glaube ich, dass wir auch ganz gut ohne dich auskommen, vielen Dank.«

Sie hat natürlich Recht. Warum klinge ich immer so spöttisch und unaufrichtig, wenn ich über Politik rede? Ich *empfinde* doch gar nicht so in diesen Dingen. Ich überlege, ob ich versuchen soll, ihr das zu vermitteln, indem ich einfach ein normales intelligentes Erwachsenengespräch mit ihr führe, aber gerade entwickelt sich ein hitziges Wortgefecht zwischen einem der dünnen Jungen in schwarzen Jeans und jemandem von den Anarchisten, darum überlege ich es mir anders und ziehe weiter.

7

FRAGE: Welche umstrittene Maßeinheit wurde vom deutschen Psychologen William Stern erdacht und ursprünglich als das Verhältnis des mentalen Alters eines Menschen zu seinem physischen Alter definiert, multipliziert mit 100?
ANTWORT: IQ.

Ich gehe wieder rauf zum Seminarraum 6, wo ein Student mit einer gewissen bürokratischen Geschäftigkeit Stühle und Tische, etwa dreißig Stück, in Prüfungsformation aufstellt. Er ist deutlich älter als ich, vermutlich um die ein-, zweiundzwanzig, im offiziellen burgunderroten Sweatshirt unserer Universität, groß, fit, braungebrannt und auf nichts sagende Weise gut aussehend, mit sehr ordentlichem, kurzem rötlichblondem Haar von der Sorte, das aussieht wie aus einem einzigen Stück Plastik modelliert. Ich beobachte ihn eine Zeit lang durch die Glastür. Er könnte Astronaut sein, wenn Großbritannien welche hätte, oder ein unbedrohlicher Action Man. Das eigentlich Beunruhigende an ihm ist, dass er mir irgendwie bekannt vorkommt …

Jetzt hat er mich entdeckt, darum stecke ich höflich den Kopf zur Tür hinein und sage: »Entschuldigung, ist das der Raum, wo die *University Chall …*?«

»Finger auf den Buzzer, hier kommt deine Startfrage – kannst du das Schild da lesen?«

»Ja.«

»Was steht drauf?«

»Seminarraum 6, dreizehn Uhr.«

»Wie spät ist es jetzt?«

»Zwölf Uhr fünfundvierzig.«

»Könnte das eventuell deine Frage beantworten?«

»Ich denke schon.«

Also hocke ich mich vor die Tür und mache Lockerungsübungen, indem ich im Geist ein paar Listen herunterspule: die Könige und Königinnen Englands, das Periodensystem, die amerikanischen Präsidenten, die Gesetze der Thermodynamik, die Planeten des Sonnensystems, nur für alle Fälle; elementarer Prüfungsstandard. Ich vergewissere mich, dass ich einen Bleistift und einen Kuli dabeihabe, ein Taschentuch und eine Schachtel Tic-Tac, und warte darauf, dass die anderen Kandidaten auftauchen. Nach zehn Minuten bin ich immer noch der Einzige hier, also bleibe ich sitzen und beobachte verstohlen den Typen, der an seinem Lehrerpult sitzt und andächtig die Fragebögen sortiert und zusammenheftet. Ich vermute, dass er in der Hierarchie des Auswahlkomitees von *University Challenge* ziemlich weit oben stehen muss und vom Machtrausch des Ganzen vollkommen besäuselt ist, aber ich muss ihn mir warmhalten, darum erhebe ich mich um 12:58 Uhr und keine Sekunde eher und betrete den Raum.

»Ist es jetzt okay?«

»In Ordnung. Du kannst reinkommen. Wie viele warten da draußen mit dir?«, fragt er, ohne aufzuschauen.

»Ähm – keiner?«

»Tatsächlich?« Er guckt an mir vorbei, weil man mir offensichtlich nicht trauen kann. »O Mann! Bitte nicht wieder das gleiche Theater wie 1983.« Er macht *ts, ts,* seufzt, lehnt sich an die Tischkante seines Pults und nimmt ein Klemmbrett zur Hand. Dann mustert er mich abschätzend von oben bis unten und blickt mir kurz ins Gesicht, bevor er sich auf einen Punkt dreißig Zentimeter neben meinem Kopf konzentriert, den er mir vorzuziehen scheint. Wieder seufzt er deprimiert. »Na schön, ich bin Patrick. Wie heißt du?«

»Brian Jackson.«

»Welches Studienjahr?«

»Mein erstes! Gerade gestern angekommen!«

Ts, ts, seufz. »Spezialgebiet?«

»Du meinst, wofür ich mich eingeschrieben habe?«

»Wenn du so willst.«

»Englische Literatur.«

»Herrje, noch einer! Na ja, wenigstens verschwendest du drei Jahre deines Lebens nicht komplett.«

»Entschuldige, ich verstehe nicht …«

»Ich wüsste echt zu gern, wo all die Mathematiker abgeblieben sind. Oder die Biochemiker? Die ganzen Maschinenbauingenieure? Kein Wunder, dass die Wirtschaft vor die Hunde geht; jeder weiß, was eine Metapher ist, aber keiner kann ein Elektrizitätswerk bauen.«

Ich lache, schaue noch mal hin, um zu sehen, ob er einen Witz macht, aber er meint es ernst. »Ich hab auch einen naturwissenschaftlichen Abschluss«, sage ich trotzig.

»Ach ja? Welche Fächer?«

»Physik und Chemie.«

»Da haben wir's! Ein Renaissance-Mensch! Wie lautet Newtons drittes Bewegungsgesetz?«

Mein lieber Freund, da musst du schon ein bisschen früher aufstehen …

»Actio ist gleich Reactio in entgegengesetzter Richtung verlaufend.«

Patricks Reaktion verläuft auch ziemlich entgegengesetzt; ein kurzes, missgünstiges Hochziehen der Augenbrauen, bevor er wieder seinen Notizblock konsultiert.

»Schule?«

»Wie bitte?«

»Ich sagte ›Schule?‹. Großes Gebäude aus Backstein, mit Lehrern drin …«

»Ich verstehe die Frage, ich hätte nur gern gewusst, warum dich das interessiert?«

»Ist ja gut, Trotzki, ich hab kapiert. Hast du einen Stift dabei? Schön. Hier ist dein Test, bin gleich bei dir.« Ich suche mir einen Platz am anderen Ende des Raums, als hinter mir zwei weitere Leute erscheinen. »Ah, die Kavallerie!«, sagt Patrick.

Das erste potentielle Teammitglied, eine Chinesin, erregt einiges Aufsehen, weil sich offenbar ein Pandabär an ihrem Rücken festgekrallt hat. Bei näherem Hinsehen stellt sich jedoch heraus, dass es gar kein echter Panda ist, sondern nur ein raffinierter Rucksack! Das lässt zwar einen ziemlich schrägen Sinn für Humor erahnen, verheißt aber in puncto Allgemeinwissen nichts Gutes hinsichtlich ihrer Chancen bei einem ernsthaften Quiz auf hohem Niveau. Jedenfalls erfahre ich aus ihrer Unterhaltung mit Patrick, dass sie Lucy Chang heißt, Medizinstudentin im zweiten Studienjahr ist und mir darum eventuell bei einigen der naturwissenschaftlichen Fragen etwas voraushaben könnte. Ihr Englisch scheint ziemlich fließend zu sein, obwohl sie unglaublich leise redet, und das mit leicht amerikanischem Akzent. Was schreiben die Regeln eigentlich über Ausländer vor?

Der nächste Kandidat ist ein großer, polternder Kerl aus Manchester in olivgrüner Militärkluft aus dem Army-Restpostenladen, mit dicken schweren Stiefeln und einem kleinen blauen Tornister der Royal Air Force am Gürtel, auf den in leichtem Widerspruch dazu ein CND-Zeichen mit Magic Marker aufgemalt ist. Patrick interviewt ihn mit widerwilliger Höflichkeit, wie ein Feldwebel einen Gefreiten. Es stellt sich heraus, dass er im dritten Studienjahr Politikwissenschaften studiert, aus Rochdale kommt und Colin Pagett heißt. Er schaut sich im Zimmer um und nickt uns zu; dann warten wir stumm und spielen mit unseren Stiften, wobei wir alle so weit auseinander sitzen, wie es die Gesetze der Geometrie erlauben. Wir warten zehn, fünfzehn Minuten, bis absolut klar ist, dass niemand mehr auftauchen wird. Wo ist sie? Sie hat doch gesagt, sie würde kommen. Wenn ihr nun was zugestoßen ist?

Schließlich seufzt Patrick der Astronaut, erhebt sich hinter seinem Pult und sagt: »Na gut, fangen wir an. Mein Name ist Patrick Watts, ich komme aus Ashton-under-Lyme, studiere Wirtschaftswissenschaften und bin der Mannschaftskapitän des diesjährigen *University Challenge*-Teams« – Ach ja? Wer sagt das? – »Regelmäßige Zuschauer der Sendung haben mich vielleicht vom Turnier im letzten Jahr erkannt.«

Genau, daher kenne ich ihn. Ich erinnere mich, dass ich die Folge besonders aufmerksam gesehen habe, weil ich gleichzeitig meinen Bewerbungsbogen für die Zentralstelle der Vergabe von Studienplätzen ausgefüllt habe und mich dafür interessierte, wie das Leistungsniveau hier ist. Ich weiß noch, dass ich damals dachte, was für ein schlechtes Team sie sind; und dieser Patrick leidet eindeutig immer noch schwer unter der traumatischen Erfahrung, weil er jetzt beschämt zu Boden guckt. »Offensichtlich war es keine einwandfreie Leistung« – sie wurden in der ersten Runde in Grund und Boden gestampft, wenn ich mich recht entsinne, und das von mittelprächtigen Gegnern – »aber wir sind sehr hoffnungsvoll, was unsere Chancen in diesem Jahr betrifft, besonders mit so … vielversprechendem … Rohmaterial.«

Wir drei Figuren schauen uns im Zimmer um, blicken erst uns gegenseitig und dann die leeren Bankreihen an.

»Gut! Dann sollten wir uns jetzt ohne weitere Umschweife an den Test machen. Er ist in schriftlicher Form, besteht aus vierzig Fragen und umfasst eine große Bandbreite an Sachgebieten, ähnlich wie in der Show. Letztes Jahr waren wir besonders schwach im naturwissenschaftlichen Bereich« – hier wirft er mir einen Blick zu – »und ich möchte sichergehen, dass wir diesmal nicht zu geisteswissenschaftlich orientiert sind …«

»Und das Team besteht aus vier Personen, richtig?«, meldet sich der Mann aus Rochdale zu Wort.

»Das ist korrekt.«

»Na ja, wenn's so ist, dann … dann *sind* wir doch das Team.«

»Ja, aber wir sollten uns trotzdem vergewissern, dass wir einem gewissen Standard gewachsen sind.«

Doch Colin lässt nicht locker. »Wieso?«

»Na ja, weil wir sonst … wieder verlieren.«

»Na und?«

»Na ja, wenn wir wieder verlieren … wenn wir wieder verlieren …«, und Patricks Mund rotiert jetzt ohne Worte, öffnet und schließt sich wie das Maul einer verendenden Makrele. Es ist der gleiche Gesichtsausdruck wie letztes Jahr im landesweiten Fernsehen, als er vergeblich versuchte, eine absolut einfache Frage über die ostafrikanischen Seen zu beantworten: Derselbe gehetzte Blick, als jeder einzelne Zuschauer die Antwort wusste und ihn endlich sagen hören wollte: Tanganjika-See, Tanganjika, du Idiot.

Dann lenkt ihn ein Geräusch an der Tür ab – eine Traube von grinsenden weiblichen Gesichtern presst sich kurz gegen die Scheibe, ein unterdrückter Lachanfall, ein kleiner Tumult, und sie wird von unsichtbaren Händen in den Raum geschubst und steht einfach nur kichernd da und versucht, sich wieder zu fangen, während ihr Blick durch den Raum schweift und sie uns vier nacheinander ansieht.

Einen Moment lang glaube ich wirklich, dass wir uns alle erheben werden.

»Ups! 'tschuldigung, Leute!«

Sie lallt ein bisschen und scheint etwas zu schwanken. Sie hat doch nicht im Ernst vor, besoffen eine Prüfung abzulegen?

»Entschuldigung, bin ich zu spät?«

Patrick streicht sich durch sein Astronautenhaar, befeuchtet sich die Lippen und sagt: »Ganz und gar nicht. Schön, dich an Bord zu haben … ähm …?«

»Alice. Alice Harbinson.«

Alice. Alice. Natürlich, sie ist eine Alice. Was sonst?

»Okay, Alice. Bitte – such dir einen Platz …« Und sie sieht sich um, lächelt mir zu, kommt zu mir herüber und setzt sich an den Tisch direkt hinter mir.

Die ersten paar Fragen sind ziemlich einfach; elementare Geometrie und irgendwas über die Familiengeschichte der Plantagenets, die uns eigentlich nur einstimmen sollen, aber es fällt mir schwer, mich zu konzentrieren, weil Alice hinter meinem Rücken ein komisches Schniefgeräusch macht. Ich drehe mich kurz zu ihr um, und tatsächlich, sie beugt sich mit hochrotem Gesicht über ihren Test und schüttelt sich vor unterdrücktem Lachen. Ich widme mich wieder meinem Prüfungsbogen.

Frage 4: Unter welchem Namen war Istanbul bekannt, *bevor* es Konstantinopel hieß?

Leicht. Byzanz.

Frage 5: Helium, Neon, Argon und Xenon sind vier der so genannten »Edelgase«. Wie heißen die zwei weiteren?

Keine Ahnung. Krypton und Wasserstoff vielleicht? Krypton und Wasserstoff.

Frage 6: Woraus genau setzt sich der Duft von Alice Harbinson zusammen, und warum ist er so himmlisch?

Es muss irgendwas Teures sein, blumig, aber unaufdringlich. Vielleicht Chanel No. 5? Gemischt mit einem winzigen Hauch Pears-Seife, Silk Cut und Bier …

Hör auf damit. Konzentrier dich.

Frage 6: Wo befindet sich Mrs Thatchers Wahlkreis?

Leicht. Das weiß ich, aber da ist schon wieder dieses Geräusch. Ich drehe mich um, und diesmal bemerkt sie mich; sie schneidet eine Grimasse, bildet mit den Lippen das Wort »Sorry …« und versiegelt ihren Mund mit einem kleinen imaginären Reißverschluss. Ich lächle lakonisch mit einem Mundwinkel, wie um zu sagen, hey, kein Stress, ich nehm das ja auch nicht ernst, und wende mich wieder dem Test zu. Konzentrier dich.

Ich werfe ein Tic-Tac ein und knete meine Stirn. Konzentration. Konzentration.

Frage 7: Die Farbe von Alice Harbinsons Lippen lässt sich am besten beschreiben als …?

Bin nicht sicher, kann sie nicht sehen. Etwas aus diesem Shakespeare-Sonett. Rot wie Korallen oder so was in der Art? Vielleicht sollte ich noch mal hingucken. Nein. Tu's nicht. Nicht hinschauen. Konzentrier dich einfach. Kopf runter.

8, 9 und 10 sind in Ordnung, aber dann folgt eine lange Reihe absurd schwerer Mathe- und Physikfragen, und ich komme ein bisschen ins Schwimmen, überspringe zwei oder drei, die ich einfach nicht verstehe, versuche mich aber an einer über Mitochondrien.

»Psst …«

Frage 15: Die Energie, die durch Oxidierung der Produkte von zytoplasmatischem Metabolismus freigesetzt wird, wird in adenoides Triphosphat umgewandelt …

»Pssssssst …«

Sie lehnt sich mit weit aufgerissenen Augen über ihren Tisch und versucht, mir etwas in ihrer geschlossenen Faust zuzustecken. Ich vergewissere mich, dass Patrick nicht hersieht, greife dann nach hinten und spüre, wie sie mir einen kleinen Zettel in die hohle Hand steckt. Patrick schaut hoch und ich verwandle die Bewegung hastig in ein Räkeln, dehne die Arme über meinem Kopf, und als die Luft wieder rein ist, falte ich den Zettel auseinander. Darauf steht: *»Deine seltsame, ungewöhnliche Schönheit fasziniert mich. Wann werde ich endlich deine Lippen auf den meinen spüren …?«*

Beziehungsweise: *»Hallo Streber! Hilf mir! Bin sehr DOOF und außerdem BLAU. Bitte bewahre mich vor TOTALER Demütigung. Was sind die Antworten auf Fragen 6, 11, 18 und 22? Und 4 ist Byzanz, stimmt's? Danke, Kumpel, in freudiger Erwartung, das Dummchen hinter Dir xxx. P.S.: Verpetz mich beim Lehrer, und Du wirst mich kennenlernen.«*

Sie bittet mich, mein Allgemeinwissen mit ihr zu teilen. Wenn das keine Anmache ist, was dann? Natürlich ist es etwas Schreckliches, bei einer Prüfung zu schummeln, und wäre es irgendjemand anders, würde ich da nicht mitmachen, aber es sind außergewöhnliche Umstände, darum schaue ich schnell die Fragen nach und schreibe dann auf die Rückseite des Zettels: *»Nr. 6 ist Finchley, 11 ist vielleicht Ruskins* Steine von Venedig, *18 könnte Schrödingers Katze sein und 22 weiß ich auch nicht; Diaghilew? Und ja, 4 ist Byzanz.«*

Ich lese das Ganze noch mal durch, und dann noch ein paar Mal. Für einen Liebesbrief ist es ziemlich trocken, und ich würde gern noch etwas Verführerisches und Provokantes anhängen, ohne direkt »Du bist wunderschön« zu schreiben, darum denke ich einen Augenblick nach, hole tief Luft und füge hinzu: *»Übrigens bist Du mir was schuldig! Kaffee hinterher? Beste Grüße vom Streber! …«*, und bevor ich es mir anders überlegen kann, drehe ich mich um und lege ihr den Zettel auf den Tisch.

Frage 23: Wale der Unterordnung Mysticeti haben ein spezielles Verfahren der Nahrungsaufnahme. Welches?

Sie filtern die Nahrung mit ihren Barten aus dem Wasser.

Frage 24: Welche französische Versform, die auch Corneille und Racine benutzten, besteht aus einer Zeile zu zwölf Silben, wobei die sechste und letzte Silbe besonders stark betont werden?

Der Alexandriner.

Frage 25: Erhöhter Pulsschlag, kalte Schweißausbrüche und allgemeine Euphorie sind üblicherweise Symptome welchen Gemütszustands?

Reiß dich zusammen, Kopf nach unten, konzentrier dich, das ist *The Challenge*, weißt du noch?

Frage 25: Wie viele Scheitelpunkte hat ein Dodekahedron?

Na ja, dodek- heißt zwölf, also zwölf plane Flächen, das heißt zwölf mal vier, wenn man alles zusammennimmt, macht 48, aber dann muss man die Anzahl der gemeinsamen Winkel abziehen, das sind, wie viele, 24? Wieso 24? Weil jeder Scheitelpunkt der Verbindungspunkt dreier planer Flächen ist? 48 durch 3 sind 16. 16 Scheitelpunkte? Gibt's dafür nicht eine Formel? Vielleicht sollte ich es aufzeichnen?

Und ich versuche, ein dekonstruiertes Dodekahedron zu zeichnen, als die kleine Papierkugel über meinen Kopf angeflogen kommt und über meinen Tisch rollt. Ich fange sie ab, bevor sie über den Rand kullern kann, entfalte sie und lese: *»Okay. Aber nur, wenn Du versprichst,* nicht zu tanzen.«

Ich lächle in mich hinein und lasse es locker angehen, indem ich mich nicht umdrehe, denn schließlich bin ich ein ziemlich cooler Typ. Dann mache ich mich wieder daran, mein Dodekahedron zu dekonstruieren.

8

FRAGE: »Glühen« nennt man das Licht, das von heißem Material ausgestrahlt wird. Wie nennt man das Licht, das von unerhitztem Material ausgeht?
ANTWORT: Lumineszenz.

»Wahrscheinlich hast du mich ohne meinen Kollar gar nicht erkannt!«

»Was? Oh, nein. Nicht gleich«, sagt sie.

»Also – Alice!«

»Genau.«

»Wie im Wunderland?«

»Hm«, murmelt sie und schaut sehnsüchtig zum Ausgang rüber.

Wir sitzen an einem Marmortischchen im Le Paris Match, einem Café, das sich unheimlich anstrengt, französisch zu wirken; »authentische« Holzstühle, Ricard-Aschenbecher, Poster von Toulouse-Lautrec-Reproduktionen, wo das Auge hinsieht, und »Croque Monsieur« auf der Speisekarte statt »Schinken-Käse-Toast«. Der Laden ist voll von Studenten in schwarzen Rollkragenpullis und Levi's 501, die – in angeregter Unterhaltung über ihre Pommes Frites gebeugt – mit ihren Zigaretten in der Luft herumfuchteln und wünschten, es wären Gitanes und nicht Silk Cuts. Ich war noch nie in Frankreich, aber ist es wirklich so?

»Und wurdest du nach ihr benannt, nach Alice im Wunderland?«

»Das hat man mir jedenfalls gesagt.« Pause. »Und du, wieso haben sie dich Gary genannt?«

Ich denke einen Moment nach und versuche tatsächlich, eine interessante und amüsante Anekdote aus dem Hut zu zaubern, warum ich Gary heiße, finde es dann aber einfacher, reinen Tisch zu machen.

»Ich heiße eigentlich Brian.«

»Natürlich. Entschuldige, ich meinte auch Brian.«

»Weiß nicht genau. Ich glaube, es gibt keine Brians in der Literatur. Garys übrigens auch nicht. Aber war da nicht ein Gary in *Die Brüder Karamasow*? Gary, Keith und …«

»… Brian! Brian Karamasow!«, sagt sie und lacht, und ich lache auch.

Heute ist doch noch mein großer Tag geworden, nicht nur, weil ich hier mit Alice Harbinson sitze und über meinen Namen lache, sondern auch, weil ich den allerersten Cappuccino meines Lebens trinke. Trinkt man in Frankreich überhaupt Cappuccino? Jedenfalls schmeckt er ganz gut, ein bisschen wie der Milchkaffee, den man im Café am Southend-Pier für 35 Pence kriegt, nur dass dieser hier statt der kleinen bitteren Kaffeepulverkrümel einen grauen, moschusartigen Zimtschaum obendrauf hat. Selber schuld; ich hab's ein bisschen zu gut gemeint, weil ich dachte, es sei Schokoladenpulver, darum riecht er leicht nach einer heißen, milchigen Achselhöhle. Aber ich schätze mal, dass Cappuccino ein bisschen wie Sex ist, insofern, als ich ihn beim zweiten Mal wahrscheinlich viel mehr genießen werde. Obwohl ich bezweifle, dass es für 85 Pence ein zweites Mal geben wird. Auch hier wieder ein bisschen wie beim Sex.

Geht das schon wieder los; Sex und Geld. Hör auf, an Sex und Geld zu denken. Vor allem an Geld, das ist ja furchtbar, du sitzt hier mit dieser Wahnsinns-Frau zusammen und kannst nur an das eine denken, den Preis einer Tasse Kaffee. Und an Sex.

»Ich bin am Verhungern«, sagt sie. »Wollen wir was essen? Pommes Frites oder so?«

»Unbedingt!«, sage ich mit Blick auf die Karte. £ 1.25 für eine lausige Schale Pommes? »… obwohl ich eigentlich keinen großen Hunger habe, aber bestell du dir doch welche.«

Also winkt sie dem Kellner, einem spindeldürren Typ mit einer Morrissey-Tolle, allem Anschein nach Student, und er kommt her und begrüßt sie über meinen Kopf hinweg mit einem breiten, freundlichen »Hi!«

»Hallo, wie geht's?«

»Oh, gut. Nur wäre ich lieber woanders. Doppelschicht!«

»O Gott, du Ärmster!«, sagt sie und streichelt ihm mitleidig den Arm.

»Und du, wie geht's dir?«

»Sehr gut, vielen Dank.«

»Du siehst umwerfend aus heute, wenn ich das so sagen darf.«

»O je, peinlich«, sagt Alice und hält sich die Hände vors Gesicht.

Zut alors.

»Also, was darf ich euch bringen?«, fragt er, als ihm endlich wieder einfällt, wozu er eigentlich hier ist.

»Könnten wir einfach nur eine Schale Pommes Frites haben, ginge das?«

»*Absolument!*«, sagt der Garçon und sprintet mehr oder weniger Richtung Küche, um die Zubereitung der edlen Pommes auf Tafelgold in die Wege zu leiten.

»Woher kennst du ihn?«, frage ich, als er verschwunden ist.

»Wen? Den Kellner? Ich kenn ihn gar nicht.«

»Oh.«

Es folgt ein Schweigen. Ich nippe an meinem Kaffee und wische mir mit dem Handrücken den Zimtstaub aus den Nasenlöchern.

»Na! Ich war mir nicht sicher, ob du mich ohne mein Kollar erkennen würdest!«

»Das hast du schon mal gesagt.«

»Wirklich? Das passiert mir manchmal, dass ich verwechsle, was ich gesagt habe und was nicht, oder merke, wie ich Dinge laut ausspreche, die ich eigentlich nur in Gedanken sagen wollte, falls du verstehst, was ich meine …«

»Ich verstehe *genau*, was du meinst«, sagt sie und packt mich am Unterarm. »Ich bringe *dauernd* Sachen durcheinander, oder plappere einfach drauflos, ohne nachzudenken ...« Wie lieb von ihr, dass sie hier versucht, eine Gemeinsamkeit zwischen uns herzustellen, obwohl ich ihr nicht eine Sekunde glaube. »Ich schwöre dir, die meiste Zeit weiß ich überhaupt nicht, was ich tue ...«

»Geht mir genauso. Wie gestern Abend beim Tanzen ...«

»Ach ja ...«, sagt sie und macht spitze Lippen ... »beim Tanzen ...«

»... Ja, tut mir leid. Ich war ein bisschen besoffen, um die Wahrheit zu sagen.«

»Oh, das war doch ganz okay. Du bist ein guter Tänzer!«

»Wohl kaum!«, sage ich. »Weißt du, mich überrascht nur, dass niemand versucht hat, mir einen Bleistift zwischen die Zähne zu klemmen.«

Sie guckt mich verständnislos an. »Wieso?«

»Na ja ... um zu verhindern, dass ich mir die Zunge abbeiße?« Immer noch keine Reaktion. »Du weißt schon, wie bei einem ... Epileptiker!«

Aber sie sagt nichts dazu, trinkt nur wieder einen Schluck Kaffee. O mein Gott – vielleicht habe ich sie beleidigt. Vielleicht kennt sie einen Epileptiker. Vielleicht gibt es Epilepsie in ihrer Familie! Vielleicht ist *sie* ja Epileptikerin ...

»Ist dir nicht zu heiß in der dicken Jacke?«, fragt sie, und der Garçon kehrt mit den erlesenen Pommes zurück, ungefähr sechs Stück, die kunstvoll in einem großen Eierbecher arrangiert sind. Dann hängt er weiter herum, grinst selbstzufrieden und versucht, wieder ein Gespräch anzufangen, weshalb ich einfach weiterrede.

»Weißt du, wenn ich zwei Dinge im Leben gelernt habe, dann zum *einen*, tanze nie, wenn du blau bist!«

»Und das andere?«

»Versuch nie, Milch in einem Sodawasser-Bereiter aufzuschäumen.«

Sie lacht, und der Garçon gibt sich geschlagen und zieht ab. Weitermachen, weitermachen …

»… Ich weiß auch nicht, was ich erwartet hatte, ich dachte irgendwie, dass so ein tolles perlendes Milchmixgetränk dabei herauskommen würde, aber für Sprudelmilch gibt's schon einen Namen …« (innehalten, Kaffee trinken) »… nämlich Joghurt!«

Manchmal könnte ich über mich selber kotzen, echt.

Wir unterhalten uns noch weiter, und sie isst ihre Pommes, taucht sie in eine Kontaktlinsenschale mit Ketchup, und es ist ein bisschen wie ein Nachmittag in diesem Café aus T. S. Eliots *Liebeslied des J. Alfred Prufrock*, nur dass das Essen teurer ist. *Soll ich es wagen, einen Pfirsich zu essen … nee, nicht bei diesen Preisen* … Ich erfahre mehr über sie. Sie ist Einzelkind, wie ich – hat irgendwas mit den Eileitern ihrer Mutter zu tun, glaubt sie, ist sich aber nicht sicher. Es macht ihr nichts aus, Einzelkind zu sein, es bedeutet nur, dass sie immer eine kleine Leseratte war. Sie hat ein Internat besucht, was politisch nicht gerade *angesagt* ist, wie sie weiß, aber sie fand's trotzdem toll und wurde Schulsprecherin. Sie steht ihrem Dad sehr nahe, der Kunst-Dokumentationen für die BBC macht und ihr da während der Ferien öfter mal ein Praktikum verschafft, und sie hat schon ganz, ganz oft Melvyn Bragg getroffen, der als Mensch offenbar richtig, richtig komisch ist und übrigens sehr sexy. Ihre Mum liebt sie natürlich auch, aber sie streiten viel, wahrscheinlich, weil sie sich so ähnlich sind. Ihre Mutter arbeitet halbtags bei Tree Tops, einer Wohltätigkeitsorganisation, die Baumhäuser für sozial benachteiligte Kinder baut.

»Wäre es nicht besser für sie, bei ihren Eltern zu leben?«

»Was?«

»Na ja, weißt du, Kinder, die ganz allein auf Bäumen wohnen – muss doch *gefährlich* sein, oder?«

»Nein, nein, sie *wohnen* ja nicht in den Baumhäusern, das ist nur ein Ferienprogramm.«

»Oh, ach so. Verstehe ...«

»Die meisten dieser Kinder aus unterprivilegierten Verhältnissen haben nur einen Elternteil und sind noch nie mit ihrer Familie in die Ferien gefahren!« O mein Gott, sie redet über *mich*! »Es ist wirklich ganz fantastisch. Komm doch mit, wenn du nächsten Sommer noch nichts vorhast.« Ich nicke eifrig, obwohl ich mir nicht ganz sicher bin, ob ich als Helfer mitfahren soll oder ob sie mir einen Urlaub anbieten will.

Dann erzählt mir Alice von ihrem Sommer zwischen Schule und Uni, den sie einerseits mit bedürftigen und zweifellos angstschlotternden Kindern hoch in den Baumwipfeln verbracht hat. Die restliche Zeit wurde zwischen ihren Häusern in London, Suffolk und der Dordogne aufgeteilt, und dann folgte der Auftritt ihrer Theatergruppe beim Theaterfestival in Edinburgh.

»Was habt ihr aufgeführt?«

»*Der gute Mensch von Sezuan* von Bertolt Brecht.« Natürlich ist klar, welche Rolle sie hatte, oder? Es ist die klassische Gelegenheit, das Wort »eponym« anzubringen.

»Und wer spielte den eponymen ...«

»Oh, ich«, sagt sie. Ja, ja, natürlich warst du das.

»Und warst du es?«, frage ich.

»Was?«

»Gut?«

»Och, nicht wirklich. Obwohl der *Scotsman* offenbar der Ansicht war. Kennst du das Stück?«

»Sehr gut sogar«, lüge ich. »Wir haben im letzten Jahr an der Schule Brechts *Kaukasischen Kreidekreis* aufgeführt« – innehalten, Cappuccino trinken – »ich hab die Kreide gespielt.«

O Mann, denke ich, jetzt kotz ich *echt*.

Aber sie lacht und fängt an, über die Anforderungen zu sprechen, die Brechts eponymer guter Mensch an sie stellte, und ich nutze die Gelegenheit, sie mir zum ersten Mal im nüchternen Zustand und ohne beschlagene Brillengläser in Ruhe anzusehen, und sie ist wirklich wahnsinnig schön. Definitiv die erste richtig schöne Frau, die ich außerhalb der Renaissancekunst oder der Glotze gesehen habe. In der Schule haben die Leute immer gesagt, Liza Chambers wäre schön, obwohl sie im Grunde »geil« meinten, aber bei Alice ist es wahre Schönheit; samtige Haut, die ganz ohne Poren auszukommen scheint und dank irgendeiner organischen, Unter-der-Haut-Lumineszenz strahlt. Oder meine ich »Phosphoreszenz«? Oder »Fluoreszenz«? Was ist der Unterschied? Muss ich später nachschlagen. Jedenfalls trägt sie entweder gar kein Make-up oder aber, was wahrscheinlicher ist, ein Make-up, das so kunstvoll aufgetragen ist, dass man denkt, es wäre nicht vorhanden, außer vielleicht um die Augen herum, denn kein Mensch kann im Ernst solche Wimpern haben, oder? Und dann diese Augen; braun ist nicht das richtige Wort, klingt zu langweilig und ausdruckslos, aber mir fällt kein besseres ein, jedenfalls sind sie hell und frisch und so groß, dass man die ganze grün gesprenkelte Iris sehen kann. Ihr Mund ist voll und erdbeerfarben, wie bei Tess Derbyfield, aber einer glücklichen, ausgeglichenen Tess, einer, die herausgefunden hat, dass sie Gott sei Dank doch eine D'Urberville ist. Das Aufregendste ist eine winzige, wulstige weiße Narbe auf ihrer Unterlippe, von der ich mir vorstelle, dass ein qualvolles Kindheitserlebnis beim Brombeerpflücken dafür verantwortlich ist. Ihr Haar ist honigfarben, leicht gelockt, und aus der Stirn nach hinten gekämmt, in einem Stil, den man vermutlich »präraffaelitisch« nennt. Sie sieht nach – wie heißt es bei T. S. Eliot? – *Quattrocento* aus. Oder war es Yeats? Und bedeutet es vierzehntes oder fünfzehntes Jahrhundert? Auch das werde ich nachschlagen, wenn ich nach Hause komme. Innerer Vermerk: »Quattrocento«, »Lumineszenz«, »Phosphoreszenz«, »Fluoreszenz« nachschlagen.

Und jetzt redet sie über die Party gestern Abend, wie grauenhaft sie war, über die grauenhaften Männer, die sie kennengelernt hat, lauter widerliche, ordinäre, stiernackige Muskelprotze.

Sie lehnt sich beim Sprechen auf ihrem Stuhl nach vorn, schlingt die langen Beine um die Stuhlbeine und berührt meinen Unterarm, wenn sie einer Aussage Nachdruck verleihen will. Sie blickt mir herausfordernd in die Augen, damit ich ja nicht weggucke, und außerdem hat sie diesen Tick, beim Sprechen an ihren winzigen silbernen Ohrsteckern zu zupfen. Eindeutig ein Hinweis darauf, dass sie sich unbewusst zu mir hingezogen fühlt – oder auf ein leicht entzündetes Piercing. Ich meinerseits probiere auch ein paar neue Gesichtsausdrücke und Posen aus, wobei eine darin besteht, mich vorzubeugen, die Hand aufs Kinn zu legen, gleichzeitig die gespreizten Finger über dem Mund aufzufächern und gelegentlich versonnen mein Kinn zu reiben. Damit verfolge ich gleich mehrere Ziele: 1. sieht es aus, als sei ich tief in Gedanken versunken, 2. ist es sinnlich – Finger auf den Lippen, ein klassisches erotisches Signal – und 3. bedeckt das Ganze den schlimmsten Teil meiner Pickel, diese vorstehenden roten Ballungen um meine Mundwinkel, die mich aussehen lassen, als hätte ich Suppe gesabbert.

Sie bestellt noch einen Cappuccino. Muss ich den eigentlich auch bezahlen? Spielt keine Rolle. Die Stephane-Grappelli/Django-Reinhardt-Kassette läuft in einer Endlosschleife im Hintergrund und summt vor sich hin wie eine Schmeißfliege, die permanent gegen die Fensterscheibe donnert, und ich bin ziemlich glücklich, einfach nur dazusitzen und zuzuhören. Wenn sie überhaupt einen Fehler hat, dann, dass sie nicht besonders neugierig auf andere Leute zu sein scheint, jedenfalls nicht auf mich. Sie weiß nicht, wo ich herkomme, sie erkundigt sich nicht nach meiner Mutter oder meinem Vater, sie kennt meinen Nachnamen nicht, und ich bin nicht mal hundertprozentig überzeugt, ob sie nicht immer noch glaubt, dass ich Gary heiße. Tatsächlich hat sie mich, seit wir hier sind, nur zwei Sachen gefragt – »Ist dir nicht heiß in der dicken Jacke?« und »Du *weißt*, dass das *Zimt* ist, ja?«

Als hätte sie meine Gedanken gelesen, sagt sie plötzlich: »Entschuldige, ich rede ja die ganze Zeit. Es stört dich hoffentlich nicht, oder?«

»Überhaupt nicht.«

Und es stört mich eigentlich wirklich nicht, ich bin froh, einfach nur mit ihr zusammenzusein, und mit ihr gesehen zu werden. Sie erzählt von dieser unglaublichen bulgarischen Zirkustruppe, die sie beim Edinburgh-Theaterfestival gesehen hat, was bedeutet, dass jetzt ein guter Zeitpunkt ist, ein bisschen abzuschweifen und die Rechnung auszuarbeiten. Drei Cappuccino zu 85 Pence, macht £2.55, plus die Pommes, pardon, Pommes Frites, £1.25, was sich übrigens auf circa 18 Pence pro Pomme Frite beläuft, also 25 plus 55, sind 80, £3.80, plus ein Trinkgeld für den Lächel-Knaben da drüben, 30, nein, sagen wir 40 Pence, macht also £4.20, und ich habe £5.18 in der Tasche, mit einem Wort, mir bleiben 98 Pence übrig, mit denen ich bis Montag auskommen muss, wenn ich meinen Stipendienscheck einlöse. Aber mein Gott, ist sie schön. Was ist, wenn sie vorschlägt, dass wir fifty-fifty machen? Soll ich annehmen? Ich möchte, dass sie weiß, wie total überzeugt ich von der Gleichberechtigung bin, andererseits will ich nicht, dass sie mich für arm hält oder, schlimmer noch, geizig. Doch selbst bei halbe-halbe wäre ich immer noch auf drei Pfund runter. Ich werde Josh bitten müssen, mir bis Montag Mums zehn Pfund zurückzugeben, was wahrscheinlich bedeutet, dass ich bis zu den Weihnachtsferien Sklavenarbeiten für ihn verrichten muss, seine Cricket-Knieschützer weißen und ihm die Brötchen toasten, oder was weiß ich. Moment, sie stellt mir gerade eine Frage.

»Möchtest du noch einen Cappuccino?«

NEIN!

»Nein, besser nicht«, sage ich. »Überhaupt sollten wir lieber los – uns die Ergebnisse anschauen. Ich übernehm das ...« und sehe mich nach dem Kellner um.

»Hier, lass mich was dazugeben«, sagt sie und tut so, als würde sie nach ihrem Portemonnaie greifen.

»Nein, wirklich nicht, meine Einladung …«

»Bist du sicher?«

»Auf jeden Fall«, sage ich, zähle £ 4.20 auf den Marmortisch und komme mir ziemlich nobel vor.

Draußen stelle ich fest, dass es langsam dunkel wird; wir haben stundenlang geredet, und ich habe überhaupt nicht gemerkt, wie die Zeit verging. Ich habe sogar vorübergehend *The Challenge* vergessen. Aber jetzt fällt's mir wieder ein, und ich kann mich gerade noch beherrschen, nicht gleich loszurennen. Alice ist allerdings eine Schlenderin, darum schlendern wir im herbstlichen Abendlicht gemächlich zur Studentenvereinigung zurück, und sie fragt: »Und, wer hat dich eigentlich drauf gebracht?«

»Worauf? *The Challenge?*«

»So nennst du es? *The Challenge?*«

»Machen das nicht alle? Na ja, ich dachte, ich mach mir den Spaß«, lüge ich lässig. »Außerdem gibt's bei uns zu Hause nur mich und meine Mutter, da waren wir nicht genug für das Familienquiz *Ask The Family* …« Ich dachte, sie würde an dieser Stelle vielleicht nachhaken, aber stattdessen sagt sie bloß: »Die Mädchen auf meinem Stockwerk haben mich drauf angesetzt, als Mutprobe. Und nach ein paar Bieren beim Lunch in der Kneipe schien es plötzlich eine gute Idee zu sein. Ich möchte Schauspielerin werden oder irgendwas im Fernsehen, Moderatorin oder so, und da dachte ich, dass es eine gute Erfahrung vor der Kamera sein könnte, aber inzwischen bin ich mir da nicht mehr so sicher. Es ist ja nicht gerade das Sprungbrett nach Hollywood, oder? *University Challenge.* Ehrlich gesagt, ich hoffe, dass ich jetzt gleich rausfliege, damit ich die ganze alberne Geschichte vergessen kann.« Tritt langsam, Alice Harbinson, denn du trittst auf meine Träume.

»Hast du je eine Schauspielerkarriere erwogen?«, fragt sie.

»Was, ich? Um Gottes willen, ich bin völlig unbegabt …«, dann füge ich hinzu, nur mal so als Experiment, »… und außerdem glaube ich nicht, dass ich gut genug aussehe, um Schauspieler zu sein.«

»Oh, das ist nicht wahr! Es gibt viele Schauspieler, die nicht gut aussehen …«

Geschieht mir ganz recht.

Als wir zum Schwarzen Brett vor dem Seminarraum 6 gehen, habe ich genau dasselbe Gefühl, das ich vor Bekanntgabe meiner Abschlussnoten hatte: das ruhige Selbstvertrauen, gemischt mit genau dem richtigen Maß an Nervosität, dem Wissen, wie wichtig es ist, seine Mimik unter Kontrolle zu haben, nicht zu selbstgefällig zu wirken, zu anmaßend. Einfach lächeln, weise nicken und wieder gehen.

Als wir uns dem Anschlagbrett nähern, sehe ich, wie Lucy Changs Panda ihr über die Schulter auf die Testergebnisse guckt, und etwas im Neigewinkel von Lucys Kopf sagt mir, dass dort keine guten Neuigkeiten für sie stehen. Sie dreht sich um und geht, mit einem niedlichen, kleinen enttäuschten Lächeln auf den Lippen. Wie es aussieht, werden wir Lucy nicht in den Granada-Studios dabeihaben, was schade ist, weil sie nett zu sein schien. Ich lächle ihr mein Mitleid zu, während sie davoneilt, und gehe zum Anschlagbrett rüber.

Ich lese die Bekanntmachung.

Ich blinzle und lese noch mal.

Qualifikationsrunde für *University Challenge*

Die Ergebnisse der Vorauswahl für die *University Challenge*-Mannschaft des Jahres 1985 sind wie folgt:

Lucy Chang – 89%
Colin Pagett – 72 %
Alice Harbinson – 53%
Brian Jackson – 51%*

Unser Team dieses Jahr setzt sich demnach wie folgt zusammen: Patrick Watts, Lucy, Alice und Colin. Unsere erste Probe findet am nächsten Dienstag statt. Glückwunsch an alle, die mitgemacht haben!

Patrick Watts

*(Im Fall eines außergewöhnlichen Notfalls oder schwerster, lebensbedrohlicher Krankheit ist Brian Jackson unser erster Ersatzmann.)

»O mein Gott! Ich fass es nicht, ich bin im Team!«, quietscht Alice und hüpft auf und ab und quetscht meinen Arm.

»Hey, gut gemacht!« Ich treibe von irgendwoher ein Lächeln auf und nagle es mir im Gesicht fest.

»Hey, ist dir klar, dass du sonst im Team gewesen wärst, wenn du mir nicht die Antworten vorgesagt hättest!«, quietscht sie. Nun ja, Alice, weißt du, doch, es ist mir durchaus klar.

»Was machen wir jetzt? Wollen wir in die Campus-Kneipe gehen und uns sinnlos besaufen?«, fragt sie. Aber mir ist das Geld ausgegangen, und plötzlich ist mir nicht mehr danach.

Ich hab es nicht ins Team geschafft, ich habe 98 Pence in der Tasche, und ich bin hoffnungslos verliebt.

Nicht hoffnungslos. Aussichtslos.

Zweite Runde

»Er nennt die Buben ›Unter‹, dieser Knabe«,
sagte Estella verächtlich, bevor unser
erstes Spiel vorüber war.
Charles Dickens, Große Erwartungen

9

FRAGE: Georg, Anne, Julius, Tim und Dick sind besser bekannt als die …?
ANTWORT: Fünf Freunde.

Ich habe immer erwartet, dass an der Uni drei Dinge geschehen würden: erstens, dass ich meine Unschuld verliere, zweitens, dass mich der Geheimdienst anzuwerben versucht, drittens, dass ich bei *University Challenge* mitmache. Das erste auf der Liste, meine Unschuld, ging, schon zwei Wochen bevor ich Southend verlassen habe, den Bach runter dank eines betrunkenen und halbherzigen Gefummels, angelehnt an eine Mülltonne auf Rädern im Hinterhof von Littlewoods, mit freundlicher Genehmigung von Karen Armstrong. Über die Erfahrung selbst ist eigentlich nicht wahnsinnig viel zu berichten, die Erde hat nicht gebebt, dafür aber die Mülltonne. Hinterher entspann sich eine Diskussion darüber, ob wir es überhaupt »richtig« gemacht hätten, was vielleicht eine Ahnung meiner verblüffenden Versiertheit und Raffinesse als Liebhaber gibt. Als wir in dieser denkwürdigen Sommernacht nach Hause gingen und den postkoitalen Bodensatz einer warmen Flasche Cider genossen, sagte Karen ununterbrochen: »Erzähl bloß keinem was davon, erzähl bloß keinem was davon, erzähl bloß keinem was davon«, als hätten wir gerade etwas richtig, richtig Grauenhaftes gemacht. Was in gewisser Weise ja auch stimmte.

Was die mögliche Aufforderung betrifft, für die Regierung Ihrer Majestät zu spionieren – also selbst wenn man meine ideologischen Vorbehalte einen Moment außen vor lässt –, bin ich ziemlich sicher, dass Sprachen für eine Agentenlaufbahn eine wichtige Voraussetzung sind, und ich habe nun mal nur Französisch bis zur zehnten Klasse vorzuweisen. Na schön, ich habe zwar mit einer Eins abgeschlossen, aber trotzdem, was einen gezielten Undercover-Einsatz angeht, würde es bei mir dann doch mehr oder weniger darauf hinauslaufen, eine französische Grundschule zu infiltrieren oder bestenfalls eine Boulangerie. *Dunkle Schwalbe an Rote Kobra; habe den Code des Busfahrplans geknackt …*

Womit eigentlich nur noch *The Challenge* übrig bleibt, und nun habe ich's geschafft, das auch noch zu vermasseln. Heute Abend findet das erste Treffen statt, und ich musste meine geballten Überredungskünste aufbringen, um überhaupt eingeladen zu werden. Patrick hat einfach meine Anrufe ignoriert, und als ich ihn dann endlich mal erwischte, meinte er, es sei eigentlich nicht nötig, den Ersatzmann dabeizuhaben; er sei ziemlich zuversichtlich, dass schon niemand überfahren werde. Aber ich habe ihn so lange bearbeitet, bis er sich breitschlagen ließ. Denn wenn ich nicht hingehe, sehe ich Alice nicht, es sei denn, ich fange an, vor ihrem Wohnheim herumzuhängen.

Nicht dass ich nicht mit dem Gedanken gespielt hätte. In den sechs Tagen, seit wir uns kennen, habe ich sie kein einziges Mal gesehen. Wenn ich in die Bibliothek gehe, ertappe ich mich regelmäßig dabei, wie ich die Runde um sämtliche Tische mache oder verdächtig in der Theater-Abteilung herumlungere. Wenn ich mit Marcus und Josh in die Kneipe gehe und sie mich halbherzig irgendeinem neuen James oder Hugo oder Jeremy vorstellen, gucke ich ihnen dabei über die Schulter und behalte die Tür im Auge, falls sie reinkommt. Auch auf dem Weg von einer Vorlesung zur nächsten halte ich ständig Ausschau nach ihr, aber sie lässt sich die ganze Zeit nicht blicken, was nahelegt, dass sie eine vollkommen andere Uni-Erfahrung macht als ich. Oder trifft sie sich vielleicht mit einem anderen? Vielleicht hat sie sich längst in irgendeinen gut aussehenden Arsch mit hohen Wangenknochen verliebt, einen nicaraguanischen Exildichter oder einen Bildhauer oder sonst was, mit dem sie die letzte Woche im Bett verbracht hat, wo sie guten Wein getrunken und sich gegenseitig Gedichte vorgelesen haben. Nicht dran denken. Einfach noch mal klingeln.

Ich frage mich, ob mir Patrick absichtlich eine falsche Adresse genannt hat, und will gerade wieder kehrtmachen, als ich ihn die Treppe heruntertraben höre.

»Hi!«, sage ich und lächle ihn strahlend an, als er die Tür öffnet.

»Hallo, Brian«, seufzt er und spricht wieder diesen Punkt rechts von meinem Kopf an, den er mir offenbar vorzieht. Ich folge ihm die Treppe zu seiner Wohnung hinauf.

»Und, sind wir heute Abend vollzählig?«, frage ich harmlos.

»Ich glaub schon.«

»Hast du mit allen gesprochen?«

»Hm.«

»Auch mit Alice?«

Er bleibt auf der Treppe stehen, dreht sich um und schaut mich an. »Wieso?«

»Bin nur neugierig.«

»Keine Bange. Alice kommt.« Er hat wieder sein offizielles Uni-Sweatshirt an, was mich ein bisschen verwirrt. Ich meine, ich könnte es verstehen, wenn Yale oder Harvard oder so was draufstünde, dann wäre es ein Modestatement. Aber warum die Tatsache, dass man an einer Universität ist, allen anderen verkünden, die mit dir an derselben Universität studieren? Hat er Angst, die Leute glauben, er tue nur so?

Wir betreten sein Apartment, das klein und schmucklos ist und an eine Musterwohnung im Ostblock erinnert. Es riecht nach warmer Minze und Zwiebeln.

»Ich habe Wein mitgebracht!«, sage ich.

»Ich trinke nicht.«

»Oh. Verstehe.«

»Dann brauchst du wahrscheinlich einen Korkenzieher. Ich glaube, ich hab irgendwo einen. Möchtest du Tee, oder willst du gleich mit deinem Alkohol anfangen?«

»Oh, den Fusel bitte!«

»Also schön, wenn du schon mal da vorn durchgehst, ich bin gleich bei dir. Du *rauchst* doch nicht etwa, oder?«

»Nein.«

»Weil hier nämlich striktes Rauchverbot herrscht ...«

»Geht klar, aber ich rauch ja nicht ...«

»Gut, also da hinten durch. Fass bloß nichts an!« Weil er im dritten Studienjahr ist und seine Eltern offensichtlich Geld haben, scheint Patrick seinem Leben eine Art erwachsene Ordnung gegeben zu haben: Richtige, nicht Wohnheim-Möbel, die ihm wahrscheinlich *gehören*, Fernseher, Videorecorder und ein Wohnzimmer, das weder ein Bett noch einen Gaskocher oder eine Dusche enthält. Tatsächlich erinnert kaum noch etwas an ein Studentendasein; alles ist an seinem Platz, und für alles gibt es einen Platz – wie in einer Mönchszelle oder der Behausung eines besonders pedantischen Serienmörders. Während er den Korkenzieher sucht, sehe ich mich im Wohnzimmer um. An der Wand über seinem Schreibtisch hängt die einzige Verzierung der Wohnung: ein Poster von einem Strand mit Fußspuren, die in den Sonnenuntergang hinein verschwinden, und diesem erbauenden Gedicht, dass Jesus immer bei dir ist. Obwohl man vielleicht mit einigem Recht zu bedenken geben könnte, dass, wäre Jesus letztes Jahr im Fernsehstudio bei ihm gewesen, er vielleicht mehr zustande gebracht hätte als 65 Punkte.

Es klingelt, und ich höre Patrick nach unten hopsen, darum nutze ich die Gelegenheit, seine Bücherregale zu inspizieren; hauptsächlich wirtschaftswissenschaftliche Lehrbücher, in säuberlicher alphabethischer Reihenfolge, eine Good News Bible, die Bibel fürs Volk. Ein weiteres Regal mit Videos – Monty

Pythons *Ritter der Kokosnuss* und *Die Blues Brothers* – offenbart die heitere Seite des Patrick Watts.

Aber neben diesen steht eine Reihe von etwa zwanzig identischen VHS-Kassetten; ein Regal voller selbst aufgenommener Videos mit makellosen, handgetippten weißen Etiketten, die akkurat über die Rücken geklebt sind. Ich gehe einen Schritt näher heran, um besser sehen zu können, und mir stockt der Atem. Auf den Etiketten steht:

03/03/1984 – Newcastle gegen Sussex
10/03/1984 – Durham gegen Leicester
17/03/1984 – King's College Cambride gegen Dundee
23/03/1984 – UMIST gegen Liverpool
06/04/1984 – Birmingham gegen University College, London

… und immer so weiter, Keele gegen Sussex, Manchester gegen Sheffield, Open University gegen Edinburgh. Auf den Kassetten liegt, mit dem Gesicht nach unten, ein gerahmtes Bild. Ich komme mir zwar mittlerweile vor wie Marion Crane in *Psycho*, aber ich nehme es in die Hand und schaue es an, und, ja, es ist tatsächlich eine Fotografie von Patrick, der Bamber Gascoigne, dem Moderator von *University Challenge*, die Hand schüttelt. Plötzlich wird mir mit nacktem Entsetzen klar, dass das Patricks Schrein ist und dass ich *versehentlich ins Versteck eines Wahnsinnigen gestolpert bin …*

»Suchst du was, Brian?«

Ich wirble herum und suche nach einer Waffe. In der Tür steht Patrick, dem Lucy Chang über die Schulter guckt, der Lucy Changs Panda über die Schulter guckt.

»Ich bewundere nur dein Foto!«

»Schön, aber kannst du es bitte genau dahin zurücklegen, wo du es her hast?«

»Ja, ja, natürlich …«

»Tee, Lucy?«

»Gern, ja bitte.«

Er wirft mir einen »Finger weg!«-Blick zu und geht wieder in die Küche. Lucy setzt sich auf den Stuhl vor Patricks Schreibtisch, aber ganz auf den Rand, damit ihr Panda nicht zerdrückt wird. Wir sitzen schweigend da und lächeln uns gegenseitig an, und ohne ersichtlichen Grund überfällt sie ein nervöses kleines, glockenhelles Lachen. Sie ist klein, adrett und trägt eine sehr saubere und ordentlich gebügelte weiße Bluse, deren oberster Knopf geschlossen ist. Nicht dass das irgendwie wichtig wäre, aber sie ist ziemlich attraktiv, selbst noch mit diesem irritierenden Haaransatz, der an ihrer Stirn herunterzukriechen scheint, um sich mit ihren Augenbrauen zusammenzutun wie eine verrutsche Perücke.

Ich versuche ein Gesprächsthema zu finden. Zuerst überlege ich, ob ich ihr sagen soll, dass laut dem *Guinness-Buch der Rekorde* der Nachname Chang offiziell der häufigste der Welt ist, aber ich schätze mal, dass sie das schon weiß, und sage stattdessen: »Hey, gratuliere zu deiner unglaublichen Punktzahl! Neunundachtzig Prozent!«

»Oh, danke. Und ich gratuliere dir zu, ähm …

»… zur Niederlage?«

»Na ja … ich fürchte, ja!«, und sie lacht wieder, hoch und schrill. »Gratuliere zur Niederlage!«

Aus Höflichkeit lache ich mit und sage: »Na ja, egal. Wieder versuchen, wieder versagen, besser versagen.«

»Samuel Beckett, oder?«

»Stimmt«, sage ich verdutzt. »Was studierst du noch mal?«

»Oh, Medizin im zweiten Studienjahr«, antwortet sie, und ich denke, mein Gott, sie ist ein Genie. Ich sehe sie mit unverhohlener Ehrfurcht an, während sie sich aus ihrem Scherzartikel-Rucksack schält.

»Der Panda gefällt mir«, sage ich.

»Oh – danke!«

»Wie er immer auf deiner Schulter Kotau macht!« Sie guckt mich verständnislos an, darum sage ich, zur Verdeutlichung: »Hast du ihn von zuhause mitgebracht?«

»Wie bitte?«

»Hast du ihn von *zuhause* mitgebracht?«

Sie sieht verwirrt aus. »Meinst du, aus dem Wohnheim?«

Ich fühle mich, als würde ich in die Tiefe stürzen. »Nein, nein, du weißt schon … dein ursprüngliches Zuhause.«

»Oh, du meinst China! Weil es ein *Panda* ist, stimmt's? Also, ich komme ja aus Minneapolis, darum: nein.«

»Ja, aber ursprünglich stammst du aus …?«

»Minneapolis …«

»Aber deine Eltern sind aus …«

»Minneapolis …«

»Aber *deren* Eltern sind aus …«

»Minneapolis.«

»Natürlich. Minneapolis«, und sie lächelt mich mit total aufrichtiger Freundlichkeit an, trotz der offensichtlichen Tatsache, dass ich ignoranter, rassistischer Abschaum bin. »Die Heimat von Prince!«, füge ich flippig hinzu.

»Genau! Die Heimat von Prince«, sagt sie. »Obwohl ich den Typ nie getroffen habe.«

»Oh«, sage ich. Ich versuch's noch mal. »Hast du *Purple Rain* gesehen?«

»Nein«, antwortet sie. »Hast. Du. *Purple Rain*. Gesehen?«

»Ja, zweimal.«

»Hat er dir gefallen?«

»Eigentlich nicht.«

»Und trotzdem hast du ihn dir zweimal angeschaut!«

»Ich weiß«, sage ich und füge scherzhaft und in einem ziemlich gelungenen amerikanischen Akzent hinzu: »Hat man Töne!«

Und dann geht Gott sei Dank die Tür auf, und der Große

Colin Pagett ist da, mit vier Flaschen Newcy Brown Ale und einem großen Pappbecher von Kentucky Fried Chicken. Patrick führt ihn herein wie ein Butler den Schornsteinfeger, und ich nutze das peinliche Schweigen, das nun folgt, um über die komplizierte Kunst der Konversation nachzusinnen. Ideal wäre natürlich, morgens aufzuwachen und eine Abschrift aller Dinge in die Hand gedrückt zu bekommen, die ich im Laufe des Tages sagen werde, damit ich das Ganze überfliegen, meine Dialoge umschreiben und die albernen Bemerkungen und haarsträubenden, idiotischen Witze herausstreichen kann. Aber das ist natürlich nicht machbar, und die andere Alternative, nie wieder ein Wort zu sagen, wird auch nicht funktionieren.

Darum ist es vielleicht besser, mir eine Unterhaltung etwa so vorzustellen, als würde ich über die Straße gehen; ich sollte mir einen Moment Zeit lassen, bevor ich den Mund aufmache, nach rechts und links gucken und sorgfältig abwägen, was ich sagen will. Und selbst wenn das bedeutet, dass meine Gesprächsführung etwas langsam und geschraubt wirkt, wie bei einem transatlantischen Telefonat, wenn es bedeutet, dass ich ein bisschen länger auf dem metaphorischen Konversations-Bürgersteig stehen bleibe und in beide Richtungen sehe, dann soll es eben so sein. Denn wenn ich mit einer Sache eindeutig aufhören muss, dann damit, weiterhin so blind in den Verkehr hinauszustolpern. Es geht einfach nicht, dass ich immer wieder überfahren werde.

Zum Glück brauchen wir uns aber im Moment nicht zu unterhalten, denn während wir auf Alice warten, wirft Patrick eins seiner kostbaren Videos ein – das große Finale vom letzten Jahr. Da sitzen wir und sehen zu, wie das Team aus Dundee noch einmal gewinnt, während Patrick die Antworten dazu murmelt und Colin seinen Eimer mit Hühnchen isst. Eine Viertelstunde lang sind das die einzigen Geräusche: Colin, der an einem Hähnchenschenkel saugt, und Patrick, der auf der Sofalehne wie ein Geistesgestörter vor sich hin brabbelt.

»… Kafka … Stickstoff … 1956 … der Zwölffingerdarm … Fangfrage, keiner der drei … Carl Philipp Emanuel Bach …«

Und hin und wieder steure ich eine Antwort bei, oder Colin zwischen einem Bissen braunen Fleischs – Ravel, Dantes Inferno, Rosa Luxemburg, veni, vidi, vici –, aber Patrick markiert hier eindeutig sein Revier, zeigt uns, wer der Boss ist, weil seine Stimme allmählich immer lauter wird …

»… DIE MOODY BLUES … GOYA … TYPHUS … MARIA … ES SIND ALLES PRIMZAHLEN …«

… und obwohl ich die Show bestimmt genauso liebe wie jeder andere, denke ich, das geht jetzt ein bisschen zu weit …

»RHEIN, RHONE, DONAU … MITOCHONDRIUM … DAS FOUCAULTSCHE PENDEL …«

… hat er die Antworten auswendig gelernt? Sollen wir glauben, er sieht das Video zum ersten Mal, sollen wir glauben, dass er das ganze Zeug sowieso weiß? Und wie kommt das bei Lucy Chang an? Ich werfe ihr einen Seitenblick zu; sie hat den Kopf gesenkt und kneift die Augen zusammen. Ich denke schon, dass sie vielleicht verärgert ist oder verlegen, was verständlich wäre, aber dann fällt mir auf, dass ihre Schultern leicht zittern, und mir wird klar, dass sie versucht, das Lachen zu unterdrücken …

»… ODE AUF EINE GRIECHISCHE URNE … BO DIDDLEY … BARTHOLOMÄUSNACHT … DIE BERLINER LUFTBRÜCKE …«

… und gerade, als es aussieht, als würde sie laut herausprusten, klingelt es unten, und Patrick rast los und lässt uns drei zurück, die wir gebannt in die Glotze starren. Schließlich ist es Colin, der als Erster etwas sagt, mit flüsternder Verschwörerstimme.

»Sagt mal, spinne ich, oder hat der Typ komplett einen an der Waffel?«

Alices Erscheinen lockert die Stimmung erheblich. Sie kommt atemlos herein, in Schal, Mantel und Wildlederhandschuhe eingemummelt, schaut sich im Zimmer um, lächelt und begrüßt jeden einzeln. »Hallo, Bri!«, sagt sie herzlich und schenkt mir ein provokantes kleines Zwinkern. Patrick wuselt um sie herum, dieser Penner, streicht sein beigefarbenes Plastikhaar glatt, bietet ihr seinen Platz an und gießt ihr ein Glas von dem bulgarischen Cabernet Sauvignon ein, für den *ich* mich in Unkosten gestürzt habe, als wäre es sein eigener. Als Alice fragt: »Was dagegen, wenn ich rauche?«, sagt er »Aber gern!«, als sei das eine hervorragende Idee, warum ist er eigentlich nicht selbst draufgekommen? Dann guckt er sich nach irgendwas um, das man als Aschenbecher nehmen kann, und findet ein kleines Schreibtischset mit Büroklammern, das er mit einer verwegenen, verächtlichen Bewegung auf dem Schreibtisch ausleert.

Alice quetscht sich neben mich aufs Sofa, ihre Hüfte ist eng an meine gepresst. Patrick räuspert sich und spricht nun zum Team.

»So, da wären wir also! *Die Fantastischen Vier*! Und ich bin ziemlich zuversichtlich, dass wir dieses Jahr ein besonders tolles Team sind …«

Moment mal – *Die Fantastischen Vier*?

»Um eben mal den Ablauf zu erklären …«

Ich zähle die Menschen im Zimmer: eins, zwei, drei …

»… In der ersten Phase müssen wir uns für den eigentlichen, im Fernsehen ausgestrahlten Wettbewerb qualifizieren …«

Warum sagt er nicht *Fünf Freunde*? Er hätte sich keinen abgebrochen, *Fünf Freunde* zu sagen.

»Diese Qualifikationsrunde findet in zwei Wochen statt. Sie ist inoffiziell, aber trotzdem ziemlich schwierig, darum müssen wir auf Draht sein, wenn wir es bis in die Sendung schaffen wollen. Ich schlage daher vor, dass wir vier uns bis dahin jede Woche um dieselbe Zeit hier treffen und einfach ein paar Fragen durchgehen, die ich vorher vorbereite, und vielleicht das eine oder andere Video anschauen, nur um am Ball zu bleiben …«

Moment mal – wieso darf ich nicht dabei sein? Ich muss dabei sein, sonst treffe ich Alice nicht. Ich hebe die Hand, um eine Frage zu stellen, aber Patrick legt gerade ein Band ein und kann mich nicht sehen, also räuspere ich mich und sage: »Ähm, Patrick …?«

»Brian?«

»Das heißt, ich brauche nicht zu kommen?«

»Ich glaube nicht, nein …«

»Überhaupt nicht …?«

»Nein …«

»Du hältst es für keine gute Idee, wenn ich …?«

»Na ja, wir brauchen dich ja nur im Notfall. Ich glaube einfach, es ist das Beste, wenn wir vier uns als Team aneinander gewöhnen, weißt du, da wir nun mal das Team *sind*.«

»Also braucht ihr mich nicht?«

»Nein.«

»Nicht mal um mitzukommen und, du weißt schon, zu beobachten …?«

»Eigentlich nicht, Brian, nein …«, und er drückt auf »Play«. »Okay Leute, das ist Leeds gegen Birkbeck im Viertelfinale vor zwei Jahren. Ein richtig gutes Match …« Er lehnt sich auf dem Sofa zurück, wo Alice zwischen uns sitzt und ihre Hüfte sich ganz fest gegen meine drückt, während ich versuche, einen Plan auszuarbeiten, wie ich Patrick Watts am besten ermorden kann.

10

FRAGE: Wie lautet das lateinische Motto, das den brüllenden Löwen am Anfang von MGM-Filmen begleitet?
ANTWORT: Ars gratia artis – Kunst um der Kunst willen.

»Also, ich muss sagen, ich persönlich finde es absolut *grauenhaft*. Ich meine, der Anspruch, dass das jetzt so ein umwerfendes lyrisches Liebeslied sein soll, ist doch reiner Schrott. Da hat ein Typ, der gerade geil ist, ein Gedicht geschrieben, mehr ist es doch nicht. Ein sexuell frustrierter kleiner Macker versucht seiner Geliebten an die Wäsche zu gehen, indem er dauernd was von ›Time's Winged Chariot‹ sülzt und nicht kapiert, dass sie nicht will. An dem Gedicht ist überhaupt nichts *Lyrisches* oder Romantisches, was *Erotisches* schon gar nicht, jedenfalls nicht, wenn man eine Frau ist«, näselt Erin, die Freundin von Alice mit den Katzenaugen und dem blond gebleichten Bürstenschnitt.

»Ich würde sogar sagen, wenn mir ein Typ dieses Gedicht schicken oder vorlesen würde oder so, würde ich die Polizei rufen. Kein Wunder, dass seine Geliebte spröde ist. Der Dichter ist ein totaler Frauenhasser.«

»Sie halten Andrew Marvell für einen Frauenhasser?«, fragt Professor Morrison, der zurückgelehnt in seinem Sessel sitzt, die langen Finger über dem Bauch gefaltet.

»Im Prinzip schon. In diesem Gedicht ganz bestimmt.«

»Das heißt, die Stimme des Dichters und die Stimme des Gedichts sind ein und dieselbe?«

»Warum nicht? Es weist jedenfalls nichts darauf hin, dass hier irgendein distanzierendes Stilmittel angewandt wurde …«

»Was denken Sie, Brian?«

Ehrlich gesagt denke ich an Alice, darum zögere ich einen Moment und schinde Zeit, indem ich mir die Ohren reibe, als würde mein kritisches Urteilsvermögen irgendwo in meinen Ohrläppchen sitzen und ich müsste sie nur schnell aufwärmen. Es ist erst mein drittes Tutorium, und beim letzten Mal bin ich dabei erwischt worden, dass ich nur so getan habe, als hätte ich *Mansfield Park* gelesen, dabei hatte ich lediglich die Hälfte der ersten Folge in der Glotze gesehen. Deshalb darf ich mich nicht noch mal blamieren. Ich wähle die Wendung »historischer Kontext« aus meiner reichhaltigen Phrasensammlung.

»Ich denke, es ist schon ein bisschen komplizierter, besonders wenn man das Gedicht in seinem historischen Kontext betrachtet ...«, und Erin schnalzt mit der Zunge und seufzt, wie so oft, sobald ich in den Tutorien den Mund aufmache. Offensichtlich hasst mich Erin wie die Pest, ich weiß gar nicht, warum, denn ich lächle sie immer an. Es sei denn, das wäre der Grund. Wie auch immer. Konzentrieren! »... zum einen ist eindeutig ein stark humoristisches Element erkennbar. Die Rhetorik wird selbstironisch verwendet und ähnelt insofern ein wenig Shakespeares Sonett 130, *Mein Liebchens Aug gleicht nicht dem Sonnenstrahl* ... (nicht übel) ... nur, dass die Rhetorik den Dichter hier töricht aussehen lässt – die Verzweiflung, die extremen Anstrengungen, die er unternimmt, um seine Geliebte zu überzeugen, seinem Werben nachzugeben, machen ihn im Grunde zu einer *komischen* Figur. Es ist die Komödie sexueller Frustration und romantischer Demütigung. Denn eigentlich besitzt hier das Objekt seiner unerwiderten Leidenschaft, die eponyme ›spröde Geliebte‹, die ganze Macht ...«

»Was für ein reaktionäres, chauvinistisches Gesülze«, blafft mich Erin an, die die ganze Zeit so heftig auf ihrem Stuhl gezappelt hat, dass die Plastiksitzschale vor Empörung quietschte. »Die ›spröde Geliebte‹ hat keine *Macht* und auch keine *Persön-*

lichkeit, sie ist eine Null, ein Nichts; sie wird ausschließlich über ihre Schönheit und ihre Weigerung definiert, es mit dem Dichter zu treiben. Und der Ton ist auch weder komisch noch lyrisch, sondern schikanös, manipulativ und unterdrückerisch.«

Dann ergreift Chris der Hippie mit den dreckigen Händen das Wort, und ich finde, dass sich Erin ruhig ein Weilchen an ihm die Krallen wetzen darf. Professor Morrison wirft mir ein väterliches Lächeln zu, mit dem er mich wissen lässt, dass er die ganze Zeit meiner Meinung war. Ich mag Professor Morrison. Gleichzeitig habe ich auch Angst vor ihm, vermutlich ist das genau die Wirkung, die ein Professor auf seine Studenten ausstrahlen sollte. Er ähnelt ein bisschen David Attenborough, was einem Akademiker wahrscheinlich ebenfalls nicht schaden kann, er trägt viel Cord, bevorzugt Strick-Krawatten und ist spindeldürr, bis auf seinen kompakten kleinen Spitzbauch, der aussieht, als hätte er sich ein Kissen unter das schmutzige Hemd geschnallt. Er hört einem aufmerksam zu, wenn man etwas sagt, neigt den Kopf leicht zur Seite und arrangiert die Finger zu einer Kirchturm-Formation vor dem Mund, genau wie die Intellektuellen im Fernsehen.

Während Erin Chris zur Schnecke macht und Professor Morisson ihnen dabei zusieht, kann ich die Gedanken schweifen lassen, aus dem Fenster in den Garten gucken und mich wieder Alice zuwenden.

Als ich nach dem Tutorium über die High Street zurückgehe, sehe ich dort Rebecca Wie-hieß-sie-noch-gleich und ein paar Leute von ihrer Mächtig-sauer-ey-Fraktion stehen, mit denen sie immer herumhängt. Sie drücken desinteressierten Einkäufern Flugblätter in die Hand, und einen Moment lang erwäge ich, auf die andere Straßenseite zu wechseln. Offengestanden bin ich ein bisschen auf der Hut vor ihr, besonders nach unserem letzten Gespräch, aber ich habe mir vorgenommen, an der

Uni so viele Freundschaften wie möglich zu schließen, selbst wenn ich überdeutliche Signale empfange, dass diese neuen Freunde mich nicht besonders leiden können.

»Halli, hallo«, rufe ich.

»Die Tanzmaus! Wie geht's?«, sagt sie und gibt mir ein Flugblatt, das mich auffordert, Barclays zu boykottieren.

»Zu deiner Beruhigung, mein Stipendium beziehe ich über eins der anderen sozialen, humanitären, multinationalen Kreditinstitute!«, sage ich mit einem beißend-sarkastischen Augenzwinkern, aber sie schaut gar nicht richtig hin und ist schon wieder dabei, Flugblätter zu verteilen und »Kampf der Apartheid! Unterstützen Sie unseren Boykott. Kaufen Sie keine südafrikanischen Waren! Sagen Sie Nein zur Apartheid! …« zu rufen. Ich fühle mich langsam auch ein bisschen boykottiert und will gerade weitergehen, als sie in einem geringfügig sanfteren Tonfall fragt: »Und, wie lebst du dich so ein?«

»Och, ganz gut. Ich teile mir ein Haus mit zwei totalen Ruperts. Aber abgesehen davon ist es gar nicht so übel …« Die Klassenkampf-Anspielung mit den Schnöselnamen habe ich eigentlich nur ihr zuliebe gemacht, aber ich glaube, sie hat sie nicht kapiert, weil sie mich verwirrt anguckt.

»Sie heißen beide Rupert?«

»Nein, sie heißen Marcus und Josh.«

»Wer sind dann die Ruperts?«

»Sie sind, na ja, du weißt schon, sie sind halt – Ruperts …«, aber die Bemerkung verliert jetzt mehr und mehr an Schärfe, und ich frage mich, ob ich nicht lieber anbieten sollte, beim Flugblätterverteilen zu helfen. Schließlich ist es ein Thema, das mir wirklich wichtig ist, und ich halte mich strikt an meine Maxime, kein Obst aus Südafrika zu essen, fast genauso strikt wie an meine Maxime, kein Obst zu essen. Aber Rebecca legt gerade die restlichen Flugblätter zusammen und überreicht sie ihren Kollegen.

»Gut, ich bin für heute fertig. Bis bald, Toby – bis dann, Rupert …«, und plötzlich merke ich, wie ich auf der Straße neben ihr herlaufe, ohne zu wissen, wessen Idee es überhaupt war. »Und, was jetzt?«, fragt sie, die Hände tief in den Taschen ihres schwarzen Polyestermantels vergraben.

»Ich war eigentlich gerade auf dem Weg zur Städtischen Kunstgalerie.«

»Zur *Gemäldegalerie*?«, fragt sie fasziniert.

»Ja, ich dachte, ich könnte sie, du weißt schon, mal auschecken?«

Sie rümpft die Nase und sagt: »Okay. ›Checken‹ wir sie ›aus‹!«, und ich folge ihr die Straße entlang.

Ach ja, der gute alte »lass uns die Gemäldegalerie auschecken«-Trick. Ich hatte das schon eine ganze Weile vor, in Southend geht das nur nicht so einfach, aber hier gibt es eine richtige Gemäldegalerie; gedämpfte Bibliotheks-Atmosphäre, Marmorbänke, Wachpersonal, das auf unbequemen Stühlen vor sich hin döst. Idealerweise hatte mir vorgeschwebt, bei einem Date mit Alice hierher zu kommen, aber es muss ja nicht von Nachteil sein, erst mal einen Probelauf mit jemand anderem zu machen, um meine spontanen Reaktionen im Vorfeld einzuüben.

Ich gebe offen zu, dass meine Kommentare zu Werken der bildenden Kunst ziemlich oberflächlich sein können; zum Beispiel habe ich häufig nicht mehr im Angebot als den Hinweis, dass mich irgendeine Person auf einem Bild an Soundso aus dem Fernsehen erinnert. Außerdem muss ich in Gemäldegalerie-Etikette noch den richtigen Schliff kriegen – wie lange man vor jedem einzelnen Gemälde stehen bleibt, was für Geräusche man dabei macht, so was –, aber Rebecca und ich verfallen bald in einen angenehmen, gemütlichen Rhythmus; nicht zu schnell, um oberflächlich zu wirken, nicht zu langsam, um sich tödlich zu langweilen.

Wir checken gerade den Saal mit der Kunst des 18. Jahrhunderts aus und stehen vor einem nicht besonders bemerkenswerten Bild eines Künstlers, dessen Namen ich noch nie gehört habe, das einen Lord und eine Lady zeigt, die Gainsborough-mäßig unter einem Baum stehen.

»Unglaubliche Perspektive«, sage ich, aber sie darauf aufmerksam zu machen, dass Objekte umso kleiner werden, je weiter weg sie sind, kommt mir fast ein bisschen zu elementar vor, darum versuche ich es mit einem marxistischen, sozialkritischen Ansatz.

»Sieh dir mal die Gesichter an! Die scheinen ja mächtig zufrieden zu sein mit ihrem Los!«

»Von mir aus«, meint Rebecca uninspiriert.

»Dann bist du wohl keine Kunstliebhaberin?«

»Natürlich bin ich das. Ich fühle mich bloß nicht bemüßigt, stundenlang vor einem Bild zu stehen und mich am Kinn zu kratzen, nur weil es in einem Scheiß-Goldrahmen hängt. Ich meine, guck das Zeug doch an ...« Die Hände immer noch in den Manteltaschen, gestikuliert sie verächtlich im Saal herum, und schwenkt die Fledermausflügel ihres Mantels, »... Porträts von reichen Müßiggängern, die stolz vor ihren unrechtmäßig erworbenen Besitztümern posieren, niedliche Ansichtskarten-Porträts von harter Knochenarbeit auf den Äckern, Gemälde von makellos sauberen Schweinen. Ich meine, schau mal diese Monstrosität da drüben« – sie zeigt auf einen üppigen cremigrosa Frauenakt, der sich auf einer Chaiselongue zurücklehnt – »Softpornos für die Sklavenhalterklasse. Wo sind ihre Schamhaare geblieben, Herrgottnochmal! Bist du je im Leben einer nackten Frau begegnet, die *so* aussieht?« Ich überlege, ob ich ihr sagen soll, dass ich überhaupt noch nie einer nackten Frau begegnet bin, möchte aber nicht meinen Ruf als Kunstkenner verspielen, darum halte ich den Mund. »Ich meine, für wen *ist* das eigentlich?«

»Demnach glaubst du nicht, dass Kunst irgendwelche inneren Werte hat?«

»Wer sagt das denn? Ich glaube nur nicht, dass sie irgendwelche inneren Werte hat, nur weil irgendwer irgendwo beschließt, etwas ›Kunst‹ zu nennen. Wie dieses Zeugs hier – derselbe Schrott, der in provinziellen Konservativen-Clubs an der Wand hängt.«

»Dann werdet ihr also, wenn die Revolution kommt, das hier alles niederbrennen …«

»Was für eine entzückende kleine Angewohnheit du da hast, Leute in Schubladen zu stecken …« Ich folge ihr durch einen Saal voller Stillleben und halte es für klüger, die Unterhaltung von der Politik wegzusteuern. »Was ist eigentlich der Plural von Stillleben? Stillleben oder stille Leben?« Das scheint mir eine ziemlich kultivierte Bemerkung à la Radio 4 zu sein, aber sie beißt nicht an.

»Und, wo stehst du politisch?«, fragt sie.

»Na ja, ich schätze, ich bin so eine Art linker Liberal-Humanist.«

»Also bist du gar nichts, mit einem Wort … «

»Nee, also so würde ich das nicht sehen …«

»Und was studierst du noch mal?«

»Eng. Lit.«

»Was ist *Englit*?«

»Englische Literatur.«

»Ach, so nennt man das heute? Und was hat dich zu *Englit* geführt, abgesehen von der Tatsache, dass es offensichtlich eine dicke fette faule *Ausrede* ist?«

Die letzte Bemerkung ignoriere ich mal; stattdessen spule ich direkt meine Nummer ab. »Na ja, ich war mir nicht richtig sicher, was ich machen wollte. Ich hatte dank meiner Abschlüsse eine relativ breit gefächerte Grundqualifikation und dachte zuerst an Geschichte oder Kunst oder eine der Naturwissenschaften. Aber das Besondere an Literatur ist, dass sie, na ja, mehr oder weniger alle Disziplinen umfasst – sie ist Geschichte, Philosophie, Politik, Geschlechterkampf, Soziologie, Psychologie,

Linguistik und Naturwissenschaft in einem. Literatur ist die geordnete Antwort des Menschen auf die Welt, die ihn umgibt, beziehungsweise *sie* umgibt, wenn man eine Frau ist, darum ist es nur natürlich, dass diese Antwort das volle …« – jetzt ein bisschen Stoff geben – »… *Rüstzeug* intellektueller Konzepte, Ideen und Streitfragen enthält …«

Et cetera et cetera et cetera. Wenn ich ganz ehrlich bin, erzähle ich das alles nicht zum ersten Mal. Tatsächlich habe ich diesen kleinen Vortrag bei meinen Vorstellungsgesprächen in jeder Uni gehalten, in der ich mich beworben habe, und obwohl er möglicherweise nicht ganz an eine Kriegsrede von Churchill heranreicht, fressen mir danach die Akademiker förmlich aus der Hand, besonders, wenn das Ganze wie hier von einer Menge Durchshaarfahren und emphatischer Gestik begleitet wird. Jetzt bringe ich meinen Vortrag zu seinem überwältigenden Höhepunkt, »… und wie also im zweiten Aufzug des zweiten Aktes von *Hamlet* der eponyme Held zu Polonius sagt, dreht sich letztlich alles um ›Worte, Worte, Worte‹, und das, was wir ›Literatur‹ nennen, ist insofern nichts anderes als ein Vehikel für etwas, das präziser bezeichnet werden könnte als das Studium … aller Dinge.«

Rebecca lässt sich das durch den Kopf gehen und nickt verständig. »Also, das ist eindeutig die *gequirlteste Scheiße*, die ich seit langem gehört habe«, fragt sie und geht wieder weiter.

»Findest du?«, frage ich und trabe hinter ihr her.

»Warum sagst du nicht einfach, dass du drei Jahre auf deinem Arsch sitzen und einfach nur lesen willst? Das wäre wenigstens ehrlich. Die Literatur bringt einem nicht *›alle Dinge‹* bei, und selbst wenn, dann nur auf die nutzloseste, oberflächlichste und unpraktischste Weise. Ich meine, jeder, der glaubt, er könnte irgendwas Sinnvolles über Politik oder Psychologie oder Naturwissenschaft lernen, indem er eben mal *Unter dem Milchwald* durchblättert, redet reinen Stuss. Kannst du dir vorstellen, dass einer zu dir sagt: ›Also, Mister Wie-immer-du-mit-Nachnamen-heißt, ich werde Ihnen jetzt gleich Ihre Milz entfernen, und, okay, streng genommen hab ich nicht Medizin studiert, aber machen Sie sich keine Sorgen, denn *Oliver Twist* hat mir sehr viel gegeben…‹?«

»Na ja, Medizin ist ein Spezialfall.«

»Politik etwa nicht? Oder Geschichte? Oder Jura? Warum nicht? Weil sie *leichter* sind? Einer exakten Analyse nicht so würdig?«

»Also findest du nicht, dass Romane und Lyrik und Theaterstücke zur Qualität und Reichhaltigkeit des Lebens beitragen?«

»Hab ich das behauptet? Natürlich tun sie das, aber ein dreiminütiger Popsong tut es auch, und keiner hat das Bedürfnis, *so was* drei Jahre lang zu studieren.«

Ich weiß ganz genau, dass Alexander Pope irgendwas gesagt hat, das mir hier aus der Patsche helfen würde, kann mich aber nicht erinnern, was es war, und erwäge, das Wort »Utilitarismus« anzubringen, bin mir nur nicht sicher, wie. Darum sage ich: »Bloß weil eine Sache nicht *praktisch* ist, heißt es noch lange nicht, dass sie nicht *nützlich* ist.«

Rebecca rümpft dazu die Nase, und mir wird klar, dass ich mich hier auf ziemlich dünnem Eis bewege, semantisch gesprochen. Ich beschließe, es anders zu versuchen und in die Offensive zu gehen.

»Und was studierst *du* so wahnsinnig *Nützliches*?«, frage ich.

»Jura im zweiten Studienjahr.«

»Jura! … Okay, ja, ich schätze mal, das ist ziemlich nützlich.«

»Hoffen wir's.«

Jura passt natürlich. Ich würde mich im Gerichtssaal ganz bestimmt nicht mit Rebecca Epstein anlegen wollen. Sie würde einem in ihrem Glasgower Akzent die Argumente um die Ohren hauen, sie würde jeden mit Dingen wie »Definieren Sie Ihre Rechtsauffassung!« und »Ihre Beweisführung ist fadenscheinig!« fertig machen. Ehrlich gesagt habe ich im Moment keine Lust, noch weiter mit ihr zu diskutieren, darum halte ich einfach den Mund, und wir laufen stumm durch das Städtische Museum mit seinen Vitrinen voller Fossilien und römischer Münzen und antiker Ackerbaugeräte. Ich schätze mal, das eben war ein erster Vorgeschmack auf das Hauen und Stechen der akademischen Streitkultur. Ich kenne natürlich die Auseinandersetzungen mit Erin in den Tutorien, aber die sind so ähnlich wie tausend Stecknadeln; nur eine Frage, wie viel man aushält. Bei Rebecca fühlt es sich eher an, als hätte sie mir ein Messer ins Auge gerammt. Trotzdem, es ist ja erst meine dritte Woche; ich bin sicher, dass ich im Streiten besser werde, und im Grunde meines Herzens weiß ich, dass mir noch eine eloquente und prägnante Antwort einfallen wird, selbst wenn es drei oder vier Tage dauert. Bis dahin schaue ich mal, ob ich nicht das Thema wechseln kann.

»Und was willst du hinterher machen?«, frage ich.

»Keine Ahnung. Wir könnten irgendwo was trinken gehen, wenn du Lust hast …«

»Nein, ich meine nach der Uni, wenn du deinen Abschluss hast …«

»Wenn ich meinen Abschluss habe? Keine Ahnung. Irgendwas, das den Leuten wirklich hilft. Ich bin nicht sicher, ob ich die ganze höhere Anwaltslaufbahn durchziehen will, aber ich interessiere mich für Einwanderungsrecht. Die Bürgerberatungen leisten gute Arbeit. Vielleicht mache ich später was mit Politik oder Journalismus oder so, versuche mitzuhelfen, die Tory-Ärsche rauszuschmeißen. Und du?«

»Oh, vielleicht Lehrer oder Dozent. Vielleicht in irgendeiner Form was schreiben.«

»Was schreibst du denn so?«

»Oh, im Moment noch nichts.« Ich beschließe, etwas auszuprobieren, und füge hinzu: »Nur ein paar Gedichte hier und da.«

»Was sagt man dazu. Du bist ein Dichter, und ich hatte die ganze Zeit keinen Schimmer.« Sie schaut auf die Uhr. »Okay, ich sollte allmählich los.«

»Wo wohnst du denn?«

»Kenwood Manor, wo diese beschissene Party war.«

»Ach, im selben Haus wie meine Freundin Alice?«

»Die schöne blonde Alice?«

»Ist sie schön? Ist mir gar nicht aufgefallen.« Ich probiere hier gerade einen ironischen, postfeministischen Humor aus, aber Rebecca macht nur *ts, ts* und blickt finster drein und fragt: »Und, woher kennst du sie?«

»Na ja, wir sind zusammen im *University Challenge*-Team«, sage ich und zucke gleichgültig die Achseln. Rebeccas Gegacker hallt von den Steinwänden des Museums wider.

»Nicht im Ernst!«

»Was ist daran so komisch?«

»Nichts, überhaupt nichts. Bitte verzeih mir, ich hatte ja keine Ahnung, dass ich es hier mit einer Persönlichkeit aus dem Fernsehen zu tun habe. Und, was willst du damit beweisen?«

»Wie meinst du das?«

»Na ja, ich meine, wenn man bei so einer Sache mitmacht, heißt das doch, dass man irgendwas zu beweisen hat.«

»Ich hab überhaupt nichts zu beweisen! Wir machen das nur zum Spaß. Außerdem sind wir noch gar nicht für das Fernsehturnier qualifiziert. Der entscheidende Vorlauf ist nächste Woche.«

»Turnier, ja? Klingt ganz schön machomäßig. Als müsstest du Schulterpolster oder so was tragen. Welche Position spielst du? Mittelstürmer? Verteidigung ...?«

»Tatsächlich bin ich der erste Ersatzmann.«

»Aha, dann bist du genau genommen gar nicht *im* Team.«

»Nein. Nein, ich schätze nicht.«

»Jedenfalls, wenn ich irgendjemandem den Buzzer-Finger brechen soll, sag einfach Bescheid ...« Wir stehen jetzt draußen auf der Treppe vor der Galerie, und inzwischen ist es dunkel geworden. »War nett, mit dir zu plaudern … tut mir leid, ich hab schon wieder deinen Namen vergessen.«

»Brian. Brian Jackson. Soll ich dich nach Hause bringen?«

»Ich kenn den Weg, ich wohne da, weißt du noch? Bis irgendwann mal, Jackson«, und sie geht die Treppe runter, bleibt aber noch mal stehen und dreht sich um. »Und Jackson? Natürlich solltest du jedes Fach studieren, auf das du Lust hast. Die schriftliche Würdigung und das Verständnis der Literatur, oder jedes anderen künstlerischen Unterfangens, ist von absolut zentraler Bedeutung für eine gute Gesellschaft. Was glaubst du, warum die Faschisten immer als Erstes die Bücher verbrennen? Du musst lernen, mehr für dich einzustehen«, und sie dreht sich um und geht weiter die Stufen runter, hinein in den Abend.

11

FRAGE: Welches Wort beschreibt die über das Missgeschick anderer empfundene Heiterkeit?
ANTWORT: Schadenfreude.

Heute kam endlich meine große Chance. Colin Pagett hat Hepatitis gekriegt.

Ich erfahre das mitten in einer Vorlesung über Coleridges und Wordsworths *Lyrische Balladen.* Dr. Oliver redet schon eine geraume Weile, und ich habe auch ganz ehrlich versucht, mich zu konzentrieren, aber meiner Meinung nach ist eine lyrische Ballade, wenn Kate Bush *The Man with the Child in his Eyes* singt, und genau das ist mein Grundproblem mit den Romantikern: Sie sind einfach nicht *romantisch* genug. Man erhofft sich von ihnen jede Menge Liebeslyrik, die man für Valentinskarten abkupfern kann, und stellt dann fest, dass alles nur von Seen und Urnen und Blutegel-Sammlern handelt.

Ich entnehme Dr. Olivers Ausführungen, dass sich die romantische Seele vor allem mit 1. der Natur, 2. dem Verhältnis des Menschen zur Natur, 3. der Wahrheit und 4. der Schönheit beschäftigte. Mich hingegen spricht eher Lyrik an, die Themen nachgeht wie a) Mensch, du bist richtig nett, b) ich mag dich, geh bitte mit mir aus, c) mit dir auszugehen, ist richtig, richtig toll und d) warum gehst du nicht mehr mit mir aus? Es ist ja genau die einfühlsame und tief schürfende Behandlung dieser Themen, welche die Lyrik Shakespeares und Donnes zu den ergreifendsten und poetischsten Werken der englischen Literatur macht. Ich spiele gerade mit dem Gedanken, meinem nächsten erhellenden Essay einen Titel wie *Hin zu einer Definition von »Romantik«: Eine komparative Studie des »Lyrischen« bei Coleridge und Donne* zu geben, als, wie auf Stichwort, Alice Harbinsons Gesicht an der Tür des Hörsaals auftaucht.

Alle schauen auf, was nicht verwunderlich ist, aber sie zeigt mit dem Finger auf mich, bewegt die Lippen und will mir offenbar etwas mitteilen. Ich deute auf mich, und sie nickt heftig, geht dann in die Hocke und kritzelt etwas auf einen DIN-A4-Block, den sie gegen die Glasscheibe drückt.

»BRIAN, ICH BRAUCHE DICH – *DRINGEND*«, steht da.

Für schnellen Sex, frage ich mich? Vermutlich nicht, aber trotzdem, ich habe selbstverständlich keine andere Wahl, als zu ihr zu gehen. Also sammle ich so diskret wie möglich meine Bücher und Hefter zusammen und schleiche mich in geduckter Haltung durch die Sitzreihen zur Tür. Dr. Oliver, genauer gesagt der ganze Hörsaal, sieht mir dabei zu.

»Entschuldigen Sie – Arzttermin«, sage ich und lege mir die Hand auf die Brust, als wollte ich der Tatsache Nachdruck verleihen, dass ich jeden Augenblick tot umfallen könnte. Dr. Oliver scheint das relativ schnurz zu sein, und er wendet sich wieder den *Lyrischen Balladen* zu, während ich mich in den Flur hinausschleiche, wo ich eine rotgesichtige, verschwitzte, atemlose und umwerfende Alice vorfinde.

»Tut mit leid, tut mir leid, tut mir leid …«, keucht sie.

»Ist doch okay, was ist los?«

»Wir brauchen dich! Für die Qualifikationsrunde!«

»Wirklich? Aber Patrick hat doch gesagt, ich bräuchte mich nicht weiter zu bemühen …«

»Colin kann nicht kommen – er hat Hepatitis.«

»Du machst Witze!« Natürlich mache ich keine Freudensprünge oder so, weil ich Colin ziemlich mag und mir echte Sorgen um ihn mache, wirklich, darum frage ich betroffen: »Geht's ihm einigermaßen?«

»Ja, keine Sorge. Es ist nicht die bedrohliche Variante, er hat Hepatitis A oder so. Offenbar ist er knallgelb, doch er wird wieder gesund, vollkommen gesund. Aber das heißt, dass du im Team bist! Jetzt gleich!« Wir vollführen ein kleines, aufgeregtes Siegestänzchen, nichts Unanständiges oder so, und rennen los zum Haus der Studentenvereinigung.

Es gibt Augenblicke, da übersteigen die Errungenschaften der Kunst unsere Vorstellungskraft dessen, was der Mensch vollbringen kann – die Skulpturen von Bernini oder Michelangelo zum Beispiel, Shakespeares Tragödien oder Beethovens Streichquartette. Und an diesem Nachmittag in der leeren Campus-Kneipe, aus Gründen, die sich jeder rationalen Erklärung entziehen – Schicksal, Glück, die unsichtbare gnädige Hand Gottes –, sieht es so aus, als wüsste ich einfach *alles*.

»Adenin bildet mit Thymin ein Basenpaar und Cytosin mit ... ?«

Weiß ich. »Guanin.«

»Wie lautet der volle Name der Organisation, welche die Oscars verleiht?«

Weiß ich. »Academy of Motion Pictures Arts and Sciences.«

»Korrekt. Rohrsänger, Schwirle, Laubsänge und Spötter sind alles Arten der Familie der Sylviidae und besser bekannt als ...?«

Weiß ich. »Grasmücken?«

»Korrekt. Welche kanadische Folksängerin heißt in Wirklichkeit Roberta Joan Anderson?«

Weiß ich. »Joni Mitchell.«

»Korrekt.«

Die Leute von *University Challenge* haben einen Scout namens Julian heruntergeschickt, einen netten, sanften, jungen Mann Mitte zwanzig im Pulli mit V-Ausschnitt und Schlips; mehr oder weniger Bamber Gascoignes Stunt-Double. Das Ganze folgt einem einfachen Quiz-Ablauf – vierzig Fragen in einer Viertelstunde, keine Startfragen mit höherer Punktzahl, Absprachen erlaubt – um festzustellen, ob wir einem Auftritt in der Sendung gewachsen sind. Und das sind wir. Oh, und wie wir es sind. Wenn ich selbst so sagen darf: Wir gehen ab wie eine Rakete.

»Welche Persönlichkeit des zwölften Jahrhunderts, Gemahlin eines Königs sowohl von England als auch von Frankreich, inspirierte zahlreiche Gedichte des Troubadour-Poeten Bernard de Ventadour?«

»Eleonore von Aquitanien«, sage ich.

»Moment, Moment – können wir das bitte über den *Mannschaftskapitän* laufen lassen?«, zischt Patrick ungehalten. »Also, Brian, woher weißt du das?«

Ich weiß es, weil Katharine Hepburn sie in diesem kitschigen Film spielt, der ständig sonntagnachmittags im Fernsehen gezeigt wird, aber das muss ich ihm ja nicht auf die Nase binden. Ich nicke nur weise und sage mit weit aufgerissenen Augen: »Ich … weiß es einfach«, als wäre diese unglaubliche, welterobernde Kraft meines Allgemeinwissens mir selbst nicht ganz geheuer. Patrick guckt zu Lucy Chang rüber, ob sie es bestätigen kann, aber sie zuckt nur die Achseln, und er sagt: »Eleonore von Aquitanien?«

»Korrekt«, sagt Julian.

Ich spüre, wie jemand meinen Arm drückt, und schaue nach rechts, wo Alice sitzt und mich ehrfürchtig anlächelt. Das ist jetzt meine neunte richtige Antwort *in Folge*, und ich fühle mich, wie Jesse Owens sich bei der Olympiade 1936 in Berlin gefühlt haben muss. Die anderen kriegen kein Bein auf den Boden, nicht einmal Lucy Chang, und plötzlich sieht es aus, als sei Colin Pagetts Hepatitis das Beste gewesen, was uns passieren konnte, uns allen außer Colin Pagett natürlich, denn wie es scheint, weiß ich wirklich einfach alles.

»Welcher Breitengrad wurde beim Potsdamer Abkommen 1945 zur ungefähren Demarkationslinie zwischen Nord- und Südkorea bestimmt?«

Zufällig weiß ich das jetzt gerade nicht, was aber okay ist, denn wir haben Lucy.

»Der achtunddreißigste Breitengrad?«

»Korrekt.«

Und immer so weiter – Andalusien – korrekt, 1254 – korrekt, Kalziumkarbonat – korrekt, Ford Maddox Ford – korrekt. Natürlich würden wir, wenn das jetzt tatsächlich im Fernsehen käme, die ganze Nation in Bann ziehen. Wir würden Gabeln mit Kuchenhappen zwischen Teller und Mund vor atemloser Bewunderung erstarren lassen. Aber wir sind hier nur in einer leeren Campus-Kneipe, die nach Kippen und Bier stinkt, um drei Uhr nachmittags an einem nasskalten Dienstag im November, und keiner sieht zu, nicht einmal die Putzfrauen, von denen eine gerade angefangen hat, den Teppich zu saugen.

»Ähm, wäre es vielleicht möglich, dass wir …«, murmelt Julian.

Patrick springt auf und kreischt entrüstet: »Entschuldigung! WIR VERSUCHEN HIER EIN QUIZ DURCHZUFÜHREN, UND ZWAR GEGEN DIE UHR!«

»Irgendwann muss es aber gemacht werden!«, sagt die Putzfrau und saugt weiter.

»DIESER MANN …«, deklamiert Patrick und zeigt wie ein alttestamentarischer Prophet auf Julian, »…IST VOM MANCHESTER-BÜRO VON *UNIVERSITY CHALLENGE* ZU UNS GESCHICKT WORDEN!«, und irgendwie scheint das die Sache rumzureißen, denn sie stellt den Staubsauer ab, grummelt etwas und leert wieder die Aschenbecher aus.

Weiter im Quiz. Ich frage mich, ob der Bann jetzt vielleicht gebrochen ist und wir unsere Meisterschaftsform nicht mehr halten können, aber ich hätte mir keine Sorgen machen müssen, denn die nächste Frage geht um den Fund eines angelsächsischen Grabschiffs in Suffolk 1939, das wertvolle Einblicke in antike Grabrituale gewährte.

Weiß ich.

»Sutton Hoo«, sage ich.

»Korrekt.«

»Der Rorschachtest«, sage ich.

»Korrekt.«

»Das Epithel«, sagt Lucy.

»Korrekt.«

»Uganda?«, sagt Patrick.

»Nein, ich glaube, es ist Zaire …«, sage ich, und Patrick schaut mich finster und Caligula-mäßig an, weil ich es wage, seine Autorität anzuzweifeln, wendet sich dann wieder Julian zu und sagt mit fester Stimme: »Uganda.«

»Inkorrekt. Es ist tatsächlich Zaire«, sagt Julian und wirft mir ein kleines Trostlächeln zu. Ich bilde mir ein, in Patricks Augenwinkeln ein kurzes unkontrolliertes Zucken wahrzunehmen, bin aber viel zu erwachsen für Häme, denn schließlich geht's hier nicht um schnödes individuelles Punktemachen, Patrick, es geht um Teamarbeit, du Blödmann …

»Der Haussperling«, sage ich.

»Korrekt.«

»a kongruent mit b modulo m?«, haucht Lucy.

»Korrekt.«

»Die Korngesetze«, schreit Patrick.

»Korrekt.«

»*Die Woodlanders* von Thomas Hardy«, vermute ich.

»Korrekt.«

»Buster Keaton?«, schlägt Alice vor.

»Nein, ich glaube, es ist Harold Lloyd«, sage ich freundlich, aber bestimmt.

»Okay, Harold Lloyd?«, sagt Alice.

»Korrekt. Welcher Flugingenieur starb, mehrere Jahre bevor sein berühmtester Entwurf den Himmel eroberte, 1937 während der Schlacht von …?«

»R. J. Mitchell«, sage ich.

»*Was?*«, sagt Patrick.

»R. J. Mitchell, Konstrukteur der *Spitfire*.« Ich erinnere mich an den Namen auf der Packung meines Airfix-Modellflugzeugs, Maßstab 1:12, und ich weiß, dass es stimmt, es ist R. J. Mitchell, definitiv, ich bin ganz sicher. Aber Patrick blickt mich stirnrunzelnd an, als wollte er mich herausfordern, als würde er danach lechzen, dass ich mich irre. »Es ist R. J. Mitchell – glaub mir.«

»R. J. Mitchell?«, sagt er widerwillig.

»Korrekt«, sagt Julian, der jetzt einfach grinsen muss. Patrick betrachtet mich aus zusammengekniffenen Augen, aber Lucy beugt sich hinter ihm vor und macht mir ein »Daumen rauf«-Zeichen, und Alice, ja, also Alices Hand landet jetzt auf meinem Rücken genau an der Stelle, wo mein Altmännerhemd aus der Hose gerutscht ist.

»Okay, eure letzte Frage: Welchen ferromagnetischen Stoff aus der Gruppe 7 des Periodensystems, das für die Herstellung hitzeresistenter und magnetischer Legierungen verwendet wird, isolierte der schwedische Chemiker Georg Brandt im Jahr 1735?« Offengestanden ist mein Periodensystem etwas eingerostet, und bei dieser Frage habe ich null Ahnung, aber es macht nichts, weil Lucy es weiß.

»Kobalt«, sagt sie.

»Korrekt.« Es ist vorbei, und wir sacken zusammen und klopfen uns gegenseitig auf die Schultern, und ich merke an dem feuchten Fleck auf meinem Rücken, dass ich schwitze wie ein Schwein.

Aber Julian räuspert sich und sagt: »Also, euer Endergebnis ist neununddreißig von vierzig möglichen richtigen Antworten. Das ist eine wirklich hervorragende Trefferquote, und darum freue ich mich sehr, euch mitteilen zu können, dass ihr die Teilnahme am diesjährigen *University Challenge*-Wettbewerb definitiv geschafft habt!«

Und die Menge, hätte es eine gegeben, wäre durchgedreht.

Vor dem Gebäude der Studentenvereinigung schütteln wir alle dem netten Julian die Hand, wünschen ihm eine gute Reise zurück nach Manchester, also dann bis zum 15. Februar, schöne Grüße an Bamber, haha, und dann stehen wir alle in der Spätnachmittagssonne herum und wissen nicht genau, was wir als Nächstes tun sollen.

»Und – begießen wir das Ganze noch mit einem Bier?«, schlage ich vor, scharf darauf, den Ruhm noch länger auszukosten.

»Wie bitte? Um vier Uhr nachmittags?«, ruft Patrick empört, als hätte ich sie gerade alle zu einer Sex- und Heroin-Orgie zu mir nach Hause eingeladen.

»Tut mir leid, kann nicht, muss morgen eine Arbeit schreiben«, entschuldigt sich Lucy.

»Ich besser auch nicht«, sagt Alice, und es entsteht eine kleine Pause, während wir uns alle fragen, welche Ausrede sie sich ausdenken wird.

Aber sie macht sich nicht mal die Mühe, darum sage ich: »Okay, ich muss auch da lang, ich begleite dich.« Wir gehen los, und ich versuche, mir eine plausible Erklärung einfallen zu lassen, weshalb ich genau in die verkehrte Richtung gehe.

»He, gut gemacht!«, sagt sie, als wir durch den Park gehen, der zu ihrem Wohnheim führt. »Du warst un*glaub*lich.«

»Oh, na ja, danke. Du auch.«

»Ach Quatsch. Ich bin euch doch nur ein Klotz am Bein. Ich konnte mich ohnehin nur qualifizieren, weil du mir die Antworten vorgesagt hast.«

»Stimmt doch gar nicht«, behaupte ich, obwohl es stimmt.

»Woher hast du das alles bloß gewusst?«

»Vergeudete Jugend!«, sage ich, aber sie kapiert's nicht, darum füge ich hinzu: »Ich schätze mal, ich habe einfach ein Talent, mir überflüssiges Wissen zu merken.«

»Gibt's so was überhaupt? *Überflüssiges* Wissen?«

»Na ja. Manchmal wünschte ich, ich hätte nicht auch noch häkeln gelernt«, sage ich, und Alice lacht. Offensichtlich glaubt sie, ich scherze, was vielleicht ganz gut so ist. »Und Songtexte, also manchmal denke ich, dass ich ohne den Ballast so vieler Liedtexte auch ganz gut zurechtkommen würde …«

»›Give me spots on my apples but give me the birds and the bees …‹?«

Weiß ich.

»*Big Yellow Taxi* von Joni Mitchell«, sage ich.

»From Ibiza to Norfolk Broads …«

Weiß ich.

»*Life on Mars*, Bowie«, sage ich.

»Okay, pass auf, was Neues. ›She's got cheek-bones like geometry and eyes like sin / and she's sexually enlightened by Cosmopolitan …‹«

Natürlich weiß ich das auch, aber ich vollführe eine nette kleine Pantomime anfänglichen Rätselratens und sage dann: »*Perfect Skin*, Lloyd Cole and the Commotions?«

»Mann, bist du guuuuuut«, sagt sie, und dann hakt sie sich komischerweise bei mir ein, und wir laufen weiter durch den Park, während die Sonne untergeht.

»Okay, jetzt ich.«

Ich überlege einen Augenblick, hole tief Luft und sage: »›I saw two shooting stars last night / I wished on them but they were satellites / It's wrong to wish on space hardware / I wish, I wish, I wish you'd care.‹«

Und sie scheint es mir durchgehen zu lassen, insofern als sie mich nicht an Ort und Stelle im hohen Bogen ankotzt. Und ja, ich weiß, ich sollte mich schämen; ich schäme mich ja auch, abgrundtief sogar. Aber offenbar findet sie es relativ harmlos, denkt einen Moment nach und sagt dann: »Billy Bragg – *A New England*.«

»Bingo«, sage ich.

»Ein schönes Lied, nicht?«

»Ich finde, ja«, und wir laufen die von Bäumen gesäumte Allee entlang, vorbei an Laternen, die blinkend angehen, wie der erleuchtete Tanzboden im *Billie Jean*-Video. In diesem Moment ähneln wir wohl am meisten dem Schwarzweiß-Cover vom Ronco-Exklusiv-4-CD-Set *The Greatest Love Songs Ever* aus der Fernsehwerbung. Vor uns liegt ein großer frischer Laubhaufen in Rotbraun, Ocker und Gold, und ich steuere darauf zu und sage, »He, lass uns durch die Blätter laufen!«

»Lieber nicht. Da ist meistens Hundescheiße drin«, sagt Alice. Und ich muss zugeben, wahrscheinlich hat sie Recht.

Kurz darauf kommen wir bei Kenwood Manor an. Sie hat sich den ganzen Weg bei mir untergehakt, was ja wohl irgendwas zu bedeuten hat, weshalb ich mich ermutigt fühle zu sagen: »He, was machst du nächsten Dienstag?«

Nur ein hocherfahrenes Auge wie das meine könnte den flüchtigen Moment der Panik erkennen, der über Alice Harbinsons Gesicht huscht, aber er ist da, wenn auch nur einen Augenblick lang, bevor sie ein fragendes Gesicht aufsetzt und sich mit dem Finger ans Kinn tippt. »Nächsten Dienstag? Warte mal …«, sagt sie. Na los, Alice, denk dir schnell eine Ausrede aus, nun mach schon …

»Es ist nur mein 19. Geburtstag, weißt du. Die große Eins Neun …«, und ich halte gerade so lange inne, dass sie mir blind in die Falle tappt.

»Und du gibst eine Party! Also, ich komme *total* gern …«

»Na ja, eigentlich keine Party, dafür kenne ich noch zu wenig Leute. Aber ich dachte, wir könnten einfach abends … zusammen essen gehen oder so?«

»Nur du und ich?« Sie lächelt – ob verkrampft oder eher gequält, ist schwer zu sagen.

»Nur du und ich …«

»Okay«, sagt sie, so als wären es zwei Wörter. »O.Kay. Warum nicht? Ja! Wie schön! Ganz toll!«, sagt sie.

Und das wird es auch. Schön und Toll. Ich bin wild entschlossen, dass es sowohl Schön als auch Toll sein wird.

12

FRAGE: Lanugo, vellus und terminal sind Begriffe, die verschiedene Entwicklungsstadien welches menschlichen Körperteils beschreiben?
ANTWORT: Der Haare.

Heute ist ein besonderer Tag, denn heute ist nicht nur mein neunzehnter Geburtstag, mein letztes Jahr als Teenager und der Beginn einer neuen und aufregend erwachsenen, mündigen Phase im Leben von Brian Jackson, es ist auch der Tag meines romantischen, intimen Dinners mit Alice Harbinson, weshalb ich beschlossen habe, mir und Alice und der ganzen Welt ein außergewöhnliches Geburtstagsgeschenk zu machen, nämlich mein Image komplett zu verändern.

Ehrlich gesagt ist das schon eine Weile fällig. Viele große Künstler wie David Bowie oder Kate Bush bleiben an vorderster Front, indem sie permanent ihre Einstellung und ihr Aussehen verändern, während man bei mir mit einiger Berechtigung behaupten könnte, dass ich mich in letzter Zeit in etwas ausgefahrenen Gleisen bewege. Ich plane nichts Extremes, ich will nicht anfangen, Strick-Gymnastikanzüge zu tragen oder mit Heroin herumzumachen oder bisexuell zu werden oder so, aber ich werde mir die Haare schneiden lassen. Nein, nicht nur schneiden lassen. *Stylen.*

Offengestanden sind meine Haare schon immer mein wunder Punkt gewesen. Sich die Haare schneiden zu lassen, galt an der Langley-Street-Gesamtschule als leicht verweichlicht, genau wie die Verwendung von Gel, sich das Gesicht zu waschen, oder Hausschuhe zu tragen. Das bedeutet, dass ich mich bis heute mit diesem namenlosen, unförmigen Gebilde herumschlagen musste, das mir strähnig in die Augen fällt, sich unhygienisch über meinem Kragen kräuselt, hinter meinen Ohren hervorschaut und meinen Kopf im Profil ein bisschen wie eine große Glocke oder, wie Tone es formulierte, das Ende eines Pimmels aussehen lässt.

Aber mit alledem ist jetzt Schluss, denn ich habe Cutz angepeilt, einen *Unisex-Salon* – nein, kein Friseur –, der mir auf den ersten Blick ganz gut gefällt. Er ist modern, ohne avantgardistisch zu sein, und ziemlich maskulin, außerdem sauber, und es liegen coole Lifestyle-Zeitschriften aus wie *The Face* und *id*, im Gegensatz zu eselsohrigen Ausgaben von Herrenmagazinen wie *Razzle* und *Mayfair* unter einem Haufen von Haaren. Ich habe mit einem netten Mann namens Sean gesprochen, mit Tolle, Ohrring und jugendlichem Outfit – der mir einen Termin um zehn versprochen hat.

Es ist natürlich sagenhaft teuer, aber ich habe den Fünfer von Mum, der heute früh in der Post war (zusammen mit einer Fußballer-Karte – »nicht alles auf einmal ausgeben!«), und einen Fünfer von Oma Jackson, mit dem ich mein romantisches Dinner heute Abend schmeißen kann, darum fühle ich mich ziemlich exklusiv und nobel, als ich nonchalant bei Cutz zur Tür reinschlendere, als erster Kunde des Tages. Ich gehe auf das kleine Grüppchen von Mitarbeitern zu, die alle am Empfang herumhängen, Kaffee trinken und Silk Cut rauchen.

»Termin um zehn? Mit Sean? Jackson der Name?«

Sie schauen alle hoch, auf meine Sachen und meine Haare, dann gucken sie alle auf so eine »bloß nicht dran rühren«-Art wieder nach unten, mit Ausnahme der Frau, bei der man sich anmeldet, die herüberschlendert und im Terminbuch blättert. Ich kann aber Sean nirgendwo sehen. Wo ist mein neuer Freund Sean?

»Sean ist heute nicht da«, sagt sie.

»Oh, verstehe …?«

»Aber Nicky ist frei. Er ist der Lehrling. Ist das okay?«

Ich folge ihrem Blick in die Ecke, wo ein dünner Junge halbherzig die Haarreste vom Vorabend zusammenfegt. Ist das Nicky? Er sieht aus, als sei er sechs.

»Ein *Lehrling*?«, flüstere ich.

»Er ist genauso gut wie Sean, bloß ein bisschen billiger«, sagt die Terminfrau munter, aber selbst sie weiß, dass es eine Pokerpartie ist.

Es ist eine Situation wie im Western, wenn die Cowboys ins Bordell gehen und der Held der Bande sich die Prostituierte aussuchen soll, die ihm am besten gefällt. Immer ist eine dabei, die irre sexy ist und einen Schönheitsfleck hat, eine, die offensichtlich wesentlich attraktiver ist als die anderen, die alle dick, dürr oder alt sind oder ein Holzbein haben oder einen Leberfleck auf der Lippe oder ein Glasauge – und der Cowboy sucht sich natürlich immer die Hübsche aus. Also da kann ich nicht anders, da muss ich mir jedes Mal Sorgen um die Gefühle der anderen Prostituierten machen. Ich weiß, dass Prostitution falsch ist, aber die Verschmähten zucken auf so eine resignierte, enttäuschte Art mit den Schultern, wenn sie wieder zu ihrer Chaiselongue oder sonst wohin zurückgehen. Daran sieht man, dass sie, obwohl sie im Grunde keinen Sex ohne Liebe mit einem fremden Cowboy gegen Geld haben möchten, *es trotzdem nett gefunden hätten, gefragt zu werden*. Und diesen Blick wirft mir jetzt Nicky der Lehrling zu. Ich kann Nicky nicht verschmähen, weil Nicky die Prostituierte mit dem Holzbein ist.

»Nicky macht das bestimmt ganz toll!«, sage ich munter, und Nicky zuckt mit den Schultern, stellt den Besen ab, greift zur Schere und setzt an, meine Haare zu machen.

Sie kochen einen richtigen Kaffee, extra für mich, in einer Glaskanne mit Pressfilter, und wir führen ein sogenanntes Beratungsgespräch. Das ist ziemlich knifflig für mich, denn ich verfüge eigentlich nicht über das Vokabular. Ich hatte schon überlegt, ein Foto mitzubringen, sozusagen als Anschauungsmaterial, aber wenn ich hier mit einem Bild von David Bowie oder Sting oder Harrison Ford antanze, lachen sich doch alle bloß kaputt.

»Und wie willst du's haben? Das Übliche?«

»Ich weiß nicht. Was ist das Übliche?«

»Fassonschnitt.«

Nein, das kann nicht stimmen – klingt zu altmodisch. »Ich dachte eher, oben ein bisschen was von der Länge zu lassen, mit einem lockeren Scheitel links, und irgendwie zurückgekämmt, und über den Ohren und hinten kurz.«

»Hinten rasiert?«

»Nur ein bisschen.«

»Wie Sebastian in der Serie *Wiedersehen mit Brideshead*?«

»Nein!«, lache ich und meine: ja.

»Na, wie denn dann?«

Cool bleiben. »Ahhhm.«

»... Weil, was du da gerade beschrieben hast, ein Fassonschnitt ist.«

»Tatsächlich? Na schön, dann einmal Fassonschnitt.«

»Möchtest du's gewaschen haben?«, fragt er und lüpft angeekelt eine Locke zwischen Finger und Daumen, wie jemand, der ein dreckiges Taschentuch vom Boden aufhebt.

Macht das die Sache nicht teurer? »Nein, nein, ich glaube, es geht auch so, danke.«

»Bist du Student?«

»Ja!«

»Dacht ich's mir.«

Und los geht's. Der kleine Nicky handhabt die Schere sogar ziemlich geschickt, wenn man bedenkt, dass die letzte, die er benutzt hat, aus Plastik und an den Spitzen abgerundet war, und ziemlich bald säbelt er einigermaßen enthusiastisch drauflos, während aus der Stereoanlage laut *Purple Rain* schallt. Unterdessen sitze ich da und lese *The Face* und tu so, als würde ich alles verstehen und als würde ich mir keine Sorgen um meine Haare machen, nee, nee, überhaupt nicht, obwohl Nicky der Lehrling ist. Was für ein Lehrling überhaupt? Klempnerlehrling? Elektrolehrling? Lehrling an der Drehbank? Ich fange an, einen Artikel über Skateboarden zu lesen, ohne ihn wirklich aufzunehmen, darum gucke ich mir bloß die Models auf den Modefotos an, die alle spindeldürr, androgyn, oben ohne und lethargisch-postkoital sind und hämisch zu mir raufgrinsen, als würden sie mich dafür verachten, was Nicky gerade mit meinem Haar anstellt. Inzwischen hat er den Elektrorasierer gezückt und schert mir den Hinterkopf. Schäferlehrling? Ich blicke von *The Face* auf, blicke in den Spiegel, und es sieht … sogar überraschend gut aus, sauber und frisch, strukturiert und doch natürlich. Ich sehe okay aus. Ja, ich denke, das könnte es für mich sein, das könnte die perfekte Frisur für mich sein, die Frisur, auf die ich mein Leben lang gewartet habe. Nicky, tut mir *echt* leid, dass ich je an dir gezweifelt habe …

Aber er schneidet immer weiter. Wie in der Grundschule, wenn man ein wunderbares Bild malt und die Lehrerin sagt: »Hör jetzt auf, sonst verdirbst du es!« – verdirbt es Nicky jetzt! Er schlägt große Schneisen in die Umgebung meiner Ohren, er rasiert hinten so weit rauf, dass das lange Haar obenrum aussieht wie ein Toupet. Rasenpfleger-Lehrling? Fleischerlehrling? Am liebsten würde ich das Stromkabel aus der Wand reißen, aber ich kann nicht, ich schaue nur benommen wieder in mein *Face*, lese irgendwas über Breakdancing in den Einkaufszentren von Basingstoke und warte darauf, dass das Summen aufhört.

Endlich ist es vorbei. »Gel oder Wachs?«, fragt er.

Herrje, Gel oder Wachs? Ich weiß es nicht. Wie wär's mit »Tüte über den Kopf«? Wachs hatte ich noch nie, darum sage ich Wachs, und er macht eine kleine Dose Schuhcreme auf, reibt sich etwas zwischen die Hände, das wie Schmalz aussieht, und verteilt es mit den Fingern in den Überresten meines Haars.

Es ist klar, dass ich sehr, sehr weit von Brideshead entfernt bin. Ich sehe aus wie Winston Smith aus *1984*. Ich sehe aus wie ein geschorenes Kaninchen. Ich sehe dürr aus, mit großen Augen, schwindsüchtig und ein bisschen wahnsinnig. Nicky holt einen Spiegel und zeigt mir meinen Hinterkopf, wo der Elektrorasierer eine Marslandschaft aus Narben und Eiterbeulen aufgedeckt hat, von deren Existenz ich bisher nicht einmal wusste, und von denen eine leicht blutet.

»Wie findest du es?«, fragt Nicky.

»Spitzenmäßig!«, sage ich.

Jetzt, da mein Haar ruiniert ist, ist es an der Zeit, ein Restaurant für mein romantisches Dinner mit Alice auszusuchen. Und wieder einmal stellt man fest, dass niemand einem beibringt, wie man ein Restaurant aussucht. Ich bin bisher noch nie mit nur einer anderen Person in einem richtigen Restaurant gewesen, bloß immer in Cafés und beim Steh-Inder oder beim Chinesen, hauptsächlich mit Spencer und Tone, wo das Mahl in der Regel nicht mit Cognac und einer guten Zigarre ausklingt, sondern mit Tones Ruf »Zeche prellen!«. Darum verlasse ich mich hier lieber auf meinen Instinkt als auf irgendwelche Erfahrungswerte, halte mich aber an ein paar elementare Faustregeln.

Erstens: keine Currygerichte, nur für den Fall, dass sich die Dinge noch amourös entwickeln. Außerdem hat es nichts besonders Anziehendes, wenn man mit seiner Angebeteten zusammensitzt, sich mit der Hand vorm Mund herumwedelt und »Verdammt, ist das *scharf*!« schreit. Zweitens versucht man Restaurants zu meiden, die sich in Kaufhäusern oder Supermärkten befinden. Ich habe Janet Parks mal zu einem opulenten Mahl im British Home Stores in Basildon ausgeführt, und ich glaube nicht, dass es so wahnsinnig gut angekommen ist. Sein Essen auf einem Tablett zum Tisch zu tragen, sollte man generell vermeiden; merke: Eine Kellnerin ist *kein* Luxus. Drittens, nicht *zu* protzig sein. Ich habe Alice etwas zu impulsiv gesagt, dass ich sie in Bradly's Bistro einlade, das ziemlich nobel ist, aber nachdem ich hingegangen bin und mir die Speisekarte angesehen habe, ist klar, dass es meine Verhältnisse bei weitem übersteigt. Darum müssen wir irgendwohin, wo eine Mischung aus exzellenter Küche und preiswerter Qualität geboten wird. Selbst wenn ich Oma Jacksons Fünfer mitrechne, habe ich trotzdem nur zwölf Pfund für ein Menü für zwei Personen, bestehend aus zwei Gängen, Wein und einem Nachtisch mit zwei Löffeln.

Während ich durch die Stadt laufe und in die Schaufenster der Restaurants sehe, erhasche ich immer wieder einen Blick von meiner neuen Frisur und meinem Gesicht, das gehetzt und verängstigt aussieht. Auch dieses Haarwachs war ein ziemlicher Beschiss. Sie wollen einen glauben machen, dass es Halt verleiht, aber hier ist nichts weiter passiert, als dass mein Pony klatschig an meiner Stirn klebt, wie eine Möwe auf einem Ölteppich. Vielleicht sieht es ja bei Kerzenlicht besser aus. Solange meine Kopfhaut nicht Feuer fängt.

Ich durchkämme die Restaurants in der schäbigeren Altstadt und entscheide mich schließlich für ein Lokal – eine traditionelle italienische Trattoria namens Luigi's Pizza Plaza. Sie machen da auch Burger, Rippchen und tiefgekühlte Sprotten, und es gibt rotkarierte Tischdecken und Kerzen in Weinflaschen unter großen Vesuven von geronnenem Wachs, und Gratis-Baguette und Riesen-Pfeffermühlen auf jedem Tisch. Deshalb bestelle ich einen Tisch für zwei Personen um halb neun, auf den Namen Jackson, bei einem rotgesichtigen Mann mit dreckigen Fingernägeln, welcher der eponyme Luigi sein könnte oder auch nicht, und gehe dann wieder zurück zu meiner Bude.

13

FRAGE: Ein haltbarer blauer Köperstoff, dessen Name sich von Serge de Nîmes ableitet; der abgesonderte Saft des Baumes Heva Brasiliensis; und gesponnene Fasern des Genus Bombyx. Nennen Sie die drei Materialien.
ANTWORT: Denim, Gummi und Seide.

Ich soll einen Essay über *Die Naturmetaphorik in John Donnes »Heiligen Sonetten«* schreiben, suche aber jetzt seit einer Woche und kann noch immer keine Metaphern entdecken.

Meine Notizen helfen auch nicht weiter; denn obwohl ich Dinge wie »Mariä Verkündung!« und »Ironie?« und »s. Freud« und »Hier dreht er den Spieß aber um!« mit dem Bleistift an den Rand gekritzelt habe, weiß ich jetzt nicht mehr, weshalb, darum greife ich zu Jacques Derridas *Semiologie und Grammatologie*. Mir fällt auf, dass es beim Bücherlesen sechs Altersstufen gibt. Zuerst sind es Bilderbücher, dann 2. Bücher mit mehr Abbildungen als Worten, dann 3. Bücher mit mehr Worten als Abbildungen, dann 4. Bücher ohne Abbildungen, höchstens vielleicht mit einer Karte oder einem Stammbaum, aber sehr viel Dialog, dann 5. Bücher mit langen Absätzen und kaum Dialogen, dann 6. Bücher ganz ohne Dialog, ohne Handlungsstrang, nur mit dicken langen Absätzen und Fußnoten und Bibliografien und Anhängen und sehr, sehr kleiner Schrift. Jacques Derridas *Semiologie und Grammatologie* ist eindeutig ein Buch der sechsten Kategorie, während ich, intellektuell gesehen, immer noch tief irgendwo in der Lesestufe zwischen vier und fünf feststecke. Ich lese den ersten Satz, blättere erfolglos die Seiten nach einer Karte oder einem Foto oder einer Abbildung durch und schlafe dann ein.

Als ich aufwache, stelle ich fest, dass es schon halb fünf ist und ich nur noch drei Stunden habe, um mich fürs Dinner fertig zu machen. Ich gehe ins Bad, aber Josh hat die Badewanne umfunktioniert und darin einen Haufen dreckiger Jeans in Waschpulver eingeweicht. Also fische ich die Sachen aus der kalten blauen Brühe heraus und staple sie im Waschbecken, bevor ich mir ein Bad einlasse. Doch erst als ich drin bin, merke ich, dass ich das Waschmittel nicht besonders gründlich entfernt habe, sodass ich hier mehr oder weniger in einem 70-Grad-, nicht-phosphatfreien Baumwoll-Polyester-Waschgang sitze. Daher bringt mein Bad nicht ganz die Entspannung, die ich mir erhofft habe, besonders, weil ich mich mit kaltem Wasser abduschen muss, um die schlimmsten chemischen Verätzungen zu vermeiden. Als ich in den Spiegel sehe, stelle ich fest, dass ich leicht blau angelaufen bin.

Ich verfrachte die nassen Jeans wieder in die Wanne, und rase in einem Anfall gerechten Zorns den Flur entlang zu Joshs Zimmertür, vergewissere mich, dass er nicht da ist, schlüpfe hinein und klaue sein Apri-Gesichtspeeling, das im Prinzip nichts anderes ist als zerstoßene Aprikosenkerne in Seife, mit der man sich das Gesicht einreibt. Was ich auch gleich tue und einen ziemlich zufrieden stellenden Schaum zustande bringe, aber als ich ihn dann abwasche, ist das Ergebnis nicht so toll. Es sieht aus, als sei ich durch eine Glasscheibe gelaufen. Entweder das, oder irgendjemand hat mir mein Gesicht ziemlich kräftig mit zerstoßenen Aprikosenkernen geschrubbt. In alledem steckt eine Lektion, denke ich mal, und sie lautet: Akne lässt sich nicht abreiben.

Mit angespannten Gesichtszügen und ängstlich darum bemüht, nicht zu lächeln, damit meine Visage nicht zu bluten beginnt, gehe ich wieder in mein Zimmer, wo der Futon zum Trocknen an der Wand lehnt, räume die dreckigen Klamotten weg und treffe eine sorgfältige Auswahl, welche Bücher ich herumliegen lasse, falls Alice doch noch »auf einen ›Kaffee‹« mit raufkommen möchte oder, was wahrscheinlicher wäre, auf einen Kaffee. Ich entscheide mich für *Das kommunistische Manifest, Zärtlich ist die Nacht, Die Lyrischen Balladen, Der weibliche Eunuch*, ein wenig e.e. cummings und *Lieder und Sonnette* von John Donne, nur für den Fall, dass es prickelnd wird und ich ein bisschen Lyrik zur Hand haben muss. Beim *Weiblichen Eunuchen* bin ich hin und her gerissen, denn obwohl ich will, dass sie weiß, wie fortschrittlich und radikal meine Einstellung zur Gleichberechtigung der Frau ist, fand ich die Coverillustration vom Umriss eines nackten weiblichen Torsos schon immer ein bisschen zu sexy, so sehr, dass ich das Buch jedes Mal vor Mum verstecken musste.

Ich ziehe die nagelneuen schwarzen Unterhosen an, meine beste schwarze Hose, meine neue Smokingjacke aus zweiter Hand, erstanden im Nostalgieladen Olden Times, mein bestes weißes Hemd, eine Fliege und meine neuen schwarzen Hosenträger. Ich arrangiere die tote Möwe auf meinem Kopf und verteile ein paar Spritzer aus Dads weißer Nostalgie-Porzellanflasche Old Spice im Gesicht, was mich ein bisschen alt und würzig riechen lässt, aber brennt wie Sau. Dann schaue ich in meiner Brieftasche nach, ob das Kondom noch drin ist, das ich – sollte ein Wunder geschehen – immer bei mir habe. Dieses spezielle Exemplar ist Nummer zwei in einer geplanten Trilogie, deren erstes sein ergreifendes Schicksal in der Mülltonne auf Rollen am Hinterausgang von Littlewoods ereilte. Es befindet sich schon so lange in meiner Brieftasche, dass es am Futter klebt und die Verpackungsfolie bereits um die Konturen des Kondoms herum anläuft, wie eine groteske Messingabreibung. Trotzdem trage ich es gern mit mir herum, in derselben Weise, wie manche Leute gern ein Christophorus-Medaillon bei sich haben, auch wenn ich ungefähr genauso viel Chancen habe, das Ding heute Nacht zu benutzen, wie das Jesuskind über einen Fluss zu tragen.

Auf dem Weg zu Kenwood Manor muss ich etwa alle hundert Meter stehen bleiben, weil die Metallschnallen meiner Hosenträger sich weigern, am Bund meiner schwarzen Hose Halt zu finden und ständig abpfeifen und gegen meine Brustwarzen flitschen.

Ich befestige sie gerade zum ungefähr zwanzigsten Mal, als eine Stimme hinter mir sagt: »Hat dir einer deinen Teddybär geklaut, Sebastian?«

»Hallo, Rebecca, wie geht's?«

»Mir geht's gut, die Frage ist nur, geht's *dir* gut?«

»Wie meinst du das?«

»Na ja, was ist mit deinen Haaren passiert?«

»Gefällt's dir nicht?«

»Du siehst aus wie Heinrich Himmler. Und wozu die Verkleidung?«

»Na, du weißt doch, wie man so schön sagt – Kleider machen Leute …«

»… unbehaglich?«

»Ich führe jemanden zum Essen aus, falls du's unbedingt wissen willst.«

»Uuuuuuuh!«

»Es ist was ganz Platonisches.«

»Und wer ist die Glückliche? Doch hoffentlich nicht etwa diese Alice Harbinson …?« Ich schaue unschuldig zum Himmel. »Mann, ich fass es nicht. Ihr *Jungs*, ihr seid *dermaßen* berechenbar. Ehrlich, wenn du mit Puppen spielen willst, wieso gehst du nicht einfach in den Laden und kaufst dir eine?«

»Was?«

»Nichts. Hey, gib lieber mal ein bisschen Stoff, Jackson, sonst verpasst du den Anschluss.«

»Was willst du damit sagen?«

»Ich will damit sagen, dass sie offensichtlich eine sehr beliebte junge Dame ist, mehr nicht. Wir wohnen auf demselben Flur, und jeden Abend windet sich eine lange Schlange sabbernder Rugby-Machos vor ihrer Tür, alle mit einer Flasche warmem Lambrusco unterm Arm …«

»Wirklich …?«

»Wirklich. Und sie hat diese Angewohnheit, in knappen schwarzen Höschen und BH den Gang entlang zum Gemeinschaftsbad zu trippeln. Für wen *diese* Show gut sein soll, weiß ich echt nicht …«

Ich verscheuche dieses Bild aus meinen Gedanken. »Das hört sich an, als könntest du sie nicht leiden.«

»Och, ich kenn sie ja kaum – bin nicht cool genug für diese Clique. Außerdem würde ich sie nicht gerade als eine Mädchenfreundin bezeichnen, falls du verstehst, was ich meine. Ich persönlich weiß zwar nicht, was an einer so toll sein soll, die immer noch Smileys in ihre O reinmalt, aber hey, das bin nur ich. Und wohin führen wir nun die herrliche Alice aus?«

»Oh, nur so ein Lokal in der Stadt, Luigi's.«

»KFC war komplett ausgebucht?«

»Du hältst Luigi's für eine schlechte Idee?«

»Überhaupt nicht. Du bist eindeutig ein Gentleman mit erlesenem Geschmack und geschliffener Weltgewandtheit! Und wie ich gehört habe, soll der Halfpounder mit Käse, Chili und Zwiebelringen *zum Niederknien* sein. Vielleicht lädst du mich eines Tages auch mal dahin ein, Jackson.«

Und sie geht weiter und lässt mich stehen, während ich nach einer schlagfertigen Antwort suche. »Rebecca«, rufe ich ihr hinterher. Sie dreht sich um und grinst. »Warum nennst du mich immer Jackson?«

»Stört es dich?«

»Na ja. Klingt so nach Jugendstrafgericht.«

»Oh, tut mir leid. Es war nett gemeint. Wäre dir ›Brian‹ lieber? Oder das flottere und lockere ›Bri‹? Oder vielleicht ›Herr Himmler‹ …?«

»Brian, glaube ich.«

»Okay, dann also Brian. Viel Spaß, Brian. Behalt einen klaren Kopf, Brian. Immer schön cool bleiben, Brian« … und sie entschwindet den Korridor hinunter … »Bis bald, Brian.«

Ich eile zu Alices Zimmer und erwarte fast, eine Riesenschlange von Jungs vorzufinden, aber als ich hinkomme, ist die Tür geschlossen. Drinnen höre ich Stimmen – ich drücke nicht gerade mein Ohr gegen das Holz, aber ich stehe nahe genug dran, um verstehen zu können.

»Wohin lädt er dich zum Essen ein?«, fragt eine Stimme, Gott sei Dank eine weibliche.

»Bradley's, glaube ich«, sagt Alice.

»Bradley's – sehr edel.«

»Das heißt, er hat Geld?«

»Weiß nicht. Würde ich eher nicht denken«, sagt Alice.

»Na ja, sieh auf jeden Fall zu, dass du um elf wieder hier bist, Fräulein, sonst schicken wir die Polizei los, um nach dir zu suchen …« Ich klopfe an, weil ich nicht noch mehr hören will, und es wird ein bisschen geflüstert und gekichert, und dann öffnet sie die Tür.

Sie trägt ein tief ausgeschnittenes, kohlegraues Abendkleid aus Satin mit einem Ballonrock, und ihr Haar ist hoch aufgetürmt, sodass sie zusammen mit den hohen Absätzen ungefähr einen halben Meter größer aussieht als sonst. Sie trägt auch mehr Make-up als gewöhnlich, zum ersten Mal Lippenstift, wobei sich diese winzige gewölbte Narbe noch immer auf ihrer Unterlippe abzeichnet. Am beeindruckendsten von allem ist jedoch das tief ausgeschnittene Ballkleid. Sie muss irgendein trägerloses BH-Arrangement darunter tragen, weil ihre Schultern frei sind, als würde die obere Hälfte ihres Körpers sanft aus dem Kleid herausgedrückt. Das Ergebnis ist eine fantastische Wölbung von nackter Haut, von bloßer Alice, die sich schwappend über den Rand des Satinmieders ergießt. In einem Roman aus dem neunzehnten Jahrhundert würde man sagen, sie habe einen »herrlichen Busen«. Genau genommen würde man es heute noch sagen. Sie hat einen herrlichen Busen. Du starrst ja. Starr nicht hin, Brian.

»Hallo, Alice.«

»Hallo, Brian.«

Hinter ihr stehen Erin die Katze, und ein weiteres Mitglied ihrer Bande und grinsen mich süffisant an. Mach den Mund zu, Brian.

»Du siehst sehr nett aus, Bri«, sagt Erin unaufrichtig.

»Danke! Und? Wollen wir?«

»Unbedingt.«

Sie hakt sich bei mir ein, und wir ziehen los.

14

FRAGE: Bestehend aus einer linearen Kette von Kohlenstoffatomen und Wasserstoffatomen und auf einer Seite in einer Carboxyl-Gruppe endend, ist Ölsäure das meistverbreitete Beispiel welcher Lipid-Verbindung?
ANTWORT: Fettsäuren.

Politisch gesehen kann ich das Konzept von physischer Schönheit natürlich nicht wirklich gutheißen. Der Gedanke, dass ein Mensch, ob Mann oder Frau, nur auf Grund einer genetischen Laune und einer willkürlichen, von der männlichen Medienwelt definierten subjektiven Vorstellung von »Schönheit« irgendwie mehr Aufmerksamkeit, Zuneigung, Beliebtheit, Respekt oder Lob erhalten sollte, scheint mir in sich zutiefst falsch und inakzeptabel zu sein.

Trotz alledem ist Alice offensichtlich einfach … bildschön. Im Kerzenlicht sieht sie aus wie ein De la Tour. Oder meine ich Vermeer? Oder Watteau? Sie weiß, dass sie bewundert wird, als sie die Speisekarte aufschlägt, und sie muss wissen, dass sie hinreißend aussieht, aber wie ist das eigentlich? *Angesehen* anstatt einfach nur mit einem flüchtigen Blick bedacht zu werden und vollkommen passiv Freude zu verbreiten, einfach durch den Anblick, den man bietet. Obwohl, wenn ich sie jetzt gerade betrachte, fällt mir auf, dass es nicht einmal *Freude* als solche ist, sondern eigentlich ein Schmerz, ein tiefes, dumpfes, pochendes Ziehen im Bauch, das man sich wegwünscht, was aber nicht geht, weil die Versuchung zu groß ist, nur dazusitzen und hinzugucken, dazusitzen und zu starren und sie auf sich einwirken zu lassen.

Von unserer ersten Begegnung an ist mir aufgefallen, dass die Leute Alice auf diese Weise anstarren. Ich habe es bei Patrick bemerkt und wie er sein Haar geglättet hat, während ihm seine dicke doofe Astronautenzunge aus dem Mund hing, und ich sehe es jetzt bei Luigi, dem Kellner, als er ihr das burgunderrote Tuch von den nackten Schultern pflückt, uns an den Tisch führt und dann durch die Flügeltür verschwindet, um die Kunde zu verbreiten, woraufhin sowohl der Koch als auch der Tellerwäscher unter irgendeinem fadenscheinigen Vorwand aus der Küche kommen, nur um sie anzuschauen. Wie sich das wohl anfühlt? Bewundert zu werden, bevor man überhaupt ein Wort gesagt hat, zwei- oder dreihundertmal am Tag von Leuten begehrt zu werden, die absolut keine Ahnung haben, wie man wirklich ist?

Mum taxiert oft die Frauen im Fernsehen, Filmstars oder so, und sagt: »Sie ist schön …«, und fügt dann in ihrer besten alttestamentarischen Stimme vernichtend hinzu: »… *und sie weiß es auch.*« Ob nun »schön und weiß es auch« besser oder schlimmer ist als »hässlich und weiß es auch«, kann ich nicht sicher sagen, und ich denke mal, dass umwerfende körperliche Schönheit eine ziemliche Last sein muss, unter den Lasten aber vermutlich eine der leichteren ist.

Über den Rand der Speisekarte schaue ich verstohlen auf das vom Kerzenschein beleuchtete Brustansatz-Rechteck aus Pfirsichhaut, dessen Anblick ich zu vermeiden versuche, weil ich nicht möchte, dass sie sich wie ein Sexualobjekt vorkommt.

»Nett, nicht?«, sagt sie.

Ich nehme an, sie meint das Restaurant, und sage: »Findest du? Hoffentlich.« Ich muss flüstern, weil wir die einzigen Gäste sind und ich Luigi nicht beleidigen will, der sich an der von Plastik-Efeu umrankten Bar zu schaffen macht, Weingläser mit seinem fettigen Handtuch verschmiert und lüstern zu uns herüberstarrt. Offenbar war eine Reservierung doch nicht so unbedingt erforderlich, wie ich dachte. »Ich habe versucht, uns bei Bradley's einen Tisch zu bestellen, aber sie waren komplett ausgebucht«, lüge ich.

»Macht ja nichts. Ist doch toll hier!«

»Sie haben Pizza und Pasta, und auf der nächsten Seite gibt's Burger …«

»Ach ja, stimmt …«, sagt sie und pellt die Klarsichtfolienseiten auseinander, die in einem DIN-A4-Hefter zusammengefasst sind.

»Oder wenn du lieber Spareribs, also Rippenspeer, möchtest …?«

»Ganz fantastisch.«

»Natürlich kannst du auch eine Vorspeise nehmen, mit allem Drum und Dran, meine Einladung!«

»Na, darüber reden wir später noch …«

Und wir widmen uns wieder der Speisekarte.

O mein Gott.

Schweigen.

Schnell was sagen.

»Hmmmm. Grissini!«

Ich nehme eins, entferne das Papier, wickle eine kleine Portion Butter aus und schmiere sie an einem Grissini entlang. »Weißt du, was ich mich bei Rippenspeer immer frage? Ob das Schwein stolz ist, ein Speerträger zu sein! Und ob es sich wirklich wünscht, dass man ihm eine Lanze bricht!« Sie lächelt mich an, als wäre sie gerade zu Besuch bei der Kindernothilfe, und wirft einen Blick auf meine Hand. Ich schaue runter und stelle fest, dass ich aus irgendeinem Grund mit dem Messer herumfuchtle.

Bleib ruhig.

Hör auf zu sabbeln.

Leg – das – Messer – hin.

Aber die Wahrheit ist, dass mir allmählich Zweifel kommen, ob Luigi's wirklich der ideale Ort für eine romantische Verführung ist. Der Fußboden, fällt mir plötzlich auf, hat einen Linoleumbelag, der sich an den Scheuerleisten nach oben wellt und nicht eben sauber ist; und die karierten Tischdecken sind aus Wachs, damit sie sich leichter abwischen lassen. Obwohl uns Luigi in einer romantischen Ecke im hinteren Bereich platziert hat, befinden wir uns nahe bei den Toiletten, was sicherlich praktisch ist, aber auch bedeutet, dass der Abend von der leicht stechenden Duftnote eines Zitronen-Kloreinigers durchdrungen ist. Ich befürchte, dass sich Alice hier vielleicht nicht wohl fühlen könnte. Sie macht jedenfalls einen ziemlich unbehaglichen Eindruck; der Ballonrock bauscht sich überall auf, so als würde sie von ihrem eigenen Kleid verschlungen.

»Sollen wir bestellen?«, frage ich.

»Es sieht alles köstlich aus, finde ich«, sagt sie, aber ich bin da nicht so sicher. Wir konzentrieren uns auf die Speisekarte, die klebt, wenn man sie anfasst, und die mangelhaft getippt und nach Gehör buchstabiert ist – Tschilli Concarni, stimmt das wirklich so? – und in »Zum Auftakt!«, »Das Hauptereignis!!« und »Jetzt hört's aber auf!!!« unterteilt ist. Um ganz ehrlich zu sein, für mich sieht alles köstlich aus, dank der Gewichtung auf frittiertem und verkohltem Fleisch und kaum Gemüse. Selbst den Käse bieten sie frittiert an, und die Portionen sind hier offensichtlich groß, weil einem auf der Karte jeweils mitgeteilt wird, wie viel das Fleisch wiegt. Aber ich kann nicht umhin, mir Sorgen zu machen, ob Alice nicht an leichtere Kost gewöhnt ist, an Tofu, Salat und Sachen, die *gedünstet* werden. Ich könnte mir vorstellen, dass sie eher zum Qualität-vor-Quantität-Club gehört. Ich fange an zu schwitzen. Und mein Laugenbad löst Juckreiz aus. Ich schaue nach unten und stelle fest, dass die Manschetten meines weißen Hemdes einen jeansblauen Rand haben.

Im Hintergrund läuft in einer Endlosschleife die Titelmelodie der Cornetto-Reklame, und nach einigem stummen Hin-und-her-Überlegen sind wir bereit. Ich sehe mich nach Luigi um, weiß aber, dass er sich von hinten nähert, weil seine

Schritte ein Sauggeräusch auf dem Linoleum produzieren. Alice hat sich für gefüllte Pilze und eine Pizza Margherita mit Salatbeilage entschieden, während ich die Sprotten und ein halbes gegrilltes Hähnchen mit einer freien Auswahl an Relish-Saucen nehme. »Hoffentlich ist es nicht die hintere Hälfte!«, sage ich, und Alice schenkt mir ein hauchfeines Lächeln und besteht darauf, dass ich den Wein bestelle. Sie haben welchen in der Karaffe, aber selbst ich weiß, dass Wein nicht *dermaßen* billig sein darf, darum beschließe ich, etwas Spritziges in der Flasche zu ordern. Der Sekt ist viel zu teuer, also wähle ich einen Lambrusco. Hat Rebecca nicht gesagt, dass Alice den mag? Ich verstehe nicht viel von Wein, aber ich weiß, dass Weißwein zu Huhn und Fisch passt, darum bestelle ich den weißen Lambrusco Bianco.

Kaum ist der Kellner weg, merke ich's: »O mein Gott, der Mega-Fauxpas!«

»Wieso?«

»Na ja, ich habe einen *weißen* Lambrusco Bianco bestellt, aber ›bianco‹ heißt doch schon weiß! Tautologischer *geht's* ja gar nicht!« Mir ist klar, dass in der Kategorie amüsante Anekdoten diese hier nicht unbedingt der Brüller ist, aber sie reicht aus, um den Bann zu brechen. Alice lächelt, und wir fangen an zu reden. Beziehungsweise sie redet, und ich nicke und höre zu und reiße rote Wachstropfen von der Kerze ab, lasse die Enden in der Flamme schmelzen, klebe sie im schiefen Winkel wieder an und beobachte Alice. Sie spricht, wie so häufig, von ihrer Schulzeit in Linden Lodge, einer dieser unglaublich teuren sozialistischen Privatschulen auf dem Land, und ich muss sagen, dass es für mich nach einem ziemlich entspannten Verein klingt und ganz und gar nicht wie ein Internat, eher wie eine sieben Jahre andauernde Pyjamaparty. Wie ich Alices Schilderungen entnehme, sieht ein typischer akademischer Tag in Linden Lodge folgendermaßen aus:

8:30-9:30	Joint rauchen. Brot backen.
9:30-10:30	Sex mit Sohn/Tochter einer berühmten Person haben.
10:30-11:20	Scheune bauen.
11:30-12:30	Laut T. S. Eliot lesen, Crosby, Stills and Nash hören, Cello spielen.
12:30-13:30	Mit Drogen experimentieren, Sex haben.
13:30-15:30	Paar-Nacktbaden. Mit Delphinen schwimmen.
15:30-16:30	Training an der Kletterwand. Sex (fakultativ).
16:30-17:30	Akustikgitarrenunterricht.
17:30-18:30	Sex haben, dann Kohleskizze von schlafendem nacktem Partner anfertigen.
18:30-4:00	Bob Dylan (Pflichtfach).
4:00	Licht aus, aber nur, wenn man will.

Aus ideologischen Gründen kann ich so eine Schule natürlich nicht gutheißen, selbst wenn sie offengestanden fantastisch klingt. Bei all dem Kiffen und Sex und endlosen Absingen von Simon-and-Garfunkel-Liedern würde man eher meinen, dass sie da überhaupt nicht zum Lernen kommen, aber irgendwas müssen sie richtig machen, denn Alice ist schließlich hier, und obwohl ich sie noch nicht nach ihren Abi-Zensuren gefragt habe – nicht gleich bei der ersten Verabredung –, strebt sie einen Hochschulabschluss an, selbst wenn's nur in einem Fach wie Theaterwissenschaften ist. Vielleicht wird man einfach unterschwellig mit Bildung versorgt, wenn man von frühster Jugend an permanent Radio 4 hört.

Meine Sprotten kommen, ungefähr dreißig von diesen silbernen kleinen Dingern, die auf einem Blatt Eisbergsalat gestrandet sind, zu mir aufschauen und sagen: »Wir sind für dich *gestorben*, du Arsch, jetzt mach wenigstens was Komisches!« Daher nehme ich eine so in den Mund, dass nur noch der Schwanz herausguckt, und tue so, als wäre ich eine Katze. Das kommt nur mäßig gut an. Sie wendet sich wieder ihren Knoblauchpilzen zu.

»Wie sind sie?«

»Gut! Sehr viel Knoblauch. Knutschen ist heute absolut nicht mehr drin!«

Da ist sie also, die feine Warnung, wie eine Hupe im Ohr, nur für den Fall, dass ich auf dumme Gedanken komme. Es überrascht mich eigentlich nicht, es ist so ziemlich das, was ich erwartet habe, aber ich tröste mich mit der Tatsache, dass es eine zweideutige Warnung war. Wiewohl nur sehr, sehr leicht zweideutig – es geht nicht gegen *dich*, Brian, es sind die *Pilze* –, und gleichzeitig wird impliziert, wenn sie eine andere Vorspeise geordert hätte, gebackenen Camembert zum Beispiel, hätten wir längst miteinander geschlafen.

»Und, bist du da mit vielen Jungs gegangen?«, frage ich gleichgültig und knabbere an einem Fisch.

»Ach, mit einem oder zweien vielleicht«, woraufhin sie mir alles über sie erzählt.

Unter dem Gesichtspunkt der Geschlechtergleichheit finde ich es sehr wichtig, an die sexuelle Vergangenheit von Männern und Frauen nicht den Maßstab der Doppelmoral anzulegen. Es spricht absolut nichts dagegen, dass Alice Harbinson ein aktives Liebes- und Sexleben gehabt haben soll, dennoch muss fairerweise gesagt werden, dass »einer oder zwei vielleicht« ein bisschen irreführend ist. Als der Hauptgang serviert wird, fangen die Namen schon an zu verschwimmen, aber es gibt auf jeden Fall einen Rufus, dessen Vater ein berühmter Regisseur ist und der nach L. A. ziehen musste, weil ihre Liebe füreinander einfach zu dunkel und intensiv war, was immer *das* bedeutet. Und Alexis, der griechische Fischer, den sie in den Ferien kennengelernt hat und der immer wieder vor ihrem Londoner Haus aufkreuzte und um ihre Hand anhielt, bis sie dann die Polizei rufen und ihn ausweisen lassen mussten. Und Joseph, ein unheimlich gut aussehender Jazzmusiker, mit dem sie Schluss machen musste, weil er an der Nadel hing und sie immer wieder zum Heroin verleiten wollte. Und Tony, ein Töpfer und Freund ihres Vaters, der in seinem malerischen Bauernhäuschen im schottischen Hochland unglaubliche Keramik produziert hat und für einen Zweiundsechzigjährigen toll im Bett war, aber dann nicht aufgehört hat, mitten in der Nacht anzurufen und irgendwann einen Selbstmordversuch in seinem eigenen Brennofen gemacht hat, aber jetzt ist er okay.

Und Saul, ein wirklich wunderbarer und reicher Amerikaner, der gemodelt hat und umwerfend aussah, mit einem (jetzt Flüstern) »wirklich bombastischen Penis«; aber man kann keine Beziehung nur auf der Grundlage von Sex haben, selbst wenn es wahnwitziger Sex ist. Und dann der traurigste Fall von allem, Mr Shillabeer, ihr Englischlehrer, der sie auf T. S. Eliot angefixt hat und offenbar mal ein Mädchen zum Orgasmus brachte, nur indem er *Die vier Quartette* laut vorlas, und der sich in Alice während ihrer Schulaufführung von *Hexenjagd* verliebte, aber dann ein bisschen besessen wurde. »Am Ende hatte er einen Nervenzusammenbruch und musste von der Schule gehen. Er wohnt jetzt wieder bei seinen Eltern in Wolverhampton. Das ist eigentlich ziemlich traurig, denn er war ein cooler Englischlehrer.«

Als sie irgendwann fertig ist, habe ich ein halbes Huhn in Barbecuesauce bis auf die Knochen heruntergeknabbert, und die Überreste liegen auf meinem Teller und sehen aus, na ja, wie einer von Alices Ex-Liebhabern. Fast alle ihre Beziehungen endeten in Wahnsinn, Obsession und völliger Verzweiflung, und plötzlich scheint mein Mülltonnen-auf-Rädern-Abenteuer mit Karen Armstrong am Hinterausgang von Littlewoods etwas von seiner tragischen Größe verloren zu haben.

»Ist doch seltsam, oder – wie viele von ihnen schlimm geendet sind?«, sage ich.

»Ich weiß! Verrückt, findest du nicht? Tony, der Keramiker-Freund von Dad, der Typ im Brennofen, hat mal zu mir gesagt, in Sachen Liebe sei ich wie die vier apokalyptischen Reiter!«

»Aber für dich geht es nie so aus, dass du, du weißt schon … verletzt wirst?«

»Aber natürlich werde ich das, Brian. Darum will ich an der Universität auch keine Beziehungen eingehen. Ich werde mich auf mein Studium konzentrieren«, und fügt unerfindlicherweise in amerikanischem Akzent hinzu: »Ab ins Kloster!«

Und da ist sie wieder, die Hupe. Sie fährt seelenruhig fort, den geschmolzenen Cheddar weiter von ihrer Margherita zu zupfen und ihn sich um den Zeigefinger zu wickeln. »Jedenfalls … entschuldige bitte – es geht ja den ganzen Abend immer nur um mich. Was machen deine Eltern noch mal? Ich hab's vergessen …«, sagt sie und saugt an ihrem Finger.

»Mum arbeitet bei Woolworth, und Dad ist tot.«

Sie schluckt. »Das hattest du mir nicht erzählt …«

»Hab ich nicht?«

»Nein, ganz bestimmt nicht.« Sie lehnt sich über den Tisch und legt mir die Hand auf den Arm. »Brian, das tut mir so leid.«

»Oh, es geht schon, das ist sechs, nein, sieben Jahre her. Da war ich zwölf.«

»Was ist passiert?«

»Herzinfarkt.«

»O mein Gott, wie alt war er?«

»Einundvierzig.«

»Das muss ja schrecklich gewesen sein.«

»Oh, na ja, du weißt schon.«

Und jetzt beugt sie sich mit weit aufgerissenen Augen vor, hält meine Hand, drückt sie, und schiebt mit der anderen die wachsverkrustete Flasche beiseite, damit sie mich richtig sehen kann.

»Macht es dir was aus, darüber zu sprechen?«

»Nein, ganz und gar nicht«, sage ich und fange an zu reden.

15

FRAGE: In welchem Stück von Arthur Miller aus dem Jahr 1949 spielten Lee J. Cobb, Frederick March und Dustin Hoffman alle den unglückseligen Willy Loman?
ANTWORT: *Tod eines Handlungsreisenden*.

»Dad war Vertreter für Isolierverglasungen, was eigentlich ein komischer Job ist, so einer, von dem die Leute meinen, sie dürfen sich drüber lustig machen, wie über Politessen oder Gerichtsvollzieher. Ich glaube mal, es liegt daran, dass sich letzten Endes niemand so richtig für Doppelverglasungen begeistern kann. Dad jedenfalls bestimmt nicht, nicht nachdem er das zehn Jahre lang mitgemacht hatte. Vorher war er in der Army, zu der Zeit lernte er Mum kennen, und sie haben mich bekommen. Er war einer der Letzten, die noch eingezogen wurden, bevor die Wehrpflicht abgeschafft wurde, und irgendwie hat's ihm da gefallen. Außerdem wusste er nicht, was er sonst hätte tun sollen, deshalb ist er einfach dabeigeblieben. Ich erinnere mich noch, dass ich mir jedes Mal Sorgen machte, wenn in den Nachrichten irgendwo von Krieg die Rede war, da hatte ich Angst, dass er wieder einberufen wird, dass sie ihn in eine Uniform stecken und ihm eine Waffe geben. Aber ich glaube, er war gar kein richtiger Soldat, sondern hatte mehr was in der Verwaltung zu tun. Als ich unterwegs war, hat Mum jedenfalls ein Machtwort gesprochen und gesagt, er müsse weg von der Army, weil sie es satt hatte, ewig umzuziehen. Westdeutschland, wo ich geboren bin, hat sie gehasst, darum ging er dann nach Southend zurück und hat diesen Isolierglas-Job angenommen, und das war's eigentlich mehr oder weniger.«

»Hat ihm das Spaß gemacht?«

»O Mann, nein. Ich meine, am Anfang muss es ja wohl so gewesen sein, aber ich glaube, es wurde auf Dauer immer unerträglicher für ihn. Man hat lange Arbeitszeiten, weißt du, weil man die Leute abfangen muss, wenn sie zu Hause sind, also frühmorgens, spätnachmittags und am Abend, darum war es meistens schon dunkel, wenn er nach Hause kam, sogar im Sommer. Und ich glaube, ein bisschen Klinkenputzen hat auch dazu gehört. ›Entschuldigen Sie, meine Dame, aber wissen Sie eigentlich, dass eine Doppelverglasung Ihre Heizkosten drastisch senken könnte?‹, so was in der Art. Und ich weiß, dass er hauptsächlich auf Provisionsbasis bezahlt wurde, was diese ewigen Geldsorgen zur Folge hatte. Egal, was für einen Job ich später mal habe, ich will nie, nie, nie auf Provisionsbasis arbeiten. Ich weiß, es sollte ein Anreiz sein, aber es ist einfach nur ein Anreiz, dir dein Leben zu versauen, denn es bedeutet, dass man permanent unter Druck steht. Es ist das Übelste überhaupt, finde ich. Na ja. Tut mir leid. Langweilig.

Jedenfalls hat er es gehasst. Das hat er mir natürlich nie gesagt, warum sollte er einem kleinen Jungen so was erzählen, aber er muss es gehasst haben, weil er immer wütend war, wenn er von der Arbeit nach Hause kam; nicht dass er gebrüllt hätte oder geprügelt oder irgendwas in der Richtung, sondern da war einfach immer diese stumme Wut, die weißen Handknöchel und das rote Gesicht beim kleinsten Anlass, wenn Spielzeug herumlag oder man nicht aufgegessen hatte. Man will ja immer, dass sich die Erinnerungen an die Eltern um Picknicks drehen, wie man auf ihren Schultern reitet oder zusammen Kieselsteine ins Wasser wirft oder so, aber keiner hat eine perfekte Kindheit, und ich erinnere mich vor allem daran, wie er sich mit Mum in der Küche um Geld oder die Arbeit oder was auch immer streitet, mit hochrotem Kopf, und dabei andauernd immer wieder die Fäuste ballt.«

»Das ist ja furchtbar.«

»Findest du? Na ja, wahrscheinlich übertreibe ich ein bisschen. Am besten erinnere ich mich daran, wie ich mit ihm fernsehe, immer wenn ich aufbleiben durfte, bis er nach Hause kam. Auf dem Fußboden zwischen seinen Beinen zu sitzen. Quizshows. Quizshows hatte er wahnsinnig gern, und Naturdokumentationen, Richard Attenborough, lehrreiches Zeugs; er hat ständig davon geredet, wie wichtig eine gute Ausbildung ist. Ich nehme mal an, er dachte, dass sie der Schlüssel zu einem angenehmen Leben ist, zu einem Leben ohne Not, zu einem Job, den man nicht hasst.«

»Und wie ist er dann, du weißt schon ...?«

»Na ja, ich bin mir nicht ganz sicher. Ich frag meine Mutter nicht so gern, weil das bei Mum immer was auslöst, aber er war offenbar bei der Arbeit, irgendwo im Haus von fremden Leuten, die er von den Vorzügen der Isolierverglasung überzeugen wollte, oder was weiß ich, und da ist er einfach ... umgekippt. Mitten bei denen im Wohnzimmer. Ich war schon von der Schule nach Hause gekommen und habe ferngesehen, während Mum was gekocht hat. Irgendwann hat es draußen geklopft, und es wurde was im Flur gesprochen, und ich bin raus, um zu sehen, was los ist. Da waren zwei Polizistinnen, und Mum lag zusammengekrümmt auf dem Teppich. Zuerst dachte ich, Dad wäre verhaftet worden oder so, aber die eine Polizistin sagte zu mir, sein Zustand sei kritisch; und dann sind sie schnell mit Mum ins Krankenhaus gefahren, während ich bei unseren Nachbarn blieb – und kurz nachdem sie dort ankam, ist er dann gestorben. Oh, der Wein ist alle. Möchtest du noch mehr? Wollen wir noch eine Flasche bestellen? Ich bin über Nacht bei den Nachbarn geblieben, und am nächsten Morgen haben sie es mir dann gesagt. Bitte noch eine Flasche Lambrusco, nein, wir haben noch keinen Nachtisch gewählt, geben Sie uns fünf Minuten?

Jedenfalls. Im Nachhinein ist es eigentlich kein Wunder, obwohl er erst einundvierzig war, weil er wie so ein … Knoten war, die ganze Zeit. Und er hat getrunken, ich meine, eine Menge, mittags im Pub und nach der Arbeit, er hat immer nach Bier gerochen. Mann, ich habe ihm Zigaretten zu *Weihnachten* geschenkt, so eine Scheiße. Ich glaube, ich habe keine einzige Erinnerung an ihn, wo er nicht eine Kippe qualmt. Es gibt sogar ein Foto von ihm, Mum und mir auf der Entbindungsstation, und selbst da hatte er sich eine angesteckt. Im Krankenhaus, hat einfach den Aschenbecher und die Bierflasche oben auf meinem Kinderbett abgestellt, der Blödmann.«

»Und wie hast du reagiert?«

»Auf seinen Tod? Ähm. Bin nicht sicher. Seltsam, glaube ich. Ich meine, ich hab geheult und so, aber sie wollten mich eine Zeit lang aus der Schule nehmen, was mir eher Angst gemacht hat, weil ich keinen Unterricht verpassen wollte, woran du siehst, was für ein streberhaftes, kaltes kleines Monstrum ich war. Ehrlich gesagt hat mir Mum viel mehr zu schaffen gemacht, weil Mum Dad wirklich geliebt hat. Sie war damals erst, warte mal, dreiunddreißig, und er war der einzige Mann, mit dem sie je geschlafen hat, vorher und nachher, soweit ich weiß, und es hat sie richtig, richtig fertig gemacht. Es ging noch, solange Leute da waren, und natürlich war in den ersten beiden Wochen das Haus voll bis obenhin – diverse Pfarrer, Kumpels von Dad, meine Oma, Onkel und Tanten –, darum hatte Mum eigentlich gar keine Zeit, richtig zusammenzubrechen. Sie war einfach die ganze Zeit damit beschäftigt, Sandwiches zu machen, kannenweise Tee zu kochen und Feldbetten für diese fremden Cousins und Cousinen aus Irland aufzustellen, die wir weder vorher noch nachher je wiedergesehen haben. Aber nach ein paar Wochen sind sie alle nach und nach wieder verschwunden, bis nur noch Mum und ich übrig waren. Und das war dann die schlimmste Zeit, nachdem sich alles beruhigt hatte und die Leute uns in

Frieden ließen. Das ist eine ziemlich seltsame Kombination, ein Junge allein mit seiner Mum. Ich meine, es wird einem ausgesprochen bewusst, dass da jemand … fehlt.

Und ich denke mal im Nachhinein, ich hätte mich besser um Mum kümmern können, mehr bei ihr sitzen und so. Aber ich fand es furchtbar, jeden Abend mit ihr in diesem Wohnzimmer zu hocken und ihr dabei zuzusehen, wie sie *Dallas* guckt oder was auch immer und dann plötzlich in Tränen ausbricht. In dem Alter ist so was, ist Trauer, na ja … einfach peinlich. Wie soll man sich verhalten? Sie in den Arm nehmen? Etwas sagen? Und was soll man sagen, als Zwölfjähriger? Darum war es dann so, dass ich das Ganze auf eine merkwürdige, schreckliche Art immer weniger aushalten konnte. Ich ging ihr aus dem Weg. Ich bin von der Schule immer direkt in die Stadtbibliothek gegangen und von da in mein Zimmer, um Schularbeiten zu machen; was mich betraf, konnte es gar nicht genug Schularbeiten geben. Mein Gott, was war ich für ein Ekel.«

»Wie waren die in der Schule zu dir?«

»Oh, ganz okay. Mitleid ist nicht gerade eine Sache, die zwölfjährige Jungs locker aufbringen, jedenfalls nicht an meiner Schule, und warum sollten sie auch? Ein paar haben es versucht, aber man hat gemerkt, dass es aufgesetzt war. Außerdem – und das ist der eigentliche Skandal – hat sich das für mich damals nicht so sehr um die Person gedreht, die, du weißt schon, die da *gestorben* ist, also um meinen Vater, der im Alter von einundvierzig einfach tot umfiel, und auch nicht so sehr darum, wie das für Mum gewesen sein muss; ich habe immer nur daran gedacht, wie es für *mich* war. Wie nennt man das? Solipsismus oder Solözismus oder so? Jedenfalls war es falsch.

Ich schätze aber, dass ich danach mehr Aufmerksamkeit bekam, auf eine grauenhafte Art; so einen entsetzlichen, gefühlsduseligen Ruhm, der ›Junge mit dem toten Vater‹, weißt du, wo dann viele Mädchen, die vorher nie mit einem geredet haben, auf einen zukommen und dir ihr halbes Kit-Kat anbieten und dir die Schulter tätscheln. Und ein paar Fiesheiten gab's natürlich auch, manchmal haben sie mich gehänselt und einen Waisenknaben genannt, so was, was nicht mal witzig war, denn ich habe ja immer noch meine Mum. Aber ich hatte einen Kumpel, Spencer, der aus irgendeinem Grund beschlossen hatte, sich um mich zu kümmern, und das hat geholfen. Die anderen hatten Angst vor Spencer. Zu Recht, denn er ist ein ziemlich zäher Mistkerl, mein Freund Spencer …«

»Hast du ein Foto von ihm?«

»Von Spencer? Ach so, von Dad. Nein, nicht in meiner Brieftasche. Wieso, findest du, ich sollte eins dabeihaben?«

»Überhaupt nicht.«

»Zu Hause hab ich eins. Wenn du mitkommen willst. Muss ja nicht heute sein, aber du weißt schon, vielleicht irgendwann mal …«

»Und, denkst du an ihn?«

»Ja, natürlich. Die ganze Zeit. Aber es ist schwer, weil wir uns nie richtig kennengelernt haben. Zumindest nicht wie zwei Erwachsene.«

»Ich bin sicher, dass er dich geliebt hätte.«

»Glaubst du?«

»Natürlich. Du nicht?«

»Bin mir nicht sicher. Ehrlich gesagt, ich glaube, er hätte mich ziemlich schräg gefunden.«

»Er wäre stolz auf dich gewesen.«

»Warum?«

»Aus vielen Gründen. Universität, Star des Quiz-Teams, ins Fernsehen kommen und alles …«

»Vielleicht. Das Einzige, wovon ich heute noch überzeugt bin, und ich weiß nicht mal, warum, weil es vollkommen irrational ist und genau genommen nicht mal ihre Schuld, aber ich würde mich gern mal mit seinen Arbeitgebern unterhalten, den Leuten, die an ihm verdient haben, indem sie ihn dermaßen schuften ließen, weil ich glaube, dass das echte Schweine sind. Entschuldigung – klingt sehr bitter. Ich weiß auch gar nicht, wie die heißen und wo sie sich inzwischen aufhalten, wahrscheinlich in irgendeiner fetten Protz-Villa an der Algarve oder so, und ich wüsste auch nicht, was ich ihnen sagen würde, selbst wenn ich die Gelegenheit hätte, weil sie ja nichts *falsch* gemacht haben, sie haben ja nur ein Unternehmen geführt, nur Profit gemacht, und Dad hätte jederzeit gehen können, wenn er es so gehasst hat, einfach abhauen und sich was Neues suchen. Das hätte er wahrscheinlich früher oder später sowieso gemacht, selbst wenn er Blumenhändler oder Grundschullehrer oder was auch immer geworden wäre, es war ja keine grobe Fahrlässigkeit von deren Seite, so was wie ein Grubenunglück oder ein gekentertes Fischerboot, er war ja nur Vertreter. Trotzdem ist es falsch, dass jemand seinen Job so wahnsinnig hasst, und ich glaube, die Leute, die dafür gesorgt haben, dass er so schwer schuften musste, na ja, ich glaube, das sind wirklich die letzten Verbrecher, und ich hasse sie, jeden Tag, wer immer sie sind, hasse sie dafür, dass sie ihn mir weggenom… egal. Jedenfalls, könntest du mich einen Moment entschuldigen? Ich muss mal kurz aufs Klo.«

16

FRAGE: Lacrimaler Gang und Drüse sorgen vor allem für die Produktion von?
ANTWORT: Tränen.

Vielleicht war es am Ende doch ein Segen, dass wir so nah bei den Toiletten sitzen.

Ich bin schon länger hier drin, wahrscheinlich zu lange. Ich will nicht, dass sie denkt, ich hätte Durchfall oder so, andererseits möchte ich auch nicht, dass sie mich weinen sieht. Hemmungsloses Schluchzen als Verführungsmethode wird definitiv überbewertet. Jetzt muss sie mich für einen von diesen Jungs halten, die heulen. Vermutlich sitzt sie nun da drüben, schüttelt den Kopf, zahlt und beeilt sich, heimzukommen, damit sie Erin alles erzählen kann; »Mein Gott, du ahnst nicht, was ich für ein Abend hatte. Wieder nur einer von diesen Jungs, die heulen …«

Es klopft an der Kabinentür, und ich bin schon darauf gefasst, dass Luigi überprüfen will, ob ich die Flatter über den Notausgang gemacht habe, aber dann höre ich …

»Brian, alles in Ordnung?«

»Oh, hallo Alice!«

»Geht's dir gut da drin?«

»Oh, alles okay, alles okay.«

»Möchtest du die Tür aufmachen, Schatz?«

O mein Gott, sie möchte mit mir in die Toilettenkabine.

»Schließ die Tür auf, Liebling …«

»Es geht mir wirklich gut, bin gleich wieder da.« Moment mal – »*Liebling*«?

»O-kay. Lass mich aber nicht so lange allein, ja?«

»Gib mir zwei Minuten«, rufe ich und, als sie zur Tür hinausgeht, »bestell ruhig schon eine Nachspeise, wenn du magst!«

Und sie geht wieder raus. Ich warte einen Moment, verlasse dann die Kabine und schaue in den Spiegel. Ich schätze, es ist gar nicht mal so schlimm – die Augen sind zwar ein bisschen gerötet, aber die Nase läuft nicht mehr, darum zupfe ich meine Fliege zurecht, bringe meinen Pony wieder in Form, klemme zum zigsten Mal die Hosenträger fest und gehe mit leicht gebeugtem Kopf ins Lokal zurück, um mich vor Luigi unsichtbar zu machen. Als ich auf den Tisch zusteure, steht Alice auf, nimmt mich überraschenderweise richtig fest in den Arm und drückt ihre Wange gegen die meine. Ich weiß nicht, was ich machen soll, darum umarme ich sie auch, wobei ich mich wegen des voluminösen Ballonrocks leicht vorbeuge, eine Hand auf den grauen Satinstoff lege und eine auf ihren Rücken, ihren wunderschönen Rücken, genau an die Stelle, wo das Fleisch über den Rand des Satins quillt, und sie flüstert mir ins Ohr – »du bist so ein wunderbarer Mann« –, und ich glaube, ich muss schon wieder losheulen, nicht weil ich so ein wunderbarer Mann bin, sondern weil ich so ein beschissenes, saublödes Arschloch bin, darum kneife ich ganz doll die Augen zu, und wir bleiben eine Weile so stehen. Als ich die Augen wieder öffne, sehe ich, wie Luigi uns beobachtet und mir dann verschlagen zuzwinkert und den Daumen hebt. Ich habe keine Ahnung, wie man auf so was reagiert, darum heb ich auch den Daumen und komme mir sofort wie der letzte Dreck vor, denn ich weiß ja gar nicht so genau, wofür ich hier eigentlich den Daumen hebe.

Irgendwann flitschen dann natürlich meine Hosenträger ab und Alice löst sich aus der Umarmung und lächelt mich aus hängenden Mundwinkeln an, mit dieser Art wehmütigem Lächeln, das Mütter in der Fernsehwerbung für ihre verheulten Kinder bereithalten. Ich fühle mich jetzt langsam ziemlich unbehaglich, darum sage ich: »Tut mir leid. Ich fange meistens erst *wesentlich* später am Abend zu heulen an.«

»Wollen wir gehen?«

Aber ich will noch nicht gehen. »Willst du denn keine Nachspeise? Oder Kaffee oder irgendwas?«

»Nein, danke, wirklich nicht.«

»Sie haben Profiterolles. Und Schokoladenkuchen …?«

»Nein danke, ehrlich, ich bin voll bis *obenhin*«, und aus den Tiefen ihres Ballonrock-Kleids zieht sie die kleinste Tasche der Welt und macht Anstalten, sie zu öffnen.

»Hey, ich zahle!«, sage ich.

Und ich bezahle, und letztlich ist es eigentlich ein ziemlich annehmbarer Preis dank der Tatsache, dass wir in den Genuss meines totalen Nervenzusammenbruchs kamen anstatt einer Nachspeise, und wir verlassen das Lokal.

Auf dem Heimweg zu ihrer Bude wechseln wir das Thema. Wir reden über Bücher, dass wir beide D. H. Lawrence nicht ausstehen können und welchen Thomas Hardy wir lieber mögen; ich *Herzen in Aufruhr*, sie *Am grünen Rand der Welt*. Es ist eine milde Nacht im November, und die Straßen sind feucht, obwohl es gar nicht geregnet hat. Sie schlägt vor, den schöneren Weg zu nehmen, darum stapfen wir den Berg hoch, von wo aus man einen Blick über die ganze Stadt hat, und werden ein bisschen kurzatmig von der Anstrengung und unserer Unterhaltung, die keinen Augenblick ins Stocken gerät. Der Autolärm auf den Straßen der Stadt verliert sich, und das einzige Geräusch außer unseren Stimmen ist der Wind in den Bäumen und das Rascheln ihres Satinkleids. Etwa auf halber Höhe hakt sie sich bei mir ein, drückt mir leicht den Arm und legt den Kopf an meine Schulter. Die Letzte, die sich so bei mir eingehakt hat, war meine Mum, nachdem sie mich als Jesus in *Godspell* erlebt hatte, als wir zusammen nach Hause gingen. Natürlich hatte sie gerade mit ansehen müssen, wie man mich gekreuzigt hat, was zwangsläufig eine emotionale Wirkung auf eine Mutter haben muss, aber ich entsinne mich, dass ich mir schon damals ein bisschen komisch dabei vorkam – einerseits war ich stolz, andrerseits war es mir hochpeinlich, als wäre ich ihr tapferer kleiner Soldat oder so. Dass Alice sich bei mir einhakt, macht mich nicht weniger verlegen; als hätte sie sich das aus einem Kostümfilm abgeguckt, aber es ist auch schön, und mir wird wärmer, und ich komme mir volle fünf Zentimeter größer vor.

Oben angelangt setzen wir uns auf eine Bank. Sie schmiegt ihre Hüfte eng an meine, und wir sitzen kuschelig in der Ecke. Obwohl ich merke, wie sich die Feuchtigkeit von der Bank in meine Hosen saugt, und obwohl ich weiß, dass sie lauter Schimmelstreifen kriegen wird, macht es mir nichts aus. Es würde mir nicht mal was ausmachen, wenn wir für alle Zeiten hier bleiben und auf die Stadt unter uns und die Lichter der Autobahn schauen würden, die sich in die offene Landschaft hinaus schlängelt.

»Mir ist gerade aufgefallen, dass ich dir noch gar nicht zum Geburtstag gratuliert habe.«

»Oh, musst du ja nicht …«

»Trotzdem, alles Liebe zum Geburtstag …«

»O danke, dir auch.«

»Nur habe ich ja gar nicht Geburtstag«, sagt sie.

»Nein, natürlich nicht. Entschuldige.«

»Und ich hab auch kein Geschenk für dich …«

»Das ist okay. Heute Abend war ein Geschenk.«

Wir hören auf zu reden, und ich erwäge, ihr ein paar Sternbilder zu zeigen, wie sie das im Film immer machen. Für genau so eine Gelegenheit habe ich sie schließlich auswendig gelernt, aber der Himmel ist bedeckt, darum frage ich mich, ob es dunkel genug ist, sie zu küssen, beziehungsweise ob sie betrunken genug ist, es zuzulassen.

»Brian, was machst du über Weihnachten?«

»Ähm, weiß nicht …«

»Möchtest du mich ein paar Tage besuchen kommen?«

»Wo?«

»Bei uns.«

»In London?«

»Nein, wir haben ein kleines Cottage in Suffolk. Dann kannst du Rose und Michael kennenlernen.«

»Wer sind Rose und Michael?«

»Mein Eltern!«

»Richtig! Ja, also, ich würde rasend gern, aber ich will Mum nicht allein lassen …«

»Natürlich nicht, aber du könntest nach Weihnachten kommen, gleich nach dem zweiten Weihnachtsfeiertag oder so. Und meine Eltern bleiben mehr oder weniger unter sich, das heißt, wir beide wären die meiste Zeit allein« – *sie glaubt im Ernst, sie müsse mich überreden* – »wir könnten einfach nur rumhängen und spazieren gehen und lesen und reden und so …«

»Okay«, sage ich.

»Fantastisch. Also abgemacht. Mir wird langsam kalt. Lass uns gehen.«

Es ist nach Mitternacht, als wir bei ihrem Wohnheim ankommen, aber ein paar Leute schlurfen immer noch auf den Parkettkorridoren herum, die Streber, die Schlafgestörten und die Kiffer. Alle sagen: »Hallo, Alice«, und beäugen mich kritisch, aber es macht mir eigentlich nichts aus. Ich bin zu sehr damit beschäftigt, mir darüber Gedanken zu machen, wie wir uns verabschieden werden, über den technischen Ablauf des Ganzen. Vor ihrer Tür sagt sie: »Ich sollte wirklich gleich ins Bett, ich hab morgen früh um Viertel nach neun eine Vorlesung.«

»Verstehe. Über …?«

»Stanislawski und Brecht, da scheiden sich die Geister, Fragezeichen.«

»Aha, weil sie in vielerlei Hinsicht gar nicht so verschieden sind, obwohl die Leute zur Ansicht neigen, ihre Philosophien würden sich gegenseitig ausschlie…«

»Wirklich, Brian, ich muss jetzt schlafen.«

»Okay. Also, danke, dass du dich bereit erklärt hast, mit mir auszugehen.«

»Brian – ich hab mich nicht *bereit erklärt.* Ich hab es *gewollt*«, und sie beugt sich ganz schnell vor und küsst mich direkt neben mein Ohr. Das passiert ziemlich schnell, wie wenn eine Kobra zuschlägt, und meine Reflexe sind dem nicht ganz gewachsen, darum habe ich gerade noch Zeit, ihr einen viel zu lauten, schmatzenden Kuss aufs Ohr zu knallen, und dann ist die Tür zu, und sie ist weg.

Und wieder einmal laufe ich über die Kies-Einfahrt zum Tor und mache mich auf den Nachhauseweg. Also war es am Ende doch okay. Ich glaube jedenfalls, dass es okay war. Ich bin in ein Cottage eingeladen worden, und ich glaube, sie findet mich jetzt »interessant«, selbst wenn »interessant« nicht ganz das war, was mir vorschwebte. Auch ist mir das, was dieses »interessant« auslöste, ein bisschen peinlich, aber alles in allem …

»Ey, Jackson!«

Ich drehe mich um.

»Entschuldige, ich meine *Brian*. Brian, hier oben …« Es ist Rebecca, die aus dem Fenster im ersten Stock lehnt, bereit zum Schlafengehen in einem langen schwarzen T-Shirt.

»Und, wie ist es gelaufen, Loverboy?«

»Na ja, es war ganz okay.«

»Also ist Liebe angesagt?«

»Nicht ›Liebe‹. ›Zuneigung‹.«

»Zuneigung ist angesagt. Hab ich mir gedacht. Ich hab's geahnt. Zuneigung ist angesagt. Gut gemacht, Brian. Und immer schön am Ball bleiben, Kumpel.«

Unterwegs gehe ich noch an der 24-Stunden-Tankstelle vorbei und gönne mir von dem Geld, das ich durch meinen Tränenausbruch gespart habe, einen Picnic-Riegel und dazu eine Dose Lilt. Als ich Richmond House erreiche, ist es schon fast zwei. Drei handgeschriebene Zettel hängen an meiner Zimmertür …

19:30 Brian – deine Mutter hat angerufen.

22:45 Spencer hat angerufen. Lässt ausrichten, er »langweilt sich bis unter die Haarwurzeln«. Er ist die ganze Nacht in der Tankstelle. Ruf an.

Brian, würdest du bitte nicht mein Apri benutzen, ohne vorher zu fragen?

17

FRAGE: Was genau muss Dorothy Gale tun, um nach Kansas zurückkehren zu können?
ANTWORT: Dreimal die Hacken zusammenschlagen und dabei denken: »Nirgendwo ist's schöner als daheim.«

Mum ist noch bei Woolworth an der Arbeit, als ich nach Hause komme, also mache ich mir eine Tasse Tee, haue mich aufs Sofa, greife mir einen Stift und stelle mir methodisch in der prallen Weihnachtsausgabe der *Radio Times* mein persönliches Fernsehprogramm für die Feiertage zusammen. Ich bin total erschöpft, was leider mehr auf Joshs und Marcus' Eigenbräu als auf irgendeinen akademischen Übereifer zurückzuführen ist. Die letzten paar Wochen vor den Semesterferien sind im Alkoholnebel an mir vorbeigerauscht, bei spärlich bevölkerten Partys in fremder Leute Wohnungen und Saufgelagen in der Küche mit Joshs und Markus' Kumpeln: große, stämmige, Sport treibende Burschen und gut gelaunte, sonnenstudiogebräunte Mädchen aus der Lacrosse-Mannschaft, alle mit aufgeschlagenem Hemdkragen und Französisch im Hauptfach, alle aus den noblen Home Counties um London herum, und alle mit der gleichen blonden Ponyfrisur, die sie sich ständig aus dem Gesicht streichen. Mir ist ein ziemlich guter Spruch zu dieser Sorte Mädchen eingefallen: Sie kommen alle aus Surrey-an-der-Franse, habe aber leider niemanden, dem ich ihn erzählen kann.

Na, egal, was sie denen an ihren Privatschulen sonst noch beibringen, auf jeden Fall haben sie ordentlich trinken gelernt. Ich fühle mich vergiftet, grau, schlecht ernährt und bin froh, wieder zu Hause zu sein, auf dem Sofa zu liegen, in die Glotze zu gucken. Heute Nachmittag läuft aber nichts, nur irgendein Western, deshalb schweift mein Blick zu meinem Schulfoto rüber, das auf dem Fernseher steht und kurz vor Dads Tod aufgenommen wurde. Gibt es irgendetwas auf der Welt, das gespenstischer und freudloser ist als ein altes Schulfoto? »Foto trägt auf«, wie man so schön sagt, nur dass in diesem Fall ausschließlich meine Akne hervorgehoben wird. Ich sehe ungelogen aus wie ein Pestopfer aus dem Mittelalter, voller Geschwüre und Eiterbeulen, und ich frage mich, was Mum davon hat, sich von meiner verzerrten Fratze angrinsen zu lassen, anstatt in Ruhe fernzusehen.

Das Foto deprimiert mich dermaßen, dass ich die Glotze ausschalten und in die Küche gehen muss, um mir noch einen Tee aufzusetzen. Während ich darauf warte, dass das Wasser kocht, schaue ich aus dem Fenster auf ein düsteres Stück Hof von der Größe eines Doppelbetts, das Mum zubetonieren ließ, als Dad starb, um sich den Stress mit dem Garten zu sparen. Ich mache den Tee und nehme meinen Koffer mit nach oben in mein Zimmer. Mum hat die Heizung abgedreht, um Kosten zu sparen. Es ist eiskalt, deshalb lege ich mich vollständig angezogen ins Bett und starre die Decke an. Das Bett kommt mir aus irgendeinem Grund kleiner vor als früher, wie ein Kinderbett; überhaupt wirkt das ganze Zimmer kleiner. Keine Ahnung, warum, ich bin ja nicht gewachsen oder so, aber schon jetzt, nach nur drei Monaten, fühlt es sich an, als würde das Zimmer einem anderen gehören. Nur der Kinderkram ist geblieben – die Stapel mit den Comic-Heftchen, die Fossilien auf dem Fensterbrett, die Materialienbände für den Englischunterricht, die Modellflugzeuge, die an der Decke hängen und von einer Staubschicht bedeckt sind, die alten Schulhemden im Schrank. Aus irgendeinem Grund fange ich an, mich ein bisschen traurig zu fühlen, darum denke ich eine Weile an Alice und schlafe dann ein.

Ich habe sie Ewigkeiten nicht mehr richtig gesprochen. Die Treffen des *Challenge*-Teams endeten vor zwei Wochen; seitdem wird sie offenbar nur noch von ihrer eigenen kleinen Clique in Beschlag genommen – einer hermetischen, lärmenden Gang cooler und gut aussehender Jungs und Mädchen, mit denen ich sie in der Campus-Kneipe oder beim Herumfahren durch die Stadt gesehen habe, kichernd zu siebt oder acht in ihre verqualmte, knallgelbe Ente gequetscht, während sie eine Flasche Rotwein herumgehen lassen und Jimi Hendrix hören, um sich anschließend alle in die feudale Wohnung eines Cliquenmitglieds zu verziehen, wo sie dann interessante Drogen ausprobieren und Sex haben. Tatsächlich bin ich Alice die ganze Zeit nie näher gekommen als das eine Mal vor ein paar Abenden in der Campus-Kneipe. Ich bin auf ihre Gruppe zugegangen, habe »Hi« gesagt, und sie haben mich alle total freundlich angelächelt und auch »Hallo« gesagt, aber leider gab's nicht genügend Stühle am Tisch, als dass ich mich noch hätte dazusetzen können. Außerdem bekam Alice einen Krampf im Nacken, weil sie sich so unbequem zu mir umdrehen musste, um sich mit mir zu unterhalten, und man kann eben nur eine bestimmte Zeit lang auf diese Weise am Rand einer Gruppe herumstehen, bis man das Gefühl kriegt, man sollte sich allmählich dranmachen, die leeren Gläser abzuräumen. Natürlich empfinde ich nichts als Verachtung für solche coolen, selbstherrlichen, privilegierten Cliquen, leider aber nicht genug, um nicht dazugehören zu wollen.

Immerhin konnten wir so lange miteinander reden, dass Alice mir das mit der Cottage-Einladung bestätigen konnte. Ich bräuchte nichts mitzubringen außer einem Haufen Bücher und einem Pulli. Sie lachte mich sogar aus, als ich fragte, ob ich ein Handtuch einpacken solle. »Wir haben *jede Menge* Handtücher«, sagte sie, und ich dachte, natürlich habt ihr die, ich Depp. »Freu mich drauf«, sagte sie. »Ich mich auch«, habe ich geantwortet, es aber auch so gemeint, denn ich weiß ja, dass ich am College nie so richtig viel von ihrer Zeit abkriegen werde. Es gibt da zu viel Ablenkung, zu viele schlaksige Jungen mit markanten Gesichtszügen, Geld und eigenen Wohnungen. Aber wenn wir endlich woanders sind, nur sie und ich, dann schlägt meine große Stunde, dann kommt meine einmalige Chance, ihr zu beweisen, dass wir absolut und unweigerlich zusammengehören.

Heute ist Weihnachten, und nach dem Aufstehen esse ich als Erstes eine große Schale Frosties und stelle den Fernseher an. Es ist ungefähr zehn Uhr früh, und *Der Zauberer von Oz* hat schon angefangen, darum lasse ich ihn im Hintergrund laufen, während Mum und ich unsere Geschenke auspacken. Dad ist auf gewisse Weise auch da, wie der Geist von Jacob Marley aus der *Weihnachtsgeschichte*, und genau so angezogen wie auf einem alten Polaroid, das ich von ihm habe – er wirkt in seinem weinroten Morgenrock angeödet und zynisch, das schwarze Haar glatt nach hinten gekämmt, mit neuen Hausschuhen an den Füßen und einer Zigarette aus der Schachtel im Mund, die ich ihm gekauft und in Geschenkpapier eingewickelt habe.

Dieses Jahr hat mir Mum ein paar neue Unterhemden und die *Gesammelten Werke* von e.e.cummings gekauft, die ich mir gewünscht habe und die sie extra bestellen musste. Ich entdecke den Preis auf dem Vorsatzblatt und habe ein leicht schlechtes Gewissen, weil das Buch so teuer war und mindestens einen Tageslohn gekostet hat. Ich bedanke mich bei ihr, gebe ihr einen Kuss auf die Wange und überreiche ihr im Gegenzug meine Geschenke – einen kleinen Weidenkorb mit Duftwässerchen vom Body Shop und eine gebrauchte Ausgabe der Everyman's Library von *Bleak House.*

»Und was ist das?«

»Mein Lieblings-Dickens. Es ist fantastisch.«

»*Tristes Haus*? Klingt ja wie *das hier*.«

Was schon mal mehr oder weniger die Stimmung für den Tag vorgibt. Wie aus einem Dickens-Roman.

Zu unserem Weihnachtsessen gesellt sich Onkel Des. Seine Frau hat ihn vor ein paar Jahren wegen eines Kerls aus ihrer Arbeit verlassen, darum lädt ihn Mum jedes Jahr zum Weihnachtsbraten ein, weil er selber nicht so viel Familie hat. Obwohl er nicht mein richtiger Onkel ist, sondern nur der Typ, der drei Häuser weiter wohnt, glaubt er irgendwie das Recht zu haben, mir das Haar zu verstrubbeln und mit mir zu reden wie mit einem Zwölfjährigen.

»Wie geht's denn immer so, Superhirn?«, sagt er in seinem Onkel-Pelle-Tonfall.

»Danke, gut, Onkel Des.«

»Herrschaftszeiten, bringen die euch an der Uni nicht bei, wie man einen Kamm benutzt!«, sagt er und strubbelt, was das Zeug hält. »Schau dich an, wie du wieder aussiehst!« – strubbel, strubbel, strubbel –, und plötzlich fällt mir auf, was für ein ziemlich dicker Hund das ist, wenn ein fünfundvierzigjähriger Mann mit steifer blonder Dauerwelle und einem Schnurrbart, der aussieht wie aus einem Teppichmuster geschnitten, so was zu einem sagt, aber ich halte den Mund, weil Mum es nicht gern hat, wenn ich gegenüber Onkel Des frech werde. Also entwinde ich mich verschämt und schätze mich glücklich, dass er mir wenigstens dieses Jahr nicht auch noch Fünfzig-Pence-Stücke hinter dem Ohr hervorzaubert.

Mum steckt den Kopf zur Tür herein und sagt: »Der Rosenkohl ist aufgesetzt!« Ein Hauch von warmer, blattgrün-getränkter Luft bestätigt ihre Warnung, und ich bekomme eine kleine Ekel-Anwandlung, weil ich immer noch den Geschmack meiner Frosties zwischen den Backenzähnen spüre. Dann geht sie in die Küche zurück, und Onkel Des und ich sitzen da und schauen den auf leise gestellten *Zauberer von Oz*.

»Das gibt's doch gar nicht, nicht schon wieder!«, sagt Onkel Des. »Jedes Jahr zu Weihnachten müssen sie diesen beknackten *Zauberer von Oz*-Scheiß bringen.«

»Die könnten sich ruhig mal was anderes einfallen lassen, oder?!«, sage ich. Dann erkundigt sich Onkel Des nach der Uni.

»Und, was *machst* du da den lieben langen Tag?« Eine gute Frage, finde ich, eine, die ich mir auch schon mehrmals gestellt habe.

»Eine ganze Menge – Vorlesungen besuchen, lesen, Essays schreiben –, solche Sachen.«

»Wie, das ist alles? Verdammte Scheiße – na, deine Sorgen möchte ich haben …!«

Thema wechseln. »Wie geht's dir, Onkel Des, was macht die Arbeit?«

»Na ja, ein bisschen ruhig, Bri, ein bisschen sehr ruhig zur Zeit …« Onkel Des ist in der Baubranche – Wintergärten, Veranden, Terrassen –, beziehungsweise war er es bis zu seiner Scheidung und der Rezession. Jetzt steht der Lieferwagen untätig vor seinem Haus herum, und Des verbringt seine Zeit hauptsächlich damit, den Motor auseinander zu nehmen und ihn dann nicht ganz richtig wieder zusammenzusetzen, um ihn dann wieder auseinander zu nehmen. »Die Leute haben anscheinend keinen Bedarf an Anbauten, jedenfalls nicht mitten in einer Rezession. Na ja, Veranden und Wintergärten sind ja auch reiner Luxus …«, und er streicht mit Finger und Daumen seinen Schnurrbart glatt und starrt traurig auf den *Zauberer von Oz*, auf diese leicht beunruhigenden Affen, denen am Rücken Flügel gewachsen sind, und ich fühle mich mies, weil ich ihn nach seiner Arbeit gefragt habe, obwohl ich weiß, dass es nicht gut läuft für ihn. Nachdem er eine Weile blind auf die fliegenden Affen gestarrt hat, reißt er sich mit sichtlicher körperlicher Überwindung zusammen, setzt sich so aufrecht hin, wie das auf einem Sofa möglich ist, und klatscht in die Hände.

»Na schön, wie wär's jetzt mit 'nem Drink? Schließlich ist heute Weihnachten. Wie heißt dein Gift, Bri?«, und fügt dann verschwörerisch hinzu: »Außer Rosenkohl!«

Ich schaue zur Uhr auf dem Kaminsims rüber – es ist 11:55 Uhr. »Für mich ein Bier bitte, Des«, und er schwirrt Richtung Küche ab, fast als wäre er hier zu Hause.

Beim Essen in der Küche, während Radio 2 läuft, beschließe ich, die Bombe platzen zu lassen.

»Übrigens – ich muss euch was eröffnen …«

Mum hört auf zu kauen. »Was denn?«

»Etwas, das letztes Semester an der Uni passiert ist …«

»Um Gottes willen, Brian«, sagt Mum, die Hand auf den Mund gepresst.

»Keine Angst, nichts Schlimmes …«

Sie wirft Onkel Des einen Blick zu und sagt dann nervös: »Nun sag schon …«

»Ja, also, ich werde bei *University Challenge* mitmachen!«

»Wie, bei dieser Fernsehshow?«, fragt Onkel Des.

»Genau! Ich bin in unserem Team!«

Und Mum fängt an zu lachen und kann gar nicht mehr aufhören und guckt Onkel Des an, der auch lacht. »Gratuliere, Bri«, sagt er und legt die Gabel zur Seite, um seine Strubbelhand freizubekommen. »Das ist toll, richtig toll …«

»Puh, und was für eine *Erleichterung*«, sagt Mum und nimmt einen großen Schluck Wein, dann legt sie sich die Hand auf die Brust, um erst mal ihr Herz zu beruhigen.

»Wieso, was hast du denn gedacht?«

»Na ja, um ehrlich zu sein, Schatz, ich dachte, du wolltest mir sagen, dass du schwul bist!«, sagt sie und lacht wieder los und schaut Onkel Des an, der auch wieder loslacht, so doll, dass ich fürchte, er wird gleich an seinem Rosenkohl ersticken.

Am Nachmittag, nachdem wir einen Teil des Truthahns in Angriff genommen haben, gießt sich Onkel Des einen großen

Scotch ein, zündet sich eine Slim Panatella an, Mum sich eine Rothmans, und durch den süßlichen Mief stieren wir auf *Top of the Pops*. Onkel Des macht jedes Mal ein Knurrgeräusch, wenn die Kamera eine spärlich bekleidete Background-Sängerin ins Visier nimmt, und Mum lacht gönnerhaft und gibt ihm einen Klaps aufs Handgelenk. Sie arbeitet sich systematisch durch eine große Schachtel ordinärer Weinbrandpralinen, beißt die Kappen von den kleinen Schokoladenflaschen ab und träufelt sich die diversen Spirituosensorten in den Mund wie eine besonders wählerische Schnapsdrossel. Das stellt eine neue bizarre Variante ihres Saufverhaltens dar, und ich weiß nicht genau, was ich davon halten soll, bemühe mich aber, nicht das Schlusslicht zu bilden, und leere kontinuierlich meinen Viererpack Bier. Weil ich jung und voll am Ball bin und mich in der aktuellen Popmusikszene auskenne, helfe ich ein bisschen, die weniger bekannten Gesichter in dem Band-Aid-Video von *Do They Know It's Christmas?* zu identifizieren. Danach sehen wir uns die Ansprache der Queen an, dann geht Onkel Des seine alte Mutter am Ende der Straße besuchen, verspricht aber, um sechs wieder hier zu sein, um ein paar Reste mit uns zu essen und die traditionelle, unendlich lange Partie Monopoly mit uns zu spielen, die Onkel Des unweigerlich gewinnen wird, aber nur, weil er sich jedes Mal zum Bankhalter bestimmt und sich dann selbst bedient.

Bevor es richtig dunkel wird, ziehen Mum und ich unsere Mäntel an und gehen los. Mum hakt sich bei mir ein, während wir die ein, zwei Kilometer zum Friedhof laufen, um Blumen auf Vaters Grab niederzulegen. Die kalte, feuchte Luft macht sie noch ein bisschen besoffener, und ich muss mich zu ihr runterbeugen, um zu verstehen, was sie sagt. Sie riecht nach Salbei, Zwiebeln und Tia Maria.

Wie immer bleibe ich eine Weile bei Mum stehen und sage, wie hübsch der Grabstein noch aussieht, dann stelle ich mich ein bisschen abseits und warte, während sie sich mit Dad unterhält. Ich fühle mich immer ein wenig unbehaglich, wenn ich irgendwo warten muss und nichts zum Lesen dabeihabe, darum versuche ich, die Vögel zu bestimmen, aber hier sind nur Krähen und Elstern (aus der Familie der corvidae), Stare (sturmus vulgaris) und Spatzen (passer domesticus), und ich frage mich, warum Friedhöfe immer so beschissene, trostlos-schaurige Vögel anziehen. Nach zehn Minuten ist Mum fertig mit dem, was sie zu sagen hatte, berührt noch einmal leicht den Grabstein und wendet sich mit gesenktem Kopf wieder zum Gehen; sie hakt sich bei mir ein und sagt so lange nichts, bis sie wieder ein bisschen regelmäßiger atmen und normal sprechen kann. Inzwischen ist es dunkel geworden, aber ein paar Kids aus der Sozialbausiedlung fahren mit ihren neuen BMX-Rädern, die sie zu Weihnachten bekommen haben, zwischen den Gräbern durch, treten scharf auf die Bremse und vollführen lang gezogene, tief liegende Rutschkurven, die Wellen von Kies aufwerfen. Mum, die noch feuchte Augen hat und von den vielen Weinbrandpralinen immer noch ein bisschen betrunken ist, regt sich darüber auf und fängt an, sie anzuschreien – »So was tut man nicht, nicht auf einem Friedhof, habt ihr denn gar keinen Respekt« –, und einer der Jungen zeigt ihr den Finger, saust lachend an uns vorbei und schreit zurück: »Verpiss dich, kümmer dich um deinen eigenen Scheiß, blöde Kuh.« Ich merke, wie Mum wieder anfängt zu weinen, und habe plötzlich dieses überwältigende Bedürfnis, hinter ihm herzurennen, ihn an der Kapuze seines Parkas zu packen und von seinem neuen Fahrrad runterzuziehen, ihm mein Knie in den Rücken zu drücken und seine blöde, höhnisch grinsende Visage voller Wucht in den Kies zu rammen und zu sehen, wie lange es dauert, bis er mit dem Lachen aufhört. Und dann wünsche ich mich, genauso plötzlich, ganz weit fort von hier, wünsche mir, irgendwo still mit jemandem in einem warmen Bett zu liegen und einzuschlafen.

18

FRAGE: Wie nennt man die Klasse organischer Verbindungen mit der allgemeinen Formel R-OH, in denen R für eine Alkyl-Gruppe, bestehend aus Kohlenstoff und Wasserstoff, und OH für eine oder mehrere Hydroxyl-Gruppen steht?
ANTWORT: Alkohol.

Das Black Prince ist eine Kneipe, die speziell auf den minderjährigen Trinker zugeschnitten ist. Während unserer Schulzeit nannten wir sie »Die Kinderkrippe«, da die Überlegung des Gastwirts offenbar war, dass jeder, der pfiffig genug ist, seinen Schulschlips in der Hosentasche zu verstecken, auch alt genug zum Trinken sein muss. Am Freitagnachmittag sah es da immer aus wie am Set einer Junior-Highschool-Serie, und man konnte vor lauter Ranzen kaum treten.

Während der Schulferien kann es eigentlich kaum einen desolateren Treffpunkt für einen Drink geben. Mit seiner braunen, unförmigen und muffigen Ausstrahlung vermittelt einem das Lokal ein bisschen das Gefühl, in einer menschlichen Niere zu hocken, aber irgendwann während der letzten fünf Jahre ist es zur Tradition geworden, sich hier am Abend des zweiten Weihnachtsfeiertags zu verabreden, und Traditionen sind etwas Heiliges. Da sind wir also wieder, ich, Tone und Spencer, in einer Sitzecke aus Plastik von der Farbe eines Blutgerinnsels, zum ersten Mal seit unserem letzten Treffen im September. Ich war vorher ein bisschen nervös, aber Spencer scheint sich aufrichtig zu freuen, mich zu sehen. Tone auch, auf seine ganz spezielle Art, die im Wesentlichen darin besteht, mir mit den Handknöcheln hart über den Kopf zu rubbeln.

»Was für eine *Scheiße* ist mit deinem Haar passiert?«

»Wie meinst du das?«

»Bisschen *toupiert*, oder?« Tone packt mich bei den Ohren, schnüffelt an meinem Kopf wie an einer Melone. »Hast du *Haarschaum* benutzt?«

»Nein, ich habe keinen *Haarschaum* benutzt.« Tatsächlich habe ich eine Spur Haarschaum verwendet.

»Und wie nennt sich das, dieser Schnitt da?«

»Man nennt ihn einen Brideshead«, sagt Spencer.

»Man nennt ihn Fassonschnitt. Wie nennt man deinen, Tone?«

»Er hat keinen Namen, er *ist* einfach. Also, was trinkst du neuerdings – Port mit Zitrone? Sherry, Medium dry? Süßen Weißwein? …« Es hat schon angefangen, bevor ich überhaupt die Jacke ausgezogen habe.

»Ein Bier bitte, Tone.«

»Helles *spezial*?«

»Also schön. Helles spezial.«

»Helles spezial« ist Helles mit einem Schuss Gin. Der Gastwirt hält es für einen Teil seines Erziehungsauftrags, Experimentierfreude und Innovation zu fördern, und ganz gleich, was für eine Ekel erregende Mischung man bestellt, er zuckt nie mit der Wimper. Außerdem ist Helles mit einem Schuss Gin, gemessen an Black-Prince-Standards, ohnehin ziemlich erwachsen. Alles, was hier nicht nach Kokosnuss, Pfefferminz oder Anis schmeckt, gilt als anspruchsvoll.

Das ist die längste Zeit, die ich ohne Spencer verbracht habe, seit ich zwölf war, und ich bin ziemlich besorgt, dass peinliche Gesprächspausen aufkommen könnten. Nun folgt eine. Schweigen. Spencer versucht es zu überspielen, indem er seinen Bierdeckel in die Luft schnipst und wieder auffängt, während ich nach der Streichholzschachtel greife, nur für den Fall, dass es auf der Rückseite was zu lesen gibt.

»Na, ich dachte, du hättest gesagt, du würdest an den Wochenenden mal nach Hause kommen?«, fragt er schließlich.

»Ja, hatte ich auch vor, war dann aber ziemlich beschäftigt.«

»Beschäftigt. Verstehe.«

»Gute Weihnachten gehabt?«

»Das Übliche. So wie letztes Jahr, so wie nächstes Jahr. Bei dir?«

»Na ja. Wie immer.« Tone kehrt mit drei Hellen spezial zurück. »Und … was gibt's Neues?«, frage ich.

»Was gibt's *Neues*?«, sagt Spencer.

»Bei der Arbeit, meine ich …«

»Welcher Arbeit?«, fragt er und zwinkert. Soweit ich weiß, geht Spencer immer noch stempeln und arbeitet nachts nebenbei schwarz.

»Auf der Tankstelle …?«

»Na ja, wir haben im Moment eine hochinteressante Werbekampagne laufen mit dem Gratisset Weingläser, die ziemliches Aufsehen erregt, und der Preis von Super ist neulich raufgegangen, was auch ziemlich prickelnd war. Alles in allem kann man sagen, dass ich nicht mehr so aufgewühlt war, seit ich einmal ein Kit-Kat bekommen habe, wo kein Keks drin war. Oh, und letzte Woche sind ein paar Studenten abgehauen, ohne zu zahlen …«

»Ich hoffe, du bist ihnen hinterhergejagt?«, lallt Tone.

»Weißt du, Tony, nein, bin ich nicht. Schon mal deswegen nicht, weil sie im Auto waren und ich zu Fuß. Außerdem kriege ich nur ein Pfund achtzig die Stunde. Da müssten sie mir schon wesentlich mehr zahlen, bevor ich mich in Trab setze.«

Ich nehme die Herausforderung an und frage: »Woher wusstest du, dass es Studenten waren?«

»Na ja, zum einen waren sie sehr schlecht gekleidet. Lange Schals, Nickelbrillen, lausige Frisuren …«, er lächelt erst konspirativ zu Tone, und dann wieder zu mir. »Was macht deine Sehkraft, Bri?« Es ist ein Running Gag zwischen Tone und Spencer, die glauben, ich hätte meinen Optiker belogen, damit er mir eine Brille anfertigt.

»Danke, gut, Spence«, und ich beschließe, ein paar Chips zu holen.

Auf dem Weg zur Bar erwäge ich einen Augenblick, einfach zur Kneipentür rauszugehen. Ich liebe Spence und Tone, vor allem Spence, und ich glaube, es beruht auf Gegenseitigkeit, obwohl wir weiß Gott nie direkt das L-Wort benutzt haben, jedenfalls nicht im nüchternen Zustand. Aber an meinem achtzehnten Geburtstag haben mich Spencer und Tone nackt am Ende vom Southend-Pier festgebunden und mir gewaltsam Abführmittel eingetrichtert – es ist also eine Liebe, die sich auf unkonventionelle Weise artikuliert.

Als ich wiederkomme, haben sie angefangen, über Tones Sexleben zu sprechen, also weiß ich, dass ich ungefähr die nächste Stunde aus dem Schneider sein werde. Barfrauen, Friseusen, Lehrerinnen, Schwestern von Schulfreunden oder sogar deren Mütter – keine scheint gegen Tones nordischen Charme immun zu sein. Die Liste ist endlos, und die Details sind drastisch. Nach einer Weile habe ich das Gefühl, ich bräuchte ein Bad, aber offensichtlich hat er das gewisse Etwas, unser Tone, irgendetwas, das jedenfalls ganz bestimmt nicht Sensibilität, Zärtlichkeit oder Rücksicht ist. Stattdessen könnte man sich gut vorstellen, dass er seiner Geliebten, nachdem er mit ihr geschlafen hat, hart mit den Handknöcheln über den Kopf rubbelt. Ich frage mich, aber nicht laut, ob Tone Safer Sex praktiziert, vermute aber, dass er der Ansicht ist, Safer Sex sei was für Weicheier, genau wie auch Sicherheitsgurte und Sturzhelme was für Weicheier sind. Falls man Tone je aus einem Flugzeug wirft, findet er sicherlich immer noch, dass Fallschirme was für Weicheier sind.

»Und bei dir, Brian, läuft was?«

»Eigentlich nicht.« Das klingt ein bisschen schwach, darum füge ich lässig hinzu: »Es gibt da ein Mädchen, Alice, und sie hat mich ab morgen zu sich eingeladen, in ihr Cottage, darum …«

»Ihr *Cottage*?«, sagt Spencer. »Was ist sie? Ein Milchmädchen?«

»Du weißt schon, ein Haus auf dem Land. Gehört ihren Eltern …«

»Das heißt also, du vögelst sie?«, fragt Tone.

»Es ist platonisch.«

»Und was heißt platonisch?«, fragt Spencer, obwohl er es genau weiß.

»Dass sie ihm nicht erlaubt, sie zu vögeln«, sagt Tone.

»Ich ›vögle‹ sie nicht, weil ich sie nicht ›vögeln‹ möchte, jedenfalls jetzt noch nicht. Wenn ich wollte, würde ich's tun.«

»Obwohl jüngste Verdachtsmomente nahelegen, dass dies nicht der Fall ist«, sagt Spencer.

Tone scheint das irrsinnig komisch zu finden, darum beschließe ich, ein weiteres Mal den Rückzug anzutreten und eine neue Runde Helles spezial zu holen. Ich stolpere leicht, als ich die Sitzecke verlasse, woran ich erkenne, dass die Biere langsam Wirkung zeigen. Da man sich im Black Prince nur zu bewusst ist, wie wenig man heute für sein Taschengeld bekommt, haben sie unglaublich niedrige Preise, und drei junge Männer können mühelos unartikuliert, aggressiv, sentimental und gewalttätig werden und auf einen Zehner noch was rauskriegen.

Als ich mich wieder zu ihnen setze, fragt mich Spencer: »Und jetzt sag mal, was *machst* du da eigentlich den ganzen Tag genau?«

»Reden. Lesen. Vorlesungen besuchen. Debattieren.«

»Aber richtig Arbeit ist das doch nicht, oder?«

»Nicht Arbeit. *Erfahrung.*«

»Na, also mir reicht die Universität des Lebens vollkommen, vielen Dank auch«, sagt Tone.

»Da hab ich mich auch beworben. Bin aber durchgefallen«, meint Spencer.

»Das sagst du auch nicht gerade zum ersten Mal, oder?«, sage ich.

»Offensichtlich nicht. Und wie steht's mit deinem politischen Engagement?« Die Frage fühlt sich an, als hätte er mich mit einem Stock gepiekst.

»Was soll damit sein?«

»In letzter Zeit mal wieder auf 'ner guten Demo gewesen?«

»Ein- oder zweimal.«

»Worum ging's?«, fragt Tone.

Das Vernünftigste wäre jetzt, das Thema zu wechseln, aber ich sehe nicht ein, warum ich mir meine politischen Ansichten verkneifen soll, nur um mir das Leben leicht zu machen, darum sage ich: »Apartheid …«

»Dafür oder dagegen?«, fragt Spencer.

»… Gesundheitswesen, Schwulenrechte …«

Hier wird Tone munter. »Welche *Sau* hat versucht, dir deine Rechte wegzunehmen?«

»Nicht *meine* Rechte. Der Tory-Stadtrat hat einen Antrag eingebracht, der die positive Darstellung von Homosexualität an den Schulen verbieten soll; das ist gesetzlich legitimierte Homophobie …«

»Ach, das machen sie, ja?«, fragt Spencer.

»Wer?«

»Die Schulen. Weil ich mich nicht entsinnen kann, dass bei uns irgendjemand so was unterrichtet hätte.«

»Na ja, nein, haben sie auch gar nicht, aber …«

»Warum ist es dann so eine große Sache?«

»Ja, ich meine, du bist ja *auch* schwul geworden, ohne dass du es in der Schule lernen musstest«, sagt Tone.

»Ja, das stimmt natürlich, Tone, wie Recht du doch hast …«

»Also, ich finde das einen Skandal«, sagt Spencer mit gespielter Entrüstung. »Ich finde, das *gehört* einfach auf den Stundenplan. Dienstagnachmittag, zwei Schwulstunden im *Darkroom* …«

»Zeichnen für Tunten mit Tinte und Tusche …«

»Frau Lehrerin, darf ich raus, mir ist so *warm*! …«

Wir suchen alle nach einem weiteren Witz, ohne dass uns einer einfällt, darum sagt Spencer: »Na toll, dass du dich für eine so wichtige Sache einsetzt, wirklich. Etwas, das uns alle angeht. Wie damals, als du dich den Atomwaffengegnern angeschlossen hast. Haben wir seitdem einen nuklearen Holocaust erlebt? Nee.«

Tone rappelt sich taumelnd auf. »Also. Noch mal das Gleiche?«

»Diesmal bitte ohne Gin, Tone«, sage ich, obwohl ich genau weiß, dass er wieder mit Gin bestellt.

Als er weg ist, sitzen Spencer und ich herum und falten leere Chipstüten zu kleinen Dreiecken, denn wir wissen, dass es noch nicht ganz vorbei ist. Der Gin hat mir schlechte Laune gemacht, und ich schmolle; wozu trifft man sich mit seinen Kumpeln, wenn sie nichts anderes tun, als einen permanent zu verarschen? Schließlich sage ich: »Wogegen würdest du denn protestieren, Spence?«

»Keine Ahnung. Deine Frisur?«

»Im Ernst.«

»Glaub mir, es ist mein Ernst.«

»Komm jetzt, es muss doch irgendwas geben, wofür du dich einsetzen würdest.«

»Weiß nicht. Vieles. Vielleicht nicht gerade für Schwulenrechte …«

»Es geht ja nicht bloß um Schwulenrechte, es geht um andere Dinge, Dinge, die auch dich betreffen könnten, Dinge wie Einsparungen im Wohlfahrtsstaat, Kürzungen bei der Stütze, Arbeitslosigkeit …«

»Vielen Dank, Kumpel, ich bin begeistert, dass du dich für mich einsetzt, Brian, und ich freu mich jetzt schon auf die viele zusätzliche Knete.«

Dazu fällt mir nichts ein. Ich versuche es anders, in einem kumpelhaften Tonfall. »Hey, komm mich doch im neuen Jahr mal besuchen!«

»Du meinst am Tag der Berufsberatung?«

»Nein, einfach nur so zum Spaß …« An dieser Stelle müsste ich eigentlich das Thema wechseln und auf Sex oder Filme oder Fernsehen oder sonst was zu sprechen kommen. Stattdessen sage ich: »Wieso machst du eigentlich nicht deinen Abschluss nach?«

»Vielleicht, weil ich nicht will …?«

»Aber es ist so eine Verschwendung …«

»Verschwendung? Verschwendung *am Arsch*! Gedichte lesen und drei Jahre lang in deine Socke wichsen, *das* ist Verschwendung.«

»Aber du müsstest ja nicht Literatur studieren, du könntest doch was anderes machen, etwas Berufsorientiertes …«

»Können wir bitte das Thema wechseln, Brian?«

»Na schön …«

»… weil ich auf dem Sozialamt schon genug Berufsberatung kriege, Mann, und nicht unbedingt Bock drauf habe, mir diese Scheiße auch noch über Weihnachten anhören zu müssen …«

»Also gut. Themawechsel.« Als Friedensangebot schlage ich vor: »Quiz-Machine?«

»Auf jeden Fall. Quiz-Machine.«

Das Black Prince hat in einen dieser neuen computerisierten Quizautomaten investiert, und wir gehen mit unseren frischen Bieren hin und stellen sie obendrauf.

»Wer spielt Cagney in der Fernsehserie *Cagney und …*?«

»C – Sharon Gless«, sage ich.

Korrekt.

»Die Schlacht von Trafalgar war im Jahr …«

»B – Achtzehnhundertundfünf«, sage ich.

»Der Spitzname vom FC Norwich City ist …?«

»A – The Canaries«, sagt Tone.

Korrekt.

Vielleicht wäre das ja eine gute Gelegenheit, The Challenge *zu erwähnen …*

»Wen schuf Davros?«

»A – Die Daleks«, sage ich.

Korrekt.

»Wer hieß ursprünglich Schickelgruber?«

»B – Hitler«, sage ich.

Korrekt.

Ich könnte es ganz beiläufig fallenlassen: »Übrigens, Leute, hab ich schon erzählt? Ich mach mit bei University Challenge!«

»Welcher Amerikaner hält den Weltrekord für das meiste olympische …?«

»D – Mark Spitz«, sagt Tone.

Korrekt.

»Ihr wisst schon, University Challenge*, im Fernsehen …?« Vielleicht würden sie mich damit nicht verarschen. Vielleicht finden sie's ja ganz witzig – gut gemacht, Bri –, wir sind ja doch alte Kumpel …*

»Noch eine Frage, und wir haben zwei Pfund gewonnen!«

»Also los, Konzentration …«

Ich werde ihnen auf jeden Fall von *The Challenge* erzählen …

»Für wie viele Oscars wurde *Star Wars* nominiert ?

»B – vier«, sage ich.

»D – keinen«, sagt Tone.

»Ich bin mir ziemlich sicher, dass es vier waren«, sage ich.

»Auf keinen Fall. Es ist 'ne Fangfrage. Er hat überhaupt keinen Oscar gewonnen …«

»Nicht *gewonnen*, es geht um Nominierungen …«

»Er ist auch nicht nominiert worden, glaub mir, Spence …«

»Es waren vier, Spence, ich schwör's, B – vier …«

Und beide schauen wir flehentlich Spence an, »nimm mich, nimm mich, bitte, nicht ihn, ich weiß es, ich schwöre, nimm mich, es geht hier um zwei Pfund«, und ja, er nimmt mich, er traut mir, er drückt auf B.

Inkorrekt. Die korrekte Antwort lautet C – zehn.

»Siehst du!«, brüllt Tone.

»Deine war auch falsch!«, brülle ich zurück.

»Du Wichser.«

»*Du* bist der Wichser.«

»Ihr seid alle beide Wichser«, sagt Spencer.

»Du bist der Wichser, Wichser«, antwortet Tone.

»Nein, Kumpel, du bist der Wichser«, sagt Spencer, und ich beschließe, dass ich ihnen vielleicht doch nicht von *The Challenge* erzählen werde.

Das vierte Helle mit Gin macht uns sentimental und nostalgisch, und wir reden über Dinge, die vor einem halben Jahr passiert sind, und sitzen da und tauschen rührselige Erinnerungen über Leute aus, die wir gar nicht richtig leiden konnten und über Freuden, die wir gar nicht richtig hatten; wir rätseln, ob die Sportlehrerin Mrs Clarke wirklich eine Lesbe war, wie fett Barry Pringle eigentlich ganz genau war, und dann, endlich, endlich, ertönt die Glocke für die letzte Bestellung.

Als wir vor dem Black Prince stehen, hat es angefangen zu regnen. Spencer schlägt vor, dass man vielleicht noch zum Manhattan's Nite-Club gehen könnte, aber so besoffen sind wir nun auch wieder nicht. Tone hat sich zu Weihnachten einen neuen Videorecorder geklaut und möchte gern zum neunundachtzigsten Mal *Freitag, der 13.* sehen, aber ich bin zu deprimiert und betrunken und beschließe, nach Hause zu gehen, in die andere Richtung.

»Bist du über Silvester hier?«, fragt Tone.

»Glaube nicht. Da bin ich wahrscheinlich noch bei Alice.«

»Na gut, Kumpel, also dann bis irgendwann«, und er haut mir auf den Rücken und torkelt von dannen.

Aber Spencer kommt noch mal zu mir zurück und umarmt mich, und sein Atem riecht nach Hellem mit Gin, und flüstert mir feucht ins Ohr: »Hör mal, Kumpel, du bist wirklich mein Kumpel, mein bester Kumpel, und es ist gut, dass du das tust, dass du lauter verschiedene Leute kennenlernst und viele neue

Erfahrungen und Ideen sammelst, in *Cottages* wohnst und so weiter, aber eins musst du mir versprechen, ja?« Er kommt ganz dicht an mich heran. »Versprich mir, dass du dich nicht in einen kompletten Pisser verwandelst.«

19

FRAGE: Wenn eine Verbrennung, die nur die Epidermis betrifft, als Verbrennung ersten Grades bezeichnet wird, wie nennt man dann eine Verbrennung, die subkutanes Gewebe beschädigt?
ANTWORT: Verbrennung dritten Grades.

Ganz gleich, wie berechenbar, banal und öde mein Leben sonst so ist, man kann sich garantiert darauf verlassen, dass immer irgendwas Interessantes mit meiner Haut passiert.

Als Kind hat man nur diese gleichmäßige rosa Schicht: haarlos, porenlos, geruchlos, effizient. Doch eines Tages sieht man im Biologiebuch der Mittelstufe den mikroskopischen Querschnitt – die Follikel, die Talgdrüsen, das subkutane Fett, und dann wird einem klar, was alles schiefgehen kann. Und es ist alles schiefgegangen. Von meinem dreizehnten Lebensjahr an war meine Haut der Schauplatz einer medizinischen Seifenoper aus Unreinheiten, Narben und eingewachsenen Härchen, die von einer Stelle zur nächsten streuten und die unterschiedlichsten Formen annahmen, von diskret verstopften Poren hinter den Ohren bis hin zu den Furunkeln mit Innenbeleuchtung auf der Nasenspitze, der geometrischen Mitte meines Gesichts. Zur Strafe habe ich mit Tarntechniken herumexperimentiert, aber alle hautfarbenen Abdeckstifte, die ich ausprobiert habe, sind und bleiben eine Art Albino-Pink und neigen dazu, die Aufmerksamkeit so gezielt auf meine Pickel zu lenken, als hätte ich sie mit dem Edding eingekreist.

In der Pubertät hat mir das eigentlich nichts ausgemacht. Na ja, natürlich hat es mir was *ausgemacht*, aber ich habe es als einen Teil des Heranwachsens akzeptiert, als etwas, das unerfreulich, aber unvermeidbar ist. Inzwischen bin ich jedoch *neunzehn*, nach allgemeinen Maßstäben mehr oder weniger erwachsen, und bekomme langsam Verfolgungsängste. Als ich heute früh in meinem Bademantel unter der gleißenden Hundertwattbirne stehe, präsentiert sich mir ein besonders schlimmes Bild. Ich komme mir vor, als würden Gin, Bier und Erdnussöl aus meiner T-Zone sickern – und es gibt sogar einen Neuzugang: eine harte, feste, ungefähr erdnussgroße Wulst, die sich unter der Haut gebildet hat und weiterwandert, wenn man daran herumdrückt. Ich beschließe, schwere Geschütze aufzufahren: Adstringentien. Auf der Rückseite einer der Flaschen steht: *Warnung – könnte Stoffe bleichen*. Ich bin einen Moment lang beunruhigt, dass ein Produkt, das Löcher ins Sofa brennen kann, vielleicht nicht unbedingt das Beste ist, was man sich ins Gesicht schmieren sollte, aber ich tu's trotzdem. Zur Sicherheit runde ich das Ganze ab, indem ich eine Spülung mit dem Bakterienkiller Dettol draufgebe. Jetzt riecht es zwar im Bad wie in einem Krankenhaus, aber wenigstens fühlt sich mein Gesicht straff und geschrubbt an, als hätte man mich auf eine Motorhaube geschnallt und einmal durch die Waschanlage laufen lassen.

Es klopft, und Mum kommt mit meinem frisch gebügelten besten klassischen weißen Leinen-Altmännerhemd und einem Paket in Alufolie herein.

»Das ist ein bisschen Kochschinken und kalter Truthahn, für deine Bekannte.«

»Ich glaube, Essen ist inbegriffen, Mum. Außerdem sind sie alle Vegetarier.«

»Es ist *weißes* Fleisch …«

»Ich glaube nicht, dass es hier um die Farbe geht, Mum …«

»Aber was wirst du essen?«

»Ich esse, was sie essen!«

»Was denn, etwa *Gemüse*?«

»Ja!«

»Du hast seit fünfzehn Jahre kein Gemüse mehr angerührt! Ein Wunder, dass du nicht schon längst Rachitis hast.«

»Rachitis ist die Folge von Vitamin-D2-Mangel, Mum, von zu wenig Vitamin C kriegt man *Skorbut*, Mangel an frischem Obst.«

»Gut, also willst du dann ein bisschen frisches Obst mitnehmen?«

»Nein, wirklich nicht, Mum, ich komm schon klar, ich brauche weder Obst noch Fleisch.«

»Nimm's doch trotzdem mit, für die Bahnfahrt. Wenn du es hier lässt, wird's ja nur schlecht.« Für meine Mutter bestand der *wahre* Sinn des Weihnachtsfestes schon immer in Wurst und Schinken, darum gebe ich nach und nehme ihr das Alufolienpaket ab. Es wiegt etwa so viel wie ein Menschenkopf. Sie folgt mir ins Zimmer, um sich zu vergewissern, dass ich es auch wirklich in den Koffer packe, wie eine Art mütterlicher Zollbeamter, und ich darf mich glücklich schätzen, dass sie mir nicht auch noch den Rosenkohl mitgibt.

Sie setzt sich auf mein Bett und fängt an, sorgfältig mein Altmännerhemd zu falten.

»Ich weiß wirklich nicht, warum du diese grässlichen ollen Dinger trägst …«

»Vielleicht, weil ich sie mag …?«

»Möchtest du für deinen eigenen Großvater gehalten werden …?«

»Ich kritisiere auch nicht die Art, wie *du* dich anziehst …«

»Boxershorts! Seit wann trägst du Boxershorts?«

»Seitdem ich mir meine Unterwäsche selber kaufe …«

»Slips sind jetzt also aus der Mode?«

»Ich habe absolut keine Ahnung, Mum …«

»Ich dachte, du bevorzugst diese kurzen Dinger aus Baumwolle …«

»Ich trage mal solche, mal solche. Es kommt drauf an …«

»Auf was denn?«

»Mum …!«

»Und wie lange willst du bei deiner Freundin bleiben?«

»Ich weiß es nicht. Drei Tage, vielleicht vier. Und sie ist nicht meine Freundin.«

»Das heißt, du kommst noch mal wieder?«

»Nein, ich glaube, ich fahr dann gleich zurück ins College, Mum.« Ich weiß nicht, warum, aber ich habe mir angewöhnt, »College« zu sagen, vielleicht, weil mir »Universität« immer noch zu schnöselig klingt.

»Dann bist du also über Silvester nicht hier?«

»Eher nicht.«

»Bist du bei ihr?«

»Ich glaube schon.« Hoffentlich.

»Oh. Schade …« Sie hat jetzt ihre Märtyrerstimme aufgesetzt. Der Trick dabei ist, ihr nicht in die Augen zu sehen. Ich konzentriere mich aufs Kofferpacken. »Und, kommst du dann hinterher noch mal vorbei?«

»Das wird nicht gehen. Ich muss arbeiten.«

»Du könntest doch auch hier arbeiten …«

»Wirklich nicht …«

»Ich stör dich auch nicht …«

»Ich brauch spezielle Bücher, Mum …«

»Das heißt also, du bist *definitiv* zu Silvester nicht zu Hause?«

»Nein, ich glaube nicht, Mum.« Hinter meinem Rücken ertönt ein so jämmerlicher Japser, dass ich ernsthaft erwarte, sie tot ausgestreckt auf dem Fußboden vorzufinden, wenn ich mich umdrehe. Gereizt sage ich: »Du gehst dich doch sowieso mit Onkel Des besaufen, es ist ja nicht so, als würden wir uns sehen …«

»Ich weiß, aber du bist das erste Mal über Silvester nicht da, darum geht's. Ich hab einfach keine Lust, den ganzen Neujahrstag mutterseelenallein im Haus herumzutapern …«

»Es war doch klar, dass es eines Tages passieren würde, Mum.« Aber wir denken beide dasselbe. So wie jetzt hätte es nicht passieren dürfen, und nicht so bald. Es folgt ein Schweigen, dann sage ich: »Ich zieh mich jetzt an, Mum, also würdest du bitte …?«

Sie seufzt und steht vom Bett auf.

»Ist ja nichts, was ich nicht schon mal gesehen hätte.«

Und das erst kürzlich. Zu Silvester 1984/85 bin ich dermaßen besoffen nach Hause gekommen, dass ich es fertig gebracht habe, mein eigenes Bett vollzukotzen. Ich habe glücklicherweise nur eine vage Erinnerung an meine Mutter, die mir im Morgengrauen ins Bad hilft und mir mit dem Duschkopf den Pernod und das Bier und das halb verdaute Hühnchen-mit-Pommes abspült. Das ist gerade mal zwölf Monate her. Sie hat es nie wieder erwähnt, und ich würde gern glauben, dass es nie geschehen ist, bin mir aber leider ziemlich sicher, dass es doch so war.

Manchmal denke ich, es gibt einfach nicht genug Psychiater *auf der ganzen Welt* …

Mum hat sich wieder ein bisschen gefangen, als ich ihr an der Tür einen Abschiedskuss gebe, obwohl sie immer noch versucht, mir Lebensmittel aufzudrängen. Ich lehne einen Laib Toastbrot ab, einen Liter Whiskey-und-Martini-Mix Dry Blackthorn, eine Packung mit eingeschweißten Weihnachtskuchen, ein 250-ml-Fläschchen H-Vollfettsahne, einen Sack mit fünf Pfund Kartoffeln, eine Schachtel Jaffa-Kekse, eine Flasche Iced Magic mit Pfefferminzgeschmack und eine Zweiliterflasche Sonnenblumenöl, und jedes »Nein, danke« ist ein Messer, das ich meiner Mutter in den Rücken ramme. Nachdem ich mein Unheil vollbracht habe, ziehe ich los, schleife den Koffer hinter mir her und schaue mich nicht mehr um, für den Fall, dass sie angefangen hat zu weinen. Auf dem Weg zum Bahnhof mache ich einen Zwischenstopp beim Geldautomaten, wo ich mir einen Fünfer ziehe, und beim Kiosk, um einen Wein für die Harbinsons zu kaufen. Ich will ihnen was Schönes mitbringen, darum verjuble ich am Ende volle drei Pfund für einen, der in einer Karaffe daherkommt.

20

FRAGE: Welcher sozioökonomische Begriff bezeichnete ursprünglich die aus Handwerkern und Händlern hervorgegangene Gesellschaftsschicht, Bewohner ummauerter Städte im Frankreich des 11. Jahrhunderts, die neben Adel und Klerus den 3. Stand bildete?
ANTWORT: Die Bourgeoisie.

Der Zug fährt aus dem Bahnhof, und ich schaue auf die nassen, leeren Straßen von Southend, auf die Hand voll Geschäfte, die auf halbherzige, wurstige Art geöffnet haben. Die vier Tage zwischen dem zweiten Weihnachtsfeiertag und Silvester sind eindeutig die längsten und ekligsten im ganzen Jahr – wie ein endlos aufgeblähter, falscher Sonntag. Obwohl der Bank Holiday im August noch schlimmer ist. Ich rechne fest damit, an einem Bank Holiday im August zu sterben, gegen halb drei am Nachmittag. Tod durch unheilbare Langeweile.

Ich steige in Shenfield um, wo mein Mittagessen aus einer Dose Lucozade, einem Päckchen Hula Hoops und einem Twix besteht, die ich mir an dem windgepeitschten Zeitungsstand gekauft habe. Dann ist gerade noch kurz Zeit, im Spiegel der Bahnhofstoilette nachzusehen, wie mein Gesicht heilt, bevor ich wieder im Zug sitze.

Als wir die Vororte verlassen und uns Suffolk nähern, geht der Regen in Schnee über. Ich glaube, Schnee wie diesen erleben wir in Southend nur ganz selten. Die Mischung aus Straßenlaternen, milder Meeresbrise und Zentralheizungs-Luftmassen bei uns führt dazu, dass daraus eher so eine Art kalte, feuchte Kopfschuppen wird, aber hier, in der untergehenden Sonne und durch die Felder gesehen, wirkt der Schnee fantastisch flauschig und sauber. Ich lese fünfmal die erste Seite von Ezra

Pounds *Cantos*, ohne ein Wort zu verstehen, gebe dann auf und betrachte, tief bewegt, die Landschaft. Zehn Minuten vor dem Bahnhof ziehe ich Mantel und Schal an und überprüfe mein Spiegelbild im Zugfenster. Kragen hochschlagen oder unten lassen? Ich strebe eine Art Graham-Greene-haften *Der Dritte Mann*-Look an, bringe aber nur ein Video von Ultravox zustande.

Noch fünf Minuten. Ich lege mir zurecht, was ich Alice sagen will, wenn wir uns gleich wiedersehen. So nervös war ich nicht mehr, seit ich den Jesus in *Godspell* gespielt habe und meinen Oberkörper entblößen musste, um mich kreuzigen zu lassen. Anscheinend kann ich nicht mal mehr richtig *lächeln*; mein schiefes Grinsen bei geschlossenem Mund lässt mich aussehen wie ein Schlaganfall-Opfer, andererseits offenbaren geöffnete Lippen ein beige-schwarz gesprenkeltes Durcheinander von Zähnen, Scrabblesteinen vergleichbar. Ein Leben voller Frischobst und Gemüse hat Alice Harbinson perfekte Zähne beschert. Ich stelle mir vor, wie ihr der Zahnarzt in den Mund sieht und angesichts der schieren, makellos weißen Pracht in hemmungsloses Schluchzen ausbricht.

Als der Zug einfährt, wartet Alice am anderen Ende des Bahnsteigs, zum Schutz vor dem Schnee in einen teuer aussehenden, langen schwarzen Mantel eingemummt, der fast den Boden berührt, den Kopf von einem grauen Wollschal umhüllt, und ich frage mich, wo sie ihre Balalaika gelassen hat. Sie rennt zwar nicht gerade los, als sie mich sieht, beschleunigt aber immerhin ein bisschen ihre Schritte, und als ihre Gesichtszüge schärfer werden, kann ich sehen, dass sie grinst und dann lacht; ihre Haut ist noch weißer, und ihre Lippen sind noch röter, und sie hat jetzt, da sie nicht im College ist, etwas Weicheres und Wärmeres an sich, als wäre sie außer Dienst. Sie umarmt mich stürmisch und sagt, sie habe mich *vermisst* und wie *wahnsinnig* sie sich freue, dass ich hier bin, und wie viel *Spaß* wir haben werden, und einen Augenblick lang fühlt es sich an wie das wahre Glück, hier auf einem Landbahnhof im Schnee mit Alice zu stehen. Bis ich über ihre Schulter gucke und diesen dunklen, gut aussehenden, übellaunigen Mann erblicke, von dem ich annehme, dass er Alices Vater ist. Heathcliff in einer Wachsjacke.

Am liebsten würde ich einen Diener machen, halte ihm aber nur die Hand hin. Ich habe in jüngster Zeit ein bisschen mit Händeschütteln experimentiert, weil ich mir vorstelle, dass man das von erwachsenen Männern erwartet, aber Mr Harbinson schaut mich an, als würde ich etwas unglaublich Uncooles, hoffnungslos Veraltetes, 18.-Jahrhundert-Mäßiges machen. Schließlich ergreift er meine Hand, drückt sie gerade fest genug, um mir zu zeigen, dass er mir den Schädel zertrümmern könnte, wenn ihm danach wäre, dreht sich dann um und geht los.

Während ich meinen Koffer zu dem grünen Land-Rover schleppe, der auf dem Bahnhofsparkplatz steht, geht Alice mit ihrem Vater vor, wobei sie ihm den Arm um den Hals schlingt, als wäre er ihr Freund oder so was. Wenn ich mich meiner Mutter derart an den Hals hängen würde, würde sie die Fürsorge rufen, aber Mr Harbinson scheint gut damit zurechtzukommen, legt ihr den Arm um die Hüfte und zieht sie an sich. Ich hole auf und trotte nebenher.

»Brian ist unsere Geheimwaffe im Team. Er ist das junge Genie, von dem ich dir erzählt habe«, sagt Alice.

»Also, ich weiß nicht, ob *Genie* das richtige Wort ist«, wende ich ein.

»Ich bin sogar *sicher*, dass es das nicht ist«, meint Mr Harbinson.

Wir fahren über schmale Landstraßen. Ich sitze im Fond zwischen dreckigen Gummistiefeln, Wanderschuhen und durchgeweichten Landkarten, während Alice einen Dauer-Monolog über alle Partys hält, auf denen sie gewesen ist, und über alle alten Freunde, die sie wiedergesehen hat, und spitze bei jedem Wort die Ohren nach potentiellen Nebenbuhlern, einen gefragten jungen Schauspieler vielleicht oder einen leicht muskulösen Bildhauer namens Max oder Jack oder Serge. Aber die Luft ist offenbar rein, bis jetzt jedenfalls. Vielleicht hält sie sich auch vor ihrem Vater zurück, was ich allerdings bezweifle. Ich glaube, Alice gehört zu den seltsamen Menschen, die sich in Gegenwart ihrer Eltern genau so verhalten wie in Gegenwart ihrer Freunde.

Mr Harbinson fährt und hört schweigend zu, während eine lauernde, unterschwellige Feindseligkeit von ihm ausgeht. Er ist ungeheuer massig, und ich versuche mir vorzustellen, wieso einer, der Kunst-Dokumentationen für BBC 2 macht, den Körperbau eines Maurers hat. Und derart behaart ist. Die Sorte Mann, die sich täglich zweimal die Wangen rasiert, aber dabei offensichtlich erschreckend intelligent ist. Man könnte glauben, er sei von Wölfen aufgezogen worden, allerdings von Wölfen, die den Wert einer guten Universitätsausbildung zu schätzen wissen. Außerdem wirkt er unheimlich jung, viel zu gutaussehend und cool, um Vater zu sein, so als hätte er zwischen all den Hendrix-Konzerten und LSD-Trips eben mal schnell eine Familie gegründet.

Schließlich kommen wir beim Blackbird Cottage an. Nur trifft das Wort »Cottage« nicht ganz zu. Es ist riesig und schön, ein Haus von der Art, das sich in eine weite Anlage aus umgebauten Scheunen und Bauernhäusern einfügt und fast schon ein ganzes Dorf ist; restauriert, um den Landsitz der Harbinson-Familie zu beherbergen, mit allem Luxus eines herrschaftlichen Anwesens, ohne irgendeinen politisch unliebsamen Beigeschmack von Aristokratie aufkommen zu lassen. Jetzt im Schnee sieht es aus wie eine animierte Weihnachtskarte. Aus dem Schornstein steigt sogar Rauch auf, alles ist sehr ländlich und wie im neunzehnten Jahrhundert – nur der Sportwagen nicht, Alices Ente und der mit einer Plane abgedeckte Swimmingpool, dort, wo früher der Kuhstall war. Überhaupt ist jeder Gedanke an praktische Landarbeit längst verflogen, und selbst die Hunde scheinen zum gehobenen Mittelstand zu gehören; zwei Labradore, die angesprungen kommen, als wollten sie sagen: »Überaus erfreut, Sie kennenzulernen, Sie müssen uns *alles* über sich erzählen.« Es würde mich nicht wundern, wenn sie Klavierstunden genommen hätten.

»Darf ich vorstellen? Mingus und Coltrane!«, sagt Alice.

»Hallo Mingus und Coltrane.« Es folgt ein kleiner Ausrutscher in Hunde-Etikette, als sie anfangen, an den Fleischwaren in meinem Gepäck zu schnüffeln, während wir den Hof überqueren. Ich hieve den Koffer hoch und trage ihn im Arm.

»Wie findest du es?«

»Herrlich. Größer, als ich erwartet hatte.«

»Mum und Dad haben es damals in den sechziger Jahren für fünf Pfund oder so gekauft. Komm rein, damit ich dir Rose vorstellen kann«, und ich brauche einen Augenblick, um zu kapieren, dass Rose ihre Mutter ist.

Es gibt doch dieses chauvinistische alte Klischee, dass Frauen sich in ihre Mütter verwandeln, sobald man sie geheiratet hat, aber bei Alices Mutter würde mich das nicht stören. Nicht, dass ich Alice heiraten werde oder so, aber Mrs Harbinson ist *wunderschön*. Als wir die Küche betreten, eine umgebaute Scheune mit gewölbter Decke voller Kupfer und Eichenholz, steht sie an der Spüle und hört Mozart im Radio, und eine Sekunde lang denke ich, es ist Julie Christie, die da Karotten putzt. Sie ist klein, mit sanften Fältchen um die blauen Augen und einer weichen blonden Dauerwelle. Ich marschiere über die nackten Fliesen auf sie zu, den Arm ausgestreckt wie ein Zinnsoldat, entschlossen, die Nummer mit dem Händeschütteln weiter durchzuziehen.

»Das ist also Brian, von dem ich so viel gehört habe«, sagt sie und lächelt und ruckelt vorsichtig mit ihren schmutzigen Händen an der Spitze meines Zeigefingers. Einen Augenblick lang habe ich ein Déjà-vu von meiner Lehrerin, in die ich mit neun verknallt war.

»Freut mich sehr, Sie kennenzulernen, Mrs Harbinson.« Ich *klinge* sogar wie ein Neunjähriger.

»Oh, bitte nennen Sie mich nicht Mrs Harbinson, da komme ich mir ja ganz alt vor. Nennen Sie mich Rose.«

Gerade als sie sich vorbeugt und mich auf die Wange küsst, lecke ich mir reflexartig die Lippen, wodurch das Küsschen, das ich ihr auf die Wange gebe, etwas zu feucht gerät und ein übertrieben lautes Schmatzgeräusch verursacht, das von den Fliesen widerzuhallen scheint. Ich kann sogar meine Spucke sehen, die knapp unter ihrem Auge glitzert. Sie wischt sie diskret mit dem Handrücken ab, bevor sie eine Chance hat zu verdampfen, und tut so, als würde sie ihre Dauerwelle in Ordnung bringen. Dann türmt sich Mr Harbinson zwischen uns auf und küsst sie besitzergreifend auf die andere, trockene Wange.

»Und wie soll ich Sie nennen, Mr Harbinson?«, frage ich munter.

»Nennen Sie mich Mr Harbinson.«

»*Michael*! Sei nicht so gemein«, sagt Rose.

»… oder Sir. Sie können mich Sir nennen …«

»Ignorier ihn einfach«, sagt Alice.

»Ich habe Ihnen Wein mitgebracht.« Ich ziehe die Flasche aus meinem Koffer und überreiche sie ihm. Mr Harbinson schaut sie an, als hätte ich ihm gerade eine Karaffe mit meiner eigenen Pisse in die Hand gedrückt.

»Oh, haben Sie *ganz* lieben Dank, Brian! Sie können jederzeit wiederkommen!«, flötet Rose. Mr Harbinson scheint sich da nicht so sicher zu sein.

»Komm, ich zeig dir dein Zimmer«, sagt Alice und zieht mich am Arm. Ich folge ihr die Treppe hoch, während Mr und Mrs Harbinson hinter mir zu flüstern anfangen.

In unserer Maisonette in der Archer Road gibt es einen Punkt, von dem aus man tatsächlich alle Zimmer im Haus sehen kann, wenn man ungefähr die Hälfte der Stufen genommen hat und sich ein klitzekleines bisschen den Hals verrenkt. Blackbird Cottage ist überhaupt nicht so. Es ist ausufernd. Mein Zimmer, Alices altes Zimmer, befindet sich im obersten Teil des Hauses, unter uralten Eichenbalken, im Ostflügel oder so. Eine ganze Wand wird komplett von Alices vergrößerten Kinderfotos eingenommen: Im geblümten Schürzenkleid beim Plätzchenbacken, beim Blaubeerpflücken in einer Arbeiterhose, als Olivia in einer Schulaufführung von *Was ihr wollt* und als *Der gute Mensch von Sezuan*, vermute ich, mit aufgemaltem Bart, sowie in einem schwarzen Müllsack als ziemlich unüberzeugender »Punkrocker« bei einem Kostümfest, wo sie schüchtern »Fuck you« in die Kamera macht. Es gibt ein Polaroid ihrer Eltern, als sie um die zwanzig sind, stolze Besitzer der allerersten Knautschsessel, auf denen sie wie Mitglieder von Fleetwood Mac aussehen, in bestickten Partnerlook-Westen und beim Rauchen von Glimmstengeln, die Zigaretten sein könnten oder auch nicht. Etliche Regale mit Kinderbüchern weisen darauf hin, dass Alice offensichtlich mal ein ziemlich hohes Tier im Puffin Club war, Tove Jansson, Astrid Lindgren, Erich Kästner, Hergé, Goscinny, Uderzo, Saint-Exupéry – ein kompletter Satz Weltliteratur für Knirpse – und dazwischen, irgendwie unpassenderweise, die zerfledderte Taschenbuchausgabe eines Harold-Robbins-Romans. Eine Montage von Madonnen aus den Uffizien für das Kunstabitur und ein ausgeschnittener Snoopy-Cartoon. Gerahmte Urkunden, dass Alice Harbinson 1000 Meter schwimmen sowie Oboe und Klavier spielen kann, vermutlich alles gleichzeitig. Mein Zimmer ist das Alice-Harbinson-Nationalmuseum. Hat sie eine Vorstellung davon, wie ich hier schlafen soll?

»Meinst du, das geht so?«, fragt sie.

»Oh, ich komm bestimmt klar.« Sie beobachtet mich beim Betrachten ihrer Fotos, ohne jeden Anflug von Verlegenheit oder falscher Bescheidenheit. Hier die Dokumentation meines

Lebens – gut, nicht? Mit vier war sie alles, was man sich bei einem vierjährigen Kind nur wünschen kann, mit vierzehn prima gelungen, vielen Dank auch.

»Es ist zwecklos, nach meinem Tagebuch zu suchen, ich hab's versteckt. Und wenn dir kalt wird, und das wird es, im Schrank ist eine Wolldecke. Komm, ich helf dir beim Auspacken. Also, wozu hast du Lust heute Abend?«

»Och, keine Ahnung, einfach nur rumgammeln. In der Glotze läuft *Manche mögen's heiß*.«

»Tut mir leid, wir haben hier keinen Fernseher.«

»Ehrlich nicht?«

»Dad hat was gegens Fernsehen.«

»Aber er ist doch Fernsehproduzent!«

»In London haben wir eine Kiste, aber auf dem Land findet er es falsch. Was ist?«

»Ach, ich hab nur gedacht – drei Häuser, ein Fernseher. Bei den meisten Leuten ist es umgekehrt.«

»Du musst hier nicht einen auf *Socialist Worker* machen, Brian, niemand kann dich hören. Boxershorts, was?« Sie hält meine Unterhosen in der Hand. Ein latent erotisches Knistern steht im Raum, und ich bin Mum unendlich dankbar, dass sie sie gebügelt hat. »Ich hätte dich eher für einen Tanga-Typen gehalten.« Ich grüble noch, ob das gut oder schlecht ist, als Alice quietscht: »O mein Gott! Was ist *das* denn …?«

Sie hat das Alupäckchen mit den gemischten Fleischwaren in meinem Koffer gefunden. Ich versuche, es ihr wegzuschnappen.

»Och, das hat mir nur meine Mutter eingepackt …«

»Lass mal sehen …«

»Es ist nichts, wirklich.«

»Konterbande!« Sie reißt das Päckchen auf. »Fleisch? Du hast dir deine eigene Fleischration eingeschmuggelt!«

»Mum macht sich immer Sorgen, dass ich nicht genügend Proteine bekomme.«

»Dann gib mal her – ich hab einen Wahnsinns-Gieper.« Sie nimmt sich ein Stück blässlichen Kochschinken und plumpst aufs Bett. »Hmmmm. Bisschen trocken.«

»Das ist Mums Spezialität. Sie tut ihn über Nacht in die Backröhre, schneidet ihn in Scheiben, lässt ihn auf dem Heizkörper liegen und gibt ihm dann den Rest mit dem Fön.«

»Na, lass dich bloß nicht von Rose damit erwischen. Sie kriegt den Schock ihres Lebens. Blackbird Cottage ist eine strikt fleischfreie Zone.«

»Und was fressen Mingus und Coltrane?«

»Dasselbe wie wir. Gemüse, Müsli, Reis, Nudelgerichte …« Sie füttern ihren Hunden *Nudelgerichte.* »Was hast du da?«

»Dein Weihnachtsgeschenk.« Ich halte ihr die in Geschenkpapier verpackte LP hin. »Es ist ein Tennisschläger.«

Sie wirft einen Blick auf die Karte mit dem provokativ-romantischen Chagall-Motiv, die mit Tesafilm an der Schallplatte klebt. Ich habe in langer und mühsamer Kleinarbeit, die mehrere Entwürfe erforderte, eine eloquente und anspielungsreiche Nachricht zustande gebracht, nämlich: *»Für Alice, meine neuste und besteste (Schreibw?!?!) Freundin, alles Liebe auf ewig Brian.«* Besonders stolz bin ich darauf, wie das *»(Schreibw?!?!)«* mit trockenem Humor die »Freundin« relativiert, und auf die Doppeldeutigkeit von *»alles Liebe«*, ohne die Aufrichtigkeit des Gefühls notwendigerweise zu hinterfragen, aber am Ende macht sie sich gar nicht die Mühe, das Ganze zu lesen, sondern reißt gleich das Geschenkpapier auf. »Joni Mitchell! *Blue*!«

»O nein, du hast sie schon, stimmt's?«

»Nur ungefähr *sechsmal.* Du hast aber ins Schwarze getroffen, ich *liebe* Joni. Ich habe sogar meine Unschuld verloren, als ich Joni Mitchell hörte.«

»Hoffentlich nicht bei *Big Yellow Taxi.*«

»Nein, es war *Court and Spark* …« Hätte ich mir denken können. »Und du?«

»Meine Unschuld? Kann mich nicht entsinnen. Entweder bei Chopins *Trauermarsch* oder bei *Geoff Love und sein Orchester spielen die Greatest Hits der Kriegsmelodien*. Ich glaube, es war beim *Marsch der Dammbrecher*. Gefolgt von einem unheimlichen Schweigen.«

Sie lacht und gibt sie mir zurück. »Tut mir leid. Hast du die Quittung noch?«

»Ich glaub schon. Irgendein spezieller Wunsch, wogegen ich sie eintauschen kann?«

»Überrasch mich. Aber bitte nicht Kate Bush. Ich lass dich jetzt weiter auspacken.«

»Wann gibt's Abendbrot?«

»Dinner ist in einer halben Stunde.« Auf dem Weg nach draußen umarmt sie mich noch mal. »Ich bin so froh, dass du da bist. Wir werden wahnsinnig viel Spaß haben, *versprochen*.«

Nachdem sie fort ist, hänge ich die frisch gebügelten Altmännerhemden auf Holzbügeln auf und genieße dieses Gefühl, mich hier für längere Zeit einzurichten. Wenn ich meine Karten richtig ausspiele, könnte ich vielleicht am Neujahrstag noch hier sein. Vielleicht sogar auch noch am zweiten oder dritten Januar …

Ich mache den Schrank auf und bin halb darauf gefasst, ein Märchenland von C. S. Lewis vorzufinden.

Wie sich herausstellt, sind Proteine mein geringstes Problem. Es gibt Nussbraten zum Dinner. Ich habe das Wort Nussbraten schon gehört und es eigentlich immer für einen Scherz gehalten, aber jetzt habe ich einen leibhaftigen vor mir, einen lauwarmen, sandigen Kuchen mit geschmolzenem vegetarischem Käse drauf, meine erste Begegnung mit Nüssen außerhalb eines Bartresens. Das Ganze liegt auf meinem Teller wie die Ausscheidungen eines Wurms. Ich frage mich, was die Hunde kriegen?

»Wie ist dein Nussbraten, Brian?«

»Köstlich, danke, Rose.« Irgendwo habe ich aufgeschnappt, dass es höflich ist, den Namen seiner Gesprächspartner häufig zu wiederholen – »Ja, Rose, nein, Rose, wunderbar, Rose« –, aber ich glaube, ich klinge dabei ein bisschen wie Uriah Heep. Am besten schicke ich ein Körnchen Humor hinterher. »Das ist meine erste Begegnung mit Nüssen außerhalb eines Bartresens!«

»Halt deine widerwärtige, blöde Fresse, und lass deine dreckigen Prolo-Finger von meiner schönen Tochter, du schleimiger kleiner Wichser«, sagt Mr Harbinson. Na ja, *sagt* er nicht, aber er *schaut* es.

Rose nestelt nur an ihrer Dauerwelle, lächelt und sagt: »Schmecken die Zucchini?«

»Fantastisch!« In Wahrheit habe ich noch nie im Leben Zucchini gegessen, aber um meiner Begeisterung Nachdruck zu verleihen, schiebe ich mir eine Gabel mit den schlaffen, wässrigen Scheiben in den Mund und grinse wie ein Idiot. Wie alles Grünzeug schmeckt es nach dem, was es ist, gekochte Zellulose, aber ich bin so scharf darauf, Rose zu gefallen, dass ich mich gerade noch beherrschen kann, mir den Bauch zu reiben und »Lecker!« zu rufen. Ich spüle den Geschmack von Dorfteich-Gewächs mit einem Schluck Wein herunter. Meine Karaffe ist nirgendwo zu sehen; ich vermute, dass man sie abgeführt und erschossen hat. Oder vielleicht hat man sie den Hunden zu ihrem Nudelgericht serviert, mit etwas Knoblauchbrot. Aber dieser Wein hier ist so süß, zähflüssig und warm, dass man ihn eigentlich mit einem 5-ml-Plastiklöffel einnehmen sollte.

»Sind Sie zum ersten Mal in Suffolk, Brian?«

»Ich war schon mal hier. Zum Bergsteigen!«

»Wirklich? Aber ist die Landschaft nicht fürchterlich flach dafür?«, fragt Rose.

»Man hat mich falsch informiert!«

Mr Harbinson schnaubt laut durch die Nase.

»Das verstehe ich nicht. Wer hat Ihnen denn so etwas erzählt …?«, fragt Rose.

»Brian hat einen *Witz* gemacht, Mum«, sagt Alice.

»Ach so, ich verstehe, natürlich!«

Eins steht fest, ich muss aufhören, komisch sein zu wollen, nur was die Alternative sein soll, ist mir nicht klar. Alice, die spürt, dass ich Hilfe brauche, schaut mich an und legt mir die Hand auf den Arm: »Brian, gestern hättest du mal hier sein sollen.«

»Wieso, was war gestern?«

Rose errötet. »O Alice, Schatz, können wir das nicht bitte für uns behalten?«

»Sie kann's ihm ruhig erzählen«, knurrt Mr Harbinson.

»Aber es ist mir *so* peinlich! …«

»Erzählen Sie's mir!«, stimme ich mit ein.

»Aber ich komme mir so *idiotisch* vor«, protestiert Rose.

»Also …«, sagt Alice, »… wir hatten ein paar Freunde zu Besuch, wie immer am zweiten Weihnachtsfeiertag, und haben Scharade gespielt. Ich war an der Reihe und wollte Mum *Letztes Jahr in Marienbad* raten lassen, und dabei ist sie dann ganz furchtbar hektisch und zappelig geworden und hat so laut und aufgeregt gerufen, dass ihre *Kappe* rausgesprungen und direkt im Weinglas von unserem Nachbarn gelandet ist!«

Alle lachen, sogar Mr Harbinson, und die Stimmung ist *dermaßen* ausgelassen, erwachsen, heiter und respektlos, dass ich sage: »Heißt das, Sie hatten gar keine Unterwäsche an?«

Alles verstummt.

»Entschuldigung?«, fragt Rose.

»Ihre Kappe. Als sie heraussprang. Wie ist sie … an Ihrer … Unterhose vorbeigekommen?«

Mr Harbinson legt Messer und Gabel beiseite, schluckt seinen Bissen herunter und sagt, ganz langsam: »Wissen Sie, Brian, ich glaube, Alice hat von der *Zahn*kappe ihrer Mutter gesprochen, einer Jackettkrone.«

Kurz darauf gehen wir alle nach oben ins Bett.

Ich bin im Badezimmer und spritze mir kaltes Wasser ins Gesicht, als Alice anklopft.

»Gib mir zwei Sekunden«, rufe ich, obwohl ich mir nicht sicher bin, warum; ich bin ja vollständig angezogen und viel kann ich an meiner Erscheinung in zwei Sekunden nicht verändern, höchstens mir ein Handtuch über den Kopf werfen.

Ich öffne die Tür, und Alice tritt ein, schließt sie sorgfältig wieder hinter sich und sagt sehr langsam und ernst: »Macht es dir etwas aus, wenn ich dir was sage – etwas Persönliches?«

»Überhaupt nicht, schieß los!« Ich stelle eine stumme kleine Überschlagsrechnung an und beschließe, die Chancen stehen drei zu eins, dass sie mich bittet, heute Nacht mit ihr zu schlafen.

»Also … ich halte es für einen richtigen Fehler, dass du dir dein Gesicht mit einem Waschlappen wie diesem hier so hart abreibst. Davon blutest du nur und verbreitest die Infektion weiter …«

»Oh …«

»Und Narben bekommst du auch davon.«

»O-*kay* …«

»Und sag mal, kochst du deine Waschlappen aus?«

»Na ja, eigentlich nicht …«

»Weil Waschlappen wahrscheinlich ein Teil des Problems sind …«

»Verstehe, okay …«

»Ich würde überhaupt keine Waschlappen benutzen, wenn ich du wäre, Waschlappen sind total *ekelhaft*, ich würde nur Wasser und eine basische, parfümfreie Seife nehmen …« Wie komme ich aus dieser Unterhaltung raus? »… und auch nicht unbedingt eine streng medizinische, die sind nämlich in der Regel viel zu adstringierend …« Das ist weniger eine Unterhaltung als ein Abwarten meinerseits, dass sie endlich aufhört zu reden. »Und adstringierende Cremes solltest du auch meiden, sie wirken zwar kurzfristig, aber auf Dauer machen sie nur die Talgdrüsen aktiver …« Jetzt schiele ich zum Badezimmerfenster rüber und erwäge mich hinauszustürzen. Alice hat es anscheinend bemerkt, denn sie sagt: »Entschuldige bitte. Macht es dir was aus, dass ich so offen darüber spreche?«

»Überhaupt nicht. Du kennst dich aber ziemlich gut aus. Wenn bei *University Challenge* ›Hautpflege‹ drankommt, können wir uns alle entspannt zurücklehnen!«

»Oh, ich bin dir doch zu nahe getreten, was?«

»Nein, ich glaub nur nicht, dass ich besonders viel dagegen tun kann. Ich glaube, es sind die ersten Vorboten der Pubertät! Die Hormone! Es kann jetzt jeden Tag losgehen, dass ich mich für Mädchen interessiere!« Alice lächelt milde, und gibt mir dann einen schwesterlichen Gutenachtkuss, wobei ihre Augen einen Moment lang mein Gesicht absuchen, um eine Stelle zu finden, auf der es sich sicher landen lässt.

Als ich später bibbernd auf dem Rücken im Bett liege und darauf warte, dass mein Gesicht trocknet, damit kein Blut aufs Kissen kommt, entwerfe ich sorgfältig meine Strategie für den morgigen Tag. Nach vielem Hin-und-her-Überlegen beschließe ich, dass sie darin bestehen sollte, mich weniger wie ein Idiot aufzuführen. Das wird nicht leicht sein, aber es ist von entscheidender Wichtigkeit, dass Alice mein wahres Ich kennenlernt. Nur hege ich langsam den Verdacht, dass dieses kluge, schlaue, witzige, freundliche, tapfere wahre Ich, das da irgendwo herumläuft, eine Finte ist. Wie der Yeti. Wieso sollen wir eigentlich alle glauben, dass er wirklich existiert, wenn ihn kein Mensch je richtig zu Gesicht bekommen hat?

21

FRAGE: Was bedeutet bei der Vorführung des Angeklagten vor dem Haftrichter die juristische Wendung »Habeas corpus« wörtlich übersetzt?
ANTWORT: »Du mögest den Körper haben«.

Als ich am nächsten Morgen aufwache, friere ich dermaßen, dass ich einen Augenblick lang glaube, Mr Harbinson hätte mich über Nacht vor die Tür gesetzt. Wie kommt es eigentlich, dass je vornehmer die Leute, desto kälter ihre Häuser sind? Und es ist nicht nur die Kälte, es ist auch der Schmutz; die Hundehaare, die verstaubten Bücher, die schlammverkrusteten Stiefel, die Kühlschränke, die nach umgekippter Milch, verfaultem Käse und vergammelndem Gemüse stinken. Ich schwöre, der Kühlschrank der Harbinsons hat seinen eigenen Nährboden. Wahrscheinlich müssen sie ihn im Sommer mähen. Aber vielleicht macht ja genau das den authentischen gehobenen Mittelstand-Status aus, die Fähigkeit, mit völlig ungebrochenem Selbstvertrauen zu frieren und dreckig zu sein. Das und die kleinen Waschbecken in jedem Zimmer. Ich spritze mir das eiskalte Wasser ins Gesicht, stelle den Harold Robbins wieder ins Regal und mache mich auf den Weg nach unten.

Radio 4 läuft laut aus versteckten Lautsprechern, und Alice liegt unter einer Decke aus Kuschelhunden auf dem Sofa und liest.

»Morgen!«, sage ich.

»Hallo«, murmelt sie, von ihrer Lektüre gefesselt.

Ich quetsche mich neben einen Hund.

»Was liest'n du?«, frage ich in einem lustigen Tonfall. Sie zeigt mir das Cover. »*Hundert Jahre Einsamkeit* – klingt ja wie mein Sexleben!«

»Gut geschlafen?«, sagt sie, als ihr endlich dämmert, dass ich nicht weggehen werde.

»Erstaunlich gut, danke. «

»War dir kalt?«

»Ach, nur ein bisschen.«

»Das liegt daran, dass du an Zentralheizung gewöhnt bist. Zentralheizung ist ganz schlecht, betäubt die Sinne …«

Wie um ihr Argument zu untermauern, kommt Mr Harbinson lässig quer durchs Wohnzimmer geschlendert. Er ist nackt.

»Morgen!«, sagt er, splitternackt.

»Morgen!« Obwohl meine Augen gebannt auf den Kaminsims starren, ist klar, dass er entweder ein sehr behaarter Mann ist oder einen schwarzen Mohair-Overall trägt.

»Ist noch Tee in der Kanne, Alice?«, fragt er, nackicht.

»Bedien dich.«

Und er beugt sich neben ihr runter, *geht in die Hocke* und gießt sich eine Tasse ein, steigt dann zielstrebig die Treppe hoch, *drei Stufen auf einmal nehmend*. Als die Luft endlich wieder rein zum Gucken ist, frage ich: »Also. Ist. Das. Bei. Euch. An. Der. Tagesordnung?«

»Was?«

»Diese Nackte-Papa-Sache.«

»Absolut.«

»Oh.«

»Du bist doch nicht etwa *schockiert*, oder?«, fragt sie mit zusammengekniffenen Augen.

»Na ja, also weißt du …«

»Du musst doch deinen Dad auch mal nackt gesehen haben.«

»Also, nicht seit er tot ist, nein.«

»Nein, natürlich nicht, tut mir leid, hatte ich vergessen, aber *bevor* er starb, musst du ihn doch nackt gesehen haben.«

»Na ja, vielleicht. Aber so will ich ihn nicht unbedingt in Erinnerung behalten.«

»Und was ist mit deiner Mum?«

»Bloß nicht! Zeigst *du* dich auch nackt vor deinem Dad?«

»Nur, wenn wir Sex haben«, antwortet Alice, schnalzt dann und verdreht die Augen. »Natürlich tu ich das, machen wir alle. Wir sind ja schließlich eine Familie. Mein Gott, das haut dich richtig *um*, was? Ehrlich, Brian, für einen, der immer so unheimlich *hip* tut, bist du wirklich unglaublich *spießig*.« Einen Moment lang bekomme ich eine kleine Ahnung von ihr als Schulsprecherin, boshaft und überheblich. Und hat sie mich wirklich gerade *spießig* genannt? »Aber keine Sorge, Brian, ich behalte meine Sachen *an*, wenn Leute zu Besuch sind.«

»Oh, ändere bloß nicht meinetwegen deine Gewohnheiten …« Alice weiß, dass ich den Bogen ein bisschen überspanne, und lächelt gequält. »Ich meine, ich glaube, ich könnte damit umgehen.«

»Hm. Ich frage mich, ob das wirklich stimmt?« Alice leckt ihre Fingerspitze und blättert zur nächsten Seite.

Das Frühstück besteht aus getoastetem selbst gebackenem Brot, das Farbe, Gewicht, Konsistenz und Geschmack eines schweren Lehmbodens besitzt. Radio 4 sendet auch in der Küche. Tatsächlich läuft es, soweit ich das beurteilen kann, in jedem Zimmer und lässt sich anscheinend auch nicht ausschalten, wie die Bildschirme in *1984*. Wir kauen und hören Radio und kauen, während Alice die ganze Zeit über ihr Buch liest. Ich fühle mich jetzt schon elend. Teils, weil ich der erste Mensch bin, der seit 1971 je »spießig« genannt wurde, aber vor allem, weil mich ihre Bemerkung über Dad deprimiert hat. Wie konnte sie das *»vergessen«*? Und ich verachte mich wegen der Art, wie ich plötzlich vor anderen Leute über ihn rede. Ich wette, Dad hätte sich rasend gefreut, wenn er erfahren hätte, dass es eines Tages sein Schicksal werden sollte, seinem Sohn als Rohmaterial für einen Haufen beschissener, abgedroschener Phrasen oder selbstmitleidige, besoffene Monologe zu dienen. Die Suche nach dem Wahren Ich läuft ziemlich mies, und ich hab mir noch nicht mal die Zähne geputzt.

Später machen wir einen langen Spaziergang im Schnee. Man kann die Landschaft von East Anglia nicht gerade spektakulär nennen; ich schätze mal, dass sie eher auf eine postnukleare Weise ins Auge sticht und die Aussicht dazu neigt, überall ziemlich die gleiche zu bleiben, egal, wie weit man läuft, was den Zweck der Übung mehr oder weniger zunichte macht, aber wenigstens ist sie beständig. Außerdem ist es erfrischend, irgendwo zu sein, wo man nicht Radio 4 hören kann. Alice hakt sich bei mir ein, und ich vergesse beinahe, dass mir der Schnee meine neuen wildledernen Halbstiefel ruiniert.

Seit ich an der Uni bin, ist mir aufgefallen, dass die Leute immer nur über dieselben fünf Themen reden wollen: 1. »meine Schulabschlussnoten«, 2. »mein Nervenzusammenbruch / meine Essstörung«, 3. »mein nicht rückzahlpflichtiges Stipendium«, 4. »warum ich im Grunde unendlich *erleichtert* bin, dass ich in Oxford/Cambridge nicht genommen wurde«, 5. »Meine Lieblingsbücher«, und diesen letzten Punkt haken wir gerade ab.

»Top of the Pops war für mich *Das Tagebuch der Anne Frank*. Als Teenager hatte ich wirklich den Wunsch, Anne Frank zu sein. Nicht mit dem Ende natürlich, nur die Vorstellung, ganz schlicht auf einem Dachboden zu leben, Bücher zu lesen, Tagebuch zu führen, mich in einen blassen, sensiblen jüdischen Jungen vom Dachboden nebenan zu verlieben. Das klingt wahrscheinlich ein bisschen pervers, oder?«

»Ein bisschen.«

»Ich glaube, es ist einfach eine Phase, die wir Mädchen in einem bestimmten Alter alle durchmachen, wie sich Schnittwunden zufügen, kotzen und lesbische Liebe.«

»Du hast lesbische Liebe ausprobiert?«, erkundige ich mich beiläufig, in einer sich überschlagenden Falsettstimme.

»Na ja, im Internat *muss* man das mehr oder weniger. Gehörte zu den Pflichtfächern: Lesbentum, Französisch und Korbball.«

»Und, was hast du … gemacht?«

»Das wüsstest du gern, wie?« Na klar, offensichtlich. »Eigentlich nicht viel. Ich hab sozusagen nur mal kurz den Zeh reingehalten.«

»Vielleicht hast du ja gerade da den Fehler begangen!« Sie lächelt müde. »Entschuldige. Also – was ist passiert?«

»Ich hab's wahrscheinlich nicht wirklich für mich getan, schätze ich. Mir hat Sex mit Männern schon immer viel zu gut gefallen. Mir würde die Penetration fehlen.« Wir gehen ein Stück weiter. »Und wie ist es bei dir?«

»Bei mir? Oh, mir würde die Penetration auch fehlen.«

»Ich meine das ernst, Brian«, sagt sie und boxt mich mit ihrem Fausthandschuh auf den Arm. »Also, hast du nun?«

»Hab ich was?«

»Na ja, ich nehme doch an, dass du Sex mit Männern hattest.«

»Nein!«

»Wirklich nicht?«

»Bestimmt nicht. Wie kommst du darauf?«

»Ich bin einfach davon ausgegangen.«

»Du hältst mich für unmännlich?«, frage ich. Die Fistelstimme ist wieder da.

»Nein, nicht *unmännlich*. Außerdem ist Unmännlichkeit ja kein Zeichen von Homosexualität …«

»Na ja, natürlich nicht.«

»… und es ist sowieso nichts *Schlimmes*.«

»Nein, natürlich nicht. Du klingst bloß ein bisschen wie meine Kumpel aus der Schule.«

»Nun, mich dünkt, die holde Dame protestiert zu sehr.«

Thema wechseln. Ich würde die Unterhaltung wahnsinnig

gern wieder zur lesbischen Liebe zurücksteuern, erinnere mich dann aber schwach, dass sie irgendwas über Selbstverstümmelung gesagt hat. Vermutlich hätte ich das aufgreifen sollen.

»Und was war mit der … Selbstverletzung?«

»Was für eine Selbstverletzung?«

»Du hast doch gesagt, du hättest dir Schnittwunden zugefügt?«

»Ach, nur hin und wieder. Einen Hilfeschrei nennt man das wohl. Oder genauer gesagt, einen Schrei nach Aufmerksamkeit. Ich war in der Schule manchmal ein bisschen deprimiert, ein bisschen einsam, mehr nicht.«

»Das erstaunt mich jetzt«, sage ich.

»Wirklich? Warum?«

»Wahrscheinlich, weil ich mir einfach nicht vorstellen kann, dass es irgendetwas gibt, worüber du deprimiert sein könntest.«

»Du musst echt mal von dieser Vorstellung runterkommen, dass ich versilbert bin, Brian, so eine Art perfektes Wesen. Das ist wirklich nicht der Fall.«

Aber an diesem Nachmittag ist sie ziemlich perfekt.

Als wir von unserem Spaziergang fast wieder zurück sind, machen wir eine verspielte kleine Schneeballschlacht auf dem Rasen vor dem Haus, die sich von allen meinen vorherigen Schneeballschlachten insofern unterscheidet, als niemand Hundescheiße oder Glasscherben in seinen Schneeball einbaut. Es ist auch nicht einmal eine Schneeball*schlacht* als solche, nur eine leicht aphrodisisch angehauchte Balgerei, ein verlegenes Herumalbern, bei dem man das Gefühl hat, gefilmt zu werden, idealerweise in Schwarzweiß mit einer Schmalfilmkamera. Dann gehen wir ins Haus und setzen uns aufs Sofa vor den Kamin, um uns aufzuwärmen, und sie spielt ihre Lieblingsplatten, eine Menge Rickie Lee Jones und Led Zeppelin, Donovan und Bob Dylan – obwohl Alice 1982 sechzehn war, hat sie eindeutig was von 1971. Ich sehe zu, wie sie zu *Crosstown Traffic* von Jimi Hendrix im Zimmer herumhopst, und als sie dann vollkommen außer Atem ist und keine Lust mehr hat, alle drei Minuten eine neue Scheibe aufzulegen, lässt sie eine knisternde alte LP von Ella Fitzgerald laufen. Wir legen uns aufs Sofa, lesen unsere Bücher und werfen uns ab und an verstohlene Blicke zu, wie Michael York und Liza Minelli an dieser einen Stelle in *Cabaret*, und reden nur, wenn uns danach ist. Wie durch ein Wunder gelingt es mir den ganzen Nachmittag, nicht irgendwas Bescheuertes oder Großkotziges oder Eingebildetes oder Unkomisches oder Selbstmitleidiges zu sagen; ich zerbreche und verschütte nichts, ich ziehe über niemanden her, ich jammere und klage nicht, streiche mir nicht andauernd das Haar glatt oder polke mir beim Sprechen im Gesicht herum. Nein, ich bin so ungefähr der beste Mensch, den ich zustande bringe, und wenn dieser Mensch vielleicht nicht unbedingt *liebens*wert ist, so ist er doch ziemlich *mögens*wert. Gegen vier Uhr lümmelt sich Alice auf die Seite, legt ihren Kopf auf meinen Schoß und schläft ein. Es scheint, vorübergehend jedenfalls, doch wahr zu sein, sie ist absolut und total perfekt. Wir hören die B-Seite von *Blue,* gerade läuft das fünfte Lied, und Joni singt: *»The last time I saw Richard was Detroit in 68 / and he told me all romantics meet the same fate / Cynical and drunk and boring someone in some dark café …«*, und als die Platte endet und es leise ist im Zimmer bis auf das Knacken der Holzscheite im Kamin, sitze ich einfach ganz, ganz still da und sehe ihr beim Schlafen zu. Ihre Lippen sind leicht geöffnet, und ich spüre ihren warmen Atem auf meinem Schenkel. Ich merke, wie ich diese kleine gewölbte Narbe auf ihrer Unterlippe anstarre, die sich weiß gegen das Rot abhebt, und habe dieses überwältigende Verlangen, mit dem Daumen darüberzufahren, möchte sie aber nicht wecken, darum gucke ich Alice nur an, gucke und gucke und gucke. Am Ende muss ich sie doch wecken, weil ich Angst habe, das Gewicht und die

Wärme ihres Kopfs auf meinem Schenkel könnten mich überstimulieren, falls Sie verstehen, was ich meine, und machen wir uns nichts vor, keiner möchte so aufwachen. Nicht mit *so* was im Ohr.

Und dann, wer sagt's denn, wird es sogar noch besser. Ihre Eltern sind abends eingeladen, um bei irgendwelchen Leuten mit einer ausgebauten Mühle in Southwold noch mehr Gemüse zu essen, darum bleiben Alice und ich allein zurück und haben das Haus ganz für uns. Als wir in der Küche stehen und aus großen Bechern Gin Tonic trinken, muss ich zu meiner Schande gestehen, dass ich die Fantasie habe, wir würden hier zusammenleben. Wir machen überall im Haus das Licht aus, spielen Scrabble bei Kerzenschein, starren angestrengt auf die Buchstaben, und ich gewinne, ziemlich haushoch, offengestanden, aber mit Bescheidenheit und Anstand. »Stutzig« und »perplex« auf dreifachem Buchstabenwert, nebenbei gesagt.

Unser Abendessen besteht aus kurz gebratenem braunem Reis, der aussieht und auch ein bisschen so schmeckt, als hätten wir den Inhalt der Kehrschaufel aufgebraten, aber gerade noch genießbar ist, wenn man genügend Sojasauce drantut. Außerdem sind wir, als wir ihn endlich essen, schon köstlich betrunken und fallen uns gegenseitig ins Wort, lachen und tanzen zu alten Nina-Simone-Liedern im Wohnzimmer herum und probieren dann, wie weit wir auf den polierten Holzdielen auf Socken rutschen können. Als wir dann keuchend und kichernd zusammengebrochen auf der Erde liegen, ergreift Alice ganz plötzlich meine Hände, lächelt spitzbübisch und sagt: »Möchtest du nach oben gehen?«

Mein Herz schlägt mir zum Halse raus.

»Kommt drauf an. Was ist oben?«, frage ich, stutzig und perplex.

»Komm mit, und sieh selbst«, und sie klettert auf allen vieren die Treppe hoch und ruft noch mal herunter: »In zwei Minuten auf deinem Zimmer – bring den Wein mit!«

Konzentrieren. Einfach konzentrieren.

Ich gehe zur Küchenspüle, schiebe den einweichenden Wok zur Seite und spritze mir Wasser ins Gesicht, halb um nüchtern zu werden, halb um mich zu vergewissern, dass ich nicht träume, dann folge ich ihr die Treppe hoch, wobei ich die Weinflasche und die halb gefüllten Gläser im gefährlichen Winkel zwischen den Fingerspitzen balanciere.

Alice ist noch nicht in meinem Zimmer, darum gehe ich zum Waschbecken, putze mir noch ganz schnell die Zähne und horche dabei auf ihre Schritte, damit sie mich nicht dabei erwischt und denkt, ich wäre mir ihrer sicher. Als ich sie dann über den Flur kommen höre, spüle ich und spucke aus, mache das Deckenlicht aus und drapiere mich lässig auf dem Bett und warte.

»Da-daaaa!«

Sie steht in der Tür, die Arme auseinander geworfen wie eine Oscar-Preisträgerin, aber ich weiß nicht, was sie von mir erwartet, worauf ich schauen soll. Vielleicht auf ihre Brüste? Ich hoffe wider jede Vernunft, dass sie vielleicht Reizwäsche angelegt hat, bis ich die Rizla-Papierchen in ihrer Hand und den kleinen Beutel aus Klarsichtfolie in der anderen entdecke.

»Was ist das?«

»Shit, Mann. Übler Shit. Unten können wir das nicht machen – Michael ist der reinste Zollhund. Diese Papa-der Bohémien-Masche hat *auch* ihre Grenzen.« Sie schnappt sich Richard Scarrys Bilderbuch *It's a Busy, Busy, Busy World* aus dem Regal und fängt an, einen Joint darauf zu drehen.

»Und deine Mutter?«

»Oh, Mum besorgt mir das Zeug, von diesem gruseligen Typen im Dorf. Was soll ich sagen! Trost der Hausfrau. Irgendwie muss sie ihre Tage ja rumkriegen, schätze ich mal. Es ist unglaublicher Shit. Unglaaaaublich!« Gott steh mir bei, sie setzt einen westindischen Akzent auf, Jamaica mit Bildungshintergrund, und zum ersten Mal überhaupt stelle ich fest, dass ich mich echt für sie schäme. »Richtig starker Gan-ja, Mönn, kommt *guuuut, das Graaaaas ...« Bitte hör auf damit, Alice, ja?* Jetzt hat sie den Joint angezündet, nimmt einen tiefen Zug und behält den Rauch in den Lungen, während sich ihre Augen nach hinten verdrehen. Dann macht sie ein Schnütchen und pustet den Rauch auf den Lampenschirm aus Reispapier, und ich frage mich, ob Marijuana ein Aphrodisiakum ist.

Alice betrachtet mich aus einem trägen Auge und bietet mir den Joint an, als wäre er eine Herausforderung. Was er auch ist.

»Jetzt du, Bri.«

»Also, ich glaube, ich kann das nicht, Alice.«

»Wieso nicht? Jeder wird doch gerne high, Bri?«

Das findet sie irrsinnig, irrsinnig komisch, und während sie ihren Kopf gegen das Kopfbrett des Bettes schlägt, sage ich: »Nein, ich würde ja gern, ich hab nur nie rauchen gelernt, nicht mal Tabak, ich bin hoffnungslos, ich kann nicht inhalieren, jedenfalls nicht, ohne mir die Lunge aus dem Leib zu husten.« Übrigens gehört Rauchen zu den Dingen, die ich mir für die Universität vorgenommen hatte, wie *Don Quijote* lesen, mir einen Bart stehen lassen und Altsaxophon lernen, ich bin nur noch nicht dazu gekommen.

»Du bist schon ganz schön schräg, was, Brian Jackson?«, sagt sie plötzlich sehr ernst. »Wie kann man nur nicht rauchen! Rauchen ist so ziemlich das, was ich am besten kann. Oder sagen wir am *zweit*besten ...« und sie zwinkert mit dem anderen trägen Auge. Marijuana ist offenbar *doch* ein Aphrodisiakum. »Okay, wir versuchen ein bisschen was Provozierenderes. Aber zuerst brauchen wir Musik!« Sie stolpert zu dem klobigen Kassettendeck aus ihrer Kindheit hinüber, auf dem mit Tippex »Alice« steht, kramt in ihrer alten Schreibtischschublade nach einem Tape, rammt es hinein und drückt auf »Play«. Es ist Brian Cant, glaube ich, der da *A Froggy Went A-Courtin'* singt.

»Wow – proustscher Flashback!«, ruft sie. »Dieses Lied *ist* meine Kindheit. Ich *liebe* und *bete* dieses Lied *an*, verdammt noch mal! Du nicht? Okay, komm mal her, junger Mann, sitz gerade …« Wir knien einander gegenüber auf dem Bett, und sie nähert sich mit ihrem Gesicht bis auf ein paar Zentimeter dem meinen.

»Okay, tu deine Hände dahin …«, sie nimmt meine Handgelenke und schiebt sie mir hinter den Rücken, »… und jetzt spitz den Mund, so.« Ihr Mund ist nur wenige Zentimeter von meinem entfernt, ich kann die Süße der Sojasauce und den Ingwer in ihrem Atem riechen. Dann drückt sie mir mit einer Hand meine Wangen zu einer übertriebenen Schnute zusammen.

Froggy went a-courtin', he did ride, uh-hum …

»Also, was du jetzt gleich bekommst, Mr Brian Jackson, nennt man einen *Blow-back*, und nein, nicht was du denkst, also werd bloooß nicht frech. Ich werde dir den Rauch in den Mund blasen, und dann musst du ganz tief inhalieren und den Rauch in den Lungen halten, und du wirst *nicht husten, verstanden? Ich verbiete es dir!* Stattdessen wirst du, solange es physisch möglich ist, die Luft anhalten und erst dann ausatmen. Ist das klar?«

»Vollkommen klar.«

»Okay. Los geht's!«

Sie steckt sich den Joint zwischen die Lippen, nimmt einen tiefen Zug, dann lächelt sie, hebt die Augenbrauen, als wolle sie »bereit?« sagen, und ich nicke, ja, ich bin bereit. Sie bringt ihre Lippen ganz nah an meine heran, sodass wir nur noch Zentimeter, Millimeter auseinander sind, sicherlich nicht einmal das, bestimmt berühren sich unsere Münder schon, und dann pustet sie, und ich ziehe die Luft ein, was angesichts der Umstände eigentlich nur natürlich ist, und wünsche mir, dass dieser Moment nie endet.

Froggy went a-courtin', he did ride
A sword and pistol by his side
A Froggy went a-courtin', he did ride, uh-hum …

Als schließlich meine Lunge zu platzen droht, atme ich aus, und sie lässt sich aufs Bett zurückplumpsen und fragt: »Wie fühlt es sich an?«

Nachdem ich herausgefunden habe, wie ich meinen Mund wieder in Gang setze, sage ich: »Okay!«

»Spürst du was?«

»Nichts Gewaltiges.«

»Willst du noch mal?«

Oh, mein Gott, ja, ob ich will, Alice? Mehr als alles auf der Welt …

»Ja, ja, okay …«

»Bist du sicher? Das Zeug ist sehr stark.«

»Wirklich, Alice, glaub mir. Ich kann damit umgehen.«

Als ich das Bewusstsein wiedererlange, ist Alice verschwunden, ich liege unter der Bettdecke, und Froggy ist immer noch auf Brautschau. Die Kassette läuft auf Autoreverse. Ich habe keine Ahnung, wie lange ich ohnmächtig war, darum drücke ich erst mal auf »Stopp« und suche meinen Reisewecker. Halb zwei. Ich habe plötzlich einen Wahnsinns-Durst, aber Gott sei Dank steht immer noch eine halbe Flasche mit erfrischendem Rotwein neben dem Bett, also richte ich mich auf und trinke das meiste davon aus. Ich schaue nach, ob Alice mir die Hosen ausgezogen hat, bevor sie mich ins Bett packte, stelle fest, dass dies nicht der Fall war, bin aber zu stoned, um zu entscheiden, ob ich froh oder enttäuscht darüber sein soll.

Außerdem bin ich zu sehr damit beschäftigt, an Essen zu denken. Ich habe noch nie im Leben so einen Heißhunger gehabt. Selbst Zucchini könnten mich jetzt locken. Dann fällt mir zum Glück ein, dass ich der Besitzer von Fleischwaren bin, Mum sei's gedankt. Ich wühle das Alupäckchen aus meinem Koffer, reiße einen Streifen Fett von dem Kochschinken ab und stopfe mir die magere Scheibe in den Mund. Sie schmeckt gut, aber irgendwas fehlt. Brot. Brauche Sandwich. Muss Brot haben.

Das Laufen fällt nicht mehr ganz so leicht, wie ich es in Erinnerung habe, und nach unten zu gelangen, kommt mir nahezu unmöglich vor. Ich will kein Licht machen, aber es ist hier wirklich stockfinster, darum suche ich Halt an den Wänden rechts und links und taste mich mit Ballettschrittchen den Flur entlang und die Treppe hinunter zur Küche. Die Zeit zieht sich hin, und der Weg scheint mir mehrere Tage zu dauern, aber schließlich komme ich an und mache mich an die kräftezehrende Aufgabe, mir zwei Scheiben von dem selbst gebackenen Vollkornbrot abzusäbeln. Das fertige Sandwich besitzt Größe, Gewicht und Struktur eines Ziegelsteins, aber das ist mir jetzt egal, denn es enthält Aufschnitt. Ich mache es mir am Tisch bequem, nachdem ich mir erst noch ein Glas Milch eingegossen habe, damit das Brot nicht so sandig schmeckt. Aber die Milch ist schlecht geworden und geronnen, und ich will gerade wieder aufstehen und sie über der Spüle ausspucken, als oben das Licht angeht und am Treppenabsatz eine Diele knarrt.

Vielleicht ist es Alice! Vielleicht können wir ja da weitermachen, wo wir aufgehört haben. Aber sie ist es nicht. Es ist Mrs Harbinson. Rose. Eine nackte Rose. Ich schlucke die geronnene Milch herunter.

Natürlich sollte ich einfach gleich etwas sagen, einfach ein sexuell unverfängliches, lässiges: »Hallo, Rose!«, aber der Stoff und der Wein haben mich benommen und benebelt gemacht, und ich habe keine Lust, der Anlass zu sein, dass um zwei Uhr in der Früh eine nackte Frau zu schreien anfängt, darum bleibe ich einfach mucksmäuschenstill sitzen und hoffe, dass sie wieder geht. Sie öffnet die Kühlschranktür, beugt sich vor, und das weiße Kühlschranklicht und das Vorbeugen bewirken, dass sie nun *richtig* nackt aussieht. Bei näherer Betrachtung stellt sich heraus, dass sie dicke graue Socken anhat, was ihrer Nacktheit irgendwie eine nahrhafte, Müsli-artige Note verleiht, wie eine Strichzeichnung aus *The Joy of Sex*, und ich in meinem zugedröhnten Zustand erwische mich dabei, wie ich darüber nachgrüble, ob das Wort »venushügelig« existiert. Was sucht sie da? Und warum dauert es so lange? Ich schätze mal, dass sie außerdem, wie man so sagt, »gut aussieht für ihr Alter«, allerdings habe ich ja noch nie eine Frau nackt gesehen, jedenfalls nicht im richtigen Leben und nicht im Ganzen, nur das eine oder andere Detail hier und dort, und selbst da war keine von ihnen älter als neunzehn, weshalb ich nicht wirklich eine Autorität auf dem Gebiet bin. Dennoch denke ich mal, dass die Situation von einer gewissen herkömmlichen Erotik nicht ganz frei ist, wenn auch einer, die von dem Päckchen körperwarmem Kochschinken auf meinem Schoß leicht beeinträchtigt wird. Plötzlich mache ich mir Sorgen, dass sie das Fleisch vielleicht riechen kann, daher versuche ich es lautlos mit der Folie abzudecken, und das Knistern, das jetzt folgt, scheint von den Küchenwänden widerzuhallen wie eine heftige Explosion.

»O mein Gott! Brian!«

»Hallo, Mrs Harbinson!«, sage ich fröhlich. Ich erwarte, dass sie jetzt ihre Blöße mit den Armen bedeckt, aber sie scheint sich nicht groß darum zu scheren und greift unbekümmert nach einem Geschirrtuch vom National Trust, das sie sich um die Hüfte wickelt und an der Seite festhält wie einen Sarong. Ich kann den Schriftzug »Sissinghurst« erkennen, der über ihren Schenkel verläuft.

»O je, ich hoffe, ich habe Sie nicht schockiert«, sagt sie.

»O nein, gar nicht …«

»Andererseits bin ich sicher, dass Sie schon Hunderte von nackten Frauen gesehen haben.«

»Sie würden sich wundern, Mrs Harbinson.«

»Ich habe Ihnen doch schon gesagt, nennen Sie mich Rose. Bei Mrs Harbinson komme ich mir so *alt* vor!«

Einen Moment schweigen wir, und ich zerbreche mir den Kopf auf der Suche nach einem Satz, der die Situation von jeder Peinlichkeit und Befangenheit befreien könnte, und stoße auf die *perfekte* Lösung.

In einem amerikanischen Akzent sage ich: »Versuchen Sie mich zu verführen, Mrs Harbinson?!«

Was hab ich da gerade gesagt? …

»Pardon?«

Sag es nicht noch einmal …

»Versuchen Sie, mich zu verführen?«, wiederhole ich.

Schnell, schnell, erklär es …

»Sie wissen doch – Mrs Robinson?«, erkläre ich.

Rose starrt mich verständnislos an. »Wer ist Mrs Robinson?«

»Es ist ein Filmzitat. Aus der *Reifeprüfung* …«

»Also, eins kann ich Ihnen versichern, Brian, ich habe nicht die geringste Absicht, Sie zu verführen …«

»Ich weiß, ich weiß, und ich *will* auch gar nicht von Ihnen verführt werden …«

»Gut, na umso besser …«

»Was nicht heißen soll, dass ich Sie nicht *attraktiv* finde …«

»Wie bitte?«

»Was geht hier vor, ver*dammt* noch mal?«, ruft eine Stimme, und eine weitere Gestalt kommt in großen Sätzen die Treppe heruntergesprungen, die muskulösen Beine und die Tarzanbrust – die *nackten* muskulösen Beine und die *nackte* Tarzanbrust von Mr Harbinson. Er hat sich offenbar einen zusammengeschobenen Regenschirm zwischen die Beine geklemmt, aber bei näherem Hinsehen stellt sich heraus, dass es ein Penis ist. Jetzt weiß ich *wirklich* nicht mehr, wohin ich meine Augen wenden soll. Roses Genitalien nicht anzugucken, verschiebt irgendwie mein Blickfeld direkt hinunter zu Mr Harbinsons Genitalien, und plötzlich ist es schwer geworden, noch irgendeine genitalienfreie Stelle in der Küche zu entdecken, weshalb ich einen

Punkt über dem Herd wähle und mich darauf konzentriere, konzentriere, konzentriere.

»Nichts *geht hier vor,* Michael. Ich bin nur nach unten gekommen, um mir etwas zu trinken zu holen, und Brian war hier, nichts weiter …« Warum klingt sie so schuldbewusst? Legt sie es darauf *an*, dass ich ermordet werde?

»Und worüber habt ihr euch gerade unterhalten?«

O bitte nicht, er hat mich gehört. Ich bin schon tot.

»Über gar nichts! Brian hat mir einen Schrecken eingejagt, das war alles …«

Mr Harbinson und sein Penis wirken nicht überzeugt, und mir wird klar, dass er seinen Penis gar nicht mit der Hand *bedeckt*, sondern ihn in der Hand *hält*, und einen Augenblick befällt mich die irrationale Angst, dass er mich damit schlagen wird.

»Dann seid bitte etwas leiser, ja? Und du, Rose, komm ins Bett!«, und mit seinem zusammengerollten Regenschirm in der Hand stapft er wieder nach oben. Rose, der das alles offensichtlich hochgradig peinlich ist, nimmt eine geblümte Kunststoffschürze vom Haken neben dem Herd und bindet sie sich mürrisch um, während ich das belastende Fleischmaterial vom Tisch in die Alufolie schiebe und alles in die Besteckschublade stopfe. Schließlich kommt sie zum Tisch rüber und zischt: »Ich denke, es ist das Beste, wenn keiner von uns beiden je wieder ein Wort über die Sache verliert, meinen Sie nicht auch, Brian?«

»Okay, aber ich möchte doch noch mal sagen, dass ich wirklich nur zitiert habe …«

»Vergessen wir es, ja? Tun wir so, als sei nichts geschehen …« Sie starrt mich an. »Brian, geht es Ihnen gut?«

»Absolut!«

»Sie sehen ein bisschen grau aus.«

»Oh, das ist meine ganz normale Farbe, Rose!«

Sie sieht das Glas, das vor mir steht.

»Ist das die Milch?«

»Hmm.«

»Also hatten Sie sie die ganze Zeit?«

»Ich fürchte ja, Rose.«

»Die habe ich gesucht, Brian.«

»Entschuldigung« – sie streckt die Hand nach dem Glas aus – »aber ich an Ihrer Stelle würde die nicht trinken!«

»Warum denn nicht, um Himmels willen?«

»Sie ist schlecht, geronnen, total eklig …«

Und sie nimmt das Glas mit der umgekippten Milch, schnüffelt daran, trinkt einen kleinen Schluck und schaut mich voller Verachtung an. Dann sagt sie: »Das ist *Soja*milch, Brian.«

Irgendwoher in Blackbird Cottage erschallt hysterisches Gelächter, ein schreckliches, wahnsinniges Keckern, das Gelächter eines armen, vernachlässigten Kindes, und ich brauche eine Weile, bis mir klar wird, dass ich es bin, der da lacht.

Als ich am nächsten Morgen die Augen aufschlage, gibt es die üblichen drei Sekunden Zeitverzögerung zwischen der Erkenntnis, dass ich mich zutiefst schämen sollte, und der Erinnerung, wofür. Ich stöhne, stöhne tatsächlich laut auf, als wäre mir jemand auf die Brust gesprungen. Ich werfe einen Blick auf den Wecker. Es ist 11:30 Uhr und ich fühle mich, als würde ich gerade aus dem Koma erwachen.

Ich bleibe eine Weile liegen und versuche mir etwas einfallen zu lassen, wie ich mit dieser Sache am besten umgehen kann. Das *Beste* wäre natürlich, mich umzubringen, aber das Zweitbeste wird eine Menge Zu-Kreuze-kriechen und Betteln und Selbstverhöhnung beinhalten, darum ziehe ich mich langsam an, um es hinter mich zu bringen, als ein Klopfen an der Tür ertönt.

Es ist Alice, die bedrückt aussieht, was nicht verwunderlich ist. Weiß sie, dass ihre nackte Mutter glaubt, ich hätte versucht, sie zu verführen?

»Hallo, Dornröschen …«, flüstert sie.

»Alice, es tut mir so, so leid wegen gestern Abend …«

»Oh, nicht doch, ist schon in Ordnung, vergiss es einfach …« Sie hat offensichtlich keine Ahnung. »Hör mal, Brian, es ist was passiert, ich muss nach Bournemouth …« Sie setzt sich auf die Bettkante und sieht aus, als würde sie gleich zu weinen anfangen.

»Wieso, was ist denn los?«

»Es ist Oma Harbinson, sie ist letzte Nacht die Treppe runtergefallen und hat sich die Hüfte gebrochen. Wir müssen hin und nach ihr sehen …«

»Mein Gott, Alice …«

»Mum und Dad sind schon los, aber ich muss nachfahren, darum glaube ich nicht, dass es mit Silvester klappt, leider.«

»Oh, ist doch klar. Ich suche mir eine Zugverbin…«

»Hab ich schon gemacht. In einer Dreiviertelstunde geht einer nach London, ich bring dich zum Bahnhof. Ist das okay?«

Also fange ich an zu packen, haue Bücher und Sachen in meinen Koffer, als wäre es eine Notevakuierung, und in zehn Minuten sitzen wir im Land-Rover, und Alice fährt. Sie sieht winzig aus hinter dem Steuerrad, wie eine Sindy-Puppe, die einen Jeep von Action Man lenkt. Der Schnee ist über Nacht zu schmutzig grauem Matsch geworden, und irgendwie fahren wir viel zu schnell, was alles nur zu der allgemein angespannten und besorgten Stimmung beizutragen scheint.

»Ich hab heute grauenhafte Kopfschmerzen!«, versuche ich es.

»Ich auch«, sagt sie.

Zweihundert Meter Landstraße vergehen.

»Ich bin gestern Nacht deiner Mum und deinem Dad in der Küche begegnet«, lasse ich beiläufig fallen.

»Ach, tatsächlich!«

Weitere zweihundert Meter.

»Haben sie irgendwas erwähnt?«

»Eigentlich nicht. Nein. Warum sollten sie?«

»Bloß so.« Wie es aussieht, bin ich noch mal davongekommen. Natürlich bin ich nicht *froh*, dass Omi Harbinson die Treppe runtergefallen ist, aber zumindest hat sie von der Sache abgelenkt.

Wir kommen eine Viertelstunde vor Abfahrt des Zuges am Bahnhof an, und sie hilft mir, meinen Koffer auf den menschenleeren Bahnsteig zu tragen.

»Es tut mir *so* leid, dass du nicht über Silvester bleiben kannst.«

»Oh, macht doch nichts. Grüß Oma Harbinson von mir.« Warum eigentlich? Ich hab die Frau doch nie im Leben gesehen, Herrgottnochmal. »Und es tut mir echt leid, dass ich gestern so abgestürzt bin.«

»Wirklich, das ist vollkommen okay. Hör mal, macht es dir was aus, wenn ich nicht warte? Es ist nur so, ich sollte jetzt wirklich los …« Und wir umarmen uns, küssen uns aber nicht, und dann ist sie weg.

Ich komme um die Teezeit nach Hause und schließe mir selber die Tür auf. Mum hat ihren Jogginganzug an, liegt auf dem Sofa im Wohnzimmer und guckt bei voll aufgedrehter Lautstärke *Glücksrad*. Sie balanciert einen Aschenbecher auf dem Bauch; eine Riesenschachtel Quality Street und eine Flasche Tia Maria stehen vor ihr auf dem Kaffeetisch. Als ich den Raum betrete, setzt sie sich auf und stopft die Flasche unter ein Kissen, merkt dann aber, dass sie das Sherryglas mit dem Tia Maria vergessen hat. Sie versucht es zu verstecken, indem sie es mit beiden Händen umschlingt, als wäre es ein kleiner Becher Kakao oder so.

»Du bist aber früh wieder da!«

»Ja, Mum, ich weiß …«

»Ich nehme ein P, Bob …«

»Was war denn los?«

»Alices Oma hat sich die Hüfte gebrochen.«

»Wie ist denn das passiert?«

»Ich hab sie die Treppe runtergestoßen.«

»Nein, im Ernst.«

»Ich habe keine Ahnung, Mum.«

»Welches P ist der wichtigste chemische Bestandteil bei der Herstellung von Streichhölzern?«

»Die Ärmste. Wird sie wieder gesund?«

»Woher soll ich das wissen? Bin ich der behandelnde Arzt oder was? Phosphor.«

»Korrekt.«

»Was?«, sagt Mum.

»Im Fernsehen!«, fauche ich sie an.

»Ich hätte gern ein H, Bob …«

»Stimmt irgendwas nicht, Bri?«

»Nein, alles in bester Ordnung!«

»Welches H lieh seinen Namen …«

»Hast du dich mit deiner Freundin gestri…«

»Sie *ist* nicht meine Freundin!«

»Schon gut, kein Grund zum Schreien!«

»Ist es nicht ein bisschen früh für Cocktails, Mutter?«

Dann drehe ich mich um, renne nach oben und fühle mich schäbig und gemein. Woher kommt dieses fiese, ungnädige »Mutter«? Ich habe noch nie »Mutter« zu ihr gesagt. Ich gehe in mein Zimmer, knalle die Tür, lege mich aufs Bett, setze meine Kopfhörer auf und höre meine kopierte Kassette von *Lionheart*, Kate Bushs unglaublich fantastischem zweitem Album, *Symphony in Blue*, A-Seite, erstes Lied. Aber beinah unmittelbar wird mir klar, dass etwas fehlt.

Die Fleischwaren.

Ich habe das Päckchen mit dem Aufschnitt letzte Nacht in der Küchentischschublade liegen lassen. Die Nummer der Harbinsons in Bournemouth habe ich nicht, darum beschließe ich, im Cottage anzurufen und für Alice eine Nachricht zu hinterlassen, wenn sie zurückkommt. Nachdem es viermal geklingelt hat, schaltet sich der Anrufbeantworter ein, und ich lege mir gerade zurecht, was ich sagen will, als unerwartet jemand abhebt.

»Hallo …?«

»Oh. Hallo, ist da … *Rose*?«

»Wer spricht da?«

»Brian, der Freund von Alice?«

»Oh, hallo Brian. Warten Sie bitte einen Moment.«

Es raschelt ein bisschen, während sie die Hand über die Sprechmuschel legt und man undeutliches Getuschel hört, dann kommt Alice ran.

»Hallo, Brian?«

»Hi! Ihr seid ja noch da!«

»Ja, ja, wir sind da.«

»Weil ich dachte, ihr seid in Bournemouth …«

»Waren wir auch, aber … wie sich herausstellte, ging's Granny schon viel besser, darum sind wir wieder zurückgefahren. Wir sind gerade erst zurück.«

»Verstehe. Es geht ihr also gut?«

»Ja, alles bestens bei ihr!«

»Keine gebrochene Hüfte?«

»Nein, nur ein ziemlich schlimmer Bluterguss und, ähm, Schock.«

»Gut. Das freut mich. Na ja, nicht, dass sie unter *Schock* steht natürlich, ich meine, ich bin froh, dass es nichts Lebensbedrohliches ist …«

Schweigen.

»Und …?«

»Ja, also ich wollte nur sagen, ich habe den … äh, du weißt schon, den Aufschnitt liegen lassen.«

»Verstehe. Und wo ist dieses … Fleisch?«

»In der Küchentischschublade.«

»Oh. Okay. Ich geh es holen.«

»Warte vielleicht lieber, bis deine Mum nicht in der Nähe ist, ja?«

»Natürlich.«

»Dann – also bis nächstes Jahr im College?«

»Genau. Bis zum nächsten Jahr!« Und das war's. Ich stehe einfach im Flur, mit dem Hörer in der Hand, und starre ins Leere.

Ich kann die Glotze im Wohnzimmer hören.

»Buchstabe K: Wessen drei Gesetze haben die Umlaufbahn der Planeten um die Sonne exakt beschrieben?«

»Johannes Kepler«, sage ich, zu keiner Menschenseele.

»Korrekt!«

Ich habe absolut keine Ahnung, was ich jetzt tun soll.

22

FRAGE: Welche japanische Versform geht auf das 31-silbige »Tanka« zurück und besteht aus 17 Silben, die in drei Zeilen zu 5, 7 und 5 angeordnet werden?
ANTWORT: Das Haiku.

Rebecca Epstein reagiert mit einem Lachanfall. Sie liegt auf dem Futon in meinem Zimmer in Richmond Hill und hört nicht auf zu lachen und strampelt vor lauter sadistischer Häme mit ihren Doc Martens.

»*So* komisch ist es nun auch wieder nicht, Rebecca.«

»O doch, glaub mir, ist es.«

Ich gebe auf und mache mich daran, eine neue Platte aufzulegen.

»Tut mir leid, Jackson, aber allein die Vorstellung, wie sie sich alle im Holzschuppen verstecken, bis du auch tatsächlich weg bist …« Sie muss schon wieder losprusten, darum halte ich es für angebracht, uns aus Joshs Zimmer Nachschub an selbst gebrautem Bier zu holen.

Ich verbringe noch achtzehn Stunden bei Mum, bevor ich beschließe, wieder ins College zu fahren. Wieder einmal erzähle ich ihr, es müsse sein, weil ich Fachbücher aus der Bibliothek brauche; sie zuckt mit den Schultern und glaubt mir nur halb, und um zehn verabschiede ich mich schon wieder in der Tür und verweigere die Mitnahme eines Lebensmittelpakets des gleichen Inhalts wie letztes Mal.

Auf der Rückfahrt im Zug werde ich langsam ein bisschen zuversichtlicher. Na, und wenn schon, dann bleibe ich eben

Neujahr allein auf meiner Bude! Ich könnte ein bisschen arbeiten, lesen, lange Spaziergänge machen, Musik hören, so laut ich will. Und morgen, am Silvesterabend, werde ich mich von dieser lächerlichen Tradition ausklinken, der zufolge wir alle irgendwo hingehen und uns besaufen und amüsieren müssen. Stattdessen werde ich zu Hause bleiben und mich nicht amüsieren. Besaufen werde ich mich zwar, dabei aber ein Buch lesen und um Punkt 23:58 Uhr einschlafen. Das haben die dann davon, rede ich mir ein, ohne genau zu wissen, wer »die« sind.

Aber sobald ich ankomme, wird mir klar, dass die Rückkehr ein schrecklicher Fehler war. Beim Öffnen der Haustür weht mir eine warme, hefegeschwängerte Gaswolke von Marcus' und Joshs selbst gebrautem Yorkshire Bitter entgegen, und es ist, als hätte mir gerade das ganze Haus ins Gesicht gerülpst. Ich gehe in Joshuas Zimmer und stelle fest, dass die Plastikwanne neben einem fast auf höchste Stufe gestellten Heizkörper zischend vor sich hin blubbert. Ich öffne das Fenster, um einen Teil der Blähungen herauszulassen.

Offensichtlich ist noch niemand zurück, was ich eigentlich gehofft hatte, nur hätte ich nicht erwartet, das Haus ganz so leer vorzufinden. Daher beschließe ich, zum Mini Market an der Ecke zu gehen. Es ist 17:45 Uhr, ein idealer Zeitpunkt für herabgesetzte Lebensmittel.

Der Einkauf von Lebensmitteln zu herabgesetzten Preisen ist etwas, das man nicht auf die leichte Schulter nehmen sollte. Bei verbeulten Konservendosen kann man in der Regel nichts falsch machen, aber »frische« Ware ist offengestanden ein Minenfeld. Die allgemeine Faustregel lautet hier, dass sich das Maß, zu dem der Preis reduziert wurde, proportional zur Gefahr des Verzehrs verhält, darum besteht der Trick darin, sich etwas zu suchen, das immer noch ein Schnäppchen ist, ohne dass man davon Magenkrämpfe bekommt; ein mickriger Nachlass von zehn Pence bei einem Pfund blaugrauem Rinderschmorbraten ist kaum das

Risiko wert, und bei einem ganzen Hühnchen zu 25 Pence spielt man mit dem Feuer. Trotzdem gelten Rindfleisch und Huhn als sicherer als Schweinefleisch und Fisch. Altes Schweinefleisch findet niemand toll, während man sich bei altem Rind wenigstens in die Tasche lügen kann, dass es nicht »schlecht«, sondern nur »gut abgehangen« ist. Dasselbe gilt für stark gewürzte Speisen, sie sind nicht »hinüber«, sondern »aromatisch«. Aus diesem Grund ist das Currygericht in mehrerer Hinsicht zum klassischen Nachlass-Artikel bei Lebensmitteln geworden.

Eine alte Frau mit einem Zapata-Bart und ich mustern uns gegenseitig argwöhnisch über die Tiefkühltruhe hinweg. Da es kurz nach Weihnachten ist, haben sie eine große Menge tödlicher Truthähne im Angebot, ebenso eine Lammkeule, die aussieht, als würde sie Gefahr laufen, aus der Truhe zu klettern und von selbst zur Farm zurückwandern. Alles in allem eine ziemlich enttäuschende Ausbeute, darum wähle ich ein »Vesta Curry«-Trockengericht mit 75 Pence Rabatt und leiste mir als besondere Zugabe eine Tüte Nesquik mit Bananengeschmack und einen Liter Milch.

Aber das Hochgefühl hält nicht lange an. Bald nachdem ich wieder zu Hause bin, ein bisschen Nesquik getrunken, Wasser heiß gemacht, das leuchtend gelbe Currypulver im Kochtopf aufgelöst und mein Mahl verzehrt habe, komme ich mir vor wie Robinson Crusoe. Das Haus ist leer, draußen regnet es, Josh hat seinen tragbaren Fernseher in seinem Schrank eingeschlossen, und es wird immer klarer, dass die so genannten besten Jahre meines Lebens nie stattfinden werden.

Schnell wieder einkriegen. Mach was dagegen.

Ich klaue ein bisschen Kleingeld aus dem Kupferbecher in Joshs Zimmer und staple die Münzen auf dem öffentlichen Fernsprecher im Flur.

Aber wen anrufen? Ich erwäge einen Kerl namens Vince, den ich auf einer Party kennengelernt habe, habe aber keine Lust, nur mit einem anderen Typen allein in der Kneipe zu sitzen, und außerdem habe ich seine Nummer nicht und kann mich auch nicht an seinen Nachnamen erinnern, oder wo er wohnt oder überhaupt an irgendwas, das mit ihm zu tun hat. Lucy Chang ist über Weihnachten nach Minneapolis heimgefahren und hält mich sowieso für einen Rassisten. Colin Pagett hat immer noch Hepatitis. *Fast* hätte ich Patrick angerufen, aber gerade noch rechtzeitig fällt mir ein, dass ich ihn nicht leiden kann. Am Ende beschließe ich, Rebecca Epstein anzurufen, weil Rebecca Jura studiert, was ein richtiges Fach ist, wodurch die Chancen gar nicht schlecht stehen, dass sie hier ist und lernt.

Sie wohnt im Kenwood Manor, auf demselben Flur wie Alice, darum habe ich ihre Nummer. Nachdem es ungefähr zwanzigmal geklingelt hat, kommt endlich jemand mit einem Glasgow-Akzent an den Apparat.

»Hallo, ist da Rebecca?«

»… Jaaaaaa?«

»Hier ist Brian.«

Schweigen.

»Brian Jackson?«, erläutere ich.

»Ich weiß, welcher Brian. Wieso bist du schon wieder da?«

»Ich hab mich nur ein bisschen gelangweilt.«

»Mann, ich mich erst.« Wieder Schweigen. »Und …?«

»Und da dachte ich, was machst du heute Abend?«

»Ich sitze natürlich hier und fiebere deinem Anruf entgegen. Soll das eine *Verabredung* werden?«, sagt sie, als würde sie fragen: »Ist das ein *Scheißhaufen*?«

»Um Himmels willen, nein, ich hab nur gedacht, man könnte ins Kino gehen oder so. Es läuft Pasolinis *Das erste Evangelium Matthäus'* im Arts Cinema …«

»Oder wir sehen uns einfach was an, das *Spaß* macht …«

»*St. Elmo's Fire* im ABC?«

»Nicht zufällig *St. Elmo's Fire* von Pasolini?«

»Im Odeon zeigen sie *Zurück in die Zukunft* …«
»Wie alt bist du noch mal?«
»*Cocoon* im ABC …«
»Schreck lass nach …«
»Du bist reichlich anspruchsvoll, oder?«
»Ich weiß. Beängstigend, nicht? Bist du sicher, dass du damit umgehen kannst, Brian?«
»Ich glaub schon. Also, wozu hast du Lust?«
»Hast du was zu saufen da?«
»Ungefähr fünfzig Liter. Ist aber alles Eigenbräu.«
»Och, ich bin nicht wählerisch. Du wohnst doch im Richmond House?«
»Stimmt genau.«
»Also schön, gib mir 'ne halbe Stunde.«
Sie legt auf, und plötzlich kriege ich Angst.

Vierzig Minuten später sitzt sie auf meinem Bett und trinkt Eigenbräu und lacht mich aus. Sie trägt ihre übliche Uniform, die ja auch tatsächlich aussieht wie eine Uniform, aus schwarzen DMs, dicken schwarzen Strumpfhosen unter einem blauschwarzen Mini-Jeansrock, einem schwarzen Pulli mit V-Ausschnitt, und das Ganze unter ihrem schwarzen, militärisch angehauchten Polyestermantel mit Gürtel, den ich sie noch nie habe ablegen sehen. Ihr kurzes Haar glänzt vor Black-and-White-Pomade und ist zu einer kleinen, öligen Stirnlocke vor ihrer schwarzen Arbeiter-Schirmmütze hochgepresst. Überhaupt soll offenbar alles, was sie anhat, den Anschein einer langen Tradition harter Körperarbeit erwecken, was eigentlich seltsam ist, denn ich glaube mich zu erinnern, dass ihre Mum töpfert und ihr Dad Kinderarzt ist. Tatsächlich besteht Rebeccas einzige Konzession an konventionelle Weiblichkeit in einem dick verschmierten, leuchtend rubinroten Lippenstift und jeder Menge üppiger Mascara, wodurch sie einschüchternd und glamourös zugleich wirkt, wie das Hollywood-Ortsbüro der Baader-Meinhof-Gruppe. Sie raucht sogar wie ein Filmstar, Bette Davis oder so, aber wie ein Filmstar, der sich seine Zigaretten selber dreht. Wenn überhaupt, dann sieht sie heute Abend ein bisschen attraktiver aus als sonst, und ich merke, wie ich mir Sorgen mache, sie könnte sich vielleicht sogar Mühe gegeben haben.

Als sie endlich aufhört zu lachen, sage ich: »Also, ich freue mich, dass du mein Sexleben so komisch findest, Rebecca.«

»Aber ein Sexleben ist es ja wohl nur, wenn Sex mit dabei ist?«

»Es könnte doch sein, dass sie tatsächlich die Wahrheit gesagt hat.«

»Na klar, Brian, *sicher* hat sie die Wahrheit gesagt. Ich hab dir gleich gesagt, sie ist eine Kuh, oder? Und guck nicht so grantig. Du weißt selber, dass es komisch ist, sonst hättest du's mir nicht erzählt.« Sie zieht an ihrer Selbstgedrehten und schnipst die Asche neben den Futon. »Jedenfalls geschieht's dir recht.«

»Wieso?«

»Du weißt genau, wieso. Die ganze bourgeoise Scheiße. Nennst dich Sozialist und bist im Grunde genau wie alle anderen sozialen Aufsteiger hier an der Uni; alle geifert ihr danach, euch bei den so genannt besseren Klassen einzuschleimen ...«

»Gar nicht wahr!«

»Doch. Verkappter Tory! ...«

»Stalinistin! ...«

»Klassenverräter! ...«

»Snob! ...«

»Latenter Snob! ...«

»Ober-Yuppie!«

»Würdest du freundlicherweise deine Doc Martens von meiner Bettdecke nehmen?«

»Hast wohl Angst, dass ich dir deinen *edlen* Stoff ruiniere?« Aber sie nimmt die Füße runter, rappelt sich auf, setzt sich neben mich und stößt zur Versöhnung mit warmem Bier mit mir an.

»Wieso steht dein Bettgestell hinterm Schrank?«, fragt sie.

»Na ja, ich dachte, ich mach irgendwie einen Futon draus.«

»Einen *Futon*, was? Dann lass dir gesagt sein, Brian, eine Matratze auf dem Boden macht noch keinen Futon.«

»Das war ja fast ein Haiku«, sage ich.

»Wie viele Silben hat ein Haiku?«

So was weiß ich. »Siebzehn, zu Zeilen à fünf, sieben, fünf.«

Sie überlegt ungefähr eine Sekunde und sagt:

Matratze auf dem
Boden macht noch keinen Fu-
Ton. Alles riecht streng.

… dann setzt sie das Glas an, hält aber inne, um sich einen Tabakfussel Golden Virginia von der Lippe zu zupfen, eine Geste, die auf so extravagante Art cool und lässig ist, dass ich merke, wie ich ihr von der Seite auf die Lippen starre, für den Fall, dass sie es noch mal macht. Sie erhascht meinen Blick, und ich stammle hastig: »Und, wie war Weihnachten bei dir?«

»Wir feiern nicht Weihnachten, wir sind Juden, wir haben Christus *umgebracht*, weißt du noch?«

»Na ja, wie war dann, wie heißt es, Pessach?«

»Hannuka. Haben wir auch nicht gefeiert. Für einen, der unsere glorreiche Lehranstalt bei *University Challenge* vertreten will, Brian Jackson, bist du erstaunlich ignorant. Wie oft muss ich dir sagen, dass wir sozialistische, nichtorthodoxe, jüdische, antizionistische Glasgower sind?«

»Klingt nicht gerade spaßig.«

»Glaube mir, ist es auch nicht. Was meinst du, wieso ich heute hier bei dir bin?«

Ich probier's mal mit jüdischem Humor.

»Na ja. Weihnachten, Schmeihnachten!«

»Was?«

»Schon gut.«

Sie mustert mich einen Moment lang prüfend, dann lächelt sie leicht …

»Antisemit.«

Und ich lächle zurück. Plötzlich merke ich, wie wahnsinnig gern ich Rebecca Epstein habe, und möchte ihr ein kleines Freundschaftsangebot machen. Ich habe eine Idee.

»Wobei mir einfällt, ich hab ja was für dich! Fröhliche Hannuka!«

Es ist das von Alice verschmähte Joni-Mitchell-Album. Ich habe die Quittung verloren. Rebecca betrachtet mich misstrauisch. »Für *mich*?«

»Hmm.«

»Bist du *sicher*?«, fragt sie wie ein osteuropäischer Grenzbeamter, der mich verdächtigt, mit einem gefälschten Pass zu reisen.

»Absolut.«

Sie hält sie zwischen Finger und Daumen und zupft vorsichtig an einer Ecke der Verpackung. »Joni *Mitchell*.«

»Hmm. Kennst du es?«

»Ich bin mit ihrer Arbeit vertraut.«

»Also hast du's schon?«

»Nein. Nein, ich muss zu meiner Schande gestehen, dass ich es nicht habe.«

»Gut, ich spiel's dir vor …«

Und ich nehme es ihr aus der Hand, gehe zum Plattenspieler, nehme Tears for Fears runter und lege *Blue* auf, zweite Seite, viertes Lied, *A Case of You* und mit Sicherheit eins der fantastischsten Liebeslieder, die je auf Vinyl gepresst wurden. Nachdem wir uns die ganze erste Strophe und den Refrain schweigend angehört haben, frage ich: »Und, wie findest du's?«

»Ich glaube, ich hab davon gerade meine Tage gekriegt.«

»Gefällt's dir nicht?«

»Na ja, um ganz ehrlich zu sein, es ist nicht so ganz mein Ding, Brian.«

»Du hörst dich schon noch rein.«

»Hmmm«, sagt sie skeptisch. »Demnach bist du ein großer Joni-Fan, was?«

»Irgendwie schon. Ehrlich gesagt stehe ich noch mehr auf Kate Bush.«

»Hmmm – passt irgendwie.«

»Wieso?«

»Na ja, Brian, weil du *The Man with the Child in His Eyes* bist«, sagt sie und kichert in ihr Bier.

»Und was hört du so zur Zeit?«

»Eine Menge. Durutti Column, Marvin Gaye, die Cocteau Twins, frühen Blues, Muddy Waters, The Cramps, Bessie Smith, Joy Divison, the New York Dolls, Sly and the Familiy Stone, ein bisschen Dub. Ich stell dir ein Tape zusammen, mal sehen, ob es mir gelingt, dich von dieser Mösen-Musik abzubringen. Weißt du, man muss bei diesen Songwriter-Tanten schon ein bisschen aufpassen, Brian. In Maßen genossen sind sie okay, aber wenn du dir zu viel von dem Zeug reinziehst, wachsen dir irgendwann niedliche kleine Brustansätze.«

»Na schön, wenn du dein Geschenk nicht willst, brauchst du's nur zu sagen …«, sage ich und stehe auf, um eine andere Platte aufzulegen.

»Nein! Nein, ich will sie behalten. Ich bin sicher, dass sie mir total ans Herz wächst. Vielen Dank, Brian. Das war sehr christlich von dir.«

Und dann setze ich mich wieder neben sie, und wir sitzen einen Moment schweigend da. Dann nimmt sie meine Hand, drückt sie ziemlich fest und sagt: »Ehrlich – vielen Dank.«

Zehn Minuten später liegen wir auf dem Bett, und irgendwie scheint dieselbe Hand den Weg in ihren Büstenhalter gefunden zu haben.

Man sagt ja, dass das Private politisch ist, und bei Rebecca kann man zu Recht behaupten, dass sie küsst wie ihre politische Gesinnung: radikal, unerschrocken und kompromisslos. Ich liege auf dem Rücken, sie drückt mir den Kopf ins Kissen, und ihre Schneidezähne mahlen gegen die meinen, aber ich bin entschlossen, ihr in nichts nachzustehen, und mahle zurück, so dass es nur eine Frage der Zeit ist, bis wir uns gegenseitig den ganzen Zahnschmelz abgeschmirgelt haben. Die Mischung aus Bier und den Dämpfen aus dem Heizlüfter haben mich in einen Rausch versetzt, sogar ein bisschen in Panik, aber es macht auch Spaß, wie damals in der Schule, wenn man in den Schwitzkasten genommen wurde. Die dicke Lippenstift-Schicht hat unsere Münder in einem Vakuum versiegelt, und ich erwarte fast ein Ploppgeräusch, als sie sich endlich wieder losmacht, wie im Comic, wenn jemandem eine Gummi-Saugglocke aus dem Gesicht gezogen wird.

»Ist das okay?«, fragt sie. Ihr Lippenstift ist jetzt um ihren Mund herum verschmiert, als hätte sie Himbeeren gegessen.

»Schön«, sage ich, und sie bearbeitet mich aufs Neue. Sie schmeckt nach gegorener Hefe und Golden Virginia und dem parfümierten, fetthaltigen Lippenstift. Was mich betrifft, kann ich nicht umhin, mir Sorgen um das Vesta Curry zu machen das ich vorhin gegessen habe. Soll ich so tun, als müsste ich auf die Toilette, und mir die Zähne putzen? Aber dann *weiß* sie ja, dass ich mir ihretwegen die Zähne geputzt habe, und ich möchte nicht konventionell wirken. Ist Mundgeruch irgendwie *un*konventionell? Wahrscheinlich nicht, aber wenn ich mir die Zähne putze, denkt sie vielleicht, ich möchte, dass sie sich auch die Zähne putzt, was ich eigentlich nicht will. Denn ich mag diesen Tabakgeschmack ziemlich gern, dieses Gefühl, aus zweiter Hand zu rauchen. Also am besten einfach weitermachen. Nur, wie geht's von hier aus weiter? Ich probiere wie ein Bauchredner, ihr meine Hand auf ihrem Rücken unter die Bluse zu schieben, aber sie trägt immer noch ihren Gürtelmantel, und als ich mich am Gürtel vorbeigearbeitet habe, stelle ich fest, dass ihr Pulli wahnsinnig fest in ihrem Rock steckt, darum versuche ich es über eine Umgehungsstraße, ihren Ausschnitt. Dafür muss ich mir den Arm verrenken und meine Hand mehrfach im rechten Winkel nach hinten umknicken, wie der ungeschickteste Taschendieb aller Zeiten, aber irgendwann bin ich am Ziel. Ihr BH ist schwarz, spitzenbesetzt und leicht wattiert, was mich überrascht, und ich ertappe mich dabei, wie ich einen Moment über die politische Ausrichtung ihres BHs nachdenke. Warum ist er gepolstert? Ist das nicht ein bisschen untypisch für Rebecca? Warum hat ausgerechnet sie das Bedürfnis, sich dem gängigen, von Männerfantasien geprägten Weiblichkeitsbild anzupassen? Warum sollte sie sich verpflichtet fühlen, eine herkömmliche, »sexy« Ausstrahlung anzustreben, die, wie wir wissen, im richtigen Leben *keine* Frau je zustande bringt, außer vielleicht Alice Harbinson.

Dann löst sie sich abrupt von unserem Kuss, und ich erwarte schon, dass sie mich jetzt fragt, was zum Teufel ich mir hier einbilde, aber sie flüstert nur: »Brian?«

»Was?«

»Ich muss dir was sagen. Das war kein Witz vorhin. Als ich sagte, was Joni bei mir auslöst.«

»Ist doch okay. Die Wirkung hat sie bei mir auch.«

Sie schaut mich spöttisch an. »Irgendwie kann ich mir das nicht vorstellen, Bri.«

»Nein, wirklich, das hat mich angemacht. Es hat vielleicht nicht so ausgesehen, aber ich bin wirklich total …«

Jetzt funkelt sie mich böse an. »Du hast *auch* deine Tage?«

»Was? Oh, verstehe. Nein, tut mir leid, ich dachte, du, du weißt schon …«

»Was?«

»… wärst auch angespitzt?«

»Angespitzt?«

Ich überlege eine Sekunde. »Slang?«, versuche ich es hoffnungsvoll, aber meine Hand hat jetzt ihren BH verlassen, um nie mehr zurückzukehren. Sie hat sich am Bettrand aufgesetzt und zieht sich die Strumpfhosen glatt und prüft, ob ich ihr den Pulli zerrissen habe. Ich habe es vermasselt.

»Vielleicht war es doch keine so tolle Idee.«

»Es macht mir nichts aus, ehrlich.«

»Was soll das denn heißen?«

»Ich meine, ist doch okay mit deiner Periode.«

»Oh, da bin ich aber froh, dass es *okay* für dich ist, Jackson. Was vielleicht ganz gut ist, da ich ja verdammt wenig dagegen unternehmen kann, oder?«

»Tut mir leid, aber ich weiß nicht, was ich sonst dazu sagen soll.«

»Ich wette, Alice Harbinson *hat* nicht mal ihre Tage …«

»Was?«

»… wahrscheinlich *bezahlt* sie jemanden, sie stellvertretend für sie zu kriegen …«

»Moment mal, was hat das hier mit Alice Harbinson zu tun?«

»Gar nichts!«

Sie dreht sich um, und es sieht erst so aus, als würde sie mich wieder anfahren, aber dann beginnt sie zu lächeln, oder wenigstens halbwegs zu lächeln. »Wisch dir bloß den Lippenstift aus dem Gesicht. Du siehst aus wie ein Clown …« Ich wische mir den Mund mit dem Zipfel meiner Bettdecke ab und höre sie brummeln: »Du *bist* ein verdammter Clown.«

»Was hab ich jetzt schon wieder gemacht!«

»Das weißt du ganz genau.«

»Hey, du hast damit angefangen!«

»Womit angefangen?«

»Na ja, über Alice zu reden.«

»O Mann, Scheiße, Jackson …«

»Ich hab sie nur erwähnt, weil du sie erwähnt hast …«

»Aber du *denkst* doch an sie, oder?«

»Nein, natürlich nicht!« Aber ich tu's. Rebecca hält meinem Blick gerade lange genug stand, um diese Tatsache klar zu erkennen, und schaut dann weg.

»So was Blödes«, sagt sie leise und drückt sich die Handballen in die Augen. »Ich bin ein bisschen besoffen. Ich sollte besser los.« Vielleicht war ich mir vorher nicht sicher, aber jetzt will ich eindeutig nicht, dass sie geht, darum krabbele ich um sie herum und schaue sie an und versuche, sie wieder zu küssen. Sie wendet den Kopf ab.

»Warum musst du gehen?«

»Ich weiß nicht … ich weiß nicht – was eben passiert ist. Können wir das Ganze vergessen?«

»Oh. Verstehe. In Ordnung. Okay. Ich würde es zwar besser finden, wenn du hierbleibst, aber wenn du meinst, du musst los …«

»Ich glaube schon. Ich glaube, ich will gehen«, und sie ist aufgestanden und zieht sich den Mantel zurecht und ist fast schon in der Tür, während ich mich frage, was ich eigentlich jetzt wieder falsch gemacht habe. Ich meine, über die übliche, allgemeine Unfähigkeit hinaus. Ich folge ihr die Treppe hinunter in den Hausflur, wo sie über ein Wirrwarr aus Fahrrädern klettern muss, das den Korridor blockiert.

»Auch das noch – jetzt hab ich mir in diesen Scheiß-Strumpfhosen 'ne Laufmasche gezogen …«

»Lass mich dich wenigstens nach Hause bringen.«

»Nein, danke.«

»Es macht mir nichts aus …«

»Geht schon …«

»Du solltest nicht allein nach Hause gehen …«

»Ist echt okay …«

»Wirklich, ich bestehe darauf …«, und sie dreht sich plötzlich um und fuchtelt mir mit dem Finger vor der Nase herum und faucht mich an: »Und ich bestehe darauf, dass du es nicht tust! Verstanden?« Wir sind beide verblüfft über diesen Ausbruch; es kann sogar sein, dass ich einen Schritt zurückweiche. Wir blicken uns an und fragen uns, was hier eigentlich läuft, und schließlich sagt sie: »Und außerdem solltest du ins Bett gehen, du bist ›angespitzt‹, weißt du noch?« Sie macht die Tür auf. »Lass uns bitte nie wieder drüber reden, ja? Und erzähl keinem davon, klar? Ganz besonders nicht Alice-Kack-Harbinson. Versprochen?«

»Natürlich nicht. Wieso sollte ich es Alice erzählen …?«

Aber sie ist schon halb die Eingangsstufen runter und rennt in die Nacht hinaus.

Dritte Runde

»Entschuldige«, sagte Sebastian nach einer Weile. »Ich fürchte, ich war heute Nachmittag nicht gerade freundlich. Brideshead hat oft diese Wirkung auf mich.«

Evelyn Waugh, Wiedersehen mit Brideshead

23

FRAGE: Bei dem Gewebe welches kontraktilen Organs unterscheidet man funktionell zwischen »glatt«, »quergestreift« und »Herz-«?
ANTWORT: Bei Muskeln.

Gute Vorsätze fürs neue Jahr:
1. Mehr Zeit auf meine Gedichte verwenden. Wenn ich Lyrik als literarische Form ernst nehmen will und auch als einen Weg, mir etwas dazuzuverdienen, muss ich wirklich daran arbeiten, besonders, wenn ich meine eigene, unverwechselbare Stimme finden will. Man bedenke, T. S. Eliot schrieb die Vier Quartette, *als er Bankangestellter war; keine Zeit zu haben, darf also keine Entschuldigung sein.*
2. Aufhören, in meinem Gesicht herumzupolken, besonders, wenn ich mich mit Leuten unterhalte. Wenn eins wissenschaftlich belegt ist, dann dass sich durch Pulen an der Haut die Infektion nur ausbreitet und Narbenbildung verursacht. Einfach in Ruhe lassen, irgendwas anderes finden, womit man die Hände beschäftigen kann, sich das Rauchen angewöhnen oder so. Merke: Niemand will ein blutendes Gesicht küssen.
3. Distanziert sein. Cool bleiben gegenüber Alice – umso mehr wird sie mich dafür respektieren.
4. Leicht muskulös werden.

Das Obige wurde gegen 22:45 Uhr am Silvesterabend geschrieben, und da war ich schon ziemlich betrunken, weshalb auch die Schrift etwas unleserlich ist. Zwanzig Minuten später war ich eingeschlafen, wodurch ich mich der konventionellen, klischeehaften Vorstellung widersetzte, nach der wir alle verpflichtet sind, uns an Silvester unglaublich zu amüsieren, indem ich mich auf unkonventionelle Weise unglaublich beschissen fühlte.

Das bunte Treiben begann um 20:35 Uhr, als ich der Küchenschublade einen Schraubenzieher entnahm und damit die Türen von Joshs Schrank aufschraubte, um an seinen tragbaren Fernseher heranzukommen. Dann saß ich da und habe mir den James-Bond-Film auf ITV angeschaut und mich zu den Heerscharen alternder Witwen, den Insassen geschlossener Anstalten und all den anderen gesellt, die an Silvester zu Hause hocken. Aber je mehr ich getrunken habe, desto mehr hab ich an Dad gedacht, und an Alice, und die beiden haben sich in meinem Kopf so komisch vermischt, dass ich dann zum Zeitpunkt, als Agent 007 Saramangas gemeinen Plan, die Weltmacht an sich zu reißen, vereitelt hatte, körperlich und seelisch ein ziemliches Wrack war – was mich zum einzigen Menschen in der Geschichte macht, der je bei *Der Mann mit dem goldenen Colt* weinte, mit der möglichen Ausnahme von Britt Eckland. Darauf habe ich mich zusammengerissen und meine Vorsätze aufgeschrieben.

Und jetzt, zwei Wochen später, stehen meine Vorsätze immer noch. Es stimmt zwar, dass ich meine Gedichte noch nicht so richtig in Angriff genommen habe, aber ich werde es demnächst tun, sobald ich die Zeit finde. Und mein Gesicht habe ich kaum angerührt. Ich war auch sehr distanziert gegenüber Alice, hauptsächlich, weil ich sie weder gesehen noch von ihr gehört und auch nicht die geringste Ahnung habe, wo sie ist. Überhaupt lassen sich die Dinge, was mein Sozialleben betrifft, seit Semesterbeginn ein bisschen ruhiger an. In *Wiedersehen mit Brideshead* wird Charles von seinem Cousin gewarnt, dass man sein zweites Semester an der Universität im Allgemeinem damit verbringt, all den lästigen Leuten aus dem Weg zu gehen, die man im ersten Semester kennengelernt hat, und ich vermute allmählich, dass ich genau einer von diesen Leuten bin.

Aber zurück zu den Vorsätzen. Der letzte Punkt bedarf einer näheren Erklärung. Ich habe beschlossen, dass es nicht schaden kann, wenn ich ein oder zwei Muskeln hätte. Nein, nicht weil mich irgendeine hirnlose, geschlechtsspezifische Vorstellung dessen überzeugt hat, was die Werbung gern als »männlich« oder attraktiv bezeichnet, und auch nicht, weil sich irgendjemand beschwert hätte, zumindest nicht bei mir. Ich glaube nur, dass ich den tuberkulösen Look irgendwie bis zum Anschlag ausgereizt habe. Auch habe ich mich seit meiner Schulzeit immer an das Prinzip gehalten, dass man entweder klug oder fit ist und sich das gegenseitig ausschließt, aber eigentlich gibt es überhaupt keinen Grund, warum man nicht beides haben kann; Patrick Watts zum Beispiel ist klug und richtig, richtig fit, selbst wenn er massive Persönlichkeitsprobleme hat. Vielleicht ist Dustin Hoffman als *Der Marathon-Mann* das bessere Beispiel; er ist fit und klug und auch integer, einer von der Sorte, der fünf Meilen joggt und die ganze Zeit einen Stapel Bücher aus der Bibliothek dabeihat. Oder, aus der richtigen Welt, Alice Harbinson. Alice Harbinson ist erstaunlich vital, gesund *und* intelligent. Zumindest war sie es, als ich sie zum letzten Mal sah. Vor zwei Wochen und drei Tagen. Einer Ewigkeit.

Macht aber nichts. Ich werde all meine diesbezügliche Energie in ein Fitnessprogramm einfließen lassen. Ich halte ein striktes tägliches Reglement à la kanadischer Royal Air Force ein, das beinhaltet, meine Füße unter den Schrank zu klemmen, nachdem ich mich natürlich zuvor davon überzeugt habe, dass er nicht auf mich niederkracht, und Sit-ups zu machen, acht Stück, und Liegestützen, vier. Das ist zwar sicherlich gut, fühlt sich aber nicht an, als hätte ich ein richtig gründliches Rundum-Körpertraining absolviert, darum glaube ich, dass noch irgendwas dazukommen muss. Ich glaube, ich brauche Gewichte. Deshalb beschließe ich, mein Weihnachtsgeld in ein Hantel-Set zu investieren.

Ich nehme ein gesundes, nahrhaftes Frühstück vom Zeitungskiosk zu mir, einen Müsliriegel im Schokoladenmantel und einen Liter Just-Juice-Ananassaft, dann lege ich einen so genannten *Scoutmarch* (halbe Stunde rennen, halbe Stunde gehen) zum Stadtzentrum hin, das mir plötzlich irrsinnig weit entfernt vorkommt, besonders wenn man in Donkey Jacke und Jeans joggt. Aber ich laufe weiter, durch Wohngegenden, auf deren Straßen überall Weihnachtsbaum-Gerippe herumliegen, welche mitzunehmen die Müllmänner sich weigern, und stoße hin und wieder kleine Ananas-Rülpser aus. Nicht lange, und ich bekomme Seitenstechen, was nahe legt, dass ich vielleicht ein paar zusätzliche Übungen für den Erhalt meiner Herzgefäße einlegen sollte, aber nicht sofort. Meine oberste Priorität ist, Körpermasse zu vergrößern und gleichzeitig den Muskeltonus zu verbessern. Ich will nicht gleich total stämmig werden wie ein Boxer oder Gewichtheber oder so, ich will nur mehr vom Körperbau eines Turners bekommen, wie bei diesen Typen am Barren. Sollte es irgendwann so aussehen, dass ich ein massiv überentwickeltes Muskelpaket zu werden drohe, schalte ich sofort einen Gang zurück.

Ich komme bei Sport! an, kurz nachdem sie geöffnet haben, und schwitze ziemlich stark. Wahrscheinlich betrete ich zum zweiten Mal im Leben ein Sportgeschäft; bisher hat immer Mum meine Sportsachen für mich gekauft. Ich bin ziemlich nervös, da reinzugehen, als stünde ich vor einem Pornoladen oder so. Drinnen weht mich eindeutig ein Hauch von Jungen-Umkleideraum an, was durch den Geschäftsführer noch verstärkt wird, der ungefähr in meinem Alter, stämmig und machomäßig ist und auf mich zukommt, als würde er mir gleich einen Klaps mit einem nassen Handtuch versetzen.

»Kann ich helfen, Kumpel?«

»Ich schau mich nur mal um, danke!«, sage ich, in einem Tonfall, der ein klitzekleines bisschen tiefer ist als sonst, und sehe mich unverbindlich im Laden um, begutachte Badmintonschläger mit Expertenblick, bevor ich lässig zu den Hanteln schlendere. Da sind sie ja, zwei Stück aus robustem Eisen, mit verstellbaren Gewichten, die es mir erlauben werden, nach und nach die Last zu steigern, bis ich ein Adonis bin, aber *nicht mehr*. Hanteln haben so was unmittelbar Verständliches, weshalb ich sie, nachdem ich mich vergewissert habe, dass sie a) sehr schwer und aus Eisen, nicht aus grau angemaltem Styropor sind und ich sie mir b) beim Preis von £12.99 eben noch so leisten kann, zum Verkäufer hinüberstemme. Erst nachdem ich das Geld abgedrückt habe und er sie mir in eine strapazierfähige Plastiktüte gepackt hat und ich den Laden verlassen habe, wird mir klar, dass ich einen grundlegenden logistischen Fehler begangen habe, und zwar diesen: Ich kann sie nicht nach Hause tragen.

Auf den ersten fünfundzwanzig Metern rede ich mir ein, dass es möglich ist, wenn ich nur schnell genug laufe und die Hand wechsle, sobald der Schmerz der ins Fleisch schneidenden Plastiktüte nicht mehr auszuhalten ist. Aber vor Woolworth passiert das Unvermeidliche, der Tütenboden bricht durch, und die Hanteln schlagen mit einem schwerindustriellen Scheppern auf dem Bordstein auf, was die Passanten – hauptsächlich junge Mütter mit Kind im Buggy – veranlasst, erst mich und dann die Hanteln anzustarren. Im Gegenzug werfe ich ihnen einen Blick etwa des Inhalts »Wer hat mir denn da Hanteln in die Tüte geschmuggelt?« zu. Die Straßendecke scheint heil geblieben zu sein, aber eine der Hanteln rollt schwerfällig wie ein kleiner Panzer Richtung Body Shop, und ich muss einen Satz machen und sie mit dem Fuß aufhalten, was unter den jungen Müttern eine gewisse Heiterkeit auslöst, die jetzt auf mich zeigen und zu ihren Kindern sagen: »Guck mal, der komische klapperdürre Mann!« Ich greife mir mit jeder Hand eine Hantel und setze forsch meinen Weg fort.

Ich schaffe es bis zu C&A zwanzig Meter weiter, bevor ich wieder stehen bleiben und nach Luft ringen muss. Halbwüchsige Mädchen sehen die Hanteln und grinsen mich an, als ich mich ans Schaufenster lehne. Ich beschließe, dass hier Schwungkraft der Schlüssel zum Erfolg ist; der Trick besteht darin, immer weiterzugehen. Schließlich sind es ja nur noch etwa zwei Kilometer.

Nachdem ich das Einkaufszentrum hinter mir gelassen, die Ringstraße überquert und das Wohngebiet erreicht habe, wird es ein bisschen leichter, regelmäßig zu verschnaufen, ohne gleich angestarrt zu werden. Ich warte, bis ich wieder normal atmen kann, greife erneut mit pavianartig baumelnden Armen zu den Hanteln und vollführe wie unter Maschinengewehrfeuer kleine geduckte Sprints die Straße entlang, immer solange mein Herz mitspielt. Ich komme mir vor wie nach einer Wiederbelebung, bin verschwitzt und knallrot im Gesicht, meine Schultern fühlen sich geprellt, verstaucht und entzündet an, die Arme sind ausgeleiert wie in einem Comic-Strip, und das metallene Rautenmuster von den Hantelstangen hat sich so unauslöschlich in meine Handflächen gegraben, dass sie reptilartig und wund aussehen. Ich habe diesen Nachmittag ein Einzeltutorium und bin immer noch Ewigkeiten von meinem Haus entfernt, daher packe ich wieder meine Hanteln, ducke mich und renne los.

Irgendwann erreiche ich die Südflanke vom Richmond Hill, der steil vor mir aufragt und dessen Gipfel sich in tief hängenden Wolken dem Blick entzieht. Ich schaffe es, ungefähr fünfundzwanzig Meter zu marschieren, bevor ich einknicke und gegen eine Mauer sacke. Ich habe das Gefühl, als wäre mir jemand auf der Lunge herumgetrampelt und hätte sie dann wie eine aufgeblasene Chipstüte platzen lassen. Ich muss unkontrolliert husten, mein Atem röchelt tief in der ausgedörrten Kehle, und ich muss trocken würgen. Ein süßer, galliger Geschmack sammelt sich in meinem Mund, dort, wo ich etwas von dem Just-Juice-

Ananassaft herausgebracht habe. Der Schweiß strömt mir übers Gesicht und tropft mir von der Nase aufs Pflaster, als sich plötzlich eine Hand auf meinen Rücken legt und eine Stimme sagt: »Ist alles in Ordnung, kann ich Ihnen helfen?«, und ich mache die Augen auf, schaue hoch, und es ist Alice …

»Möchten Sie, dass ich einen Krankenwa… – Brian?«

»Alice!«, lufthol, keuch, »Oh … hallo … Alice«, aufricht, lufthol, keuch. »Wie geht's dir?«, ächze ich, distanziert.

»Mir geht's gut, aber ich mach mir Sorgen um dich. Ich dachte, du wärst ein alter Mann, der einen Herzanfall hat oder so …«

»Nein, nein, ich bin's. Mir geht's gut, wirklich …«

Sie erblickt die Hanteln, die ich mir unter den Fuß geklemmt habe, damit sie nicht den Berg hinunterspringen und ein Kind töten. »Was ist *das* denn?«

»Das sind Hanteln …«

»Ich weiß, was sie *sind*, aber was willst *du* damit?«

»Ist 'ne lange Geschichte.«

»Brauchst du Hilfe?«

»Wenn's dir nichts ausmacht …«

Sie schnappt sich eine Hantel, so wie man einen kleinen Hund aufliest, und federt den Berg hinauf.

24

FRAGE: Was bezeichnet Hegel als die Neigung eines Begriffs, als Ergebnis immanenter Widersprüche in seine eigene Negation überzugehen?
ANTWORT: Dialektik.

Ich lasse Alice in meinem Zimmer allein zurück, wo sie sich die LP mit den *Brandenburgischen Konzerten* anhört und dem Inhalt meiner Bücherregale Noten zwischen eins und zehn gibt, während ich Kaffee kochen gehe. Mein Zimmer befindet sich ehrlich gesagt nicht im Idealzustand. Ich habe mich zwar vergewissert, dass weder das Notizbuch mit meiner Lyrik noch Unterhosen rumliegen, aber ich finde es trotzdem nicht gut, dass sie allein da drin ist. Das Wasser braucht eine Ewigkeit, bis es kocht, also lenke ich mich ab und rase ins Bad, spritze mir Wasser ins Gesicht und putze mir blitzschnell die Zähne, um den galligen Geschmack loszuwerden. Als ich wieder in die Küche komme, steht Josh da und bedient sich an meinem frisch gekochten Wasser.

»Du weißt hoffentlich, dass in deinem Zimmer gerade eine Stute durchgebrannt ist?«

»Meine Freundin Alice.«

»Na, hallooooooo, Alice. Was dagegen, wenn ich dazustoße?«

»Also eigentlich haben wir noch einen Haufen Arbeit zu bereden, darum …«

»Schon gut, Bri, hab kapiert. Schick sie einfach auf dem Weg nach draußen bei mir vorbei, sei so lieb? Und willst du vielleicht noch was dagegen unternehmen?« Er zeigt auf meine Mundwinkel, in denen sich kleine Halbmonde aus Zahnpasta gebildet haben. »*Bonne chance, mon ami* …«, sagt er und geht zur Tür – »Oh, es hat jemand für dich angerufen – Spencer, richtig? –, du sollst zurückrufen.« Ich brühe den Kaffee auf, nehme die Becher mit, klaue zwei von Marcus' Keksen und gehe zurück in mein Zimmer.

Alice liegt auf meinem Futon und blättert müßig mein *Kommunistisches Manifest* durch. Ich reiche ihr ihren Kaffee und räume ein trübes Glas Wasser und die verkrusteten alten Becher neben dem Bett weg und knipse mir im Geiste ein Foto von ihrem Kopf auf meinem Kissen.

»Wieso steht dein Bettrahmen hinter dem Schrank, Brian?«

»Ich dachte, ich probier's mal als Futon aus.«

»Ah, ja. Futon. Sehr schön.« Und sie schaut sich die Postkarten und Fotos an, die ich mit Reißzwecken neben das Bett gepinnt habe. »Ist das dein Dad?«

»Hmm.«

Sie klaubt das Foto von der Wand und betrachtet es. »Er ist ein sehr gut aussehender Mann.«

Ich ziehe meine Donkey Jacke aus und hänge sie an die Schranktür. »Ja, stimmt.«

Sie betrachtet kritisch mein Gesicht und versucht herauszukriegen, warum da eine Generation übersprungen wurde. Dann schenkt sie mir dieses gewisse, von einem Stirnrunzeln begleitete Lächeln. »Willst du dich nicht umziehen?«

Ich schaue zu meinen Sweater runter, der seinem Namen alle Ehre macht und dunkle, ölig-feuchte Flecken in den Achselhöhlen aufweist und nach nassem Hund riecht. Aber ich ziere mich und sage verschämt: »Nein, geht schon, wirklich.«

»Na los, zieh dich um. Ich versprech dir auch, dass ich dabei nicht an mir herumspiele.«

Und in der anzüglichen, erotisch aufgeladenen Atmosphäre, die diese letzte Bemerkung auslöst, wende ich ihr den Rücken zu und ziehe meinen Pulli aus.

»Wofür brauchst du die Gewichte, du Mordsbrocken?«

»Och, ich dachte nur, ich könnte mal versuchen, ein bisschen gesünder zu leben …«

»Muskeln zu haben ist aber nicht dasselbe wie gesund zu leben – mein letzter Freund hatte den *unglaublichsten* Körper, war aber kaum in der Lage zweihundert Meter am Stück zu gehen …«

»War das der mit dem Riesenpenis?«

»Brian!! Wer hat dir das erzählt?«

»Du?«

»Tatsächlich? Na ja, ja, den meine ich. Jedenfalls ist dein Körper doch okay so.«

»Findest du?«, frage ich und halte mir den Pulli vor wie eine schamige Braut.

»Irgendwie hager und kantig – der Egon-Schiele-Look …«

Ich drehe mich um und ziehe mir den neuen Pulli über den Kopf und halte es für sinnvoll, das Thema zu wechseln.

»Wie war der Rest deiner Weihnachtsferien?«

»Oh, du weißt schon. Schön. Hey, danke, dass du uns besucht hast.«

»Danke, dass ich kommen durfte. Konntest du das Fleisch noch loswerden?«

»Gar kein Problem. Mingus und Coltrane lassen herzlichen Dank ausrichten.«

»Und deiner Oma geht's auch gut?«

»Was? Oh, ja. Ja, es geht ihr gut.«

Sie pinnt das Foto von Dad wieder an die Wand und hütet sich, mich anzusehen, dann sagt sie: »Es ist ein bisschen … komisch geworden, findest du nicht?«

»*Ich* bin ein bisschen komisch geworden, meinst du. Ich glaube, ich hab meine Drogen-Unschuld verloren.«

»Aber es war nicht nur das, oder? Du warst … seltsam, als wolltest du irgendwas beweisen.«

»Tut mir leid. Ich werd manchmal ein bisschen nervös. Besonders in Gegenwart feiner Leu…«

»Oh, bitte …«, faucht sie.

»Was?«

»Bitte, fang bloß nicht mit dieser Scheiße an, Brian. ›Fein‹ – was für ein lächerliches Wort. Was ist überhaupt ›fein‹? Das spielt sich doch alles nur in deinem Kopf ab, es ist vollkommen bedeutungslos. Mann, wie ich diesen *Klassen*fimmel hasse, besonders hier an der Uni, wo man kaum ›hallo‹ sagen kann, ohne dass sie alle gleich den Prolo raushängen lassen und einem erzählen, dass ihr Vater ein einäugiger Schornsteinfeger mit Rachitis ist und wie sie immer noch ein Außenklo haben und noch nie in einem Flugzeug gesessen sind oder sonst was – diese ganze dubiose *Scheiße*, von der das meiste sowieso erlogen ist. Und dann denk ich immer, wieso erzählst du mir das eigentlich? Willst du mir ein schlechtes Gewissen machen? Meinst du, es ist meine *Schuld* oder was, oder bist du nur eingebildet, weil du deiner vorgezeichneten gesellschaftlichen Rolle oder irgendeinem ähnlich selbstgerechten Mist entkommen bist? Ich meine, was spielt das denn für eine Rolle? Leute sind Leute, wenn du mich fragst, und sie haben Erfolg oder Misserfolg auf Grund ihrer eigenen Begabungen oder Verdienste und ihrer eigenen Leistungen. Wenn sie die Tatsache verfluchen, dass sie eine *Bettcouch* haben und kein Sofa, oder ihre Mahlzeit *Tea* nennen anstatt Dinner, dann ist das doch nichts als jämmerliches Selbstmitleid und schlampiges Denken …«

Das Bach-Konzert hinter ihr schwillt gerade zu einem Crescendo an, darum sage ich: »Liebe Hörer, so weit unser Live-Mitschnitt vom Jahresparteitag der Tories!«

»Scheiße, Brian! Das ist nicht fair, wirklich nicht fair. Ich beurteile andere auch nicht nach ihrem Hintergrund, und ich erwarte, dass man mir dieselbe Höflichkeit entgegenbringt.« Sie hat sich jetzt auf dem Futon aufgesetzt und sticht mit dem

Finger Löcher in die Luft. »Außerdem ist es nicht einmal *mein* Geld, es ist das Geld meiner Eltern, und obendrein ist es ja nicht so, als hätten sie es sich beschafft, indem sie anderen Leuten das Arbeitslosengeld geklaut haben oder Ausbeuterklitschen in Johannesburg betreiben oder so, sie haben sich das verdammt hart erarbeitet, *verdammt* hart ...«

»Aber alles haben sie sich doch nicht erarbeitet, oder?

»Wie meinst du das?«, fährt sie mich an.

»Ich meine, dass sie eine Menge geerbt haben, von *ihren* Eltern ...«

»Na und ...?«

»Na ja ... das ist schon ein Privileg, oder?«

»Ach, dann meinst du also, man sollte sich zusammen mit seinem Geld begraben lassen, wie im alten Ägypten? Ich dachte nämlich immer, wenn man sein Geld vererbt, es also dazu verwendet, seiner Familie zu helfen, ihnen Sicherheit und Freiheit zu erkaufen, dass das so ungefähr die *einzig wirklich* lohnenswerte Sache ist, die man damit anstellen kann ...«

»Natürlich ist das so, ich sage ja nur, dass es ein Privileg ist.«

»Sicher ist es ein Privileg, und so behandeln sie es auch, sie zahlen *saumäßig* Steuern dafür und tun ihr Bestes, um es mit anderen zu teilen. Aber wenn du mich fragst, der schlimmste Snob ist ein verkappter Snob, und wenn das nicht in irgendein konventionelles, studentisch-abgesegnetes sozialistisches Denkschema passt, dann tut's mir leid, aber so seh ich das. Weil mir diese Leute einfach *dermaßen* auf den Geist gehen, wenn sie mir etwas, das nichts als purer Neid ist, auch noch als Tugend verkaufen wollen!« Sie hält hochrot und zornbebend inne und greift nach ihrem Kaffeebecher. »Damit meine ich natürlich nicht unbedingt dich.«

»Natürlich nicht.« Ich nehme auch einen Schluck Kaffee, der bitter nach Zahnpasta schmeckt, und es entsteht eine Pause, während wir den *Brandenburgischen Konzerten* lauschen.

»Ist das nicht die Erkennungsmelodie von *Antiques Roadshow*?«

»Stimmt. Obwohl das nicht auf dem Plattencover steht.«

Sie lächelt und lässt sich wieder auf den Futon fallen. »Entschuldigung, ich musste mal ein bisschen Dampf ablassen.«

»Ist schon in Ordnung. Irgendwie hast du ja Recht. Stellenweise«, behaupte ich, kann aber nur an Mingus und Coltrane denken, die Näpfe mit Nudelgerichten vorgesetzt bekommen.

»Ich meine, wir sind doch Freunde, oder? Brian – schau mich an. Wir sind Freunde, ja?«

»Ja, natürlich sind wir Freunde.«

»Obwohl ich offensichtlich die Königin von Saba bin und du ein überheblicher Schornsteinfeger?«

»Absolut.«

»Also können wir das Ganze einfach vergessen? Einfach vergessen und weitermachen?«

»Was vergessen?«

»Na, worüber wir uns gerade ... ah, verstehe. Also ist es vergessen?«

»Es ist vergessen.«

»Gut«, sagt sie. »Gut.«

»Also – wollen wir dann vielleicht heute Nachmittag ins Kino oder so?«

»Ich kann nicht, ich hab nachher einen Vorsprechtermin ...«

»Verstehe – wofür?«

»*Hedda Gabler* von Henrik Ibsen.«

»Welche Rolle?«

»Für die eponyme Hedda.«

»Du wärst bestimmt eine tolle Hedda.«

»Danke. Ich hoff's. Trotzdem bezweifle ich, dass ich die Rolle kriege. Die Leute im dritten Studienjahr haben schon alles unter sich ausgemauschelt. Ich kann von Glück reden, wenn ich« – hier im breitesten Cockney-Akzent – »*Berte, das verdammte Dienstmädchen*, spielen kann ...«

»Aber du kommst doch heute Abend zu unserem Teamtreffen?«

»Das ist *heute*?«

»Das erste im neuen Semester!«

»O mein Gott, muss ich?«

»Patrick ist da sehr streng. Er hat mich ausdrücklich gebeten, dafür zu sorgen, dass du heute kommst, sonst fliegst du raus.« Natürlich hat er nichts dergleichen gesagt, aber trotzdem.

»Okay, dann sehen wir uns da und gehen hinterher noch was trinken.« Sie kommt quer durchs Zimmer, legt den Arm um mich, sodass ich das Parfum in ihrem Nacken riechen kann, und flüstert mir ins Ohr. »Und wir sind wieder Freunde, ja?«

»Auf jeden Fall. Wieder Freunde.«

Aber ich muss noch immer über die Unterhaltung mit Alice nachgrübeln, als Professor Morrison fragt:

»Sagen Sie, Brian, warum sind Sie eigentlich *hier*?«

Mit der Frage erwischt er mich auf dem falschen Fuß. Ich höre auf, aus dem Fenster zu sehen und wende mich Professor Morrison zu, der in seinem Sessel zurücklehnt, die Hände über dem kleinen Schmerbauch gefaltet.

»Ähm, wegen des Einzeltutoriums? Um zwei?«

»Nein, ich meine an der Universität, Ihr Studium der englischen Literatur. Warum sind Sie hier?«

»Um … zu lernen?«

»Warum?«

»Weil es … lohnend ist?«

»In finanzieller Hinsicht?«

»Nein, Sie wissen schon …«

»Förderlich?«

»Ja, ich denke schon. Förderlich. Und natürlich macht es mir auch Spaß. Ich mag Bildung, das Lernen, das Wissen …«

»Sie ›mögen‹ es?«

»Ich bin begeistert. Ich liebe Bücher.«

»Den *Inhalt* der Bücher, oder einfach nur lauter Bücher zu besitzen?«

»Den Inhalt, natürlich …«

»Das heißt, Sie nehmen Ihr Studium ernst?«

»Das würde ich jedenfalls behaupten.« Er schweigt, lehnt sich weit im Sessel zurück, streckt seine Arme mit verschränkten Fingern nach hinten, räkelt sich und gähnt. »Finden Sie denn nicht?«

»Ich bin mir nicht sicher, Bri. Ich hoffe, Sie tun's. Aber ich frage, weil Ihr letzter Essay, *Anklänge von »Stolz« und »Vorurteil« in »Othello«*, nun ja, einfach *grauenvoll* ist. Alles an ihm, angefangen mit dem Titel, ist einfach grauenvoll, grauenvoll, grauenvoll …«

»Ja, also, ich hab ihn ein bisschen unter Zeitdruck geschrieben …«

»Oh, das *weiß* ich, das *sehe* ich. Aber es ist ein derart grauenvolles, banales, albernes Ding, dass ich mich frage, ob er überhaupt von Ihnen stammt?«

»Na schön, was gefällt Ihnen nicht daran?«

Er seufzt, sackt in sich zusammen und streicht sich mit den Fingern durchs Haar, als würde er mir gleich eröffnen, dass er die Scheidung will.

»Okay, zunächst einmal sprechen Sie von Othello, als sei er ein Kerl, den Sie bestens kennen und um den Sie sich ein bisschen Sorgen machen.«

»Na, das ist doch gut, oder? Ihn wie ein richtiges Individuum zu behandeln. Ist das nicht ein Beweis für Shakespeares psychologisches Einfühlungsvermögen?«

»Oder für Ihr fehlendes Verständnis? Othello ist eine *fiktive Gestalt*, Brian, er ist ein Konstrukt, eine Schöpfung. Er ist eine besonders schillernde und komplex angelegte Schöpfung in einem bemerkenswerten Kunstwerk, aber Ihnen fällt dazu nur ein, wie schade es ist, dass er so viel durchmachen muss, weil er schwarz ist. Das Einzige, was ich dem hier entnehme, ist, dass Sie der Ansicht sind, Verblendung sei ›eine schlechte Sache‹. Wozu erzählen Sie mir das? Dachten Sie, ich würde vielleicht glauben, Verblendung sei *toll*? Wie heißt Ihr nächster Essay, Brian? *Hamlet – Warum so griesgrämig?* Oder vielleicht: *Warum könnt ihr Montagues und Capulets euch nicht endlich mal vertragen?* …«

»Na ja, nein, weil Rassismus ein Thema ist, das mir sehr am Herzen liegt.«

»Das ist nicht zu übersehen, aber was soll ich damit anfangen? Wollen Sie, dass ich Jagos Mutter anrufe und sie bitte, ihren Jungen dazu anzuhalten, dass er ein bisschen halblang macht? Ironischerweise könnte man übrigens unter dem Aspekt eines Diskurses über Rasse Ihre Darstellung des Othello als untadeligen, manipulierbaren Edlen Wilden in sich schon fast als rassistisch bezeichnen …«

»Sie finden meinen Essay *rassistisch*?«

»Nein, aber ich halte ihn in der Tat für ignorant, und das eine ist vom anderen nicht ganz zu trennen.«

Ich will etwas entgegnen, weiß aber nicht, was, darum sitze ich einfach da. Mir ist heiß, und ich glaube, ich bin rot geworden. Ich schäme mich, als wäre ich sechs und hätte mir gerade in die Hosen gemacht. Ich möchte das so schnell wie möglich hinter mich bringen, darum mache ich Anstalten aufzustehen und greife nach dem Essay auf dem Tisch. »Okay, also vielleicht sollte ich mich noch einmal dransetzen …«, aber er ist noch nicht fertig mit mir und zieht die Seiten wieder ein Stück zu sich hin.

»In meinen Augen ist das nicht das Werk von einem, der ›Wissen liebt‹, es ist das Werk von einem, dem die Vorstellung gefällt, *sich darzustellen*, als würde er Wissen lieben. Es enthält nicht die Spur einer Einsicht, eines originellen Gedankens oder einer Geistesanstrengung, es ist seicht, heuchlerisch, von Unkenntnis geprägt, es kündet von mangelnder intellektueller

Reife, es strotzt von übernommenen Ideen, eitlem Geschwätz und Klischees.« Er beugt sich vor und fasst meinen Essay mit den Fingerspitzen an, wie eine tote Möwe. »Und am schlimmsten ist, dass er mich enttäuscht. Ich bin enttäuscht, dass Sie ihn verfasst haben, und ich bin noch mehr enttäuscht, dass Sie mir zugemutet haben, meine Zeit und meine Energie auf dieses Ding zu verschwenden.«

Er hält inne, aber mir fällt nichts ein, was ich dazu noch sagen könnte, darum gucke ich nur aus dem Fenster und warte, dass es vorbei ist. Aber die Stille ist fast genauso unerträglich, und als ich mich ihm endlich wieder zuwende, betrachtet er mich mit einem Blick, den ich offenbar als »väterlich« deuten soll.

»Brian, heute Vormittag hatte ich ein Einzeltutorium über W. B. Yeats mit einer Studentin – ein wirklich nettes Mädchen, wird bestimmt ihren Weg gehen, kommt von einer der exklusiveren Privatschulen –, und im Verlauf der Stunde sah ich mich gezwungen, zu meinem Wagen zu gehen und meinen Autoatlas zu holen, damit ich ihr zeigen konnte, wo Nordirland liegt.« Ich will etwas sagen, aber er hebt die Hand. »Brian. Als Sie sich in diesem Büro vor einem Jahr bei mir um einen Studienplatz beworben haben, hielt ich Sie für einen einmalig begeisterten und leidenschaftlichen jungen Mann. Ein bisschen desorientiert vielleicht, ein bisschen *linkisch* – darf ich linkisch sagen? Ist das eine adäquate Einschätzung? –, aber wenigstens hielten Sie Ihr Studium nicht für eine Selbstverständlichkeit. Viele Studenten, besonders an einer Universität wie dieser, neigen dazu, ihr Studium als eine Art staatlich subventionierte, drei Jahre lange Dauerparty zu betrachten, mit einer Wohnung, einem Auto und einem guten Job, der am Ende winkt, aber ich hätte wirklich gedacht, dass Sie nicht so sind …«

»Bin ich auch nicht …«

»Was ist dann mit Ihnen los? Gibt es etwas, das Sie ablenkt? Sind Sie unglücklich, deprimiert …?«

Mein Gott, ich weiß es nicht. Bin ich das? Fühlt es sich so an? Vielleicht bin ich's ja. Vielleicht sollte ich ihm von Alice erzählen. Ist simples Verliebtsein eine ausreichende Entschuldigung für irrationales Verhalten? Bei Othello war es offensichtlich der Fall, aber bei mir?

»Also. Gibt es etwas, worüber Sie mit mir sprechen möchten?«

Ich liebe eine wunderschöne Frau, liebe sie mehr, als ich je glaubte, jemanden lieben zu können, liebe sie so sehr, dass ich unfähig bin, an irgendetwas anderes zu denken, aber sie ist vollkommen unerreichbar und findet mich im besten Fall amüsant, im schlechtesten abstoßend; infolgedessen glaube ich, dass ich vielleicht ein bisschen wahnsinnig werde …

»Ich glaube nicht, nein.«

»Nun, dann weiß ich nicht, was das Problem ist, denn wenn ich mir Ihre bisherigen Noten in diesem Jahr anschaue – 74%, 64%, 58% und 53% für diesen hier – dann hat es fast den Anschein, als würden Sie *weniger intelligent* werden. Und ob Sie's glauben oder nicht, das ist bei einem Studium nicht der Sinn der Sache …«

25

FRAGE: Wo findet man Pons, fasciculus arcuatus, das Wernicke-Areal und die Rolandofurche?
ANTWORT: Im Gehirn.

Es stimmt wirklich, ich werde zunehmend dümmer. Heißt das, ich verblöde?

Das betrifft ja nicht allein die Tatsache, dass ich es nur mit Hängen und Würgen ins *Challenge*-Team geschafft habe, es sind auch die Vorlesungen. Erst setze ich mich aufmerksam und voller Wissensdurst in den Hörsaal, doch ganz gleich, welches Thema behandelt wird, selbst eins, das mich richtig interessiert, wie metaphysische Dichtung, die Entwicklung der Sonettform oder der Aufstieg der Mittelschicht im englischen Roman: Nach zehn Minuten hänge ich durch, und mir schwirrt der Schädel; genauso gut könnte da irgendeine Fußballübertragung im Radio laufen. Ich betrete eine Institutsbibliothek, die unter der ungeheuren Last und Vielfalt menschlichen Wissens geradezu ächzt, und dann geschehen immer wieder dieselben zwei Dinge: a) ich fange an, an Sex zu denken, und muss b) das Klo aufsuchen. Ich besuche einen Vortrag und schlafe ein, oder ich habe das Buch nicht gelesen, weil mich ständig der Schlaf übermannte, oder ich hab das Buch sowieso nicht verstanden oder kapiere die Anspielungen nicht, oder ich sehe mich im Raum nach Mädchen um, und selbst wenn ich den Vortrag verstehe, fällt mir nichts dazu ein, ich weiß nicht mal, ob ich damit einverstanden oder anderer Meinung bin. Ich habe die Gelegenheit erhalten, komplett auf Staatskosten wunderschöne, zeitlose, Ehrfurcht einflößende Kunstwerke zu studieren, und meine Reaktion darauf ist nie tiefschürfender als »Daumen rauf« oder »Daumen runter«. Unterdessen meldet sich irgendein superschlaues junges Ding mit glänzendem Haar in der ersten Reihe und sagt etwas wie: »Glauben Sie nicht, dass Ezra Pounds Sprache auf formaler Ebene zu hermetisch ist, um strukturell lesbar zu sein?«, und obwohl ich alle Worte im Einzelnen verstehe, »lesbar« und »formal« und »ist« und sogar »hermetisch«, habe ich keine Ahnung, was sie bedeuten, wenn sie in dieser speziellen Reihenfolge daherkommen.

Genauso ist es, wenn ich versuche, das Zeug zu *lesen*. In meinem Kopf wird alles zu Brei, und ein wichtiges, profundes Gedicht wie Shelleys *Mont Blanc* klingt dann ungefähr so: »Das Ew'ge Universum aller Dinge / Durchströmt den Geist und rauscht in seinen blah / Bald schwarz – bald bla-di-da – bald da-di-bla-di-da«, bis es zerbröselt und sich in seine Bestandteile auflöst. Hätte Shelley sein *Mont Blanc* als Single auf den Markt gebracht, wäre ich natürlich in der Lage, es Wort für Wort herzusagen und Ihnen außerdem den höchsten Platz zu nennen, den es je in den Charts erreicht hat, aber da es *Literatur* ist und intellektuell *anspruchsvoll*, steige ich da einfach nicht durch. Die traurige Wahrheit ist: Ich liebe Dickens und Donne und Keats und Eliot und Forster und Conrad und Fitzgerald und Kafka und Wilde und Orwell und Waugh und Marvell und Greene und Sterne und Shakespeare und Webster und Swift und Yeats und Joyce und Hardy, ich liebe sie heiß und innig. Nur erwidern sie meine Liebe einfach nicht.

Wann hat das angefangen? Warum läuft nichts mehr so, wie es laufen müsste? Das Gehirn ist ja schließlich ein Muskel, und ich hatte immer gedacht, wenn man ihn nur oft genug trainiert und ihm immer die volle Leistung abverlangt, würde er sich zu so einer drahtigen, schnurrenden, energiegeladenen kleinen weißen Faust aus Protein entwickeln. Stattdessen komme ich mir vor, als hätte ich den Kopf voll warmer, feuchter Masse; grau, fettschwabbelnd und überflüssig, ähnlich dem, was man in Folie gewickelt im Inneren eines Supermarkt-Hühnchens findet. Tatsächlich bin ich mir, wo wir gerade davon sprechen, gar nicht mehr so sicher, ob das Gehirn überhaupt ein Muskel *ist*. Ist es ein Organ? Oder Zellgewebe? Oder eine Drüse? Mein Hirn fühlt sich jedenfalls ganz bestimmt wie eine an.

Und heute, beim *Challenge*-Training in Patricks Wohnung, zeigt es sich von seiner drüsenhaftigsten Seite. Es ist unser erstes Treffen im neuen Jahr, nur einen Monat vor unserem ersten Fernsehauftritt, weshalb Patrick ganz besonders nervös ist, zumal er gleich eine aufregende Neuerung in den Übungsablauf einführen wird. Er hat die Weihnachtsferien damit verbracht, *Buzzer* zu bauen – vier batteriebetriebene Dinger aus Christbaumkerzen und Türklingeln, die er auf LP-große, mit roter Lackfarbe gestrichene Sperrholz-Quadrate geschraubt hat. Er ist offensichtlich wahnsinnig stolz auf seine Erfindung, denn ich habe kaum Zeit, Lucy Chang zu begrüßen und ihr ein frohes neues Jahr zu wünschen oder Alice zu fragen, wie das Vorsprechen gelaufen ist, da sitzen wir schon auf dem Sofa, mit unseren Buzzern auf den Knien. Patrick nimmt auf seinem Bürodrehstuhl Platz, richtet den Schwenkarm der Schreibtischlampe auf einen dicken Packen Karteikarten in seiner Hand und legt los …

»Also, eure Startfrage für zehn Punkte – welcher britische Premierminister aus dem 18. Jahrhundert trug den Spitznamen *the great commoner*?«

Ich drücke auf den Buzzer. »Gladstone?«, sage ich.

»Nee«, antwortet Patrick. »Noch jemand?«

»Pitt der Ältere?«, fragt Alice.

»Korrekt. Das sind fünf Punkte Abzug, Brian. Ich sagte doch *achtzehntes* Jahrhundert, oder?«

»Ja, schon …«

»Und Gladstone war neunzehn…«

»Ja, ich weiß …«

»Na schön. Welches der folgenden Länder hat keine Küste? Niger, Mali, Tschad, Sudan.« Das meine ich zu wissen, darum drücke ich den Buzzer und sage …

»Sudan!«

»Nee«, sagt Patrick.

Dann Lucy Chang: »Alle *außer* dem Sudan?«

»Korrekt. Das sind jetzt *zehn* Minuspunkte, Brian. Okay, Verstibularnerv, membrana tympani, Ampulle, Utrikel und Saccula sind alles Teile welchen Organs?«

Ich habe keine Ahnung, muss aber feststellen, dass ich dennoch den Buzzer gedrückt habe.

»Brian?«, stöhnt Patrick.

»Tut mir leid, ich hab aus Versehen gedrückt …«

»Das sind dann also *fünfzehn* Minuspunkte …«

»… Ich weiß, es war ein Fehler, aber mir ist der Finger abgerutscht …«

»… Wie lautet die Antwort, Lucy?«

»Das Ohr?«

»Genau, das Ohr. Was studierst du, Lucy?«

»Medizin.«

»Und Brian, was studierst du?«

»Englische Litera…«

»Genau. Englische Literatur. Findest du nicht auch, Brian, dass demzufolge Lucy vielleicht besser geeignet wäre, die Frage zu …?«

»Sicher sogar, aber wie ich sagte, mir ist der Finger abgerutscht. Diese Buzzer sind sehr tastempfindlich …«

»Ach, jetzt ist mein *Buzzer* Schuld?«

»Na ja …«

»Du glaubst also nicht, dass die echten Buzzer am Tag unseres Auftritts auch tastempfindlich sein werden?«

»Bestimmt sogar, Patrick …«

»… weil ich diese Buzzer benutzt habe, Leute, und ich kann euch sagen, dass man sich seiner Antwort sehr, sehr sicher sein sollte, bevor man drückt …«

»Hört mal, könnten wir langsam weitermachen, ja?«, mault Alice gereizt. »Ich muss nämlich um halb zehn noch wo sein …«

»Wo denn?«, frage ich, plötzlich besorgt.

»Ich muss mich noch mit jemandem treffen – wenn du erlaubst«, blafft sie mich an. Lucy und Patrick tauschen Blicke.

»Natürlich, ich dachte nur, weil wir noch was zusammen trinken gehen wollten …«

»Das geht jetzt nicht. Ich soll noch ein zweites Mal wegen *Hedda Gabler* vorsprechen, wenn du's genau wissen willst«, und weil ich leicht empört aufbrause, drücke ich versehentlich den Buzzer.

»Entschuldigung!«

»Übrigens glaube ich, dass mein Buzzer überhaupt nicht funktioniert«, sagt Lucy Chang, und Patrick reißt ihn ihr aus der Hand, als wäre die arme Lucy daran schuld. Er beginnt mit dem riesigen Schweizer Taschenmesser, das er an seinem dicken Schlüsselbund trägt, darauf einzustechen. Alice und ich werfen einander misstrauisch lauernde Blicke zu – offensichtlich liegt noch ein langer, steiniger Weg vor uns, bevor wir ein echtes Winning Team werden.

Danach mach ich mir nicht mehr die Mühe, irgendwelche Fragen zu beantworten, nicht mal solche, deren Antwort ich tatsächlich weiß. Ich überlasse sie einfach Lucy, hauptsächlich, und Alice, gelegentlich. Sobald Patrick seine Matchanalyse beendet hat – geht mit diesen Buzzern bloß nicht schießwütig um, lasst immer derjenigen Person den Vortritt, die auf dem Gebiet mehr Fachwissen besitzt, hört genau auf die Fragen, hütet euch, zu unterbrechen –, ist Alice schon im Mantel und unterwegs zur Tür. Kurz bevor sie uns verlässt, sagt sie jedoch etwas versöhnlicher: »Oh, übrigens, ein paar Freunde von mir geben morgen Abend eine Party, Dorchester Street 12, acht Uhr? Ihr seid alle eingeladen«, und dann lächelt sie, um sich bei mir zu entschuldigen, wie ich glaube, und geht.

Ich laufe zusammen mit Lucy nach Hause, die weiter oben hinter mir auf dem Berg wohnt, und sie ist wirklich unglaublich nett. Mir wird klar, dass Lucy der erste chinesische Mensch ist, mit dem ich mich je außerhalb eines Restaurantmilieus unterhalten habe, beschließe aber, es nicht auszusprechen. Stattdessen reden wir darüber, wie es ist, eine Ausbildung als Arzt zu machen, und sie erzählt sehr aufschlussreich darüber, aber auch sehr leise, deshalb muss ich mich runterbeugen, um sie zu verstehen. Ich komme mir ein bisschen wie Prinz Philip vor.

»Was hat dich dazu bewogen, Ärztin werden zu wollen?«, erkundige ich mich.

»Eigentlich meine Eltern. Sie sagten immer, Doktor zu sein, sei das höchste Ziel, das man sich setzen kann. Weißt du, tatsächlich zur Lebensqualität anderer beitragen zu können.«

»Und macht es dir Spaß?«

»Auf jeden Fall. Ich finde es herrlich. Und wie ist es bei dir, mit der Literatur?«

»Oh, ich mag sie. Ich weiß bloß nicht, ob ich damit die Lebensqualität anderer verbessere.«

»Schreibst du denn?«

»Nicht richtig. Gerade habe ich angefangen, mich ein bisschen in Lyrik zu versuchen.« Ich befinde mich immer noch in der Übungsphase, solche Sachen laut zu sagen, aber Lucy macht sich nicht lustig, jedenfalls nicht offen. »Klingt ein bisschen angeberisch, oder?«

»Überhaupt nicht. Wieso?«

»Ich weiß nicht, wahrscheinlich weil die natürliche Reaktion eines Engländers auf Poesie äußerste Peinlichkeit ist, wie Orwell sagte.«

»Also, ich wüsste nicht, weshalb. Man könnte ja auch behaupten, Lyrik sei die reinste menschliche Ausdrucksform.«

»Ja, na ja, du hast meine Gedichte nicht gelesen.«

Sie lacht leise, dann sagt sie: »Ich hätte nichts dagegen, sie zu lesen. Bestimmt sind sie sehr gut.«

»Und ich hätte auch nichts dagegen, dass du mich operierst!«, antworte ich, und dann entsteht ein Schweigen, während dessen wir beide herauszukriegen versuchen, warum das jetzt schweinisch klingt.

»Na, hoffen wir, dass es nie so weit kommt!« Wir gehen ein Stück weiter und versuchen, diese »operier mich!«-Bemerkung abzuschütteln, die immer noch zwischen uns steht wie ein Furz in einer Kunstgalerie.

»Und – sezierst du zur Zeit gerade was Gutes?«, frage ich schließlich.

»Das Herz-Kreislauf-System.«

»Verstehe. Und macht dir das Spaß?«, erkundigt sich Prinz Philip.

»Ja, sehr.«

»Und worauf möchtest du dich später spezialisieren?«

»Chirurgie, glaube ich, aber ich weiß noch nicht, auf welchem Gebiet. Ich bin ein bisschen hin und her gerissen zwischen Herz und Gehirn.«

»Sind wir das nicht alle!«, sage ich, was ich ziemlich geistreich finde, so geistreich, dass es raus ist, bevor ich über die Tragweite nachgedacht habe, und schon wieder steht so was zwischen uns im Raum. Dann macht Lucy einen totalen Gedankensprung.

»Alice ist cool, nicht?«

»Ja. Ja. Mitunter.« Es war doch ein Gedankensprung, oder?

Nach einer Weile. »Sehr hübsch.«

»Hmm.«

Nach noch einer Weile. »Ihr scheint euch ziemlich gut zu verstehen.«

»Ja, na ja, ich schätze schon. Manchmal.« Ermutigt und überrascht über diese neue, lockere Vertrautheit zwischen Lucy und mir, sage ich: »Patrick ist ein sehr seltsamer Typ, nicht wahr? Ich glaube, er sollte vielleicht …«, aber Lucy bleibt plötzlich stehen und legt mir ihre Hand auf den Unterarm und drückt ihn sanft …

»Brian – darf ich dir was sagen? Etwas Persönliches …«

»Natürlich«, antworte ich, bis ich begreife, was sie will …

»Es ist mir ein bisschen unangenehm …«, meint sie und runzelt die Stirn.

Sie möchte sich mit mir verabreden! »Na los, raus mit der Sprache …«

»Ok-aaaay …«, sagt sie und holt tief Luft ….

Was soll ich ihr antworten? Tja – nein. Ich muss natürlich ablehnen …

»Na schön …«

… aber wie gebe ich ihr schonend einen Korb, ohne dass sie es zu schwer nimmt …?

»Also … es ist nur, wenn du mit mir sprichst, du hast da diese Angewohnheit, alles übermäßig zu artikulieren, als wäre ich total taub oder so?«

»Oh. Tu ich das?«

»Ja, du beugst dich irgendwie vor, nickst und benutzt sehr einfache Worte, als hätte ich einen unglaublich beschränkten Wortschatz? Und ich weiß nicht, ob du das tust, weil ich ›chinesischer Abstammung‹ bin oder Amerikanerin oder sonst was, aber ich war noch nie in China, ich *spreche* nicht Chinesisch, ich stehe nicht mal besonders auf chinesisches Essen, darum kann ich dir mühelos folgen, wenn du einfach, weißt du, ganz stinknormales, umgangssprachliches Englisch redest …«

»Tut mir leid. Ich hab gar nicht gemerkt, dass ich das mache …«

»Ist okay, es ist ja nicht nur bei dir so, es passiert mir oft. Ich meine, andauernd …«

»Das ist mir wirklich peinlich …«

»Muss es nicht, ist schon gut, es klingt eben nur ein bisschen von oben herab.«

»Also, dann beug ich mich nie wieder runter!!«

»Nicht witzig, Brian!«

»Nein, hast Recht.« Wir stehen jetzt vor dem Richmond House. »Und, seh ich dich morgen auf der Party?«

»Vielleicht. Ich bin nicht so der Partytyp.«

»Aber vielleicht.«

»Vielleicht.« Und sie setzt ihren Weg den Berg hinauf fort.

»Übrigens – kann ich dich noch was fragen?«

Sie bleibt ein bisschen nervös stehen. »Was denn?«

»Das Gehirn – ist es medizinisch gesehen ein Muskel oder eine Drüse?«

»Na ja, es stellt eine Konzentration verschiedener Arten von Nervengewebe dar, die alle ein ähnliches, verwandtes Ziel haben, was wahrscheinlich das Gehirn streng genommen zu einem Organ macht. Wieso?«

»Ich wollt's nur wissen. Bis morgen dann.«

»Tschüs.« Ich sehe zu, wie ihr Pandabär den Berg hinauf entschwindet.

Dann drehe ich mich um und will gerade die Stufen zur Haustür hochsteigen, als ich eine im Dunkeln kauernde Gestalt wahrnehme, die mit hängendem Kopf gegen die Tür gesackt dasitzt und mir den Weg versperrt. Erschreckt bleibe ich auf halber Treppe stehen und starre auf den Mann, der sich mit beiden Händen über seinen glattrasierten Schädel streicht, bevor er zu mir aufschaut. Ich freunde mich gerade mit dem Gedanken an, dass ich gleich erfahren werde, wie es ist, überfallen zu werden, als sich der Kerl aufrappelt und spricht: »Und – wer war die asiatische Puppe, Bri?«

Er tritt aus dem Schatten, und ich blicke in die scharfen, klugen Augen von Spencer Lewis.

26

FRAGE: Wie heißt die in der Bildhauerei häufig verwendete (und dort oft florentinischer Marmor genannte) wasserhaltige, feinkörnige, lichtdurchlässige Gipsart, die sich aus Ablagerungen verdunstenden Meerwassers bildet?
ANTWORT: Alabaster.

»Spencer? Was machst du hier?«

»Ich dachte, ich komm dich mal besuchen.« Ich renne die Treppe hoch und umarme ihn. Er boxt mich in den Oberarm, und wir machen diesen komischen kleinen Tanz, den Jungen vollführen, wenn sie einander begrüßen. »Außerdem hast du mich ja eingeladen …«

»Ja, weiß ich, hab ich, aber … hey, was hast du mit deinen Haaren gemacht …?«

Er fährt sich mit der Hand über den Kopf, der bis auf die Kopfhaut heruntergeschoren ist. »Der entlaufene-Sträfling-Look – gefällt er dir etwa nicht?«, fragt er, und mir fällt seine schleppende, undeutliche Sprechweise auf, was darauf schließen lässt, dass er sich im Zug hat volllaufen lassen.

»Doch, er ist sehr … glatt. Wer hat ihn dir geschnitten?«

»Ich.«

»Ging es um 'ne Wette, oder …?«

»Fresse, Brideshead. Also was ist, kann ich reinkommen oder nicht?«

»Natürlich«, und ich schließe die Tür auf, mache Licht im Flur, und wir drücken uns an den Fahrrädern vorbei. Er wirkt auch in anderer Hinsicht verändert, seine Augen sind verhangen und müde, und die Haut darunter ist schmutzig lila, wie bei blauen Flecken. Trotz der Eiseskälte trägt er nur eine verknitterte, dünne alte Harringtonjacke, die ich an ihm noch aus der Schulzeit kenne, und sein Gepäck besteht aus einer dünnen Plastiktüte, die, soweit ich das von außen beurteilen kann, nur zwei Bierdosen enthält.

»Ich hab immerhin heute Vormittag angerufen und mit einem feinen Pinkel geredet«, erzählt er, als wir die Treppe raufgehen.

»Das war mein Mitbewohner Josh. Sie heißen Josh und Marcus.«

»Und wie sind sie so?«

»Och, ganz in Ordnung. Eher nicht dein Fall.«

»Und, sind sie dein Fall?«

»Ich glaube, sie sind von niemandem so richtig der Fall.« Und wir stehen vor meinem Zimmer. Ich öffne die Tür.

»Aha – hier läuft also die Action, ja? Nicht übel …«

Ich ziehe meinen Mantel aus und werfe ihn lässig über die Hanteln, bevor Spencer sie sehen kann.

»Mach's dir bequem. Möchtest du eine Tasse Tee, Kaffee oder was?«

»Hast du was zu saufen?«

»Ich glaube, es könnte ein bisschen Eigenbräu da sein.«

»Eigenbräu?«

»Eigentlich gehört es Marcus und Josh.«

»Wie ist es?«

»Bisschen wie Pisse?«

»Aber alkoholisch?«

»Schon.«

»Na dann, hol.«

Widerwillig lasse ich ihn allein in meinem Zimmer zurück und eile auf der Suche nach dem Alkohol in die Küche. Auch ich brauche einen Drink. Spencers Ankunft hat mich total aus dem Gleis geworfen, teilweise, weil er offensichtlich ein bisschen merkwürdig und fies drauf ist, und teilweise, schätze ich, weil ich nie im Leben erwartet hätte, mich nicht zu freuen, ihn zu sehen. Ich bin auch etwas unruhig, weil ich glaube, dass ich mein Lyrik-Notizbuch auf dem Schreibtisch liegen gelassen habe, aufgeschlagen beim vorläufigen Entwurf eines neuen erotischen Sonetts, an dem ich gerade arbeite. Die erste Zeile enthält die Worte »Brüste aus Alabaster«, und wenn Spencer das liest, kann ich es mir bis an mein Lebensende anhören.

Plötzlich höre ich, wie die ersten Klänge der *Brandenburgischen Konzerte* sehr laut aus meinem Zimmer dröhnen, darum greife ich mir die Biergläser und haste zu ihm zurück und finde ihn an meinem Schreibtisch vor, wo er mit einer Zigarette im Mund dasitzt, in einer Hand das Cover der Bach-Platte und in der anderen das *Kommunistische Manifest*.

»Und, was bist du dieser Tage, Kommunist oder Sozialist?«

»Sozialist, schätze ich«, sage ich und stelle die Musik leiser.

»Verstehe. Und was ist der Unterschied?« Ich weiß, dass er den Unterschied kennt und dass ich hier nur gehänselt werde, aber ich sag's ihm trotzdem.

»Ein Kommunist wendet sich gegen die Vorstellung von Privateigentum an den Produktionsmitteln, während es im Sozialismus darum geht, darauf hinzuarbeiten, dass …«

»Wieso liegt deine Matratze auf dem Fußboden?«

»Es ist ein Futon.«

»Verstehe. Ein Fu-ton. Hat dir das asiatische Häschen das beigebracht?«

»›Asiatisches Häschen‹ – Rassismus *und* Sexismus in einem Atemzug!«, sage ich und lasse das »Brüste aus Alabaster«-Gedicht unauffällig in der Schublade verschwinden. »Übrigens ist Lucy aus Minneapolis. Nur weil sie chinesischer *Herkunft* ist, heißt das noch lange nicht, dass sie *Chinesin* ist.«

»Mann, du hast Recht, das Bier ist wirklich Pisse. Können wir nicht in die Kneipe gehen oder so?«

»Ein bisschen spät, meinst du nicht?«

»Wir haben noch eine halbe Stunde.«

»Ich muss für morgen noch was lesen.«

»Was musst du noch lesen?«

»*The Rape of the Lock* von Pope.«

»Klingt irgendwie scharf. Mach's morgen früh, ja?«

»Also …«

»Na komm schon, nur auf ein Schnelles?«

Ich weiß natürlich, dass ich nicht gehen sollte. Aber das Zimmer fühlt sich plötzlich zu klein und zu hell an, und sich zu besaufen, scheint mir jetzt eine Notwendigkeit zu sein, darum sage ich okay, und wir gehen ins Pub.

Im Flying Dutchman ist immer noch was los, als wir ankommen, und während ich an der Bar auf unsere Bestellung warte, schaue ich zu Spencer rüber, der sich mit zusammengekniffenen roten Augen feindselig im Lokal umsieht und angewidert an seiner nächsten Kippe zieht. Ich bekomme ein Bier für mich und ein Bier plus Wodka für ihn.

»Also das ist jetzt eine Studentenkneipe, ja?«, fragt er.

»Keine Ahnung. Ich schätze, schon. Schauen wir, ob ein Tisch frei ist?«

Wir zwängen uns nach hinten durch, halten dabei unsere Biere über die Köpfe, finden einen leeren Tisch und setzen uns; einen Moment lang herrscht Stille, bevor ich sage: »Und – wie läuft's zu Hause?«

»Oh – wunderbar. *Richtig* spitzenmäßig.«

»Und was hat dich hergeführt?«

»Du hast mich eingeladen; komm jederzeit, weißt du noch?«

»Natürlich.«

Und er schweigt einen Augenblick, scheint irgendeine Entscheidung zu treffen und sagt dann, etwas zu lässig: »Und wie ich vorhin schon sagte – ich bin ja ein entlaufener Sträfling, oder?«

»Wie meinst du das?«

»Na, sagen wir einfach, ich hab ein bisschen Ärger gekriegt. Mit dem Gesetz.«

Ich lache, und höre dann auf zu lachen. »Weshalb? Bist du schon wieder in eine Schlägerei …«

»Nein, sie haben mich erwischt, verstehst du? Wie ich das Arbeitsamt beschissen habe.«

»Du machst Witze …«

»Nein, Bri, ich mach keine Witze«, sagt er genervt.

»Wie denn?«

»Weiß nicht – irgendwer muss mich verpfiffen haben. Hey, das warst doch nicht du, oder?«

»Klar, Spencer, das war ich. Und was passiert jetzt?«

»Was weiß ich? Hängt wohl davon ab, was der Richter sagt.«

»Die wollen dich vor Gericht bringen?«

»So ist es. Offenbar greifen sie jetzt hart durch. Ich bin nächsten Monat vorgeladen. Toll, was?«

»Was willst du denen erzählen?«

»Vor Gericht? Weiß ich noch nicht. Ich dachte, vielleicht könnte ich sagen, Gott hat mir befohlen, so zu handeln.«

»Und arbeitest du immer noch an der Tankstelle?«

»Na ja, nicht wirklich.«

»Wieso nicht?«

»Weil sie mich erwischt haben.«

»Wobei?«

Er nimmt einen tiefen Schluck Wodka. »Mit der Hand in der Kasse.«

»Du machst *Witze*!«

»Brian, warum fragst du dauernd, ob ich Witze mache? Meinst du, ich finde so was komisch?«

»Nein, ich dachte nur …«

»Die hatten eine versteckte Kamera über der Kasse montiert und haben mitgekriegt, wie ich mich am Ende der Nachtschicht bedient habe.«

»Wie viel?«

»Weiß nicht, einen Fünfer, manchmal einen Zehner, ein bisschen was hier und da, wenn ich mal Süßigkeiten und Chips und so Sachen nicht abgerechnet habe.«

»Und werden sie dich auch anzeigen?«

»Nee, können sie nicht, weil ich nicht über die Bücher gelaufen bin. Aber sagen wir mal so, mein Chef war nicht gerade begeistert. Er hat einen Großteil von meinem Lohn behalten und gedroht, mir beide Beine zu brechen, falls er mich je wieder zu Gesicht bekommt …«

»Und was meint er, wie viel du genommen hast?«

»Ein paar Hundert?«

»Und wie viel hast du genommen?«

Spencer bläst Rauch aus. »Ein paar Hundert klingt mehr oder weniger richtig.«

»Verdammte Scheiße, Spencer …«

»Die haben mir lausige einsachtzig die Stunde gezahlt, Brian, was haben die denn erwartet, verdammt noch mal?«

»Ich weiß, ich weiß!«

»Außerdem bist du doch *Kommunist*, ich dachte, du glaubst nicht an Privateigentum.«

»Tu ich auch nicht, aber Marx spricht von Produktionsmitteln, nicht vom Inhalt einer Tankstellenkasse. Außerdem bin ich nicht *dagegen*; ich bin Sozialist. Ich finde es einfach nur, na ja, sehr schade. Was sagen deine Mum und dein Dad dazu?«

»Oh, sie sind mächtig, mächtig stolz auf mich.« Und er leert mit einem Schluck etwa die Hälfte von seinem Pint. »Na ja. Tatsache ist, dass ich voll und ganz in der Scheiße sitze.«

»Aber du findest doch auch wieder einen anderen Job, oder?«

»Na sicher – ein arbeitsloser, vorbestrafter Kleinkrimineller ohne Abschluss. Angesichts des Konkurrenzkampfs auf dem derzeitigen Arbeitsmarkt werde ich mich vor Angeboten nicht retten können. Willst du noch eins?«

»Ein kleines vielleicht.«

»In dem Fall musst du sie holen, da ich gerade ein bisschen klamm bin, finanztechnisch gesprochen.«

Also zieh ich wieder ab Richtung Bar, besorge die Biere und stelle mich langsam darauf ein, dass ich heute wahrscheinlich doch nicht mehr dazu kommen werde, Popes *Lockenraub* zu lesen.

Selbstverständlich sind wir die Letzten, die die Kneipe verlassen. Nachdem die Glocke für die letzte Bestellung geläutet hat, ist sich Spencer nicht zu schade, den Bodensatz anderer Leute Drinks in unsere Gläser zu kippen – etwas, das ich nicht mehr getan habe, seit ich etwa sechzehn war – sodass wir beide ziemlich blau sind, als wir zum Richmond House zurückkommen. Dort leeren wir unsere Becher mit dem milchigen alten Eigenbräu und machen noch die beiden Dosen Special Brew auf, die zusammen mit dem *Daily Mirror* und einer zur Hälfte verzehrten Fleischpastete Spencers Gepäck ausmachen. Ich erzähle ihm alles über mein Silvester und Alice und meine Version der Begegnung mit ihrer nackten Mum in der Küche, und Spencer wird ein bisschen lockerer und lacht zum ersten Mal laut und herzlich, statt nur höhnisch oder gehässig zu keckern.

Dann stehe ich auf und lege eine neue Platte auf, *The Kick Inside*, Kate Bushs außergewöhnliches, aber auch nicht ganz eingängiges Debütalbum, und er wird wieder ganz der Alte, lacht von Anfang bis Ende bei *The Man with the Child in his Eyes*, und verarscht meine Plattensammlung und meine Postkarten an der Wand. Um ihn abzulenken, lege ich das Tape auf, das er mir gemacht hat, *Brians College-Collage*. Wir lassen uns angesoffen auf den Futon fallen und sehen zu, wie sich die Decke über unseren Köpfen krümmt und wölbt und dreht, während wir Gil Scott-Heron *The Bottle* singen hören.

»Du weißt, dass du da drin vorkommst, oder?«

»Wo drin?«

»In dem Lied – hör mal …« Er kraucht auf allen vieren zur Stereoanlage, drückt auf »Stop« und spult zurück. »Hör genau hin …« und dann kommt das Lied, eine Liveaufnahme, die ersten sechzehn Takte nur elektronische Orgel und Schlagzeug, dann setzt ein Jazzflötensolo ein, und Gil Scott-Heron sagt etwas, das ich nicht richtig verstehe …«

»Hast du's gehört?«, fragt Spencer aufgeregt.

»Nein …?«

»Also noch mal, Blödmann, hör genau hin«, und er drückt auf »Rewind«, »Stop«, »Play«, dreht die Lautstärke voll auf und diesmal höre ich Gil Scott-Heron deutlich sagen: »Brian Jackson für euch an der Flöte!«, und die Menge klatscht.

»Verstanden?«

»Ja!«

»Das bist du!«

»Brian Jackson an der Flöte!«

»Noch mal …«

Und da ist es wieder – »… Brian Jackson für euch an der Flöte.«

»Das ist ja *Wahnsinn*, das hab ich noch nie gehört.«

»Weil du nie die Tapes hörst, die ich dir aufnehme, du *Arsch*-Banause.« Er kommt wieder zum Futon gekrochen, schmeißt sich auf den Rücken, und wir hören das Lied noch ungefähr eine Minute weiter, während ich beschließe, dass ich Jazz eigentlich doch ganz gut finde oder Soul oder Funk, oder was immer es ist, und mir vornehme, zukünftig tiefer in die Welt der schwarzen Musik einzudringen.

»Also ist Alice die, die du magst?«, fragt Spencer schließlich.

»Nicht *mag*, Spence, ich *liebe* sie …«

»Die *liebst* sie …«

»Ich liehiehiebe sie …«

»Du liehiehiehiebst sie …«

»Ich liebe sie absolut, unendlich und total, von ganzem Herzen …«

»Ich dachte, du liebst Janet Parks, du treuloses *Flittchen* …«

»Janet Parks ist eine *Kuh,* verglichen mit Alice Harbinson. ›Nicht Janet Parks, Alice ist jetzt mein Leben / Wer will die Kräh nicht für die Taube geben?‹«

»Häh?«

»*Ein Sommernachtstraum*, zweiter Akt, zweite Szene.«

»Jackson, du *Blödmann.* Und werde ich sie kennenlernen, diese Alice?«

»Vielleicht. Morgen Abend ist 'ne Party, falls du noch hier bist.«

»Soll ich ein gutes Wort für dich einlegen, Kumpel?«

»Völlig sinnlos, Kumpel. Wie gesagt, sie ist eine Göttin. Und wie sieht's bei dir aus?«

»Gar nichts, Kumpel. Du kennst mich doch, ich bin ein Roboter.«

»Du liebst doch bestimmt jemanden …«

»Nur dich, Kumpel, nur dich …«

»Na, ich liebe dich auch, Kumpel, aber das ist ja wohl nicht Liebe im *sexuellen, romantischen* Sinn, oder?«

»O doch, definitiv sexuell. Was glaubst du, warum ich den weiten Weg hierher gemacht habe? Weil ich dich *will.* Küss mich, großer Junge!« Spencer springt auf mich drauf, setzt sich auf meinen Brustkorb und macht nasse Schmatzgeräusche, und ich versuche, ihn herunterzuschubsen, dann artet das Ganze in ein Handgemenge aus …

»Komm, Bri, lass es zu, du willst es doch auch …«

»Hau ab!«

»Küss mich, Liebling!«

»Spencer! Das tut weh! …«

»Kämpf nicht dagegen an, Schatz …«

»Geh von mir runter! Du sitzt auf meinen Schlüsseln, du *Schwuchtel* …«

Da klopft es, und Marcus steht mit blinzelnden Maulwurfsäuglein hinter seiner schief sitzenden Pilotenbrille und in seinem rubinroten Frottee-Morgenrock in der Tür.

»Brian, es ist Viertel nach zwei, besteht eventuell die Chance, dass du die Musik irgendwann *aus*stellst?«

»Entschuldige, Marcus!«, sage ich und krieche über den Fußboden zur Stereoanlage.

»Hall*ooooo, Marcus*«, ruft Spencer.

»Hallo«, murmelt Marcus und schiebt sich die Brille hoch.

»Marcus ist ein wunderbarer Name, Marcus …«

»Das ist mein bester Kumpel Spencer, Marcus!«, sage ich und stolpere über jedes einzelne »s« …

»Macht nicht so einen Radau, klar?«

»Okay, Marcus, schön dich kennenzulernen, Marcus …«, und nachdem er die Tür zugemacht hat, »… tschüs Marcus, du *Wwwwichser …*«

»Pssst! Spencer!«

Aber ohne Musik macht es nicht mehr so viel Spaß, darum holen wir mit einigen Mühen und ziemlich viel Lärm das schwere eiserne Bettgestell hinter dem Schrank hervor und hieven es neben den Futon. Es entsteht eine kurze Diskussion, wer wo schlafen soll, aber Spencer bekommt den Futon, weil er schließlich mein Gast ist, während ich mich unter einen Haufen aus Mänteln und Handtüchern vollständig bekleidet auf das nackte Drahtgeflecht des Bettgestells lege und mein Kopf auf einem hauchdünnen Polyesterkissen ruht. Ich fühle, wie der Boden sich unter mir hebt und dreht, und sehne mich danach, wieder nüchtern zu sein.

»Und, wie lange willst du bleiben, Spency?«

»Keine Ahnung. Ein paar Tage vielleicht? Nur so lange, bis ich das im Kopf geregelt kriege? Ist das okay, Kumpel?«

»Na klar. Bleib, solange du willst. Dafür sind doch Freunde da, oder?«

»Nacht, Kumpel.«

»Nacht.«

Nach einer Weile sage ich: »Aber es geht dir doch gut, Kumpel, oder?«

»Weiß nicht, Kumpel. Weiß nicht. Nicht sicher. Und dir?«

»Alles okay.«

Und nach einer Weile sagt er: »Brian Jackson an der Flöte!«

Und ich sage: »Brian Jackson an der Flöte …«

Und er sagt: »Und die Menge dreht durch …«

Dann schlafen wir ein.

27

FRAGE: Unter welchem Namen ist das »Kalumet«, ein zentrales zeremoniales Objekt in der Kultur der amerikanischen Ureinwohner, gemeinhin bekannt?
ANTWORT: Friedenspfeife.

Ungefähr um halb fünf Uhr morgens muss ich mich übergeben.

Zum Glück kann ich gerade noch rechtzeitig den Flur entlang zum Badezimmer stolpern, aber als ich dann mit nassen Lippen, blass und zitternd vom Waschbecken aufschaue und in den Spiegel sehe, kotze ich fast gleich noch mal, weil mir klar wird, dass ich mich über Nacht in einen schaurig freakigen Echsenmann verwandelt habe, dem ein rautenförmiges Schuppenmuster quer über eine Gesichtshälfte verläuft. Ich halte mir den Mund zu, um meinen Schrei zu ersticken, bis mir auffällt, dass es nur der Abdruck des Bettgestell-Maschendrahts ist, und gehe wieder ins Bett.

Der Wecker klingelt um 8:15 Uhr und sticht wie ein Eispickel in mein Ohr; ich liege da und lausche dem Regen, der gegen das Fenster prasselt. Ich habe weiß Gott schon mal einen Kater gehabt, genauer gesagt an den meisten Tagen, aber der hier ist eine fremde, unbekannte Sorte, beinahe halluzinatorisch. Mein Nervensystem fühlt sich an wie rundum neu kalibriert, wodurch die kleinste Wahrnehmung – der Regen draußen, das Licht der Schreibtischlampe, der Geruch der leeren Dose Special Brew, die unters Bettgestell gerollt ist – grotesk überdimensioniert wirkt. Sämtliche Nervenenden scheinen aufdringlich lebendig zu sein und zu zucken, selbst in meinem Körperinneren, sodass ich sogar die Form und den Standort meiner Organe fühlen kann, wenn ich stillliege und mich konzentriere: die Lunge, die nass aufbrüllt; diese erschöpft schwitzende, gelbgraue Masse, die sich meine Leber nennt und sich schlapp gegen mein Rückgrat lehnt; die geschwollenen, schmerzenden, gemarterten lila Nieren und die brennenden, von Krämpfen geschüttelten Gedärme. Ich versuche, mich zu bewegen, um dieses letzte Bild mit einer physischen Kraftanstrengung aus meinen Gedanken zu schütteln, aber auch das Rascheln meiner Haare am Kopfkissen ertönt in hundertfacher Lautstärke. Darum bleibe ich ganz still auf der Seite liegen und schaue zu Spencer rüber, der knapp einen Meter von mir entfernt liegt und ein leicht geöffnetes Schnütchen macht, während ein feuchter Fleck trüben Speichels in mein Kissen sickert. Ich bin nah genug dran, um seinen Atem riechen zu können, der abgestanden, dumpf und warm ist. Mein Gott, ich hatte die Skinhead-Frisur ganz vergessen. Er sieht aus wie ein Faschist; wie ein gut aussehender, charismatischer Faschist, aber das ist bekanntlich die übelste Sorte, wie uns die Geschichte gelehrt hat. Was ist, wenn ich heute zusammen mit ihm auf der Party gesehen werde und die Leute glauben, ich sei mit einem Nazi befreundet? Vielleicht ist er heute Abend gar nicht mehr da. Vielleicht muss er ja nach Hause. Vielleicht wäre es das Beste.

Mich aufzurichten und an den Rand des Bettgestells zu setzen, ist eine Herkulesaufgabe, und ich kann tatsächlich *hören*, wie mein Mageninhalt hin und her schwappt und sich dann unten wieder sammelt, wie eine dünne Plastikmülltüte voll warmem, mild schäumendem Vanillepudding. Die Vorstellung, meine Kleider von gestern Abend wechseln zu müssen, erscheint mir schlicht nicht machbar, darum tu ich's nicht, und ich bin nicht mal sicher, ob ich mir die Schnürsenkel binden kann, ohne draufkotzen zu müssen, schaffe es aber irgendwie. Dann ziehe ich meine kombinierte Mantel-Bettdecke an, und es gelingt mir, das Haus zu verlassen, während Spencer noch schläft, und begebe mich den Berg hinauf zur Anglistikfakultät. Es fällt ein beständiger Nieselregen, und ein böiger Wind weht. Ich hatte die geniale Vorstellung, *The Rape of the Lock* auf dem Weg lesen zu können, aber die Seiten werden vollkommen durchgeweicht. Außerdem hat mein Nervensystem schon genug damit zu tun, dafür zu sorgen, dass ich im Gehen nicht hinfalle.

Vor dem Hörsaal lehne ich mich gegen die Wand und reibe mir energisch das Gesicht, in dem Versuch, ihm eine Farbe zu verleihen, die anders als grau ist, als ich Rebecca Epstein sehe, die gerade zielstrebig zum Tor hinausgeht. Eine Sekunde lang bilde ich mir ein, dass sie mich gesehen, dann jedoch beschlossen hat, einfach weiterzulaufen, aber das kann nicht sein, das würde ja heißen, dass sie mich ignoriert.

»Rebecca!«, rufe ich, aber sie stapft die Straße hinunter, den Kragen ihres schwarzen Polyestermantels hochgeschlagen, den Kopf im Regen eingezogen. »Rebecca …?« Ich halte die Tüte mit dem wabernden Vanillepudding fest und versuche zu rennen, ohne den Kopf zu bewegen.

»Rebecca, ich bin's, Brian!«

»Tatsache. Hallo Jackson«, sagt sie lasch.

»Wie geht's dir?«

»Gut.«

Und wir laufen ein Stück weiter.

»Interessante Vorlesung gehört?«

»Hmm.«

»Worüber war sie?«

»Willst du das wirklich wissen, oder machst du nur Konversation?«

»Ich mache nur Konversation.«

Ich glaube, den Hauch eines Lächelns zu sehen, aber vielleicht habe ich es mir nur eingebildet, denn im nächsten Moment sagt sie: »Solltest du nicht gerade selbst unterwegs zu einer Vorlesung sein?«

»Na ja, eigentlich schon, aber ich bin nicht sicher, ob ich dem gewachsen bin …«

»Worüber geht's?«

»Willst du das wirklich wissen, oder machst du nur …«

»Du siehst übrigens echt beschissen aus.«

»Ich fühl mich auch beschissen.«

»Gut. Freut mich.«

Sie wirkt feindselig. Natürlich wirkt sie immer feindselig, aber heute mehr als sonst. Wir laufen ein kleines Stück weiter, wobei ich knapp hinter ihr zurückfalle, und ich frage mich, wie jemand, der so kurze Beine hat, es schafft, so viel schneller zu laufen als ich.

»Becs, bist du sauer auf mich oder so?«

»*Becs?* Hast du sie noch alle?«

»*Rebecca*, meine ich. Und, bist du sauer?«

»Nicht sauer. Nur … enttäuscht.«

»O nein, bitte nicht du auch noch.« Sie schaut mir zum ersten Mal in die Augen. »Anscheinend gelingt es mir im Moment, jeden zu enttäuschen. Ich weiß nicht, warum. Ich bemühe mich ungemein, es nicht zu tun, wirklich.« Hier macht sie Halt, und wir stehen einen Augenblick auf der Straße im Regen, während sie mich von oben bis unten mustert.

»Du weißt hoffentlich, dass dein Gesicht vollkommen *grau* ist?«

»Weiß ich.«

»Und dass du weißes Zeugs in den Mundwinkeln hast.«

Ich wische es mit dem Mantelärmel weg und sage: »Zahnpasta«, obwohl ich mir gar nicht so sicher bin. »Hör mal, hast du schon gefrühstückt?«

»Was ist mit deiner Vorlesung?«

Mir fällt mein heiliger Eid ein, mir keine einzige Vorlesung entgehen zu lassen, aber Rebecca scheint mir irgendwie wichtiger zu sein als gute Vorsätze, darum sage ich: »Ich glaube, ich lass sie ausfallen.« Sie überlegt einen Moment und sagt dann: »Na schön, komm«, und wir laufen wieder den Berg runter.

Der Dampf und das Bratfett der Frühstücksangebote beschlägt die Fenster des Cafés, kondensiert auf den kalten Scheiben und tropft auf unseren roten Resopaltisch, wo sich Pfützen bilden. Rebecca und ich haben eine Nische für uns allein, sie mit einem Becher Tee, ich mit einem Milchkaffee, einer Dose Cola, einem Marsriegel und einem Brötchen mit knusprigem Bacon und brauner Sauce. Rebecca kritzelt auf dem beschlagenen Fenster herum, während ich sage: »… er muss vor Gericht, weil er das Arbeitsamt beschissen hat, was ich persönlich einen Skandal finde. Ich meine, wenn man bedenkt, was für Unsummen diese Bonzen-Unternehmen bei der Steuer hinterziehen, ohne dass sich irgendjemand einen Dreck drum schert …?«

»… hmmm …«

»… Ich meine, worum geht's denn hier, mickrige dreiundzwanzig Pfund die Woche oder so? Davon kann doch kein Mensch leben. Und was erwarten sie denn, wenn man sowieso keine anständige Arbeit finden kann …?«

»Hm …«

»… Ich würde jedenfalls gern mal sehen, wie einer von diesen Scheiß-Tories versucht, mit so wenig Geld auszukommen. Außerdem mach ich mir Sorgen, dass er mich anpumpen will, weil ich es mir nicht leisten kann, ihm Geld zu leihen, nicht solange die Stipendien dermaßen niedrig sind …«

… und hier höre ich auf zu reden, weil ich feststelle, dass Rebecca das Wort »HILFEEEE!!« in Spiegelschrift auf die beschlagene Scheibe geschrieben hat.

»Entschuldige. Ich langweile dich, oder?«

»Na ja, Jackson, du kennst mich doch, normalerweise gibt's nichts Schöneres für mich, als den ganzen Vormittag über Tory-Politik zu diskutieren, es ist nur, na ja, es ist nur nicht gerade das Thema, das hier ansteht, oder?«

»Nein, ich schätze, du hast Recht.« Ich hole tief Luft. »Tut mir leid wegen neulich Abend.«

»Und weißt du, wofür du dich genau entschuldigst?«

Weiß ich das? »Nein, nicht genau.«

»Dann ist es auch keine richtige Entschuldigung, oder?«

»Nein. Nein, ich denke nicht.« Wenn ich an den Abend zurückdenke, dann ist es ein bisschen so, wie wenn man an einem Freitagabend vor der Kneipe in eine Rauferei zwischen Besoffenen gerät; aufregend, sehr real und beängstigend, während es passiert, aber hinterher ist man nicht sicher, wer genau was mit wem angestellt oder wie das Ganze angefangen hat. Ich überlege, ob ich Rebecca diese Analogie mitteilen soll, aber niemand hört gern, dass von ihm geküsst zu werden, sich anfühlt, wie wenn man vor der Kneipe zusammengeschlagen wird, darum sage ich nur: »Ich dachte einfach, es wäre mal wieder das Übliche gewesen.«

»Was ist das Übliche?«

»Du weißt schon, dass ich einfach unfähig bin.«

»Och, na ja, du bist nicht schlimmer als ich …«

»Ich bin viel schlimmer als du.«

»Bist du nicht …«

»Bin ich doch …«

»Nein, bist du nicht …«

»Doch, bin ich, ich bin ekelhaft …«

»Na schön, Jackson, machen wir keine Dialektik draus, ja?« Sie nimmt einen Schluck Tee, den sie irgendwie zu kauen scheint, und sagt dann: »Hör mal, ich war ein bisschen betrunken und hab einen Fehler gemacht, habe ›falsche Signale empfangen‹ oder wie man da sagt, ich bin auch nicht besonders sauer auf dich, es ist mir eigentlich nur peinlich. Es passiert nicht sehr oft, dass ich mich …« hier folgt ein kleines, bitteres Lachen, »… *verletzlich* mache, ist das das richtige Wort?« Dann leckt sie ihre Fingerspitze und tupft damit die Krümel meines Baconbrötchens von meinem Teller. »Trotzdem weiß ich ganz genau, eines Tages werde ich wieder lieben können.«

Die Unterhaltung hat jetzt offensichtlich eine neue und faszinierend persönliche Dimension angenommen, darum beuge ich mich über den Tisch und lehne mich mit dem Kopf schräg an das nasse Fenster, eine Haltung, die, wie ich meine, eine Art wehmütiger Sensibilität verströmt, und sage leise: »Also hast du demnach, du weißt schon, in der Vergangenheit schlechte emotionale Erfahrungen gemacht, emotional gesprochen?«

Rebecca, die gerade den Teebecher zum Mund führt, hält in der Bewegung inne und schaut sich dann nach links und rechts um. »Entschuldige, redest du mit *mir*?«

»Ist doch eine legitime Frage, oder?«

»Und geht dich außerdem einen Dreck an. Was willst du von mir hören? Dass mir Daddy nie das Pony geschenkt hat, das ich mir so gewünscht habe? Ich hab mich betrunken, und mir war nach ein bisschen menschlichem, oder was weiß ich, Kontakt, und ich hab dich angemacht und wurde zurückgewiesen. Keine riesengroße Sache. Nur weil alle anderen an dieser Scheiß-Uni emotional so scheiß*inkontinent* sind, heißt das noch lange nicht, dass ich auch so sein muss …«

»Ich finde, du fluchst zu viel.«

»Am Arsch …«

»Ich finde, wenn du pausenlos fluchst, entwertest du die Wirkung von Schimpfwörtern.«

»Ach nee, wer sagt das, Mary-Piss-Poppins?«, sagt sie, lächelt aber ein klitzekleines bisschen, was wohl das Beste ist, was ich unter den Umständen erwarten kann. Dann trinkt sie ihren Tee, schaut aus dem Fenster und sagt gleichgültig: »Jedenfalls, wenn du's genau wissen willst, die letzte Beziehung endete in einer Abtreibungsklinik, darum … na ja … jedenfalls bin ich nicht ganz so locker-flockig in diesen Dingen wie manche andere Leute. Mehr nicht.«

Ich weiß nicht, wie ich darauf reagieren soll. Beziehungsweise ich weiß, wie ich von einem politischen Standpunkt aus darauf zu reagieren habe, aber ich bin mir nicht sicher, wie ich als Mensch reagieren soll. Ich weiß nicht, was ich mit meinem Gesicht machen soll. Vielleicht ist es ja das Beste, nicht zu dramatisch zu werden, keine riesengroße Sache draus zu machen.

»Wer war er?«

»Nur so ein Typ von zu Hause, jemand, mit dem ich geschlafen habe, was ein Fehler war. Niemand, den du kennst«, sagt sie und bohrt Löcher in meine zerknüllte Serviette.

»Und er hat dir den Laufpass gegeben, weil du …«

»Nein, natürlich nicht. Überhaupt nicht. Es war komplizierter …«, dann seufzt sie, wirft mir einen kurzen Blick zu und guckt dann wieder die Serviette an. »Der Typ hieß Gordon und war in meiner Abschlussklasse. Erste große Liebe, der ganze Scheiß. Wir waren ungefähr ein halbes Jahr zusammen und wollten im Sommer nach der Schule per Interrail durch die Gegend fahren, dann das Jahr vor der Uni irgendwo im Ausland leben, sehen, wie die Dinge sich entwickeln, ob wir, du weißt schon, das alles miteinander wollten, was auch immer. Also sind wir durch Europa gereist, haben uns die Sehenswürdigkeiten angeschaut, am Strand geschlafen, alles hochromantisch, dann auf halber Strecke, in Spanien, stellt sich raus, dass ich schwanger bin. Also haben wir das durchdiskutiert, beschlossen, was zu tun ist, sind dann sofort zurückgekommen und haben die Sache durchgezogen. Er hat gesagt, dass wir das gemeinsam durchstehen und er zu mir hält, was er auch tat. Aber nur anderthalb Wochen. So. Das war's schon.«

»Und hast du ihn, na ja, geliebt?« Sie runzelt die Stirn, spitzt den Mund, antwortet aber nicht, blickt aus dem Fenster und dann wieder auf die zerknüllte Serviette. Ich weiß nicht, was ich sagen soll, habe aber das Gefühl, dass ich was sagen sollte. »Ich bin sicher, du hast damals richtig gehandelt.«

Rebecca sieht mich aus funkelnden Augen an. »Brian, ich *weiß*, dass ich richtig gehandelt habe, ich hab dich nicht um deine *Zustimmung* gebeten …«

»Nein, ich weiß …«

»… und es besteht auch kein Anlass, mit so einer belämmerten Stimme zu sprechen …«

»Was für eine Stimme?«

»Du weißt, mit was für einer Stimme. So was kommt vor, weißt du, Abtreibungen, viel öfter, als du glaubst …«

»Ist mir schon klar …«

»… und wir brechen deswegen auch nicht alle zusammen, verkriechen uns nicht mit einer Ausgabe der *Glasglocke* in der Ecke, weißt du. Die meisten Frauen machen einfach weiter …«

»Bestimmt …«

»… darum lass uns jetzt das Thema wechseln, ja?«

»Okay.«

»Ist das dein Mars?«, fragt sie, und ich erlebe einen kleinen Panikmoment, weil ich mir nicht ganz sicher bin, ob wir Marsriegel vielleicht boykottieren sollen.

»Hmm.«

»Na, dann her damit.« Ich reiche ihn ihr pflichtschuldigst, und sie beißt ab und kaut eine Weile. »Warum ist alles, was du isst und trinkst, *braun*? Ich hab noch nie so viel *braunes* Essen gesehen. Es würde dir nicht schaden, hin und wieder mal ein bisschen Obst oder Gemüse zu essen, weißt du …«

»Du klingst wie meine Mutter.«

»Na ja, sie ist eine kluge Frau. Du solltest auf sie hören. Und auf mich.« Sie beißt noch einmal ab. »Und, hast du sie gesehen?«, fragt sie mit vollem Mund.

»Wen, meine Mum?«

»Nein, nicht deine Mum …«

»Wen dann?«

»Du weißt, wen ich meine, Farah-Fickdich-Fawcett.«

»Oh, nur ein paar Mal.«

Sie beißt noch mal ab, wirft mir den Marsriegel wieder über den Tisch zurück, wo er mit dem klebrigen Ende nach unten landet. »Und … magst du sie noch?«

Mir ist bewusst, dass hier eine reelle Gefahr lauert, dass mir gleich ein Teelöffel ins Auge gerammt wird, darum wähle ich meine Worte äußerst vorsichtig und sage nur: »Ich glaube schon.«

»Und, was glaubst du, hält sie von dir?«

»Ich glaube, sie findet mich … interessant.«

Sie mustert mich und will etwas sagen, schaut dann aber lieber aus dem Fenster und fängt an, wieder Kringel ins Kondenswasser zu malen, diesmal einen Smiley. »*Interessant*, ja? Na, das ist wirklich sehr rührend von dir, am Ball zu bleiben, schätze ich. Beharrlichkeit im Angesicht der Gleichgültigkeit. Sehr … *tapfer* …«, sagt sie mit gekräuselter Lippe.

»Ja, na ja. Ehrlich gesagt, scheine ich in der Sache nicht groß die Wahl zu haben.«

»O doch, man hat die Wahl, Brian. Man hat immer die Wahl, ob man ein *Volltrottel* sein will oder nicht.«

Als ich mittags wieder nach Hause komme, sehe ich Marcus, der aus der Tür tritt und dann abschließt. Ich ducke mich hinter eine Mauer und erwäge sogar wegzurennen, habe aber noch nicht die volle Kontrolle über meine Beine wiedererlangt. Außerdem hat er mich gesehen und wartet oben auf dem Treppenabsatz, während er ein unsichtbares Nudelholz in seine Handfläche schlägt.

»Huhu, Marcus!«

»Hallo, *Brian*.«

Ich versuche, an ihm vorbeizugehen und aus dem Nieselregen zur Haustür zu gelangen, aber er weicht nicht von der Stelle.

»Tut mir leid wegen gestern, Marcus«, sage ich, du kleiner Pisser …

»Du weißt hoffentlich, dass Gäste über Nacht auf dem Unigelände nicht erlaubt sind, oder?«

»Doch, weiß ich …«, bestätige ich und nehme ihm die Pilotenbrille aus dem Gesicht …

»Ich meine, Josh und ich hätten vielleicht auch gern mal Leute zu Besuch, aber wir tun es nicht, weil wir die Univorschriften respektieren …«

»Ich weiß, Marcus …«, sage ich und breche die Brille fein säuberlich am Steg auseinander …

»Wie lange hat er vor zu bleiben?«

»Keine Ahnung. Die nächsten Tage? Nur so lange, bis er sich wieder auf die Reihe gekriegt hat …«, und ich werfe die beiden Teile der Brille zu Boden und zermalme sie knirschend unter meinem Absatz …

»Sah mir so aus, als würde er dafür länger als ein paar Tage brauchen …«

Ich blicke zu meinem Fenster hoch, besorgt, dass Spencer noch im Bett liegen und unser Gespräch mit anhören könnte, und schlage dann leise vor: »Morgen? Morgen ist er wieder weg.«

Marcus erwägt das und willigt schließlich gnädig ein. »Okay, morgen. Aber nicht später«, warnt er und streift mich leicht im Vorbeigehen, und ich setze ihm meinen Fuß ins Kreuz und stoße ihn die Treppenflucht hinunter, in den Tod.

»Mach's gut, ja?«, sage ich.

Das graue Licht des Spätvormittags offenbart in meinem Zimmer ein Durcheinander aus Bettgestellen, Plattencovern, Mänteln, Matratzen, Bettdecken und feuchten Handtüchern. Es herrscht ein strenger, gärender Ammoniak- und Alkoholgeruch, und man bekommt das Gefühl, dass einem der Raum um die Ohren fliegen würde, wenn man ihn mit einer brennenden Zigarette betreten hätte. Darum öffne ich trotz dem Regen ein Fenster, soweit es geht, und mache das Licht an, um zu sehen, ob Spencer noch irgendwo unter einer Decke lümmelt. Tut er nicht. Stattdessen finde ich eine auf ein liniertes DIN-A4-Blatt geschmierte Nachricht auf dem Schreibtisch.

»Bin im Pub. Bis später.«

Der Reisewecker auf meinem Kaminsims zeigt 11:55 Uhr. Daneben liegt der Haufen Kleingeld, den ich gestern aus meinen Taschen geleert habe. Es sollten etwa vier Pfund fünfundfünfzig sein, aber ich zähle trotzdem nach, nur für den Fall.

Vier Pfund fünfzig.

Und ich weiß nicht, was mich trauriger macht, die Vorstellung, dass Spencer schon vor zwölf in der Kneipe ist, oder die Tatsache, dass ich nachgesehen habe, ob er mir Geld geklaut hat.

28

FRAGE: Welche geheimen griechisch-römischen Festlichkeiten waren zunächst nur Frauen vorbehalten, bis später auch Männer zugelassen wurden, bevor sie schließlich 186 v. Chr. vom römischen Senat wegen ihres angeblich orgiastischen Charakters verboten wurden?
ANTWORT: Bacchanale.

Einer allgemeinen Faustregel zufolge weiß man, dass eine Party ein Problem hat, wenn sie anfangen, Musicalsongs zu spielen.

Als Spencer und ich vor der Tür von Nummer 12 in der Dorchester Street stehen, hören wir eindeutig *Gee, Officer Krupke* aus *West Side Story*, das laut aus der Hi-Fi-Anlage im Wohnzimmer plärrt und von mehreren ostentativ textsicheren Männerstimmen begleitet wird. Obwohl ich Broadway-Musicals genauso mag wie der Nächstbeste, gibt es eine Zeit und einen Ort für diese Dinge. Auch ist der Nächstbeste in diesem Fall Spencer, der nicht wirklich ein Musiktheaterfan ist und mich entgeistert anschaut.

»Bist du sicher, dass das eine gute Idee ist?«

»Wenn sie *Starlight Express* auflegen, gehen wir. Okay?«, und Erin die Katze öffnet die Tür.

»Hi, Erin!«, trällere ich.

»Hallo, *Brian*«, seufzt sie.

Keiner von uns rührt sich von der Stelle. Ich sehe, wie ihre Augen zu Spencers rasiertem Schädel hinaufhuschen.

»Das ist mein Freund Spencer!«

»In Ordnung?«, fragt Spencer.

»Hm«, sagt Erin und ist sich offensichtlich überhaupt nicht sicher, ob es in Ordnung ist. Ich halte als Anreiz die Weinflasche und die vier Bierdosen hoch, und endlich lässt sie uns rein.

»Die Küche ist da drüben«, sagt Erin, bevor sie sich wieder in die rauhe West Side von New York zurückbegibt, wo gerade drei neckisch herumhüpfende Jüngelchen vom Institut für Theaterwissenschaften die coolen, abgebrühten Macho-Jets personifizieren. Erin nimmt die *West Side Story* vom Plattenteller, was man ihr hoch anrechnen muss, und legt dafür Sly and the Family Stone auf. »Och, Mensch! Als Nächstes kommt doch *I Feel Pretty*!«, quengelt einer von den Jets enttäuscht, und ich sehe, wie Spencer der Shark den Kopf schüttelt und sich mit der Hand über die Stelle streicht, wo früher mal sein Haar war. Ich habe das ungute Gefühl, mit einer geladenen und entsicherten Knarre auf einer Party aufgekreuzt zu sein.

Nachdem ich vom Frühstück mit Rebecca zurückgekehrt bin und nachgesehen habe, ob Spencer mir Geld gestohlen hat, beschließe ich, ein paar Zeilen in mein lyrisches Notizbuch einzutragen. Auf eine neue Seite gegenüber dem »Brüste aus Alabaster«-Gedicht, schreibe ich:

caféfensterscheibe,
dunst- und bratfettbeschlagen.
frühstücksangebote

… werde dann aber müde und finde, dass es für heute reichen muss. Mir fehlt einfach die Energie. Ich lege mich auf den Futon und fange an, Coleridges *Weise vom alten Seefahrer* zu lesen, und komme auf der ersten Zeile bis »It was an Ancient …«, bevor mich Wärme und Dämpfe des Heizlüfters in den Schlaf sinken lassen.

In der düsteren Nachmittagsstimmung wache ich vollständig bekleidet wieder auf, verschwitzt und mit pappigem Mund. Als Erstes erblicke ich Spencer, der seine Füße auf meinen Schreibtisch gelegt hat und Coleridge liest.

»Alles klar, Dornröschen?«

»Wie spät ist es?«

»Ungefähr vier?« Und da sind sie wieder, diese vertrauten Gewissensbisse, wieder einen vollkommen guten Tag komplett verschwendet zu haben. Weite Teile meines Lebens sind auf diese Weise an mir vorbeigerauscht, besonders die großen Ferien; die Zeit meiner angeblich wilden Jugend, die Zeit der ach so idyllischen, langen heißen Sommer, alles verpufft in einer vernebelten Katerstarre am Morgen danach, bei ziellosen Streifzügen durch Woolworth, bei Kopfschmerzen verursachenden Mittagsschläfen, bei Schmuddel-Videos, zum fünfzehnten Mal mit zugezogenen Gardinen angeschaut, bei betrunkenen Streiterein und wüsten Beschimpfungen und Essen zum Mitnehmen und unruhigem Schlaf, und dann wieder der Kater und ab zu Woolworth. Hatte ich nicht, was das betrifft, eine Art Vorsatz gefasst? Hätte das inzwischen nicht allmählich aufhören sollen? Ich bin schon *neunzehn*; ich kann mir nicht leisten, mein Leben auf diese Weise zu vertändeln. Wieso habe ich es dann schon wieder gemacht? Ich beschließe, dass Spencer daran schuld ist, und richte mich grantig auf.

»Wer hat dich reingelassen?«

»Irgend so ein langhaariger Schnösel-Arsch in einer *lila Samtweste.*«

»Josh?«

»›Josh‹. Nicht besonders freundlich.«

»Warst du besonders freundlich?«

»Wahrscheinlich nicht. Wieso, hätte ich's sein sollen?«

»Na ja, ich muss mit ihm zusammenwohnen, deswegen ...« Spencer sagt nichts, wirft nur den Coleridge wieder auf meinen Schreibtisch. Eine Wolke aus Bier, Zigaretten und Schweiß weht mich an. »Und, wo warst du?«

»Ich war in der Kneipe. Hab die Zeitung gelesen. Mir die Läden angeguckt.«

»Hast du was gekauft?«

»Wovon denn?« Mit dem Geld, von dem du das Bier und die Zigaretten gekauft hast, vielleicht?, denke ich, aber sage stattdessen:

»Die Stadt ist ganz hübsch, oder?«

»Ja, ist okay«, und er reibt sich das Gesicht mit den Händen. »Und – was passiert jetzt?«

»Na ja, heute Abend ist die Party, was sicherlich cool ist, aber vorher muss ich wirklich noch was arbeiten …«

»Nee, musst du nicht.«

»Doch, Spence, muss ich …«

»Na schön, dann bleib ich einfach so lange hier sitzen und lese ein bisschen oder so.«

Aber ich muss raus aus diesem Zimmer, und zwar so schnell wie möglich, darum sage ich … »oder wollen wir einfach ins Kino gehen?«

Also gehen wir in die 17:15-Uhr-Vorstellung von *Amadeus*, ein Film, der mir eine wunderbare und tiefgründige Auslotung des genialischen Geistes zu sein scheint und den Spencer von Anfang bis Ende verschläft.

Die Dinge beleben sich, wie sie es zu tun pflegen, als wir in die Kneipe gehen. Wir streiten uns darüber, was wir aus der Jukebox hören wollen, verjubeln fünfzig Pence am Spielautomaten, dann suchen wir uns eine kleine Nische und können wieder richtig lachen: Spencer erzählt mir, dass Tone sich dem Territorialheer angeschlossen hat.

»Du machst Witze …«

»Mach ich nicht …«

»Aber er ist ein *Vollidiot* …«

»Macht nichts. Sie bevorzugen Vollidioten …«

»Du meinst, sie werden ihm eine *Waffe* geben?«

»Früher oder später.«

»Böse Falle«, sagen wir wie aus einem Mund, und mir wird klar, dass ich schon jahrelang nicht mehr »böse Falle« gesagt habe. Dann meint Spencer: »Am Anfang bringen sie ihm natürlich erst mal nur bei, sich auf den Feind zu setzen und ihm ins Gesicht zu pupsen …«

»… oder sich von hinten ranzuschleichen und ihm mit aller Macht die Handknöchel über den Kopf zu rubbeln.«

»… um ihnen dann die Stereoanlage zu klauen …«

»… Verdammte Scheiße – Sergeant Tone …«

»… das ultimative Abschreckungsmittel …«

»Die freie Welt kann nachts wieder ruhig schlafen«, und Spence nimmt einen großen Schluck Bier und fügt dann hinzu: »Ich sag dir mal was *richtig* Komisches – er versucht mich zu überreden, bei denen mitzumachen. Offenbar findet er, dass ich Zucht und Disziplin in meinem Leben gebrauchen könnte.«

»Interessiert?«

»Und wie. Meine Wochenenden in einem furzgeschwängerten Zelt auf der Salisbury Plain mit einem Haufen waffengeiler Tories zu verbringen, ist genau der heilsame Schock, der mir gefehlt hat.«

Ich sehe meine Chance, ihm nebenbei meine Vorstellung unterzujubeln, darum lächle ich immer weiter und sage: »Hast du mal darüber nachgedacht, vielleicht wieder aufs College zu gehen …?«

Aber Spencer durchschaut mich und sagt: »Verpiss dich, Bri …« Nicht unfreundlich, aber auch nicht freundlich, nur angeödet. »Außerdem ist die Uni nichts anderes als Wehrdienst für den gehobenen Mittelstand.«

»Und was ist mit mir? Ich gehöre nicht zum Mittelstand.«

»Du bist Mittelstand …«

»Bin ich nicht …«

»Bist du doch …«

»Meine Mum verdient sicher *unendlich* viel weniger als deine Eltern …«

»Aber um Geld geht's doch gar nicht, oder? Es geht um die Einstellung.«

»Genau genommen geht es darum, wer die Produktionsmittel besitzt …«

»Quatsch, es geht um die Einstellung. Deine Mum hätte dich ins Bergwerk schicken können, du wärst trotzdem als Mittelstand wieder rausgekommen. Es sind die Dinge, die du sagst, die Bücher, die du liest, dieser Film, den ich mir gerade deinetwegen antun musste, es ist die Art, wie du auf Klassenfahrt gehst und dein Geld für Lehrbücher und Postkarten ausgibst statt für Kippen, Flipper und Kicker, es ist die Art, wie du dir in der Frittenbude schwarzen Pfeffer bringen lässt …«

»Das hab ich *nie* getan …«

»Hast du, Bri! Ich war dabei.«

Zu meiner Verteidigung muss ich sagen, dass laut *meiner* Erinnerung ich mir den schwarzen Pfeffer nicht *bringen* ließ, sondern ihn *gewählt* habe, weil sie schwarzen Pfeffer *da* hatten, aber ich will nicht drauf herumreiten. »Also meinst du, nur weil jemand gerne liest oder was lernen will oder schwarzen Pfeffer bevorzugt oder lieber Wein trinkt als Bier, macht ihn das zum Vertreter der Mittelschicht?«

»Ja, mehr oder weniger …«

»Weil man eventuell behaupten könnte, das sei ein ziemliches Klischee …«

»Hör mal genau zu, Brian, Tatsache ich doch, dass du dich als Sozialist bezeichnest. Aber wenn du bei der Oktoberrevolution dabei gewesen wärst und Lenin dir den Auftrag erteilt hätte, den Zaren und seine Familie hinzurichten, dann hättest du es nicht getan. Und weißt du, wieso nicht? Weil du viel zu sehr damit beschäftigt gewesen wärst, die Tochter des Zaren anzubaggern …«

Sämtliche Spuren meines Morgenkaters sind nach dem dritten Halben verflogen, und wie schon so oft verblüfft mich die medizinische Heilkraft des Bieres. Ich sehe diese Party als große Chance für mich, die Sache mit Alice voranzutreiben. Ich habe lange und gründlich darüber nachgedacht, wie ich es anstellen soll, und dann beschlossen, dass der Trick darin besteht, »Umwerfend« und »Reserviert« zu sein. So lauten meine Parolen für den Abend: Umwerfend und Reserviert. Aus diesem Grund ist es wichtig, mich nicht zu sehr zu betrinken, darum essen wir zum Abendbrot jeder drei Tüten Chips und ein paar geröstete Erdnüsse, wegen der Proteinzufuhr, und ziehen dann los zur Party.

Als wir in der Dorchester Street 12 eintreffen, hat das Fest offenkundig gerade den kritischen Punkt erreicht, an dem es in die eine oder andere Richtung kippen kann. Schon ein flüchtiger Blick in die Küche offenbart mir, dass die Gästeliste ein starkes Übergewicht zugunsten der Theaterwelt aufweist – die meisten Mitglieder des *Bacchae*-Chors sind da und reden alle gleichzeitig, und Neil Soundso, Star der gefeierten *Richard III.*-in-Jeans-Inszenierung letztes Jahr, lehnt am Kühlschrank und unterhält sich angeregt mit dem Herzog von Buckingham, und Antigone, eine der Gastgeberinnen, füllt gerade irgendwelche Käse-Dinger in eine große Schüssel. Von Alice ist weit und breit noch nichts zu sehen. Ich bin unerklärlicherweise nervös, weiß aber nicht genau, ob ich mir Sorgen mache, wie Spencer Alice findet, oder wie Alice Spencer findet.

Und plötzlich ist sie da und steht in der Küchentür und sagt etwas zu Richard III. Sie hat mich nicht gesehen, darum lehne ich mich, Umwerfend und Reserviert, an die Spüle und beobachte sie. Sie hat das Haar auf raffiniert zersauste Weise hochgesteckt und trägt ein sehr enges, schwarzes, langärmeliges Partykleid, das aus demselben Zeug gemacht ist wie Gymnastikanzüge, vorn sehr tief ausgeschnitten, was ihr ein wahnsinnig aufregendes Dekolletee verleiht und mich an den Aufzug von Kate Bush bei ihren frühen Auftritten erinnert, bevor sie beschloss, sich nur noch auf ihre Studioaufnahmen zu konzentrieren. Sie sieht ihr tatsächlich zum Verwechseln ähnlich, bis hin zu den dunklen Schweißringen, die sich langsam unter ihren Achselhöhlen bilden.

»Das ist Alice«, flüstere ich Spencer zu.

»Die mit den Brüsten aus Alabaster?«, fragt Spencer, und bevor ich irgendwas entgegnen kann, kommt sie zur Spüle auf uns zugerast und bellt: »Salz! Salz! SALZ! ...«

»Hallo, Alice«, sage ich, Umwerfend und Reserviert.

»Hast du irgendwo das Salz gesehen? Jemand hat Wein auf Cathys Flokkati verschüttet ...«

»Das ist mein bester Kumpel von zu Hause, Spencer ...«

»Schön, dich kennenzulernen, Spencer. Ich brauch ein Tuch; zur *Seite*, ja, Brian?«, sagt sie und schiebt mich von der Spüle weg, und ich komme nicht umhin, den halben Zentimeter ihres schwarzen Spitzen-BHs zu bemerken, der aus ihrem Elastankleid hervorlugt ...

»Ich hab das Salz!«, schreit Antigone, und Alice rennt mit einem nassen Lappen wieder aus der Küche.

»Das war Alice«, sage ich.

»Na ja, es hat offensichtlich mächtig zwischen euch gefunkt, Bri ...«

»Findest du?«

»Absolut, allein die Art, wie sie dir gesagt hast, dass du ihr aus dem Weg gehen sollst.«

Ich sage ihm, er soll sich verpissen, und wir verlassen die Küche.

Im Flur treffen wir Patrick und Lucy, die gleichzeitig eingetroffen sind und beide identische Litertüten mit haltbarem Orangensaft an die Brust drücken, was mir seltsam erscheint, aber ich schreibe es dem Zufall zu. Ich verspüre einen Anflug von Angst, weil ich Spencer nichts von *The Challenge* erzählt habe, beruhige mich aber gleich wieder, weil ich mir sage, wie unwahrscheinlich es ist, dass das Thema in einem beiläufigen Gespräch aufkommt, und stelle sie einander munter vor.

»Und woher kennt ihr Brian?«, fragt Spencer, mit vorbildlichen Umgangsformen.

»Er ist bei uns im Team«, sagt Patrick.

»Und, was ist das für ein Team?«, fragt Spencer und nimmt einen tiefen Schluck aus seiner Dose.

»Das Team von *University Challenge*«, sagt Patrick und macht gerade noch rechtzeitig einen geschickten Ausfallschritt, um den Bierstrahl zu vermeiden, der ihm entgegensprüht …

»Nicht im *Ernst*«, prustet Spencer und wischt sich den Mund mit dem Handrücken ab.

»Doch«, antworte ich resigniert. »Das Team besteht aus uns dreien und Alice …«

»Das hast du mir nie erzählt.«

»Bin irgendwie noch nicht dazu gekommen«, behaupte ich, während ich beschämt zu Patrick und Lucy rüberlächle.

»Verdammte Scheiße, unser Brian Jackson bei *University Challenge* …«

»Ja.«

»Obwohl Brian streng genommen nur Ersatzmann war …« fügt Patrick hinzu. »Wenn das andere Mannschaftsmitglied nicht Hepatitis bekommen hätte …«

»Richtig im *Fernsehen* …«, lacht Spencer.

»Hmm.«

»Wann?«

»In drei Wochen.«

»Mit *Bamber Gascoigne* …?«

»Ja, mit Bamber Gascoigne.«

»Du scheinst das lustig zu finden«, sagt Patrick mit einem schmallippigen kleinen Lächeln.

»Nein, nein, tut mir leid, tu ich nicht, es ist nur, na ja, es ist … erstaunlich. Gut gemacht, Bri, Kumpel. Und du weißt ja, was für ein großer Fan der Sendung ich bin …«, und er fängt wieder an zu lachen.

Patrick rümpft die Nase und sagt: »Also, ich hol mir erst mal was zu trinken …«, klemmt sich seine Orangensafttüte unter den Arm und geht Richtung Küche, gefolgt von einer verlegen lächelnden Lucy, und sobald sie weg sind, sage ich: »Super hingekriegt, Spence …«

»Was denn? Was hab ich jetzt schon wieder getan?«

»Du hast dich nur offen über sie lustig gemacht, sonst gar nichts.«

»Nein, hab ich nicht.«

»Na ja, doch, hast du.«

»Also dann tut's mir leid, Bri, aber ich hab mich einfach schon immer gefragt, was für eine Sorte beknackter, geistesgestörter, verklemmter Spinner sich freuen würden, bei dieser Sendung mitzumachen, und dann stellt sich heraus, dass du das bist, Brian. *Du* …« Und er fängt wieder an zu lachen, darum lache ich auch wieder, und sage ihm, er soll sich verpissen, und dann sagt er mir, dass ich mich verpissen soll, und ich frage mich, ob das unter besten Freunden eigentlich normal ist, sich andauernd zu sagen, dass man sich verpissen soll.

Wir beschließen, den ersten Stock zu erforschen, und kommen vor ein Zimmer, an dessen Tür mit Tesafilm ein handgemaltes »Eintritt verboten«-Schild angebracht ist. Wir treten ein und erblicken einen Kreis von sieben oder acht Leuten, die alle auf dem Fußboden sitzen und einen Joint herumgehen lassen und Chris mit den schmutzigen Fingernägeln dabei zuhören, wie er seine epische Reise »Ohne Klorolle über den Pandschab« fortsetzt, das Ganze mit Begleitung des frühen Van Morrison. An seinem Arm hängt seine Freundin, eine Mini-Ausgabe von Chris mit vorstehenden Zähnen und strähnigem

Haar, von der ich mir ziemlich sicher bin, dass sie Ruth heißt. »Komm, hauen wir ab«, flüstere ich Spencer ins Ohr. Aber Chris hat mich gehört und dreht sich um: »Was geht ab, Bri!«

»Hi, Chris! Chris ist bei mir im Tutorium. Chris, das ist mein bester Kumpel von zu Hause, Spencer …«

»Hi, *Spencer*!«, sagt Chris.

»… und das ist Ruth …«, stelle ich vor.

»Na ja, eigentlich heiße ich Mary«, wendet Mary ein und dreht sich um und ruckelt an Spencers Fingerspitzen. »Hallo Spencer, freut mich *total*, dich kennenzulernen …«, und sie rutscht zur Seite und tätschelt den Fußboden und erlaubt uns, nein, nötigt uns, uns in den Kreis zu setzen.

Chris gibt den Joint an ein extrem kleines, stupsnasiges Mädchen weiter, das ein Haarband in ihren blonden Strähnen trägt, mit ordentlich gekreuzten Beinen dasitzt und am Bett lehnt. Ich weiß nicht, wie sie heißt, erkenne aber in ihr Lady Anne wieder, die erste Frau Richards III., und entsinne mich schwach an ein Gerücht, dass sie auch im richtigen Leben eine Lady ist und eines Tages einen großen Batzen von Shropshire erben wird. Sie nimmt den Joint, inhaliert majestätisch, und reicht ihn dann an uns weiter. »Jungs?«

»Prost«, sagt Spence und zieht den Rauch tief in die Lungen, was merkwürdig ist, weil bei ihm üblicherweise nichts als Sprit und Kippen angesagt ist und er Kiffer in der Regel ziemlich verachtet. »Und, worüber habt ihr gerade gesprochen?«, fragt er.

»Indien!«, rufen alle gleichzeitig.

»Warst du mal da, Spencer?«, fragt Chris.

»Nein, nein, kann ich nicht behaupten …«, und er hält die Luft an.

»Hast du dann ein Jahr Auszeit genommen?«, fragt Mary/Ruth.

»Nicht … di … rekt …«, sagt er, langsam wieder ausatmend.

»Und, wo studierst du?«, fragt Chris.

»Ich studier nicht«, antwortet Spence.

»Im Moment!«, füge ich fröhlich hinzu, und Spencer wirft mir einen Blick und ein Krokodillächeln zu, bevor er noch einmal, noch tiefer am Joint zieht und ihn dann mir gibt. Ich nehme ihn in die Hand, stecke ihn in den Mund, huste, lasse ihn weitergehen, und es entsteht vorübergehend eine Pause, während alle dasitzen und Van Morrsion und mir beim Husten zuhören. Dann setzt sich Lady Anne plötzlich auf die Knie und lallt:

»Ich weiß! Lasst uns ›Was wäre, wenn‹ spielen!«

»Und, was ist das?«, fragt Spence und atmet langsam aus.

»Na ja, also, wir bestimmen eine Person, und dann gehen wir aus dem Zimmer, und dann macht diese Person – halt, stimmt ja gar nicht, *wir* bestimmen eine Person, die aus dem Zimmer gehen soll, und dann wählen die Leute im Zimmer eine andere Person, und die Person vor dem Zimmer kommt wieder rein, und dann müssen beide im Kreis herumgehen und jeden Einzelnen fragen, ähm, ›wenn diese Person das Wetter wäre, was für ein Wetter würde sie sein?‹, und dann muss diese Person antworten und irgendwas sagen wie ›diese Person …‹ – die, die wir heimlich ausgewählt haben – ›wäre ein strahlend schöner Sommertag!‹ oder ›schweres Gewitter!‹ oder so was und muss die gewählte Person darstellen, je nachdem, wie sie die Person wahrnimmt, und dann fragt die Person, die aus dem Zimmer gegangen ist, die *nächste* Person, ›wenn diese Person ein *Fisch* wäre oder eine Sorte *Unterwäsche*, was für ein *Fisch* oder was für eine *Unterwäsche* würde sie sein?‹ … und diese Person …«, und langsam und umständlich fährt sie fort, uns im Verlauf der nächsten zwei, drei Tage die Spielregeln von »Was wäre, wenn …« zu erklären, was mir reichlich Gelegenheit gibt, Spencer zu beobachten, der mit hängender Kinnlade dasitzt und betäubt und fassungslos vor sich hin lächelt. Ich höre ein Knacken, schaue nach unten und stelle fest, dass ich dabei bin, die Bierdose in meiner Hand zu zerdrücken. Ich beschließe, dass wir hier raus müssen …

»Komm, Spencer, wir holen uns was zu trinken«, sage ich, packe ihn am Arm und ziehe ihn hoch.

»Ohhh, wollt ihr nicht mitspielen?«, mault Ruth, oder war es Mary.

»Vielleicht nachher. Ich brauch erst mal einen Drink«, behaupte ich, halte meine volle Bierdose hoch, zerre dann Spencer zur Tür, mache sie hinter uns zu, und Gott sei Dank sind wir noch mal entkommen und gehen wieder zur Treppe zurück.

»Aber ich hätte doch so gern mitgespielt!«, kichert Spencer hinter mir. Ich drehe mich nach ihm um und sehe, wie er sich an der Wand festhält und angetütert grinst, darum tu ich so, als müsse ich auf die Toilette, zeige auf die Tür am Treppenabsatz und verkrieche mich.

Ich lehne mich ans Waschbecken, blicke in den Spiegel auf mein blödes Kochschinken-Gesicht und frage mich, warum Spencer alles verderben muss. Ich liebe Spencer heiß und innig, aber ich hasse ihn, wenn er so ist wie jetzt, betrunken und gemein. Betrunken und sentimental ist okay, aber betrunken und gemein macht mir Angst. Nicht dass er gewalttätig würde, zumindest normalerweise nicht, nur wenn man ihn provoziert. Aber ich muss ihn davon abhalten weiterzutrinken, bloß habe ich keine Ahnung, wie ich das anstellen soll, ohne ihm direkt die Flasche aus der Hand zu reißen. Wir könnten einfach gehen, schätze ich, aber wenn ich Alice heute Abend nicht sehe, dauert es wieder eine ganze Woche bis zu unserem nächsten Teamtreffen, und so lange kann ich einfach nicht warten. Tatsache ist, dass es mir ausgesprochen schwer fällt, Umwerfend und Reserviert zu sein, wenn Spencer dabei ist.

Und am schlimmsten ist, dass ich mir irgendwie überlegen muss, wie ich ihm sage, dass er morgen wieder fahren muss. Natürlich brauche ich mich mit all diesen Dingen nicht zu befassen, solange ich bei verschlossener Tür hier drin bin, aber jetzt klopft es eindringlich, darum gehe ich zum Klo, um die Spülung zu betätigen, und stelle fest, dass die Person, die vor mir die Toilette benutzte, es fertig gebracht hat, den schwarzen Plastiksitz großzügig vollzupinkeln. Ich erwäge, ihn sauberzuwischen, und habe sogar schon ein Knäuel Klopapier in der Hand, finde dann aber, dass das Wegwischen anderer Leute Pisse genau das Beispiel jenes servilen, demütigenden Verhaltens ist, das ich mit aller Macht vermeiden will, und dass ich im Grunde überhaupt nicht dafür verantwortlich bin. Nicht vergessen – Umwerfend und Reserviert. Ich spüle und gehe raus.

Alice ist die Nächste in der Schlange.

Sie steht vor der Tür, unterhält sich mit Spencer und lacht schallend.

»Hallo, Brian!«, sagt sie heiter.

»Ich hab nicht auf den Klositz gepinkelt«, sage ich, Umwerfend und Reserviert.

»Tja Brian, wie … *gut*, das zu wissen«, antwortet sie, geht rein und schließt die Tür.

29

FRAGE: In welchem Stück aus dem Jahre 1594 überwerfen sich die alten Freunde Proteus und Valentine wegen ihrer Liebe zu der schönen Silvia?
ANTWORT: *Die beiden Veroneser.*

»So – ihr habt euch also unterhalten!«, sage ich zu Spencer.

»Hm.«

»Sie ist nett, oder?«

»Ja, sie scheint okay zu sein. Sehr sexy …«, meint er und wirft einen Blick auf die Toilettentür.

»Aber auch interessant?«

»Na ja, Bri, wir haben gerade mal fünf Minuten geredet, aber ich hab mich definitiv nicht gelangweilt. Jedenfalls nicht, solange sie dieses Schlauchkleid anhat …«

»Worüber habt ihr euch unterhalten? Ich meine, hat sie was gesagt? Über mich …?«

»Bri, immer mit der Ruhe, ja? Offensichtlich mag sie dich, also erzwing's nicht …«

»Meinst du?«

»Sicher.«

»Gut. Ich geh mal in die Küche. Kommst du mit …?«

»Nee, ich warte noch«, und er nickt zur Toilettentür hin. Ich gehe die Treppe runter, und erst, als ich schon halb unten bin, beginne ich mich zu fragen, was er eigentlich mit »Ich warte noch« gemeint hat. »Ich warte, bis das Klo frei wird«? Oder »Ich warte auf Alice«?

Und aus heiterem Himmel keimt ein Gedanke in mir auf und verfestigt sich zu der unerschütterlichen Überzeugung, dass

Spencer versucht, sie anzumachen. Er hat den weiten Weg auf sich genommen, um sie *zu verführen*. Er hat mitgekriegt, wie ich von ihr erzählt habe, und hat sich gedacht, *hört sich irgendwie gut an, die probieren wir mal aus*. Schließlich wäre es nicht das erste Mal – die ganze Janet-Parks-Kiste wieder von vorn. Die Mädchen, die ich toll finde, finden immer Spencer Lewis toll; und die Tatsache, dass ihm das offensichtlich scheißegal ist, macht ihn nur umso interessanter für sie. Woher kommt das eigentlich? Was hat er, was ich nicht habe? Ich schätze mal, dass er gut aussieht. Selbst als heterosexueller Mann kann ich das objektiv beurteilen und sagen, ja, er sieht gut aus, geheimnisvoll, frech, verantwortungslos, nicht besonders sauber, und er besitzt alle Eigenschaften, von denen Frauen behaupten, sie könnten sie nicht ausstehen, es aber eindeutig tun. Okay, er ist zwar nicht »distinguiert«, dafür aber »cool«, und »cool« schlägt »distinguiert« in Alice Harbinsons Augen so sicher, wie Schere Papier schlägt. Natürlich, jetzt wird mir alles klar, sonnenklar; das Schwein zieht eine Heathcliff-Nummer mit mir ab. Ich wette, während ich noch hier stehe und über alles nachdenke, greift er ihr schon mit seiner schleimigen Hand in den Ausschnitt …

»Was ist los, Strahlemann?«

Rebecca steht unten am Treppenabsatz.

»Oh, hi, Rebecca. Was machst du denn hier?«

»Keine Angst, ich hab mich nicht reingeschummelt. Ich bin eingeladen.«

»Von wem?«

»Von der wunderschönen Alice, ob du's glaubst oder nicht«, sagt sie und zieht aus der Tasche ihres Polyestermantels eine eigene kleine Privatflasche Whiskey.

»Wirklich?«

»Hm.« Sie nimmt einen Schluck. »Unter uns gesagt, ich glaube, sie ist ein bisschen in mich verknallt.«

»Ich dachte, du kannst sie nicht leiden?«

»Och, sie ist ganz in Ordnung, wenn man sie erst mal kennt.« Kichernd versetzt sie mir mit der Whiskeyflasche einen Stoß gegen die Brust, und mir wird klar, dass sie ziemlich betrunken ist, nicht schwermütig betrunken oder bärbeißig betrunken, sondern aufgekratzt, spielerisch betrunken, was ein gutes Zeichen ist, schätze ich, aber trotzdem ein bisschen ungewohnt und verwirrend, etwa wie der Anblick von Stalin auf einem Skateboard. »Wieso, findest du, ich bin eine *Heuchlerin*? Findest du, ich sollte wieder gehen, Brian?«

»Nein, nein, überhaupt nicht, schön, dich zu sehen. Ich dachte nur, das hier wär nicht so dein Ding.«

»Ach, na ja, du kennst mich doch, für mich gibt's nichts Schöneres als zweihundert besoffene Studenten der Theaterwissenschaften, die gemeinsam ein Liedchen singen«, und sie nickt zum Wohnzimmer hin, wo jetzt Richard III., der facettenreiche Neil Sowieso, von irgendwoher eine Akustikgitarre herbeigezaubert hat und anfängt, *The Boxer* von Simon and Garfunkel zu spielen.

Die Lei-lei-leis sind nach einer Dreiviertelstunde immer noch nicht verhallt. Das Ganze hat die Ausblendephase längst überschritten und neue Dimensionen angenommen, hat sich in eine Art tranceartiges, mehrstimmiges Mantra verwandelt, das sich noch etliche Tage hinziehen könnte. Rebecca und mich kümmert das aber nicht besonders, denn wir sitzen am anderen Ende des Raums zusammengequetscht auf der Couch und lassen die Whiskeyflasche zwischen uns hin und her wandern und lachen.

»Scheiße, ich fass es nicht – der Wichser Neil MacIntyre hat ein *Tamburin* gefunden …«

»Wo hat er das denn her? …«

»Wahrscheinlich hat er es die ganze Zeit in seinem *Arsch* versteckt …«, sagt sie und schüttet Whiskey in sich hinein. »Glaubst du, dass es *jemals* endet?«

»Ich glaube, solange sie nicht mit *Hey, Jude* anfangen, haben wir noch eine Chance.«

»Wenn sie das machen, nehm ich diese Scheiß-Gitarre mit 'ner Zange auseinander, ehrlich, ich schwör's.«

Die Party erreicht jetzt kritische Masse. Sämtliche Räume im Haus wogen nur so, und hier im Wohnzimmer halten sich die Leute an den Möbeln fest, als wären sie auf dem *Floß der Medusa* von diesem realistischen, französischen Maler Gericault aus dem neunzehnten Jahrhundert. Ich sollte uns noch was zu trinken holen, aber Rebecca und ich haben strategische Spitzenplätze, eingekeilt zwischen sechs weiteren Leuten auf dem Zweiersofa. Ich kann sowieso erkennen, dass der Fusel alle ist, weil die Leute immer wieder auf den Flur rausflitzen und nach Flaschen suchen und sie gegen das Licht halten oder abgestellte Bierdosen auf Zigarettenasche am Rand überprüfen. Auch habe ich keine Lust, woanders hinzugehen; weil Rebecca betrunken und dabei sehr witzig ist und ein bisschen flirtet, glaube ich, und mir ihre Whiskyfahne ins Ohr haucht. Darum bin ich etwas von *The Boxer* und Alice und Spencer abgelenkt, die mit ziemlicher Sicherheit in diesem Augenblick atemlosen Geschlechtsverkehr auf einem Berg von Mänteln haben.

»... Weißt du, wenn ich die Welt regieren würde, was ich übrigens eines Tages fest vorhabe, wäre meine erste Amtshandlung, Akustikgitarren zu *verbieten* – also gut, vielleicht nicht gleich zu verbieten, aber zumindest den Zugriff einzuschränken, eine Art Lizenzsystem einzuführen, so wie für Handfeuerwaffen oder Gabelstapler. Ich würde richtig drakonische Regeln erlassen: kein Gitarrespielen nach Einbruch der Dunkelheit, kein Gitarrespielen am Strand oder am Lagerfeuer, kein *Scarborough Fair* und *American Pie*, kein mehrstimmiger Gesang und nie mehr als zwei Personen, die gleichzeitig singen dürfen ...«

»Aber führen solche Gesetze nicht dazu, dass das Ganze im Untergrund weitergeht?«

»Genau da gehört es hin, mein Freund, ge-nau da-hin. Und Marijuana würde ich *auch* verbieten. Ich meine, als wären Studenten nicht schon albern und ichbezogen genug. Ja, Marijuana würde ich definitiv auch verbieten.«

»Ist es nicht schon verboten?«, frage ich.

»Ein *hervorragender* Einwand, mein Freund. Einspruch stattgegeben!«, und sie leert den letzten Rest aus der Whiskeyflasche. »Alkohol hingegen, Alkohol und Nikotin, das sind die einzigen *anständigen* Drogen. Is' noch irgendwas in der Bierdose da unten neben deinem Fuß?«

»Nur Kippen …«

»Okay, dann nicht«, und sie bemerkt, wie ich sie anlächle. »Was ist so komisch?«

»Du bist …«

»Was ist an mir so komisch, Mister?«

»Deine Meinungen. Glaubst du, dass du irgendwann milder wirst? Du weißt schon, im Alter?«

»Auf *gar keinen* Fall! Ich will dir mal was sagen, Brian Jackson, du weißt doch, was für einen Haufen Scheiße sie einem immer erzählen, dass man bis dreißig links ist und dann einsieht, wie falsch man gelegen hat, und plötzlich ganz rechts wird? Also dazu kann ich nur sagen: Am *Arsch*. Falls wir im Jahr 2000 noch befreundet sind, das ist in, warte, vierzehn Jahren – und ich hoffe, wir sind es, Brian, alter Kumpel –, jedenfalls, wenn wir noch befreundet sind und ich meine politischen, ethischen oder moralischen Grundsätze über das Steuersystem, die Einwanderungspolitik, die Apartheid oder die Gewerkschaften auch nur *irgendwie* geändert oder hintergangen habe oder wenn ich aufgehört haben sollte, auf Demos und Versammlungen zu gehen oder auch nur *entfernt* rechts geworden bin, dann erlaube ich dir hiermit, mich zu erschießen«, und sie tippt sich mitten auf die Stirn. »Genau da.«

»Okay, wird gemacht.«

»Bitte unbedingt.« Dann zwinkert sie sehr langsam, leckt sich die Lippen und versucht, einen Schluck aus der leeren Flasche zu nehmen, bevor sie sagt: »Hey, hör mal, tut mir leid, dass ich heute Vormittag so ätzend war.«

»Was meinst du damit?«

»Du weißt schon, was ich meine – dass ich diese Sylvia-Plath-Nummer bei dir abgezogen habe.«

»Schon in Ordnung …«

»Ich meine, ich halte dich nach wie vor für einen totalen Pisser und so, aber es tut mir leid, dass ich dir das Leben schwergemacht habe.«

»Und wieso bin ich ein totaler …«

»Das weißt du ganz genau …«

»Nein, keine Ahnung, sag's mir …«

Sie lächelt mich unter dicken schwarzen Augenlidern von der Seite an. »Weil du es nicht mit mir getan hast, als du die Möglichkeit hattest.«

»Ach so, na ja …«, und ich erwäge einen Moment, sie zu küssen, aber es gucken zu viele Leute her, und Alice ist oben, darum sage ich, »… vielleicht … ein andermal?«

»O nein, ich fürchte, du hast's vermasselt. Es war ein einmaliges Angebot, Kumpel …«, und sie bemmert mir ihren Kopf auf die Schulter. »Ein-ma-li-ges Angebot …« Wir sitzen da, ohne uns anzuschauen, bis Rebecca sagt: »Und wo ist dein Freund?«

»Spencer? Keine Ahnung. Oben, glaube ich.«

»Hattest du nicht gesagt, er hätte irgendwie einen Nervenzusammenbruch oder so was …«

»Ja, na ja, Alice hilft ihm gerade, drüber wegzukommen.«

»Also was ist, lern ich ihn nun kennen oder nicht?«

Die Kombination Rebecca und Spencer wäre mir nicht in den Sinn gekommen, und die Folgen könnten katastrophal sein, aber ich muss wissen, wo er ist, was er macht und wie tief seine Hand schon in Alices Ausschnitt steckt, darum sage ich: »Wenn du willst«, und wir wuchten uns aus den Tiefen der Couch hoch und machen uns auf die Suche.

Wir werfen einen Blick in jedes einzelne Zimmer, bis wir sie in einer kleinen, mit Leuten vollgestopften Dachkammer gefunden haben, hinten in der Ecke, ungefähr zwei Zentimeter voneinander entfernt. Um sie herum wird überall zu *Exodus* von Bob Marley getanzt oder auch nicht getanzt, sondern mit dem Kopf gewippt, weil nicht genug Platz ist. Auch Alice wackelt nur leicht außer Takt mit den Schultern und beißt sich auf die Unterlippe, und okay, sie küssen sich nicht als solches, »reden« nur, aber sie tun es so gut wie, wenn man bedenkt, wie nah sie beieinander stehen. Spencer hat diesen enervierenden schiefen Sonnyboy-Ausdruck aufgesetzt, als wäre er der Fonz oder was, und Alice schmachtet ihn total kuhäugig und interessiert von unten an, die Arme über ihrem Elastankleid verschränkt, als würde sie gerade für die Rolle der Unschuld vom Lande bei ihm vorsprechen, so, wie sie ihm da ihren Ausschnitt unters Kinn schiebt, nur für den Fall, dass er ihn übersehen hat.

»Der in der Ecke da hinten«, sage ich.

»Die Glatze?«, fragt Rebecca.

»Er ist kein Faschist«, sage ich, obwohl ich gar nicht weiß, warum ich ihn in Schutz nehme, wahrscheinlich *ist* er Faschist, oder so gut wie.

»Ziemlich hübscher Junge, was?«

»Oh, verstehe, ja, na ja, klar, vielen Dank auch, Rebecca«, sage ich.

»Ach, Fresse, Blödmann. In *der* Abteilung musst du dir doch keine Gedanken machen.« Ist das Sarkasmus? Ich weiß es nicht, kann mich aber ohnehin nicht konzentrieren, weil Alice jetzt tatsächlich *Spencer mit der Hand über den Kopf fährt* und kichert, und auf eine peinliche, mädchenhafte Huh-wie-wuschig-sich-das-anfühlt-Art versucht, ihre Hand wegzuziehen, und Spencer beugt sich runter und nimmt ihre Hand und legt sie sich noch mal auf den Kopf und grinst sein bescheuertes, schiefes Fonz-Grinsen und sagt, nein, mach nur, fass ruhig an, fass ruhig an. Als Nächstes zeigt er ihr wahrscheinlich seine Narben von seinem Kampf mit den abgebrochenen Flaschenhälsen damals, und ich denke, was für ein Beschiss, sich den Schädel kahl zu rasieren, damit deine Freunde denken, du hättest eine Art Seelenkrise oder Nervenzusammenbruch, dabei ist es nur ein ganz mieser Trick, um schöne Frauen so weit zu kriegen, einem den Kopf zu streicheln. Ich überlege gerade, wie lange ich brauche, um nach unten zu gehen, die Abwaschschüssel mit kaltem Wasser zu füllen, zurückzukommen und sie über den beiden auszuschütten, als Patrick Watts, Gott segne ihn, zu ihnen geht und es für mich erledigt, *indem er ein Gespräch mit ihnen anfängt.*

»… Ey, hörst du mir überhaupt zu, Penner?«, fragt Rebecca.

»Hmm.«

»Also stellst du mich jetzt vor oder was?«

»Unbedingt, komm. Aber fang bloß nicht was mit ihm an, ja?«

»Pah, was interessiert *dich* das?«, sagt sie, und wir gehen rüber.

»… und Patrick ist unser Teamcaptain!«, verkündet Alice gerade stolz, als wir ankommen.

»Ja, hab schon gehört«, murmelt Spencer, ohne Patrick in die Augen zu sehen.

»Oh, hallo Rebecca!«, sagt Alice und wirft sich ihr seltsamerweise um den Hals. Rebecca erwidert die Umarmung, schneidet mir aber hinter Alices Rücken eine Grimasse.

»Spencer, das ist meine gute Freundin Rebecca«, rufe ich über die Musik hinweg, und sie geben sich die Hand.

»Der berühmte Spencer. Freut mich, dich endlich kennenzulernen«, sagt Rebecca. »Brian hat mir eine Menge von dir erzählt.«

»Verstehe!«, sagt Spencer, und es entsteht eine kleine Pause, während wir fünf einfach dastehen und leicht wippen, bis ich mich unvermittelt schreien höre …

»Hey, du solltest dich mal mit Rebecca über dein JURISTISCHES PROBLEM unterhalten, Spencer!«

Ich weiß nicht, warum ich das sage, aber ich sage es. Ich glaube, bin sogar ziemlich sicher, dass ich's mache, weil ich ihm helfen und freundlich sein und das Gespräch am Laufen halten will, aber ich sage es trotzdem, und nach einem kleinen Zögern fragt Spencer, der immer noch lächelt: »Und wieso?«

»Weil sie Anwältin ist.«

»Ich *studiere* Jura, das ist nicht dasselbe ...«

»Na ja, trotzdem ...«

»Was ist denn dein juristisches Problem?«, fragt Patrick, der plötzlich Interesse zeigt.

»Spencer hat eine Anklage an der Backe, wegen Schwarzarbeit neben der Stütze ...«, erkläre ich.

»Du machst *Witze*«, sagt Alice und macht plötzlich total einen auf links und aufrechte Empörung und drückt Spencer am Arm, »... diese *Schweine*. Du Ärmster ...«

»Prima hingekriegt, Brian ...«, haucht Spencer mir zu und lächelt, aber irgendwie nicht richtig.

»Na, wenn du's nicht getan hast, hast du auch nichts zu befürchten«, sagt Patrick von oben herab.

»Aber er *hat's* ja gemacht«, sage ich, nur um die Sache klarzustellen.

»Also hast du einen Job?«, fragt Patrick.

»Nur bar auf die Hand. Tankstelle«, murmelt Spence.

»Außer, dass er dabei erwischt wurde, wie er ...«, aber Spencers Augen huschen jetzt zu mir rüber, und ich verstumme.

»Na ja ...«, kichert Patrick achselzuckend, »da kann ich nur sagen, viel Glück, Kumpel.«

Spencer funkelt mich jetzt durchdringend an, während Rebecca sich mit Patrick anlegt: »Und wenn's nun mal keine Arbeit gibt?«

»Na ja, offensichtlich gibt's ja welche ...«

»Nein, gibt es nicht …«

»Ich denke, doch …«

»Wir haben vier Millionen Arbeitslose!«, sagt Rebecca, die jetzt sauer wird.

»Drei Millionen. Und er gehört offensichtlich nicht dazu, oder? Darum geht's doch gerade. Wenn er schwarzarbeitet, ist er offensichtlich in der Lage, einen Job zu kriegen, aber offenbar war die Bezahlung nicht gut genug für seinen speziellen Lebensstil, darum hat er es vorgezogen, Geld vom Staat zu kassieren« – wird er ihn weiter die ganze Zeit »er« nennen, frage ich mich – »da kann man es dem Staat kaum verdenken, dass er was davon zurückhaben will, wenn er merkt, dass er *bestohlen* wurde. Schließlich ist das *mein* Geld …«

Bob Marley singt *No Woman, No Cry,* und ich sehe zu, wie Spence sein Bier kippt und Patrick die ganze Zeit aus wütenden Augenschlitzen mustert. Nur eine Sekunde fange ich seinen Blick auf und schaue dann schnell wieder zu Rebecca rüber, die ein rotes Gesicht bekommen hat und Patrick angriffslustig den Zeigefinger in die Brust sticht, in dem Versuch, ihm bei lebendigem Leib das Herz herauszureißen.

»Es ist nicht *dein* Geld, du zahlst keine Steuern!«, sagt Rebecca.

»Nein, aber werden wir, werden wir alle, und zwar eine ganze Menge Steuern. Und nenn mich altmodisch, aber ich glaube, dass ich zu Recht erwarten kann, dass dieses Geld nicht an ›arbeitslose‹ Leute geht, die gar nicht richtig arbeitslos sind …«

»… Selbst wenn der Job unter dem Existenzminimum liegt?«

»Nicht mein Problem! Wenn ein Angestellter einen besseren Job will, kann er eine Menge dafür tun; er kann eine Fortbildung machen, ein paar Abschlüsse nachholen, kann aktiv werden und sich umgucken nach einem …«, und die nächsten Worte, die Patrick sagt, sind: »HALTET IHN BITTE ZURÜCK!«, weil Spencer plötzlich vorgetreten ist, Patrick seinen Unterarm hart unters Kinn gerammt hat und ihn hoch gegen die Wand drückt.

Obwohl ich Spencer bestimmt schon sieben-, achtmal dabei erlebt habe, wie er in eine Prügelei geraten ist, überrascht es mich jedes Mal aufs Neue, als würde ich plötzlich entdecken, dass er Stepptanz kann. In diesem Fall geht alles so schnell, dass eine Zeit lang niemand außerhalb unseres Kreises sieht, was passiert ist, und die Leute einfach zu *No Woman, No Cry* weiterwippen. Aber dann beginnt Patrick zu treten und Dellen in die Rigipswand zu machen, und Spencer ist gezwungen, Patrick mit seinem ganzen Körper in die Zange zu nehmen, und drückt jetzt Patrick seine freie Hand ins Gesicht und quetscht ihm den Mund zusammen.

»Hör auf damit, Kumpel, Scheiße, Mann …«, warne ich.

»Okay, Frage Nummer eins, wer ist *›er‹*?«, zischt Spencer, und sein Gesicht ist nur wenige Zentimeter von Patricks Gesicht entfernt.

»Wie meinst du das?«, lispelt Patrick.

»Na, du redest andauernd von *›ihm‹* – wer ist *›er‹*?«

»*Du* natürlich …«

»… lass ihn einfach los«, sage ich.

»Und wie heiße ich?«

»Was?«

»… komm schon, bitte lass gut sein …«

»Mein *Name*, wie ist mein *Name*, du arrogantes kleines *Arschloch …*?«, sagt Spencer und quetscht Patricks Wangen zusammen und drückt ihm den Kopf hart gegen die Wand, um seinen Worten Nachdruck zu verleihen. Die Platte kommt mit einem lauten Kratzen zum Stillstand, die ersten Leute haben sich umgedreht und sehen zu. Patrick ist puterrot geworden, er beißt die Zähne zusammen und versucht mit den Zehen Kontakt zum Fußboden herzustellen. Durch Spucke und Orangensaft stammelt er spotzend: »Ich … kann mich nicht … erinnern …«

»Hört auf, ihr beiden!«, ruft jemand von der Tür her, wo sich jetzt auf dem Treppenabsatz eine Menge bildet. »Wir holen die

Polizei!«, ruft jemand anders, aber Spencer ist es gleichgültig, und ich höre, wie er im Flüsterton sagt, während seine Stirn Patricks Kopf berührt: »Die korrekte Antwort lautet Spencer, Patrick, und wenn du eine Berufsberatung mit mir machen willst, dann zeig gefälligst ein bisschen Respekt und sag mir das ins *Gesicht*, du aufgeblasenes kleines …«

Weiterer Tumult entsteht, als Patrick seinen Arm freibekommt und mit der offenen Hand nach Spencers Ohr zielt, ein lauter und wirkungslos abprallender Schlag, der aber ausreicht, dass Spencer von Patricks Hals ablässt; dann haut Patrick plötzlich los, schlägt mit Armen und Beinen wild um sich und zischt und spuckt wie ein jähzorniges Kind. Leute fangen an zu schreien und stolpern rückwärts aus dem winzigen Zimmer, und in dem Chaos sehe ich, wie Alice Spencers Arm festhält und auch versucht, ihn aus dem Weg zu ziehen, wie eine Kinoplakat-Heldin, aber er schüttelt sie ab, sodass sie nach hinten gegen den Fensterrahmen fällt und hart mit dem Kopf aufschlägt. Ich sehe, wie sie mürrisch dreinschaut und die Hand an den Hinterkopf legt, um zu fühlen, ob sie blutet. Ich möchte zu ihr rübergehen und mich um sie kümmern, aber Patrick wedelt immer noch heftig mit den Armen und drischt auf Spencer ein, der in die Hocke geht und sich wegduckt, bis er plötzlich seine Chance sieht. Er schnellt hoch, legt eine Hand flach auf Patricks Brust und hält ihn auf Armeslänge fest, holt mit dem anderen Arm aus und legt dann all seine Kraft in die Faust, die mit einem lauten, nassen Schmatzgeräusch in Kontakt mit Patricks Schläfe tritt, wie Fleisch, das auf ein Holzbrett klatscht, und schickt ihn einmal, zweimal im Kreis herum, bis er mit dem Gesicht nach unten zu Boden geht.

Einen Moment lang herrscht Stille, dann stürmen die Leute zu Patrick rüber, der auf den Rücken gerollt ist und sich vorsichtig Nase und Mund nach Blut abtastet und es überreichlich findet. »O mein Gott«, murmelt er, und ich glaube, dass er gleich anfängt zu weinen, doch da drängelt sich Lucy Chang zu ihm durch, stützt seinen Hinterkopf mit der Hand und hilft ihm, sich aufzusetzen. Danach erkenne ich eigentlich nur noch drei Leute deutlich.

Rebecca steht in der Mitte des Raums, hat die Hände auf den Mund gepresst und schwankt irgendwo zwischen Lachen und Tränen.

Alice lehnt gegen den Fensterrahmen und starrt, während sie sich den Hinterkopf reibt, mit offenem Mund auf Spencer.

Spencer hat Patrick den Rücken zugedreht, hält die Hand in die Luft und untersucht keuchend seine Knöchel. Er schaut zu mir hoch, atmet schwer durch zusammengebissene Zähne aus und sagt: »Hauen wir ab?«

Unten singen sie alle mit bei *With a Little Help from my Friends.*

30

FRAGE: Blepharitis, Ektropion, Amblyophobie und Heterophorie münden alle in welches Leiden?
ANTWORT: Die Unfähigkeit, klar zu sehen.

Wir gehen stumm durch die von Reihenhäusern gesäumten Straßen; Spencer folgt irgendwo dicht hinter mir. Ich höre seine Schritte auf dem nassen Bürgersteig, bin aber zu wütend, zu beschämt, zu betrunken und zu durcheinander, um im Moment mit ihm reden zu wollen, also halte ich den Blick gesenkt und laufe mit großen Schritten voraus.

»Tolle Party!«, sagt Spencer irgendwann.

Ich ignoriere ihn und stapfe weiter volle Kraft voraus.

»Alice hat mir gefallen.«

»Ja, hab ich gemerkt!«, sage ich, ohne mich umzusehen.

Wir laufen schweigend ein Stück weiter.

»Ich weiß was, Bri! Spielen wir ›Was wäre, wenn‹ …?«

Ich gehe noch etwas schneller.

»Hör mal, Bri, wenn du mir was zu sagen hast, dann sag's gleich, weil das hier nämlich einfach nur bescheuert ist …«

»Und wenn ich keine Lust habe? Verprügelst du mich dann auch?«

»Gar keine schlechte Idee«, murmelt er leise. »Okay, Kumpel«, sagt er, »ich hab verstanden, hör mir einfach zu, ja?«, aber ich laufe weiter. »Bitte?«, sagt er. Das Wort kommt ihm nicht leicht über die Lippen, und er klingt wie ein bockiges Kind, das gezwungen wird, sich gegen seinen Willen zu entschuldigen, ich bleibe aber trotzdem stehen, drehe mich um und höre zu.

»Also gut, Brian. Es tut mir sehr leid … dass ich … den Mannschaftskapitän von deinem *University Challenge*-Quizteam geschlagen ha…«, aber er bekommt den Satz nicht zu Ende, weil er kichern muss, darum drehe ich mich wieder um und laufe weiter. Nach einer Weile höre ich, wie er hinter mir herrennt und mich einholt, und ich glaube, ich zucke zusammen, aber dann steht er vor mir, schaut mich finster an und läuft dabei ganz schnell rückwärts. »Was hätte ich deiner Meinung nach tun sollen, Bri? Einfach dastehen und es wegstecken? Er hat mich behandelt wie ein Stück *Scheiße* …«

»Und deswegen musstest du ihn schlagen?«

»Genau …«

»Weil du anderer *Meinung* warst?«

»Nein, nicht nur deshalb …«

»Und dir ist nicht in den Sinn gekommen, ihm vielleicht zu widersprechen, ihm ruhig und sachlich deinen Standpunkt auseinanderzusetzen?«

»Was hat mein Standpunkt damit zu tun? Er hat mich wie einen Idioten hingestellt …«

»… Und da hast du es vorgezogen, Gewalt anzuwenden!«

»Nicht vorgezogen. Gewalt war meine erste *Wahl*.«

»Ach so, sehr *cool*, du bist ja so ein harter Typ, Spence …«

»Du hast dir ja auch nicht gerade ein Bein ausgerissen, um mir zu helfen, stimmt's? Oder hattest du Angst, dass er dich aus dem Team schmeißt?«

»Ich habe dich verteidigt!«

»Nein, hast du nicht, du hast nur zugesehen, wie du vor deinen Freundinnen dein riesengroßes soziales Bewusstsein raushängen lassen kannst. Hättest du das Thema nicht angeschnitten …«

»Was erwartest du von mir, dass ich ihm die Arme hinterm Rücken festhalte, damit du besser zuschlagen kannst? Das sind meine *Freunde*, Spencer …«

»Dieser Blödmann? Das ist dein Freund? Scheiße, Brian, es ist ja schlimmer, als ich dachte. Er behandelt dich wie den letzten Dreck.«

»Tut er nicht!«

»Tut er, Bri, ich hab ihm dabei zugesehen. Er ist ein widerlicher Wichser, und er hat es total verdient …«

»Na … wenigstens macht er nicht die Mädchen an, die mir gefallen …«

»Hey, hey, hey, Moment mal.« Und er bringt mich zum Stehen, indem er mir seine flache Hand so auf die Brust legt wie bei Patrick, bevor er ihm eins reingeboxt hat. Ich frage mich, ob er spüren kann, wie schnell mein Herz schlägt. »Du denkst, ich hab versucht, Alice *anzubaggern*? Glaubst du das im Ernst?«

»Na ja, Spence, es sah jedenfalls sehr danach aus – die ganze *Kopfrubbelei* …« Ich will ihm meine Hand auf den Kopf legen, aber da packt seine freie Hand blitzschnell mein Handgelenk und hält es fest.

»Weißt du, Bri, für einen, der angeblich so *gebildet* ist, kannst du manchmal unglaublich *doof* sein …«

»Hör auf, so mit mir zu reden …«, sage ich und befreie mich zerrend aus seinem Griff.

»Wie denn?«

»Genau so, so wie du immer mit mir redest! Was ist das eigentlich, Spence, dieses Bedürfnis … alles kurz und klein zu schlagen? Es tut mir leid, dass es zur Zeit nicht besonders gut für dich läuft, es tut mir leid, wenn du nicht glücklich bist, aber man kann auch was dagegen unternehmen, Spencer, praktisches Zeugs, nur ziehst du es anscheinend vor, es nicht zu tun, weil es einfacher ist, bloß rumzugammeln, Scheiße zu bauen, die ganze Welt zu verachten und Leute zu verarschen, die tatsächlich versuchen, etwas aus ihrem Leben zu *machen* …«

»Ach, so wie *du*, ja?«, höhnt er.

»Du bist doch nur neidisch, Spencer, du warst doch immer schon neidisch auf mich, bloß weil ich mich anstrenge, weil ich schlau bin und meinen Abschluss ge...«

»Hey, Moment mal. *Schlau?* So nennst du das, du widerlicher kleiner Angeber? Als ich dich kennengelernt habe, warst du nicht mal in der Lage, deine beschissenen Schnürsenkel zu binden! Das musste ich dir erst beibringen! Auf deinen Turnschuhen stand ›rechts‹ und ›links‹, bis du fünfzehn warst! Du konntest kein Fußballspiel durchhalten, ohne irgendwann in Tränen auszubrechen, du Weichei. Wieso weißt du eigentlich nicht, wo du doch angeblich so schlau bist, was die Leute hinter deinem Rücken über dich sagen, wie sehr sie sich über dich *lustig* machen? Ich hab dich all die Jahre, seit dein Dad tot ist, immer in Schutz genommen ...«

»Was hat mein Dad damit zu tun?«

»Sag du's mir, Brian – sag du's mir.«

»Lass meinen Dad aus dem Spiel, ja!«, schreie ich.

»Und wenn nicht? Was dann, was willst du machen, *heulen*?«

»Verpiss dich, Spencer, du mieser ... *Schläger.*« Aber ich habe so ein heißes juckendes Gefühl hinter den Augen, und mein Magen verkrampft sich, und plötzlich wird mir klar, dass ich von ihm weg muss, darum mache ich kehrt und gehe den Weg zurück, den wir gekommen sind.

»Wo willst du hin?«, ruft er.

»Keine Ahnung!«

»Rennst du weg, Brian? Ist es das?«

»Ja, wenn du so willst.«

»Und wie soll ich nach Hause kommen?«

»Keine Ahnung, Spence. Nicht mein Problem, oder?«

Und dann höre ich ihn ganz leise sagen, wie zu sich selbst: »Dann mach doch. Verpiss dich.« Ich bleibe stehen und drehe mich nach ihm um und erwarte ihn feixen oder grinsen zu sehen, aber das tut er nicht. Er steht ein Stückchen weiter unter einer Laterne, ganz still, den Kopf in den Nacken gelegt und die Augen fest geschlossen, einen Handballen mit gekrümmten Fingern gegen die Stirn gepresst.

Er sieht aus wie ungefähr zehn. Ich habe das Gefühl, dass ich zu ihm gehen müsste oder wenigstens ein bisschen näher heran, stattdessen schreie ich die Straße hinunter: »Du musst wieder fahren, Spence! Spätestens morgen früh. Du kannst nicht länger bei mir wohnen. Es ist gegen die Vorschriften.«

Er macht die Augen auf, die feucht, gerötet und müde sind, und sieht mich ruhig an.

»Und darum willst du, dass ich fahre, Brian? Weil es *gegen die Vorschriften* ist?«

»Ja. Unter anderem.«

»Verstehe. Na ja. Dann fahr ich eben.«

»Okay.«

»Und tut mir leid, wenn ich … wenn ich dich in Verlegenheit gebracht habe. Vor deinen Freunden.«

»Du hast mich nicht in Verlegenheit gebracht, ich … ich will dich nur nicht hier haben. Mehr nicht.«

Ich drehe mich um und gehe zügig weg, ohne mich umzusehen, und bin mir sicher, bin überzeugt, dass ich mich jetzt gut fühlen sollte und trotzig und stark, weil ich mich endlich einmal gegen ihn durchgesetzt habe, aber aus irgendeinem Grund tu ich's nicht. Ich fühle mich nur heiß und leer und dumm und traurig und habe keine Ahnung, wohin ich gehen soll.

Ich weiß nicht, wie lange ich danach noch weitergelaufen bin. Mir ist vage bewusst, dass ich die einzigen Schlüssel bei mir habe und dass es das Vernünftigste wäre, nach Hause zu gehen und Spencer reinzulassen. Aber soll er doch Josh und Marcus wecken; schließlich bin ich nicht meines Bruders Hüter. Ich werde ihm einfach genügend Zeit lassen, bis er nach Hause gefunden hat und eingeschlafen ist, während ich das Herumlaufen an der

Luft nutzen werde, um den Suff und meine Verwirrung abzuschütteln. Dann werde ich nach Hause schleichen und die Dinge am nächsten Morgen wieder einrenken. Aber nach etwa einer Stunde geht das Nieseln in dichten Regen über, und obwohl es wirklich nicht meine Absicht ist, jedenfalls nicht bewusst, finde ich mich irgendwann vor dem Wohnheim von Alice und Rebecca wieder.

Um ein Uhr morgens ist das Eingangstor für alle versperrt, die keinen Schlüssel haben, darum muss ich über das hohe alte schmiedeeiserne Gitter klettern. Das gelingt mir, ohne irgendwelche Sirenen auszulösen oder mich zu pfählen, aber kaum bin ich drüben, rutsche ich auf den glatten Sohlen meiner Brogues aus und schlittere die schlammige, bepflanzte Böschung runter, wo ich schließlich unter einem Rhododendronbusch lande. Ich wische mir an nassem Blättermulch den dicken Matsch von den Händen, krieche zum Gebüsch und warte darauf, dass jemand über den Schotterpfad zum Haupteingang geht.

Eiskaltes Wasser tropft von den Blättern und rieselt mir in den Nacken, und dickes Matschwasser saugt sich langsam in meine Wildlederbrogues; meine Füße fühlen sich an, als wären sie in kalter, feuchter Pappe verpackt. Ich bin schon drauf und dran, aufzugeben und wieder kehrt zu machen, als ich plötzlich ein Pärchen sehe, das über die Auffahrt aufs Haus zugeht. Ich schlüpfe aus den Büschen und laufe in knapper Entfernung hinter ihnen her, und als sie aufgeschlossen haben, rufe ich »Moment!« Sie bleiben stehen und drehen sich um.

»Lasst die Tür auf!« Der Mann, den ich nicht kenne, schaut mich misstrauisch an. »Hab meine Schlüssel vergessen! Auch das noch! In so einer Nacht!« Er mustert meine dreckverkrusteten, schlammigen Schuhe und Hosen. »Bin hingefallen! Mann, ich bin total *durchnässt*!«, aber er macht keine Anstalten, mir die Tür aufzuhalten, darum fummle ich mit tauben, glitschigen Fingern in meiner Brieftasche herum und zeige ihm meinen Studentenausweis – keine Angst, ich bin Student –, und aus irgendeinem Grund scheint ihn das zu überzeugen, denn er lässt mich rein.

Ich hinterlasse eine nasse Kompostspur auf dem Parkett, während ich die dunklen Korridore entlangpatsche, bis ich vor Alices Zimmer stehe. Unter der Tür ist ein schmaler oranger Lichtstreifen zu sehen, und ich höre Musik – Joni, die *Help Me* vom *Court and Spark*-Album singt – und spüre förmlich die Wärme und das Licht durch die schwere Holztür und wünsche mich leidenschaftlich auf die andere Seite. Ich klopfe zaghaft. Zu zaghaft, denn sie hört es nicht, darum klopfe ich noch einmal, und flüstere ihren Namen.

»Wer ist da?«

»Brian«, flüstere ich.

»Brian?« Sie macht die Tür auf. »O mein Gott, Brian, wie siehst du denn aus!«, und sie nimmt meine Hand und zieht mich ins Zimmer.

Sie führt mich in die Mitte des Raums und übernimmt sofort das Kommando, benimmt sich wie eine strenge, aber gütige Haushälterin aus der Zeit König Edwards – »setz dich *bloß* nicht hin, und fass *ja* nichts an, nicht, bis wir dich trocken haben, junger Mann!« – und fängt an, in den Schubladen ihrer Kommode zu wühlen, aus denen sie einen ausgebeulten, selbst gestrickten grünen Pulli, ein Paar schlabberige Trainingshosen und dicke Wollsocken zieht. »Und hier, den wirst du auch brauchen«; sie öffnet den Gürtel ihres weißen Frotteebademantels, zieht ihn aus und wirft ihn mir zu. Darunter trägt sie ein uraltes graues T-Shirt, das bis über den Bauchnabel eingelaufen ist und einen Aufdruck von Snoopy auf seiner Hundehütte trägt, rissig und verwaschen wie ein mittelalterliches Fresko, sowie große, schlachtschiffgraue Baumwollunterhosen und schwarze Männersocken, die bis auf die Knöchel runtergerollt sind, und mir wird klar, dass das hier ohne jeden Zweifel der sinnlichste und erotischste Anblick ist, den ich je im Leben gesehen habe.

»Mein Gott – deine Hände zittern ja.«

»Tatsächlich?« Ich stelle fest, dass mir beim Sprechen auch die Zähne klappern.

»Los, zieh dein Zeug aus, sonst holst du dir noch eine Lungenentzündung«, sagt sie streng und hält mir die Hand hin. Es macht mich ein bisschen nervös, dass ich mich entkleiden soll. Einerseits hatten die Hanteln noch nicht so richtig die Chance, volle Wirkung zu zeigen, außerdem trage ich eins von meinen alten Schulunterhemden und werde vermutlich eine Art Kriegswaisenkind-Ausstrahlung haben. Aber ich meine mich zu erinnern, dass meine Boxershorts ziemlich in Schuss sind, und mir ist extrem kalt, darum gebe ich nach. Sie steht neben mir, während ich beginne, mich auszuziehen, und bemerkt, dass meine Hände zu stark zittern, um mein Hemd aufzuknöpfen.

»Lass mich mal«, sagt sie und macht sie mir auf, von oben nach unten. »Wieso bist du nicht bei Spencer?«

»Wir haben uns ein bisschen ge-ge-gestritten.«

»Und wo ist er jetzt?« Wieso redet sie immer noch über Spencer?

»Keine Ahnung – wahrscheinlich bei mir zu Hause.« Die Knöpfe sind jetzt alle auf, und sie tritt einen Schritt zur Seite, damit ich das Hemd ausziehen kann. »Es tut mir so leid wegen vorhin …«

»Was denn?«

»Na ja, du weißt schon – Spencer, die P-P-Prügelei …«

»Ach Quatsch, mach dir deswegen keine Gedanken. Ich fand das Ganze sogar ziemlich komisch. Ich meine, normalerweise würde ich Gewaltanwendung nie gutheißen, aber in Patricks Fall mache ich gern eine Ausnahme. Wow, dein Freund Spencer ist ein richtiger *Kämpfer*, was?« Ihre Augen glänzen bei der bloßen Erinnerung. »Ich weiß, dass ich das nicht sagen sollte, aber ich finde, Männer, die sich schlagen, haben etwas sehr Aufregendes, man ahnt irgendwie den Reiz, den das Ganze hat, weißt du, wie bei den alten römischen Gladiatorenkämpfen.« Ich sitze jetzt auf ihrer Schreibtischkante, versuche, keinen Matsch draufzukleckern, und löse die glitschigen, schlammgetränkten Schnürsenkel. »Ich war mal kurze Zeit mit einem zusammen, der Amateurboxer war. Es hat mir wahnsinnigen Spaß gemacht, ihm beim Training zuzusehen und zu seinen Kämpfen zu gehen. Danach hatten wir immer unglaublichen, animalischen Sex; das viele Blut und die Wunden und so, das hatte was total Schönes und *Sinnliches*. Das Blut auf dem Kissen hinterher …« und sie steht einen Moment so da, mit meinen durchgesuppten Schuhen in der Hand, und ein kleiner unwillkürlicher erotischer Schauer durchzuckt sie bei der Erinnerung. Ich fange an, vorsichtig meine nassen Hosen abzupellen. »Natürlich hatten wir außer dem Bett und dem Boxring nicht besonders viel gemeinsam, darum war die Sache im Grunde von Anfang an zum Scheitern verurteilt. Keine sehr gute Basis für eine Beziehung, findest du nicht auch? Wenn du dich zu jemandem nur hingezogen fühlst, solange er halbnackt ist und gerade jemandem den Schädel einschlägt. Hast du mal jemanden geschlagen, Brian?«

Ich stehe hier in Unterhosen und Unterhemd vor ihr, und man könnte eigentlich meinen, dass die Antwort offensichtlich ist. »Ich? O Gott, nein.«

»Oder bist verprügelt worden …?«

»Na ja, ein- oder zweimal – du weißt schon, Raufereien auf dem Schulhof, Handgemenge im Pub. Zum Glück hab ich ja einen Schwarzen Gürtel im Unterm-Tisch-Verstecken.« Sie lächelt und nimmt mir mit abgewandtem Blick meine Sachen ab, schüttelt sie aus und legt sie ordentlich zusammen.

»Also hat er dir nicht wehgetan?«, frage ich.

»Wer?«

»Spencer, vorhin bei der Schlägerei«

»Wann denn?«

»Ich hab gesehen, wie er dich gegen die Wand gestoßen hat …«

»Ach, das war nichts, nur eine kleine Beule am Kopf. Wieso, sieht man eine Wunde?« Sie dreht sich um und teilt mit einer Hand ihre Haare am Scheitel, und ich stelle mich dicht hinter sie, schiebe ihr Haar beiseite und gucke eigentlich nicht richtig hin, atme nur ein. Sie riecht nach Rotwein und sauberer Baumwolle, warmer Haut und Timotei, und ich verspüre diesen überwältigenden Drang, sie auf den Scheitel zu küssen, auf den kleinen Huppel, wo die Verletzung ist. Ich würde sogar damit durchkommen. Ich könnte mich zu ihr hinabbeugen und sie auf die Stelle küssen und sagen: »Heile, heile Segen!«, irgendwas in der Art, aber ein *bisschen* Stolz habe ich auch noch, darum lege ich nur sanft meine Finger auf die Rötung.

»Fühlst du was?«, fragt sie. Alice, du hast ja keine Ahnung …

»Es ist nur eine kleine Stelle«, sage ich. »Nicht schlimm.«

»Gut«, sagt sie und fängt an, meine Sachen über die Heizung zu hängen. Ich stehe immer noch in meiner Unterwäsche da, und ein kurzer Blick nach unten auf meine Boxershorts bestätigt mir, dass es aussieht, als würde ich Lego-Baukräne schmuggeln, darum ziehe ich schnell die Trainingshosen und den alten Pulli über, der noch nach ihr riecht. »Ich hab ein bisschen Whiskey da. Möchtest du was?«

»Gerne«, sage ich, setze mich auf ihr Bett und sehe ihr zu, wie sie zwei Teetassen im Handwaschbecken ausspült. Im Licht der Schreibtischlampe kann ich erkennen, dass das Fleisch oben an ihren Schenkeln sehr weiß ist und eine leichte Gänsehaut hat wie aufgegangener Hefeteig, und als sie sich im Gegenlicht zur Seite dreht, sehe ich – oder glaube sie zu sehen – kleine blassbraune Härchen, die am oberen Rand ihrer Unterwäsche herausrutschen und sich gegen die kleine, sanfte Wölbung ihres Bauchs abheben.

»Und, was wirst du tun?«

Ich komme wieder zu mir. »In welcher Sache?«

»Wegen deines Freunds, wegen Spencer.« Es geht schon wieder los, Spencer hier, Spencer da …

»Ich weiß nicht – morgen früh mit ihm reden, denke ich.«

»Und wieso läufst du dann durch den Regen?«

»Ich wollte ihm nur ein paar Stunden zum Einschlafen geben. Ich mach mich dann auch bald auf den Weg …«, sage ich und tue so, als würde ich frösteln.

Sie reicht mir eine Tasse, die zwei Zentimeter Whiskey enthält. »Also heute kannst du nicht mehr nach Hause. Du wirst hier schlafen müssen …«

Es ist mein Stichwort, Einspruch zu heucheln. »Nein, nicht doch, geht schon, ich sollte wirklich wieder zurück …« Mir ist inzwischen sogar ziemlich warm geworden, aber ich bemühe mich, meine Zähne künstlich zum Klappern zu bringen, was übrigens wesentlich schwerer ist, als man glaubt, darum übertreib ich's nicht, sondern sage nur leise: »Ich trink noch aus, und dann geh ich los.«

»Brian, du kannst da nicht noch mal raus, schau dir doch bloß deine Schuhe an …!« Meine ruinierten Wildlederbrogues dampfen auf dem Heizkörper wie heiße Pasteten, und ich höre, wie der Regen gegen das Fenster peitscht. »Ich lasse nicht *zu*, dass du gehst. Du wirst heute hier bei mir schlafen müssen.« Es ist ein Einmannbett. Es ist ein sehr schmales Bett. *Richtig* schmal. Mehr wie ein Fenstersims.

»Na schön, wenn du meinst.«

31

FRAGE: Was wird in einer Leidener Flasche gespeichert, jenem geschlossenen Glasgefäß, das im Jahre 1746 von dem niederländischen Physiker Pieter van Musschenbroek und 1745 fast zeitgleich vom deutschen Erfinder Ewald Georg von Kleist entdeckt wurde?
ANTWORT: Statische Elektrizität.

Es gibt Dinge, von denen man zu Recht annimmt, dass ein neunzehnjähriger Mann wie ich sie mittlerweile getan haben müsste. Zum Beispiel würde man meinen, ich wäre schon mal geflogen oder Motorrad gefahren, hätte ein Auto gelenkt, ein Tor geschossen oder eine Zigarette zu Ende geraucht. Als Mozart neunzehn war, hatte er Sinfonien und Opern komponiert und vor den gekrönten Häuptern Europas gespielt. Keats hatte sein *Endymion* geschrieben, und sogar Kate Bush hatte da ihre ersten beiden Studioalben aufgenommen, während der Tag, an dem ich meinen ersten Mais aus der Dose esse, noch kommen muss.

Aber ehrlich gesagt ist mir das alles einigermaßen egal, denn heute Nacht steht meine Premiere für die große Nummer eins an. Zum ersten Mal im Leben werde ich die ganze Nacht mit jemandem im Bett verbringen.

Na gut, vielleicht sollten wir das ein bisschen relativieren. Letzten Sommer auf Canvey Island habe ich mir mit Spencer und Tone ein Einmannzelt geteilt, und das war schon reichlich kuschelig. Ich habe auch die ersten paar Tage nach Dads Tod bei Mum im Bett geschlafen. Und am Vorabend vor seiner Beerdigung habe ich mein enges Bett mit meiner irischen Cousine Tina geteilt, wobei Letzteres natürlich nicht richtig zählt, denn mal abgesehen von den deprimierenden Umständen und dem

Inzesttabu war und bleibt meine Cousine Tina eine zutiefst gewalttätige Person. Fakt ist also: Ich habe noch nie in meinem Erwachsenenleben die ganze Nacht mit einem Mitglied des anderen Geschlechts im selben Bett geschlafen, der kein naher Verwandter ist und/oder vor dem ich keine Angst habe. Bis heute.

Wir bleiben noch etwa eine Stunde auf und trinken Whiskey, sitzen nebeneinander auf dem Bett und reden, hören Tapestry und das neue Everything-But-the-Girl-Album. Weil ich weiß, dass ich vor morgen früh nicht rausgeworfen werde, entspanne ich mich ein bisschen, und wir fangen an, wieder Spaß zu haben, richtigen Spaß, lassen die Party noch mal Revue passieren, den Kampf, Patricks Gesichtsausdruck, als er krampfhaft versuchte, sich an Spencers Namen zu erinnern. Sie sitzt direkt neben mir im Schneidersitz, das T-Shirt aus Anstandsgründen weit über den Bauch gezogen, aber wenn sie nicht hersieht, kann ich immer noch die weiß-rosa marmorierten Weichstellen an den Innenseiten ihrer Schenkel erkennen, den Ansatz einer dunklen Aushöhlung oben an den Beinen.

»Übrigens«, sagt sie, »ich muss dir was sagen.«

»Was denn?« Wahrscheinlich kommt jetzt *Ich liebe Spencer* oder irgendwas in der Richtung.

»Ich habe heute Abend eine gute Nachricht erhalten«, sagt sie und zögert es genüsslich hinaus.

»Nun sag schon …«

»Ich … bin … *Hedda Gabler*!«

»Gratuliere! Das ist ja super!« Ehrlich gesagt hatte ich insgeheim gehofft, sie bekäme die Rolle nicht, teils, weil es bedeutet, dass sie die ganze Zeit proben wird, teils weil sie, wie so viele Schauspieler, bei dem Thema offengestanden bis zum Erbrechen *langweilig* sein kann. Aber niemand soll behaupten, ich hätte kein Riesentalent zur Unaufrichtigkeit. »Das ist ja super! Die eponyme Hedda! Du bist bestimmt fantastisch! Ich freu mich *wahnsinnig*!« Ich umarme sie, küsse sie auf die Wange, denn warum sollte nicht auch was für mich dabei rausspringen. »Hey, du machst aber trotzdem weiter mit bei *University Challenge*, oder?«

»Auf jeden Fall. Ich hab nachgesehen, die Termine überschneiden sich nicht, selbst wenn wir in die zweite Runde kommen …«

»Werden wir.«

»Sowieso.«

Und dann reden wir beide etwa eine Stunde lang über die vielen verschiedenen Herausforderungen, die sich einem stellen, wenn man Hedda Gabler in den Griff kriegen will, was nicht leicht ist, weil ich das Stück ehrlich gesagt nie gelesen habe, darum lasse ich die Gedanken schweifen und gucke sie eine Weile an, und dann sagt sie …

»… und das Tollste daran ist, dass Neil MacIntyre den Eilert Lovborg spielt …«

»Wer ist Neil …?«

»Du weißt doch – der unglaubliche Richard III. letztes Semester?«

»Ah, *der*!«, sage ich und meine: »Ah, der Idiot mit dem Tamburin!« Neil MacIntyre ist der affige Möchtegern-Schauspieler, der das letzte Semester hauptsächlich damit verbracht hat, ostentativ auf Krücken durch die Campus-Kneipe zu humpeln, um »ein Gespür für die Rolle zu entwickeln«. Oft genug war ich versucht, ihm die Krücken wegzutreten, aber Alice ist ziemlich heiß auf ihre neue Aufgabe, weil sie unglaublich lebhaft und leidenschaftlich wird, mit den Armen rudert, sich auf die Lippe beißt und die Hand auf die Stirn presst. Tatsächlich könnte man sagen, dass sie ihre Darstellung Szene für Szene durchspielt, darum versuche ich mich wach zu halten, indem ich heftig blinzle, wenn sie nicht hersieht, und gelegentlich einen verstohlenen Blick auf den ausgewaschenen Snoopy auf ihrem T-Shirt werfe, der sich hebt und senkt, oder auf die blasse Haut ihrer

Innenschenkel, und im Geiste von allem kleine Fotos mache. Nachdem Hedda Gabler endlich das Manuskript ihres geliebten Lovborg in die Flammen geworfen und sich im Off das Leben genommen hat, sagt Alice: »Mein Gott, mir platzt die Blase«, und entschwindet den Flur entlang zur Gemeinschaftstoilette. Sobald sie weg ist, trage ich heimlich etwas von ihrem Cool-Blue-Achselhöhlen-Deo auf und rücke den Radiowecker am Bett ein Stück zur Seite, damit sie hoffentlich nicht merkt, dass es schon nach drei ist, und sofort müde wird. Aber als sie wieder ins Zimmer kommt, fängt sie unmittelbar an zu gähnen, sagt: »Zeit zum Schlafengehen«, tritt ans Waschbecken und putzt sich die Zähne.

»Ich fürchte, du musst meine Zahnbürste benützen«, sagt sie, den Mund voller Schaum. »Hoffentlich macht's dir nichts aus.«

»Hoffentlich macht's *dir* nichts aus!«

»Hier, nimm«, sie reicht sie mir, und ich spüle sie unter dem Hahn aus, aber nicht zu sehr, dann stehen wir nebeneinander vor dem Waschbecken und ich putze mir die Zähne, während sie ihr Make-up mit blauer Reinigungsmilch entfernt. Einmal entsteht ein komisches kleines Durcheinander, weil ich ihr versehentlich auf die Hand spucke, als sie über das Waschbecken nach einem Wattebausch greift; unsere Blicke treffen sich im Spiegel, und sie lacht ausgelassen, während sie sich rasch den pfefferminzigen Klecks vom Handgelenk spült. Und ich habe den Eindruck, dass dieser Moment etwas von einer vertrauten Häuslichkeit hat, als würden wir gerade zu Bett gehen, nachdem wir eine köstliche und ungemein erfolgreiche Dinnerparty für unsere engsten Freunde gegeben haben, aber das sage ich nicht laut, denn ein so totaler und hoffnungsloser Kretin bin ich nun auch wieder nicht.

Ich entledige mich des grünen Pullis und der Trainingshose in einer Weise, die nicht zu sexuell aufreizend wirkt, und erwäge, aus Gründen der Behaglichkeit die dicken Socken anzulassen;

aber wie sieht das denn aus, Unterhosen mit Socken, also ziehe ich sie auch aus und lege sie zur Sicherheit neben das Bett.

»Möchtest du an der Wand liegen, oder …?«, fragt sie.

»Ist mir egal …«

»Dann nehm ich die Wand, ja?«

»Okay!«

»Hast du ein Glas Wasser?«

»Hab ich.« Sie legt sich unter die selbst gemachte Patchwork-Daunendecke, und ich folge ihr.

Anfangs berühren wir einander nicht, nicht absichtlich, und es folgt einiges Herumgerutsche, als uns klar wird, wie klein das Bett tatsächlich ist. Irgendwann haben wir uns in einer Position eingerichtet, die einigermaßen annehmbar zu sein scheint und beinhaltet, gekrümmt und parallel dazuliegen wie zwei Fragezeichen, wobei ich es allerdings nicht wage, sie zu berühren, als sei sie eine elektrisch geladene Schranke. Was sie auf gewisse Weise auch ist.

»Alles gemütlich?«, fragt sie.

»Hmm.«

»Pof-pof, Brian.«

Wie bitte? »Pof-pof?«

»Ach, das hat Daddy immer gesagt, weißt du, statt pofen, schlafen.«

»Na dann, pof-pof, Alice.«

»Machst du die Lampe aus, ja?«

»Oder meintest du *Pampe*?«, sage ich, was, meiner Meinung nach, für morgens um 3:42 Uhr ziemlich witzig ist, aber sie sagt nichts, macht nicht mal den kleinsten Mucks, darum schalte ich das Licht aus. Einen Moment lang frage ich mich, ob das jetzt wie eine Art Katalysator wirkt, wir unsere Hemmungen verlieren und vielleicht unsere heimlich lodernde Begierde entfesselt wird – aber nein, es macht nur das Zimmer dunkel. Wir liegen genau so da wie vorher, in Fragezeichenformation, ohne einander zu berühren, und bald wird klar, dass ich die erforderliche Muskelspannung, um mich nicht zu bewegen und sie nicht zu berühren, unmöglich auf Dauer durchhalten kann, ebenso wenig, wie man die ganze Nacht mit ausgestrecktem Arm einen Stuhl halten kann. Darum entspanne ich mich geringfügig, und mein Oberschenkel kommt mit der warmen Rundung ihrer linken Pobacke in Kontakt. Sie zuckt jedenfalls nicht zusammen oder rammt mir den Ellbogen in die Magengrube, also schätze ich, es ist okay.

Doch jetzt stelle ich fest, dass ich nicht weiß, was ich mit meinen Armen machen soll. Der rechte Arm, auf dem ich liege, fängt an zu kribbeln, darum zerre ich ihn unter mir hervor und boxe dabei Alice in die Niere.

»Aua!«

»Entschuldige!«

»Schon gut.«

Aber jetzt baumeln sie nur irgendwie nutzlos und in abstrusen Winkeln vor mir herum, wie bei einer ausrangierten Marionette, und ich versuche, mich zu erinnern, was ich sonst immer mit meinen Armen mache, wenn ich nicht gerade mit jemandem im Bett liege, d.h. in meinem ganzen sonstigen Leben. Ich probiere diese seltsamen Zusatz-Gliedmaßen vor der Brust zu verschränken, was mir irgendwie auch nicht ganz richtig vorkommt, und Alice ist jetzt unter Mitnahme der Daunendecke ein Stückchen näher zur Wand gerückt, weswegen nun meine nackte Rückfront über dem Bettrand hängt und mir Zugluft durchs Bein meiner Boxershorts weht. Also habe ich nur die Wahl, ihr die Decke wieder zu entreißen, was unhöflich wirken würde, oder ich muss es wagen, näher heranzurutschen. Das tu ich und liege jetzt eng an ihrem Rücken, was wunderbar ist und genau genommen Löffelchenstellung genannt wird, glaube ich. Ich spüre das Auf und Ab ihres Atems und versuche, meinen eigenen dem ihren anzupassen, in der

Hoffnung, so einschlafen zu können, obwohl das ziemlich unwahrscheinlich ist, weil mein Herz eindeutig viel, viel zu schnell schlägt, wie bei einem Windhund.

Unterdessen hat sich ihr Haar in meinem Mund verfangen. Ich versuche es wegzupusten, indem ich eine Ansammlung von Gesichtsmuskeln verkrampfe, was aber offenbar nichts bewirkt, darum verrenke ich mir den Hals, soweit es geht, nach hinten, doch ihr Haar ist immer noch da und krabbelt mir jetzt in die Nasenlöcher. Meine Arme sind weiterhin vor der Brust verschränkt und drücken gegen Alices Rücken, darum muss ich mich zurücklehnen und sie herausziehen, um mir ihre Haare aus dem Gesicht zu streichen, aber dadurch befindet sich mein linker Arm außerhalb der Daunendecke und friert, und ich weiß nicht, wo ich ihn hintun soll, während mein rechter Arm anfängt zu kribbeln, entweder aufgrund eines Krampfs oder eines sich anbahnenden Herzinfarkts, und das Achsel-Deo entfaltet einen überwältigenden cool-blauen Geruch, und meine Boxershorts kriegen schon wieder Zug da draußen, und meine Füße sind kalt, und ich überlege gerade, ob ich nicht vielleicht nach den Wollsocken tasten sollte …

»Du bist ein ziemlicher Zappelphilipp, was?«, murmelt Alice.

»Entschuldige. Ich weiß einfach nicht, wohin mit meinen Armen!«

»Hier …«, und dann macht sie etwas ganz Unglaubliches. Sie greift nach meinem Arm und zieht ihn sich ganz fest um den Brustkorb, *unter* ihr T-Shirt, sodass jetzt meine Hand auf der warmen Haut ihres Bauchs liegt, und ich glaube die Wölbung ihrer Brust an meinem Unterarm zu spüren.

»Besser?«

»Viel besser.«

»Müde?«, fragt sie, was eine ziemlich absurde Frage ist, wenn man bedenkt, dass gerade ihre rechte Brust mein Handgelenk berührt.

»Nicht so … richtig«, sage ich.

»Ich auch nicht. Unterhalten wir uns.«

»Worüber denn?«

»Irgendwas.«

»Okay.« Ich beschließe, den Stier bei den Hörnern zu packen. »Was hältst du von Spencer?«

»Ich fand ihn nett.«

»Du fandest ihn okay?«

»Ja! Ein bisschen mackermäßig, ein bisschen too much …«, sagt sie und setzt einen Cockneyakzent auf, so wie sie ihn bei Radio 4 imitieren, »… bisschen großkotzig, aber ich fand ihn toll. Und dich *liebt* er eindeutig.«

»Na ja, da bin ich mir nicht so sicher …«, sage ich.

»Doch, tut er. Du hättest mal hören sollen, wie er vorhin von dir geschwärmt hat.«

»Ich dachte die ganze Zeit, er baggert dich an …«

»Spinnst du! Ganz im *Gegenteil* …«, sagt sie. Was soll *das* denn heißen?

»Wieso?«, frage ich.

Sie zögert und wendet mir halb den Kopf zu und sagt: »Na ja … offenbar hat er die Vorstellung, dass du … ein bisschen in mich verknallt bist.«

»*Das* hat Spencer gesagt? Zu dir? Heute Abend?«

»Hmm.«

Jetzt ist es also raus. Amtlich. Ich weiß nicht, was ich sagen soll oder wo ich hinschauen soll, darum rolle ich mich auf den Rücken und seufze: »Na klasse, Spencer, vielen Dank auch …«

»Ich glaube nicht, dass er es böse gemeint hat.«

»Wieso, was hat er noch alles erzählt?«

»Na ja, er war ziemlich blau, aber er sagte, dass du ein richtig guter Typ bist, und, na ja, er meinte, du könntest manchmal ein echter Wichser sein, wie er sich wörtlich ausdrückte, aber dass du wirklich treu bist und anständig und dass es nicht sehr viele Kerle gibt, die so sind wie du, und wenn ich ein bisschen Verstand hätte, dann sollte ich … mit dir gehen.«

»*Das* hat Spencer alles gesagt?«

»Hmm«, und vor meinen Augen taucht das flüchtige Bild von Spencer auf, der mit geschlossenen Augen im Nieselregen unter der Laterne steht, den Handballen auf die Stirn gedrückt, und wie ich in die entgegengesetzte Richtung davongehe.

»Woran denkst du gerade?«, fragt Alice, die sich wieder zur Wand gedreht hat.

»Ähm, weiß nicht genau.«

»Ich schätze aber mal, es stimmt, oder? Ich meine, ich hatte auch so eine Ahnung.«

»Ist es denn so offensichtlich?«

»Na ja, ich denke mal, ich hab dich ab und zu dabei ertappt, wie du mich angeguckt hast. Und dann unser Dinner …«

»O mein Gott, das ist mir immer noch so peinlich …«

»Muss es überhaupt nicht sein. Es war doch nett. Es ist nur …«

»Was.«

Einen Moment ist sie still, dann seufzt sie tief und drückt mir die Hand, so in der Art, wenn sie einem gleich sagen, dass dein Hamster tot ist, und ich wappne mich für die gute alte »Lass uns Freunde bleiben«-Ansprache. Aber dann dreht sie sich mit einem Ruck zu mir um, schaut mich an, schiebt sich das Haar hinter die Ohren, und im pulsierenden orange Leuchten des Radioweckers kann ich ihr Gesicht gerade noch erkennen.

»Ich weiß nicht, Brian. Ich bin ein richtig schlimmer Finger, weißt du.«

»Nein, bist du nicht …«

»Bin ich aber, wirklich. Jede Beziehung, die ich je hatte, endete irgendwie damit, dass jemand verletzt wurde …«

»Das macht mir nichts …«

»Doch, es würde dir was ausmachen, wenn du derjenige wärst. Ich meine, du kennst mich doch …«

»Ich weiß, du hast es mir erzählt. Aber wie gesagt, es macht mir nichts aus, denn ist es nicht in jedem Fall besser, es mal zu versuchen? Ich meine, wäre es nicht besser, der Sache eine Chance zu geben, einfach zu sehen, ob wir uns verstehen? Das liegt natürlich bei dir, weil du mich ja möglicherweise auf diese Weise gar nicht magst ...«

»Na ja, ich hab natürlich drüber nachgedacht, klar. Aber es hat nicht mal was mit *dir* zu tun. Ich hab eigentlich keine Zeit für eine richtige Beziehungskiste, jetzt wo ich Hedda spiele und das Team ja auch noch da ist und alles. Mir ist meine Unabhängigkeit einfach zu wichtig ...«

»*Meine* Unabhängigkeit ist mir auch wichtig, weißt du!«, behaupte ich, obwohl das natürlich eine Lüge von epischen Ausmaßen ist, denn was soll ich denn mit *Unabhängigkeit*? Was heißt denn »Unabhängigkeit«? »Unabhängigkeit« heißt, mitten in der Nacht die Decke anzustarren, während man sich die Fingernägel in die Handflächen gräbt. »Unabhängigkeit« heißt festzustellen, dass der einzige Mensch, mit dem man den ganzen Tag gesprochen hat, der Mann im Schnapsladen war. »Unabhängigkeit« bedeutet Sparmenü bei Burger King an einem Samstagnachmittag. Wenn Alice von »Unabhängigkeit« spricht, dann meint sie etwas ganz anderes. »Unabhängigkeit«, das ist der Luxus all dieser Leute, die zu selbstbewusst, beschäftigt, beliebt und attraktiv sind, um ganz schlicht und einfach »einsam« zu sein.

Und machen wir uns nichts vor, einsam zu sein, ist absolut das Schlimmste von allem. Wenn man jemandem erzählt, dass man ein Alkoholproblem oder eine Essstörung hat, oder auch nur, dass der eigene Vater starb, als man noch klein war, sieht man förmlich, wie die Augen aufleuchten angesichts der puren, faszinierenden Dramatik und Tragik des Ganzen, weil sich hier ein *Thema* auftut, worauf man sich stürzen kann, etwas, das man diskutieren, analysieren und vielleicht sogar lösen kann. Aber erzählen Sie mal jemandem, dass Sie einsam sind. Natürlich wird er Ihnen jede Menge *aufgesetztes* Mitgefühl entgegenbringen, aber wenn Sie ganz genau hinsehen, stellen Sie fest, wie seine Hand bereits Richtung Klinke tastet, damit er bei der nächsten Gelegenheit die Flocke machen kann, als wäre Einsamkeit als solche schon ansteckend. Denn einsam zu sein, ist einfach nur banal und demütigend, so reizlos, fad und hässlich.

Na ja, ich war mein ganzes Leben einsam bis zum Gehtnichtmehr, und ich hab es satt. Ich möchte Teil eines Teams sein, möchte mit jemandem zusammen sein, möchte dieses förmlich hörbare Aufatmen aus Neid, Bewunderung und Erleichterung erleben, wenn wir gemeinsam einen Raum betreten – »Gott sei *Dank*, jetzt wird alles gut, *sie* sind da« –, andererseits auch leicht beängstigend, leicht einschüchternd, rasiermesserscharf sein, wie Dick und Nicole Diver in *Zärtlich ist die Nacht*, glamourös und sexuell aufeinander abfahren wie Burton und Taylor oder wie Arthur Miller und Marilyn Monroe, nur zuverlässig, vernünftig und beständig sein, ohne die Nervenzusammenbrüche, die Untreue und die Scheidung. Ich kann natürlich nichts von alledem laut aussprechen, denn nichts könnte ihr in diesem Moment größere Angst machen, außer ich ginge direkt mit einer Axt auf sie los, und das Wort »einsam« kann ich schon gar nicht anbringen, weil es die Leute meistens unbehaglich macht. Also was soll ich sagen? Ich hole tief Luft, seufze, lege meine Hand hinter den Kopf und bringe schließlich Folgendes zustande.

»Ich weiß nur, dass ich dich absolut unglaublich finde, Alice, und umwerfend schön natürlich, nicht dass es eine Rolle spielt, und dass ich einfach wahnsinnig gern mit dir zusammen bin, Zeit mit dir verbringe, und ich denke, na ja, ich glaube einfach wirklich, wir sollten …«, es entsteht eine Pause, und da tu ich es. Ich küsse Alice Harbinson.

Ich küsse sie, küsse sie wirklich *richtig*, auf den *Mund* und so. Ihre Lippen sind warm, aber anfangs noch trocken, und leicht aufgesprungen. Ich kann einen harten, scharfen kleinen Fetzen abgestorbener Haut auf ihrer Unterlippe fühlen. Ich erwäge, ihn abzubeißen, frage mich aber, ob das nicht doch ein bisschen zu draufgängerisch sinnlich wäre, binnen weniger Sekunden gleich zuzubeißen. Vielleicht könnte ich ihn abküssen, wäre das möglich? Kann man tote Haut abküssen? Welche Folgen hätte das? Ich bin drauf und dran, es zu probieren, als Alice den Kopf abwendet und ich schon glaube, ich hätte es vermasselt, aber sie lächelt nur, reißt sich den kleinen Hautlappen selbst von der Lippe und wirft ihn neben das Bett. Dann drückt sie sich den Handrücken auf die Stelle, guckt nach, ob es blutet, leckt sich die Lippen, und dann küssen wir uns wieder, und es ist himmlisch.

Natürlich bin ich in Sachen Küssen kein Kenner, aber ich bin mir ziemlich sicher, dass das hier *gutes* Küssen ist. Es unterscheidet sich stark von der Rebecca-Epstein-Erfahrung; Rebecca ist ein wunderbarer Mensch, sehr witzig und so, aber Rebecca Epstein zu küssen, war voller Ecken und Kanten. Alices Mund scheint weder Ecken noch Kanten zu haben, sondern nur warme und weiche Stellen, und trotz dem heißen, pfefferminzigen leichten Mundgeruch von einem von uns, wahrscheinlich mir, ist es so ziemlich das Paradies. Oder wäre es zumindest, wenn mir nicht plötzlich auffiele, dass ich nicht weiß, was ich mit meiner Zunge machen soll, die plötzlich irgendwie übermäßig dick und fleischig geworden zu sein scheint, wie die Dinger, die man in Frischhaltefolie geschweißt beim Metzger in der Auslage sieht. Ist Zunge hier angesagt, frage ich mich? Und wie zur Antwort fühle ich *ihre* Zunge, die ganz vorsichtig meine Zähne berührt, dann nimmt sie meine Hand und schiebt sie an ihrem T-Shirt hoch, zu Snoopy, der auf seiner Hundehütte liegt, und dann unter ihr T-Shirt, und danach, muss ich gestehen, verschwimmt alles ein bisschen.

32

FRAGE: Unter welchem Namen war Eric Weisz, Sohn eines ungarischen Rabbiners und berühmt für seine Entfesslungs- und Befreiungskünste, besser bekannt?
ANTWORT: Harry Houdini.

Am nächsten Morgen küssen wir uns ein bisschen weiter, aber nicht mehr mit ganz so viel feurig-erotischer Hemmungslosigkeit wie in der vergangenen Nacht, jetzt bei Tageslicht, da sie sehen kann, was sie sich eingehandelt hat. Außerdem hat Alice um 9:15 Uhr einen Masken-Workshop, daher nehme ich um kurz nach acht meine dreckverkrusteten Schuhe in die Hand und gehe zur Tür.

»Bist du sicher, dass ich dich nicht hinbringen soll?«, frage ich.

»Nein, nein, schon okay …«

»Ganz sicher?«

»Ich muss noch mein Zeug zusammensuchen, unter die Dusche und so weiter …« *Dafür* würde ich glatt noch ein Weilchen herumhängen, und auf irgendwie undefinierbare Weise finde ich auch, es mir verdient zu haben, aber es gibt hier nur ein Gemeinschaftsbad, wodurch sich die Sache offensichtlich schwierig gestalten würde, und außerdem, schärfe ich mir ein, geh's cool an, geh's cool an …

»Na schön, also danke, dass du mich *aufgenommen* hast«, sage ich im Bemühen um eine heitere, schlüpfrig-prahlerische Tonlage, die es nicht ganz bringt. Dann beuge ich mich zu ihr runter und küsse sie. Sie entwendet sich ein bisschen zu schnell, und ich frage mich kurz, ob ich beleidigt sein soll, aber sie hat sofort eine absolut einleuchtende Erklärung parat: »Tut mir leid, Mundgeruch!«

»Macht doch nichts«, behaupte ich, obwohl ihr Atem tatsächlich richtig, richtig übel riecht. Es ist mir aber egal. Sie könnte Feuer speien, und es wäre mir egal.

»Du könntest Feuer speien, und es wäre mir egal«, sage ich.

Sie macht skeptisch »Hmmm«, verdreht geschmeichelt die Augen. »Ja, also, du solltest jetzt lieber los, bevor dich jemand sieht. Und Brian?«

»Ja?«

»Du darfst es niemandem erzählen. Versprochen?«

»Natürlich.«

»Unser Geheimnis …?«

»Absolut.«

»Voll und ganz?«

»Versprochen.«

»Okay – fertig?« Sie macht die Tür auf und lugt den Korridor entlang, ob die Luft rein ist, befördert mich dann mit einem zärtlichen kleinen Schubs zur Tür hinaus, als würde sie einen widerwilligen Fallschirmspringer aus dem Flugzeug stoßen. Ich kann mich gerade noch rechtzeitig umdrehen, um ihr wunderschönes Gesicht hinter der Tür verschwinden zu sehen, ihr lächelndes Gesicht, da bin ich mir ziemlich sicher.

Ich setze mich auf einen Heizkörper im Gang, klopfe meine vollkommen ruinierten Schuhe aus und verteile überall auf dem Parkettfußboden dicke Dreckfladen.

Ich schwebe nach Hause. Außer Chips und Erdnüssen habe ich seit vierundzwanzig Stunden nichts Richtiges mehr gegessen und bin am Verhungern. Hinzu kommt, dass ich mir meinen Halsmuskel gezerrt habe, als ich Alice küsste – eigentlich ein gutes Zeichen. Ich habe auch dieses schwindelige, hohle, betäubte Gefühl, das man bekommt, wenn man die ganze Nacht auf war, und werde mehr oder weniger von Adrenalin, Hochstimmung und der Spucke eines anderen Menschen am Laufen gehalten, darum mache ich einen Zwischenstopp bei der Tankstelle, hole mir eine Fanta, ein Mars und ein Mint Aero zum Frühstück und fühle mich langsam etwas besser.

Es ist ein herrlicher, klarer Wintermorgen, und Massen von Schulkindern trödeln an der Hand ihrer Eltern zur Schule. Ich stehe an einer Fußgängerampel, esse mein Mint Aero und fange den Blick eines kleinen Mädchens auf, das neben mir steht und neugierig meine Schuhe und Hosenbeine betrachtet, die immer noch vor Dreck starren und aussehen, als seien sie in heiße Schokolade getaucht worden. Das erinnert mich an eine dieser drolligen Bilderbuch-Metaphern, die Kindern so gefallen. Deshalb lächle ich das kleine Mädchen an und sage laut und Salingermäßig: »Die haben mich doch echt durch den Kakao gezogen!«

Aber auf dem Weg zwischen meinem Gehirn und meinem Mund passiert irgendwas mit meinen Worten. Es klingt, als wäre es das Abartigste und Beängstigendste, das je ein Mensch zu einem kleinen Mädchen gesagt hat. Ihre Mum ist anscheinend auch der Meinung, weil sie mich finster anschaut, so als wäre ich der große böse Kinderfänger. Sie nimmt die Kleine auf den Arm und geht hastig über die Straße, noch bevor die Ampel auf Grün schaltet. Ich schüttle es mit einem Achselzucken ab, weil ich wild entschlossen bin, mir diesen Morgen durch nichts verderben zu lassen und mir dieses leicht flaue Hochgefühl zu erhalten. Aber irgendetwas anderes stört mich immer noch, etwas, das ich nicht ganz abschütteln kann.

Spencer. Was soll ich Spencer sagen? Mich entschuldigen, schätze ich. Aber nicht zu feierlich, ich will keine große Sache draus machen, werde einfach nur sagen, hey, tut mit leid wegen gestern Abend, sieht so aus, als wären die Dinge ein bisschen aus dem Ruder gelaufen, Kumpel, und dann lachen wir einfach drüber, und damit hat sich's. Und ich werde ihm erzählen, wie Alice und ich uns geliebt haben, nur werde ich es so nicht formulieren, ich werde sagen, wir haben es »miteinander getrieben«, und alles wird wieder sein wie früher. Natürlich wäre es wahrscheinlich immer noch das Beste, wenn er trotzdem heute fährt, aber ich will mich von meiner besten Seite zeigen, Vorlesungen schwänzen und alles wieder ins Lot bringen und ihn zum Zug begleiten.

Aber als ich im Richmond House ankomme, ist er nicht da. Das Zimmer sieht sogar noch haargenau so aus, wie wir es gestern Nachmittag verlassen haben – das Bettgestell, das Gewühl aus Daunendecken und kalten, feuchten Handtüchern, der Geruch von Ammoniak und Spezialbräu, die Heizungsdämpfe. Ich frage mich, ob er vielleicht irgendwelche Habseligkeiten hinterlassen hat, bis mir einfällt, dass er ja überhaupt keine dabeihatte, nur eine dünne Plastiktüte mit einem drei Tage alten *Daily Mirror* und einer muffigen Fleischpastete, die immer noch an meinem Schreibtisch lehnt, da, wo er sie hingestellt hat. Beunruhigt gehe ich mit der Tüte in die Küche, wo Josh und Marcus gerade pochierte Eier essen und ihre Aktienkurse in der *Times* studieren.

»Hat einer von euch Spencer letzte Nacht gesehen?«

»Nein, tut mir leid«, sagt Josh.

»Ist er nicht bei dir?«, brummt Marcus.

»Nein, wir haben uns auf einer Party aus den Augen verloren. Ich dachte, er findet allein nach Haus.«

»Wieso? Und wo warst *du*, du dreckiger Herumtreiber?«, fragt Josh und grinst anzüglich.

»Ich hab bei einer Freundin übernachtet. Meiner Freundin Alice übrigens«, sage ich, und dann fällt mir ein, dass ich es niemandem erzählen soll.

»Huuuuuuuuuuu«, jaulen sie beide.

»Na ja, ihr wisst ja, wie's ist, Leute, entweder man hat es, oder man hat es nicht!«, sage ich, werfe Spencers Zeug in den Abfalleimer und gehe wieder aus der Küche. Natürlich hab ich »es« nicht, hab »es« nie gehabt, werde »es« nie haben und weiß nicht mal richtig, was »es« ist, aber es gibt keinen Grund, warum meine Umwelt nicht den Eindruck haben sollte, dass ich »es« habe, wenn auch nur für eine kurze Weile.

Vierte Runde

Rosemary stand auf, beugte sich hinab und sagte den ehrlichsten Satz, den sie sagen konnte: »Ach, was sind wir doch für Schauspieler – du und ich.«

F. Scott Fitzgerald, Zärtlich ist die Nacht

33

FRAGE: In einem Artikel aus dem Jahre 1926 in der Zeitschrift *Lef*, plädiert Sergeij Eisenstein für ein neues Kino, das weniger auf der statischen, logischen, linearen Entfaltung von Handlung basiert, sondern auf dem konstruktivistischen Aufbau wirkender Elemente. Wie nannte Eisenstein diese neue filmische Form?
ANTWORT: Montage von Attraktionen.

Im Film gibt es eine stillschweigende Übereinkunft, die besonders im amerikanischen Mainstream-Kino anzutreffen ist, wonach sich Held und Heldin im Verlauf einer ausgedehnten, wortlosen Montagesequenz, die unweigerlich mit schwungvoller Orchestermusik unterlegt ist und meistens ein Saxophonsolo enthält, ineinander verlieben. Ich weiß nicht, warum der Akt des Sich-ineinander-Verliebens wortlos sein sollte; vielleicht, weil die eigentlich zentrale Sache – einem anderen Menschen seine geheimsten Gedanken und Wünsche anzuvertrauen – für alle nicht unmittelbar Betroffenen ein bisschen anstrengend sein kann. Wie auch immer veranschaulicht diese Sequenz die vielen verschiedenen spaßigen Dinge, die Frischverliebte üblicherweise tun – im Kino Popcorn essen, einander Huckepack nehmen, sich auf einer Parkbank küssen, verrückte Hüte aufprobieren, zusammen in einer Wanne mit Badeschaum sitzen und Wein trinken, in Swimmingpools fallen, nachts Arm in Arm nach Hause laufen und sich gegenseitig die Sternbilder zeigen etc. etc. etc.

Na ja, jedenfalls war das in der letzten Woche mit Alice und mir kein bisschen so. Genauer gesagt habe ich überhaupt nichts mehr von ihr gehört, was aber in Ordnung geht, weil meine neuen Codeworte »Cool« und »Distanziert« lauten und ich mir größte Mühe gebe, ihre kostbare Unabhängigkeit nicht zu verletzten, besonders jetzt, da sie so sehr mit *Hedda Gabler* beschäftigt ist. Und es macht mir wirklich nichts aus, dass sie sich nicht meldet. Tatsächlich habe ich sie während der ganzen Woche nur etwa fünf- oder sechsmal angerufen, und keine Nachricht hinterlassen. Das ist ja das Tolle an der Sache, dass ich sie – aus Alices Sicht – auch nicht angerufen habe! Allerdings entstand einmal eine kleine Schrecksekunde, als Rebecca Epstein ans Telefon kam und ich mitten im Satz meine Stimme verstellen musste, aber ich glaube, sie hat's nicht gemerkt.

Ich beschäftige mich mit anderen Dingen, höre eine Menge Kate Bush aus der mittleren Phase und bündle meine Gefühle in einem Liebesgedicht für den Valentinstag in drei Tagen, einen Tag vor *The Challenge*. Natürlich ist mir bewusst, dass der Valentinstag nichts weiter als eine verlogene, ausbeuterische Konsummasche ist, aber es gab mal eine Zeit, da war der Valentinstag eine Riesensache für mich und beinhaltete Versandaktionen von gigantischen Ausmaßen. Inzwischen bin ich wesentlich älter, emotional abgeklärter, deshalb gibt's dieses Jahr nur eine Karte für Mum und Alice, und Schluss. Die total Coole und Distanzierte Sache Alice gegenüber wäre natürlich, ihr gar keine Karte zu schicken, aber ich will nicht, dass sie denkt, ich mag sie nicht mehr oder, schlimmer noch, es wäre nur um Sex gegangen.

Was das Gedicht betrifft, läuft es ganz gut, nur kann ich mich einfach nicht für das passende Reimschema entscheiden. Ich experimentiere schon eine Weile mit dem petrarkischen und dem elizabethanischen Sonett, mit gereimten Couplets, Alexandrinern, Haikus und dem Blankvers, und es könnte gut sein, dass ich ihr am Ende doch ein Limerick schreibe.

Alabaster, Pflaster, Zaster …

Marmorherz, Liebesschmerz, Friesennerz …

Wie sich herausstellt, ist Patricks Nase gar nicht gebrochen. Was nicht heißt, dass sie nicht rot, unförmig und geschwollen ist und das Action-Man-mäßige gute Aussehen vorübergehend nicht eindeutig angekratzt wäre. Er hat auch eine Narbe auf der Wange, die ihn ziemlich cool und hart wirken lässt, wie ich finde, was ich ihm aber nicht sage.

»Tut die Nase weh?«, frage ich.

»Sieht sie *aus*, als würde sie wehtun?«, schmollt er.

»Ein bisschen.«

»Na ja, also sie tut weh. *Verdammt* weh, wenn du's genau wissen willst«, und zum Beweis langt er hin, damit sie auch wirklich wehtut, und zuckt dann theatralisch zusammen. Wir sind in seiner sauberen, militärisch strukturierten Küche und machen Tee, bevor die anderen Teammitglieder zu unserer letzten Probe vor den Fernsehaufnahmen eintreffen. »Dir ist hoffentlich klar, dass sie in der nächsten Woche immer noch so aussehen wird? Wenn wir im *Fernsehen* sind? Vor einem *Millionenpublikum*?«

»Na ja, so viele Millionen auch wieder nicht, Patrick. Außerdem bin ich sicher, sie können das irgendwie mit Make-up abdecken.«

»Hoffen wir mal, Brian, weil nämlich mehr oder weniger meine ganze Familie da in dem Studio sitzen wird und ich keine Lust habe, ihnen zu erklären, dass das aufs Konto von irgend so einem gewalttätigen Cockney-Skinhead geht, nur weil ihm meine politischen Ansichten nicht gepasst haben.«

»Das war ja wohl nicht der einzige Grund, oder?«

»Der Grund war, dass er ein wildes Tier ist, das man nie von der Leine hätte lassen sollen. Er kann heilfroh sein, dass ich beschlossen habe, von einer Klage abzusehen.«

»Wäre auch zwecklos. Er hat kein Geld.«

»Kein Wunder. Es überrascht mich überhaupt nicht, dass er keinen anständigen Job findet …«

»Er ist übrigens sehr intelli…«

»… nicht, wenn er sich so aufführt …«

»Na, du warst ja auch ein bisschen …«

»Ein bisschen was?«

Ich würde gern sagen: selbstgefällig, dummdreist, penetrant, unverschämt, überheblich, lasse es aber sein, weil mein bester Freund ihn unterm Strich tatsächlich zusammengeschlagen hat, und sage nur: »Jedenfalls hab ich dir was mitgebracht – ein Friedensangebot, um mich im Namen von Spencer zu entschuldigen …«, und überreiche ihm mein Geschenk, eine Riesentafel Cadbury's Fruit and Nut, ein übrig gebliebenes Weihnachtsgeschenk von Oma Jackson. Ich komme mir ein bisschen charakterlos vor, weil Spencer natürlich nie im Traum dran denken würde, sich zu entschuldigen, und einen Moment lang habe ich nicht übel Lust, ihm die Cadbury mit voller Wucht auf seine hochmütige, reaktionäre Nase zu hauen; was würde das für ein prima Geräusch geben, ein sattes, lautes Knacken. Aber ich händige sie ihm höflich aus, schließlich sind wir Mannschaftskameraden. Patrick brummt ein knappes »Dankeschön« und verstaut die Schokolade ganz oben auf seinem Hängeschrank, damit er sie ja nicht mit uns teilen muss.

Es klingelt. »Wenn das Lucy ist, Brian, solltest du dich bei ihr entschuldigen. Ehrlich gesagt glaube ich, dass sie die ganze Sache ein bisschen mitgenommen hat.« Ich renne die Treppe runter und öffne Lucy und ihrem Panda die Tür.

»Hallo Brian!«, sagt sie freundlich.

»Lucy, ich wollte dir nur sagen, dass es mir wirklich, wirklich leid tut wegen der Prügelei neulich …«

»Oh, macht doch nichts. Ich wollte dich ohnehin unter der Woche anrufen und fragen, ob …«

ALICE! Alice taucht hinter Lucys Schulter auf.

»Hi, Alice!«, sage ich.

»Hallo, Brian«, sagt sie und lächelt undurchdringlich, denn wir haben immerhin ein Geheimnis.

Der Rest des Treffens verläuft ziemlich ereignislos. Wir wissen immer noch nicht, gegen wen wir antreten, weil sie das erst am Tag der Aufzeichnung bekannt geben, aber Patrick meint, wir sollten uns nicht entmutigen lassen, wenn es Oxbridge, also Cambridge oder Oxford oder die Open University sein sollte; »Die werden *ungeheuer* überschätzt«, sagt er. Dann wird ein Haufen praktisches Zeug besprochen, der Minibus, den wir von der Hockeymannschaft ausleihen, oder die Poster, die in der Studentenvereinigung aufgehängt werden müssen, für alle, die mitkommen und uns unterstützen wollen. Einer von Patricks strammen reaktionären Kumpels bei den Ökonomen hat sich angeboten, den Minibus mit unseren Fans nach Manchester zu fahren, vorausgesetzt, wir finden genügend. »Also, wenn ihr irgendjemanden gern mitbringen wollt, dann sorgt dafür, dass er sich in der Studentenvereinigung in dem Formular einträgt.«

Alice wird das Ensemble von *Hedda Gabler* einladen und Lucy ein paar Freunde von den Medizinern, aber die einzige Person, die ich einladen könnte, ist Rebecca. Ich bin mir nicht hundertprozentig sicher, ob sie uns nicht ausbuhen oder die Gegenmannschaft anfeuern wird, beschließe aber, ihr wenigstens die Chance zu geben.

»Also …«, sagt Patrick und konsultiert seine selbst getippten Notizen »… zum letzten Punkt auf der Tagesordnung. Wir brauchen noch ein Maskottchen!«

Ich habe eigentlich nichts zu bieten, was als Maskottchen herhalten könnte, und Patrick besitzt nichts, was auch nur entfernt flauschig oder lustig wäre, darum müssen wir uns am Ende zwischen Alices Lieblingsteddy Eddie und dem Schädel von Lucys anatomischem Skelett entscheiden, dem wir einen College-Schal um den Hals wickeln und Yorick nennen könnten, wie Alice sehr witzig vorschlägt.

Wir nehmen Eddie.

Nachdem die Sitzung beendet ist, muss ich losrennen, um Alice auf der Straße einzuholen, die direkt im Anschluss eine Probe hat.

»Was machst du morg...«

»Proben ...«

»Aber tagsüber?«

»Na ja, ich muss noch einen Essay schreiben ...«

»Wie wär's mit Kino?«

»Kino?« Sie bleibt auf der Straße stehen, schaut sich nach links und rechts um, ob wir auch nicht gesehen werden, und sagt: »Okay. Kino.« Wir verabreden uns, und ich hüpfe nach Hause, um die Ärmel hochzukrempeln und jetzt ernsthaft mein Gedicht in Angriff zu nehmen.

Am folgenden Nachmittag lässt sie ihren Essay sausen, nur um ausschließlich mit mir Zeit zu verbringen. Wir gehen zusammen ins Kino. Kino ist natürlich nicht ideal, weil die Gelegenheiten, sich zu unterhalten oder sie einfach nur anzuschauen, begrenzt sind. Außerdem möchte sie sich *Back to the Future* im Odeon ansehen, »nur zum Spaß, wird bestimmt komisch«, wie sie versichert, aber mir schwebt etwas ein bisschen Anspruchsvolleres vor. Darum gehen wir ins Arts Cinema zur Dienstagnachmittags-Doppelvorstellung des avantgardistischen Stummfilms; Dalís und Buñuels atemberaubendes surrealistisches Meisterwerk *Der andalusische Hund* von 1928 und Eisensteins brillante sowjetische Polemik *Panzerkreuzer Potemkin* von 1925.

Auf meinen Hinweis hin, wie unverschämt der Preisaufschlag auf Knabberzeugs im Kino ist, erstehen wir vorher am Zeitungskiosk Berge von Süßigkeiten und richten uns dann gemütlich auf Sitzen im Mittelgang ein, weil wir nur zwei von sechs Leuten im ganzen Saal sind. Das Licht geht aus, und das Knistern unterschwelliger sexueller Begierde, die uns durchströmt wie sanfte Elektrizität, ist fast mit Händen zu greifen, ebenso wie der Geruch von abgestandenen Zigaretten und altem Popcorn und eine leise Ahnung von Schädlingsbefall. Als Erstes wird der *Andalusische Hund* gezeigt. Während der verblüffenden Sequenz mit dem Augenaufschlitzen und dem verwesenden Esel auf dem Klavier beugt sich Alice vor und presst sich die Hände aufs Gesicht. Ich lege ziemlich kitschig meinen Arm um ihre Sitzlehne, wie um sie vor Dalís und Buñuels grotesken Einblicken in die verschlungenen Wege des Unterbewusstseins zu beschützen.

Dann geht das Licht wieder an, und es gibt eine kurze Pause, in der wir eine große Tüte Schokoerdnüsse essen, Lilt aus der Dose trinken und über den Surrealismus in seiner Beziehung zum Unbewussten diskutieren. Alice ist kein Fan. »Er lässt mich einfach kalt. Alles ist so hässlich und abstoßend. Er rührt mich einfach nicht, spricht mich emotional überhaupt nicht an …«

»Er *soll* ja auch keine Gefühle ansprechen oder einen rühren, jedenfalls nicht auf herkömmliche, empathische Weise. Surrealismus ist *bewusst* befremdlich und enervierend. Trotzdem finde ich ihn *sehr* emotional, nur, was wir empfinden, ist eher Angst und Abscheu …« Natürlich ist die Ironie daran, dass ich im Gegensatz zu den Surrealisten einfach nur will, dass sich Alice auf eine konventionelle, empathische Weise angesprochen und gerührt fühlt und *keine* Angst und Abscheu verspürt.

Das Licht geht wieder aus, und mit *Panzerkreuzer Potemkin* kommt wieder mehr Schwung in die Sache. Während der berühmten Treppenszene von Odessa schiele ich andauernd zu ihr rüber, so lange, bis sie mich anlächelt, und da beuge ich mich vor und küsse sie. Gott sei Dank küsst sie mich zurück, sogar ziemlich lange, es ist toll. Es entsteht eine leichte Geschmackskollision, als Milchiges und Zitroniges aufeinander treffen, weil ich noch bei den Schokonüssen bin und sie schon mit dem Weingummi angefangen hat. Außerdem kann ich mich nicht voll austoben, weil sich hinten an meinem Weisheitszahn ein Erdnusskern verfangen hat und ich vermeiden möchte, dass die Küsserei zu wild und raumgreifend wird und sie ihn aus seiner Verankerung löst. Ich hätte mir aber gar keine Sorgen machen müssen, weil Alice sich bald wieder losreißt und flüstert: »Ich glaube, ich guck mir lieber weiter den Film an. Ich will wissen, was mit den Matrosen passiert!«, und wir widmen uns wieder *Panzerkreuzer Potemkin*.

Als wir aus dem Kino kommen, ist es dunkel geworden, und mir ist ein bisschen flau von all den Süßigkeiten und der Küsserei, aber sie hakt sich auf dem Rückweg durchs Stadtzentrum bei mir ein, und wir diskutieren Eisenstein mit revolutionärem Elan. »Er ist eindeutig der Vater der modernen narrativen Filmtechnik«, sage ich, und, nachdem mir diese öde Scheiße endlich ausgegangen ist: »Kaffee und Kuchen? Oder ins Pub? Oder zu mir? Oder dir?«

»Besser nicht. Ich muss noch meinen Text lernen.«

»Ich könnte dich prüfen?«, schlage ich vor, obwohl mir irgendwas sagt, dass ich schon Prüfung genug für sie bin.

»Weißt du, ich kann das besser allein.« Zu meiner Bestürzung stelle ich fest, dass wir jetzt ihr Wohnheim ansteuern und das Ende unserer Verliebtes Pärchen-Montagesequenz für heute eingeläutet ist.

Dann, auf der Umgehungsstraße gleich hinter dem Busbahnhof, erblicke ich etwas und habe eine Idee.

»Komm mal kurz mit …«

»Wohin?«

»Ich hab eine Idee. Wird bestimmt lustig, versprochen.« Sanft erhöhe ich den Druck auf ihren Arm, damit sie nicht wegrennen kann, und wir begeben uns hinein in den grauen Dieseldunst des Busbahnhofs, hinüber zum Fotoautomaten.

»Was wollen wir hier?«

»Ich dachte, wir könnten Fotos machen«, sage ich und krame in meinen Taschen nach Wechselgeld.

»Von uns *beiden*?«

»Hmm.«

»Wozu *das* denn?«, fragt sie und rückt ein bisschen von mir ab. Ich umklammere sie fester.

»Nur als Souvenir«, sage ich, aber das Wort ist nicht gut. »Souvenir«, Nominalform des französischen Verbs *souvenir*, sich erinnern. »Nur so – aus Spaß!«

»Kommt nicht in Frage«, meint sie entschieden, und ich frage mich, wie ich sie ohne Zuhilfenahme eines chloroformgetränkten Taschentuchs da reinkriegen soll.

»Na los, komm schon …«

»Nein!«

»Warum denn nicht?«

»Weil ich *furchtbar* aussehe!«, sagt sie, obwohl sie natürlich meint, »weil *du* furchtbar aussiehst …«

»Unsinn, du siehst toll aus – komm mit, es wird sicher lustig«, sage ich, während ich sie weiter an der Hand über den Bahnhofsvorplatz zerre; es wird sicher lustig, es wird sicher lustig … Ich schiebe den diesel- und nikotingeschwängerten Vorhang aus orange Nylon zur Seite, und wir quetschen uns in die Kabine, dann folgt ein bisschen heiteres Gezappel, während wir die Höhe des Hockers einstellen und herauszukriegen versuchen, wie wir am besten sitzen. Schließlich hockt sich Alice auf mein Knie, muss dann aber wieder aufstehen, damit ich meinen Schlüsselbund herausnehmen und an die Münzen in meiner Hosentasche herankommen kann, dann richtet sie sich wieder auf meinem Schoß ein, wobei sie diesmal beide Beine über die meinen legt und mir die Arme um den Hals schlingt. Sie spielt jetzt mit, und es sieht so aus, als könnte es doch noch lustig werden, also beuge ich mich vor und werfe fünfzig Pence in den Schlitz.

Das erste Blitzlicht erfolgt genau in dem Moment, als ich mir meinen großen schlaffen Haarlappen aus den Augen streichen will.

Beim zweiten Blitz nehme ich meine Brille ab, sauge die Wangen ein, mache einen Schmollmund und setzte ein ironisches, männliches Model-Gesicht auf, weil es lustig ist.

Bei Nummer drei versuche ich es mit unbeschwertem, herzlichem Gelächter, mit offenem Mund, den Kopf in den Nacken geworfen.

Und als es zum vierten Mal blitzt, küsse ich Alice auf die Wange.

Mehrere Stunden scheinen zu vergehen, während wir darauf warten, dass der Apparat die Fotos auswirft. Wir stehen schweigend auf dem Busbahnhof herum, atmen Dieseldämpfe ein und lauschen den Ansagen. Der 17:45 nach Durham ist abfahrbereit.

»Warst du schon mal in Durham?«, frage ich.

»Nein«, sagt sie. »Du?«

»Ich auch nicht«, sage ich. »Ich würde aber gern mal hin. Soll ja eine sehr schöne Kathedrale haben.« Der Bus rumpelt an uns vorbei und hustet Abgase. Ich erwäge, mich vor ihn zu werfen. Dann spuckt die Maschine surrend und klickend endlich den Streifen mit den Fotos aus, die frisch aus dem Entwicklungsbad kommen, kleben und nach Ammoniak stinken.

Bei einigen primitiven Stämmen herrscht der Glaube, dass einem ein Stück der Seele geraubt wird, wenn man sich fotografieren lässt. Beim Anblick dieses Bilderstreifens drängt sich der Verdacht auf, sie könnten Recht haben. Auf dem ersten Foto bedecken meine Hand und mein Haar das meiste von meinem Gesicht; das Einzige, was man klar erkennen kann, sind die Pickel rund um die Mundwinkel und meine dicke fette belegte Zunge, die obszön herausbaumelt, als wäre ich gerade k.o. geschlagen worden. Nummer zwei, »Parodie männliches Model«, ist möglicherweise das allergroteskeste, freudloseste Bild, das man je gesehen hat, ein Effekt, der von Alices einem – nur einem – nach hinten verdrehten Auge noch verstärkt wird. Nummer drei mit der Überschrift »Gelächter!« ist schaurig grell und überbelichtet, sodass man mir in die Nase hineinschauen kann, vorbei an verfilzten Nasenlochhärchen bis hinauf ins schwarze Zentrum meines Schädels, tief in meinen rosa gerippten Gaumen, an stummeligen silbergrauen Zahnplomben entlang bis zum Kehldeckel. Und auf Nummer vier sieht man mich schließlich mit einem rissigen, gespitzten Fischmaul Alice küssen, während sie schmerzlich das Gesicht verzieht und die Augen fest zusammenpresst.

Schnappschüsse fürs Familienalbum.

»O je«, stöhne ich.

»Sehr hübsch«, sagt Alice tonlos.

»Welche beiden möchtest du haben?«

»Oh, lass mal, ich brauch keine, glaube ich. Behalt du sie doch, als Souvenir.« Und da ist es wieder, dieses Wort, Nominalform des französischen Verbs *souvenir*, sich erinnern. »Tut mir leid, Bri, ich muss lossausen.« Und genau das macht sie. Sie saust los.

Als ich an diesem Abend zu Hause sitze, meinem Gedicht den letzten Schliff gebe und den Streifen mit den Fotos anschaue, den ich an der Wand neben meinem Schreibtisch angebracht habe – ich, wie ich Alice küsse, sie, wie sie zusammenzuckt –, habe ich irgendwie den Eindruck, dass unser lustiges Zusammensein nicht ganz der volle Erfolg war. Natürlich sollte ich die Sache einfach vergessen, aber ich fürchte, ich werde nicht einschlafen können, wenn ich nicht noch einmal mit ihr rede. Also ziehe ich meinen Mantel an und gehe in die Campus-Kneipe, in der Hoffnung, ihr nach der Probe zufällig in die Arme zu laufen.

Sie ist natürlich nicht da. Die einzige mir bekannte Person im Raum ist Rebecca Epstein, im Kreise ihres Mächtig-sauerey-Klüngels. Sie scheint sich ziemlich zu freuen, mich zu sehen, und fordert ihre Genossen auf, auf der Bank etwas zusammenzurücken, damit ich mich neben sie quetschen kann. Der Tisch ist übersät mit leeren Gläsern; sie hat den ganzen Abend Bier und Whisky durcheinander getrunken und scheint reichlich aufgekratzt zu sein.

»Hast du *Panzerkreuzer Potemkin* von Eisenstein gesehen?«, frage ich, während ich weiter Ausschau nach Alice halte.

»Kann ich nicht behaupten. Wieso, sollte ich?«

»Unbedingt. Ein fantastischer Film. Läuft diese Woche im Arts Cinema.«

»Okay, gehen wir rein, ja? Dann schwänz ich morgen Nachmittag meine Vorlesungen …«

»Na ja, ich war heute schon drin.«

»Allein?«

»Nein, mit Alice«, sage ich so beiläufig wie möglich. Aber Rebecca riecht wie immer den Braten und hakt sofort nach. »Na, ihr zwei seid ja ziemlich dicke im Moment, was? Hast du mir was zu sagen?«

»Wir verbringen nur ein bisschen Zeit zusammen, mehr nicht.«

»Ach ja?«, fragt Rebecca skeptisch. Sie dreht sich eine neue Zigarette, obwohl ihr noch eine im Mund klemmt, und ich habe das Gefühl, jemandem dabei zuzusehen, wie er seinen Revolver lädt. »Ist … das … (leckt das Blättchen) … so? Echt, Jackson, du versteht es wirklich, ein Mädchen zu verwöhnen, was? Am Nachmittag ein Meisterwerk sowjetischer Propaganda, dann vielleicht zu Luigi's auf einen Krabbencocktail, ein halbes Grillhuhn und einen Liter Lambrusco Bianco. Das volle Programm. Ich hoffe nur, dass sie dir, nach allem, was du ihr geboten hast, wenigstens erlaubt hat, ein bisschen ihre Titten zu befummeln …«

Natürlich wäre es das Schlauste, sich jetzt nicht provozieren zu lassen.

»Na ja, wir sind jetzt mehr oder weniger zusammen«, sage ich.

Rebecca zieht die Augenbrauen hoch und lächelt in sich hinein. Sie zündet sich ihre neue Zigarette an, bevor sie weiterredet.

»Ach ja?«, sagt sie leise und pflückt sich einen Tabakfussel von den Lippen. »Wie kommt's, dass ich euch nie zusammen bei uns im Wohnheim gesehen habe?«

»Wir gehen diskret damit um. Lassen es langsam angehen«, sage ich, wenig überzeugend.

»Verstehe, verstehe. Also warst du das, der letzte Woche angerufen hat und sie sprechen wollte?«

»Nein!«

»Bist du sicher?«

»Ja!«

»Weil es verdammt nach dir klang …«

»… nee …«

»… der da irgendwie komisch seine Stimme verstellte …«

»… nee, war ich nicht …«

»Und, hast du sie schon *gevögelt*?«, knurrt sie, mit der Kippe im Mundwinkel.

»Was?«

»Hattet ihr *Geschlechtsverkehr*? Du weißt schon – Beischlaf, Koitus, das Tier mit zwei Rücken. Na komm, du musst doch irgendwie schon mal davon *gehört* haben. Immerhin machst du demnächst bei *University Challenge* mit – was ist, wenn es als Frage kommt? ›Jackson aus Southend-on-Sea, Hauptfach Eng. Lit, was genau ist Geschlechtsverkehr?‹ – ›Ähhhhm … Kann ich mich bitte mit dem Rest des Teams beraten, Bamber? Alice, was ist Geschlechtsver…?‹«

»Ich weiß, was es *ist*, Rebecca …«

»Und, habt ihr's nun gemacht, oder spart ihr's euch für eure Hochzeitsnacht auf? Oder vielleicht macht sie sich Sorgen wegen deiner sexuellen Vergangenheit; man kann ja heutzutage nicht vorsichtig genug sein. Obwohl, wenn ich mich recht entsinne, *hast* du ja gar keine sexuelle Vergangenheit …«

Und bevor ich überhaupt weiß, was ich sage, entgegne ich: »Na ja, *deine* ist auch nicht gerade berauschend, Rebecca.«

Sie nimmt die Zigarette aus dem Mund, legt die Hand an die Tischkante und verstummt einen Moment.

»Wie wahr, Jackson. Wie wahr.« Sie trinkt den letzten Rest von ihrem Pint und verzieht das Gesicht. »Touché, Jackson!« Und dann sitzen wir schweigend da.

»Ich wollte nicht …«

»… nein, schon gut …«

»Ich meinte doch nicht …«

»Ich weiß.«

Ich beschließe, nach Hause zu gehen.

»Und, kommst du zur Aufzeichnung?«, frage ich, während ich den Mantel anziehe.

»Was für eine Aufzeichnung?«

»Von *University Cha…*«

»Wann ist das?«

»Übermorgen?«

»Geht nicht. Da hab ich Tutorien …«

»… am Schwarzen Brett im zweiten Stock hängt eine Liste aus, wenn du dich …«

»… ich weiß …«

»… du brauchst dich nur einzutragen, wenn du …«

»… mal sehen …«

»… ich würde mich richtig freuen, wenn du kommst …«

»Warum?«

»… weil ich mich einfach freuen würde. Also vielleicht bis dahin?«

»Okay. Na ja. Vielleicht.«

Ich mach noch einen Schlenker zu Alices Wohnheim, nur für alle Fälle, und werfe meine Valentinskarte ein. Meine Hand zaudert noch vor ihrem Briefkasten, doch dann atme ich einmal tief durch und lasse los. Ich hänge noch ein Weilchen rum, tue so, als würde ich die Anschläge lesen, falls sie zurückkommt. Aber ich möchte heute Abend Rebecca nicht noch einmal begegnen, daher mache ich mich kurz danach auf den Heimweg und komme gerade zu Hause an, als Josh mir eine Nachricht an die Tür heftet.

»Ah, da bist du ja, Casanova. Nachricht für dich. Von jemandem namens ...« *Alice vielleicht?* »namens ... Tone. Er sagt, du sollst ihn dringend anrufen.«

»Wirklich?« Was kann Tone um Gottes willen wollen? Vielleicht will er mich auch besuchen. Das geht nicht, Tone kann nicht bei mir wohnen, nicht, wo morgen Valentinstag ist und danach *The Challenge* ansteht und überhaupt. Ich schaue auf die Uhr. Halb zwölf. Ich gehe zum Münztelefon im Flur.

»Hallo, Tone!«, sage ich munter.

»Hör zu, Bri ...«

»Hab dich hoffentlich nicht geweckt? Ich hab eben erst gehört, dass ich anrufen soll.«

»Ja, stimmt, also ...«

»Wolltest du mich hier besuchen, Tone? Weil nämlich im Moment nicht der günstigste Zeitpunkt ...«

»Ich komm dich nicht besuchen, Bri. Ich hatte mich eher gefragt, wann du hierher kommen willst?«

»Na ja ... also vor Ostern wohl kaum, glaube ich.«

»Nein, ich dachte, wegen Spencer.«

»Wieso, was ist mit Spencer?«

»Dann weißt du es noch gar nicht?«

Ich drücke den Hörer fester ans Ohr und lehne mich gegen die Wand.

»Was?«

Tone atmet laut in die Sprechmuschel und sagt dann: »Er hatte einen kleinen Unfall.«

34

FRAGE: Bei wessen Heirat gab »Das Gebackne vom Leichenschmaus kalte Hochzeitsschüsseln?«
ANTWORT: Bei der Vermählung von Gertrud mit Claudius in *Hamlet*.

Am Valentinstag fahre ich in aller Frühe nach Southend, noch bevor die Post eintrifft, und erreiche etwa gegen Mittag die Maisonette in der Archer Road. Seit ich in Fenchurch Street umgestiegen bin, muss ich dringend pinkeln, aber die Klos im Zug waren derart verstopft, dass ich es mir verkniffen habe und jetzt pochende Schmerzen in den Nieren verspüre. Ich renne die Treppe rauf, gehe ins Bad und schreie …

»O MEIN GOTT!«

In der Wanne sitzt ein Mann und wäscht sich die Haare. Jetzt fängt er auch an zu schreien …

»VERDAMMTE SCHEISSE, WIESO … ?!«

Und dann kommt Mum aus ihrem Zimmer, bindet sich den Morgenrock zu, und ich schaue über ihre Schulter auf das ungemachte, aufgewühlte Bett, die rotweißen Männerslips, die über dem Kopfbrett hängen, die lange Hose, die aufgeknöpft am Boden liegt, die Flasche Schaumwein …

»BRIAN, WAS ZUM TEUFEL MACHST DU HIER!«, schreit Mum. Ich wende den Blick, weil sie den Morgenrock nicht richtig geschlossen hat, und sehe, dass der Mann in der Wanne jetzt aufsteht, sich mit der einen Hand das Shampoo aus dem Auge reibt und mit der anderen einen Waschlappen vor die Lendengegend drückt.

»Scheiße, was ist hier los!«, rufe ich.

»Ich versuche ein verdammtes Bad zu nehmen!«, empört sich Onkel Des.

»Warte unten!«, fährt mich Mum an.

»Ich muss aufs Klo!«, sage ich, was auch stimmt, und zwar dringend.

»BRIAN – WARTE UNTEN!« Sie schreit jetzt, hält sich den Morgenrock zu und zeigt auf die Treppe. Ich habe sie nicht mehr so schreien hören, seit ich ein Kind war, und plötzlich fühle ich mich auch wie ein Kind, also gehe ich nach unten, schließe die Hintertür auf und pinkle im Garten in die Ecke.

Ich stehe in der Küche und warte, dass das Wasser kocht, als ich höre, wie sich Onkel Des und Mum die Treppe runterschleichen und dann im Flur miteinander tuscheln, wie zwei Teenager. Ich glaube, den Satz »Ich ruf dich nachher an« zu hören, kurz darauf ein Kussgeräusch, das Geräusch, wie meine Mutter Onkel Des *küsst*. Dann geht die Haustür zu, und ich höre das Zischen eines angerissenen Streichholzes, höre Mum inhalieren, langsam wieder ausatmen, und dann steht sie hinter mir in der Tür, in einem himmelblauen Jogginganzug. Sie zieht tief an der Kippe in ihrer Hand; in der anderen hält sie ein verschmiertes Glas Schaumwein.

Das Wasser kocht immer noch nicht.

Schließlich sagt sie: »Ich dachte, du wolltest direkt ins Krankenhaus?«

»Ich hab die Besuchszeit am Vormittag verpasst. Ich gehe nachher.«

»Ich habe dich nicht erwartet.«

»Offensichtlich nicht. Also – stimmt was nicht mit Onkel Des' Badewanne?«

»Sprich nicht in diesem Ton mit mir, Brian …«

»Welchem Ton?«

»Das weißt du ganz genau«, und sie kippt den Rest ihres Glases herunter. Endlich klickt der Kessel. »Machst du Kaffee?«

»Sieht ganz so aus.«

»Mach mir auch einen. Und komm danach ins Wohnzimmer. Wir müssen uns mal unterhalten.«

O mein Gott. Mir rutscht das Herz in die Hose. Wir müssen uns mal unterhalten, offen miteinander reden, uns alles sagen, ein ernsthaftes Gespräch unter Erwachsenen führen. Bisher ist es mir immer gelungen, so was zu vermeiden. Dad starb, bevor er die Wenn-ein-Mann-und-eine-Frau-sich-ganz-doll-liebhaben-Nummer mit mir machen konnte, und ich glaube, Mum ist einfach davon ausgegangen, dass der Fall entweder nie eintreten oder ich dem seltsamen Geheimnis der körperlichen Liebe in der einen oder anderen Form irgendwie selbst auf die Spur kommen würde, was ich wohl auch tat, gewissermaßen, an einer Mülltonne im Hinterhof von Littlewoods. Aber vor dieser Aussprache hier werde ich mich nicht drücken können. Ich pflücke zwei Becher vom Tassenständer, löffle das Kaffeepulver hinein und versuche mir darüber klar zu werden, was ich von der Sache halten soll. Ich suche nach irgendeiner harmlosen Erklärung für Onkel Des' Anwesenheit in unserem Badezimmer am Valentinstag mittags um eins, finde aber keine. Das Einzige, was mir einfällt, ist das Naheliegende, und das Naheliegende ist … undenkbar. Onkel Des und Mum. Onkel Des von drei Türen weiter und Mum am helllichten Tag zusammen im Bett. Onkel Des und Mum, die miteinander …

Wasser kocht.

Mum ist im Wohnzimmer, zieht tief an einer Rothmans und starrt durch die Stores. Ich reiche ihr den Kaffeebecher, setze mich beklommen aufs Sofa, und frage mich, ob es sich nicht genau so anfühlt, wenn einem seine Frau sagt, dass sie die Scheidung will.

Mein Blick fällt auf die Valentinskarte auf dem Kaminsims, eine Chagall-Postkarte. »Du hast also meine Karte bekommen!«

»Was? Oh, ja. Vielen Dank, Schatz. Sehr hübsch.«

»Woher wusstest du, dass sie von mir ist?«, frage ich in dem schwachen Versuch, die Stimmung zu entkrampfen.

»Na ja, du hast ›für Mum‹ draufgeschrieben, darum …« Sie versucht zu lächeln, dreht sich wieder zum Fenster und bläst den Rauch so heftig gegen die Scheibe, dass die Stores flattern. Schließlich sagt sie: »Brian, dein Onkel Des und ich haben eine …« und sie will fast schon »Affäre« sagen, entscheidet sich aber noch schnell für »… eine Beziehung.«

»Seit wann?«

»Schon eine Zeit lang. Seit letztem Oktober.«

»Du meinst, seitdem ich weg bin?«

»Mehr oder weniger. Er kam eines Abends auf ein Curry vorbei, um mir Gesellschaft zu leisten, und da führte eins zum anderen und, na ja, ich wollte es dir erzählen, Brian, an Weihnachten, aber du warst ja nicht besonders viel da, und am Telefon wollte ich es dir nicht sagen …«

»Nein. Nein, kann ich mir vorstellen«, murmle ich. »Also ist es … ernst?«

»Ich glaube, schon. Na ja …« Sie saugt wieder an ihrer Zigarette, spitzt den Mund, pustet Rauch aus und sagt: »Wir haben sogar überlegt, ob wir heiraten wollen.«

»Was?«

»Er hat mich gebeten, ihn zu heiraten.«

»Onkel Des?«

»Ja.«

»Ihn zu *heiraten*?«

»Brian …«

»Und du hast *ja* gesagt?«

»… Ich weiß, ihr versteht euch nicht, ich weiß, dass du ihn nicht magst, aber ich mag ihn, ich mag Des sehr. Er ist ein guter Mann, und er mag mich, und er bringt mich zum Lachen. Außerdem bin ich einundvierzig, Brian, ich weiß, das kommt dir wahrscheinlich uralt vor – ich komme mir ja selber manchmal uralt vor –, aber eines Tages wirst du auch mal einundvierzig sein, schneller, als du denkst. Jedenfalls bin ich immer noch, möchte ich immer noch, na ja, ich fühl mich manchmal immer noch *einsam*, Brian, ich wünsche mir immer noch ein bisschen Gesellschaft hin und wieder, ein bisschen …«, sie saugt an ihrer Zigarette, schaut zu Boden, »… also, es tut mir leid, aber dein Dad lebt jetzt schon lange nicht mehr, Brian, und Des und ich tun nichts Unrechtes. Das lasse ich mir von keinem einreden …«

Aber ich versuche immer noch, das Ganze zu begreifen. »Das heißt, du *wirst* ihn heiraten?«

»Ich glaube schon …«

»Du weißt es nicht?«

»Ja! Ja, ich werde ihn heiraten!«

»Wann?«

»Irgendwann dieses Jahr. Wir haben's nicht eilig.«

»Und was passiert dann?«

»Dann zieht er hier bei mir ein. Wir überlegen …« Sie hält inne, ist wieder nervös, und ich kann mir nicht ausmalen, was sie mir sonst noch eröffnen könnte, »… wir überlegen, aus dem Haus ein Bed and Breakfast zu machen.«

Ich glaube, dass ich an dieser Stelle lache, nicht weil ich es komisch finde beziehungsweise überhaupt irgendwas an diesem Gespräch, sondern weil mir einfach nichts mehr dazu einfällt.

»Du machst Witze.«

»Nein, ganz und gar nicht.«

»Ein Bed and Breakfast?«

»Hm.«

»Aber es ist doch gar kein Platz da!«

»Nicht für Familien – für Singles, junge Paare oder Geschäftsleute. Des will den Dachboden ausbauen« – sie wirft mir einen nervösen Blick zu und schaut dann gleich wieder auf die Stores – »und dein Zimmer. Wir dachten, du könntest vielleicht dein Zimmer ausräumen.«

»Und was passiert mit meinen Sachen?«

»Wir dachten, du könntest sie … mitnehmen.«

»Ihr schmeißt mich aus meinem Zimmer!«

»Wir schmeißen dich nicht raus, wir … bitten dich nur, deine Sachen mitzunehmen.«

»In die Uni?«

»Ja! Entweder das, oder sie wegzuwerfen. Es sind ja nur ein Haufen Bücher, Comics und Modellflugzeuge, Bri, es ist doch nichts, was du wirklich brauchst. Schließlich bist du jetzt erwachsen …«

»Das heißt, ich werde hier rausgeschmissen!«

»Sei nicht albern, natürlich nicht. Du kannst immer noch in den Ferien hier wohnen, wenn du wirklich willst, und den Sommer über …«

»Aber ist da nicht Hauptsaison für euch …?«

»Brian …«

»Na, wie lieb von dir und Onkel Des, Mum, wie viel nehmt ihr denn die Nacht?« Ich kann jetzt meine eigene Stimme hören, schrill und quengelig.

»Bitte sei nicht so, Brian …«

»Was hast du denn erwartet? Ich meine, ich werde hier gerade aus meinem eigenen Haus geworfen …«

Da dreht sie sich mit einem Ruck zu mir um, richtet ihre Kippe auf mich und schreit: »Das ist nicht mehr dein Haus, Brian!«

»Ach, nee?«

»Nein, tut mir leid, ist es nicht! Du warst über Weihnachten wie lange hier, eine Woche? Nur eine Woche, und selbst dann konntest du es kaum erwarten, zurück ins College zu fahren. Du kommst nie an den Wochenenden nach Hause, du rufst wochenlang nicht an, schreiben tust du mir schon gar nicht, und darum nein, ist es nicht, es ist nicht dein Haus. Es ist *meins*. Es ist das Haus, in dem ich *allein* wohne, nur ich und niemand anders, jeden verdammten Tag im Jahr, jeden Tag, seit dein Dad gestorben ist. Es ist das Haus, in dem ich jede Nacht allein geschlafen habe und wo ich auf dem Ding da, dieser Scheiß-Couch da drüben, seit du im College bist, fast jeden Abend allein gesessen und ferngesehen oder nur die Wand angestarrt habe. Und wenn du dich mal dazu herablässt vorbeizukommen, ziehst du auch nur mit deinen Freunden los oder versteckst dich in deinem Zimmer, weil es dich so offensichtlich langweilt, verdammt noch mal, dich mit mir zu unterhalten, deiner eigenen Mutter. Hast du überhaupt eine Vorstellung davon, wie es ist, Brian, hier ganz allein zu leben, ein beschissenes Jahr nach dem anderen …?« Aber dann versagt ihre Stimme, sie legt sich die Hände vors Gesicht und fängt an zu schluchzen, dicke, schwere, nasse Schluchzer, und wieder einmal stelle ich fest, dass ich nicht die leiseste Ahnung habe, was ich tun soll.

»Hey, na komm, Mum …«, sage ich, aber sie winkt mich nur weg.

»Bitte lass mich, Brian.« Ich bin versucht, ihr den Gefallen zu tun, schließlich wäre es das Einfachste.

»… Mum, du musst doch deswegen nicht so …«

»Lass mich in *Ruhe. Geh einfach weg* …«

Und wenn ich so tue, als hätte ich das Ganze nicht gehört? Die Wohnzimmertür steht ja noch offen. Ich könnte einfach gehen, in einer Stunde oder so wiederkommen, ihr Zeit geben, sich zu beruhigen, einfach so lange abhauen. Denn darum hat sie mich doch gebeten, das will sie doch, oder?

»Bitte Mum, nicht weinen. Ich hasse es, wenn du …«, und ich bringe den Satz nicht zu Ende, weil ich merke, dass ich selber weine. Ich gehe zu ihr rüber, nehme sie in den Arm und halte sie, so fest ich kann.

35

FRAGE: Auf welches uralte Ritual weisen die kreisförmig angeordneten Steinstelen in Lindholm Hoje bei Aalborg in Dänemark hin?
ANTWORT: Auf Wikingerbegräbnisse.

Ich treffe Tone um Viertel nach zwei im Black Prince an der Strandpromenade. Mit Ausnahme von zwei tuberkulösen alten Knackern, die sich an den letzten lauwarmen Zentimetern ihres Biers festhalten und eselsohrige Ausgaben der *Sun* lesen, ist der Laden leer. Aber ich brauche trotzdem einen Augenblick, bis ich ihn entdeckt habe, weil ich instinktiv nach blauem Jeansstoff Ausschau halte und nicht nach dem anthrazitfarbenen Einreiher, den weißen Socken und hellgrauen Slippern, die er heute trägt.

»Scheiße, Tone, was ist mit deinem Haar passiert?« Der Wikinger-Look ist verschwunden; an seine Stelle ist ein ordentlicher Fassonschnitt mit einem Scheitel getreten, der eine Idee zu weit links sitzt. Tone im Anzug, mit Scheitel.

»Hab's mir schneiden lassen, was sonst.« Ich will es kurz strubbeln, aber er haut mir meine Hand mit einem Karateschlag weg, und das nicht gerade spielerisch. Da mir daran gelegen ist, den Ton locker zu halten, sage ich: »Hey, hast du Gel verwendet?«

»Ein bisschen. Na und?«, sagt er und nippt an dem halben Pint, das vor ihm steht. Ich glaube, ich habe Tone noch nie mit einem kleinen Bier in der Hand gesehen; es kommt mir vor wie eine optische Täuschung, wie eine Verzerrung des Maßstabs, als wäre er eine Art Riese.

»Möchtest du noch einen Drink?«, frage ich.

»Hab noch …«

»Vielleicht ein Kleines? …«

»Kann nicht …«

»Na, komm schon, Waschlappen…«, rede ich ihm zu, den Ton locker haltend.

»Kann nicht. Ich muss nachher wieder zur Arbeit.«

»Du wirst doch wohl noch Zeit für ein …«

»Ich will nicht noch ein Kleines, klar?«, fährt er mich an. Ich gehe mir ein Pint holen und setze mich wieder zu ihm.

»Und – wie ist die Arbeit?«

»Ganz okay. Ich bin jetzt vorn im Laden, darum …«, und wie um sich zu entschuldigen, zupft er am langen schmalen Revers seines Anzugs.

»Welche Abteilung?«

»Hi-Fi und Audio.«

»Toll!«

»Na ja, ja, es geht so. Und es gibt Provision, also …«

»Spencer hat mir von dir und dem Territorialheer erzählt.«

»Hat er das? Und, hast du dich kaputtgelacht?«

»Nein, natürlich nicht …«

»Findet vermutlich nicht gerade deine *Zustimmung*.«

»Hab ich das gesagt? Ich meine, ich bin für die einseitige Abrüstung und glaube, dass wir auf jeden Fall die Militärausgaben reduzieren und etwas von dem Geld in Sozialleistungen stecken sollten, verstehe aber trotzdem die Notwendigkeit für eine gewisse Form der …« Aber Tone schaut auf seine Uhr und ist nicht wirklich interessiert. »Und, hast du Spencer gesehen?«, frage ich.

»Natürlich habe ich ihn gesehen«, ranzt er mich an, und ich akzeptiere einfach, dass es mir unmöglich ist, zumindest heute, *irgend*etwas zu sagen, das nicht *irgend*jemanden auf die Palme bringt.

»Und wie geht's ihm?«

»Na ja, dafür, dass er durch die Frontscheibe eines Ford Escort gedonnert ist, ziemlich gut.«

»Also, was ist passiert, Tone?«

»Weiß nicht genau. Wir sind wie immer am Freitag ins Pub gegangen, und als sie dichtgemacht haben, wollte er noch nach London, in einen Club oder so, um weiterzusaufen, aber ich hab nein gesagt, weil ich am nächsten Tag arbeiten musste. Er war schon ziemlich voll, ist dann aber trotzdem gefahren, hat sich den Wagen von seinem Dad genommen. Das Nächste, was ich höre, ist seine Mum, die zwei Tage später anruft, um zu sagen, dass er im Krankenhaus liegt.«

»Ist noch irgendjemand verletzt worden?«

»Nein ...«

»Na, Gott sei Dank ...«

»... nur unser Kumpel Spencer«, fügt er höhnisch hinzu.

»So hab ich das nicht ... ich meinte nur ... Und bekommt er jetzt Schwierigkeiten? Ich meine, mit dem Gesetz?«

»Na ja, er hat die Höchstgeschwindigkeit überschritten, besitzt nur eine vorläufige Fahrerlaubnis, es war nicht sein Auto, und versichert war er auch nicht, deshalb würde ich sagen, dass es in gesetzlicher Hinsicht nicht gerade rosig für ihn aussieht.«

»Und wie ... fühlt er sich?«

»Ich weiß es nicht, Brian, frag ihn doch selber, ja? Ich muss wieder zur Arbeit.« Gereizt leert er den Rest seines kleinen Biers, nimmt dann eine Schachtel Pfefferminzbonbons aus der Tasche und wirft sich eins ein, ohne mir davon anzubieten.

Wir treten vor die Kneipe und gehen zurück in Richtung Pier. Der Wind weht Regen aus der Flussmündung herüber, und Tone klappt seine zwei schmalen Revers nach innen, um Hemd und Krawatte zu schützen, während wir in Richtung High Street marschieren.

»Und, bleibst du über Nacht?«, fragt er, obwohl es ihm offensichtlich ziemlich egal ist.

»Nein, geht leider nicht.« Ich überlege, ob ich ihm erzählen soll, dass ich morgen bei *University Challenge* mitmache, lasse es aber lieber. »Hab morgen ganz früh ein Tutorium, darum will ich nachher noch fahren. Aber über Ostern bin ich wieder da, wahrscheinlich, also … bis dahin?«

»Ja, okay, wie auch immer.«

»Tone – hab ich dir was getan, hast du dich über mich geärgert?«

Er schnaubt wütend. »Wie kommst du denn *darauf*?«

»War es was, das Spencer gesagt hat?« Keine Antwort. »Was hat er gesagt, Tone?«

Ohne mich anzusehen sagt Tone: »Spencer hat mir von seinem Besuch bei dir erzählt. Es klang nicht gerade, als hättest du dich wie ein Kumpel verhalten, Bri. Es klang mir eher danach, als hättest du dich wie das letzte Arschloch aufgeführt, das ist alles.«

»Wieso, was hat er gesagt?«

»… ist doch egal …«

»Ich konnte ihn nicht länger bei mir wohnen lassen, Tone, das war gegen die Vorschriften …«

»Oh, ach so, na wenn's gegen die *Vorschriften* war, Bri …«

»Er war derjenige, der die Schlägerei angefangen hat, Tone …«

»Hör mal, Bri, es interessiert mich nicht, das ist was zwischen dir und Spence.«

»Dann ist es also auch meine Schuld, dass er sich volllaufen ließ und den Wagen an einen Baum gesetzt hat?«

»Hab ich das behauptet? Klär das selbst mit ihm, Brian, ja?«, Tone läuft jetzt zügig auf der Straße vor mir her, den Kopf im Regen geduckt. Er zögert einen Moment und dreht sich noch einmal halb zu mir um. »Und versuch dich dabei nicht zu sehr wie ein Wichser aufzuführen. Okay?« Dann setzt er seinen Weg fort und beeilt sich, zur Arbeit zu kommen, und ich merke, wie ich dastehe und mich frage, ob ich ihn je wiedersehen werde.

36

FRAGE: Wie lautet der gängige Name des zuerst von F. W. A. Serturner 1806 isolierten narkotischen Analgetikums, das aus den unreifen Samen des papaver somniferum gewonnen wird?
ANTWORT: Morphium.

Ein Morgen im Mai 1979, drei Tage nach Dads Beerdigung. Die Gardinen sind noch zugezogen, ich liege auf dem Sofa und schaue Samstagsvormittagsfernsehen in meiner Schuluniform. Natürlich bräuchte ich sie heute nicht zu tragen, aber ich neige dazu, sie das ganze Jahr anzuhaben, weil es einfacher ist und ich auch nicht richtig weiß, was ich sonst anziehen sollte; mein Zugeständnis an das Wochenende besteht darin, dass ich den Schulschlips nicht umgebunden habe.

Die Verwandten sind alle heimgefahren; Mum und ich sind jetzt allein. Mum ist nicht in bester Verfassung, und sie hat sich angewöhnt, morgens lange zu schlafen und dann im Morgenrock im Haus herumzuschlurfen und eine Spur aus dreckigen Tassen und Zigarettenkippen hinter sich herzuziehen oder den ganzen Nachmittag zusammengerollt auf dem Sofa zu dösen, bis in den Abend hinein.

Das ganze Haus hat eine stickige, graue, kränkliche Aura angenommen, aber keiner von uns kann offenbar genügend Energie oder Motivation aufbringen, die Vorhänge zurückzuziehen und ein Fenster zu öffnen, einen Aschenbecher zu leeren, den Fernseher auszuschalten, den Abwasch zu machen oder irgendwas anderes zu kochen als Spaghetti. Der Kühlschrank ist immer noch randvoll mit Resten vom Leichenschmaus, mit Kuchen, mit in Haushaltsfolie verpackter Wurst im Schlafrock und mit Flaschen voller schaler Cola. Ich esse Käse-Zwiebel-Chips zum Frühstück. Es ist so ziemlich die schlimmste Zeit, die man sich vorstellen kann.

Als es klingelt, nehme ich an, dass es eine unserer Nachbarinnen ist, die kurz mal nach Mum schauen will. Sie öffnet, und ich höre eine Stimme im Flur, die ich nicht erkenne. Dann macht Mum die Wohnzimmertür auf, während sie sich sittsam den Morgenrock zuhält, und setzt ihre komische Höflichkeitsstimme auf, die sie sich ausschließlich für wichtigen Besuch vorbehält.

»Hier ist jemand für dich, Brian!«

Sie macht einen Schritt zur Seite, und Spencer Lewis spaziert herein.

»Alles klar, Bri?«

Ich setze mich aufrecht hin. »Alles klar, Spence?«

»Was machst du gerade?«

»Nichts.«

»Ein Glas Cola, Spencer?«, fragt Mum.

»Ja bitte, Mrs Jackson.«

Mum verzieht sich diskret, und Spencer kommt rüber und setzt sich neben mich aufs Sofa.

Einem Besuch von Spencer Lewis kann man gar nicht genug Bedeutung beimessen. Es ist ja nicht, als wären wir gleichberechtigte Kumpel oder so; wir haben kaum einmal ein Wort miteinander gewechselt – uns höchstens mal auf dem Fußballplatz beschimpft oder in der Schlange vor dem Eiswagen zugenickt. Es kann eigentlich keinerlei Erklärung dafür geben, weshalb einer, der so cool, beliebt und zäh ist wie Spencer Lewis, mich besuchen kommen sollte, die Sorte von Spinner, die an einem Sonnabend Schuluniform trägt. Aber hier ist er und sitzt mit mir auf der Couch.

»Was guckst du?«

*»*Swap Shop*.«*

*»*Swap Shop *ist die letzte Scheiße.«*

»Find ich auch«, schniefe ich abfällig, obwohl es mir insgeheim gefällt. Wir sitzen einen Moment schweigend da, dann sagt er: »Ich hab deine Mum aus Versehen Mrs *Jackson genannt. Meinst du, sie findet das schlimm?«*

»Nee. Sie ist okay«, sage ich.

Und abgesehen davon erwähnt er Dads Tod überhaupt nicht, fragt mich auch nicht nach der Beerdigung oder »wie ich mich fühle«, Gott sei Dank, weil es einfach nur peinlich wäre – schließlich sind wir zwölfjährige Jungs. Stattdessen sitzt er da, trinkt schale Cola und sieht mit mir fern. Er sagt mir, welche Bands nichts taugen und welche gut sind, und ich glaube ihm und pflichte ihm in allem bei. Es fühlt sich an, wie wenn ein Filmstar zu Besuch gekommen ist oder jemand, der noch besser ist als ein Filmstar, jemand wie Han Solo. Und es fühlt sich an wie ein absolut tröstlicher Akt.

Spencers linkes Bein ist an drei Stellen gebrochen, das rechte an zweien. Sein Schlüsselbein ist auseinander geknackst, was besonders schmerzhaft ist, weil sich ein Schlüsselbein unmöglich in Gips legen lässt, darum kann er seine obere Körperhälfte kaum bewegen. Die Arme scheinen in Ordnung zu sein, obwohl er von den Glassplittern ein paar Schnittwunden an den Handflächen und am Unterarm abbekommen hat. Zum Glück sind Wirbelsäule und Schädel verschont geblieben, aber er hat sechs Rippen gebrochen, dort, wo sie gegen das Steuerrad geprallt sind. Das bereitet ihm Schmerzen beim Atmen und macht das Einschlafen so gut wie unmöglich, darum kriegt er ziemlich viel Medikamente. Seine Nase ist gebrochen, rot und geschwollen, die rechte Augenbraue böse eingerissen und mit sechs dicken schwarzen Stichen genäht worden. Das Auge selbst ist lila und geschwollen und bleibt die ganze Zeit halb geschlossen. Seine Schädeldecke ist von der geborstenen Windschutzscheibe mit dunkelrotem Schorf übersät, der sich deutlich gegen das immer noch kurze Haar abhebt, und an seinem linken Ohr sind weitere Stiche zu sehen, wo die Glasscherben einen Teil vom Ohrläppchen abgerissen haben.

»Aber abgesehen davon?«

»Abgesehen davon geht's mir richtig prima«, sagt Spencer, und wir lachen beide, bevor wir wieder in Schweigen versinken.

»Du findest, ich seh schlimm aus! Du solltest mal den Baum sehen!«, sagt er, nicht zum ersten Mal, vermute ich, und wir lachen wieder, wobei Spencer gleichzeitig kichert und schmerzhaft das Gesicht verzieht, weil ihm die Rippen und sein Schlüsselbein wehtun. Natürlich bekommt er Tabletten. Er weiß nur nicht genau, was für welche, aber es muss eindeutig etwas Stärkeres als Aspirin sein, eine Art Opiat, glaubt er. Und sie scheinen's zu bringen, weil um seine Mundwinkel ein untypisches, freudloses Lächeln spielt. Nichts Beunruhigendes, nicht wie bei Jack Nicholson am Ende von *Einer flog übers Kuckucksnest*, nur eine seltsame, irgendwie leicht deplatzierte Belustigung. Seine sonst so schroffe und direkte Sprechweise klingt groggy und gedämpft, als würde ihm jemand eine Hand auf den Mund drücken.

»Immerhin, die gute Nachricht ist, dass sie mein Verfahren wegen der Schwarzarbeitsgeschichte erst mal vertagt haben …«

»Sehr gut.«

»Ja, dafür hat sich das Ganze fast gelohnt. Hast du zufällig Zigaretten dabei?«

»Spencer – ich rauche nicht.«

»Ich hab tierisch *Bock* auf eine Zigarette. Und ein Bier.«

»Das ist ein *Krankenhaus*, Spencer …«

»Ich weiß, trotzdem …«

»Wie ist das Essen?«, frage ich.

»Nicht besonders appetitlich.«

»Und die Krankenschwestern?«

»Nicht besonders appetitlich.«

Ich lächle und mache ein Geräusch, das anzeigt, dass ich lächle, weil ich mich außerhalb seines Blickfelds befinde und er offenbar seinen Kopf nicht so gut bewegen kann. »Und was ist mit der Sache hier …?« Ich zeige auf den Gipsverband an seinen Beinen, auf seine verbundene Hand … »wird es da noch irgendein, du weißt schon, juristisches … Nachspiel geben?«

»Weiß ich noch nicht. Wahrscheinlich.«

»Scheiße, Mann, Spencer ...«

»Schon gut, Bri, fang bloß nicht wieder ...«

»... na ja, aber du hättest doch wissen müssen, dass es Folgen ...«

»Hast du den weiten Weg hierher gemacht, um mir eine Standpauke zu halten, Bri?«

»Nein, natürlich nicht, aber du musst schon zugeben ...«

»... ja, ich weiß – rauch nicht, prügel dich nicht, bescheiß nicht das Arbeitsamt, fahr nicht Auto, wenn du blau bist, schnall dich an, arbeite fleißig, besuch die Abendschule, mach deinen Abschluss, mach eine Weiterbildung – manchmal hörst du dich an wie eine Scheiß-Propagandabroschüre für junge Berufseinsteiger, Brian ...«

»... tut mir leid, ich ...«

»... wir handeln nicht alle andauernd vernünftig, Brian ...«

»... ja, weiß ich doch ...«

»... wir können nicht *alle* sein wie du ...«

»... hey, ich handle ja gar nicht andauernd ver...«

»... du weißt aber, was ich meine, oder?«

– und er schreit das alles nicht, weil er nicht schreien kann, er zischt es nur irgendwie durch die Zähne, bevor er sich wieder in Schweigen hüllt. Ich weiß, dass ich ihm etwas sagen muss, ich habe nur noch nicht ganz die richtigen Worte dafür gefunden. Ich will aber gerade den Mund aufmachen und es versuchen, als er sagt: »Gib mal ein bisschen Wasser rüber, ja?« Ich gieße ihm einen Plastikbecher voll, reiche ihn ihm, und als er sich mühsam aufrichtet, kann ich seinen heißen und metallischen Atem riechen.

»Wie auch immer ...«, seufzt er und lässt den Kopf wieder aufs Kissen fallen, »... wie geht's Alice?«

»Oh, okay. Ich hab neulich die Nacht bei ihr verbracht, also ...«

»Nicht im Ernst – wirklich?«, sagt er und lächelt aufrichtig froh, dreht mir den Kopf auf dem Kissen zu und schaut mich an. »Heißt das, ihr seid jetzt richtig zusammen?«

»Na ja, wir lassen es langsam angehen«, antworte ich ein bisschen betreten. »Richtig, richtig langsam, genauer gesagt, aber ja, es ist gut.«

»Brian Jackson, du tiefes Wasser, du …«

»Ja, na ja, wir werden sehen.« Ich spüre, dass der Zeitpunkt gekommen ist, das Richtige zu tun, erwachsen zu sein, und hole tief Luft. »Alice hat mir erzählt, dass du ein gutes Wort für mich eingelegt hast. Auf der Party.«

»Ach ja?«, sagt er, ohne mich anzusehen.

»Ich hab mich ein bisschen wie ein Wichser aufgeführt, oder?«

»Nein, hast du nicht …«

»Doch Spence, ich war ein totaler Wichser …«

»Bri, ist okay …«

»Ich leg's gar nicht drauf an, ein Wichser zu sein, weißt du, es passiert einfach …«

»… vergessen wir's einfach, okay?«

»Nein, aber …«

»Also schön, wenn's dich glücklich macht, Bri, dann ja, du warst ein totaler Wichser. Können wir die Sache jetzt bitte vergessen?«

»Aber wie geht's dir denn dabei …?«

»Wobei …?«

»… na ja, bei *allem*?«

»Allgemein gesprochen, meinst du? Weiß nicht. Ehrlich gesagt, bin ich einfach bloß wahnsinnig müde. Müde und ein bisschen verängstigt, Bri.« Er sagt das ganz leise, und ich muss mich auf meinem Stuhl vorbeugen, um ihn zu hören, und mir fällt auf, dass seine Augen feucht und rot sind. Er spürt, dass ich ihn anschaue und hält sich beide Hände flach vors Gesicht, drückt die Fingerspitzen tief in die Augen, atmet langsam und schwer aus, und ich komme mir vor, als sei ich wieder zwölf, traurig, verlegen, ohne die geringste Ahnung, was ich tun soll – irgendwas Tröstliches, schätze ich, aber was? Vielleicht sollte ich meinen Arm um ihn legen? Aber es wäre mir unangenehm, von meinem Stuhl aufzustehen, peinlich, dass die anderen Leute im Krankensaal vielleicht zusehen, darum bleibe ich, wo ich bin.

»Es soll doch aber auch beängstigend sein, oder?«, versuche ich's. »Du weißt schon, das Leben, dieser spezielle Teil. Sagt man jedenfalls …«

»Ja. Ich schätze, schon …«

»Es wird besser …«

»Tatsache?«, fragt er, die Augen immer noch bedeckt. »Weil's nämlich so aussieht, als hätte ich einfach *alles* vermasselt, Bri …«

»Quatsch! Das wird wieder, Kumpel, es wird alles absolut wieder gut«, sage ich, greife rüber, lege ihm die Hand auf die Schulter und drücke sie. Die Geste fühlt sich unbeholfen und verklemmt an, wie ich mich auf meinem Stuhl vorbeuge und mit ausgestrecktem Arm zu ihm rüberlange, aber ich bleibe so, solange ich kann, bis seine Schultern aufhören zu zittern. Irgendwann nimmt er die Hände aus dem Gesicht.

»Tut mir leid – das sind diese Schmerzmittel«, sagt er und wischt sich die Augen mit den Ärmeln.

Kurz darauf fällt uns nichts mehr ein, was wir noch sagen könnten, und obwohl ich noch reichlich Zeit habe, stehe ich auf und schnappe mir meinen Mantel.

»Hey, ich sollte jetzt lieber los, sonst verpass ich meinen letzten Anschluss.«

»Danke, dass du gekommen bist, Kumpel …«

»War mir ein Vergnügen, Kumpel …«

»Na ja, ein *Vergnügen* wohl nicht gerade …«

»Na ja, nee, aber du weißt schon …«

»Hey, willst du mir nicht erst noch was auf meinen Gips schreiben?«

»Ja, ja, na klar«, und ich gehe ans Fußende seines Bettes und nehme mir einen Kuli von einem der Klemmbretter und suche mir eine leere Stelle auf dem Gipsverband. Es stehen schon eine Menge »Gute Besserung!«-Sprüche und Namen da, die ich nicht kenne, und einmal »Geschieht dir recht, Wichser!« und »The Zep sind die größten!« von Tone. Ich denke einen Moment nach und schreibe dann: »Lieber Spence. Entschuldigung und danke. Hals- und Beinbruch! Ha-ha! Alles alles Liebe, dein Kumpel Bri.«

»Und, was hast du geschrieben?«

»Oh – Hals- und Beinbruch …«

»›Hals- und Beinbruch‹! …«

»Du weißt schon – viel Glück. Sagt man beim Theater …«

Und Spencer schaut die Decke an, lacht durch die Zähne und sagt langsam, »Weißt du, Brian, manchmal kannst du wirklich das unglaublichste Arschloch sein.«

»Ja, Spence, ich weiß, Kumpel. Ich weiß.«

37

FRAGE: Ein christlicher Märtyrer aus dem 3. Jahrhundert wurde einerseits als römischer Priester und Arzt identifiziert, der während der Christenverfolgung durch Kaiser Claudius II. Gothicus ums Leben kam, andererseits als der Bischof von Terni, der ebenfalls in Rom den Märtyrertod starb. Seit dem 14. Jahrhundert gilt er als Namenspatron eines Feiertags, der speziell den Liebenden gewidmet ist. Wie heißt er?
ANTWORT: St. Valentin.

Immer, wenn ich Edith Piaf *Non, je ne regrette rien* singen höre – was häufiger geschieht, als mir lieb ist, jetzt, wo ich an der Uni bin –, denke ich unwillkürlich, *wovon redet sie eigentlich?* Ich bereue so ungefähr *alles*. Mir ist bewusst, dass der Übergang zum Erwachsenwerden ein schwieriger und mitunter schmerzlicher Prozess ist. Mir sind die Abläufe von Durchgangsriten vertraut, ich weiß, was der literarische Begriff *Bildungsroman* bedeutet, und bin mir darüber im Klaren, dass ich auf Dinge, die in meiner Jugend geschehen sind, eines Tages zurückblicken und sie amüsiert und milde belächeln werde. Aber das erklärt noch lange nicht, warum ich mich für Dinge schäme, die vor dreißig Sekunden passiert sind? Es kann doch nicht sein, dass das Leben ein einziges, endlos fortlaufendes Panorama an verpfuschten Freundschaften, verpassten Gelegenheiten, geistlosen Gesprächen, verschwendeten Tagen, idiotischen Bemerkungen und unbedachten, unkomischen Witzen sein soll, die nur noch vor mir am Boden liegen und zappeln wie verendende Fische?

Na ja, ab sofort nicht mehr. Es reicht jetzt. Während ich auf der Rückfahrt in der Bahn sitze und über die letzte Serie unglaublicher Scheiße nachdenke, die ich gebaut habe, fasse ich den Entschluss, dass ich mein Leben ändern muss. Durchschnittlich beschließe ich etwa dreißig- bis vierzigmal die Woche, mein Leben zu ändern, meistens so gegen zwei Uhr nachts im besoffenen oder, früh am nächsten Morgen, im verkaterten Zustand, aber das hier ist eine wichtige, grundsätzliche Entscheidung, ich werde nämlich von nun an ein *gutes* Leben führen. Cool und Distanziert zu sein, funktioniert offensichtlich nicht bei mir und wird es wahrscheinlich auch nie tun, deshalb werde ich mich von jetzt an darauf konzentrieren, ein Leben zu führen, das von den Säulen Weisheit, Güte und Mut getragen wird.

Als der Zug endlich im Bahnhof einfährt, setze ich mein weiseres, gütigeres und mutigeres Leben unmittelbar in die Tat um. Ich suche mir eine Telefonzelle auf dem Bahnsteig, vergewissere mich, dass ich genügend Kleingeld dabeihabe, und wähle. Des nimmt ab. Jetzt, wo es offiziell ist, spricht wohl auch nichts mehr dagegen, schätze ich.

»Hallo?«

»Hallo! Des, hier ist Brian!«, sage ich quietschfidel, dann fällt mir ein, dass ich versehentlich Des zu ihm gesagt habe, statt Onkel Des, aber ob es nun der Ausdruck meiner reiferen Lebensphilosophie ist oder eine freudsche Reaktion auf die Tatsache, dass er mit meiner Mutter Sex hat, weiß ich nicht genau.

»Oh. Hallo«, sagt er und klingt bizarrerweise, als hätte er Angst vor mir, obwohl mir schleierhaft ist, weshalb, denn Des wiegt ungefähr neunzig Kilo, und außerdem ist es ja nicht so, als könnte ich ihm durch die Telefonleitung eins überziehen. Es entsteht eine Pause, während er den Hörer zurechtrückt. »Tut mir leid wegen heute Mittag, du weißt schon, als ich dir plötzlich meinen Kameraden präsentiert habe. Natürlich wollten wir es dir sagen, das mit mir und deiner Mum …«

»Des, wirklich, es ist okay, vollkommen okay«, versichere ich ihm und erhasche einen Blick von meinem Spiegelbild in der Telefonzellenscheibe, auf dem ich grinse wie ein Zirkusclown. »Ist Mum da?«, frage ich, was eine ziemlich blöde Frage ist, wenn man bedenkt, dass es ihr Haus ist.

»Klar. Ich geb dich mal weiter.« Ich höre es rascheln, als er die Hand über die Sprechmuschel legt und irgendwas murmelt. Dann ist Mum dran.

»Hallo?«, sagt sie argwöhnisch und hält den Hörer ein Stück vom Mund entfernt.

»Hi, Mum.«

»Hallo Brian. Bist du gut nach Hause gekommen?«, fragt sie mit überdeutlicher Artikulation, was bedeutet, dass sie betrunken ist.

»Hmm«, sage ich, und es folgt ein Schweigen. Ich verspüre das flüchtige Verlangen aufzulegen. Aber dann fallen mir wieder meine neuen Losungen ein, Weisheit, Güte, Mut – ich schlucke einmal und fange an.

»Hör mal, pass auf, ich wollte nur sagen …«, was wollte ich sagen? »… Ich wollte nur sagen, dass mich die Sache freut, das mit dir und Des, und dass ich es gut finde, dass ihr heiraten wollt, wirklich. Ich finde es sogar ein tolle Idee. Er ist wirklich ein netter Kerl, und es tut mir leid, wenn ich … na ja, es war ein Schock, sonst nichts …«

»Oh, Brian …«

»Und das mit dem B&B geht von mir aus auch okay. Ich komme in den Osterferien runter und räume mein Zeug weg, dann habt ihr freie Bahn. Wie du sagtest, es ist ja im Grunde nur ein Haufen Modellflugzeuge. Also, was ich sagen wollte, was ich eigentlich sagen will, es ist ein gute Sache. Ich … ich freue mich, dass du glücklich bist.« Vom anderen Ende der Leitung kommt keine Antwort, man hört nur, wie Mum atmet und den Hörer von der einen in die andere Hand wechselt. »Solange du nicht von mir erwartest, dass ich ihn ›Dad‹ nenne!« sage ich, so fröhlich ich kann.

»Natürlich nicht, Brian …« Sie will noch etwas sagen, überlegt es sich aber wieder und verstummt.

»Na ja, das war's eigentlich. Kommst du morgen trotzdem?«

»Aber natürlich – ich will das um nichts in der Welt verpassen.«

»Und bist du sicher, dass du es dir leisten kannst, die Bahnfahrt und alles?«

»Brian, mach dir darum keine Sorgen …«

»Die Karte ist für dich am Eingang hinterlegt, auf deinen Namen …«

»Oh, und Brian? Da ist noch was …« Jetzt kommen die Piepstöne, die das Ende des Gesprächs ankündigen, und obwohl ich das Gewicht der Münzen in der Hosentasche spüre, habe ich das Gefühl, alles gesagt zu haben, was zu sagen war. »Ich muss Schluss machen, Mum, das Geld ist alle …«

»Brian, ich muss dich noch was anderes fragen …«

»Na los, schnell …«

»Darf Des auch mitkommen?«, und dann ist die Leitung tot.

Ich stehe in der Zelle, mit dem Hörer in der Hand. Es ist nämlich so, dass ich immer erwartet hatte, Dad würde dabei sein. Nicht *richtig* natürlich, wo er ja tot ist und so, aber in meiner Vorstellung war es immer Dad, der im Publikum saß, neben Mum, und lächelte und klatschte und beide Daumen hob. Mum muss das auch gewusst haben, sonst wäre sie nicht so nervös gewesen, bevor sie mich gefragt hat. Jetzt ist es also nicht Dad sondern *Des*, irgendein Kerl, der Des heißt, den ich eigentlich nicht kenne und eigentlich nicht mag und …

Ich krame ein bisschen Kleingeld aus der Tasche, greife zum Hörer, wähle, und Mum nimmt fast sofort ab.

»Mum?«

»Oh, ja, Brian, was ich noch fragen wollte …«

»Ich hab dich gehört, Mum. Natürlich kannst du Des mitbringen.«

»Oh. Okay.«

»Ich regle das morgen mit der Karte.«

»Oh. Na dann, Brian, wenn du sicher bist …«

»Ich bin sicher.«

»Also tschüs.«

»Also tschüs.«

Ich lege auf.

Danach stehe ich noch ein Weilchen in der Telefonzelle und denke, na ja, es ist zwar erst der Anfang, aber die Weisheit-Güte-Mut-Methode scheint ganz gut zu funktionieren, bis jetzt jedenfalls. Ich denke, dass ich zur Abwechslung tatsächlich mal was *Gutes* getan haben könnte. Und obwohl ich nach Hause gehen und mir überlegen sollte, was ich morgen zu den Filmaufnahmen anziehe, und früh ins Bett müsste und überhaupt, beschließe ich, bei Alice vorbeizuschauen. Schließlich ist heute Valentinstag, und inzwischen wird sie mein Gedicht wohl gelesen haben.

38

FRAGE: Bei welchem blutigen Ereignis auf der North Clark Street in Chicago im Februar 1929 befanden sich Adam Heyer, Frank Gusenberg, Pete Gusenberg, John May, Al Weinshank und James Clark unter den Opfern?
ANTWORT: Dem Valentinstags-Massaker.

»Hör mal, Alice, ich hab ein bisschen nachgedacht, über uns, und, na ja, es gibt da dieses tolle Gedicht des Metaphysischen Dichters John Donne, *Der dreifache Narr*, in dem es heißt: ›Zwei Narrn bin ich – nun gut: / Ich lieb, und sag, dass ich es tu, / In weinerlichem Vers‹; und ich glaube, na ja, ein bisschen war ich *auch* so. Ich meine, ich hab wohl etwas übertrieben, als ich dich auf Teufel komm raus in den Fotoautomaten schleifen musste oder mit dieser albernen, unsäglichen Lyrik in der Valentinskarte und so, und ich weiß ja, wie wichtig dir deine Unabhängigkeit ist, was von mir aus vollkommen in Ordnung ist, ist es wirklich und wahrhaftig. Natürlich bin ich in dich verliebt, rasend sogar, aber das spielt keine Rolle, das muss der Sache nicht im Weg stehen, weil ich letzten Endes glaube, dass wir uns echt gut verstehen, dass wir gute Freunde sind, ja vielleicht sogar Seelenverwandte. Ich würde jedenfalls lieber mit dir als mit irgendeinem anderen Menschen auf der Welt Zeit verbringen, ganz bestimmt, obwohl ich weiß, dass ich manchmal ein totaler Arsch sein kann. Oder sogar meistens, und na klar, hör mal, ich bin ja nicht komplett bescheuert, ich weiß, dass du mich *jetzt* nicht liebst, aber das könnte doch eines Tages noch kommen, was denkst du? Ich meine, dass es sich allmählich entwickelt? Es ist möglich, das hat es schon gegeben, und ich hab Geduld, massenhaft Geduld, und es macht mir nichts aus zu warten. Was ich also sagen will – lass uns einfach warten und sehen, was kommt. Abwarten und schauen, wie die Dinge sich entwickeln. Lass uns nichts überstürzen, lass uns einfach weiter Zeit miteinander verbringen und ein bisschen Spaß haben. Und abwarten. Und mal schauen. Okay?«

Das werde ich Alice mehr oder weniger sagen, wenn ich sie sehe. Ich bin mir nicht sicher, ob sie mir das Donne-Zitat durchgehen lässt, denn ich fürchte, es könnte eine Idee zu überheblich rüberkommen. Vielleicht mache ich es einfach von den Schwingungen abhängig, wenn es so weit ist. Ich werde das alles sagen, mehr nicht, und schauen, wie sie es aufnimmt, mich aber in kein mühsames, langatmiges Beziehungsgespräch verwickeln lassen, sondern gleich wieder meinen Mantel nehmen, nach Hause ins Bett gehen und acht Stunden gut durchschlafen. Und ich werde definitiv nicht versuchen, sie zu küssen. Selbst wenn sie mich bittet, dazubleiben und mit ihr zu schlafen oder was auch immer, werde ich nein sagen, weil am Morgen *The Challenge* ansteht. Dafür müssen wir beide ausgeruht sein. Wie die Boxer – keinen Sex vor dem Kampf.

Ich stehe vor ihrer Tür. Ich klopfe.

Keine Antwort.

Ich klopfe noch einmal. Weisheit, Güte, Mut, Weisheit, Güte, Mut …

»Wer ist da?«

»Ich bin's, Brian.«

»Brian! Es ist fast Mitternacht!«

»Ich weiß, tut mit leid, aber ich wollte nur mal hallo sagen!«

Ich höre, wie sie aus dem Bett aufsteht, das Rascheln von Kleidung, als sie sich etwas überzieht, und dann lugt sie durch die halb geöffnete Tür, in ihrem Snoopy-T-Shirt und schwarzen Schlüpfern.

»Ich hab schon geschlafen, Bri …«, sagt sie und reibt sich die Augen.

»Wirklich? Mensch, tut mit leid. Ich hatte bloß einen ziemlich ereignisreichen Tag und wollte mit jemandem drüber reden.«

»Hat das nicht Zeit bis …«

»Nicht mit irgendjemandem. Mit dir.«

Sie beißt sich auf die Lippe und zieht mit ihrer freien Hand das Vorderteil ihres T-Shirts runter.

»Na schön, komm rein.« Sie hält mir die Tür auf. Ich setze mich auf den Rand ihres ungemachten Betts, das noch warm ist, dort, wo sie geschlafen hat.

»Und – wie war dein Valentinstag?«

»Oh, gut, gut …«

»Hast du irgendwas Besonderes bekommen?«, frage ich vielsagend. »Heute früh in der Post? War was Nettes dabei? …« Ich wünschte, sie würde kommen und sich zu mir setzen.

»Ja-aaa, ich glaub schon, vielen Dank Brian, es ist ein wunder-, wunderbares Gedicht.«

Warum kommt sie nicht her und setzt sich neben mich?

»Findest du wirklich? Uff! Weil es mir schon ein bisschen peinlich war. Es ist ja das erste Mal, dass jemand irgendwas von mir liest, darum …«

»Nein, ich fand es wunderbar, wirklich. Sehr … freimütig. Und … wund. Emotional gesehen. Ziemlich in Anlehnung an e.e. cummings, dachte ich, na ja, nicht in *Anlehnung*, eher inspiriert von ihm, es hat mich an ihn erinnert, meine ich. Ich glaube sogar, ein paar Zeilen wiedererkannt zu haben …« Moment mal, bezichtigt sie mich des *Plagiats*? »… aber jedenfalls war es wunderbar, wirklich. Vielen Dank. Es hat mich sehr … berührt …«

»Einmal vorausgesetzt, dass es von mir war!«, sage ich fröhlich. »Was für ein Gedicht? Ich verschick doch keine Gedichte!« Ich weiß, dass ich dummes Zeug brabbele, aber sie lächelt, kratzt sich am Ellenbogen und macht aus ihrem T-Shirt ein Zelt, indem sie es runterzieht und über die nackten Knie stülpt. Ich bemühe mich jetzt nach Kräften, die Dinge heiter anzugehen, weil ich nicht umhin kann, den gigantischen Strauß makelloser roter Rosen zu bemerken, der sich hinter ihr auf dem Schreibtisch auftürmt und seitlich aus einem riesigen verbeulten Aluminiumtopf mit Wasser ragt, den sie aus der Gemeinschaftsküche geklaut hat. Natürlich gibt es überhaupt keinen Grund, warum sie nicht von anderen Männern Geschenke zum Valentinstag erhalten sollte, ich wär ja bescheuert, wenn mir das nicht klar wäre. Ich bin doch nicht naiv, muss sie ja, so schön und beliebt und auf konventionelle Weise sexuell attraktiv, wie sie ist, aber dieser Strauß ist einfach … vulgär. So vulgär, dass ich versuche, von ihm abzulenken und ihre Aufmerksamkeit auf mein rührendes, inniges, von Herzen kommendes, selbst gebasteltes, kleines Gedicht zu richten. Aber da ist er, türmt sich hinter ihren Schultern auf und verpestet den Raum wie ein billiger Duftspender, dieser große, arschige Strauß perfekter roter Scheißrosen …

»Schöne Rosen!«

»Ach, die!«, sagt sie und dreht sich leicht verdutzt um, als hätten sie sich auf leisen Sohlen angeschlichen, wie der letzte Mohikaner …

»Irgendeine Ahnung … vom wem sie sein könnten?«, frage ich beiläufig.

»Überhaupt nicht! Nein, keine Ahnung«, sagt sie. Natürlich stammen sie von irgendeinem feinen Pinkel. Das Stipendium eines ganzen Semesters schwappt da im Topf. Und klar weiß sie, von wem sie sind; denn warum so großzügig sein, wenn man anonym bleiben will?

»Na ja, war ein Karte dran oder …?«

»Geht dich das *irgend*was an, Brian?«, faucht sie.

»Nein. Nein, ich schätze nicht.«

»Entschuldige! Entschuldige, entschuldige, entschuldige, entschuldige …«, sagt sie, steht von ihrem Stuhl auf, kommt zu mir rüber, legt die Arme um mich und hält mich in dieser gebeugten Haltung gedrückt. Ich schaue an ihrem Rücken hinunter, wo das T-Shirt hochgewandert ist, lege eine Hand auf ihre warme nackte Haut gleich über ihrer Unterhose, die übrigens aus irgendeinem durchsichtigen schwarzen Netzmaterial oder Spitze oder Ähnlichem zu sein scheint, und wir verharren eine Weile so, während ich die Rosen anstarre, die sich über den Rand des Kochtopfs ergießen.

»Tut mir leid«, flüstert sie mir ins Ohr. »Ich bin eine *dermaßen* blöde Kuh, dich so anzufahren. Wir hatten bloß heute Abend eine richtig lange, anstrengende Probe, und vielleicht habe ich mich ja immer noch nicht ganz meiner Rolle entledigt …«, dann setzt sie sich neben mich, lacht und sagt: »Mein Gott, hab ich das wirklich eben gesagt? Das ist ja wohl das Aufgeblasenste, was ich je von mir gegeben habe …«, und jetzt lächeln wir beide wieder, und ich überlege, ob ich versuchen soll, sie zu küssen, bis mir mein neues Mantra einfällt. Weisheit, Güte, Mut.

»Hör mal, ich sollte jetzt wirklich wieder ins Bett, Brian. Morgen ist unser großer Tag und so weiter …«

»Natürlich, ich geh schon …« Ich stehe halb auf und setze mich dann wieder. »Aber kann ich vorher noch was sagen?«

»O-kay«, sagt sie vorsichtig und setzt sich neben mich.

»Keine Sorge – es ist nichts Gruseliges, wirklich. Ich wollte nur sagen …« und ich nehme ihre Hand, hole tief Luft und sage, »Alice … Okay, hör mal, Alice … Alice, ich hab ein bisschen nachgedacht, über uns, und, na ja, es gibt da dieses tolle Gedicht des Metaphysischen Dichters John Donne, *Der dreifache Narr*, in dem es heißt: ›Zwei Narrn bin ich – nun gut: / Ich lieb, und sag, dass ich es tu, / In weinerlichem Vers‹, und ich glaube, na ja, ein bisschen war ich auch so. Ich meine, ich hab wohl etwas übertrieben, als ich dich auf Teufel komm raus in den Fotoautomaten schleifen musste oder mit dieser albernen, unsäglichen Lyrik in der Valentinskarte und so, und ich weiß ja, wie wichtig dir deine Unabhängigkeit ist, was von mir aus vollkommen in Ordnung ist, ist es wirklich und wahrhaftig. Ich bin natürlich in dich verliebt, rasend sogar …«

»Brian …«, sagt sie.

»… aber das spielt keine Rolle, das muss der Sache nicht im Weg stehen, weil ich letzten Endes glaube …«

»Brian …«

»… noch einen Moment, Alice, lass mich ausreden …«

»… nein, Brian, du *musst* aufhören …«, sagt sie, steht auf und geht zur anderen Seite des Zimmers. »Das ist alles nicht richtig …«

»Aber es ist nicht, wie du denkst, Alice …«

»Nein, tut mir leid, Brian, ich halt das nicht mehr aus. Bringen wir es hinter uns …«

Und das Merkwürdige daran ist, dass sie es gar nicht zu mir sagt, sie sagt es zu ihrem Kleiderschrank.

»Komm, Neil, das ist nicht mehr komisch …«

Das ist ja merkwürdig, denke ich, *wieso nennt sie ihren Schrank Neil? Wie wird sie dann ihre Kommode nennen!*, frage ich mich noch, während sie mit ihrer flachen Hand auf Neil-den-Kleiderschrank klopft und sich die Tür langsam von allein öffnet, wie von Zauberhand.

In ihrem Schrank ist ein Mann.

Er hält seine Hosen in der Hand.

Ich verstehe nicht.

»Brian, das ist Neil«, sagt Alice.

Neil entwindet sich dem Kleiderschrank und rappelt sich auf.

»Neil spielt den Eilert Lovborg. In *Hedda Gabler.*«

»Hallo, Neil«, sage ich.

»Hallo, Brian«, sagt Neil.

»Wir haben … *geprobt*«, sagt Alice.

»Oh«, sage ich, als würde das alles erklären.

Und dann, glaube ich, schüttle ich ihm die Hand.

Die letzte Runde

»Was hältst du von ihr?«
»Das möchte ich nicht sagen«, stammelte ich.
»Sag es mir ins Ohr«, sagte Miss Havisham und
beugte sich zu mir herab.
»Ich finde sie sehr stolz«, erwiderte ich flüsternd.
»Noch etwas?«
»Ich finde sie sehr hübsch …«
»… Noch etwas?«
»Ich glaube, ich sollte jetzt nach Hause gehen …«
»… Du wirst bald gehen«, sagte Miss Havisham laut.
»Spielt das Spiel zu Ende …«
Charles Dickens, Große Erwartungen

39

FRAGE: »Es waren einmal vier Kinder, die hießen Peter, Susan, Edmund und Lucy.« So beginnt das berühmteste Werk eines Gelehrten, Schriftstellers und christlichen Apologeten. Wie heißt das Buch?
ANTWORT: *Der König von Narnia.*

Wenn man berühmten Leute in Fleisch und Blut begegnet, dann lautet das Klischee natürlich, dass sie oft enttäuschend kleiner sind, als sie auf der Leinwand wirken. Aber Bamber Gascoigne ist im richtigen Leben viel größer, als ich mir vorgestellt hatte: sehr schlank, immer mit einem Lächeln auf den Lippen und überraschend gut aussehend wie eine freundliche Kreatur aus einem C.-S.-Lewis-Roman, die einen gleich durch ein wunderbares Abenteuer geleiten wird, aber mit Sexappeal. Wir vier stehen nervös aufgereiht im Fernsehstudio und warten, dass er sich zu uns vorarbeitet, ein bisschen wie bei einem Empfang der Queen.

Alice, die mir aus dem Weg geht, ist die Erste in der Schlange, darum höre ich nicht, was sie zu ihm sagt, vermute aber, dass sie versucht, ihn zu verführen. Dann kommt Patrick, der sich vor lauter Demut praktisch im Schlamm wälzt und eine Riesenshow abzieht, weil er ihn schon letztes Jahr um die gleiche Zeit kennengelernt hat. Er tut so, als seien sie richtig dicke Kumpel, als hätten sie zusammen Urlaub gemacht oder sonst was. Bamber ist äußerst charmant, lächelt die ganze Zeit und sagt: »Ja, *natürlich* erinnere ich mich an Sie!«, während er wahrscheinlich grübelt: »Wer zum Teufel ist der Idiot?«

Dann kommt Lucy, die wie immer unglaublich leise und nett ist, und dann bin ich dran. Die Frage ist, soll ich Bamber zu ihm sagen oder Mr Gascoigne? Er tritt auf mich zu, schüttelt mir die Hand und ich sage: »Freut mich, Sie kennenzulernen, Mr Gascoigne.«

»Oh, bitte nennen Sie mich Bamber«, sagt er mit einem strahlenden Grinsen und ergreift meine Hand mit beiden Händen. »Und Sie heißen?«

»Brian, Brian Jackson«, murmle ich.

»… Student der …?«

»Eng. Lit.«

»Pardon?« Er beugt sich zu mir vor.

»Eng-li-sch-en Li-te-ra-tur«, sage ich laut und diesmal überdeutlich artikulierend, und mir wird klar, wie Bamber kaum merklich zusammenzuckt, was vermutlich darauf zurückzuführen ist, dass er meine Schnapsfahne gerochen und erkannt hat, dass ich so ziemlich sturzbesoffen bin.

Trotz allen Bemühungen der Behörden für die Vergabe von Schanklizenzen bleibt die Tatsache bestehen, dass man zu noch so später Stunde immer einen Drink bekommen kann, wenn man ihn wirklich braucht.

Nachdem ich in Kenwood Manor bei Alice aus dem Zimmer gestürzt bin, laufe ich eine Zeit lang durch die Straßen und versuche mich zu beruhigen, versuche, mit dem Zittern aufzuhören, bis ich irgendwann vor dem Palast des Radschas stehe, einem asiatischen Restaurant, das gleichzeitig als eine Art indische Flüsterkneipe fungiert. Man kann so ziemlich die ganze Nacht hier trinken, solange man sich stets innerhalb eines Drei-Meter-Radius von einem Currygericht aufhält.

Heute, kurz nach Mitternacht, ist der Laden leer. »Tisch für eine Person?«, fragt der einzige Kellner.

»Ja bitte«, und er führt mich zu einer Nische ganz am hinteren Ende des Restaurants, nahe der Küche. Ich schlage die Speisekarte auf und stelle fest, dass der Palast des Radscha heute ein beißend ironisches Superspezialmenü für verliebte Pärchen zum Valentinstag anbietet, bezweifle aber, obwohl die Speisekarte sogar ein gutes Preis-Leistungs-Verhältnis verspricht, dass ich auch nur einen Bissen herunterbekommen könnte. Ich bestelle ein Bier, zweimal Papadam, Onion-Bhaji und einen Gin Tonic.

»Kein Hauptgericht, Sir?«

»Später vielleicht.« Der Kellner nickt betrübt, als würde er die zuweilen grausam verschlungenen Wege des menschlichen Herzens verstehen, und geht mir meinen Alk holen. Ich habe sowohl das Bier als auch den Gin Tonic geleert, noch bevor das Mikrowellen-»Ping« in der Küche hinter mir ertönt. Der Kellner schiebt mir die aufgewärmten Zwiebel-Bällchen zwischen meine Ellbogen auf den Tisch, und ich halte ihm die leeren Gläser hin.

»Noch ein Bier und einen Gin bitte. Diesmal ohne Tonic«, und der Kellner mit den traurigen Augen nickt verständnisvoll, seufzt und geht los, mir das Bestellte zu holen.

»Und – Verzeihung?«, rufe ich ihm hinterher, »machen Sie bitte einen doppelten Gin draus?« Halbherzig pule ich die Kruste von dem Onion-Bhaji ab, tauche sie in süßen, wässrigen Minzjoghurt, und als der Kellner mit meinen Drinks zurückkehrt, schlürfe ich die oberen zwei Zentimeter meines Pints, kippe den Gin dazu, verrühre das Ganze mit meinem Gabelstiel und denke an all die Dinge, die ich weiß.

Ich weiß, was der Unterschied zwischen einem Pterosaurus, Pteranadon, Pterodaktylus und einem Ramphorhynchus ist. Ich kenne die lateinischen Namen der meisten einheimischen britischen Vögel. Ich kenne die Hauptstädte fast aller Länder dieser Erde wie auch die meisten Nationalflaggen. Ich weiß, dass man das Magdalen College in Oxford *Maudlin* College ausspricht. Ich kenne sämtliche Stücke Shakespeares außer *Timon von Athen* und sämtliche Romane von Charles Dickens außer *Barnaby*

Rudge sowie alle *Narnia*-Bücher in der genauen Reihenfolge, in der sie geschrieben wurden, in der ungefähren im Fall von Shakespeare. Ich kenne alle Texte aller Lieder, die Kate Bush je aufgenommen hat, einschließlich der B-Seiten, einschließlich der höchsten Position, die jede ihrer Singles je in den Charts eingenommen hat. Ich kenne alle unregelmäßigen französischen Verben, die Herkunft des Wortes »Praline« und weiß, welchem Zweck die Gallenblase dient und wie mäandrierende Seen entstehen, kenne alle britischen Monarchen in der chronologischen Reihenfolge und die Frauen Heinrichs VIII. und deren Schicksal, kenne den Unterschied zwischen Eruptiv-, Sediment- und metamorphem Gestein und die Jahreszahlen der wichtigsten Schlachten der Rosenkriege, die Bedeutung der Worte »Albedo«, »peripatetisch« und »Litotes«, weiß die durchschnittliche Menge des menschlichen Kopfhaars, kann häkeln, zwischen Kernspaltung und -fusion unterscheiden und »desoxyribonuklein« buchstabieren, kenne die Sternenkonstellationen, die Zahl der Erdbevolkerung, die Masse des Mondes und die verschlungenen Wege des menschlichen Herzens. Und doch scheinen die wichtigen und elementarsten Dinge des Lebens, wie Freundschaft oder über Dads Tod hinwegzukommen oder jemanden zu lieben oder einfach nur glücklich zu sein, einfach nur gut und anständig und würdevoll und glücklich zu sein, mein Fassungsvermögen vollkommen und total zu übersteigen. Und mir wird bewusst, dass ich überhaupt nicht schlau bin, sondern im Gegenteil und ohne jeden Zweifel der ignoranteste, dümmste und hoffnungslos blödeste Idiot auf der ganzen Welt.

Ich fühle mich ein bisschen down, und um mich aufzumuntern, bestelle ich mir noch ein Pint und einen doppelten Gin, kippe den Gin ins Bier, verrühre das Ganze mit dem Gabelstiel, tauche einen Streifen Papadam ins Mango Chutney, und dann ist meine nächste Erinnerung, wie ich morgens um halb sieben in meinen Klamotten wieder aufwache.

»Brian! Brian, wach auf …«

»Lass mich in Ruhe …«, sage ich und ziehe mir die Decke über den Kopf.

»Brian, los, wir sind spät dran …« Irgendjemand rüttelt an meiner Schulter. Ich schiebe die Hand weg.

»Es ist mitten in der Nacht – hau ab.«

»Es ist morgens um halb sieben, Brian, wir müssen um halb zehn im Studio sein, und wir schaffen es nicht, wenn du nicht sofort aufstehst, los jetzt …« Patrick reißt mir mit einem Ruck die Decke weg. »Du hast *in deinen Kleidern geschlafen*?«

»Nein …!«, sage ich entrüstet aber ziemlich unüberzeugend, da ich offensichtlich vollständig angezogen im Bett liege. »Ich hab einfach nur gefroren diese Nacht …«

Patrick reißt die Decke jetzt ganz weg.

»Du hast auch noch die Schuhe an!«

»Ich hatte kalte Füße!«

»Brian – hast du etwa *getrunken*?«

»Nein …!«

»Brian, ich dachte, wir hatten eine Abmachung – früh ins Bett und keinen Alkohol vor dem Match …«

»Ich *habe* nicht getrunken!«, lalle ich, richte mich schwerfällig auf und höre, wie der Gin und das Bier und das Onion-Bhaji in meinem Magen herumschwappen.

»Brian, ich rieche deine Fahne bis hierher! Was hat die Matratze überhaupt auf dem Boden zu suchen?«

»Er behauptet, es sei ein *Futon*«, sagt Josh, der in Unterhosen schlotternd in der Tür steht. Marcus äugt ihm blinzelnd über die Schulter.

»Ich musste deine Mitbewohner wecken, damit sie mich reinlassen«, erläutert Patrick.

»O jeeeeee. Tut mir leid, Josh, tut mir leid, Marcusch …«

»Ich fass es nicht – du bist immer noch betrunken!«

»Ich bin nicht betrunken! Gib mir nur fünf Minuten!«

»Ich geb dir drei. Ich warte unten im Auto«, knurrt Patrick und rauscht aus dem Zimmer, gefolgt von Josh und Marcus. Ich seufze, reibe mir das Gesicht und setze mich auf den Rand des Futons.

Mir fällt Alice wieder ein.

Ich gehe zum Schrank und nehme Dads braunes Cordjackett heraus.

Die Tour nach Manchester ist ziemlich die Härte. Wir fahren in Alices Ente, und sie schenkt mir ein kleines gönnerhaftes »nichts für ungut«-Lächeln, das ich nicht zu sehen vorgebe, während ich hinten einsteige und die Chipstüten und zerbrochenen Kassettenhüllen unter meinen Füßen knirschen. Ich ziehe die Tür an einer langen Wäscheleine zu, die offenbar als Klinke fungiert, und die Anstrengung bewirkt, dass ich ein bisschen rülpsen muss und mir durch zusammengebissene Zähne Luft entweicht. Dr. Lucy Chang bemerkt das, stellt ihre Diagnose und schenkt mir jenes Krankenhauslächeln, das ihr als Teil ihrer Ausbildung beigebracht wurde. Ich ziehe mir meinen Mantel bis zum Kinn hoch wie eine Decke, und wir fahren los. Ich bemühe mich, das Schlingern der Ente zu ignorieren, die offenbar keinerlei Federung hat und sich anfühlt wie die Walzerbahn auf einem Rummel.

Es versteht sich von selbst, dass der gute alte Patrick zur ach so spaßigen Einstimmung mehrere hundert Fragen für unterwegs vorbereitet hat – alle fein säuberlich auf kleine Karteikarten getippt – und es sich nicht nehmen lässt, damit *aus voller Kehle* den Lärm des Rasenmähermotors der Ente zu überschreien, während wir bei gleichmäßigen 80 Stundenkilometern auf der Autobahn vorwärtsschaukeln. Ich beschließe, nicht eine einzige davon zu beantworten, nur um es ihnen zu zeigen. Stolz und Würde, so lautet das Motto des Tages. Das, und mir nicht auf die Knie zu kotzen.

»Drei Bonusfragen über Schlachten. In welchem Jahr fand die Schlacht von Benheim statt? Weiß es jemand? Keiner? Lucy?«

»Siebzehnhundert … zwölf?« schlägt Lucy vor.

»Nee. Siebzehnhundertvier.«

»Wo liegt *El Alamein*, Schauplatz der entscheidenden Schlacht im Afrikafeldzug? Hat einer eine Ahnung? El Alamein. Kommt schon, strengt euer Hirn an, El Alamein, die *Schlacht um El Alamein*, Rommel, El Alamein …«

»Libyen!«, murmle ich unter meinem Mantel, hauptsächlich damit er endlich aufhört, »El Alamein« zu sagen.

»Ägypten«, sagt Patrick, schnalzt mit der Zunge und schüttelt den Kopf. »Frage Nummer drei. Die Schlacht von Austerlitz, auch bekannt als Dreikaiserschlacht, wurde zwischen welchen …«

»Patrick, dürfte ich mal fragen, was eigentlich der *Sinn* dieser Übung sein soll?«, frage ich und beuge mich zu ihm vor. »Ich meine, glaubst du im *Ernst*, dass durch irgendein Wunder auch nur *eine* dieser Fragen tatsächlich im Quiz drankommen wird? Denn wenn nicht, wäre das hier eine ziemlich sinnlose Zeitverschwendung für uns alle, findest du nicht?«

»Brian …«, sagt Lucy und legt mir die Hand auf den Arm.

»Es ist eine *Lockerungsübung*, Brian!«, kreischt Patrick und dreht sich auf seinem Sitz herum, sodass wir einander ins Gesicht starren. »Eine *Lockerungsübung* für diejenigen unter uns, die heute Morgen vielleicht nicht ganz so frisch sind, wie sie sein sollten?«

»Wieso hackst du eigentlich auf mir rum!«, brülle ich jetzt.

»Wann bist du denn gestern eingeschlafen, Alice?« Sie funkelt mich durch den Rückspiegel an, mit ihrem kühlen, verächtlichen Schulsprecherinnen-Blick.

»Brian, wir reden nachher drüber, ja …?»

»*Worüber* wollt ihr nachher reden?«, fragt Patrick.

»Nichts«, sagt Alice, »gar nichts …«

»Und, sind das heute nur wir vier, Alice, oder hast du noch jemanden im Kofferraum versteckt?«

»*Was?*«, sagt Patrick.

»Brian, nicht *hier*, ja …?«, zischt Alice.

»Kann mir *bitte* irgendjemand erklären, was los ist?«, bellt Patrick.

»Okay, Leute! Okay! Hören wir … alle einfach ein bisschen Musik, ja?«, schlägt Lucy die Friedensstifterin vor. Mit der einen Hand hält sie freundlich, aber entschlossen meinen Arm fest, und ich erwarte schon, in der anderen eine Spritze zu sehen, darum sacke ich auf meinen Sitz zurück, ziehe mir den Mantel wieder weit über den Kopf und versuche, noch ein bisschen zu schlafen. Wir hören immer wieder eine eiernde Kassette, auf der ABC den ganzen weiten Weg bis nach Manchester *The Look of Love* schmettern, bis ich glaube, dass ich gleich anfangen werde zu schreien.

Kurz darauf hauche ich versehentlich Bamber Gascoigne meine Schnapsfahne ins Gesicht, dann verschwindet er in seinem Büro, um die Fragen durchzugehen, und es bleibt unserem alten Freund Julian, dem netten jungen Assistenten, überlassen uns endlich zu enthüllen, wer unsere Gegner sind. Es ist genau, wie wir befürchtet haben. Mit einem Wort: Oxbridge. Patrick setzt ein breites gezwungenes Lächeln auf, und das Geräusch seiner knirschenden Zähne hallt von den Studiowänden wider.

Die anderen vier schlendern lässig in einer langen Reihe zu uns herüber, wie Revolverhelden. Sie haben sich alle für den passenden Blazer-und-Krawatte-Look entschieden und tragen Collegeschals und Brillen, in einem weiteren Versuch, uns einzuschüchtern. Es ist ein durchweg weißes, durchweg männliches Team, darum schätze ich mal, dass wir uns wenigstens zugute halten können, eine Lanze für die Gleichberechtigung zu brechen, indem wir mit zwei Frauen im Team aufwarten, selbst wenn eine von beiden eine hinterhältige, verlogene, falsche Hexe ist.

Natürlich müssen unsere Konkurrenten Alices wahre Natur erst noch entdecken, darum steuern sie alle direkt auf sie zu und bedrängen sie, als wollten sie ein Autogramm von ihr, während Patrick am Rand des Kreises abprallt und verzweifelt eine Hand sucht, die er schütteln kann, irgendeine Hand. Ihr Mannschaftskapitän, der Altphilologe Norton – ein selbstgefälliger, hübscher, breitschultriger Typ mit wallendem Haar, von der Art attraktives Arschloch, der aussieht, als wäre er Mitglied im Ruderklub seiner Eliteuni, schüttelt Alice die Hand und lässt sie nicht mehr los. »Na – du bist bestimmt das Maskottchen!«, nuschelt er lüstern, was mir eine ziemlich widerwärtige und chauvinistische Bemerkung zu sein scheint. Stellvertretend für Alice verspüre ich ein Aufflackern feministischer Entrüstung, aber dann fällt mir letzte Nacht wieder ein, der Kleiderschrank. Außerdem scheint es Alice nichts auszumachen, weil sie nämlich auch lacht, sich total rehäugig auf die Lippe beißt und ihr frisch gewaschenes Haar in den Nacken wirft, und Norton wirft sein prächtiges, glänzendes Haar in den Nacken, und zur Antwort schüttelt sie ihrs noch mal, und es sieht aus wie irgendein Paarungsritual in einer Tierfilm-Dokumentation. Ich schäme mich, zugeben zu müssen, dass mir das Wort »geile Schlampe« in den Sinn kommt, aber weil der Ausdruck sowohl geschlechtsspezifisch als auch frauenfeindlich ist, unterdrücke ich ihn und bleibe stattdessen außerhalb der Gruppe stehen, ohne jemanden zu haben, dem ich die Hand schütteln könnte, und sehe einfach zu. Lucy entdeckt mich, kommt zu mir rüber, nimmt mich am Ellenbogen und stellt mich Partridge vor, einem pfirsichhäutigen, bereits kahl werdenden Neunzehnjährigen aus Saffron Waldon, der Neuere Geschichte studiert, und ich lächle und lächle und plaudere und lächle und frage mich, ob ich mich nicht irgendwo in einer stillen Ecke ein bisschen hinlegen könnte.

Aber dafür ist keine Zeit, weil Julian uns freundlich auffordert, für eine schnelle Proberunde unsere Sitze einzunehmen, nur zum Spaß, wobei er für Bamber einspringen will. Selbstverständlich hat Patrick die Sitzordnung schon vorher festgelegt, sodass ich am alleralleräußersten Ende sitze, so weit von ihm und Lucy entfernt wie möglich, mehr oder weniger schon im nächsten Studio. Alice sitzt zwischen uns, was vor vierundzwanzig Stunden noch lustig gewesen wäre, aber jetzt nur das nackte Elend ist. Da sitzen wir also und starren mit leerem Blick stumm vor uns hin, während Julian uns daran erinnert, dass es nur ein bisschen Spaß sein soll, nur ein Spiel, und dass das Wichtige daran ist, sich zu amüsieren. Der Tisch und die Buzzer fühlen sich überraschend schäbig und behelfsmäßig an, als hätte sie jemand im Werkunterricht zusammengehauen, und ich kann tatsächlich die Glühbirnen sehen, die meinen Namen vorn an unserem Pult erleuchten. Ich könnte eine herausschrauben, wenn mir danach wäre, sie vielleicht nach der Show mitgehen lassen und als Souvenir behalten, ein fröhlicher Studentenstreich. Gerade will ich diesen Gedanken Alice mitteilen, als mir einfällt, dass wir ja nicht mehr miteinander reden, und bin wieder traurig. Julian fordert uns unterdessen auf, unsere Buzzer auszuprobieren, nur um ein Gefühl dafür zu bekommen. Das tun wir alle, und ich beuge mich über den Sperrholztisch vor und sehe meinen Namen im Wechsel aufleuchten und erlöschen. Jackson. Jackson. Jackson …

»Endlich! Mein Name in Leuchtschrift!«, sagt Alice. Ich schaue sie natürlich nicht an, erkenne aber an ihrem Tonfall, dass sie tapfer lächelt. »Weißt du, ich habe immer geglaubt, ich könnte meinen Namen nur dann jemals in Leuchtschrift sehen, wenn ich ihn in ›Notausgang‹ ändern würde!«, witzelt sie, aber ich lächle nicht, tippe nur irgendeinen Morsecode auf den Buzzer; Punkt, Punkt, Punkt, Strich, Strich, Strich …

»Komisch, dass wir wirklich hier sind! Nach all der Zeit …!«

Ich antworte immer noch nicht, darum greift sie nach meiner Hand und zieht sie von meinem Buzzer.

»Brian, bitte sprich mit mir«, sagt Alice, ohne zu lächeln, und fügt flüsternd hinzu: »Hör mal, es tut mir leid wegen gestern Abend, und es tut mir leid, wenn du das Gefühl hattest, ich hätte dir Hoffnungen gemacht, aber ich habe dir nie etwas versprochen, Brian. Ich bin immer ehrlich zu dir gewesen, habe immer offen gesagt, woran du bei mir bist. Sprich mit mir, Brian, bitte? Ich halt's nicht aus, wenn du nicht mit mir sprichst …«

Ich drehe mich zu ihr. Sie sieht traurig und schön aus und müde um die Augen. »Es tut mir leid, Alice, aber ich glaube nicht, dass ich das kann.« Sie nickt, als würde sie verstehen, und bevor wir noch etwas sagen können, räuspert sich Julian, und die Probe beginnt.

»In welchem Jahr erfolgte die endgültige Trennung der morgenländischen von der abendländischen Kirche, manchmal auch das Ost-West-Schisma genannt?«

Ich glaube, das weiß ich, darum drücke ich.

»Fünfzehnhundertsiebzehn?«

»Nein, tut mir leid, Sie denken möglicherweise an die Reformation. Ich fürchte, das bedeutet fünf Strafpunkte.«

»Tausendvierundfünfzig?«, sagt Norton, Altphilologe mit dem wallenden Haar.

»Korrekt«, sagt Julian, und Norton lächelt und schüttelt triumphierend seine glänzende Mähne. »Also, Norton, das sind zehn Punkte, und Ihr Team erhält jetzt die Chance, drei Bonusfragen über die römische Götterwelt zu beantworten …«

Ironischerweise weiß ich jetzt natürlich jede Antwort.

Am Ende der fünfzehnminütigen Probe, die nur zum Spaß stattfindet, nur um uns zu entspannen, nicht vergessen, es ist bloß ein Spiel, haben wir mit 15 zu 155 Punkten verloren. Wir stehen hinter den Kulissen, und Patrick ist so wütend, dass er kaum sprechen kann. Er zieht im Gehen enge kleine Kreise, ballt immer wieder die Fäuste und quiekst. Ja, er quiekst.

»Die sind richtig gut, was?«, sagt Alice.

»Sie sind okay«, sagt Lucy«, sie hatten Glück, mehr nicht. Vor Partridge müssen wir uns hüten …«

»… seit drei Jahren warte ich auf diesen Tag, seit drei Jahren …«, brabbelt Patrick und läuft in seinem engen kleinen Kreis herum.

»… wir sind alle nur ein bisschen nervös«, beschwichtigt Lucy, »wir müssen es leichter nehmen! Spaß an der Sache haben, uns entspannen!«

Ich brauche plötzlich einen Drink. Ob es in dem Gebäude irgendwo eine Bar gibt, frage ich mich? »Vielleicht sollten wir alle einfach in die Kantine gehen, ein oder zwei Bierchen trinken, ein bisschen locker werden?«, schlage ich vor.

Patrick hört bleibt stehen. »*Was?*«, zischt er.

»Du hältst es für keine gute Idee?«

»Brian, du hast eben in dieser Proberunde *acht* Startfragen hintereinander beantwortet, und *sechs* davon falsch. Das sind *dreißig Minuspunkte* …«

»Stimmt doch gar nicht …«, beharre ich. »Oder?« Ich blicke hilfesuchend zu Lucy, aber sie starrt nur auf ihre Schuhe. Patrick wendet sich ihr zu.

»*Lucia, dimmi, parli italiano?*«, und Lucy antwortet verlegen: »*Si, un pochino.*«

Dann sagt er zu Alice: »*E tu Alice, dimmi, parli anche tu italiano?*«

»*Si, parlo italiano, ma solo come una turista* …«, seufzt Alice.

»Er fragt uns, ob wir Italienisch kön…«, flüstert Lucy.

»Ich weiß, was er fragt, Lucy!«, fauche ich sie an.

»Und, kannst du Italienisch?«, fragt Patrick.

»Nein! Nein, nicht direkt …«

»Aber *Lucy* kann es, und *Alice* kann es, und *ich* kann es, und dennoch warst *du* es, Brian, der *einzige Nicht-Italienisch-Sprecher im Team*, der sich berufen fühlte, eine Startfrage über italienische musikalische Termini zu beantworten …«

»Es hat sonst niemand den Buzzer gedrückt, also dachte ich, ich versuch's mal …«

»Und genau das ist dein Problem, nicht wahr, Brian? Es ist ein einziger *Versuch* bei dir, oder? Ein einziges *Herumgestochere*, ein einziges *Tappen im Dunkeln*, immer und immer wieder. Und jedes Mal ist es falsch, falsch, falsch, und jedes Mal verlierst du und reitest uns alle mit rein.« Sein Gesicht leuchtet jetzt burgunderrot, in derselben Farbe wie sein Uni-Sweatshirt, und ist nur wenige Zentimeter von dem meinen entfernt …

»Hey, hört mal, Leute, es war nur ein Probelauf«, sagt Lucy und versucht, sich zwischen uns zu drängen, während Alice ein Stück abseits steht, die Hände übers Gesicht legt und durch die Finger zu uns rüberlinst.

»… Ich weiß sowieso nicht, warum ich dich in unser Team aufgenommen habe! Du tauchst besoffen hier auf und stinkst nach Schnaps, du tust so, als würdest du alles wissen und weißt in Wirklichkeit gar nichts. Du bist für dieses Team ein totaler Klotz am Bein …« Er drückt mir mit gespreizten Fingern die Hände auf die Brust, und ich spüre die feinen Spritzer seines Speichels auf der Wange … »wahrscheinlich wären wir mit jedem erstbesten Typen von der Straße besser bedient, selbst mit deinem Arsch von Kumpel, diesem Spencer, ihr nehmt euch ja nichts in eurer primitiven Blödheit. Wie heißt es so richtig, man kann den Jungen aus Essex nehmen, aber nicht Essex aus dem Jungen …«

Ich schätze mal, dass er danach noch weiterredet, weil sich sein Mund nach wie vor bewegt, aber ich höre eigentlich nicht mehr so richtig, was er sagt, weil ich spüre, wie seine Hände am Revers von Dads braunem Cordjackett zerren und mich auf die Zehenspitzen hochziehen. Da treffe ich meine Entscheidung, da platzt mir der Kragen – nur platzt er nicht, sondern dehnt sich irgendwie – vielleicht, weil er Spencer ins Spiel gebracht hat, oder aber, weil der Restalkohol von gestern noch wirkt, ist es der Punkt, an dem ich beschließe, Patrick Watts einen Kopfstoß zu versetzen. Ich vollführe einen kleinen Luftsprung, nicht wie ein Basketballspieler, ganz und gar nicht, mache nur einen kleinen Hüpfer mit den Fußballen und knalle ihm meinen Kopf mit aller Wucht mitten in seine kreischende, burgunderrote Visage. Und ich schäme mich zu sagen, dass ich ein flüchtiges, aber intensives Gefühl der Freude und Befriedigung und gerechten Vergeltung verspüre, bevor der Schmerz sich einen Weg in mein Gehirn bahnt und alles um mich herum schwarz wird.

40

FRAGE: In T. S. Eliots *Love Song of J. Alfred Prufrock* heißt es: »Der Abend liegt vorm Himmel hingestreckt ...?«
ANTWORT: »... wie ein ätherbetäubter Patient auf einem Tisch.«

»Als Glasgower Göre kann ich wohl zu Recht behaupten, dass wir es hier mit einem absolut *klassischen* Missverständnis zu tun haben, was das Grundprinzip eines Kopfstoßes angeht«, sagt Rebecca Epstein. »Der Sinn und Zweck des Kopfstoßes besteht ja gerade darin, den *harten* Teil der eigenen Stirn mit so viel Wucht wie möglich in den *weichen* Teil der gegnerischen Nase zu rammen. Du hingegen, Brian, hast den *weichen* Teil deiner Nase gegen den *harten* Teil seiner Stirn geschlagen. Daher das viele Blut und deine Ohnmacht.«

Ich öffne die Augen und stelle fest, dass ich auf dem Rücken liege, auf zwei zusammengeschobenen Büroschreibtischen. Lucy Chang hat sich über mich gebeugt, streicht mir den Pony aus den Augen, hält drei Finger hoch und fragt: »Wie viele Finger siehst du?«

»Wenn ich die falsche Antwort gebe, ziehen sie uns dann fünf Punkte ab?«

Sie lächelt. »Diesmal nicht, nein.«

»Dann lautet die Antwort drei.«

»Und die Haupstadt von Venezuela heißt …«

»Caracas?«

»Gut gemacht, Mr Jackson«, sagt Lucy. »Ich glaube, Sie werden wieder vollkommen gesund.«

Wir scheinen uns jetzt ein paar Stockwerke weiter oben zu

befinden, im Produktionsbüro von *University Challenge*, mit Blick über den rückwärtigen Bereich der Fernsehstudios. Überall liegen Nachschlagewerke herum, und an den Wänden hängen Fotos vergangener Sieger. Ich drehe den Kopf zur Seite und kann jetzt Rebecca sehen, die auf einem anderen Schreibtisch mir gegenüber auf der Tischkante sitzt und hübsch aussieht – nicht hübsch, weil das Wort »hübsch« reaktionär und geschlechtsspezifisch ist, aber *attraktiv* – in einem langen, schlichten, eng anliegenden schwarzen Kleid unter einer schwarzen Jeansjacke, und ihre Doc Martens hin und her baumeln lässt.

»Also bist du doch gekommen?«

»Na klar. Konnte ich mir doch *echt* nicht entgehen lassen. Ich im Minibus zwischen lauter besoffenen Jung-Konservativen, mitsamt den College-Schals und wahnsinnig ironischen Teddybären, zahle *drei Pfund* Benzinkostenbeteiligung, was, wie ich hinzufügen darf, der *Oberbeschiss* ist, wenn man's mal durchrechnet, und denke: *Mann, was mach ich eigentlich hier?* Ein *Alptraum*! Und dann kommen wir an und kriegen schnell noch eine kleine Führung durch die Studios, bevor es losgeht, und biegen gerade rechtzeitig um die Ecke, um dich in einer Blutlache bewusstlos am Boden liegen zu sehen, und da hab ich mir dann gedacht, na, wenn das die Investition nicht wert war.«

Ich blicke an mir runter und sehe, dass ich nur Hosen und mein Unterhemd anhabe, dasselbe Unterhemd, das ich seit sechsunddreißig Stunden trage und das jetzt vorn mit Blut besprenkelt ist und einen scharfen Gingeruch verströmt. Genauer gesagt ist es mehr als ein Geruch. Es dampft. Es sondert Dämpfe ab.

»Wo sind meine Sachen?«

»Wir haben dich geschändet, Lucy und ich, während du ohnmächtig warst. Du hast doch hoffentlich nichts dagegen?«

Lucy errötet. »Alice wäscht dir gerade dein Hemd auf der Damentoilette aus und versucht es unter dem Händetrockner wieder zu fönen …«

»Ist das Jackett in Ordnung?«

»Das Jackett ist okay …«

»… es ist nur, weil es das Jackett von meinem Dad war …«

»Es ist vollkommen okay, wirklich …«

Ich richte mich vorsichtig auf und setze mich auf die Schreibtischkante. Ich bilde mir ein, dass ich dabei fühlen kann, wie auch mein Gehirn das Gewicht verlagert und gegen die Schädelwände stößt. Lucy hält mir ihren Make-up-Spiegel vors Gesicht, ich hole tief Luft und schaue hinein. Es könnte schlimmer sein, schätze ich; meine Nase sieht nicht klumpiger und unförmiger aus als sonst, obwohl um beide Nasenlöcher ein wächserner dunkler Ring läuft, der aussieht wie mit rotem Buntstift nachgezogen.

»Wie geht's Patrick?«, frage ich Lucy.

»Du hast ihm kein Haar gekrümmt.«

»Schade.«

»Hey, das reicht jetzt«, sagt sie, lächelt aber konspirativ. Dann wird sie ernst: »Es gibt aber ein Problem.«

»Was denn?«

»Na ja … ich glaube, sie wollen dich nicht mehr an der Show teilnehmen lassen.«

»Was? Du machst Witze!«

»Ich fürchte nein.«

»Aber wieso denn nicht?«

»Na ja, du hast nun mal den Mannschaftskapitän tätlich angegriffen.«

»Ich hab ihn nicht *tätlich angegriffen*! Ich hab ihn *einmal geschlagen*! Aber er hat mich provoziert, das hast du doch selber gesehen, er hat mich am Jackett hochgezerrt! Außerdem bin ich derjenige, der verletzt wurde! Wie kann ich ihn tätlich angegriffen haben, wenn ich derjenige war, der verletzt wurde … ?«

»Und damit, Euer Ehren, schließt die Beweisführung der Verteidigung«, sagt Rebecca.

»Ich weiß, Brian, aber trotzdem, Patrick ist sauer. Er hat einen Freund, einen von der Wirtschaftsfakultät, der sich bereiterklärt hat, noch schnell für dich einzuspringen …«

»Das kann doch nicht wahr sein …«

»Man kann ihm eigentlich keinen Vorwurf machen, Brian. Du tauchst hier mit einer Schnapsfahne auf, beantwortest einen Haufen Fragen falsch, und dann versuchst du, ihm die Nase zu brechen …«

»Aber meine Mum ist hier und alles!«

»Es ist doch nur ein blödes Quiz, Brian«, sagt Rebecca und baumelt immer weiter mit den Füßen.

»Aber sie ist extra den ganzen Weg von Southend hergekommen! …« Ich höre, wie meine Stimme leicht bricht, was bei einem Mann von neunzehn Jahren wirklich jämmerlich ist, ich weiß, aber ich wollte doch so wahnsinnig gern dabei sein. Plötzlich habe ich die Vision, wie ich Mum zu erklären versuche, warum ich jetzt doch nicht mitmache. Es wird sich ein bischen so anfühlen, wie wenn man von der Schule nach Hause geschickt wird, und es ist so peinlich, so beschämend, dass ich den Gedanken nicht ertrage.

»Was meint Julian?«

»Julian sagt, es liegt bei Patrick. Er ist im Moment gerade bei ihm, und sie sprechen es durch …«

»Und was meinst du?«

Lucy runzelt für einen Augenblick die Stirn und sagt dann: »Ich glaube, wenn ihr beide versprecht, fair miteinander umzugehen, und aufhört, euch wie Kinder aufzuführen, und bereit seid, ein *Team* zu sein, und du dich ein bisschen mit dem Buzzer zurückhältst, dann denke ich, ja, du solltest mitmachen …«

»Na ja, könntest du ihm das für mich sagen, Lucy? Bitte?«

Sie seufzt, schaut auf ihre Uhr, dann zur Tür und sagt: »Ich seh mal, was ich machen kann«, und geht, lässt mich mit Rebecca im Produktionsbüro allein. Wir sitzen uns auf verschiedenen

Schreibtischen gegenüber, ein paar Meter voneinander entfernt, schaukeln beide mit den Beinen und versuchen zu ignorieren, was man wohl als »es liegt was in der Luft zwischen uns« beschreiben würde. Als es zu ungemütlich wird, nickt Rebecca Richtung Tür.

»Sie ist nett.«

»Wer?«

»Lucy.«

»Ja. Ja, ist sie. Richtig, richtig nett.«

»Wieso gehst du dann nicht mit ihr *aus*?«, fragt Rebecca.

»... Was?«

»... Ich finde sie einfach nett, darum ...«

»... Weil ich nicht will! ...«

»... Aber du hast doch gerade gesagt, dass du sie nett findest ...«

»... Eine Menge Leute sind *nett* ...«

»... wohl nicht *schön* genug für dich, ist es das? ...«

»... Hab ich das gesagt? ...«

»... Nicht *sexy* genug ...«

»... Rebecc...«

»... denn glaube mir, du bist auch nicht gerade ein Adonis, Kumpel ...«

»... nein, weiß ich ...«

»... wie du in deinem blutgetränkten Unterhemd dasitzt ...«

»... ist ja gut ...«

»... das übrigens auch nicht besonders frisch ist, glaube ich, das ahnt man selbst von hier aus ...«

»... Vielen Dank, Rebecca ...«

»... Also dann, wieso nicht? ...«

»... Weil sie mich wahrscheinlich gar nicht mag! ...«

»... Woher weißt du das? Ohne sie gefragt zu haben? Du hast nicht gesehen, wie sie dich angeguckt hast, als du im Koma warst ...«

»... Quatsch ...«

»… wie sie dir das Haar aus den Augen gestrichen hat und so, es war richtig rührend …«

»… Quatsch! …«

»… wie sie dir zärtlich Klopapier ins Nasenloch gestopft hat, das war schon hocherotisch …«

»… Rebecca! …«

»… Stimmt aber! Wäre ich nicht dabei gewesen, hätte sie dir wahrscheinlich auch die Hosen ausgezogen, und du hättest hinterher keine Ahnung gehabt …«

»… Quatsch!…«

»… und wieso wirst du jetzt rot? …«

»… Werd ich gar nicht! …«

»… Also, warum fragst du sie nicht? …«

»… Was soll ich sie fragen? …«

»… Ob sie mit dir ausgeht …«

»… Weil ich nicht …«

»… Weil du was nicht? …«

»… weil ich nicht in sie …«

»… Na sag schon …«

»… nicht … in sie verliebt bin …«

»… So, wie du nicht in mich verliebt bist?«

»… *Was*?«

»… Du hast mich verstanden …«

»… Rebecca, könnten wir? …«

»… Was?«

»… später darüber reden?«

»… wieso nicht jetzt?«

»Darum«, und ich hole tief Luft, das erste Mal seit einer ganzen Weile. »Weil mich gerade andere Dinge beschäftigen. Okay?«

»Okay«, sagt sie. »Okay, seh ich ein«, und sie rutscht von dem hohen Schreibtisch runter, zupft an ihrem langen Kleid, als hätte sie noch nicht ganz genau herausgekriegt, wie es funktioniert, durchquert das Büro und setzt sich zu mir auf die Tischkante.

»Du hast dich ja mächtig in Schale geschmissen«, sage ich.

»Am Arsch, es ist nur 'n *Kleid*. Was macht dein Kopf?«

»Oh, na ja. Brummt noch ein bisschen.«

Sie greift in die Innentasche ihres Mantels und entnimmt ihr einen Whiskey-Flachmann.

»Wie wär's mit einem bisschen Medizin?«

»Lieber nicht.«

»Komm schon, ein Schluck vom Gestrigen, gegen den Kater?«

»Das Gestrige war Gin.«

»Au weia, *ganz* übles Zeugs. Du weißt hoffentlich, dass Gin ein Depressivum ist?«

»Ich glaube, darum hab ich ihn getrunken.«

»Hmmmmmmm, Selbstmitleid *und* Selbsthass – die ideale Mischung. Kein Wunder, dass Frauen dich unwiderstehlich finden. Travis Bickle im *Taxi Driver* war nichts gegen dich.« Sie nimmt einen Schluck aus der Flasche und bietet sie mir erneut an. »Glaub mir, heute ist definitiv Scotch angesagt.«

»Sie werden ihn riechen«, protestiere ich, aber sie greift tief in die andere Tasche und holt ein Päckchen extrastarker Pfefferminzbonbons hervor. »Na, dann her damit«, sage ich. Sie reicht mir die Flasche, ich nehme einen tiefen Schluck und werfe anschließend ein Bonbon ein, sodass die Aromen sich mischen, und wir schauen uns an und lächeln, sitzen da wie zwei Schulkinder und lassen die Füße vom Schreibtisch baumeln.

»Du weißt natürlich, dass Alice mit einem anderen zusammen war?«, sage ich.

»Hmm.«

»Dieser Neil, der Typ, der letztes Semester Richard III. gespielt hat, der immer durch die Campus-Kneipe gehumpelt ist …«

»Der Arsch auf Krücken …«

»Genau der. Ich nehme an, du hast es gewusst.«

»Na ja, ich hatte so eine Ahnung, als ich ihn ein paarmal aus ihrem Zimmer schleichen sah …«

»Warum nicht *hinken*? Und wieso hast du's mir nicht erzählt?«

»Geht mich eigentlich nichts an, dein Liebesleben, oder?«

»Na ja. Vielleicht hast du Recht«, und ich muss gestehen, dass ich bei allem, was passiert ist, trotz Alice und dem Schlag auf den Kopf und überhaupt, erwäge, ob ich sie küssen soll, einfach das Pfefferminzbonbon mit der Zunge im Mund nach hinten schieben, mich vorbeugen und sie jetzt sofort küssen soll, nur um zu sehen, was passiert.

Aber der Moment vergeht, und ich blicke stattdessen auf die Uhr.

»Die lassen sich ganz schön Zeit.«

»Wer?«

»Die Geschworenen.«

»Soll ich mal nachsehen?«

»Ja, das wäre toll«, und sie rutscht von der Tischkante und begibt sich Richtung Tür. »Leg ein gutes Wort für mich ein«, bitte ich.

»Mal sehen, ob mir eins einfällt«, antwortet sie, zupft sich das Kleid zurecht und geht, und ich bin allein.

Ich werde immer ein bisschen unruhig, wenn ich allein bin und nichts zu lesen habe, besonders, wenn ich im Unterhemd dasitze. Aber zum Glück ist das Büro mit Büchern vollgestopft – hauptsächlich mit Nachschlagewerken, aber immer noch Büchern –, darum greif ich mir das Oxford-Wörterbuch der Zitate, das sie mir als Kopfkissen untergelegt hatten, und dann seh ich es.

Auf dem Schreibtisch.

Ein blaues Klemmbrett.

Darauf sind einige fotokopierte DIN-A4-Seiten. Oben ist handschriftlich der Name des Assistenten Julian vermerkt, darum nehme ich an, dass es sich nur um seine Produktionsnotizen handelt. Wahrscheinlich hat er sie mitgebracht, als sie mich hier raufgetragen haben, und sie dann einfach auf dem Schreibtisch liegen lassen. Die DIN-A4-Seiten sind nicht besonders interessant – nur die Namen der Mannschaftsmitglieder, unsere Sitzordnung, eine Namensliste der Filmcrew, so was. Aber darüber klemmt ein Umschlag, eine dicke braune Versandtasche, die aussieht, als würde sie zwei Stapel Spielkarten enthalten. Ich entferne den Umschlag vom Klemmbrett.

Der Umschlag ist nicht versiegelt. Oder wenn, dann kaum; nur ein Klebestreifen von einem Zentimeter hält ihn zusammen. Ich brauche nichts weiter zu tun, als mit dem Daumen an der Lasche entlangzu…

Ich werfe den Umschlag auf den Schreibtisch, als wäre er plötzlich glühend heiß geworden.

Dann tippe ich ihn an, schiebe ihn mit der Fingerspitze über den Tisch.

Dann tippe ich ihn noch mal an, wie man etwas antippt, um zu prüfen, ob es tot ist.

Dann greife ich eine Ecke und ziehe den Umschlag wieder zu mir her.

Dann nehme ich ihn in beide Hände, halte ihn auf meinem Schoß und betrachte ihn.

Dann schiebe ich ihn wieder über den Tisch, so weit von mir weg wie möglich.

Und dann denke ich »Scheiß drauf«, greife ihn mir und mache ihn auf.

41

FRAGE: James Hogg, Sankt Augustin, Jean-Jacques Rousseau und Thomas de Quincey haben welches literarische Genre gemeinsam?
ANTWORT: Sie schrieben alle »Bekenntnisse«.

Bei den Prüfungen zum Abschlusszeugnis der 10. Klasse, kurz vor dem schriftlichen Multiple-Choice-Test in Chemie, bekam ich eine leichte Magengrippe. So nannte ich es jedenfalls. Und da das ansteckend ist und ich Fieber hatte – na ja, nicht *Fieber*, nur ein bisschen erhöhte Temperatur –, durfte ich die Prüfung unbeaufsichtigt in einem winzigen Büro neben dem Lehrerzimmer machen, denn so ein Schüler war ich: absolut und vollkommen vertrauenswürdig.

Und ich hab geschummelt.

Nicht gewaltig natürlich. Ich hab mich nur vergewissert, dass keiner kommt, mein Übungsheft aus der Mappe gezogen und ganz schnell im Periodensystem die Valenz von Kalium oder Magnesium oder dergleichen nachgeschaut, dann gleich wieder zurückgetan, und mehr war nicht.

Übrigens hab ich auch, als ich kurz nach Weihnachten mit Alice in Suffolk bei Kerzenlicht Scrabble spielte, heimlich ein »E« und »S« gegen ein »Z« und ein »X« eingetauscht, daher »stutzig« und »perplex« auf dreifachem Wortwert.

Und damit hat sich's eigentlich schon, schummelmäßig. In beiden Fällen bin ich nicht gerade stolz auf mich, aber abgesehen von der Schande und dem, was Sartre wohl »Selbsttäuschung« nennen würde, glaube ich, das Schlimmste daran ist dieses nagende Gefühl, dass Mogeln gar nicht nötig gewesen wäre. Ich hätte ohnehin gewonnen, und die Schummelei hat nichts weiter bewirkt, als meinen Sieg zu schmälern. Wie Mum – und Sartre – wahrscheinlich gesagt hätten: »Du betrügst nur dich selbst.«

Aber es geht hier nicht um Scrabble oder Mittelstufen-Chemie, es geht hier um viel Wichtigeres. Das hier ist *The Challenge*, und es gibt mindestens acht gute Gründe, warum mir Schummeln das einzig Wahre zu sein scheint. 1. Es ist immerhin das Fernsehen. Jeder, den ich kenne, wird die Sendung sehen, Spence und Tone und Janet Parks, alle meine ehemaligen Lehrer und Professor Morrison und dieses Schwein Neil MacIntyre und dann natürlich 2. das Studio-Publikum: Mum ist da, und Des, mein Stiefvater in spe, und Rebecca und Chris der Hippie und die Kuh Erin. Ferner 3. meine Teamkameraden Patrick und Lucy, vor allem Lucy, die ich enttäuscht habe und die es so sehr verdient hat zu gewinnen, und 4. Alice natürlich, die mich für einen Idioten, einen Alkie, eine Belastung und einen armen Irren hält und von der ich glaube, dass ich möglicherweise immer noch in sie verliebt bin, und außerdem bin ich 5. vielleicht *sowieso* schon aus dem Team geflogen, womit sich dieses ganze ethische Ringen hier ohnehin erledigt hätte, und 6. bin an dieser Situation nicht mal ich schuld, sondern Julian, wenn er mich derart in Versuchung führt, und 7. würde jeder unter den Umständen dasselbe tun, jeder, und außerdem bin ich 8. auch nur ein Mensch.

Darum beschließe ich, etwas zu tun, das *streng genommen* Schummeln wäre, dem ich aber ein starkes Zufallselement hinzufügen werde: Ich werde mir einen Blick auf eine Karte erlauben, nur eine Einzige, mehr nicht, Ehrenwort. Aber ich muss mich beeilen. Ich renne zur Tür, öffne sie einen Spalt weit, schaue nach beiden Seiten, sehe niemanden kommen, renne wieder zum Schreibtisch zurück und nehme die Karten aus dem Umschlag.

Sie sind mit Gummibändern in zwei Stapel unterteilt, einen mit den Startfragen und einen mit den Bonusfragen. Ich teile den Stapel mit den Startfragen ungefähr im unteren Drittel, lege die beiden neuen Stapel sorgfältig mit dem Gesicht nach unten auf den Tisch, damit ich alles wieder genau an die richtige Stelle zurücklegen kann, drücke die Augen fest zu und ziehe die oberste Karte eines Stapels und halte sie bei geschlossenen Augen einen knappen Meter von mir entfernt.

Ich spüre, wie das Blut in meinen Augenlidern pocht.

Ich mache die Augen auf und sehe, säuberlich getippt …

> **FRAGE:** Unter welchem Namen ist Philip Pirrip, die Figur aus einem Dickens-Roman, besser bekannt?

… und verspüre eine leichte Verärgerung, denn das *weiß* ich ja, das ist doch leicht, das ist Pip aus *Große Erwartungen*. Wozu das ganze moralische Dilemma, wenn ich die Antwort sowieso weiß? Und obwohl ich einen festen Pakt mit mir und Gott, oder wem auch immer, geschlossen habe, dass ich mir eine, nur eine einzige Karte ansehe, nehme ich mir noch *eine*, die nächste vom Stapel, und drehe sie um. Aha, schon besser …

> **FRAGE:** Der Bundesstaat Kalifornien grenzt an drei US-amerikanische Bundesstaaten und an ein mexikanisches Bundesland; wie heißen sie?
> **ANTWORT:** Oregon, Nevada, Arizona und das mexikanische Bundesland Baja California (»Niederkalifornien«).

Oregon, Nevada, Arizona, Baja California. Perfekt – gerade schwer genug, um zu beeindrucken, aber wiederum auch nicht so abartig schwer, dass ich als Streber dastehe. *Oregon, Nevada, Arizona,*

Baja California. Aber wie spricht man das aus, Baja oder *Baya*? Egal, ich kann es sogar einbeziehen. Ich übe, meine Antwort laut auszusprechen und mich dabei natürlich zu geben; »Oregon, ähm, Nevada, äh, Arizona? Und Baja …« (kleines Lächeln, weil mein Spanisch ein bisschen eingerostet ist) … »oder heißt es *Baya* California?«

Aber was ist, wenn Lucy es auch weiß? Ich wette, sie weiß es. Macht nichts, solange einer von uns es vor dem anderen Team sagt. Es wäre sogar besser, wenn Lucy antworten könnte, dann hätte ich ein reines Gewissen. *Oregon, Nevada, Arizona und Baja California.* Jetzt schnell die Karte wieder an ihre Stelle im Stapel zurücklegen, die Ecken am Schreibtisch zusammenklopfen, Gummibänder drumwickeln, einmal, zweimal, beide Stapel in den Umschlag tun und kurz auf beiden Seiten der Lasche lecken, dort wo ich sie aufgeritzt habe, zurück ans Klemmbrett stecken, Klemmbrett genau wieder da hinlegen, wo ich es gefunden habe, noch einmal laut üben, »Oregon, äh, Nevada, ähm, Arizona, und sagt man Baja California? …«

Ich gehe zum Fenster, schaue über die Hausdächer und Schornsteine von Manchester und denke an das, was jetzt zu tun ist. Als Erstes mich bei Patrick entschuldigen, aufrichtig und bescheiden, aber nicht kriecherisch, zugeben, dass wir beide ein bisschen übers Ziel hinausgeschossen sind, dabei dennoch Stolz und Würde bewahren. Dann eine Art Übergangsfrieden mit Alice schließen, ihr zeigen, dass ich zwar sauer auf sie bin, sie aber einen schrecklichen Fehler mit diesem Neil-Knaben begeht und es *ihr* Pech ist. Und dann muss ich ihr einfach nur beweisen, was sie sich entgehen lässt. Mit Stil, Eleganz und Bescheidenheit und Alice an meiner Seite werde ich dieses Spiel gewinnen. *Oregon, Nevada, Arizona und Baja California …*

Es klopft, und Patrick kommt düsteren Blicks herein, wird aber von Alice und Lucy flankiert, die beide versuchen, ein Lächeln zu unterdrücken.

»Patrick.«

»Brian.«

»Entschuldigung wegen vorhin.«

»Entschuldigung angenommen.« Dann räuspert er sich, und Lucy stupst ihn aufmunternd in die Seite. »Also, na ja, pass auf, ich hab mit Lucy und Alice gesprochen, und wir finden, dass wir vorhin alle ein bisschen übers Ziel hinausgeschossen sind, ein bisschen übermäßig aufgeregt waren in all dem Scheinwerferlicht und so, und – jedenfalls haben wir beschlossen, dass wir dich gern im Team behalten wollen.«

»Danke, Patrick«, sage ich und vollführe eine feierliche kleine Verbeugung.

»Danke dir, Brian«, sagt er und verbeugt sich auch.

Lucy zwinkert mir zu und lacht, und macht mir auf Hüfthöhe ein diskretes Daumen-rauf-Zeichen, und Alice hält mir mein sauberes, frisch gebügeltes Hemd und Dads braunes Cordjackett hin.

»Also los, Leute«, sage ich. »Dann zeigen wir denen mal, wo der Hammer hängt!«

42

FRAGE: Welches unglückliche Ende ereilt Leonard Bast im Roman *Howards End* von E. M. Forster?
ANTWORT: Er wird unter einem umstürzenden Bücherregal begraben, und sein Herz versagt.

Aber bevor wir denen zeigen, wo der Hammer hängt, bekommen wir erst eine Tasse Tee und ein paar trockene Kekse, dann gehe ich auf die Herrentoilette, wasche mich mit Flüssigseife unter den Achseln und fühle mich langsam etwas besser. Danach begeben wir uns in getrennte Garderoben, wo man uns ein wenig Make-up aufträgt. Wenn man eine Haut hat, die so schlimm ist wie meine, könnte das theoretisch eine ziemlich peinliche Erfahrung sein, aber ich werde von einem netten Mädchen namens Janet geschminkt, und sie kann nur ein bisschen Schadensbegrenzung machen: eine Spur Abdeckstift und gerade genug Puder, dass die öligen Tröpfchen aus den Talgdrüsen nicht anfangen, im Licht der Studioscheinwerfer zu glänzen. Bei dreien von uns dauert das nicht besonders lange; Patrick hat sich sein Uni-Sweatshirt bügeln lassen und die Frisur unter einem durchsichtigen Panzer aus Haarspray versiegelt, und Lucy hat sich eine sehr saubere, ordentliche, zugeknöpfte Bluse angezogen, ein bisschen Lippenstift aufgelegt und ihr Haar in einer Schmetterlingsspange nach hinten gesteckt. Wir stehen im Korridor herum und plaudern freundlich miteinander, und mir fällt auf, wie hübsch sie ist, und ich überlege noch, wie ich ihr das sagen kann, ohne schleimig zu klingen, als Alice aus ihrer Garderobe tritt.

Sie trägt ein langes, enges, schwarzes Etuikleid, oben hoch aufgeschlossen und spitz auf die Knöchel zulaufend, darunter

Netzstrümpfe und hochhackige schwarze Riemchenschuhe, obwohl ihre Beine nie vor dem Pult auftauchen werden. Sie sieht aus wie ein Filmstar, leuchtend und strahlend, und plötzlich wird mir wieder schlecht.

»Findet ihr es übertrieben?«, fragt sie.

»Überhaupt nicht. Alice, du siehst wunderbar aus«, sagt Lucy. Julian holt uns ab, in der Hand das infame Klemmbrett, und stutzt ein bisschen, als er Alice sieht. »Gut, meine Damen und Herren, wollen wir?« Wir folgen ihm die Gänge entlang zum Studio. Ich halte mich hinter Alice, damit ich sie beim Gehen beobachten kann.

Als wir im Studio ankommen, nimmt das andere Team gerade seine Plätze ein, und wir hören ihre Fans klatschen und johlen, während wir hinter den Kulissen warten. Dann nickt uns Julian zu, und es ist Zeit für unseren Auftritt in der Gladiatoren-Arena. Ich folge Alice und höre ein kollektives Luftholen im Publikum, spüre, wie die Mitarbeiter und Kameramänner am Set in ihrer Arbeit innehalten, gaffen und in ihre Mikros flüstern und wie sich ein vernehmliches Raunen der Bewunderung unter den Applaus, die Rufe und das Truimphgeheul mischt. Sie rafft leicht das Kleid, als sie hinter unser Pult schlüpft, als würde sie in eine Limousine gleiten, und irgendjemand im Publikum pfeift ihr tatsächlich hinterher, was ich unter dem Aspekt der Gleichberechtigung nicht wirklich gutheiße, aber im Studio anschwellendes Gelächter auslöst. Alice lacht und hält sich unser Maskottchen, Eddie den Teddy, vors Gesicht, und sie ist genau, wie Mum immer sagt – »schön und *weiß es auch* …«

Wir setzen uns auf unsere Plätze und lächeln uns an, während der Begeisterungssturm abebbt.

»Frieden?«, sagt sie.

»Frieden«, sage ich, und dann schauen wir neugierig ins Publikum. Rose und Michael Harbinson sind da, und Rose winkt einmal zaghaft und stolz herüber.

»Schön, die beiden mal angezogen zu sehen!«, sage ich, und Alice gibt mir einen vorwurfsvollen Klaps aufs Handgelenk. Mum, die in der zweiten Reihe gleich hinter Rebecca sitzt, winkt mir nur ganz leicht mit dem Fingern zu und hält beide Daumen hoch, und ich winke zurück.

»Ist das deine Mum?«, fragt Alice.

»Hhm.«

»Sie sieht nett aus. Ich würde sie gern kennenlernen.«

»Wirst du auch bestimmt. Eines Tages.«

»Wer ist der Mann mit dem Tom-Selleck-Schnurrbart?«

»Onkel Des. Kein richtiger Onkel, wir nennen ihn nur so. Übrigens wird er Mum heiraten.«

»Deine Mum will wieder heiraten?«

»Hmm …«

»Das sind ja tolle Neuigkeiten! Hast du mir gar nicht erzählt!«

»Na, wollte ich ja eigentlich, gestern Abend, aber …«

»Ja. Oh. Ja, natürlich. Hör mal, Brian, diese Sache mit Neil, das ist nichts Ernstes …«

»Alice …«

»Es war nur eine Laune, es heißt nicht, dass du und ich nicht …«, aber sie kann nicht zu Ende reden, weil jetzt Bamber auftritt. Die Menge klatscht und tobt, und Alice nimmt meine Hand und drückt sie fest, und mein Herz schlägt höher. Es ist an der Zeit, diese Sache endlich durchzuziehen, ein für alle Mal.

Natürlich haben wir achtzehn Minuten später verloren.

Beziehungsweise so gut wie, wir liegen mit 45 zu 90 Punkten hinten. Partrigde, dieses Pfirsichflaum-gesichtige, kahl werdende Kind, ist offensichtlich irgendein unglaublicher, genmanipulierter Mutantenfreak, ausgeheckt irgendwo in einem Geheimlabor, denn er spuckt ununterbrochen die richtigen Antworten aus, zu jedem erdenklichen Sachgebiet, eine nach der anderen. »*… Papst Pius XIII., der Sankt-Andreas-Graben, Herodot, 2n–1*

(2n–1), wobei n wie 2n–1 Primzahlen sind, Kaliumnitrat, Kaliumchromat, Kaliumsulfat …«, und all das von einem, der eigentlich Neuere Geschichte studiert und aussieht, als sei er etwa sechs. Es wäre nicht mal angebracht, es als *Allgemein*wissen zu bezeichnen, es ist nichts als *Wissen*, pures, unverfälschtes Wissen. Ich beschließe, dass irgendwo auf der Rückseite von Partridges Kopf ein kleiner versteckter Knopf sitzt, den man nur drücken muss, damit sein Gesicht aufklappt und Reihen von Dioden, Mikrochips und blinkenden Leuchtanzeigen freigelegt werden. Währenddessen hat ihr Mannschaftskapitän Norton aus Canterbury, Student der Altphilologie, so gut wie nichts zu tun, er muss nur Bamber in seiner herrlichen, tiefen, wohlmodulierten Stimme die richtigen Antworten mitteilen, sich wieder zurücklehnen und räkeln, mit seinem prächtig glänzenden Haar spielen und Alice bedeutungsvolle »Ich seh dich hinterher«-Blicke zuwerfen.

Patrick bekommt langsam die Panik. Ein nasser Schweißrand bildet sich am Ausschnitt seines burgunderroten Sweatshirts, und er will jetzt punkten um jeden Preis und macht Fehler, schreckliche Fehler, während seine zitternden Finger in dem verzweifelten Versuch, die anderen wieder einzuholen, auf den Buzzer hauen.

Buzz.

»George Stephenson?«, sagt Patrick.

»Nein, tut mir leid, das macht fünf Minuspunkte.«

»Brunel?«, sagt Partridge.

»Korrekt! Zehn Punkte …«

»*Die Rechte des Menschen* von Thomas Paine?«, bettelt Patrick.

»Nein, tut mir leid, fünf Minuspunkte …«

»Paines *Zeitalter der Vernunft*«, sagt Partridge.

»Korrekt! Zehn weitere Punkte für Sie …«

Und immer so weiter. Alice und ich sind inzwischen mehr als überflüssig. Sie antwortet einmal falsch, sagt Dame Margot Fonteyn anstatt Dame Alicia Markova, während ich kaum noch den Mund aufmache, sondern nur wie ein Besessener zu allem nicke, was Lucy bei unseren Teamberatungen sagt. Überhaupt wären wir ohne unsere unglaubliche Doktor Lucy Chang schon im Minusbereich, weil sie für jede Frage, die Patrick vermasselt, eine richtige Antwort gibt, ganz still und bescheiden. »Das Studium der Bienen?« – Korrekt. – »Ich denke, also bin ich?« – Korrekt. – »*Zadok der Priester* von Händel?« – Korrekt. – Und einmal merke ich, wie ich mich hinter Alice zurücklehne und Lucy beobachte, die sich das glänzende schwarze Haar hinters Ohr streicht und bescheiden zu Boden schaut, während ihr die Menge applaudiert, und muss daran denken, was Rebecca gesagt hat; vielleicht hätte ich sie fragen sollen, ob sie mit mir ausgeht? Wieso bin ich nie darauf gekommen? Vielleicht ist das ja die Lösung. Vielleicht, wenn die ganze Sache mit Alice nicht funktioniert …

Aber was mache ich hier eigentlich? Wir liegen mit 65 zu 100 Punkten zurück, und Partridge der Bubi-Freak beantwortet gerade drei Fragen hintereinander über die mathematischen Theorien des Evariste Galois oder irgendwas *total* Unverständliches, und ich sitze nur sprachlos da und starre auf den Hinterkopf unseres Maskottchens, während wir verlieren, und immer weiter *verlieren*, und mir wird klar, dass wir selbst mit meinem Ass über Oregon, Nevada, Arizona und Baja California im Ärmel nur noch gewinnen können, wenn irgendein Heckenschütze aus dem Publikum, sagen wir mal Rebecca Epstein, Partridge mit dem Jagdgewehr niederstreckt.

Und dann geschieht etwas Erstaunliches: Es kommt eine Frage, deren Antwort ich weiß.

»Von welchem viktorianischen Dichter ist das narrative Gedicht *Porphyria's Lover*, in dem der Protagonist seine Geliebte mit einer Strähne ihres Haars erwürgt?«

Und *niemand betätigt den Buzzer*. Niemand außer mir. Ich drücke drauf, versuche dann, den Mund aufzumachen, der irgendwie mit einer Art Mehlschwitze verklebt ist, und presse mühsam die Worte heraus.

»Robert Browning?«

»Korrekt!«

Und es ertönt *Applaus*, richtiger Applaus, angeführt von Mum, wie ich zugeben muss, aber dennoch Applaus, und wir dürfen uns jetzt an den Bonusfragen versuchen …

»… zum Thema Struktur der Pflanzenzellen!«

Alice und ich stöhnen hörbar auf und sacken auf unseren Plätzen zusammen, nichtsnutzig, wie wir sind. Aber es macht nichts, weil wir Doktor Lucy Chang bei uns haben, und was Doktor Lucy Chang nicht über die Struktur von Pflanzenzellen weiß, muss erst noch erfunden werden. Mit Leichtigkeit rasselt sie die Antworten herunter.

»… Parenchym- … *Kollen*chym- … und ist es Sklerenchymgewebe?«

O ja, es *ist* Sklerenchymgewebe. Die Meute johlt, weil wir zurück im Spiel sind, es steht jetzt 90 zu 115, und ich bin wieder wach, weil ich ja weiß, dass ich – nein, nicht *ich*, sondern *wir*, das Team – hier doch noch gewinnen können.

»Eine weitere Startfrage, die Figur Philip Pirrip aus einem Dickens-Roman ist …?«

Weiß ich.

Buzz.

»Pip in *Große Erwartungen*«, sage ich, laut und zuversichtlich.

»Sehr schön antizipiert«, sagt Bamber. Aus dem Publikum ertönt Beifall und irgendjemand pfeift sogar auf den Fingern, Rebecca, glaube ich, die ich in der ersten Reihe begeistert strahlen sehe, und ich stelle mir vor, dass es sich so anfühlen muss, wenn man ein Tor geschossen hat. Ich versuche aber nicht zu lächeln. Ich blicke einfach ernst und selbstbewusst nach vorn, während sich meine Gedanken überschlagen, weil ich weiß, was jetzt bald kommen wird. »*Oregon, ähm, Arizona, äh, Nevada und*

Baja – oder heißt es Baya? – California?« Aber ruhig Blut, ruhig Blut, zuerst die Bonusfragen, die uns möglicherweise fünfzehn Punkte bringen können, plus der zehn, die ich gerade für uns gewonnen habe, genug, um mit den anderen gleichzuziehen, 115 zu 115, aber alles hängt davon ab, was das Thema der Bonusfragen ist …

»Und bei Ihren Bonusfragen geht es jetzt um Anfangs- und Schlusszitate aus den Stücken William Shakespeares.«

»*Bingo!*«, denke ich, sage es aber nicht, lasse es mir auch nicht anmerken, »die weiß ich, ich *wette*, dass ich sie weiß.« Unsere Gegner schnauben natürlich frustriert, lassen sich auf ihren Sitzen zurückfallen, weil sie wissen, dass sie es auch gekonnt hätten, und Norton, Altphilologe, schüttelt resigniert seine Mähne – aber Pech für euch, Jungs, denn es sind jetzt *unsere* Fragen. Alice scheint auch Mut zu fassen, denn sie wirft mir einen Blick zu, nickt und lächelt, als wollte sie sagen: Na dann los, Bamber, stell uns ruhig auf die Probe, ich und Brian sind Seelenverwandte, und gemeinsam können wir so ziemlich alles knacken, was du für uns in petto hast«, und hier kommt sie, die erste Bonusfrage …

»Welches Stück beginnt mit den Worten: ›Packt euch nach Haus, ihr Tagediebe, fort! / Ist dies ein Feiertag?‹«

Weiß ich.

»*Julius Cäsar*«, flüstere ich Patrick zu.

»Sicher?«, fragt Patrick.

»Absolut. Hatte ich bei meiner Abschlussprüfung in der zehnten Klasse.«

»*Julius Cäsar*«, sagt Patrick entschlossen.

»Korrekt!«, sagt Bamber, und es regt sich schwacher Beifall, nicht viel, nur gerade genug, bevor schon wieder die nächste Frage kommt.

»Welches Stück endet mit: ›Ich will sogleich an Bord und dem Senat / Mit schwerem Herzen künden schwere Tat‹«?

Weiß ich. *Othello*.

»*Hamlet*?«, flüstert Alice Patrick zu.

»Nein, ich glaube, es ist *Othello*«, sage ich freundlich, aber bestimmt.

»Lucy?«, fragt Patrick.

»Tut mir leid. Keine Ahnung.«

»Ich bin wirklich zu neunundneunzig Prozent sicher, dass es *Hamlet* ist«, sagt Alice wieder.

»Brian?«

»Ich glaube, Hamlet endet irgendwie mit Leichen, die hinausgetragen, und Schüssen, die abfeuert werden. Die ›schwere Tat‹ in diesem Fall bezieht sich auf den Tod von Desdemona und Othello, aber wenn du *Hamlet* nehmen willst, Patrick, dann sag bitte unbedingt *Hamlet*.«

Patrick schaut zwischen Alice und mir hin und her, trifft seine Entscheidung, wendet sich wieder seinem Mikrofon zu und sagt: »Ist es … *Othello*?«

»Es ist *Othello*!«, und die Menge dreht durch. Patrick lehnt sich weit über den langen Tisch zu mir rüber und knufft mich kumpelhaft in den Arm, und Lucy zwinkert mir zu. Alice schaut mich mit einem derart glühenden Blick der Dankbarkeit und Demut und echter *Zuneigung* an, wie sie mich noch nie angeschaut hat. Ihre Hand tastet sich unter dem Pult zu mir vor, reibt meinen Schenkel, sucht dann meine Hand und drückt sie, reibt ihren Daumen gegen meine heiße feuchte Handfläche, und jetzt quetscht sie sogar ihren schwarzen Riemenschuhe zwischen meine dicken fetten Quadratlatschen und streift meinen Knöchel. Wir sehen uns in die Augen, vermutlich nur eine Sekunde, aber es fühlt sich an wie die Ewigkeit, und der Beifall will und will nicht enden. Ich muss einfach lächeln, aber jetzt ergreift Bamber wieder das Wort:

»Ihre letzte Bonusfrage: Welches Stück endet mit den gesungenen Zeilen: ›Doch das Stück ist nun aus, und ich wünsch' euch viel Heil! / Und dass es euch künftig so gefallen mag‹?«

Weiß ich.

Und während wir immer noch unter dem Tisch Händchen halten, hauchen Alice und ich in vollkommener Harmonie: »*Was ihr wollt!*«

»*Was ihr wollt*?«, sagt Patrick.

»*Was ihr wollt* ist korrekt!«, ruft Bamber, und die Menge applaudiert, und während ich unter dem Tisch immer noch heimlich Alices Hand halte, suche ich im Publikum nach Rebecca, die sich jetzt in ihrem Stuhl halb erhoben hat, johlt und auf den Fingern pfeift, und mit hoch über dem Kopf erhobenen Händen Beifall klatscht. Mum sitzt in der Reihe dahinter und reckt zwei Daumen in die Höhe, und Des klatscht auch, beugt sich zu ihr vor und sagt ihr ins Ohr: »Woher weiß dein Sohn bloß dieses ganze Zeug, verdammt noch mal? Du kannst wahnsinnig stolz auf ihn sein!« – oder etwas in der Art, stelle ich mir vor, und zwischen all dem Beifall meine ich, Alice irgendwas sagen zu hören, das klingt wie: »Du bist absolut unglaublich«, und dann sagt Bamber:

»Wirklich gut gemacht! Damit sind Sie jetzt Kopf an Kopf, und wir haben noch vier Minuten, also genügend Zeit für beide Teams. Los geht's, Finger an die Buzzer und hier kommt Ihre nächste Startfrage für zehn Punkte. Der Bundesstaat ...«

Weiß ich.

Und während ich mit der Rechten unter dem Pult immer noch fest Alices Hand halte, reiche ich mit der Linken nach dem Buzzer und haue drauf und sage klar und deutlich: »Orgeon, Nevada, Arizona und Baja – oder spricht man es Baya aus? – California?«

Und dann lehne ich mich zurück und warte auf den Beifall.

Und es kommt keiner.

Gar keiner.

Kein Beifall, nur dieses schreckliche Schweigen.

Ich.

Versteh.

Es nicht.

Ich gucke Alice verständnislos an, aber sie starrt mir nur mit diesem seltsamen, verwirrten Halblächeln direkt ins Gesicht, das ich zunächst für Ehrfurcht halte, nackte Ehrfurcht vor meinem Genie, das sich aber dann vor meinen Augen verändert und in etwas viel, viel Schlimmeres verwandelt. Ich schaue an unserem Pult entlang, und da ist er auch, derselbe Blick, bei Lucy und Patrick, in dem eine Art fassungslose … Verachtung liegt. Ich schaue ins Publikum und sehe nichts als dichte Reihen stummer schwarzer Löcher, Kinnladen, die unter verwirrt gerunzelten Brauen herunterhängen. Nur Rebecca sitzt vornübergebeugt auf ihrem Stuhl, das Gesicht in den Händen vergraben. Langsam erhebt sich ein Murren im Zuschauerraum, und dann fängt jemand an zu lachen, laut und hysterisch. Und in einem jähen, krampfartigen Aufzucken von Schmerz und Reue, das sich anfühlt, als würde ich rückwärts ins All geschleudert, wird mir klar, was ich getan habe.

Ich habe die Frage korrekt beantwortet, bevor sie gestellt wurde.

Bamber Gascoigne ist der Erste, der das Schweigen bricht.

»Nun ja, erstaunlicherweise ist das *tatsächlich* die richtige Antwort, darum …«, er hält sich einen Finger ans Ohr, berät sich mit der Regie und sagt dann: »… darum glaube ich, wir sollten … die Aufnahmen … fürs Erste … lieber abbrechen?«

Und unter dem Pult lässt Alice meine Hand los.

Epilog

Ein bisschen Bildung ist riskant, mein Sohn.
Trinkst du nicht richtig, kost auch nicht vom Musenbronn.
Benebelt wirst du, nippst du nur am Krug,
Ernüchternd wirkt derweil ein kräftiger Zug.
Alexander Pope, An Essay on Criticism

I know that something good is going to happen.
And I don't know when,
But just saying it could even make it happen.
Kate Bush, »Cloudbusting«, The Hounds of Love

43

LETZTE FRAGE: Welche Mittelmeerinsel, mit einer Länge von 260 Kilometern in West-Ost-Richtung, größte der griechischen Inseln und dem Verwaltungszentrum Heraklion, war die Heimat der ersten richtigen europäischen Zivilisation, der Minoer?
ANTWORT: Kreta.

12. August 1986

*Hallihallo, Fremde (*Halli-Hallo? Schreibw.!?)*

Wie geht's, wie steht's? Ich wette, das ist eine Überraschung nach so langer Zeit! Ja, die Briefmarke ist echt – ich bin tatsächlich zum ersten Mal im Leben im Ausland. Noch dazu im Süden! Ich bin sogar braun gebrannt, besser gesagt, weniger braun als gebrannt. Wie vorauszusehen war, hab ich's »am ersten Tag ein bisschen zu gut gemeint«, und eine Zeit lang war es ziemlich die Hölle, ich musste im Stehen essen, aber es wird allmählich besser. (Meine Haut ist jetzt übrigens aknefrei, aber das geht dich gar nichts an!!!) Außerdem hab ich schnorcheln gelernt, wenn auch unter Panikattacken. Das Essen ist klasse – viel verbranntes Fleisch und alles vollkommen gemüsefrei. Heute habe ich mein erstes Stück Schafskäse probiert. Na ja – schmeckt ein bisschen wie salzige Verpackungsfolie. Weißt du noch damals, wie wir bei Luigi's waren und Du dieses Ballkleid anhattest?

Jedenfalls!

Deine Postkarte kam kurz vor unserer Abreise und war eine schöne Überraschung und auch eine ziemliche Erleichterung. Nach unserem kleinen, ähm, Abenteuer dachte ich, du wärst vielleicht immer noch ein bisschen sauer auf mich. Siehst Du Patrick ab und zu? Hat er sich wie-

der eingekriegt, oder bin ich in seinen Augen nach wie vor der letzte Dreck? Grüß ihn schön von mir, mach einen Schritt zurück und pass auf, wie sich sein Gesicht verfärbt.

Das sind ja tolle Neuigkeiten, dass Du nächstes Semester die Helen Keller spielst. Ich kann mir vorstellen, dass die Rolle eine echte Herausforderung ist. Na ja, immerhin brauchst Du keinen Text zu lernen! Hat nicht Noel Coward mal gesagt, bei der Schauspielerei ginge es vor allem darum, nicht dauernd gegen die Möbel zu stoßen? Ha-ha! Entschuldigung!!! Überhaupt nicht komisch. Jetzt im Ernst: Wirklich, wirklich gut gemacht. Du wirst bestimmt eine wunderbare Helen. Vielleicht komm ich ja sogar vorbei und seh mir Deine Vorstellung an, wo ich doch Deinen Auftritt als Hedda vergabelt habe (kleiner Scherz am Rande, kapiert? ha-ha!). Ich würd Dich gern mal wiedersehen nach so langer Zeit. Es gibt massenhaft zu erzählen …

… aber hier muss ich unterbrechen, weil ich höre, wie sie von ihrem Nachmittagsbad im Meer zurückkommt. Ich stecke den Luftpostbrief schnell in mein Buch, werfe mich aufs Bett und tu so, als würde ich *Hundert Jahre Einsamkeit* lesen.

Am Ende war es Julian, der nette junge Assistent, der mir am meisten leid tat. Damit meine Story halbwegs plausibel sein konnte, musste ich ihn ein bisschen mit reinreiten.

Mehr oder weniger klang sie dann so: Während ich auf dem Schreibtisch lag, stieß ich versehentlich gegen sein Klemmbrett, das er dort liegen gelasssen hatte, als sie mich nach oben trugen. Das Klemmbrett fiel vom Tisch, der Umschlag platzte auf und die Karten mit den Fragen ergossen sich über den Boden. Natürlich habe ich, nachdem mir klargeworden war, um welche Karten es sich dabei handelte, alle sofort wieder in den Umschlag getan. Aber offensichtlich muss mir der Text besagter Karte ins Auge gefallen sein, bevor ich sie wegstecken konnte. Wissen Sie, irgendwie *unterschwellig*.

Und sie haben sich alles in allem sogar ziemlich nett verhalten, wenn man bedenkt, dass sie die Aufzeichnung löschen und uns alle nach Hause schicken mussten. Ich meine, sie haben sich nicht aufgeführt wie die Gestapo, haben mich nicht unter die Verhörlampe gesetzt und sind ungemütlich geworden oder so, weil ich vermutlich im *eigentlichen Sinn* nicht mal was verbrochen hatte. Jedenfalls nichts, wofür man mich belangen könnte.

Natürlich mussten sie das ganze Team disqualifizieren, denn obwohl ich beteuerte, dass ich es allein verbockt hatte und es voll und ganz meine Schuld war, konnten sie's nicht noch mal riskieren. Und das war's dann: Das Ende von *The Challenge*. Für alle Beteiligten.

Ich muss sagen, die ganze Geschichte war schon ziemlich unangenehm. So sehr, dass ich mir irgendwie nicht vorstellen konnte, mit dem Rest des Teams nach Hause zu fahren – zumal ich mir auch nicht sicher war, ob sie mich überhaupt mit ins Auto lassen würden. Und dass ich bei den Fans im Minibus nicht willkommen sein würde, war auch einigermaßen klar. Darum bin ich mit Mum bei Des im Lieferwagen nach Southend mitgefahren, zu dritt auf der Vorderbank zusammengequetscht. Man kennt das, wie Verbrecher in den Fernsehnachrichten nach ihrer Vernehmung immer hastig aus dem Polizeigebäude abgeführt und unter einer grauen Wolldecke in einen Streifenwagen bugsiert werden. Na ja, so ähnlich war es ein bisschen. Als wir vom Parkplatz losfuhren, konnte ich sehen, wie die anderen um Alices gelbe Ente herumstanden. Ich glaube, Patrick schrie und trat gegen die Reifen, und Lucy versuchte, ihn zu beruhigen, während Alice am Auto lehnte, immer noch in ihrem umwerfenden schwarzen Kleid und mit Eddie dem Teddy, der an ihrer Hand baumelte – sie sah einfach nur traurig und schön aus. Offenbar ist sie auf mich aufmerksam geworden, als wir in dem Lieferbus vorbeifuhren, und muss so was wie »Guckt mal, da ist er!« gesagt haben, weil sich alle nach mir umdrehten. Und, na ja, es gibt da keine direkten Verhaltensregeln, nach denen man sich in so einer Situation richten könnte, keinen Gesichtsausdruck, der da irgendwie angebracht wäre, darum habe ich nur stumm das Wort »Sorry« gegen die Scheibe gehaucht.

Ich bin nicht sicher, ob sie es gesehen haben.

Patrick hat irgendwas Unverständliches gebrüllt und sich nach einem Gegenstand umgesehen, den er mir hinterherschmeißen könnte, und Alice hat nur ganz langsam den Kopf geschüttelt.

Aber Lucy hat gewinkt, was ich richtig nett fand.

Sie macht jetzt ihr Nachmittags-Nickerchen und schläft tief. Ich gehe auf die Veranda mit Meerblick, setze mich an den Holztisch und schreibe weiter.

Tut mir leid. Bin unterbrochen worden. Wo war ich stehen geblieben? Ja, vielleicht könnte ich vorbeikommen, um zu sehen, wie Du Dich als Helen Keller machst, obwohl es eine ziemlich lange Reise wäre. Ich ziehe nämlich nach Dundee, weißt Du. Ich hab da ab nächsten Oktober einen Studienplatz. Wieder Eng. Lit., nur nennen sie es da oben schlicht »Literatur«, vermutlich, weil sie bei dem Thema ein bisschen empfindlich sind. Es fühlt sich ganz gut an, einen Neuanfang zu machen, und überhaupt. Ich blicke hoffnungsvoll in die Zukunft und habe mir vorgenommen, mich diesmal etwas mehr auf mein Studium zu konzentrieren …

Mum habe ich dieselbe Geschichte erzählt wie den Leuten bei *University Challenge*, und ich habe das Gefühl, dass sie mir geglaubt hat, selbst wenn sie damals nicht viel dazu sagte. Aber als wir in den frühen Morgenstunden des nächsten Tages endlich wieder in Southend waren und ich die Treppe zu meinem alten Zimmer raufstieg, meinte sie, es sei ihr egal, sie sei auch so stolz auf mich. Es war schön, sie das sagen zu hören, obwohl ich mir nicht sicher bin, ob's auch gestimmt hat.

Am nächsten Nachmittag habe ich dann in der Englischfakultät angerufen und Bescheid gesagt, dass ich voraussichtlich eine Woche lang nicht kommen würde, aufgrund einer plötzlichen Erkrankung. Aber die Sache hatte sich anscheinend schon rumgesprochen, denn Professor Morrisson hat nicht mal gefragt, was mir fehlt. Er sagte nur, er verstehe vollkommen, es sei sicherlich eine gute Idee und ich sollte mir so viel Zeit nehmen, wie ich brauche. Darum habe ich den größten Teil der Woche im Bett verbracht und hauptsächlich geschlafen, gelesen, nicht getrunken und darauf gewartet, dass Gras über die Sache wächst.

Aber bei manchen Sachen weiß man einfach, dass *nie* Gras darüber wachsen wird. Als ich mein Zimmer nach zwei Wochen immer noch nicht richtig verlassen hatte, beschloss ich, dass es wahrscheinlich das Beste sein würde, überhaupt nicht mehr zurückzufahren. Also haben Des und ich uns eines Nachmittags in seinem Lieferwagen gesetzt und haben meine Sachen abgeholt, als Josh und Marcus gerade ausgegangen waren, und sind noch am selben Nachmittag wieder heimgefahren. Danach bin ich gleich ins Bett gegangen und dort mehr oder weniger geblieben, bis Mum darauf bestand, dass ich zum Arzt gehe. Erst dann wurde es langsam besser.

Den Rest des Jahres habe ich wieder bei Ashworth Electricals verbracht, der Toasterfabrik. Ich glaube, die freuten sich richtig, dass ich wieder da war. Mum und Des mussten die Eröffnung ihres Bed-and-Breakfast-Etablissements weitere sechs Monate auf Eis legen, aber sie sind ziemlich gut damit umgegangen, und Des ist ganz okay, schätze ich. Spencer war seit April wieder auf den Beinen. Sie haben ihm eine Bewährungsstrafe aufgebrummt und ein ziemlich deftiges Bußgeld. Aber es gelang mir, ihm auch einen Job bei Ashford Electricals zu besorgen, daher konnten wir uns ziemlich häufig sehen, was gut war. Ich hab ihm über die *Challenge*-Sache nicht die volle Wahrheit erzählt, und er hat auch nicht gefragt, was vielleicht das Beste war. Tone habe ich auch hin und wieder gesehen, aber nicht ganz so oft, weil er ständig bei irgendwelchen »geheimen Manöverübungen« auf der Salisbury Plain unterwegs ist.

Was noch? Ich habe viel gelesen. Ich habe ein paar Gedichte geschrieben, von denen die meisten nichts taugen, ein paar Kurzgeschichten und ein Hörspiel: eine bewusstseinsstrommäßig im inneren Monolog gehaltene Ich-Erzählung nach *Robinson Crusoe*, nur modern und aus der Sicht von Freitag. Ich habe immer und immer wieder *The Hounds of Love* gehört und beschlossen, dass es so ziemlich Kate Bushs bestes Album ist.

Und dann, im Juni, kam ein Anruf aus heiterem Himmel.

Jedenfalls muss ich langsam schließen. Ich rieche verbranntes Fleisch, und das bedeutet, es gibt gleich Abendessen!!!

Wenn ich so zurückschaue, dann war es schon eine komische Zeit, was, Alice? Ich meine, seltsam. Die Metapher (oder meine ich »Allegorie«???!), die mir dabei immer wieder einfällt, ist, dass alles ein bisschen so ist wie damals, als ich noch klein war und Dad mir einen neuen Airfix-Bausatz gekauft hatte. Da saß ich dann am Küchentisch, und bevor ich die Schachtel öffnete, vergewisserte ich mich, dass ich alles dazugehörige Werkzeug bereitgelegt hatte, den richtigen Klebstoff und die richtigen Farben, matt und glänzend, und ein ganz, ganz scharfes Teppichmesser. Dann schwor ich mir jedes Mal, dass ich die Gebrauchsanweisung aufs i-Tüpfelchen befolgen und mir richtig Zeit nehmen würde, nicht übereilt und ungeduldig sein werde, sondern behutsam und konzentriert, richtig richtig konzentriert, damit am Ende dieses perfekte Modellflugzeug dabei herauskäme, das platonische Ideal dessen, wie ein Modellflugzeug zu sein hat. Aber irgendwo mittendrin ging immer irgendwas schief – ich ließ eins der Teile unter den Tisch fallen oder verkleckste Farbe, oder es kam Klebstoff an einen Propeller, der sich eigentlich drehen sollte, aber nun festsaß. Oder aber ich hab Farbe auf das durchsichtige Cockpit tropfen lassen, oder die Aufkleber sind beim

Draufschieben eingerissen – und immer, wenn ich Dad das fertige Produkt zeigte, war irgendwas daran, das … nicht ganz so gut war, wie ich erhofft hatte.

Ich habe versucht, diese erweiterte Metapher als Grundlage für ein Gedicht zu verwenden, hab's aber noch nicht richtig hingekriegt.

Jedenfalls wünsche ich Dir alles Gute für Dein neues akademisches Jahr. Ich schreib Dir kurz, sobald ich mich eingelebt habe, und vielleicht können wir ja dann …

»Wem schreibst du da?«, fragt sie, und ihre Augen blinzeln verschlafen in der Abendsonne.

»Nur Mum«, sage ich. »Wie war's im Meer?«

»Sehr erfrischend. Ich hab bloß irgendwas ins Haar gekriegt.«

»Soll ich's dir rausmachen?«

»Ja, bitte«, und ohne sich obenrum was überzuziehen, schlendert sie zu mir auf die Veranda heraus und setzt sich auf den Boden zwischen meine Knie.

»Willst du dir nicht vorher was anziehen oder so?«, frage ich.

»Willst du eins aufs Maul oder so? …«

»Man kann uns sehen! …«

»Scheiße, Jackson, ich komm mir vor, als würde ich hier Urlaub mit Mary-Piss-Poppins machen …«

»Weißt du was, du fluchst wirklich zu viel.«

»Halt einfach die Fresse, und sieh nach, ja? Kannst du was erkennen?«

»Hmm. Sieht aus wie Öl oder Teer oder so.«

»Geht's raus?«

»Nicht wirklich.«

»Meinst du, unter der Dusche geht's vielleicht leichter?«

»Ja, könnte sein.«

»Und – kommst du nun mit oder was?«

»Ja. Na schön.«

Hier sind wir also. Natürlich ist das letzte Wort noch nicht gesprochen. Ursprünglich, am Telefon, war nur geplant, dass wir unterwegs auf jeden Fall getrennte Zimmer nehmen oder zumindest ein Zimmer mit getrennten Betten, aber der Plan erwies sich als zu teuer und ging in der dritten Nacht mehr oder weniger den Bach runter, nach einem sehr langen, offenen Gespräch und einer ganzen Flasche Metaxa.

Aber, na ja, wie ich sagte, hier sind wir also. Vielleicht ist es ja nicht ganz das, was ich mir vorgestellt hatte, vielleicht nicht mal unbedingt, was ich *haben* wollte, aber bei wem ist das schon so? Ehrlich gesagt, hätte ich umgekehrt auch nicht erwartet, dass sie jetzt hier bei mir sein würde. Natürlich flucht sie immer noch zu viel, aber sie bringt mich auch oft zum Lachen. Was nicht nach viel klingt, aber vor ein paar Monaten nicht mal denkbar war. Darum ist es in Ordnung.

Ja, alles ist mehr oder weniger so ziemlich in Ordnung.

Als Jugendlicher macht man sich ständig Sorgen um alles Mögliche, das gehört einfach zum Erwachsenwerden, und im Alter von sechzehn war meine größte Angst, dass ich nie wieder so was Gutes, Schönes, Edles, Wahres zustande bringen würde wie mein Abschlusszeugnis der zehnten Klasse. Und ich schätze mal, vielleicht gilt das sogar heute noch. Aber es ist natürlich schon Ewigkeiten her. Mittlerweile bin ich neunzehn und bilde mir ein, die Dinge wesentlich reifer und cooler anzugehen.

Den folgenden Leuten möchte ich für ihren Beitrag, ihre Unterstützung und ihre Witze danken: allen bei Hodder & Stoughton für ihren Enthusiasmus, besonders Mari Evans für ihr hervorragendes Lektorat; Johnny Geller und allen bei Curtis Brown. Spezieller Dank gilt auch Hannah McDonald für ihren unschätzbaren Rat und Roanna Benn für ihre Begeisterung von Beginn an sowie Douglas Kean, Michael McCoy, Josh Varney, Nicola Doherty, Emma Longhurst, Justin Salinger, Tamsin Pike, Christine Langan, Camilla Campbell, Nicholas Wilson-Jones, Olivia Trench, Susie Phillips, Crispian Balmer, Sophie Carter, Eve Claxton, Matthew Warchus und Nell Denton dafür, dass sie *dieses* Kleid trug. Aus Gründen des Handlungsaufbaus wurden bezüglich der Spielregeln und des Ablaufs der Filmaufnahmen bei *University Challenge* bewusst einige Änderungen vorgenommen – ich entschuldige mich hiermit bei allen Puristen.

Unzähligen Nachschlagewerken bin ich zu Dank verpflichtet, besonders jedoch der *Encyclopaedia Britannica* und Peter Gwyns *University Challenge: The First 40 Years*, die beide in keinem Haushalt fehlen sollten. Ich möchte mich außerdem aufrichtig bei Bamber Gascoigne, Kate Bush, Jeremy Paxman und den Siegern des Jahres 2002 vom Somerville College, Oxford, für ihre nichts ahnende Inspiration bedanken.

Vor allem aber danke ich Hannah Weaver, die auf jeder Seite dieses Buchs steht, ob sie's weiß oder nicht.

David Nicholls

Die Übersetzerin möchte Sara Schindler von Kein & Aber für die fantastische Redaktions- und Zusammenarbeit, Christa Schuenke für die Übertragung der Zeilen von Pope, Wordsworth und T. S. Eliot, David Nicholls für die Beantwortung vieler weiterer Fragen sowie dem Deutschen Übersetzerfonds für die Unterstützung dieser Arbeit danken.

Ruth Keen

Nachweis der Zitate

E. M. Forster: *Howards End*, extract reproduced by permission of the Provost and Scholars of King's College, Cambridge, and the Society of Authors as the literary representatives of the E. M. Foster Estate.
Übersetzung: Ruth Keen

Evelyn Waugh: *Brideshead Revisited*, copyright © Evelyn Waugh 1945, extract reproduced by permission of PFD on behalf of the Evelyn Waugh Trust.
Übersetzung: Ruth Keen

T. S. Eliot: *The Love Song of J. Alfred Prufrock*, © T. S. Eliot, Collected Poems 1909-1962, reproduced by kind permission of Faber & Faber Ltd.
Übersetzung: Christa Schuenke

F. Scott Fitzgerald: *Tender is the Night*, first published by The Bodley Head, extract reproduced by permission of David Higham Associates.
Übersetzung: Ruth Keen

John Donne, *Alchimie der Liebe. Gedichte*, ausgewählt und übertragen von Werner von Koppenfels. Diogenes 1996.

C. S. Lewis: *The Lion, the Witch and the Wardrobe* copyright © C. S. Lewis Pte. Ltd. 1950. Extract reprinted by permission.
Übersetzung: Ruth Keen

Möglicherweise konnten nicht alle Inhaber der Rechte an den im Text verwendeten Zitaten ausfindig gemacht werden. Wir bitten um Mitteilung bestehender Ansprüche und berücksichtigen diese gerne für folgende Auflagen.

David Nicholls

Ewig Zweiter

Roman.
Aus dem Englischen von Simone Jakob.
Taschenbuch.
Auch als E-Book erhältlich.
www.ullstein.de

Liebe auf Umwegen

Stephen McQueen war schon sechsmal eine Leiche. Im Klartext: Er ist ein erfolgloser Schauspieler. Das Blatt scheint sich zu wenden, als er den attraktiven Darsteller Josh Harper bei Krankheit vertreten soll – schade nur, dass sich Josh bester Gesundheit erfreut. Und warum muss sich Stephen ausgerechnet in Joshs Frau Nora vergucken?

»David Nicholls ist ein Meister des britischen Humors.
Ewig Zweiter *ist ein Glanzstück: selten so gelacht.«*
Frank Goosen

»Treffend und witzig, klug und sehr gut erzählt.«
The Independent

ullstein